BESTSELLER

Ángela Banzas, natural de Santiago de Compostela, es licenciada en Ciencias políticas y de la administración por la Universidad de Santiago y MBA por la Escuela Europea de Negocios de Madrid. Su trayectoria profesional ha estado siempre ligada a la consultoría de Administración Pública. Su primera novela, *El silencio de las olas* ha obtenido un gran éxito de público y ventas. En su última novela, *La conjura de la niebla*, la autora cuenta una historia en la que las leyendas locales gallegas conviven con los crímenes y secretos escondidos entre el mar y la niebla de un frondoso bosque de laureles.

Puedes seguir a Ángela Banzas en Instagram:
[o] angelabanzas

Biblioteca

ÁNGELA BANZAS

El silencio de las olas

DEBOLS!LLO

Papel certificado por el Forest Stewardship Council®

MIXTO
Papel procedente de
fuentes responsables
FSC® C117695
www.fsc.org

Penguin
Random House
Grupo Editorial

Primera edición en Debolsillo: noviembre de 2022
Primera reimpresión: noviembre de 2022

© 2021, Ángela Banzas
© 2021, 2022, Penguin Random House Grupo Editorial, S. A. U.
Travessera de Gràcia, 47-49. 08021 Barcelona
Diseño de la cubierta: Penguin Random House Grupo Editorial / Carlos Pamplona
Imagen de la cubierta: © Getty Images, © Mark Owen / Trevillion Images

Printed in Spain – Impreso en España

ISBN: 978-84-663-5295-6
Depósito legal: B-15.468-2022

Compuesto por Raquel Martín

Impreso en BlackPrint CPI Ibéria
Sant Andreu de la Barca (Barcelona)

P 3 5 2 9 5 6

A Borja.
Siempre.

Al pasado y al futuro.

A mis abuelos; que sin estar,
nunca han dejado de estarlo,
en mi vida, a mi lado,
semilla de este libro,
compañía en cada paso.

A mis hijos; a su luz,
a la única luz en el mundo
que querrían ver mis ojos,
iluminando las sombras
de aquellos pasos remotos.

¡Mar!, cas túas auguas sin fondo,
¡ceo!, ca túa inmansidá,
o fantasma que me aterra
axudádeme a enterrar.

ROSALÍA DE CASTRO

1

«Aprende a amar tu destino. Cuando otros vean solo lluvia y la repudien, tú sonríe a la tierra agrietada y mortecina esperando a la simiente que crecerá mañana. Sé paciente y persevera, pues en la oscuridad la luz brilla con más fuerza. Las mujeres de nuestra familia no soplamos al viento, aprovechamos su fuerza y mecemos a nuestros hijos con ella. Aramos el campo y molemos el trigo, luchando en esta vida para descansar algún día». Marta recordaba las palabras de su madre antes de dejarse ir al encuentro de su padre, confiando en hallarlo en las Alturas. Siempre supo que iría pronto detrás de él. Conocedora de su tiempo, le había pedido que sacase lustre a los zapatos, aunque llevaba sin salir desde mediados de agosto, el día del entierro. Decía que aquel sol la había fatigado y poco o nada le quedaba ya por hacer en invierno. No quería flores, tampoco un adiós con olor a naftalina. Insistió en que aireaese el traje de los domingos. No el de las romerías, sino el de las misas importantes, como el Corpus o el Domingo de Ramos.

Marta Castro preparaba la cena, con la mente dispersa entre recuerdos y tareas pendientes. Necesitaba tumbarse un poco, la espalda la torturaba. Tantas horas entre hilvanes y remates, con pausas exprimidas para atender la casa, a los animales y a las niñas, suponía una factura de difícil pago. Pensó en sentarse unos minutos mientras el agua rompía a hervir. Lanzó una mirada a las rígidas manecillas del reloj, que la controlaba desde lo alto de la pared tiznada de la cocina, y desechó la idea de inmediato. Posponía el descanso, eso hacía, eso creía que debía hacer, mientras aguardaba un porvenir de mar en calma y puestas de sol infinitas. Así era la medida del tiempo al desconocer si habría un después o un mañana. Introdujo otro leño en la cocina económica, abrió el tiro de la chimenea para guiar la salida del humo y, casi de forma inmediata, una nube gris y densa la envolvió. Humo que siempre encontraba la rendija justa por la que colarse, obligándola a cerrar los ojos unos segundos y a defenderse con unos golpes de tos. Dejó el atizador colgado en la manija de la portezuela de hierro y alcanzó un paño en el que limpiarse las manos. El crepitar de la madera iluminó con destellos fugaces y anaranjados su rostro, tiempo atrás vivo como una cendra, ahora portador fatigado de facciones delicadas y mirada inmensa. Las crestas de la lumbre asomaban con fuerza por el ojo de los tres anillos sobre los que debía colocar la olla de nuevo. Se concedió un parpadeo pausado, sintió el mimo del calor tiñendo sus mejillas y dibujó una sonrisa que parecía eterna, reconciliada y cansada. Sabía que algún día, al igual que su madre, cuando el último grano de arena se dejase llevar con su aliento, rogaría a ese mar desconocido que meciese sin prisa sus cenizas absueltas. Tan humana la contradicción.

El reloj marcaba ya las ocho y media. Ahora solo podía pensar en que Ricardo llegaría en cualquier momento de su taller de carpintero. Trabajaba mucho, en un horario inflexible y bien delimitado en el tiempo y en el espacio, como para soportar retrasos de un plato humeante en la mesa. Así lo entendía él y así lo aceptaba ella. Una cena bien hecha y hablar lo justo y necesario para no incomodar. Llegaba cansado.

Con la tensión de la última mirada al reloj, Marta cogió de nuevo el atizador de la portezuela y avivó los fuegos cuanto pudo. A sus veintiséis años parecía mayor, fruto, quizá, de aquella lucha con el minutero. Pero ella nunca se quejaba. No podía. No con los labios. Su cuerpo delataba la necesidad de descanso. Y sus padres ya no estaban, ni en el frente ni en la retaguardia. Se habían ido. Y ya nadie se paraba a auxiliar sus pesares silenciosos y renuentes; a tender una mano tan cálida como valiente.

Tiempo atrás habría pensado que debía cumplir penitencia. No supo elegir a los hombres. No supo presentarse ante ellos como una buena esposa, exhibiendo sin pudor su belleza, su voz y hasta su risa. Había sido una joven alegre con ganas de cambiar el mundo. Y lo había conseguido, al lado de una mayoría sin miedo, en su breve etapa universitaria; entonando cánticos a favor de la libertad y la democracia, entre asambleas cargadas de energía, en las que cada voz era la voz de un ideal que logró materializarse en 1978. Año en el que su destino mutó en más de un sentido. Año en el que un embarazo la sorprendió en la Facultad de Periodismo de Santiago. Así cambiaron sus prioridades, sus necesidades. Se prometió volver algún día y terminar la carrera que con tanta ilusión había empezado. Era el orgullo discreto y silencioso de su madre, pero ella nunca mostró decepción; hija de las circunstancias como tantos, ni tan siquiera los estudios había comenzado. El exilio forzoso de una España convulsa la señaló como una presa a batir, rompiendo la ensoñación de ser dueña de su destino. Distintos motivos, la misma consecuencia: aguja e hilo, día y noche, tejiendo el futuro de nuevo. Así la había educado su madre para luchar, para vivir, para salir siempre adelante, pero se enamoró, se enamoró de la forma apasionada en que se viven los sueños y entonces llegó la decepción, y con ella el dolor, un dolor inmenso que transformaría su historia para siempre. El mismo hombre que un día la había protegido con su cuerpo de un grupo de falangistas extemporáneos, que buscaban amedrentarla por eslóganes y demás discursos estudiantiles, se esfumó tras señalarla con un beso que ni el mismo Judas Iscariote. Con indiferencia, permitió que reminiscencias de una España oscura y atrincherada se la llevaran, a punta de pistola sobre su vientre abultado, con el fin de someter su voluntad entre amenazas. Aquellos hombres sin compasión, grandes en sus uniformes, diminutos en todo lo demás, no consiguieron lo que buscaban, pero después de haberla golpeado como a un enemigo de guerra, sin guerra, acorralado como a una presa en una cacería de diez a uno, ella había cambiado, totalmente y para siempre. Su energía se había desvanecido. La tristeza había conseguido envolver su cuerpo, más lento, más pesado. Estaba cansada y se dejaba arrastrar por inercias tan fáciles como prudentes. Se había resignado a cambiar ella y a que el mundo avanzara a su ritmo; doblegada, mermada y, al final, diluida en una identidad que ya no reconocía cuando se miraba al espejo.

Así transcurrieron los meses. Su madre la acompañaba cada día sin lograr llegar a ella, acariciarla, despertarla. Había levantado un muro a su alrededor. Robusto y sofocante, con los cimientos en el engaño de un hombre y las almenas en el miedo a ser alcanzada de nuevo.

Y entonces nació Ana. El sol brillaba en lo alto, inundando de claridad los ojos tristes de Marta. Pétalos en verdes prados, pájaros con sus cantos, la niña había nacido en el mes de mayo. Y con ella, la oportunidad de volver a sentir la vida y el mundo. Abrió sus ojos pocos minutos después de iniciar el camino fuera de su madre, como si no quisiera perder detalle de cuanto sucedía a su alrededor. Había sido un flechazo, un rayo de luz. Al ver a su hija por primera vez, con sus ojillos cerrados y envuelta en grasa, Marta sintió que una parte de ella viviría siempre. Y esa parte no iba a ser la tristeza. Pequeña, indefensa, inocente. Haría todo lo que estuviese en sus manos para que su vida fuese plena. Aquel sentimiento era más que un deseo y le daba fuerza. Una fuerza que se había multiplicado cuando llegó al mundo Clara, la dulce Clara. Con apenas kilo y medio de peso, fruto de un parto precipitado para el que todavía no estaba preparada, la pequeña de sus hijas se aferró a la vida y luchó por quedarse en ella.

Cuando Marta las miraba, cuando tocaba sus manos diminutas o sus minúsculos pies, la vida sonreía y el brillo volvía a sus ojos, naufragando en el deshielo de la melancolía. Ellas lo eran todo. Por ellas, todo merecía la pena. Su coraje renovado como mujer nacía de su amor como madre. Hizo una promesa: protegerlas siempre. Y lo intentaría, lo intentaría con todas sus fuerzas.

Se había puesto encima toda la bisutería que sus pequeñas manos le habían permitido alcanzar, elevándose sobre las puntas de sus pies. El joyero de madera lacada en blanco que su madre conservaba con tanto mimo desde su primera comunión estaba vacío, y Ana danzaba feliz con todas las pulseras de perlas, metal y nácar que había encontrado, tintineando con cada movimiento en sus brazos. Su delgadez permitía que algunos de esos adornos jugasen el papel de brazaletes y otros, simplemente, huyesen despavoridos rodando por el suelo. Pero la niña disfrutaba, se reía de tal forma que había contagiado a su hermana pequeña. Clara, con su primer año cumplido, la seguía con la mirada desde la cuna, con profunda admiración, verdadera devoción. Asomaba apenas la nariz y los ojos, pero le bastaba para disfrutar de la actuación de su hermana. Las risas estaban aseguradas, así como las consecuentes caídas por querer imitar con tan precaria estabilidad a Ana.

En esa espiral de diversión, la mayor consiguió acceder al rincón más pequeño y secreto de cuantos departamentos de terciopelo tenía el joyero. En él encontró una fina cadena dorada con un camafeo que no recordaba haber visto antes. Así que la niña ni se lo pensó, lo vio brillante con piedras verdes y se lo puso, y el colgante cayó con holgura por su cuello. Pequeños saltos alborotados y risa nerviosa, así fue corriendo hacia el espejo frente a la cuna, tan galana como vistosa. Allí seguía su hermana expectante, esperando su actuación de risas acompasadas y tintineo de pulseras.

Clara, hipnotizada por el baile y el compás de muecas, así como por el reflejo de estas en el espejo, respondió con un intento de aplauso que daba alas al ingenio de su hermana y aseguraba más tiempo con el juego.

Ana salió del dormitorio dando brincos y se metió en el pequeño cuarto en el que su madre dedicaba tantas horas a bordar, coser y tricotar. En uno de los zapateros que había junto a la pared encontró unos zapatos negros de tacón medio que ayudarían a crear su personaje de «Ana Barreiro, chica mayor».

Mientras avanzaba por el pasillo del piso de arriba, pues la casa tenía dos plantas, oyó el timbre. Se paró en seco y se asomó a la balaustrada de madera de roble para ver de quién se trataba. Ya estaba próxima la hora de la cena y la única persona que venía a casa tan tarde era su padre; y él tenía llaves. Dejó los zapatos en el suelo y bajó descalza y sigilosa un par de peldaños. Desde esa posición, sentada y con las piernas recogidas, intentó asomar sin éxito la cabeza entre los barrotes de madera. Solo acertó a ver a su madre de espaldas. Parecía rígida agarrando la puerta con una mano y bloqueando la vista y el paso a aquella inusitada visita. Como si el tiempo se hubiera detenido, su madre continuaba paralizada y en silencio. Pese a la mala visibilidad que tenía, Ana se encontraba lo suficientemente cerca como para escuchar la conversación, en el supuesto de que esta tuviese lugar. Pero Marta no hablaba. No podía. Había reconocido la oscuridad de aquellos ojos que esperaban en el umbral de la puerta y temblaba. Sintió un escalofrío, como un látigo en su memoria, donde veía al diablo sonreír. Sabía que el mensaje venía del infierno y era demasiado tarde para huir.

Ana, incapaz de resistirse al misterio, bajó otros dos peldaños con cuidado de no ser descubierta. Estiró el cuello todo lo que pudo y solo entonces logró ver un abrigo y un sombrero de paño oscuro, tan del gusto de las películas antiguas, de otra época, en blanco y negro, las mismas que rompían el silencio de las noches de costura en las que su madre trabajaba bajo una luz solitaria en la penumbra.

En ese momento, el menudo cuerpo de su madre, rígido y en evidente estado de alerta, retrocedió despacio; un paso, luego otro, inciertos y torpes, al tiempo que se cubría con la chaqueta de lana, en un movimiento inconsciente de protección. La mano derecha cruzaba su pecho, ignorando el mechón de pelo que se liberaba lentamente de aquel recogido improvisado durante largas horas de trabajo. Con la mano izquierda continuaba agarrando la puerta, congelada en el tiempo, con la sangre como el hielo, sin tan siquiera un parpadeo.

El hombre avanzó hacia ella, desafiante, y antepuso una mano escuálida y huesuda, de largos dedos macilentos, para impedir que se cerrara la puerta. El gesto de desprecio se afianzó al sacar, pausado y resarcido, un paquete de Bisontes del bolsillo interior del abrigo. Una mirada fría avanzó por el interior de la casa, manteniendo la aspereza de sus facciones, imperturbable. Encendió un cigarro, indiferente a la voluntad de su madre, y entonces Ana pudo ver su cara envuelta en humo. Cejas negras y pobladas, sobre una piel cetrina y consumida por el tabaco, se arqueaban entre la humareda enmarcando su mirada oscura de diablo. Efectiva carta de presentación, acentuada con una desproporcionada nariz aguileña que no hacía sino dejar una impronta en la retina de cualquiera que tuviera la desgracia de cruzárselo en el camino.

El aspecto de aquel hombre asustó a Ana. Su madre continuaba sin decir nada. Solo retrocedía lentamente, escurriéndose en su chaqueta, deslizando sus pasos, sin resultar evidente, rastreando a ciegas con la punta de los dedos el comienzo de la balaustrada. Mientras, el extraño parecía disfrutar con la escena. Ana no necesitó un segundo más para entender que algo no iba bien, que aquel hombre era una amenaza. Se puso de pie y fue hacia el dormitorio de sus padres en donde la pequeña Clara continuaba jugando con su conejito de peluche, ajena a todo. Ana se arrancó las pulseras de su madre dando pequeños saltos, como si de pronto le quemasen la piel, y trató de volver a colocarlas en su sitio.

Con la yema de los dedos, Marta palpó al fin el salvoconducto que brindaba el pasamanos. Lo asió vigorosa y emprendió su huida escalera arriba. La madera crujía, molesta por los golpes torpes y rápidos de sus chinelas. El aliento parecía abrasarle en la garganta. Impulsándose con la fuerza de sus brazos entre la pared y aquella vieja balaustrada, deseaba poder volar, catapultarse a lo alto de la escalera. Pero aquellas zapatillas, que tanto había agradecido a la anciana tía de su marido, torpedeaban su objetivo. Lamentó que la señora Carmiña aplicase el mismo criterio para la ropa y el calzado que para la comida: «Mejor que sobre que no que falte». Así fue como, observadora y silenciosa, en la visita al hospital para conocer de forma precipitada a Clara, había advertido la necesidad y se las compró en la primera zapatería que encontró. Hasta este momento, la talla no había supuesto un problema. Ahora, sus movimientos desmañados con aquellas chinelas desafiaban el equilibrio y le hacían torcer los tobillos sin remedio, al tiempo que un pensamiento percutía en sus sienes: «Debo llegar al cuarto de las niñas, debo protegerlas». Se encerraría con ellas, bloquearía la puerta con algún mueble y esperaría a que Ricardo o algún vecino llamase a la policía. Incluso, con suerte, ella misma podría hacerlo desde el teléfono del dormitorio. Necesitaba suerte. Esa que en su vida no acostumbraba a aparecer; ella la buscaba sin éxito, nunca era una opción.

Todo sucedía demasiado rápido en su cabeza y fuera de ella. El hombre parecía haberle dado ventaja. Tal vez, cuanto más difícil se lo pusiera, el placer de atraparla resultase mayor.

Quizá para él solo fuese un juego cruel y macabro. O acaso se apiadase de una pobre madre que solo quería proteger a sus crías. Probablemente no quisiera hacerlo.

La duda se disipó enseguida. El hombre arrojó el cigarro medio consumido al suelo con la mirada clavada en su presa, dibujando una sonrisa sin alma en el cuerpo. Ágil como una pantera, sus saltos escalera arriba eran secos, limpios y certeros. Sabía lo que hacía y disfrutaba haciéndolo.

Los nervios se apoderaron de Marta y le impedían moverse con más suerte. Una mano la agarró con fuerza cuando alcanzaba el último peldaño. Su tobillo se había convertido en el prisionero perfecto de aquel cepo humano. Dedos largos y consumidos que parecían quemar su piel. Se sintió atrapada. Con el miedo vibrando dentro de su pecho. Sin tiempo para intentar liberarse. La arrastró escalera abajo. El primer golpe fue el peor. El dolor se hundía en sus ojos, quemando, expandiéndose por su rostro con cada peldaño. Una ceja abierta, la nariz rota y sangre. Sentía el bullir caliente cubriendo su cabeza, y aun así no era comparable al miedo que sentía por sus hijas. Trató de reponerse, luchando con brío, ajena al dolor y las heridas. Tenía que retomar la huida hacia la planta superior de la casa. Aturdida y sin tiempo para el miedo, reptaba ayudándose de las manos, desesperada. Necesitaba salvarse. Aquel hombre pasó sin dificultad por encima de su cuerpo. Se detuvo un segundo a observar el coraje malnutrido de Marta arrastrándose por los peldaños de madera y sonrió. Sin piedad ni deshielo, le pisó la mano derecha percutiendo sin descanso hasta romperle cada uno de sus dedos. Los desgarradores gritos de la joven provocaban un intenso placer en aquel ser sin humanidad, alimentado de humo y tinieblas.

Al otro lado del pasillo, dentro de la habitación, Ana temblaba y sufría por su madre. Se mordía las puntas de las uñas, retorcía los dedos entre las manos. Necesitaba saber qué le pasaba. Sin pensarlo, asomó la cabeza por la puerta.

La escena de su madre cubierta de sangre, con el rostro irreconocible, le encogió el estómago y quiso arrancarse los ojos. Entró de nuevo en el dormitorio, con el miedo de un valiente, hasta ese momento desconocido, y un mal recuerdo en la memoria que ya no parecía suyo.

Ana se aproximó a Clara atropellando sus pasos y comenzó a llamarla. Con los brazos extendidos y dedos inquietos, la apremiaba para que se acercase y así poder bajarla de la cuna. Pero la pequeña escondía su cara tras su conejito de peluche, del que no se separaba nunca, y sonreía a su hermana sin entender que el juego había terminado.

Los nervios de Ana iban en aumento, al igual que los gritos de su madre. Aquel hombre no iba a marcharse. Todavía no. Acercó una caja de juguetes a la cuna y se subió a ella. Mostró de nuevo las manos a Clara y le rogó que las cogiera para levantarla. La pequeña sonreía burlona mostrando de nuevo a Orejitas, su muñeco, creyendo que así respondía a la demanda de su hermana.

Con voz trémula pero firme, Ana le ordenó que se levantara de una vez para que pudiera cogerla, aunque fuese a duras penas, entre sus brazos. Clara se asustó. Sus ojos grandes y redondos se llenaron de lágrimas en un segundo y rompió a llorar. Angustiada, Ana se bajó de la caja justo cuando un estruendo inundó la casa y también su mente. Parecía el disparo de un revólver. Miró a su hermana con el miedo abrasando sus ojos y se metió dentro del armario. No sabía qué hacer, y la pequeña Clara continuaba llorando sola y asustada tras los barrotes de la cuna.

Aquel armario empotrado en el dormitorio de sus padres escondía un secreto en forma de portezuela mimetizada con el fondo que conducía a un espacio que bien podría ser un refugio y que, de hecho, para Ana lo era. Lo había construido su abuelo en los años de la posguerra por precaución, según decía, y hasta esa noche ella lo llenaba de juegos, imaginación y juguetes, que acababan por mezclarse con papeles viejos, fotografías antiguas y demás recuerdos de su familia. «Si un día alguien entra en esta casa para haceros daño, aquí estaréis a salvo», recordó las palabras de su abuelo. Entonces sintió las piernas temblorosas, tragó lágrimas, y supo que ese momento había llegado y parecía que solo ella podría salvarse.

Al entrar en su lugar secreto con tanta urgencia, la cadena que llevaba colgada al cuello se enganchó y se soltó, dejando que el camafeo corriera su propia suerte dentro de aquel escondrijo. Pero Clara seguía llorando. No podía soportarlo. Era su pequeña y más leal compañera de juegos y risas. Decidió salir sin apenas haber llegado a acomodarse dentro. Se acercó rápidamente a ella, quien al verla enmudeció dando un respingo, aliviada.

Mientras, Marta había conseguido esquivar la bala. Con la mano derecha atrapada bajo la suela del zapato, pudo escuchar cómo el hombre amartillaba el arma. Instintivamente se llevó la mano que le quedaba libre a la cabeza. En un único movimiento, rápido y limpio, se quitó la aguja de tricotar con la que se recogía su melena ondulada dentro de casa, y, con toda la fuerza que le quedaba en el cuerpo, se la clavó al hombre en el pie que retenía su mano. La punta metálica atravesó el zapato y la carne haciendo que perdiera el equilibrio. Marta entonces alzó la vista y esquivó la bala 9 mm Parabellum que pretendía ejecutarla. Aprovechó que aquel ángel de la muerte estaba tirado en la escalera tratando de arrancarse la aguja para correr como alma que lleva el diablo hacia arriba.

Con el aguijón de metal en la mano, triunfante, el hombre comenzó a reírse. Estentóreas carcajadas que sobrecogieron a Marta cuando intentaba alcanzar la puerta del dormitorio. Temblorosa, se acercó a la balaustrada y pudo ver el movimiento perturbado con el que lamía la sangre de la aguja, como una bestia enfermiza cogiendo fuerzas para el ataque.

—¡Ahora es algo personal, zorra! —bramó mostrando la sangre en su boca—. ¡Disfrutaré acabando contigo!

Los escalones de madera crujían como si un caballo galopase sobre ellos en una carrera a vida o muerte. En cuestión de segundos le había dado caza. Tras la balaustrada, Marta seguía luchando por proteger la entrada a aquella habitación. Le había arrojado todos los objetos que a su paso había ido encontrando: lámparas, jarrones, platos decorados de algunas romerías expuestos en las paredes..., pero nada podía contener la fiereza de aquel hombre.

Ana quería ir con su madre. La angustia y el terror comprimían sus pequeños pulmones reprimiendo el llanto. La necesitaba. Y Clara también. Abrió la puerta del dormitorio y pudo ver el rostro de su madre frente a ella: ensangrentado, turbado, confundido. Con la desesperación de quien sabe que ha fallado, que no ha podido cumplir su promesa.

—¡Ve dentro! —ordenó su madre, viendo cómo el miedo y la tristeza inundaban sus ojos esmeralda.

Sin apartar la vista del rostro de su madre, la niña quiso obedecer. Las lágrimas se dejaron caer buscando suerte, y Ana, en silencio, asintió en una despedida ahogada.

Marta sintió que la rabia de su verdugo se acrecentaba. Contrajo cada una de las falanges de su puño, mientras con la otra mano tiraba con fuerza de su larga cabellera. Él quería ver su cara antes del último golpe; que intuyese el final y que el pánico desencajase sus facciones. Pero Marta no le dio ese placer, sus ojos se clavaban en la puerta del dormitorio. Tras ella podía escuchar a la pequeña Clara llamándola con un gimoteo intermitente y cansado, incapaz de entender lo que ocurría. Inmovilizada, inmortalizaba sin querer un último recuerdo. Uno en el que los temblorosos ojos de Ana y la ternura ahogada de Clara clamaban por su abrazo. Ese abrazo que alejaba a los monstruos y serenaba las noches de tormenta. El que más iban a necesitar y ya no podría darles.

Intentó liberarse sin suerte ni armas. Él permitió su fútil empeño buscando el miedo en sus ojos verdes. Ella le negó ese placer y resistió con la fuerza del condenado y el orgullo del valiente. Un golpe, dos golpes, más sangre y dolor, hasta que llegó el último y, sin más despedida, sin llegar a ver el mar algún día, le arrebató el futuro a sus veintiséis años, siendo esposa por contrato y entregada madre de dos niñas.

Hasta el final había intentado protegerlas, pero no fue suficiente. La fuerza del fatal impacto levantó el cuerpo menudo de Marta en el aire, lo preciso para sortear la balaustrada, precipitándola con saña contra el suelo de la planta baja.

Ana emitió un grito sordo que contrajo su niñez. Ya no pudo oír nada ni a nadie. Las imágenes parecían lancear sus sentidos. Su pequeño corazón agitado y desvalido le dificultaba respirar. Estaba paralizada.

La sangre cubría el suelo en el que su hermana había dado sus primeros pasos hacía solo unos días. Su madre, ahora tendida sobre él, parecía suplicar una segunda oportunidad para vivir, con los ojos abiertos clamando al Cielo.

Con la vileza de un verdadero asesino, el hombre contempló el cuerpo exánime con decepción. Habría querido alargar la tortura para resarcirse con el terror que reflejaban los ojos de Marta. Se colocó el sombrero, ceremonioso, y bajó la escalera pausadamente, queriendo ignorar su pie bañado en sangre. Con la barbilla erguida y el gesto rotundo e invencible. Abrió su abrigo Chester y del bolsillo interior extrajo un encendedor de gas y la cajetilla de Bisontes. Un golpe seco contra la palma de la mano hizo que saliera uno de esos emblemas nacionales sin boquilla. Incapaz de postergar el placer de la nicotina, carraspeó con aspereza y se colocó el cigarro en el centro de los labios. Envuelto en humo como un fantasma, sacó del otro bolsillo un estilete con empuñadura de cobre y hoja de acero ante los ojos secos y turbados de Ana, inmóvil en lo alto de la escalera. La estrecha hoja de la daga se movía complacida de un lado al otro de la llama hasta que su punta alcanzó un brillo candente. Sonrió admirando el metal, con el cigarro sujeto por un hilo de labios apretados e invisibles. Clavó una rodilla en el suelo, a un lado del cuerpo todavía caliente de Marta, desgarró su blusa y buscó el punto en el que poco antes palpitaban sus desvelos. La incandescencia del estilete abrasó su piel con la misma rapidez que lo tornó del color del fuego sin ofrecer resistencia. Ana continuaba agarrada con ambas manos a los barrotes torneados de la balaustrada, con la mirada perdida, sin lágrimas e incapaz de entender lo que veían sus ojos. El fumador murmuró algo ininteligible para ella, pero que sonaba a maldición contra aquel cuerpo que no podía reconocer. Solo dos movimientos del estilete, de arriba abajo, de izquierda a derecha. Con un ojo entrecerrado, esquivando el humo que subía rizado desde la comisura de su boca. Sarcástico, mordaz, así marcó el momento de su muerte con una gran cruz latina. Después se puso de pie y desdeñó la colilla de los labios con desproporcionada fuerza, al tiempo que escupía furioso los restos que la picadura del tabaco le había dejado entre los dientes.

Una sacudida estremeció el pequeño cuerpo de Ana, apremiándola a entrar de nuevo a por su hermana. Demasiado tarde. Sus pies hicieron crujir la madera y los ojos enrojecidos por el humo se giraron advirtiéndole de que cualquier intento sería inútil.

Al llegar hasta ella, el hombre la agarró por la barbilla, en abusivo gesto de fuerza, escudriñando su pequeño rostro. Vulnerable y lejana, vio la sombra de su aterradora sonrisa al mirarla a los ojos. Sintió un pinchazo en el cuello, su vista se nubló y cayó rendida. Aquel olor a tabaco rancio acababa de secuestrar su infancia.

2

Madrid, abril de 2011

Se incorporó agitada sobre la cama, con el vello erizado y bañada en un sudor frío que parecía nacer en el mismo lugar en el que pernoctaban sus desvelos. El corazón, acelerado y tembloroso, buscaba recuperar el aliento en cualquier rincón de la habitación. Encontró el agarre necesario que anclase su amanecer en un marco familiar que coronaba la mesita de noche. Asustada, como un animal deslumbrado en medio de una autopista de la que quiere salir pero su cuerpo permanece inmóvil, parpadeó dos veces, tal vez más, hasta que fue capaz de reconocer la sonrisa a medio hacer de su hijo Martín en la fotografía. El brillo de sus ojos verde esmeralda jugando con las hojas caducas del parque del Retiro le permitió controlar de nuevo la respiración. Adela estaba en casa. Había sido un sueño. Ese mal sueño.

Álvaro, sobresaltado, intentó cogerle la mano, pero continuaba alterada y sus dedos se escurrieron huidizos, fríos y húmedos, bajo la sábana blanca; aún no podía compartir la soledad del trance con nadie. Juntó las manos y las apretó con angustia, buscando el calor de la mañana, aquel que alejase la oscuridad de la noche y la sombra de ese sueño.

—¿La misma pesadilla otra vez? —preguntó Álvaro, acariciando al fin sus manos.

—Sí —musitó Adela, y tragó saliva para dejar que su voz diera cuerpo a cuantas palabras explicasen a su marido lo que sentía—. Era de noche. Creo que hacía frío o, al menos, sé que yo temblaba y estaba oscuro. Llovía. Agua que parecía no tener cuerpo y, sin embargo, me empapaba la cara. Había charcos delante de la casa. Tal vez de días pasados, pero allí estaban, robando agua a un aire espeso, a mi propio aliento, a mi último aliento. Un gran charco rodeaba mi cuerpo, ignorando que estaba allí tendida. Era sangre. Mucha sangre sobre baldosas de granito en distintos tonos. Da igual, porque, de pronto, todas eran del mismo color rojo brillante. —Tragó saliva de nuevo. Con la vista clavada en la sábana blanca y las yemas de los dedos reconociendo su cara, continuó—: Había llovido, sí, recuerdo la lluvia en la ventana, pero aquel cuerpo no era el mío. Ni tan siquiera de alguien a quien conociese... y, sin embargo, allí estaba mi rostro y un dolor muy intenso que me impedía respirar. —Se cubrió la cara con las manos, como si tratara de despertar por segunda vez aquella mañana o, más probable aunque imposible, como si intentase borrar su propio rostro, alterar sus rasgos o facciones y no reconocerse ya en el espejo.

Álvaro guardaba silencio con párpados pesarosos. Realmente no sabía qué decir ni cómo actuar con ella. Aquel sueño se repetía más de lo que le reconocía a sus suegros. Incluso a sí mismo. Desde distintas perspectivas, sensaciones y emociones, el resultado era el mismo: la angustia y la frustración con las que Adela debía lidiar demasiadas mañanas ante su impotencia.

—¿Quieres que pida cita con el terapeuta de la otra vez? Juraría que con aquellas pastillas para dormir estabas mejor —propuso sin mucha fe ni convencimiento.

—¿Al que me llevaba mi abuelo? —preguntó ella, exaltada.

—¿Tu abuelo? No, no. El que nos recomendó tu tío Enrique —contestó prudente.

Álvaro sabía que no era buena idea incluir al abuelo Roldán en la conversación, si su propósito era ayudar a que su esposa se rehiciese tras la desazón de aquella pesadilla. Con solo mencionarlo, sus ojos expresivos se habían abierto como grandes portillos circulares de un barco naufragado; confundidos y azorados, parecían estar viendo los destrozos de un temporal en una orilla en la que no quisieran detenerse, esperando en la distancia de varias millas náuticas. Había tanto por reconstruir para recuperar la calma...

—Son lo mismo —replicó ella, a la defensiva—. Doctor Navarro padre y doctor Navarro hijo —farfulló apartando la vista, decepcionada.

—Pues dime qué propones y si te puedo ayudar —rogó él, buscando su mirada, persiguiendo otra oportunidad.

—Se trataba del mismo sueño, pero esta vez ha sido diferente —concedió ella, explicando con tono pausado, devolviéndole la mirada—. Pude ver con claridad que...

—¡Mamá, mamá, es sábado, quiero desayunar! Bizcocho de chocolate, ¿vale? —le interrumpió su hijo Martín, con la delicadeza y la prudencia típicas de quien acaba de soplar tres velas de cumpleaños.

—¡Buenos días, Martín! —exclamó su padre—. Yo te voy a preparar el desayuno, campeón.   Cogió en volandas al pequeño.

—¿Y mamá? ¿No vienes, mami? —preguntó el niño señalando con el dedo a su madre.

—Claro que sí. —Adela dibujó una sonrisa, todavía lejos de poseer la energía de su hijo.

—¿Qué tal si nosotros nos vamos adelantando? —dijo Álvaro para echar un capote—. ¿Quién será el primero en llegar a la cocina? —Dejó al niño en el suelo antes de salir del dormitorio a la carrera, guiñando un ojo a Adela.

Agradecida, con una sonrisa más amplia, Adela aprovechó el paréntesis que le habían dado los dos hombres de su vida y de su casa y se metió en el baño. Jueza y parte, frente al espejo, escrutó su imagen con la crudeza de una mujer en la treintena. Se detuvo en los ojos, con esa mirada que no sabe lo que busca y siempre encuentra lo que no quiere ver. Movió el rostro a izquierda y a derecha, con un ademán de coquetería que se obligaba a no perder tras haber sido madre. Ojeras parduzcas fruto de noches difíciles, incipientes líneas que se arremolinaban en torno a sus ojos; unas dibujaban sonrisas, hasta espontáneas carcajadas, y otras aludían más al miedo que a la tristeza. Más arriba, Adela pareció centrarse en contar los primeros destellos plateados que asomaban en las raíces de su pelo castaño. Cada uno le recordaba que el tiempo no admitía réplica ni segundas oportunidades, solo despedidas. Era un tren que pasaba muy rápido, demasiado, diría ella en más de una ocasión al guardar con nostalgia la ropa que se le iba quedando pequeña a Martín. Y, por suerte o por desgracia, el tren se detenía solo una vez en la estación que tocase parar, sin importar el frío, la lluvia o el reflejo del sol en los andenes. Adela no siempre se sobreponía tan bien como quisiera al frío, y antes de emprender la marcha ya estaba añorando el sol, pero creía que el rumbo de su destino lo marcaba ella, solo ella, y eso la hacía fuerte. Al menos, hasta el momento en que aquella pesadilla de sangre y sombras traspasara la noche para hacerse con el control de los días que estaban por venir.

Continuó examinando frente al espejo sus enormes ojos verdes, los mismos que había heredado su hijo Martín. Mantenían todavía ese brillo que había hipnotizado a su marido una década atrás, cuando estudiaban en la universidad. Ella, Historia en la Complutense; y él, Arquitectura en la Politécnica de Madrid. Un tropiezo en la biblioteca con un libro mal catalogado sobre templos medievales les llevó a creer en la bondad del destino. La admiración inicial dio paso a las risas con maridaje de madrugada y luego a un sentimiento de unión cómplice digno de la gran pantalla. Al menos así creía haberlo vivido ella. También él.

Desde entonces, Adela y Álvaro se habían vuelto inseparables. Compartían sus ganas de conocer mundo, de viajar, tanto a los lugares más lejanos en la diversidad de cada continente como a los más próximos, pues no era infrecuente que se sorprendieran y maravillaran de culturas de tiempos pasados en la misma tierra que pisaban, o simplemente moviéndose a pocas horas en coche en escapadas de fin de semana. Lo hacían por el mero placer de conocer, desde la naturaleza más salvaje hasta una ciudad medieval, un pueblo marinero o las ruinas de una villa romana con retazos de esplendor de otra época. Así lo había demostrado Álvaro al pedirle matrimonio frente a la iglesia de Santa María de Eunate, en Navarra, convirtiendo en testigo al espectacular icono del románico que, cinco años antes, los había unido con aquel viejo libro en la universidad. Así cerraban un círculo para abrir otro en el que se integrase su familia. Solo dos años después, paseando por la estrecha calleja de las Flores de Córdoba, Adela le anunciaba que pasarían a ser tres en casa. Y llegó a sus vidas el pequeño Martín, dándole la vuelta a todo. Obligándoles a buscar el equilibrio necesario. Y lo habían encontrado. Respetaban sus tiempos y sus espacios. Álvaro siguió ligado a la vida universitaria como profesor de Geometría en la Politécnica, robando tiempo de su escaso ocio a mantener su pasión por la astronomía. No sin gracia, Adela solía decirle que al menos alguna noche de invierno dejase un poco de intimidad a las estrellas porque buscaba calor de madrugada. Por su parte, ella se había tomado una excedencia para no perderse el rápido crecimiento de Martín. Un año de vaguedades, dirían algunos, pero repleto de lecciones, oportunidades y sonrisas para Adela. Solo un día antes de ser madre firmó la excedencia creyendo abrir un paréntesis en su vida, y una vez inmersa en él, había descubierto una parte de ella que desconocía; se sentía más fuerte, agradecida y despierta, aunque apenas dormía.

Transcurrido el tiempo pactado con la revista mensual *Patrimonio*, especializada en Historia y Arte, en la que había trabajado desde que terminó la carrera, le ofrecieron volver con la promesa de que podría trabajar desde casa un buen número de días al mes. Adela aceptó. Le gustaba su trabajo, a medio camino entre la investigación y la divulgación del inmenso patrimonio cultural, conocido y desconocido, no solo del país sino del mundo entero. Disfrutaba como nadie viendo pueblos por primera vez y ahondando en sus culturas y tradiciones con el fin de mostrárselas al mundo o, al menos, a los lectores de la revista. Defendía su trabajo con ahínco, porque creía en el objetivo de dar luz al pasado, más allá de las propias fronteras; de discernir entre los claroscuros de la historia, fruto a veces de bienintencionadas acciones o del absolutismo de las ideas, y otras tantas, consecuencia despreocupada de intereses egoístas. Así lo demostraba en reuniones familiares en las que su tío Enrique, con sus maneras tan educadas en la forma como frías en el fondo, le ofrecía un trabajo catalogado como «serio» con el que sacar algo de lustre a su currículo y, cómo no, al orgullo de la familia. Adela se defendía recordando el buen poso que le dejaba contribuir a acercar el mundo a un espejo en el que pudiera reflejarse cada historia, rito o tradición, porque era deber y derecho de la Humanidad entera conocerse para dejar de matarse. Al fin y al cabo, terminaba diciendo, todos los hombres estaban hechos del mismo polvo y les esperaba el mismo final. Por norma general, las veces que se había atrevido a argumentar en esa línea, su favorita, Adela encendía los ánimos de buena parte de la familia, por lo que terminaba recibiendo un responso de su padre en la intimidad de una pequeña sala de estar al lado de la cocina, presidida por un gran óleo de san Josemaría que, sin duda alguna, tomaba parte en la reprimenda y no precisamente a favor de ella. Esos enfrentamientos formaban parte de su etapa de juventud. Ahora era madre, estaba más cansada y había ciertas licencias que ya no se concedía, no debía. Evitaba cualquier atisbo de conflicto familiar por el bien de su hijo, también por el de su padre e incluso por el del propio santo.

Desde que terminó sus estudios se había centrado en la revista. Sumergida en investigaciones hasta perder la noción del tiempo y el espacio, dando rienda a una manera de pensar que su abuelo había luchado por corregir internándola en caros colegios de estricta moral cristiana. Allí se habían volcado en forjar su carácter y el de cientos de niñas. Predisponiéndolas a sentir culpas y a mantener silencios como condenas, bien medidos con disciplinas y otras penitencias físicas, evitando dejar cicatrices visibles en muchachas algún día casaderas, bajo largas faldas tan grises como su existencia en aquellos centros de olor a incienso y madera noble. Su abuelo se había encargado de proporcionarle aquella modélica educación para niñas de buena familia, como solía recordarle su padre cuando ella lloraba abrazada a sus piernas porque no quería volver a la escuela tras las vacaciones de Navidad o en verano. Era en esos momentos cuando su abuelo la reprendía, indiferente a las lágrimas, afeándole la falta de gratitud por la oportunidad y el privilegio de ser una Roldán. Porque a su abuelo no le interesaba lo que ella pudiese pensar o sentir. Realmente, no le importaba nada ni nadie que no se alinease con su postura o sus creencias. Maniqueo, hombre de bandos y trincheras, de pensamiento único sin objeciones, solo tenía en cuenta una forma de ser: la suya. Aunque eran familia, él solo la veía como una institución necesaria, un requisito para el orden que tanto añoraba; aquel en el que, como en un batallón, el capitán ordena y los soldados se entregan en silencio. Orden y silencio, así entendía su abuelo lo que era la familia.

Pero en el presente ella llevaba una vida corriente, de rutinas relajadas. Centrada en su pasión de madre y, a ratos, en pequeños proyectos de la revista. Sin grandes historias que contar a su hijo, pues salvo una juventud con algunos altibajos emocionales, podría decirse que desde siempre su mayor desvelo era esa pesadilla que la desconcertaba y ante la que sus padres respondían estirando levemente los labios, invirtiendo su natural curvatura, para después enviarla a terapeutas que daban por toda respuesta recetas para adormecer su mente. Al ser hija única, en el internado elegido por su abuelo, primero, y en un centro de enseñanza católico y moderado, después, había pasado una infancia muy solitaria. En el internado se sintió superada por los largos ratos de escucha silenciosa en el despacho de la llamada dirección espiritual, en donde amonestación tras amonestación, siempre por su bien, según decían, le recordaban que allí no había amigos, pues todos eran hermanos que se corregían unos a otros para crecer. Durante aquellos años se negó a aceptarlo, pero de allí salió sin amigos y, por supuesto, sin hermanos. Más tarde, en la escuela concertada, ya a elección de sus padres, dedicaba más tiempo a observar a los demás niños y niñas que a intentar jugar con ellos, tal vez porque necesitaba tiempo para aprender a relacionarse. Por suerte, poco tiempo. Por último, en su casa había estado siempre rodeada de adultos, con una niñera que sumaba demasiados años como para recordar las necesidades de la niñez, y como tampoco había tenido primos con los que jugar, cantar villancicos en Nochebuena o hacer travesuras que, con el tiempo, pasasen a engrosar el anecdotario personal de una generación, podría decirse que toda su vida había anhelado un hermano o, mejor, muchos. Ese era el motivo por el que contestaba vehemente y casi con impaciencia cuando alguien le preguntaba por un hermanito para Martín. Álvaro y ella estaban decididos a dárselo. Ahora solo faltaba que la naturaleza obrase a su favor. Cuestión de tiempo, suponían.

Adela Roldán era una mujer que había ido dejando atrás resquemores de la infancia. Había apostado por el pragmatismo en todas sus formas; resolutiva y enérgica, siempre. Detestaba dejar nada al azar. Salvo imponderables, al final conseguía controlar todas aquellas variables a su alcance y dar respuesta a cada interrogante. Y esa mañana, la pesadilla con la que compartía toda una vida había hecho algo más que enturbiar su descanso; le había dado un dato, una información, una pista de la que poder tirar, y debía saber si era fiable.

Abrió su ordenador portátil. En su cabeza rememoraba los fragmentos del sueño más reveladores. Podía ver la fachada de una casa de piedra con jambas y postigos de madera. Parecía una construcción antigua. Frente a ella, un letrero en donde se podía leer con claridad: «Vilar de Fontao». Lo tecleó rápidamente en el buscador.

Al cabo de un rato, entró en la cocina decidida y sonriente y abrazó por la espalda a Martín dándole un sonoro beso en la cabeza.

—Chicos, he pensado que como la semana que viene es Semana Santa y no tenemos «cole» —enfatizó sonriendo a Martín—, nos podemos ir unos días a Galicia. No hemos estado nunca y creo que lo vamos a pasar muy bien.

Álvaro, con una tostada en la mano y dos tarros de mermelada abiertos que lo tentaban al unísono y le hacían dudar, la miró con cara de sorpresa.

Adela aupó a Martín y le animó a que pintase un dibujo en la pequeña mesa que ocupaba un rincón del salón, menguado para los adultos una vez reconvertido en jardín de infancia, con el objetivo de que se entretuviese un rato solo.

—Veo que te has repuesto. —Álvaro esbozó una sonrisa antes de preguntar—: ¿Ahora me lo puedes explicar? —Y comenzó a extender mermelada de albaricoque sobre la rebanada de pan.

—Es justo por ese sueño. —Adela hizo una pausa para explicarse—. Sé que no es nada importante, e incluso puede que sea una tontería, pero me gustaría hacer un pequeño... trabajo de campo. —Sonrió mostrando los dientes y levantó los hombros con un punto de humor.

—¿En Galicia? —preguntó él llevándose la tostada a la boca.

—Esta noche ha sido lo mismo de siempre: la muerte violenta de esa chica... —Hizo un gesto con una mano como si tratara de ahuyentar una mala visión—. Pero esta vez he visto la fachada de la casa y el nombre de un pueblo: Vilar de Fontao. Sé lo que piensas —dijo antes de que él hiciese algún gesto o ademán para hablar—: o bien no existe o es un pueblo que hemos visitado o por el que hemos pasado alguna vez, ¿cierto?

Álvaro levantó las cejas, sopesando esas opciones, y dio otro mordisco a la tostada.

—¿Y si te digo que ese pueblo existe y que está en Galicia? —Hizo una breve pausa antes de exclamar—: ¡Yo nunca he estado en Galicia!

—Pero puede que hayas visto ese pueblo en alguna noticia o en alguna película...

—Sí, podría ser. —Adela reflexionó unos instantes—. Pero, de todas formas, necesito ir a Galicia y ver si realmente existe esa casa. Después de eso, prometo dejarlo pasar.

—Me parece justo —dijo tras calibrar durante unos segundos las ventajas del trato—. Si así te sientes mejor, merecerá la pena intentarlo —añadió con una mueca resignada—. Aunque dudo mucho que exista, siempre podremos aprovechar y conocer Galicia. ¿Qué zona?

—Santiago de Compostela.

—Ah, perfecto. Yo estuve de niño, con motivo del año Jacobeo del noventa y tres. Apenas recuerdo poco más que la catedral y lo mucho que me gustó el pulpo á feira.

Adela se quedó pensativa.

—La Catedral de Santiago —murmuró—. ¿Te puedes creer que nunca he estado?

—Cuesta creerlo, la verdad. Con lo aficionada que es tu familia a moverse por causas religiosas, es raro que no te hayan llevado a uno de los tres centros de peregrinación cristiana más importantes: Santiago de Compostela.

—Y lo cierto es que sí me llevaron de niña al Vaticano y a Jerusalén —musitó.

—Pues no entiendo que no te llevaran a Santiago a ganar el Jubileo. —Álvaro hizo gesto de no entender y añadió—: Incluso mis padres, sin ser tan... creyentes —se corrigió a tiempo, aunque el cuerpo le pedía acertar más con «beatos»—, nos llevaron a mí y a mi hermana tras concluir, con éxito y mucho esfuerzo, un par de tramos del camino de peregrinación.

—De hecho —añadió pensativa—, no firmaron la autorización para dejarme hacer el Camino en el colegio, ni tan siquiera me permitieron hacerlo en la universidad...

3

Santiago de Compostela, noviembre de 1983

La puerta estaba abierta. Dos robles custodiaban la oscuridad que envolvía la última casa al lado del río. Aquella noche no dejaría de llover. Nunca lo hacía. Aunque el sol decidiese salir, regresaba la tormenta para llover sobre mojado. Así el agua salpicaba las baldosas, percutiendo con un leve repiqueteo que buscaba organizarse en un pequeño reguero de lluvia que se colaba en el interior de la casa, para mezclarse con la sangre que cubriría para siempre el recuerdo de quien la encontrara. Porque habían llegado demasiado tarde.

Abiertos, secos y asustados, los ojos de Marta suplicaban al Cielo tal vez por una suerte que nunca supo buscar, rehén silenciosa del destino, o quizá más probable y certera aquella fuese una penitencia entregada a Dios para liberar de cualquier pecado a sus hijas. Desvencijada su ropa, maltratada su carne, mostraba una cruz a fuego en su pecho. El perdón impuesto del diablo. De aquel que había robado la última caricia a unas manos tan menudas como sobradas de trabajo, abiertas y todavía templadas, guardando el calor, quién podría saber si con la esperanza del que había sido el último segundo. Los dos hombres se santiguaron a un tiempo ante ella. El más joven, ajeno a la sangre que empapaba su pantalón, se arrodilló a su lado. Compasivo, pasó con delicadeza la palma de la mano sobre su rostro, sintiendo el tímido roce de sus pestañas, presionando lo justo para cerrar sus ojos ahora tan lejanos.

—Es ella, padre. Es Marta Castro. Al final han dado con ella —dijo doliéndose de la suerte de la joven, al tiempo que rebuscaba en un bolsillo interior de su impermeable.

Cubrió su pecho desnudo y maltratado con un pañuelo blanco, mas no consiguió borrar la imagen del diablo de la memoria de su padre, quien apartó la vista y apretó ligeramente la mandíbula, impotente, sin querer recordar, pero obligado a hacerlo; sin intención de hablar y queriendo decir muchas cosas, pero no era el momento. A su mente acudieron nombres de mujeres, tan valientes como anónimas; sus rostros, sus palabras; torturadas, asesinadas, por la sombra de un tiempo que se negaba a morir y se enfrentaba a Dios y al diablo, mirando al Cielo mientras prendía la mecha del infierno. Cerró los ojos y pensó en todas ellas, enterradas en las sombras de los montes y en los atrios de las iglesias, también en los patios de la Historia, todas silenciosas, sin nombre y con una cruz en el pecho.

Daniel miró a su padre con intención de dar con la palabra necesaria, esa que nunca aparece cuando se la busca y que acudiría a él cuando ya fuese tarde. No fue una palabra, tampoco una frase, el momento viró con el frágil llanto de una niña pequeña.

El sonido provenía del piso de arriba. Padre e hijo cruzaron una mirada y el más joven subió con agilidad la escalera.

En la cuna, la pequeña Clara, exhausta y abatida de tanto llorar, hacía pucheros sin dejar de frotar sus ojos, enrojecidos y desesperados. Daniel le sonrió con ternura. Ella no se hizo de rogar y extendió los brazos ante el desconocido. Así el miedo y la necesidad forjarían el espíritu de una superviviente. Agradecida, colocó sus manos húmedas y diminutas sobre el rostro de quien deseó fuese su salvador y le devolvió una sonrisa muda con no más de dos cimas perladas asomando en sus encías.

Daniel descendió los peldaños con sumo cuidado, pues la responsabilidad la había cargado en brazos al mismo tiempo que a ese bebé.

—¿Y la otra niña? —preguntó su padre—. ¿Y la mayor?

Paralizado en el último escalón, el joven se sorprendió con la pregunta y contestó:

—No hay nadie más.

El padre se agarró con firmeza a la balaustrada para subir a la habitación. Rastreó todas las estancias y confirmó que, en efecto, no había nadie más.

—¿Por qué se han llevado a la niña? —preguntó Daniel—. ¿Por qué no matarla junto a su madre? Si lo que querían era que no hablara, eso sería lo más lógico, ¿no?

Pensativo, el mayor de los hombres cabeceaba al tiempo que se tiraba de la barba dando pequeños pasos que esquivaban la sangre de las baldosas.

—No han encontrado lo que buscaban —contestó al fin—. Por eso no pueden matarla. Todavía, al menos. Aun así..., ¿llevársela?... Sigue sin tener sentido. —Hizo una breve pausa y volvió a acariciarse la barba—. Hay algo que se nos escapa.

Agotada, la pequeña se había quedado dormida con la cara enterrada en el pecho de Daniel. Él sintió su respiración profunda y aliviada y decidió que era mejor llevarla al coche para que descansara; sin duda, lo necesitaba.

Una vieja sábana blanca, sin más seña ni distinción que el deterioro propio del uso y el paso del tiempo, ejerció de sudario para envolver el cuerpo que yacía al pie de la escalera y, así, trasladarlo al maletero del coche.

Lo hicieron con cuidado. Con el respeto debido a quien había tomado una decisión valiente y, a la vista estaba, había sido insuficiente. Tal vez tardía. Daniel colocó el cuerpo en el maletero con delicadeza, con el desconocimiento y la prudencia que los vivos guardan hacia los muertos. Cogió la cabeza como si velase su sueño. Entonces vio las palmas de sus manos manchadas de sangre. La misma que había traspasado la fina sábana y ahora amenazaba con empapar el enmoquetado de sufrido gris, quizá negro, como aquella noche. Asustado, tanto casi como si fuera propia, dio un paso atrás sin parpadear, con la vista centrada en aquel rastro escarlata de vida con tan violento final, incapaz de mirar hacia nada más, de ver más allá del infortunio, de la muerte. Fue entonces cuando la fuerza de unos dedos gruesos y rudos se ancló a su hombro, apretando hasta hundirse entre los huesos y la carne. Daniel sintió cómo el corazón se le desbocaba en un segundo, sin valor para darse la vuelta.

—¿Qué estás haciendo en mi casa? —preguntó Ricardo Barreiro con tono áspero.

Al principio Daniel no supo qué contestar y dejó que sus manos hablaran por él. Se dio la vuelta, con el gesto compungido, y señaló el bulto blanco que cubría la totalidad del maletero del coche.

La noticia demudó el gesto de Ricardo, pasando de una impostada fortaleza y autoridad a una tristeza que no tardó en asumir, como si realmente no le sorprendiera, como si, al fin y al cabo, fuese inevitable.

Resignado, silencioso, se sentó en un pequeño banco de piedra custodiado por aquella oscuridad que envolvía su casa. La vida en familia que nunca había llegado a comprender se había esfumado. No lloró por Marta, por quien había sido su esposa, como tampoco había podido llorar por su madre. Así se lo había inculcado su padre: porque los hombres no lloran. No porque la pena le fuese ajena, no. No por eso Ricardo no sufría. Sus ojos se hundían en el manto de la noche y su mente se recluía como cuando no era más que un niño al que no dejaban llorar. Soledad, tristeza, absoluta orfandad.

Preguntó por la niña, por Clara, y, sabiéndose desgraciado, sintió cierto alivio al escuchar que Daniel y su padre pretendían llevársela. Era su hija, sí, pero pensaba que un hombre no podía ser padre en soledad, que no era más que un huérfano perpetuo y poco o nada podría hacer por ella. Tampoco apenas por él mismo.

No quiso despedirse. Para qué. Ni siquiera habían tenido tiempo para conocerse. Demasiado pequeña la niña, demasiado tarde para un hombre como él.

Detuvieron el coche en la oscuridad ahuecada de las copas de unos árboles y algunos arbustos. Por un estrecho camino de no más de unas decenas de pasos accedieron a la iglesia de Vilar de Fontao. Trabajaron lo más rápido que pudieron, no los fuera a delatar el alba devolviendo a la tierra a la joven Marta Castro. Rezaron y volvieron al coche antes de que la niña se despertase y rompiese a llorar. Pero antes, el mayor de los hombres palpó la piedra más cercana en un lateral del atrio rastreando con dedos inquietos, a la vez que seguros de lo que buscaban, en la rugosa superficie de granito. Al fin, con ayuda de la escasa luz de la luna menguante, hundió las yemas siguiendo la silueta de una discreta cruz y se dispuso a grabar a su lado otra pequeña cruz, tan anónima como su compañera, ahora menos solitaria, para que bendijese su descanso eterno.

—Aquí no estarás sola.

4

Santiago de Compostela, abril de 2011

Pese a estar a las puertas de la primavera, el día en Santiago era gris. El cielo plomizo se reflejaba por momentos en el adoquinado, resaltando la melancolía de unas calles que parecían invitar a la reflexión más profunda a sus místicos viajeros. Aunque no todos los visitantes que se acercaban a Santiago lo hacían por una motivación espiritual. Algunos, sencillamente, perseguían su patrimonio cultural y su riqueza gastronómica. Santiago de Compostela no fallaba. Con cada uno de sus visitantes ejercía de excelente anfitriona. Mostraba su identidad y exhibía sin reparo ni tacañería sus mejores virtudes. Ni la lluvia ni el *orballo* enturbiaban un viaje que era mucho más que un destino en un mapa. Porque las nubes grises formaban parte de la escena de la ciudad en el imaginario popular, al igual que la fina lluvia que todo calaba, de forma lenta pero precisa hasta hacer brillar su esencia, puliendo la piedra de cada monumento y tornando de un vivo verdor los cantos más excepcionales de su casco antiguo. Superando expectativas, más allá de la historia y la religión escritas en cada uno de ellos, alimentando también leyendas en un aura de insuperable misterio.

El trayecto a Santiago había sido rápido. No así el recorrido por la rúa do Franco hasta la plaza del Obradoiro. Cientos de peregrinos desfilaban apretados sobre el empedrado de intrincadas calles y más angostos callejones. Ataviados con macutos, gorras o sombreros y ropa de algodón. Los nostálgicos portaban bordones, calabazas y conchas de vieira, mientras que los más prácticos apostaban por ergonómicos bastones de senderismo y cantimplora. Abundaban los solitarios, y también los que habían recorrido el Camino en grupos más o menos multitudinarios. Todos cansados y agradecidos de alcanzar la meta de sus pasos. Aunque no todos compartiesen la misma motivación para cargar la mochila al hombro y colocar visible una vieira. Los más jóvenes lo consideraban un divertimento; una foto, alguna anécdota y, con suerte, amigos nuevos o algo más. Los mayores, con el gesto castigado, cargaban compromisos y penitencias sobre sus hombros, difíciles de disimular. Pero había otros, con el cuerpo entregado, extenuado a veces, y la mirada limpia, brillante, nueva, que se presentaban ante la monumental fachada sin nada que ofrecer ni que pedir al Santo. Como una página en blanco ansiosa por conocer el mundo y reescribir su vida. Como si no lo hubieran hecho nunca antes. Y estos eran los peregrinos.

Adela se dejó abrazar por Álvaro mientras paseaban rodeando la catedral y respondían como podían a las preguntas de Martín sobre todo cuanto llamaba su atención: gaitas que vibraban con ritmos celtas, conchas de vieira que señalaban al peregrino, centollos que lo observaban con la misma curiosidad que la suya desde peceras expuestas en la rúa do Franco... Todo era nuevo para él y necesitaba entender las diferencias de aquel lugar. Solo así podría disfrutar del viaje, siquiera una parte de lo que lo estaban haciendo sus padres.

Los primeros pasos dentro del templo habían discurrido en silencio, avanzando desde la Puerta de las Platerías, con discretas audioguías susurrando el arte y la historia que exhibía y escondía, a partes no siempre iguales, cada rincón de la catedral. Caminaban reconfortados por aquella obra en piedra que acogía al pobre peregrino del románico, acercando la ascensión gótica de sus almas bajo la clave de bóveda del cimborrio. Desde esa cúpula de forma octogonal, nervada y rodeada de ventanas, la luz del sol accedía al templo para iluminar su esplendor y su grandeza.

Con un sentir poético, las nubes se abrieron y un torrente de luz de mediodía emprendió el descenso como un gran chorro de plata bruñida desde la cúpula. Fulgor que dotaba de un aura casi celestial al eco de la piedra y al efluvio del incienso envolviendo a los visitantes. Misticismo que invitaba al católico arrodillado a santiguarse, mientras el ateo circunspecto se atrevía, quizá, a preguntarse. Entre ellos, Álvaro y Adela, escépticos y reflexivos, agnósticos, observaban la escena con Martín de la mano para, finalmente, consentir y entregarse.

Tal vez la luz, indefinida aunque templada, tal vez el incienso, la piedra o el profundo sentir en los ojos de los peregrinos, o puede que todo eso al mismo tiempo dando forma a una experiencia compartida por millones de personas a lo largo de la historia, empujaron a Álvaro y Adela a avanzar por la girola buscando abrazar al Apóstol, y seguir la costumbre de todo visitante, para después descender bajo el altar mayor y ver sus reliquias.

Un pasillo estrecho permitía la entrada y la salida al mausoleo entre disculpas y roces, con el cuerpo de medio lado y miradas escurridizas. Los devotos se agolpaban frente a la urna de plata que contenía las reliquias de Santiago el Mayor, murmurando plegarias mientras aguardaban para arrodillarse en primera fila sobre el mullido terciopelo color carmesí. Rompiendo la oscuridad y el recogimiento de un rincón, dos máquinas se ofrecían para el encendido de velas eléctricas, quizá como una opción más en la súplica del buen orante. Ignorando así, tal vez, que su sola presencia obligaba al más devoto a rascarse el bolsillo en cada oración y al pobre entre los más pobres a no abandonar nunca su condición.

Cruzando el transepto norte disfrutaron de cada detalle, maravillados por las armoniosas proporciones de su inmensidad, descendiendo por la nave lateral que los conduciría hasta el exuberante y afamado Pórtico de la Gloria.

Un grupo de turistas de la tercera edad se arremolinaba junto al parteluz del Pórtico, mientras escuchaba con atención las explicaciones de su guía. En aquel momento, el entusiasta orador dilucidaba acerca de la escultura pétrea que se encontraba a sus pies, con el rostro orientado al altar mayor. Hablaba de las diversas teorías acerca de la identidad de aquella figura que para unos era el autorretrato del Maestro Mateo; para otros, el *Santo dos croques* o la *Santiña da memoria*, o bien podían ser todos a un tiempo, porque ninguna de las teorías había podido documentarse en la época de su creación. El guía explicaba la referencia a los maestros constructores de catedrales, añadiendo que en la Edad Media el término utilizado para referirse al gremio recurría a la forma latina de *magister*, además de representarse la escultura con alguna herramienta del oficio como una escuadra o un compás. Entonces, los más curiosos allí reunidos fijaban sus ojos de nuevo sobre la escultura, escudriñando cada detalle, por pequeño que fuese, pues poco o nada se sabía del gran artífice del Pórtico de la Gloria, quien había pasado a la historia como un verdadero enigma.

El vasto cuerpo de seguridad del templo impedía que pudieran detenerse frente al parteluz más tiempo del estrictamente necesario, con el pretexto de preservar su conservación. Eran muchos los visitantes reunidos en aquel punto y el tránsito previo a misa de una, lejos de volverse fluido, parecía complicarse por minutos. Pese a todo, trataron de aproximarse cuanto pudieron al parteluz donde el afamado maestro constructor se mostraba postrado. Un brazo fuerte cubierto de una tupida y oscura manta de pelo dio el alto a Adela cuando se encontraba a un par de metros de la orante figura. El guardia se había adelantado a sus intenciones con una mirada áspera. Alrededor del paso, cuatro postes con cintas negras extensibles prohibían el paso y, por si no fuese suficiente, el hercúleo brazo de la seguridad del lugar impedía que ningún peregrino osase obviar las advertencias.

—¿Podría acercarme un poco más a la cinta? —rogó Adela.

—Por favor, guarde la distancia —contestó hosco sin mirarla a la cara, mientras potenciaba la dureza del gesto hacia un par de jóvenes que sacaban una cámara de fotos en disposición de tocar al *Santo dos croques*.

Adela reprobó la aspereza de su respuesta sin dejar de mirarlo. El guardia, consciente, bajó la vista y edulcoró el gesto, aunque sin excesos.

—Solo cumplo órdenes, señora. —Señaló al responsable con un movimiento de cabeza en dirección a un corrillo de cuatro o cinco personas.

La curiosidad por ver quién era el encargado de las rígidas prohibiciones en torno al parteluz la obligó a estirar el cuello hasta entremeterse, en una posición un tanto embarazosa, en medio de una joven pareja más aficionada a la fotografía de redes sociales que al arte medieval. Consciente de la incomodidad que había provocado, Adela se ofreció a tomarles una instantánea. Los jóvenes se colocaron lo más cerca que pudieron del parteluz, lo justo para no provocar un nuevo enfrentamiento con el guardia de seguridad. Adela enfocó el objetivo de la cámara para alcanzar al corrillo responsable de la catedral y sus normas. Accionó el zoom mientras la pareja exhibía el símbolo de la victoria, el único galardón o recuerdo que tal vez se llevarían estando de espaldas a la obra del Maestro Mateo. Cinco hombres: tres seglares de frente y dos sotanas negras como el azabache, detrás. Una ocurrencia de la joven pareja, afanada en hacer alarde de la profundidad de su vida de peregrinos, les había empujado a procurar un ángulo imposible para salir ambos en la imagen con la mirada perdida en un horizonte más allá del maestro cantero, que evidenciara su madurez vital, en honda y grotesca introspección, milimetrada con obsesión para conseguir la admiración del prójimo. Tal esperpéntico cénit espiritual entre posados provocó el traspié del joven sobre una anciana que se desplazaba en su silla de ruedas tras el guía. Uno de los postes que bordeaban el parteluz advirtió la inminencia del estrépito, y fue este el que propició que dos sotanas se girasen de inmediato. Álvaro, con Martín de la mano, se acercó a Adela para asegurarse de que estaba bien. Ella asintió y devolvió la cámara a la pareja, todavía sofocada con las disculpas a la anciana y deseando escurrirse hacia el interior del templo entre la algarada de turistas y peregrinos. Adela lanzó una última mirada a quien poseía sobrado poder en la catedral, con su pelo plateado destacando sobre la sotana, mandíbula cuadrada y ojos fríos. Tan fríos que se estremeció al sentir que la miraba con fijeza, al punto de hacerle sentir incómoda y obligarla a bajar la vista.

Adela se aproximó de nuevo al guardia de seguridad y le preguntó:

—¿Quién es ese sacerdote?

—¿Quién, monseñor Bramonte? Es el arzobispo de Santiago.

Corriendo, pese al esfuerzo de Álvaro por contenerlo, Martín se abalanzó para abrazar a su madre. Adela le acarició la cabeza, lo que al parecer le dio la seguridad necesaria para alargar el brazo en un descuido de sus padres y tratar de tocar la cara del Maestro Mateo.

Descuido que no pasó inadvertido para el guardia, pues le llamó la atención en el acto mientras el niño hundía la cara entre las piernas de su madre.

—Sí que son estrictos con el cuidado de esta escultura —dijo Adela con una queja en el tono.

—Recuerdo haber estado de joven y haber hecho el ritual de golpear tres veces la cabeza del *Santo dos croques* —añadió Álvaro.

—Antes sí, pero el arzobispo Bramonte y el cabildo compostelano han decidido prohibirlo y, como comprenderán, yo solo cumplo con mi trabajo. —Hizo un gesto sobrio al tiempo que daba dos zancadas para frenar en seco a otro joven aventurero, cámara en mano.

Adela y Álvaro retomaron posiciones en el corrillo constituido en torno al guía que, justo en ese momento, explicaba el ritual por el que los estudiantes de Santiago necesitados de memoria e ingenio golpeaban sus cabezas buscando la intercesión del *Santo dos croques* para abrir sus mentes.

—Disculpe, ¿y esta marca grabada en la piedra? —preguntó con aire despistado, digresivo, casi insolente, una señora que cargaba entre sus manos una abultada guía de la ciudad y un plano mal doblado en octavillas—. ¿Es una cruz? —Bajó las gafas que coronaban una maraña de pelo y las dejó sobre la punta de la nariz, la mujer se encontraba cerca del árbol de Jesé, en el parteluz—. O... ¿qué es? Antes vi otras marcas de estrellas, espirales... o algo así... ¿Qué significan?

El guía suspiró paciente antes de contestar, pues no se trataba de la primera turista que advertía las marcas.

—Son muchas las marcas en las piedras de la catedral. Unas indicaban dónde debía colocarse cada piedra, a qué taller pertenecía... y otras, sencillamente, se desconoce su significado. Hay quien se refiere a estas señales como parte del lenguaje secreto de los maestros constructores. Ahí, debo decir, que poco más puedo aportar.

—Así que el único que sabía su significado era el artista, ¿no?

—Supongo que así es, señora, son muchos los interrogantes. De hecho, aquí en el suelo —señaló una lápida en bronce—, enterrado a los pies del Maestro Mateo, frente al parteluz del pórtico, está el arzobispo Pedro Muñiz, apodado el Nigromántico, quien dedicó su vida a tratar de descifrar las marcas de las piedras. —Ojos curiosos, cámaras fotográficas, clic, clic—. Sin flash, por favor. Respecto al árbol de Jesé o árbol de la vida, solo puedo decir que representa la genealogía de la vida de Cristo y que la colocación de la mano de tantos peregrinos durante siglos ha dibujado las oquedades que ahora pueden verse deformando el mármol.

—¿Quiere decir que la colocación de tantas manos en el mismo sitio de esta columna ha sido casual, peregrino tras peregrino y año tras año, durante siglos? —desafió de nuevo la señora.

—No se sabe a ciencia cierta si fue casual o no. —Lanzó un vistazo que asegurase el perímetro lejos de sotanas antes de decir—: Muchos estudiosos ven en esas tradiciones ritos iniciáticos. Incluso han llegado a apoyarse en la lectura del *Códice Calixtino*, viendo en el camino de peregrinación un camino de iniciación, de transformación espiritual, de búsqueda de sabiduría, aquel que antiguamente conducía a Finisterre, al fin del mundo conocido, siguiendo el sol del este al oeste. Pero nada de eso es apoyado por la doctrina de la Iglesia.

Adela y Álvaro se miraron extrañados.

—¿Ritos iniciáticos? Qué misterioso el Maestro Mateo, ¿verdad? —dijo Adela, curiosa.

—Eso parece —aseveró Álvaro.

—¿Y Martín?

Los ojos de Adela comenzaron a agitarse asustados, rastreando las baldosas. Transcurrieron varios segundos, tal vez un único instante, en los que el miedo bulló frío por su mente congelando el tiempo; desdibujando las piedras, los rostros, a cámara rápida. Tan rápida que la mareó, incapaz de distinguir la estela de su hijo, y la acercó a un precipicio desde el que la peor de las opciones amenazaba con arrojarla. Los turistas en la catedral eran numerosos y Martín era demasiado pequeño y escurridizo para dejarse ver con facilidad. El grupo de turistas que se encontraba en el Pórtico de la Gloria se desplazó hacia la nave central, y tras ellos pudieron ver un chubasquero rojo con la capucha ribeteada con animales de lo más colorido y variado de la sabana africana. Martín se había soltado en un descuido y, tal y como parecía, había decidido continuar la visita por su cuenta.

Adela y Álvaro apretaron el paso, conteniendo las lágrimas ella, tragando saliva él, los dos dando gracias al universo, sin apartar la vista del chubasquero para no perder su rastro de nuevo entre el tropel de visitantes que entraban y salían de aquella obra del románico. Después del abrazo que ponía fin a la angustia y de la legítima y necesaria reprimenda por haberse soltado sin previo aviso, los tres se detuvieron a contemplar el tímpano de aquel pórtico, con la imagen de Dios Todopoderoso como Pantocrátor, mostrando las llagas de sus manos, en un gesto por enseñar su condición humana en la Tierra.

—No recordaba el poder y el impacto de esta obra —acertó a decir Álvaro, plenamente obnubilado—. Aunque sí recuerdo la fascinación de mis padres, en especial de mi madre cuando estuvimos aquí. Supongo que no se percibe igual a los quince años que a los treinta y tres. —Hizo un tímido mohín hacia ella.

—No entiendo cómo mis padres, tan beatos en Madrid y apasionados del arte, no me permitieron venir cuando era estudiante en ninguna de las dos ocasiones que se me presentaron para hacer el Camino, ni tampoco como viaje familiar los tres juntos —verbalizó Adela como parte de un pensamiento invadido por la belleza de cada ángulo.

Antes de salir a la plaza del Obradoiro, Martín ya había dicho al menos media docena de veces en pocos minutos que tenía hambre.

—Vamos a dejar para después de comer la visita a la cripta y al museo de la catedral —anunció Adela—. Está claro que tenemos que ver la obra del afamado y enigmático Maestro Mateo al completo.

—¿Qué parte del museo? —preguntó Álvaro—. En la guía dice que son varias horas de visita... No sé yo si nos dará tiempo a ver tantas cosas, y teniendo en cuenta que Martín querrá ir al parque también...

—Solo una parte —interrumpió Adela—. La obra del Pórtico de la Gloria consta de tres niveles: la cripta, el propio pórtico y la galería de la tribuna. Además, me gustaría ver el coro pétreo...

—Bueno, intentaremos ver el conjunto entonces —concedió Álvaro sin saber si el tiempo y Martín lo permitirían—. Pero ahora será mejor que busquemos un sitio donde comer.

Decidieron subir por la rúa da Azabachería, evitando parte del bullir de peregrinos y turistas que inundaban las proximidades de la catedral.

Mientras avanzaban calle arriba, Adela se adelantó un par de pasos para curiosear en un escaparate de una joyería en donde el protagonista era el azabache, tal y como cabía esperar. En un primer vistazo llamaron su atención infinidad de conchas de peregrino que formaban parte de rosarios, colgantes, pendientes y hasta broches de distinto tamaño y valor. Álvaro ya estaba casi a su altura, por lo que lanzó otra mirada hacia el interior de aquel pequeño taller que parecía coetáneo de la mismísima catedral y se encontró con los sorprendidos ojos del dueño. Incómodo con la manera en que aquel hombre miraba a su mujer, Álvaro la agarró suavemente por la cintura, animándola a continuar caminando.

Finalmente, en una calle angosta encontraron un sitio acogedor en el que disfrutar de la riqueza gastronómica del lugar. La estrechez del restaurante impedía colocar las mesas en otra disposición que no fuese lineal, pegadas a la pared y con el espacio bien tasado en un pasillo que lindaba con la barra. Adela se colocó de espaldas a la puerta, al lado de Martín, mientras Álvaro se acercaba a los aseos, que estaban al fondo del pasillo. A su vuelta, cuando avanzaba hacia la mesa, pudo ver a un anciano pegado a la cristalera con los ojos centrados en Adela. Su aspecto le sorprendió. Con barba blanca bien cuidada, vestía una infrecuente capa negra de invierno y un sombrero de fieltro del mismo color. Se apoyaba en un bastón con empuñadura de plata, porte elegante y gesto reservado. Álvaro tomó asiento frente a Adela. Al levantar la vista de nuevo hacia la cristalera, el anciano se había esfumado.

Al poco, un grupo de peregrinos entró en tropel en el angosto establecimiento. Empezaron a juntar varias mesas rompiendo el silencio y, probablemente, arañando el suelo.

—Mejor voy pagando —dijo Adela colocando las manos a modo de megáfono.

Álvaro asintió.

En la puerta, padre e hijo aguardaron pacientes unos minutos. Adela no se hizo esperar demasiado y se encaminaron de nuevo en dirección a la catedral, aunque esta vez variaron la ruta.

—El grupo de turistas que acaba de entrar en el bar... —comenzó diciendo Adela.

—Sí, los ruidosos —remarcó Álvaro.

—Los mismos. Iban a emprender el Camino hasta Finisterre, en la Costa da Morte. Dijeron que allí es donde termina el camino primitivo.

—¿Estarán haciendo el camino de peregrinación o el camino de iniciación? —Sonrió cómplice, alardeando de cuánto había aprendido esa mañana en la visita a la catedral.

Adela respondió a su ocurrencia con una risa tan sonora que no tardó en contagiar al pequeño Martín.

De nuevo, Álvaro divisó la figura de aquel anciano en el interior de los soportales de la plaza de Cervantes. Únicamente centraba su vista en Adela.

—Fíjate —susurró Álvaro a su esposa—, apoyado en la segunda columna hay un hombre con sombrero.

—No veo a nadie.

Álvaro se volvió para mirar con menos disimulo. No había nadie. Tal vez estaba confundido.

—¿Te encuentras bien? —preguntó Adela.

—Déjalo. Debe de ser la humedad —dijo para restar importancia—. No estoy acostumbrado.

Visita obligada la de la plaza de la Quintana, con su *Quintana dos vivos* y su *Quintana dos mortos*, llamada así por el cementerio que había en aquel lugar en el pasado. Y era justo sobre la *Quintana dos mortos* donde se levantaba la Puerta Santa. Se detuvieron frente a ella para contemplarla. Atravesarla resultaba una quimera solo al alcance de aquellos dispuestos a invertir las más de cuatro horas de espera guardando turno, penitentes y expectantes. Pese a ello, Álvaro decidió sacar una fotografía para inmortalizar el momento y el lugar. Hizo una primera toma alargando el brazo cuanto pudo y después le pidió a una joven francesa que les hiciera otra a los tres en aquella espléndida plaza.

Cuando le devolvió la cámara y vio la imagen, perfectamente encuadrada y en donde los tres salían sonrientes, Álvaro rastreó la plaza de izquierda a derecha los ciento ochenta grados que su cuello le permitían, y de nuevo de derecha a izquierda. Volvió a mirar la fotografía y demudó el gesto de forma abrupta, obligando a la improvisada fotógrafa a ofrecerse de nuevo para tomar otra instantánea. Adela lo observaba sin entender qué le pasaba y qué tenía de malo aquella fotografía, así que le dio las gracias a la joven, apurada.

—¿De verdad te encuentras bien? —insistió Adela en un susurro, analizando el rostro de Álvaro.

—Mira bien la fotografía. —Le acercó la cámara.

—Salimos muy bien. A mí me lo parece.

—Fíjate más atrás. —Álvaro hizo zoom en el visor, acercando la bancada de piedra del monasterio de San Paio de Antealtares, frente a la Puerta Santa.

—Reconozco que tiene un aspecto inquietante. Con esa capa negra y ese sombrero..., parece de otro siglo. —Hizo una pausa—. Pero nada más.

—Solo te mira a ti. Es la tercera vez que lo veo en dos horas y siempre te está observando. Y después desaparece como una sombra.

La preocupación de Álvaro traspasó a Adela, quien prefirió reaccionar restando importancia a aquella coincidencia.

Álvaro lanzó un vistazo por toda la plaza.

—Yo creo que nos está siguiendo. Lo que todavía no sé es con qué intención.

5

Pazo de Altamira, junio de 1919

El padre Eliseo la estaba buscando. Era la segunda vez en lo que iba de mes. La cita en el lugar de siempre: la sacristía de la iglesia del pueblo, erigida en honor a san Juan Bautista. Allí, bajo el mismo techo abovedado en donde, años atrás y armado de paciencia, el sacerdote le había enseñado a leer y a escribir cuando no era más que una niña, revoltosa y burlona, de ojos curiosos y desbordante imaginación. Una niña que escuchaba con atención las sagradas escrituras contenidas en la Biblia, pero lejos de fingir entenderlas, interpelaba al sacerdote con mil y una preguntas que rara vez eran contestadas por un eco que parecía huir a la nave central del templo cuando el cura se dejaba la puerta abierta. Aquel maestro, más cercano al común de los mortales que a la santidad que le conferían los feligreses, reconocía aquella pasión por conocer y entender el mundo, tan necesaria en la niñez y después de ella. La había visto antes, en su propia juventud, pues la sotana no había sido nunca lo suficientemente rígida en su persona, pese a haber sido totalmente necesaria. Tal vez por ese destino solo escrito para los más pobres, le habría gustado que se centrase más en el Evangelio y en los *Escritos* de Santa Teresa de Jesús, y en el fondo consentía sus preguntas, aunque fuese con silencios y una tibia sonrisa, acercándole otros textos más paganos como *Los cuentos de Calleja* o *Moby Dick*. Así se había iniciado ella en la pasión por la lectura y así disfrutaba él con sus hilarantes, pocas veces cohibidas, preguntas sobre casi todo, esperando precavida y expectante sus respuestas, en exceso censuradas, sobre casi nada. Pese a todo, ambos aprendían algo del otro.

Fatigada por la carrera, Emilia subió ligera los cuatro peldaños de piedra que marcaban la diferencia entre lo terrenal y lo celestial y se detuvo unos instantes sobre el atrio amurallado del templo para recobrar el aliento. La iglesia del pueblo de San Juan de Meirande se había levantado en el siglo XVIII sobre una ermita románica. En la fachada, un arco adintelado recibía a los feligreses con austeridad y recato. La luz entraba prudente a través de una única ventana cuadrada, guiando los tiempos en el interior. En lo alto, silenciosas y entregadas, dos campanas esperaban su momento, colgadas de una espadaña central que, adornada con un par de pináculos, se sometía a la pequeña cruz que vigilaba desde el punto más alto la totalidad del pueblo.

Decidida, empujó la pesada puerta de madera y se adentró en el templo. Estaba oscuro. Alzó la vista a la pequeña ventana desde el interior de aquella nave cubierta con bóveda de cañón. El cielo parecía cubierto por nubes de plomo que impedían el paso de los rayos del sol. Olía a incienso. Se acercó a la pila de agua bendita y rozó dos dedos en ella. Se colocó frente al venerado santo que custodiaba aquel retablo barroco y se santiguó. Entonces se fijó en sus zapatos: humildes y envejecidos, pero cumplidores. Recordó la primera vez que había entrado en aquel santo lugar; con los pies descalzos y ateridos, caminando despacio, con pasos pequeños, como si pidiera permiso a la misma piedra que cimentaba los rezos tan necesarios en aquel pueblo. Y así avanzaba un paso tras otro, cada día, menuda y enjuta, con su pelo humedecido bien recogido en una trenza, un vestido aseado que no dejaba de encoger con cada primavera, entre las decenas de remiendos que el lino permitía a su madre. Cubierta con una mantilla de lana negra como el carbón, que añadía madurez, silencio y recato a unos hombros hambrientos que no acababan de crecer para bien del trabajo diario de su madre. Con las manos escondidas y prudentes dentro del pequeño mandil, esperando impaciente sus clases. El sacerdote había prometido a su madre, analfabeta resignada, que enseñaría las cuatro reglas a la niña para que supiera manejarse en la vida: leer, escribir, sumar y restar. Con eso tendría más que suficiente para poder desenvolverse. Un buen siervo de Dios y del pueblo, así se referiría siempre a él su madre. Pues no era menos cierto que lejos de dar sermones, rezaba en soledad; sentido primer penitente en su lista de pecadores.

Demasiado humilde como para ser dueña de un libro, ni tan siquiera del tiempo que requería disfrutarlo, la niña había crecido ocultándose en aquella sacristía con el pretexto de aprender el rosario, o de hacer penitencia, encubriendo sus verdaderas intenciones dentro de aquellas páginas ilustradas, cargadas de emociones y deliberadamente expuestas en vitrinas al alcance de su mano por el improvisado maestro del alzacuellos. Pero entre todos aquellos libros, el cura guardaba un pequeño cuaderno, de autor desconocido, que había alimentado el placer por la lectura de la niña. Encuadernado en piel, sin más título que unos grabados deteriorados por el tiempo, contenía varios cuentos, puede que leyendas, de San Juan de Meirande, con un poder de seducción que atrapaba su imaginación y la hacían volar sin miedo a equivocarse.

Emilia disfrutaba tanto de aquellos cuentos, que el padre Eliseo tuvo a bien regalarle el viejo cuaderno el día que, cumpliendo los diez años, la niña se vio obligada a cambiar las clases por el delantal de su madre. Había sido precipitado, pero el corazón a veces no avisa, y el de su madre aquella mañana de diciembre falló, revelando el daño escondido de una escarlatina en la niñez. Una nueva oportunidad, eso había dicho el curandero de San Juan, pues dinero para médicos no había, insistiendo en que debía medir mejor los esfuerzos. Así, ante las lágrimas de la niña, superado el susto inicial, el cura le había entregado el cuaderno y, con él, una sonrisa y todo el ánimo del que era dueño con aquella sotana. Su escritura era imprecisa y sus ilustraciones, difíciles de interpretar, casi infantiles diría, pero a ella no le importaba. Había crecido sintiéndose fuerte gracias a aquellas leyendas en donde había héroes y heroínas, batallas y tesoros, misiones y destinos. A fin de cuentas, aquel cuaderno le pertenecía más a Emilia de lo que creía.

Convertida ya en adulta, no podía desoír las llamadas del sacerdote, pese a anticipar su causa. Le guardaba aprecio, pero su insistencia la incomodaba. No consideraba que fuesen asuntos que concerniesen a la Iglesia. Qué diferencia era tan incorregible entre un hombre y una mujer, para que el error de uno se saludase con penitencia en una mano, y no existiese regalo semejante para una mujer que únicamente había pecado por entregarse a una promesa vacía, con palabras sin firma. Finalmente, arrepentida, ni aun rindiendo pleitesía en sagrada confesión, merecía el perdón de Dios ni, en consecuencia, del pueblo. Reticencias aparte, Emilia sabía que debía personarse ante el párroco y explicarle la motivación tras su negativa.

—Padre, le ruego no insista más. No puedo perdonar a ese hombre.

—Emilia, ¿qué hará una mujer como tú... sola? ¡Y con un niño! Por el amor de Dios, sé sensata. —El cura exhalaba el aire con cierta incredulidad ante su tozudez—. Andrés se arrepiente...

—No, padre, no intente ir por ahí... Me alegro de que pueda arrepentirse, pero eso no quiere decir que mis sentimientos hayan cambiado... No después de lo que hizo, después de lo que nos hizo a mí y al pequeño José María. —Emilia hizo una pausa para recobrar las formas ante el párroco. Su dolor podría venderse y someterse a la traición de un hombre al que, sin duda, había amado por encima de todas las cosas, pero la indiferencia hacia su hijo lo cambiaba todo—. Padre, agradezco su interés, pero tengo faena y no puedo retrasarme más. Tenga usted muy buenos días.

Su coraje, perfumado del más sutil desdén, traspasó el marco de la puerta de la sacristía y se mezcló con el olor a salitre que el Atlántico salpicaba mar adentro. Mirando a un lado y al otro, se encaminó, con las heridas reabiertas y el corazón vacilante, hacia el Pazo de Altamira. Allí la aguardaban su madre y su hijo, su bien más preciado. Él sí le infundía el valor que necesitaba para ignorar las tardías pretensiones de un hombre que la había traicionado. Un hombre que la había hecho a un lado por dos vacas y un pedazo de tierra de labranza. Un hombre codicioso que, viendo la oportunidad del cambio, no dudó en repudiarla y alejarla de sus planes de vida sin remordimiento alguno, ni por los sentimientos de ella ni por el hijo que venía en camino. Imprudente la llamaron las lenguas más amables por haberse dejado hacer sin paso previo por la vicaría. Tal vez tuvieran razón, llegó a pensar ella. Ahora él pedía perdón porque no hallaba felicidad en el cambio de compañera. El orgullo de Emilia y su despertar a la crudeza de las intenciones de Andrés la habían obligado a repensar sus movimientos una y mil veces por su bien y el de su hijo. Entendía que no era fácil salir adelante sin un hombre, pero también sabía que él no era trigo limpio. Había dejado claro que el niño no le importaba y pretendía deshacer el daño de su traición, de su abandono, volviendo de nuevo a su lado, dando por toda excusa o explicación que la actual no acababa de ser de su agrado. Holgazana y con la gracia de un asno. Así la había caracterizado sin pudor ante los ojos bañados en descrédito de Emilia. Pese a la dureza de optar por negarle la oportunidad de la redención a quien había sido su primer y, hasta el momento, único amor, la fuerte convicción de que la codicia era una máxima en su existencia, contra la que ella nunca podría ganar, se impuso. Sin él habría soledad; con él, sumisión y desdicha, pero nunca el amor con el que ella soñaba. La decisión estaba tomada.

Emilia se había convertido en una mujer fuerte, de corazón bondadoso y raudo palpitar. Todas sus dudas se disipaban cuando miraba a los ojos de su pequeño José María. En ellos veía el futuro y se entregaba a todo cuanto el niño pudiera necesitar de ella. Había asumido, con pesar pero sin exceso, que era una joven madre soltera, viviendo en el pazo de un pequeño pueblo costero en Galicia, al servicio de unos condes. Pero no estaba sola. Su madre, Cándida, velaba por ella y por el niño. Emilia no se quejaba. No por ahora. Era joven y fuerte, y trabajaba con el sueño, como estandarte, de poder presentar un mundo con más oportunidades y mejoras para su hijo.

Dentro de las paredes del Pazo de Altamira, bajo el mismo techo que los condes, vivían las dos mujeres con el niño. Una decisión dictada por puro pragmatismo y no otros privilegios, ya que había sido su madre el ama de cría de los señoritos y más tarde se hizo cargo de los cuidados que el doliente señor conde pudiese requerir durante las noches. El resto de los criados ocupaban estancias separadas en una construcción aledaña, más cerca de los establos, donde descansaban lo justo y necesario para velar por el buen funcionamiento de una casa y una finca de extensión, riqueza y poder inigualables en la zona.

El Pazo de Altamira se erigía sobre el acantilado de A Pedreira, desde donde observaba curioso y prudente la fuerza del océano Atlántico. Aislada y temeraria ante los hombres, la imponente edificación de piedra se dejaba encerrar entre brumas, confiriendo a la imagen, borrosa y espectral, el poder y la desconfianza de un misterioso fantasma del pasado. Así lo sentían los lugareños de San Juan de Meirande, admirándolo de soslayo, con la debida cautela, desde el otro lado de la ensenada de A Pedreira. Aunque aquella cala no era propiedad del pazo, no completamente, nadie que no fuera de la gran Casa de Altamira osaba acercarse ni tan siquiera a pasear por la arena, entre los afilados dientes de piedra que conseguían amedrentar a dubitativos visitantes.

Mientras Emilia emprendía el camino de subida desde el pueblo hacia el pazo, disfrutaba del baile de gaviotas sobrevolando el jardín inglés, casi salvaje, que presentaba la edificación al mar, con un crucero de piedra al frente que ejercía de hierático maestro de ceremonias. Las aves circundaban las almenas del torreón, entre graznidos, simulando el asedio medieval que había convertido en ruinas la primigenia construcción sobre la que se levantaba el actual pazo, más cercano, del siglo XVIII.

A medida que se aproximaba, perdía visibilidad del mar, pero, con un cielo al fin azul y despejado sobre ella, podía recrearse en la espléndida fachada principal del pazo, haciendo a un lado los vastos viñedos no exentos de jornaleros que orientaban la madurez de las uvas al sol. De espaldas al océano, con ínfulas de poder terrenal y prestancia señorial, la fachada principal se resguardaba frente a un espléndido jardín con parterres rodeados de setos, simétricos y ordenados, salpicados de palmeras, azaleas y magnolios. Aquella majestuosa construcción, con su torreón almenado, se orientaba vanidosa a la perfección de aquel primoroso jardín de estilo afrancesado, mientras que el más salvaje y despreocupado crecía indómito en la fachada norte, contagiado por la bravura del mar.

Justo a un lado, discreta, a las puertas del pazo, había una fuente adornada con una enorme venera en piedra ante la que se detenían algunos de los peregrinos que alcanzaban el Atlántico en su camino de conversión espiritual. El agua parecía brotar de la misma piedra a través de un angosto cilindro de metal que la dirigía hacia el suelo. Los cansados viajeros hacían parada a sus pies, aprovechando para beber y también para descansar con los ojos prendidos admirando el mar. Sobre la venera, grabada a la altura de los ojos de quien por allí pasaba, la inscripción de tres palabras que eran seña y signo de la Casa de Altamira: «*Quem videre, intelligere*».

Con el paso prohibido para ella, como para el resto de los sirvientes, a tan magnífico jardín, debía acceder por la discreta puerta dispuesta para los criados, dando un rodeo entre las casas de los jornaleros, los establos, el lavadero y la huerta, tomando como punto de partida el margen izquierdo de aquel terreno diseñado entre arriates. Pero no lo hizo. Prefirió caminar a hurtadillas por detrás de la iglesia de Nuestra Señora del Mar, la única construcción que había resistido desde que fue levantada en el siglo XII. Aquel casto y armonioso templo, propiedad del pazo, resultaba un enigma para todo aquel ajeno a la privilegiada familia Gómez de Ulloa, condes de Altamira. El padre Eliseo velaba por sus cuidados y oficiaba personalmente las misas y demás sacramentos que le eran encargados. Emilia la observaba buscando descubrir sus misterios, pero, para ella, aquella puerta siempre estaba cerrada. Solo una sirvienta, que fue ama de cría del señor conde, una anciana a quien Emilia no había tenido ocasión de conocer, pero de quien había escuchado algunas historias en el pazo, solo ella, Rosario, había conocido el interior de la iglesia. De lo que vio, tan solo resaltó un detalle que había llamado su atención: los hermosos ojos de la Virgen sentada con el Niño en brazos. La había sobrecogido aquella mirada tan viva en la madera. Más allá de eso, austeridad. Justo lo que faltaba dentro del pazo.

Emilia continuó su camino cruzando entre muros de camelias fragantes y exultantes, entre rojos, rosas y blancos que, por un momento, hacían que olvidase su condición de sirvienta y se sintiera una afortunada. Aquellos lienzos floridos guiaban solo en parte el exterior de un intrincado laberinto de setos en el que se escondían monstruosas figuras de boj. Ella creía que eran una excentricidad más de los señoritos, que no sabían a qué dedicar su tiempo o cómo sorprender a sus amistades en las reuniones que allí celebraban. Más allá del laberinto, un puente de piedra dejaba a ambos lados dos estanques que parecían contraponerse en forma y belleza, pues uno representaba las bondades del hombre y el otro los vicios y perversiones del mundo. Situados cerca de la iglesia de Nuestra Señora del Mar, Emilia concluía que no era más que otro mensaje religioso para acercarse a los creyentes.

—Buenos días, madre. ¿Está bien el niño? ¿Ha desayunado ya?

Emilia había entrado en la cocina como el torbellino que acostumbraba a ser. Su madre, sentada en un rincón, con un cuchillo en una mano y una patata en la otra, y el delantal cubierto de pieles y otros desperdicios de aquel tubérculo de final de temporada, levantó la vista despacio. Inalterable y prudente, así la recibía Cándida. De igual modo en que veía pasar los días y las horas.

—Buenos días, Emilia. El niño está bien. Ha tomado un poco de leche con pan duro. Ahora anda jugando con su pelota en lo alto de la huerta.

—Madre, ya sabe usted que me preocupo... —dijo Emilia, anticipando la disculpa ante su madre.

—Está bien, hija. Ahora ve a atender a la señora. Doña Urraca ha estado por aquí muy inquieta y, al no encontrarte en la cocina ni en la huerta, se ha marchado refunfuñando.

—Por Dios, madre, ¡¿cómo no me dice antes!?... ¡Ahora mismo salgo a buscarla!

Nerviosa y con el peso de la responsabilidad a sus espaldas, avanzó sin demora cruzando pasillos y salones. Todos vacíos y sin vida, pero impolutos y necesarios en el pazo de los condes de Altamira. El señor conde, don Rodrigo Gómez de Ulloa y Saavedra, llevaba más de cuarenta años, buena parte de su vida, postrado tras sufrir una aparatosa caída de caballo, a la que siguió un ictus que le había paralizado la mitad del rostro. No había transcurrido más de lustro y medio desde su enlace con la joven doña Urraca Bramonte y Zúñaga, que a sus diecinueve años cumplidos todavía no alcanzaba la mayoría de edad en las nupcias, cuando tuvo lugar el fatal accidente. Para entonces ya contaban con tres hijos en común: Gerardo y las mellizas, María Cristina e Isabel.

La posición de los Bramonte era fruto de un devenir histórico arropado por un pueblo temeroso y una élite anclada en cuestionables tradiciones. Carecían de gracia ante el pueblo, pero también ante sus semejantes, tal vez eso propiciase la búsqueda de la gracia divina. Con gran poder en la Iglesia, sus obispos y arzobispos estaban faltos ya de números romanos para hacer recuento de la estirpe. Pese a la conducta cuestionable de Lucrecia Zúñaga, madre de doña Urraca, en asuntos de perfil amoroso o puramente carnal, la familia Bramonte cerraba filas tirando de apodícticas aseveraciones que no dudaban en anatematizar o condenar al infierno a todo aquel que cuestionase su poder entre los mortales.

Por su parte, don Rodrigo Gómez de Ulloa había aportado riqueza y un título nobiliario a su esposa bajo el juramento de fidelidad y cuidados mutuos. De esa forma, disponían de cientos de hectáreas de tierra para el cultivo, además de praderas y viñedos de excelente renombre y consideración, constituyendo un patrimonio a la altura de su título. Las labores para el cuidado de la casa y las tierras quedaban en manos de sirvientes y de una legión de jornaleros a los que cabía sumar la ayuda de mozos que se ocupaban de las cabezas de vacuno y de porcino para consumo de la familia.

El trabajo no escaseaba nunca en A Pedreira, el punto más alto del acantilado en el que se enclavaba el Pazo de Altamira. Buen ejemplo de ello era Emilia; siempre apurando minutos con el empeño y la fuerza de un galeote. Con el amplio delantal blanco y sin terminar de anudar el pañuelo sobre su cabeza, caminaba apresurada por los amplios y encerados corredores de la casa, al tiempo que repasaba mentalmente cada una de las tareas que debían estar finalizadas antes de la una del mediodía. Ese era el momento en que don Rodrigo se reunía con Antonio, el capataz, para que este le contase las novedades de la jornada. Procuraba así el patrón supervisar cada día el trabajo de jornaleros y mozos de cuadra, a través de los ojos del hombre en el que depositaba gran confianza, convencido de que era indispensable para el buen funcionamiento de la casa y de su patrimonio. Aunque, en la práctica, era un abogado y buen amigo como pocos quien velaba por las cuentas y los negocios, mientras que el capataz era el único que conocía realmente la forma en que marchaba el pazo, ajeno a los números. De todos modos, el conde todavía tenía capacidad para exigir que le rindiesen cuentas y eso hacía cada día en cada reunión. El respeto que necesitaba para su vulnerable y aciaga existencia en aquella casa provenía de esa supervisión. Era lo único que le quedaba, y en parte se debía a la negativa de su esposa a que nadie le contase nada de lo que sucedía en el pazo al conde. Doña Urraca pretendía hacerle a un lado, censurando sus salidas a los jardines e incluso a la iglesia del pazo. La actitud de la condesa se correspondía más con un oscuro interés para minar la estima del convaleciente que para ayudar en su necesaria recuperación, pero la mente del conde era fuerte y se resistía a allanarle el camino. Por suerte, Cándida y Emilia, que habían crecido en el pazo, no se prestaban a la confabulación y atendían al señor conde en cuanto les solicitaba.

Así, cada día, Antonio ayudaba a Emilia a acomodar a don Rodrigo en la biblioteca, sobre un sillón de terciopelo corinto con barrocas filigranas doradas estratégicamente colocado al lado de una estufa de hierro, alejando el frío de su cuerpo y también de su mente, pues allí el conde disfrutaba de una copa de vino blanco de las botellas, casi clandestinas, que Emilia le seleccionaba de la bodega, siguiendo sus indicaciones y desafiando a la condesa. A cambio, él le permitía sacar libros de las estanterías para seguir alimentando sus sueños. Imposible no hacerlo en aquella biblioteca con más de diez mil ejemplares de las mejores y más variopintas obras clásicas y también más actuales. El aristócrata había llegado no solo a consentir que la joven sirvienta tomase prestados sus libros, sino que él mismo le aconsejaba lecturas que le presentaban mundos inalcanzables, incluso transgresoras para ella, desde los versos de Rosalía de Castro y la narrativa de Emilia Pardo Bazán, pasando por las cantigas de trovadores como Airas Nunes. Había guiado su conocimiento y su sed de respuestas sobre el mundo que la rodeaba, desde Platón o Parménides hasta los más brillantes pensadores de la Ilustración: empezando con Descartes, continuando con Voltaire, deteniéndose en Kant hasta alcanzar el idealismo de Krause. Él decía que solo siendo dueña de sus ideas podría serlo de sus acciones. Así le ofrecía libros cada día, recordándole que eran el conocimiento de otros, de los más grandes en muchos casos, pero que de poco servían si no despertaban en ella la curiosidad y la crítica para alimentar su propio conocimiento.

El conde retaba su condición en aquella casa y la obligaba a ver más allá de todo lo que conocía. Más allá de cuentos para niños y más allá de catecismos. Ahí residía el buen hacer del desdichado conde para la bienhadada sirvienta. Sin intuirlo todavía, don Rodrigo daba alas a un sueño que tardaría años en ser alcanzado, pero que se alcanzaría.

Encontró a doña Urraca en la habitación dedicada a la costura. Seca como el palo de un naranjo sin años y con tantos surcos que bien podría simular un mapa de ríos desembocando en el mismo lugar que lo hacía la náusea. La dama examinaba, con su habitual gesto constreñido, tal vez de asco o de simple odio a la especie, las telas traídas días atrás desde la capital. Emilia observaba desde la puerta, con la blusa remangada y las manos cruzadas sobre el mandil. Permanecía atenta a la señora de la casa, esperando sus instrucciones. Sus labores en el pazo eran de lo más diversas y debía estar siempre disponible para cualquier necesidad o antojo fruto de la ocurrencia de la señora condesa.

—Buenos días, doña Urraca. ¿Me buscaba usted?

—Las preguntas las hago yo, muchacha. Tamaña osadía —bufó con los labios fruncidos, obligando a Emilia a bajar la cabeza—. ¿Por dónde andabas? Cuidadito con no tentar a la suerte por ahí... —Hizo una pausa buscando no ensuciarse la boca con palabras gruesas y faltas de cualquier decoro—. Haciendo lo que hacéis las de tu clase...

El incisivo tono de doña Urraca provocó una leve tartamudez en Emilia.

—Discúlpeme, señora. El padre me mandó llamar y yo solo me ausenté unos minutos. He dejado adelantadas las labores de hoy. He aseado los dormitorios de sus hijas, salado la carne de cerdo en el arcón para el próximo invierno, y pensaba ponerme también a...

—No me aburras más con tus cosas —interrumpió airada—. Y escucha al cura bien, porque un bastardo se tolera, pero el segundo... como si lo crían los cerdos, ¿me oyes?

Emilia apretaba la mandíbula con la vista puesta en las baldosas que cubrían el suelo. Centrada en respirar profundamente, controlaba la sangre que bombeaba su corazón, con tal fuerza que los tímpanos parecían inflamarse y querer explotar. Pensó que tal vez eso sería mejor que seguir escuchando la perfidia lenguaraz de aquella mujer de gran nombre y exquisitos vestidos confeccionados en las mejores casas de moda. Pero aguantó estoica la prédica infame sin levantar la cabeza.

—Y haz el favor de estirarte las mangas antes de presentarte ante mi persona —bufó bajando ella misma las mangas de la sirvienta, con un gesto a todas luces abusivo e innecesario.

Doña Urraca no mostraba el más mínimo respeto o tolerancia hacia los sirvientes de la casa. Consideraba que eran todos unos vagos y unos desagradecidos. Pero si entre todos ellos existía alguien capaz de desquiciarla con su sola presencia, esa era Emilia. A ella no podía tacharla de holgazana, ya que si algo le sobraba era energía y sabía cómo administrarla y cumplir con sus obligaciones y encargos con sobrada solvencia. Por eso buscaba cualquier pretexto para afear su conducta y amilanar su desenvoltura.

—Me ha dicho mi hija María Cristina que ayer por la noche, pasadas las nueve y media, estabas bajo la ventana de su dormitorio haciendo no sé muy bien qué con un ¿libro? —inquirió con aire de evidente desprecio y burla.

—No era mi intención incomodar a la señorita —anticipó Emilia con voz temblorosa—. Pensé que como usted nos ha indicado que no encendamos los candiles por la noche para no hacer gasto..., y ya sabe que en la iglesia me han enseñado a leer y a escribir, y yo, bueno, algún día ayudaré a mi hijo cuando vaya a la escuela y, eso, pensé que aprovechando la luz del quinqué de la habitación de la señorita no hacía mal a nadie... —dijo precipitando explicaciones y rogando que no le preguntase por la procedencia de los libros.

—Pensé, pensé... ¿Y a ti quién te manda pensar? ¿Quién te da permiso para pensar, eh? No necesitas aprender nada. Y tu hijo, ¿cómo va a ir a la escuela? ¡Eso cuesta dinero! Cíñete a lo que yo te ordeno hacer cada día y punto. Igual así podremos darle alguna utilidad a tu hijo en el pazo, y a Dios gracias. —Doña Urraca hizo una breve pausa para clavar su mirada en el doblegado rostro de Emilia—. ¡Qué descaro, Emilia, y nosotros dando techo a tu hijo...! ¡Deberías estar más agradecida!

—Discúlpeme, señora. No he debido...

—Bueno, bueno, eso espero —añadió con un tono más relajado—. Ahora vamos a lo que realmente me interesa a mí. Veamos, Emilia, quiero cambiar las cortinas del salón de verano, en el que recibimos a los invitados. He estado viendo las telas que me han traído de la ciudad y me he decantado por una. Me gustaría que estuviesen listas cuanto antes. En ocho días daremos una cena de gala para recibir a mi nieto Luis y celebrar que ha terminado la carrera de Medicina con unas excelentes calificaciones. Viene a pasar las vacaciones de verano antes de comenzar a ejercer como doctor.

—Sí, señora. No sabía que el señorito Luis vendría a pasar el verano —dijo con total inocencia e incredulidad Emilia, quien no había vuelto a ver al único nieto de los condes desde que era un niño. Un niño que regalaba abrazos espontáneos a su ama de cría, alterando el ánimo de la señora condesa.

—¿Por qué habrías de saberlo? Únicamente debes saber que las cortinas tienen que estar listas en ocho días. Empieza —ordenó.

—Por supuesto, señora. Coseré cada día y cada noche. Descuide.

La buena disposición de Emilia al trabajo desquiciaba sin proponérselo a doña Urraca, quien se sulfuraba al mínimo gesto o sin él. Su persona carecía de gracia natural. Aunque tampoco se podía decir que dicha condición le quitase el sueño a tan excelsa dama. Los apellidos impuestos por nacimiento la volvían atractiva hasta la repulsión entre semejantes y ante resignados. Su linaje le concedía distinción en múltiples convenciones sociales y le había proporcionado un marido y unos hijos complacientes; especialmente las mellizas, ya que don Gerardo era más distante y celoso de su intimidad. Buena prueba de ello eran las nulas visitas al pazo desde que partiera con su mujer y su hijo, rumbo a Brasil, para hacer su propia fortuna. Indispuesto para continuar bajo las imposiciones de la condesa, había puesto tierra y mar de por medio para centrarse en los intereses económicos y aristocráticos de su esposa, Leopoldina de Bragança, en la vibrante ciudad de Río de Janeiro.

Por aquel entonces el señorito Luis contaba con no más de nueve primaveras. Más tarde había oído hablar de él en el pazo a los señores condes, orgullosos del éxito y la fortuna de su primogénito y de las incipientes habilidades heredadas por su nieto Luis. Alguna vez Emilia le había preguntado a su madre, con afán de cotillear un poco en las noches, acerca de don Gerardo y de su afamado vástago. Pero ella, seria y cauta con sus señores hasta en la intimidad, no se prestaba al comadreo. Y era en esos momentos de intimidad en los que Emilia creía ver cierta melancolía en los ojos de su madre al preguntarle por don Gerardo. Todo lo que conocía de él era que tenía talento para los negocios y que era de buen trato. Su simpatía encandilaba a jóvenes y a mayores, sin resultar demasiado evidente al gusto. Únicamente lo justo para permitir un primer acercamiento cordial. Estas cualidades confundían a Emilia sobre las motivaciones que habían llevado a don Gerardo a distanciarse de aquel lugar y de sus padres. ¿Por qué un hombre como él habría renunciado a heredar el título de conde y más rentas de las que pudiesen necesitar varias generaciones, con tal de alejarse de su familia, del gran Pazo de Altamira?

Sin más demora, la joven Emilia se dispuso al trabajo cortando y tomando medidas a las telas para las nuevas cortinas. Mientras lo hacía, rememoraba las palabras del párroco. El ahínco con el que se esforzaba en pedir el indulto para el padre de su hijo. No podía concederlo. No era premio o ventaja suficiente para ella. Un matrimonio a cualquier precio siempre sería un mal matrimonio. Y aunque conocía los dictados no escritos, los murmullos de lavadero para una madre soltera, había tomado una decisión confiando en su suerte, desconociendo todavía las sorpresas que le traería su destino.

6

Allí estaba, Vilar de Fontao. Habían avanzado por la estrecha carretera de doble sentido, sin arcén ni seguridad y plagada de baches, la mayoría oscuros y vacíos como abismos para los conductores, aunque había otros que con gracia algún vecino había cubierto de tierra y, sin proponérselo, sobrada de fertilidad, con abundante agua y el sol oportuno, daba lugar a hierbajos e incluso a flores silvestres. No parecía una zona muy turística. Con el tendido eléctrico a medio tender y la canalización del agua falta de canales. Casas desperdigadas, orientadas sin ton ni son, sin equilibrio ni simetría, buscando caminos, abriéndolos unos con nocturnidad para cerrarlos otros con la misma oscuridad y cuatro tablas. Probablemente a causa de la falta de inversión, ni pública ni tampoco privada, parecía que aquella aldea carecía del reclamo necesario para atraer a visitantes y retener a locales.

Habían recorrido la carretera en ambas direcciones dentro de los límites de la aldea, pero ni rastro de la casa que buscaban. Casas de distintos tamaños, materiales y hasta colores, de natural estridentes y con el paso del tiempo descascarados; edificaciones sin armonía, ninguna línea en sus arquitecturas. Entre ellas, retales de tierra, trapezoidales y disformes, porfiando milímetros entre ellos. Terrenos entregados al pequeño cultivo de verduras y hortalizas para el autoabastecimiento, sin olvidar el objetivo último de velar por sus lindes a cualquier precio, según desprendía la falta de rectitud en el lugar. La carretera principal conducía a un grupo de casas agolpadas en torno a una iglesia románica, que parecía inducir al orden con su torre campanario bien dispuesta marcando los tiempos en el núcleo de la aldea. Junto a ella, un camposanto amurallado y cerrado a la vista de curiosos. Frente a la iglesia había una parada de autobús, un pequeño crucero de piedra y un tablón de anuncios con los carteles de las fiestas de años anteriores roídos y medio descoloridos, junto al horario de las misas. Una forma de hacer penitencia y conciliar las inclinaciones del cuerpo y del alma. También había un pequeño bar con ultramarinos carente de atractivo para el visitante, pero que parecía abastecer de lo básico a los lugareños.

La cercanía de la hora de comer y las necesidades del pequeño Martín les obligaron a aparcar frente a la iglesia, abriendo así un paréntesis en su búsqueda sobre el terreno.

Cuando se bajó del coche, Adela respiró profundamente la humedad fragante de aquella tierra, tan distinta a lo que conocía en Madrid, donde el sol castigaba con fuerza al cemento y el polvo se suspendía en una masa de aire caliente, sin escudo de agua, sin olor a verde.

En la fachada de la iglesia, sobre la portada de tres arquivoltas, podía leerse en contundente grabado: «Parroquia de Santa María de Vilar de Fontao». Una escalinata de piedra con cuatro peldaños daba acceso al santuario. Al subirla, una placa metálica en el lado izquierdo ofrecía al visitante una breve descripción del edificio, con un plano de la planta.

—Mira, otra iglesia románica de peregrinación —dijo Adela leyendo la pequeña descripción—. Como curiosidad, dice que dentro conserva una talla de madera policromada de la Virgen con el Niño Jesús en su regazo. La restauraron hace solo seis años, tras la visita de una historiadora de arte que se fijó en la inscripción que tenía en su base: *«Virgini pariturae».* Fue entonces cuando se confirmaron sus sospechas y comprobaron que bajo la pintura blanca de su piel se encontraba el negro original. Así que realmente se trata de una Virgen Negra —sentenció mirando a Álvaro.

—¿Una Virgen Negra?

—Sí. En España todavía se conservan unas cuantas. Muchas fueron destruidas o devoradas por el fuego, ajusticiadas por paganismo. —Crispó ligeramente el gesto y respiró recuperando el tono—. Por suerte, otras, como esta, se salvaron de las llamas, pero fueron pintadas de blanco para no despertar animadversión en el culto católico.

A solo unos pasos de la iglesia se encontraba el bar de la aldea. Resultaba difícil creer que aquel lugar pudiera contar con licencia de negocio. Era más bien una casa en donde habían adecentado una barra y cuatro mesas, sin más publicidad en la puerta que una pequeña pizarra de Estrella Galicia, con el plato del día escrito en asimétricas letras blancas, confiando en que el hambre y la falta de competencia en la zona hicieran el resto. Tras la barra, un hombre menudo que rondaba las seis décadas se servía un orujo con alegría so pretexto de acompañar a dos compadres, sin saber que el indiscreto bermejo en su nariz y sus pómulos hacía tiempo que ya no guardaba el secreto de su afición al licor.

A los tres pares de ojos sobre ellos se sumaron los de la señora que se encargaba de la cocina. Su disposición y su amplia sonrisa les hizo sentirse como en casa. Se acercó a ellos con un largo delantal negro sobre una falda del mismo color y un jersey azul pálido con las mangas subidas para trabajar más cómoda. Tenía el pelo cano, aunque por su agilidad parecía más joven. Los gestos y las señales al hombre de la barra hacían intuir que se trataba de su esposa.

—¡Genaro! ¡Pon aquí unas *tapiñas* a esta gente! —dijo levantando la voz hacia la barra, queriendo ejercer como perfecta anfitriona—. Muy buenos días nos dé Dios y la Virgen María. Soy Raimunda. Díganme qué les puedo ofrecer por aquí.

—Pues habíamos pensado en el plato del día y... —comenzó Adela.

—Muy bueno, muy bueno, claro que sí, está todo fresquísimo, señora. Una merluza de primera. Y al niño le pongo unas *pataquiñas* fritas con croquetas caseras, que eso le gusta a todos los niños. Buenísimas. Las hice yo misma. De pollo. De los de verdad, no de esos de granja que no saben a nada.

—Vale, perfecto —dijo Adela con una sonrisa—. Y de beber queríamos...

—Uy, tenemos un vino de la casa que es una maravilla. Un Barrantes de categoría. ¡Venga una botella para la mesa! Genaro, las tapas, hombre, que me estás en las berzas —apremió al hombre, más lento de lo que se pensaba, con el sopor del alcohol en sus carnes.

—No, no. De verdad. Seguro que está muy bueno el vino, pero para nosotros solo agua —contestó con apuro Álvaro.

—Hemos venido en coche —añadió Adela a modo de disculpa con otra de sus sonrisas.

Raimunda los miró con incredulidad. Por unos segundos permaneció inmóvil, con las cejas levantadas, esperando que le explicasen la relación entre el coche y el vino.

—Bueno, como ustedes quieran. Yo les pongo unas tazas de vino de la casa y ya van entrando en calor. Que hoy hace un frío... Aquí la primavera llega con el mismo brío que un paso de Semana Santa —apostilló, dándose la vuelta en dirección a la cocina—. Bueno, eso si llega, claro —masculló, aunque parecía razonar ya consigo misma.

—Ya puestos, nos tomaremos unas cervezas sin alcohol —apuntó Álvaro.

—La mía cero-cero, por favor —agregó Adela.

Tragando saliva, quizá encerrando en su garganta una sonora carcajada, Raimunda lanzó una mirada a Genaro, quien le respondió con cara de sorpresa.

—Bueno, bueno... Miraré a ver si tenemos de eso. Uy, no se vayan a pensar, que aquí tenemos de todo. Como en el mismo centro de Santiago. Pero vamos, que si no ya les soluciono yo algo. De hambre o de sed por aquí ya nadie se muere, ¿no creen ustedes?

Adela y Álvaro se rieron cómplices, sabiendo que deberían dejarse llevar por aquella mesonera tan resuelta como atrevida.

—¿Crees que encontraremos la casa del sueño? —preguntó Adela contrayendo el gesto.

—Sinceramente, creo que no. Es solo un sueño. Pero si te quedas más tranquila, ¿por qué no le preguntas a Raimunda? De existir, seguro que nos ayuda. Esta señora tiene pinta de que se conoce el lugar y a los lugareños al dedillo.

Tras dar buena cuenta de la comida, volvió Raimunda.

—Parece que les gustó todo, ¿eh? Dejaron los platos tan *limpiños* que hasta no necesitan de jabón —les dijo rebosando orgullo.

—Todo buenísimo. Nos ha encantado —apostilló Adela—. ¿Le puedo hacer una pregunta?

—Puede, claro que sí. Otra cosa es que yo le dé una contestación —dijo soltando una carcajada, confiada en ser portadora de la gracia del lugar.

—Cierto, cierto —respondió Adela con tono quedo, no exento de cierta incomodidad—. Verá, estamos buscando una casa en esta aldea. No sabemos el número. Tiene dos plantas, toda de piedra, con contraventanas de madera oscura...

—Pero, mujer, aquí todas las casas son más o menos como me dice —dijo riéndose.

—Ya veo. Y si le digo que está cubierta de hiedra y que tiene un hórreo a su izquierda, también de piedra y con los laterales y la puerta de madera. ¿Le suena alguna casa así por aquí?

—Ay, pues ¡esa va a ser la casa de los argentinos! —intervino desde la barra Genaro.

—Perdone usted, ¿quiénes me dijeron que son? —Raimunda frunció el ceño, desconfiada—. Porque no son de por aquí... ni tampoco de las Américas. Deben ser castellanos...

—Venimos de Madrid. Estamos buscando la casa de unos familiares lejanos. —A Adela le pareció que podía ser una explicación creíble.

—¿Familiares dice? —Raimunda hizo una breve pausa para pensar qué decir—. Bueno, pues ya siento no poder ayudarles. No conozco ninguna casa así. Les dejo que tengo que marchar, aquí siempre hay mucha faena...

Desconcertados por la rapidez con que los había despachado, Adela y Álvaro abandonaron el local. Parecía no tener interés en echarles una mano para encontrar nada. No estaban seguros de si realmente existía la casa o era una coincidencia que se pareciera a alguna del lugar.

Martín dormía plácido su siesta en la silla de paseo, por lo que decidieron continuar explorando la aldea. Era un día soleado, aunque muy frío, así que aprovecharían esas horas para conocerla un poco, antes de desistir y volver al hotel en el casco antiguo de Santiago a renovar el ánimo de su viaje.

Como no podía ser de otra forma en esos lares, el asfalto parcheaba el camino para hacerlo funcional, descuidando por completo la parte estética del entorno. Carecía de aceras, obligando a los paseantes a compartir espacio con coches, bicicletas de niños, algún que otro tractor y pequeños rebaños de rumiantes. Puertas de viviendas con el pavimento al borde de sus portales, mientras otras casas apuraban el cierre sobre la calzada, con el fin de no ver agraviada su propiedad. El resultado era un núcleo difícilmente transitable para peatones y vehículos. Tal vez nadie allí estuviera dispuesto a perder para ganar. Juego de tontos, pensarían.

Por lo demás, era una aldea con su encanto. Como todas. Olor a campo, a verde, a hierba recién cortada y, cómo no, a excrementos de vaca, de cerdo y de gallina. Parecía bastante común que cada una de esas casas que se dispersaban al alejarse de la iglesia de Santa María contara con su propio establo, aunque fuera pequeño, en donde criaban a sus animales para consumo propio a lo largo del año.

Los aldeanos eran muy trabajadores. No entendían el ocio más allá de tener una huerta hermosa rebosante de hortalizas, y puede que incluso algún terreno con patatas o maíz. Gente curtida en el campo con una guerra a sus espaldas, alguno incluso dos, y una dura posguerra la mayoría de ellos. Eran conocedores de la importancia de tener su propio cultivo y de cuidar la tierra con el mismo orgullo con el que iban sumando décadas a su vida. Pues, como bien decían, «las monedas, de tragarse, ahogan, pero no alivian la sed de nadie». Lección que tenían bien aprendida esos hijos de la guerra y del hambre.

Se detuvieron ante un campo en el que una octogenaria con una bata de trabajo cruzada, en tonos oscuros, y con un sombrero de paja se afanaba, azada en mano, a un ritmo difícil de creer para quien no fuese testigo.

En ese momento, el pequeño Martín se despertó dando un grito y señalando emocionado con su dedo a la señora.

—¡Mira, mamá, como el tuyo! ¡Un sombrero de playa!

La señora alzó la vista y sonrió al pequeño, y a los padres les dijo lo ocurrente que era su hijo. En un descuido, el niño saltó de la silla, confiando en la tierna sonrisa de la anciana, y corrió a su lado.

—Yo quiero ayudar a la señora, ¿puedo?

Adela se sintió apurada y saltó al campo para corregir las acciones de su hijo.

—¡Así me gusta, pequeño! Como debe ser. Eres un gran ayudante —dijo la señora sonriente.

—Perdone —acertó a decir Adela, recobrando el aliento por la carrera.

—No te preocupes, *nena*. Hay que aprovechar ahora que son pequeños para que les entren ganas de mayores. Si no, estamos perdidos —contestó la anciana, casi sin mirarla al principio y sin dejar de hacerlo después.

Parecía contemplar cada rasgo de Adela como si de una aparición se tratase. La miraba de arriba abajo, el pelo y las manos, pero sobre todo a los ojos. Y lo hacía en silencio, como si no fuese consciente de estar haciéndolo, hasta que alargó una mano y la puso sobre la de Adela, propiciando cierta incomodidad que podía leerse en su gesto.

—Ahora debo irme, señora. Estoy buscando una casa por aquí y no puedo entretenerme más.

—¿Una casa? —preguntó sorprendida—. ¿Qué casa?

Adela le dio la misma descripción de la casa que le había dado a Raimunda, depositando todas sus esperanzas en aquella amable aunque extraña abuela.

—*Miña neniña*, no creo que me equivoque si te digo que la casa que buscas está yendo hacia el río. El camino está sin asfaltar. Allí viven unos retornados que no se relacionan mucho con el pueblo. Se hicieron con la casa hará unos cinco o seis años, porque antes estuvo cerrada mucho tiempo. Cosas de familia. De familia, *reiniña*. Y en temas de padres y hermanos que nadie meta sus manos, ¿no es así? —Buscó complicidad en los ojos de Adela, que la miraba asintiendo sin estar segura de entender—. Pues como te decía, que tenéis que ir con cuidado con el coche porque el sitio está justo para pasar. Claro, estos pobres, se vinieron de la Argentina y todavía no saben a quién vender su voto. Y eso aquí es no conocer las reglas del juego. Hay que ser prácticos, ¿no crees? Bueno, es mi idea, *nena*. Y ya estoy muy mayor —argumentó con el aplomo de quien posee un conocimiento que los libros de historia no pueden soportar.

—Muchísimas gracias, señora, de verdad —exclamó Adela, entusiasmada.

—Nada, nada, faltaría más, nos tenemos que ayudar, que aquí en este mundo queda todo —añadió con negrura en el aliento, temerosa por represalias divinas—. Ah, y por cierto, soy Carmiña, de los Couselo, de toda la vida de esta aldea. Si necesitáis alguna otra cosa, decidme, por favor, decidme lo que sea, que para dos días que estamos aquí... —incidió de nuevo en lo limitado del tiempo y de la vida.

—Pues se lo agradezco de veras, señora Carmiña. Apreciamos mucho su amabilidad. Estábamos a punto de desistir con la búsqueda, ya que en el bar del pueblo no parecieron muy dispuestos a darnos ninguna indicación.

—Bueno, Raimunda y sus cosas. No se lo tengáis en cuenta. Es muy desconfiada y no quiere problemas con nadie por irse de la lengua. Lo suyo ha pasado ya —aseveró con un movimiento de cabeza que parecía asomarse a una ventana de un tiempo nunca demasiado lejano.

Bajaron andando por el camino que les había indicado la señora Carmiña. Siguieron su consejo y prescindieron del coche. Adela no hablaba, su mirada parecía ciega y tampoco quería pensar. Se limitaba a caminar. Deseaba encontrar esa casa, al tiempo que su mente se declaraba en estado de alerta porque, de existir el escenario de su pesadilla, ¿qué podría significar? Y lo que era más importante para ella: ¿qué supondría en su apacible vida familiar?

Se paró en seco. Deseó con todas sus fuerzas que no existiera, que continuase formando parte de un sueño, un mal sueño, ese mal sueño y nada más. Y entonces sintió miedo. Un miedo que la golpeaba en el estómago, le levantaba la cabeza y la obligaba a abrir los ojos, a ver, aunque ya no quisiera hacerlo.

Corpulentos castaños en la margen del río levantaban gruesas raíces de la tierra para beber de aquellas aguas que murmuraban, esquivando piedras y arrastrando hojas que se desprendían de la sombra de grandes copas verdes. Aquellos árboles parecían amenazar con levantarse, con salir corriendo al encuentro de unos robles alineados como auténticos vigías frente a una casa. Una vieja casa de piedra con media fachada cubierta de hiedra y begonias en las tres ventanas de la planta superior, que conferían un poco de frescura y color a aquel entorno mortecino y lánguido. Y ahora también aterrador. Así lo sentía Adela en el fondo de su alma.

La casa existía. Entonces, esa mujer..., ¿su muerte? Notó que el estómago se le contraía, prisionero del pánico, y se adentró entre los matorrales que ocultaban el tímido caudal para dar paso a la imperiosa necesidad de vomitar.

Pálida, aliviada y fingiendo un sosiego que no sabía si recuperaría alguna vez, regresó al lado de Álvaro y de Martín para llamar a la puerta.

Adela ya tenía pensado lo que les iba a decir a los dueños de la casa para ganarse su confianza y que no sospecharan que era una loca.

—Hola, buenas tardes —empezó diciendo—. Trabajo para la revista *Casa* y estamos preparando un suplemento especial para el próximo mes sobre casas rurales en Galicia. De hecho, habíamos pensado incluir la suya en el reportaje, si les parece bien. Pero justo estábamos paseando por esta zona cuando el niño se ha puesto un poco malo de la tripa, probablemente algo le ha sentado mal, y le ha dado diarrea. Me da un poco de apuro, pero ¿me permitirían usar su baño?

Álvaro estaba atónito por la facilidad con la que su mujer había tejido una mentira aceptable y por lo creíble que parecía al contarla.

Adela agarraba con ternura y aires de preocupación la mano de Martín, mientras su marido observaba sereno la expresión de una mujer especialmente llamativa en aquel entorno. Sus labios, pintados de un rojo fuerte, destacaban en una tez blanca enmarcada por un cabello rubio platino que alcanzaba la altura del mentón. Esos detalles, sumados a la estrechez de sus pantalones vaqueros y a lo colorido de su blusa, evidenciaban que no era natural de aquel lugar.

La dueña de la casa tardó unos segundos en comprender la situación, tras los cuales se presentó con una amplia y blanca sonrisa, abriéndoles la puerta de par en par y permitiéndoles pasar al interior.

La mujer se mostraba accesible y extrañamente confiada. Lo entendieron al ver la fortaleza física de su marido. Ambos, rondando los cuarenta, estaban en buena forma. Rendidos al culto al cuerpo.

Al cruzar el marco de la puerta, el corazón de Adela latía con urgencia, desbocado, atropellando su respiración. Aquella casa era el escenario de su sueño. El lugar de una muerte violenta. La presión constreñía sus arterias con un dolor punzante que atravesaba sus sienes. Procuraba mantener la compostura y mirar al suelo. Por un momento, creyó ver un enorme charco de sangre bajo sus pies, frente a un aparador de madera antiguo. Su mente le estaba jugando una mala pasada. Se asustó en silencio y miró hacia el techo, al hueco de la escalera. Al tiempo que subía la mirada reparó en los gruesos balaústres que protegían cada peldaño. Las imágenes de su sueño, tan recurrente como perturbador, se solaparon con la realidad y creyó ver la caída de la joven mujer. Sus ojos abiertos clamando al Cielo, sus lágrimas mezclándose con la sangre.

Incapaz de digerir lo que estaba sucediendo, buscó la puerta a sus espaldas con un imperioso deseo de huir. Salir corriendo era lo que le pedía su cuerpo, pues su mente la golpeaba, la torturaba con imágenes igual de reales que irreales y ya no podía discernir.

Álvaro conocía esa mirada inquieta de desconcierto y tristeza. Consciente de la incomodidad de su mujer, la miró un segundo, sonrió y la cogió de la cintura.

—Creo que a ti también te ha sentado mal la comida, ¿no es cierto? —dijo Álvaro para romper el hielo—. ¿Te encuentras indispuesta?

Adela asintió mirándole a los ojos. Tocándose el abdomen con una mano, se giró hacia la argentina y lanzó una media sonrisa buscando empatía.

—Disculpa, ¿me puedes indicar dónde está el aseo, por favor?

—Por supuesto, perdona. El baño de abajo tiene una avería y le hemos cortado el agua. Tendréis que usar el de arriba. Esta casa es muy antigua y requiere mucho mantenimiento.

—Vale, gracias. Sin problema. Sube conmigo, Martín.

La mirada de Álvaro y la sonrisa divertida de Martín mientras subía las escaleras relajaron la mente de Adela y le permitieron recuperar su rol detectivesco. Le dolía estar en aquella casa; su cuerpo y su mente reaccionaban como en una cámara de tortura, pero aun así necesitaba saber más. Pensó que le venía como anillo al dedo la coyuntura de la avería para poder subir a la planta de arriba, pues era la que salía en su sueño con mayor claridad. Necesitaba verla. Necesitaba encontrar alguna pista que arrojara luz sobre aquella oscuridad que la asfixiaba, sobre la locura que solo estaba empezando a vivir.

Álvaro pasó con los dueños de la casa a la cocina y allí se presentaron. Se llamaban María Elena y Julio José y eran argentinos, llegados unos cinco años atrás, para empezar una nueva vida en la tierra que vio nacer a sus abuelos. Ambos habían crecido al son de la *muiñeira* del Centro Gallego de Buenos Aires, estudiando la profundidad de los versos de

Rosalía y redescubriendo el patrimonio de la nación de Castelao con su obra *Sempre en Galiza*, por lo que no tardaron en aceptar su alma máter en medio de la confusión y el sentir bucólico del emigrado.

Álvaro disfrutaba escuchando las historias y demás anécdotas de aquella pareja. Era un gran conversador y le gustaba conocer a gente nueva y diferente. Incluso podría decirse que prefería compartir un rato con los que tenían vidas e ideas radicalmente opuestas a él, porque consideraba que solo de esa forma se puede abrir la mente y fortalecer o cambiar ideas preconcebidas, la mayoría de las veces equivocadas.

—Al final, habéis cumplido entonces el sueño de vuestros abuelos de volver a Galicia, ¿no es así? —preguntó Álvaro con una sonrisa.

—Así es —se adelantó María Elena, mirando a su marido con otra sonrisa en el rostro—. Nos surgió la oportunidad y decidimos empezar una nueva vida aquí. Esta casa y este pueblo nos cautivaron desde el primer momento. Es genuino, auténtico. Y la casa estaba en muy buen estado y..., por qué no decirlo, nos salió muy bien de precio.

—¡Qué suerte! Sí que es algo a tener en cuenta. —Álvaro sonrió, cercano—. ¿Desde Argentina?

—Pues sí. Nos la vendió un amigo. Bueno, no es exactamente un amigo. —Mientras se explicaba, se levantó a buscar más café—. Julio y yo nos licenciamos en Bellas Artes en la Universidad de Buenos Aires y a este señor lo conocimos en una exposición. También es artista y descendiente de gallegos. Supongo que esto no es nada difícil en la Argentina. —Soltó una carcajada que mostró su dentadura excesivamente blanca—. Comentamos que nos gustaría vivir aquí y él quería vender esta casa. No tenía interés en mantenerla ni tampoco en volver, así que se la compramos sin necesidad de negociar mucho, y... aquí estamos.

Abrió la puerta del dormitorio principal con sigilo, mientras el pequeño Martín permanecía tranquilo sentado en el baño. Era mejor que el niño no supiera de sus intenciones detectivescas o se lo contaría a los dueños de la casa.

La pared de la habitación estaba cubierta de un papel de gusto dudoso para alguien que buscase relajar la vista al terminar el día. Vio el armario empotrado, ahora lacado en blanco. Lo abrió con sumo cuidado por miedo a que chirriase. Nunca había visto tantos zapatos de tacón y de tantos colores fuera de una zapatería. Cerró esa puerta y probó con la contigua. Allí había ropa colgada en perchas y sobre el suelo unas cajas para guardar más zapatos. Las hizo a un lado y se dispuso a entrar en el armario con la ayuda de la linterna de su teléfono móvil. Fue pasando las puntas de los dedos por el perímetro del fondo hasta que encontró la ranura de la trampilla que le permitió, previo empujón silencioso, acceder a un hueco o diminuta estancia secreta.

Estaba lleno de telas de araña y polvo, pero era el escondite que veía en su sueño. Se sintió naufragar y a la deriva. Sus desvelos zozobraban de nuevo, ahogándose en su retina, imágenes reales e irreales que se fundían golpeando su pecho hasta provocarle el mareo, la náusea. Sintió que un tornado a su alrededor lo arrasaba todo y ella no podía hacer nada. Su fuerza era devastadora, girando muy deprisa, descomponiendo todo en el aire, desapareciendo. Cerró los ojos un segundo queriendo abrir su mente. Quería llorar y se dejó caer en el suelo. Se cubrió la cara con las manos, frotando con fuerza para que las lágrimas no apareciesen. Ahora no aportaban nada. Pensó que los torbellinos son de paso y la calma siempre llega. Se pellizcó, ahogó el miedo en su garganta y no se dejó paralizar. Debía centrarse, tenía poco tiempo. En el suelo de la estancia secreta había un pequeño camafeo. Lo cogió, lo encerró dentro de su puño y lo guardó en el bolsillo del pantalón. Había sido un acto reflejo.

En un rincón había una caja de madera. Era pequeña y estaba cerrada con un candado, más disuasorio que funcional. No lo pensó, sintió que debía llevársela. Se quitó la chaqueta y la envolvió. Dejó el armario tal y como lo había encontrado y se dirigió al baño, a ver qué hacía Martín. El pequeño la estaba esperando sentado en el suelo.

—¡Qué bien te has portado, mi vida! Espera aquí otro minutito que ahora vuelvo.

Adela bajó sigilosa la escalera con la caja escondida bajo la chaqueta y la ocultó en la silla de paseo del niño, bien envuelta en la manta de Martín. Volvió a ponerse la chaqueta y subió a por el pequeño.

Estaba ansiosa por abrir la caja y ver lo que escondía. Necesitaba regresar al hotel y ordenar todo lo que estaba viviendo. Sus ansias por saber más de toda aquella locura chocaban con el profundo temor de alterar la vida tranquila que llevaba en su casa, con su familia. Pero, por otro lado, la angustia la devoraba al intuir que el sueño era más que un sueño, y se preguntaba quién era la joven a la que veía morir, quién la había asesinado, por qué, por qué ella soñaba con esa casa... y lo más importante: ¿qué había pasado con las niñas?

7

Pazo de Altamira, junio de 1919

Las cortinas habían quedado perfectas, aportando distinción y marcando el buen gusto de la condesa de Altamira. El salón lucía engalanado como en los mejores tiempos del pazo para no decepcionar a los invitados. Lo más granado de las casas nobles de Galicia y del norte de Portugal estaba presente, pese a los malos tiempos que corrían para la aristocracia en el país luso, la cual, aun sin títulos oficiales, no renunciaba al único estilo de vida que conocía. Doña Leopoldina de Bragança, madre del señorito Luis, pertenecía a una casa con títulos de ducado y opciones a la corona. Su matrimonio con don Gerardo le había permitido huir con su fortuna a tiempo y multiplicarla en Brasil, mientras que en Portugal se precipitaba la república.

Emilia iba de un lado para otro portando una bandeja de plata con los cócteles para los distinguidos invitados. Estaba fascinada con la elegancia con la que aquellas mujeres lucían vestidos, peinados y joyas con el poder de deslumbrar a cualquiera. Sabían cómo moverse. A Emilia le parecía que en lugar de andar, levitaban con el cuello muy estirado, envueltas en perfumado donaire de clase y con la gracia en las manos. Manos finas que mostraban una realidad a la que Emilia no había tenido acceso. Tampoco se podía decir que fuese causa de sus desvelos, no era esa la vida que ambicionaba para sí misma. Era una joven curiosa y así observaba aquel mundo paralelo al suyo; acercándose invisible, sin perder detalle, con unos ojos claros que desconcertaban la belleza de las presentes y despertaban la osadía de aquellos que veían en ella algo más que una bandeja. Era ese el momento en que recordaba su obligación al recato, fijando la vista en la punta de sus zapatos, sumisa y conforme.

Obligación que había sabido cumplir el día anterior, en un instante prestado a anécdota, cuando el joven señorito Luis tropezó casualmente en el pasillo con su enérgica disposición, mientras ella, en lo alto de una escalera, limpiaba un óleo de grandes dimensiones donde se exhibía la belleza del Pórtico de la Gloria de la Catedral de Santiago. Como un torbellino, a punto estuvo de arrearle cual fusta a un caballo en un giro impredecible del plumero. Justo a tiempo, él se detuvo en seco para no ser golpeado, pero sin poder evitar dar un golpe a la escalera. Asustada, soltó un pequeño grito que la sacó de su trance, haciendo que perdiera ligeramente el equilibrio. El señorito Luis, caballero de noble disposición, no dudó en agarrarla por la cintura y evitar un percance mayor.

Emilia, absolutamente ruborizada, se agarró a la escalera y bajó con cuidado cada peldaño con las piernas temblorosas. Una vez en el suelo, miró a los ojos al señorito Luis adelantando una disculpa a su torpeza. Él, por su parte, con el ánimo fácil de quien sabe vender lo que nadie piensa en comprar, le mostró una sonrisa más pícara que cortés y le restó importancia diciendo que había sido él el culpable, por ir pensando en las musarañas sin prestar la debida atención a la belleza de cada estancia.

—Fijaos, señorita, si hasta sonríe el encuentro el mismísimo profeta Daniel desde el sagrado Pórtico de la Gloria —dijo el joven con aire de donjuán y una sonrisa blanca que destacaba pulidas y atezadas facciones.

Cuanto más amables eran sus palabras y sus gestos con ella, mayor era el grado de incandescencia que sentía en sus mejillas.

—Confío en las buenas intenciones del profeta —continuó el señorito Luis—. No actuaría de ese modo, de tratarse de otro hombre, pues me obligaría a batirme en duelo con la mismísima espada de la Casa de Altamira. —Señaló con una mirada coqueta a una panoplia de madera que se exhibía a un lado del óleo.

Emilia no contempló la opción de responder nada. Embelesada por sus ojos color miel, que la buscaban como dos diablillos con gracia, quizá con un punto de descaro, parpadeó y rompió el embrujo de olor a distinguido perfume francés con notas de flores silvestres, acordes sin duda a su personalidad. Ella se despidió con otra disculpa que pretendía sonar aséptica y salió como alma que lleva el diablo en dirección a la cocina donde aguardaba su madre.

Cándida no pudo evitar señalar a su hija que sus carrillos parecían amapolas en primavera. Emilia, incapaz de guardar secretos a su madre, sintió la necesidad de contarle el desafortunado encuentro con el joven Luis, haciendo hincapié en lo afable y cortés de su persona.

La prudencia caracterizaba cada reacción de Cándida con los demás, sobre todo con su hija. Su corazón había sido doblegado y amansado a fuerza de necesidad en aquella casa, y su palpitar se había vuelto cauto y también quebradizo, fruto de una fiebre reumática de la niñez que, tal y como se decía, «había lamido sus articulaciones y le había mordido el corazón». Porque no había tenido opción y había aprendido a meditar respuestas y a medir silencios. Así que a Emilia no le resultó nada extraño que su madre no añadiese respuesta o gesto alguno al escuchar su anécdota y, solo antes de dar por terminada la conversación, le indicase fríamente el deber de alejarse del señorito.

—Madre, no tiene usted de qué preocuparse —musitó con el gesto serio—. No me interesa conocer hombre.

—Emilia, eres muy joven. Tal vez conozcas a alguien que merezca tus atenciones, pero no en esta casa, hija. Haz caso a tu madre. Sé de lo que hablo.

Escuchando sin lugar a réplica, levantó la vista con un punto de picardía. Intuyó una rendija al pasado de su madre y a sus emociones y no quiso perder la oportunidad de acercarse.

—¿Alguna vez se ha enamorado usted? —dijo casi entre susurros, respetando el circunspecto sentir de su progenitora.

—Una vez, hija. Pero de eso hace ya mucho tiempo... —Asintió incómoda, sin dar pie a continuar con la conversación. Luego recobró la fortaleza en la voz—. Ya está bien de confesiones que no conducen a nada. Volvamos al trabajo.

—¡Espere, madre! Dígame solo qué pasó.

—Él se casó con otra, y a mí me dejó una barriga y un ramo de flores.

Emilia la contemplaba con el gesto apesadumbrado. Entendía lo doloroso del tema para su madre y ya no tenía interés en profundizar.

—Descuida, hija. Me dio lo más bonito que he tenido: a ti. Y un ramo de rosas blancas. Mis favoritas. El único hombre que se ha molestado en conocerme como para saber que eran mis favoritas —confesó con el recuerdo tembloroso en su mirada cansada.

—No sufra usted, madre. No sería tan bueno cuando la abandonó en estado.

En este punto, Cándida respiró profundamente mientras alejaba a los fantasmas del pasado.

—Dejémoslo estar. Es importante que no te acerques al señorito Luis. No queremos problemas, ¿verdad que no?

La joven inclinó la cabeza hacia delante y negó con un pequeño y rápido movimiento, dejando claro que acataría las normas de su madre.

Cándida conocía a su hija, por eso sabía que el rubor y la forma de contar el tropiezo con el señorito Luis habían significado algo más para ella. De ahí su preocupación; no podía permitir que surgiese ningún sentimiento, ni mucho menos ningún deseo, entre ellos.

Durante toda la cena y hasta el momento en que los hombres, incluido el joven Luis Gómez de Ulloa, se despedían de las damas para fumar los puros, Cándida vigilaba cada movimiento de su hija, indicando a otras sirvientas que se ocuparan de la mesa destinada a la familia de los condes. Sin hacer preguntas, Emilia acataba las indicaciones de su madre, pues sabía que era importante darle tranquilidad.

Aun así, esa tranquilidad estaba lejos de afianzarse, y resultaba evidente en cada incursión que Cándida hacía al salón de verano, donde tenía lugar la cena, pues podía ver cómo el señorito Luis orientaba su mirada hacia Emilia, unas veces de reojo, otras, demasiadas, con un brillo que acompañaba una sonrisa pequeña, casi rebelde. Parecía disfrutar con sus movimientos torpes e imprecisos en un ambiente de refinada compostura. Cándida lo veía, y sufría. Su más de medio siglo de vida le permitía identificar ese tipo de afinidades y sensibilidades especiales entre jóvenes. Parecía buen chico, estaba segura de que lo era, pero eso para ella no significaba nada.

Esa noche, más silenciosa y pensativa que de costumbre, se acostó con un nudo en el estómago que le había impedido tomar bocado alguno. Por su parte, Emilia no quiso importunarla y, sigilosa, se tumbó en la cama al lado de José María. Realmente lo había extrañado durante la larga jornada de trabajo. Contempló su rostro angelical unos segundos, tal vez más, y le besó la frente. El pequeño se movió perezoso, abrió un ojo, luego los dos, y le pidió que le contase un cuento. Y ella, incapaz de resistirse a la petición, sacó con mucho cuidado de un cajón el manido cuaderno de autor desconocido que el padre Eliseo le había regalado años atrás y seleccionó entre sus páginas, apergaminadas por el tiempo, un cuento muy especial, el más especial de cuantos recogía, titulado «La hija del mar esmeralda». Y así, entre susurros que acompañaban los ágiles movimientos de sus manos, Emilia comenzó a leer. Lejos de ser una gran obra, aquella historia le transmitía fuerza. La misma que quería para su hijo. Hablaba de una pequeña náufraga, hija de una tierra lejana donde el sol brillaba sin más descanso que el que ofrecía la noche. Un lugar especial en el que el mar lucía un abanico de colores entre azules y verdes, claros y translúcidos, que se cubría de elegancia y sosiego bajo el argénteo barniz de la luna de medianoche. Una tierra que era casi un espejismo, rayano en la fantasía o la ficción mejor pintada. A la niña se la habían llevado de noche, amordazada para que no diera cuenta del tamaño de la traición. Y sin tratar de impedir siquiera que el fuego a sus espaldas quemase todos y cada uno de sus recuerdos. Viendo cómo las llamas devoraban su mundo de fantasía. Extrañando los brazos de su madre, deseando que solo fuera un mal sueño. Una pesadilla en la que unos hombres sin fe y sin escrúpulos la habían subido a un barco y la habían obligado a cruzar el océano convirtiéndola en parte de un botín. Lloraba sabiéndose sola, con el ánimo quebrado, sin probar comida ni bebida, hasta que sus ojos, brillantes como el mar que la añoraba, se secaron con la aridez de un riachuelo en el desierto. Con su llanto rezaba e imploraba a Nuestra Señora del Mar. La leyenda que recogía aquel cuento decía que sus lágrimas eran tan abundantes que la Virgen, sintiendo su dolor como propio, la miró y tornó sus ojos del mismo verde intenso que la niña tenía en los suyos. Y fue así que de los ojos de la Virgen, grandes y brillantes, ahora verdes como esmeraldas, habían brotado piedras preciosas en forma de lágrima. Apiadándose de la niña, Nuestra Señora la salvó de ser engullida por la furia del mar en aquella noche de centelleantes relámpagos y estentóreos truenos, en la que todos sus captores se toparon con la justicia del Atlántico y la Costa da Morte. Finalmente, la niña encontró su destino en la orilla, jurando velar siempre por la Virgen, en un templo que se alzaría desde el mismo mar. Sin más arma que su cuerpo, su alma y su espíritu, creció cada día más fuerte, sin miedo a las tormentas ni a los monstruos ni a los hombres.

Tras la puerta de aquel cuarto, don Rodrigo escuchaba ahogando nostalgia, con la vista clavada en la manta de lana que cubría sus piernas inmóviles y la cabeza hundida entre los hombros. Él también había sido fuerte una vez y entendió que el destino no era más que una parada antes de perder el miedo para siempre.

A la mañana siguiente, Cándida se levantó antes del canto del gallo para adelantar los desayunos. Parecía haber encontrado un poco de calma tras una noche cargada de recuerdos y temores, en la que solo el amanecer y una idea consiguieron devolver la templanza a su ánimo.

José María se llevó una inmensa alegría al despertar y sentir el abrazo de su madre, tendida junto a él, en la misma cama. Para él era uno de los pequeños placeres de la vida. Eso, su pelota de trapo y lanzar pequeñas piedras a la fuente, mientras su madre se hacía la despistada lavando la ropa de toda la familia.

Tras abrir la puerta de la cocina, a Emilia le llamó la atención no encontrar allí a Cándida; concluyó que estaría en la despensa organizando la comida del día y se dispuso a desayunar junto al niño, no sin antes llevar las pócimas que cada dos semanas preparaba el boticario para el señor conde.

Ya estaban terminando el desayuno cuando, al fin, apareció en las jambas de la puerta.

—Buenos días —dijo con su habitual tono sereno, apurando una mínima abertura tras ella.

—Buenos días, madre. Me había inquietado al no verla. ¿Adónde ha ido?

—He bajado al pueblo a hacer unos recados. Todo bien, no te preocupes. Tengo que hablar contigo.

—Diga usted, madre.

—Mira, aunque ahora no lo veas así, son buenas noticias. Tú quieres que el niño tenga más oportunidades y vaya a la escuela, ¿verdad? —Hizo una pausa mientras Emilia asentía con la cabeza—. Pues te he conseguido un trabajo para que hagas un dinero para el futuro del niño y el tuyo propio, porque yo no voy a estar siempre, ya lo sabes.

Emilia seguía expectante el argumento de su madre, asintiendo con la mirada y deseando no tener que pensar en lo que estaba escuchando.

—Puedes ir los meses de verano de jornalera a Santiago. Si trabajas bien, te darán hasta una peseta al día. Y después del verano te vuelves para el pazo con unos ahorros.

Emilia no se lo esperaba. Su gesto se congeló unos segundos en los que trataba de encajar la crudeza de aquella oferta. Nunca imaginó tener que salir del pazo y dejar atrás a su hijo. Pero ahora la oportunidad se presentaba y era justo por él que estaba dispuesta a hacerlo. Las lágrimas aparecieron mal contenidas al contemplar a José María, ajeno, jugando en una esquina de la cocina con la pequeña pelota de trapo, la que ella misma le había cosido por no tener con qué pagar el medio patacón que le pedía el tendero. Sabía que su madre no buscaba su parecer en aquella propuesta de trabajo. También sabía que debía hacerlo. La decisión ya estaba tomada.

—Dígame, madre, ¿cuándo debo salir para Santiago?

—Mañana temprano. Y por el niño puedes estar tranquila, hija, sabes que yo lo cuidaré.

—¿Ya lo saben los señores condes?

—Sí, está todo dispuesto. Alégrate, *neniña*, verás que el verano pronto pasa y ese dinero te vendrá de perlas para pagar la escuela al niño.

—Tiene razón, madre. Sé que José María estará bien. Y sé que usted también lo estará. Pero los voy a extrañar mucho. Nunca he salido de aquí...

—Eres lista y espabilada —interrumpió su madre—. Todo va a ir como debe ir. Mañana saldrás con las hermanas Casal, las hijas del herrero, que en paz descanse. Ellas necesitan hacer algo de dinero para arreglar su situación y la de sus hermanos pequeños, porque si no los *pobriños* acabarán en la inclusa.

—Gracias, madre —susurró Emilia tragando amargura—. Usted siempre pensando en todo.

—No me des las gracias todavía. Tengo una cosa para ti —le anunció Cándida con una sonrisa que escondía su propia tristeza.

De un bolsillo sacó un pañuelo de un blanco prístino. Lo abrió con mucha delicadeza y respeto dejando al descubierto una cadena plateada con un deslumbrante camafeo de azabache de Nuestra Señora del Mar con el Niño en brazos, rodeada de pequeñas incrustaciones de piedras que parecían esmeraldas, tal vez en recuerdo a la leyenda de aquella Virgen intercesora de los lamentos de tantas madres.

Mostrando su entendible desconcierto, Emilia miró a su madre con los ojos muy abiertos.

—Pero, madre, ¿de dónde ha sacado usted esta joya? Parece muy cara...

—No creo que tenga mucho valor, hija. Supongo que serán piedras de imitación de esas. Pero eso no importa. Esto es lo único que tengo de mi madre. De nuestros orígenes, Emilia. Aunque no sepamos bien cuáles son. Estoy segura de que mi madre era una mujer honrada que me dejó a las puertas de esta casa porque no tenía nada mejor que darme.

Te protegerá. Cógelo y guárdalo con celo, *miña nena*. Cada noche rézale a la Virgen para que cuide de ti y del pequeño José María. Cuando pase el verano, volverás a abrazarlo.

Emilia lo envolvió con esmero y se lo llevó a su dormitorio, en donde durante unos minutos, los pocos de los que podía ser dueña, se entregó al desconsuelo.

En la soledad de la cocina, Cándida abandonó la pose de fortaleza y seguridad que había mantenido ante su hija y se santiguó vacilante, lamentando tener que alejarla del pazo, de la gran Casa de Altamira y del señorito Luis, e imploró al Altísimo por su familia. Emilia y José María eran todo cuanto tenía en esta vida. Buscaba en su luz el brillo de sus propios ojos. Sabía bien que sin ellos solo habría oscuridad y tinieblas.

8

Se marcharon casi sin despedirse. Adela estaba muy nerviosa y Álvaro demasiado preocupado por ella como para continuar representando el papel de articulista de una revista de
hogar y decoración.

Antes de subir al coche, ella vomitó una vez más. Luego entró y se sentó. Estaba aturdida y muy cansada. Apoyó
la cabeza en la ventanilla mientras Álvaro le ceñía el cinturón de la silla a Martín, que de nuevo se había quedado
dormido.

De repente, Adela dio un brinco y salió del coche antes
de que su marido plegase la silla de paseo. Sin vacilar un segundo, agarró con ambas manos el hatillo con la caja que
había rescatado del armario y volvió a sentarse en el asiento
de copiloto. Retiró la manta que la envolvía y trató de abrirla. Le dio un par de vueltas impaciente y, con la mala fortuna
que cargan los nervios, se le resbaló y fue a parar bajo el
salpicadero. Frustrada, confundida, torpe, rompió a llorar
tapándose la cara con las dos manos.

Álvaro no soportaba verla así. Parecía tan vulnerable que no la reconocía. La abrazó fuerte, sintiendo sus latidos, el ritmo con el que la golpeaban. No entendía el miedo, todavía no, pero pronto lo haría. Con un brazo alcanzó la caja bajo el salpicadero y la miró.

—¿Qué es esto? —preguntó con extrañeza.

—La encontré en la casa —dijo ella, frágil, trémula, silenciada por aquel tambor que percutía en el centro de su pecho.

—¿La has cogido de la casa? —insistió incrédulo.

—Álvaro... —Tragó saliva para permitirse el derecho a la explicación antes de ser juzgada—. Estaba en el hueco de la pared, el que vi en mi sueño. Créeme, ellos no la echarán de menos. Ni siquiera conocen la existencia de ese doble fondo del armario, estoy segura. —Su mirada se perdió buscando su reflejo en la ventanilla—. Parece que conozco yo mejor los entresijos de esa casa por mis sueños que sus propios dueños... No tiene sentido —musitó sintiéndose perdida, como una niña en un bosque sin nombre.

Adela metió la mano en el bolsillo de su pantalón buscando un pañuelo en el que aliviar el calor del sollozo en su garganta. Rozó algo con las yemas de los dedos. De pronto lo recordó. Con cuidado, extrajo con la punta de los dedos el camafeo. Lo miró, lo tocó y una ola de nostalgia la abordó de nuevo. Nostalgia que no tenía razón de ser, que no entendía, que no podía entender. Casi como un acto reflejo, lo apretó en su puño y se lo llevó al pecho. Cerró los ojos con tanta fuerza que las lágrimas abrieron dos caudales que ya no podía controlar, tampoco disimular.

Nervioso, frotándose las cejas con una mano y el otro brazo extendido sobre el volante, Álvaro no sabía qué ocurría, qué le pasaba a su mujer, ni cómo podía ayudarla.

—Será mejor que volvamos al hotel. Podrás descansar.

Ella asintió, dejó caer la mano, desfallecida, y la abrió, mostrando el camafeo.

—Adela, ¿también has cogido esa joya? —preguntó sin dar crédito a la suposición, como si estuviera hablando con una desconocida.

—Es extraño... —musitó, tratando ella misma de hallar explicación—. Al verla, sentí que al fin la había encontrado. No sé por qué..., sé que es difícil de entender, pero no podía dejarla allí.

Una vez en el hotel, dejaron a Martín en la cuna de viaje para que echase su siesta, tan necesaria para que la tarde transcurriese en armonía. Pero el niño estaba demasiado estimulado y se negaba en redondo.

Álvaro le contó un cuento para que se tranquilizase y pudiese conciliar una hora de sueño. Los dos se quedaron traspuestos. Tiempo que Adela utilizó para guardar en su maleta y con sumo cuidado la caja que había rescatado de la casa de Vilar de Fontao. Después se dirigió al baño, tenía un gran espejo y tres potentes bombillas como para hacer dudar al más seguro y al más agraciado. Sacó el camafeo del bolsillo y se lo colgó al cuello. Pequeñas esmeraldas regalaban un brillo especial a sus ojos, acentuando la intensidad de su verde natural.

El llanto de Martín rompió el hechizo de las piedras y de la Virgen de azabache con el Niño en brazos tallada en el camafeo. Adela salió del baño y, al verlo sobresaltado por una pesadilla, lo cogió en brazos buscando calmarlo. Álvaro se había quedado traspuesto al lado de la cuna con el brazo metido por un lateral, acariciando la mano del niño. Con el llanto repentino, se olvidó de que su brazo estaba encajado entre los barrotes, y al intentar sacarlo, su quejido contribuyó a incrementar el susto de Martín. Medio dormido y muy enfadado en el regazo de su madre, agarró fuerte el camafeo y, rompiendo la fina cadena que lo sostenía, lo lanzó contra el suelo en un acceso de rabieta todavía mal controlada.

Adela, visiblemente disgustada, se contuvo para no asustar más a su hijo. «El camafeo se habrá mellado y seguro que se ha soltado alguna piedra», pensó.

—¿Qué ha pasado? —preguntó Álvaro, arrodillándose y recogiendo los pedazos sueltos de la joya.

—Ha sido sin querer. Martín se ha asustado. Lo llevaré a arreglar..., no pasa nada —dijo suavizando la versión de lo que había ocurrido.

—¡El camafeo se ha abierto! —exclamó él, sorprendido, todavía en el suelo.

—¿Cómo dices? ¿Qué quieres decir con eso de que se ha abierto?

—Mira —dijo al tiempo que alargaba la mano y mostraba el camafeo abierto como un libro, con una foto en blanco y negro en su interior.

Adela se acercó a una lámpara a fin de escudriñar el daguerrotipo de cerca. Se veía a una mujer en la veintena, ataviada con un pomposo vestido de generoso escote y talle ajustado. La joven posaba estirando el cuello para mostrar las sofisticadas joyas que vestían su busto. Con la seriedad habitual de alguien de su clase social y de su tiempo, llevaba el cabello recogido en un elaborado moño con raya al medio. Parecía una señorita noble o burguesa del siglo XIX. Mostraba unas facciones delicadas y una mirada cálida y dulce que contrastaba con la rigidez de su ensayada pose.

Junto al retrato había una inscripción grabada: «*Quem videre, intelligere*». Con la curiosidad quemando la punta de sus dedos, Adela tecleó cada letra en su teléfono a fin de conocer una traducción aproximada.

Álvaro, con Martín en brazos y todavía dolorido en el codo, rondaba la joya con la misma curiosidad.

—«Quien vea, entienda» —dijo Adela marcando el ritmo en cada palabra, sosteniendo el teléfono en la mano—, así se traduce al castellano. Pero no entiendo qué quiere decir. ¿Qué puede significar? —añadió con gesto pensativo y la mirada centrada de nuevo en la foto—. Extraña inscripción para una joya.

—Tal vez en nuestro tiempo no signifique nada, nada importante, pero sí en el siglo XIX —dijo Álvaro con gesto de posibilidad y sin mucha confianza en lo que decía—. De lo que estoy casi seguro es de que la joven de la foto era la dueña de la joya. Sin más —dijo para restarle interés, despreocupado.

—Una entrada de Google me lleva al Génesis —dijo Adela, dispuesta a leer lo que allí decía—: «El que sepa ver, que entienda». Lo recoge el Génesis, el primer libro de la Biblia —añadió con tono interesado—. ¿Crees que tiene algo que ver?

Álvaro negó con la cabeza; no quería dar alas a su imaginación. Conocía bien a su mujer y era consciente de que todo esto, con tan pocos datos para contrastar con la realidad, podía derivar en un asunto enrevesado y poco beneficioso para ella.

—Casualidad, Adela. Pura casualidad. Pero si te quedas más tranquila, es posible que puedan ayudarte con este tipo de joyas en uno de esos talleres de orfebres. Aquí se trabaja mucho el azabache. De hecho, creo que es un mineral típico de esta ciudad. Te habrás fijado en los escaparates. Seguro que te dicen algo sobre esta pieza. Y además te la dejarán como nueva —añadió con una sonrisa que restase significación a todo aquello—. Antes hemos pasado por una calle de nombre bastante intuitivo: rúa da Azabachería, cerca de la plaza de las Platerías...

—Acércate —interrumpió Adela en voz baja, misteriosa—. Fíjate, fíjate bien en los ojos de esta mujer, en su mirada...

Álvaro inspeccionó la foto con maneras de auténtico profesional. Dio un paso atrás, descolocado, mirándola fijamente.

—No lo sé, Adela —balbuceó—. Podría ser.

9

Pazo de Altamira, junio de 1867

—¡Virgen del Cielo! Señorita Celia, ¡está usted calada hasta los huesos! —exclamó alarmada la anciana ama de llaves del Pazo de Altamira—. ¡Y en su estado, señorita! Pase usted y colóquese al calor de la lumbre —imploró levantando del suelo a la joven dama que la miraba con ojos nublados y perdidos, sin dejar de abrazar su vientre.

—Creo que no hay tiempo, Rosario... —acertó a decir la joven con el gesto contraído por el dolor.

—¡Ay, Virgencita, ayúdanos! —exclamó en un susurro mientras estiraba el cuello hacia el interior del pazo buscando el auxilio necesario—. ¡Pepita, ven aquí, *neniña!* ¡Por Dios, corre!

La joven sirvienta se acercó rápidamente sin entender todavía qué sucedía.

—Ayúdame a llevar a la señorita a la habitación de invitados, que está más cerca de la cocina. Es la más caliente de la casa y tenemos que quitarle ese frío de las carnes antes de que alcance a devorar sus entrañas —se explicó ante la doliente señorita, mientras luchaba contra la cojera que le impedía ser de más ayuda en esa situación.

Pero ella ya no la escuchaba. Las intermitencias del dolor y el agotamiento de su cuerpo no se lo permitían. Necesitaba guardar las pocas fuerzas que le quedaban para hacer frente al momento más importante de su vida.

La tumbaron sobre la cama, con cuidado para no provocarle más padecimiento, y le quitaron el vestido. Lo que ahora necesitaba era la holgura de un camisón. Rosario rebuscó en un armario hasta dar con una prenda apropiada. Debía ser suficientemente cómoda para el inminente alumbramiento y que no importase si se cubría de sangre.

—Pepita, busca al señor conde. Dile que es urgente que venga. Yo terminaré de instalar aquí a la señorita. —La joven sirvienta se dirigía ya rauda hacia la puerta cuando Rosario la llamó de nuevo—. ¡Espera! Acércame esos almohadones antes de salir.

La anciana acomodó a Celia y salió de la habitación sin tiempo ni para tener prisa. Avanzó sus pasos con huella imprecisa, con la urgencia de pedir en la cocina que preparasen las necesarias palanganas de agua tibia, con al menos una docena de paños bien limpios. Al regresar a la habitación, pidió a voz en grito que fuesen hirviendo las tijeras en una olla de agua para cortar el cordón del niño que estaba por llegar.

Con el apremio que la circunstancia requería, las dos sirvientas que estaban en la cocina llevaron a cabo las instrucciones que el ama de llaves les había dado, sin pararse a opinar ni mucho menos a discrepar.

Entretanto, la joven Celia se enfrentaba a un duro trance tras salir huyendo en plena noche para no ser alcanzada por su padre. Había logrado engañarle ocultándose en casa de una amiga de la familia los dos últimos meses, para que este no la obligase a renunciar al inocente que ya vivía dentro de ella. Se había enamorado de un hombre sin rostro laureado ni apellido con eco en la Historia o, al menos, con la resonancia metálica suficiente que salvaguardase el honor de la familia. Nunca tendría el aval de su padre, no había dudas. Lo que había ocurrido era imperdonable a sus ojos. Una traición. Como si lo hubiese calculado. O peor, dejando claro que ella no calculaba nada y se dejaba llevar por burdas pasiones, como si fuese una muchacha más del pueblo, sin más aspiraciones o falta de toda inteligencia. Celia era un verso libre, tal vez por eso más solitario, pero nunca el ripio infeliz y forzado que su padre pretendía. Había crecido devorando obras tan especiales como *Madame Bovary* o *Cumbres borrascosas* y creía que podía elegir su destino. Destino diferente al de las jovencitas que la habían acompañado para tomar el té desde la infancia, soñando con príncipes y perfilando estampas familiares, de perfectas, increíbles.

En el interior de la cocina, Rosario pudo oír el atropellado relinchar de los caballos, dividiendo charcos y levantando el agua que parecía caer en todas las direcciones. El carruaje se detuvo abruptamente ante la puerta principal del Pazo de Altamira. Sin dar tiempo al sirviente para atenderle, un caballero de mediana edad, con el porte ensombrecido por un acceso de ira sobre sus movimientos, se bajó rápida y torpemente de un salto para alcanzar los soportales del pazo. Golpeó la aldaba con contundencia repetidas veces, hasta que la puerta se abrió.

Rosario, temblorosa viendo la cólera en los ojos del caballero, acertó únicamente a no entorpecer su camino.

Recuperando momentáneamente la cordura, consciente de que no sabía adónde debía dirigirse, la arrolladora visita se detuvo en la sala de armas, al más puro estilo medieval. Encopetado, su respiración se agitaba más, de ser posible, frente a los dos sitiales en donde, tiempo atrás, él mismo organizaba ceremonias de besamanos entre escudos heráldicos, armaduras y armas, muy del gusto de su rancio abolengo.

—¡Rosario! —vociferó crispado, conteniendo la fuerza de sus mandíbulas—. ¿Dónde está?

—Deme un segundo, señor... —rogó el ama de llaves tratando de templar los ánimos del visitante, guardando una distancia prudente con él.

En ese momento, el señor conde, don Rodrigo, acudía dando celeridad a sus pasos para encontrarse con el embrutecido caballero.

—Haz el favor de indicarme dónde está, ¡ahora mismo! —dijo esgrimiendo autoridad sobre el conde, ante la mirada temerosa del ama de llaves.

—Todavía no la he visto. Y debo reconocer que no entiendo a qué se debe este alboroto —aseveró con un leve desconcierto en sus palabras el joven noble—. ¿Acaso ha sucedido algo que yo desconozca? —añadió fijando su mirada sobre Rosario.

—Señor, lo hice buscar porque ha venido...

—Llévanos al lugar en el que está. ¡Ahora! —le interrumpió el visitante sin dar tiempo a contemplaciones de ningún tipo.

—Tranquila, Rosario. Haga caso al señor —dijo el conde, tratando de apaciguar el ambiente.

En la habitación, la joven se esforzaba por estar a la altura de la situación. Los terribles dolores se apoderaban de su mente y parecía perder la consciencia en cada envite de su cuerpo. Pepita cogía su mano con tibieza, sin saber bien qué hacer.

—¡Rosario! Necesito que venga. Yo no sé qué más hacer —se apresuró a decir la sirvienta al ver que se abría la puerta de la habitación.

La anciana apuró sus pasos, tropezando con la palangana de agua. Por suerte, ni acabó en el suelo Rosario, ni tampoco la mitad del agua y los paños.

—¡Límpiale el sudor! —dijo el ama de llaves—. Ahora viene lo duro, señorita Celia. ¡Empuje!

Los dos hombres palidecieron ante la imagen de la joven dando a luz a su hijo.

El señor conde, don Rodrigo, acertó a cerrar rápidamente la puerta del dormitorio, tratando de entender la situación.

—¡Va a ser abuelo! ¿A qué vienen esos modales?

—No seré abuelo de un bastardo. Te ordeno que te deshagas del niño.

—¿Ha perdido la razón? ¡Está hablando de mi sobrino!

10

Pazo de Altamira - Santiago de Compostela, junio de 1919

El viaje a Santiago no era fácil; a la soledad y la fatiga había que sumar el sofocante calor del verano y el ajetreo para el cuerpo. Los primeros treinta, quizá cuarenta kilómetros, los habían hecho en una carreta tirada por caballos. El dueño les hizo el favor por medio real, en secreto pago por una pequeña deuda que el finado Julián Casal, herrero de la parroquia de San Juan de Meirande, no había tenido tiempo de cobrar. La buena acción con las huérfanas hermanas Casal le permitiría al carretero acallar su conciencia y purgar su deuda. Ellas, jóvenes apocadas y necesitadas, se sintieron agradecidas por el favor, y Emilia contribuyó con lo que pudo: el medio real que había guardado en el mismo pañuelo que envolvía la única joya que había tenido en su vida, el camafeo que su madre le había dado antes de emprender el viaje.

Los restantes cincuenta kilómetros para llegar a Compostela habrían de hacerlos andando con sus aperos de labranza a cuestas. La tortuosa travesía, a merced del tiempo, la suerte y el cansancio, implicaría al menos un par de días de dura andanza. Más, quizá, si se dejaban guiar por la tristeza y el miedo siempre al acecho en cada tropiezo del camino, obligándolas a replantearse el regreso al entorno conocido. Pero las tres jóvenes necesitaban el dinero para sacar adelante a sus familias. Razón poderosa para que la retirada no fuese una opción.

Aurora y Consuelo Casal caminaban despacio, sin ganas de hablar. El luto y la reciente orfandad que vestían y respiraban las conminaba al silencio. Emilia decidió respetar sus tiempos y sus espacios. También ella tenía demonios a los que vencer y debía ser fuerte, por lo que no dejaba de repetirse que solo con el dinero que iba a ganar podría mejorar el futuro de su hijo.

El día estaba oscuro y las nubes amenazaban con descargar un chaparrón en cualquier momento. El fino *orballo* se fundía con el aire sin llegar a desaparecer, descendiendo la temperatura para la época del año en la que estaban, y lejos de dificultar cada paso, parecía ayudar a sus sofocos, también a sus pasos.

El camino era silencioso y se prestaba a la melancolía, a la nostalgia. Emilia comenzó a fijarse en cada detalle, en todo cuanto veía. Tal vez por pura y necesaria distracción. Tal vez por esquivar sus pensamientos. Había hojarasca en medio del camino. Pasó a su lado sin dejar de mirarla. Un viento caprichoso sopló sin más, deshaciendo el escaso montón de hojas secas que parecía refugiarse de la lluvia. Hojas que pronto se descompondrían en alguno de los charcos que aquella tierra arcillosa albergaría, en pequeñas cuencas, antes de absorber hasta la última gota, siempre tan agradecida. Y aun así, hojas que parecían no querer separarse, que se buscaban y apiñaban ante un viento que insistía en enviarlas a distintos puntos del camino, cada vez más alejadas unas de otras. Sin más fuerza que nulas opciones, las hojas, grandes y pequeñas, se dejaban mover prometiendo encontrarse... Eso pensaba Emilia mientras acariciaba con la punta de los dedos el bulto disimulado de un pañuelo a la altura de su pecho; en él protegía el camafeo, también el recuerdo y las fuerzas necesarias para continuar el camino. Despidió a las hojas, y sabía que en un charco pequeño, quién sabe si en un gran aguazal, volverían todas a estar juntas. Las circunstancias de Emilia ya estaban ahí el día que nació, ahora debía aprovechar el empuje del viento para alcanzar sus metas. Era poco probable que existiese un plan para cada persona. Al menos, uno en el que el ser humano no fuese más que una marioneta y las fuerzas del destino, deidades caprichosas presas del aburrimiento en una existencia insustancial. Levantó de nuevo la vista hacia el firmamento, buscando en él algún rastro de esas entidades corruptas e incapaces ante un poder tan brillante que preferirían ejercerlo ciegas, y en ese momento un rayo de sol se impuso a la opacidad de nubes cenicientas. El camino y el silencio le recordaban que estaba sola. Sola con sus pensamientos. Recordó al señor conde y recordó al filósofo ilustrado. Don Rodrigo le había insistido en cuestionarse la creencia y en pensar con responsabilidad. «¿Acaso una sirvienta puede ser libre?», le había preguntado a quien llamaba «amo». Su respuesta, un placer en la forma y un axioma en el fondo: «Servir es lo que haces, Emilia, pero no determina quién eres. Todos, ricos y pobres, servimos a alguien». En la práctica de sus días, Emilia seguía sintiéndose cobarde y cautiva de su vida, sometida a doña Urraca, al modelo que la Iglesia le dictaba y al recato silencioso de su madre. Pese a las buenas intenciones de aquel aristócrata que, lejos de haber alzado su espada para imponer reyes o gobiernos, imperios o dioses, decía defender únicamente sus libros y su biblioteca. «Sandeces», respondería doña Urraca. «Creencias de necios sin valor para la guerra», terminaría diciendo la condesa.

El segundo día amaneció con un sol que parecía ganar el pulso a las nubes. Emilia disfrutaba viendo los brillos que el astro regaba en los campos todavía húmedos de la lluvia de

la noche. Olía a verano, pero también a verde, a tierra mojada y a vida.

Continuaron el camino hablando, fantaseando con todo
lo que podrían hacer con el dinero que ganasen en Santiago
cuando volvieran al pueblo. Las hermanas Casal tendrían
arreglado el invierno para ellas y sus tres hermanos pequeños.

Discretamente, Emilia se llevó una mano al pecho, donde había ceñido la bolsa de tela en la que guardaba el camafeo
que su madre le había entregado. Sentir la forma de esa joya
cerca transformaba casi por arte de magia la nostalgia en una
promesa de reencuentro.

Al fin, después de demasiadas horas de viaje para sus
piernas, llegaron a Santiago. Agotadas, pero más animadas
y decididas que al emprender su travesía. Las tres mujeres
alcanzaron la plaza del Obradoiro con el cansancio más contenido que la emoción, pues la fachada de la catedral premiaba
el esfuerzo de los visitantes a la ciudad. Especialmente el sentir del peregrino, después de la soledad y las fatigas del camino.

Emilia se adentró en el imponente templo y deambuló
entre rosarios y demás murmullos de letanías, tan desventu-
radas como interminables, dejándose envolver por el incienso y la cera que se consumía con peticiones imploradas cada
día entre desvelos, ante santas imágenes e inmortales formas
divinas. Ceremoniosos y espirituales, o al menos aparentes,
cruzaron ante ella hombres pertrechados con alba y cíngulo,
uno de ellos con estola verde, el color de la espera, del tiempo ordinario, y todos con un crucifijo en el pecho y un misal
en la mano.

Desde donde se encontraba, bajo aquella gran cúpula
que la observaba, sintió el misticismo de la luz entrando por
poniente, inundando de misterio y fantasía la experiencia
de los presentes, extasiados con su fe. Justo en la oscuridad de
las sombras, Emilia se acercó al parteluz dispuesta a llevar
a cabo aquellos rituales que el señor conde le había explicado
antes de partir a Compostela. Siguió el sendero de luz que

entraba desde el rosetón cuando el día estaba a punto de expirar y acopló su mano en el pilar de mármol en donde estaba el árbol de Jesé. De aquella forma su vida entroncaba con la de Jesús, se integraba como cualquier peregrino en su árbol de la vida. Cerró los ojos, sintiendo el frío del mármol en la yema de los dedos, y respiró profundamente dejando que un aura de espiritualidad la envolviese por un momento.

Después avanzó despacio hasta el otro lado del parteluz para colocarse frente al Maestro Mateo. Acercó su cabeza a aquel rostro enmarcado por rizos y le dio los tres golpes que marcaba la tradición del segundo ritual del peregrino. Permaneció ante él un momento buscando sus ojos que se perdían entre las piedras y se acordó entonces de Rosalía. Pues no había sido otra sino la poetisa quien había rogado al Maestro que le revelase el secreto de su obra.

Aquella obra de colores y formas, de miradas vivas, que hablaba todas las lenguas. Advirtió entonces una extraña marca en una piedra que le pareció tener forma de azada, quizá fruto de la sugestión de sus circunstancias. No le dio más importancia. Vio después otra marca, una extraña cruz al lado de dos círculos que se entrelazaban. Creyó ver en ellas quizá otra lengua o un lenguaje para ella desconocido con la que el Maestro Mateo quisiese contar más de lo que le estaba permitido. Maravillada e impresionada con los detalles del Pórtico de la Gloria, Emilia paseó su admiración por cada figura al punto que un escalofrío recorrió su espalda al volver la vista a los condenados, a aquellos devorados por los demonios de sus propios pecados. El mensaje sobrecogía por su realismo y también por su contundencia.

Eran las seis de la mañana y Emilia esperaba en la plaza de la Quintana, junto a los demás jornaleros, a que llegasen los capataces para elegir a los trabajadores más válidos y fuertes y llevárselos a las parcelas de labranza.

A esas horas la plaza de la Quintana despertaba con un bullir de gente en todas las direcciones. Entre los jornaleros y aspirantes que se preparaban en la plaza, circulaban aguerridas trabajadoras, portando lecheras de aluminio sobre sus cabezas para su reparto matinal. El intenso olor de la leche recién hervida despertaba los sentidos a los presentes, recordándoles la necesidad de un jornal que calmara sus hambrientos anhelos.

Emilia mostraba su gesto más comprometido con el trabajo y se afanaba en destacar entre los hombres más fornidos, pues eran ellos quienes se llevaban el jornal de una peseta por día trabajado en el campo. Intentaba sobresalir a pesar de sus exiguos cincuenta kilos de peso repartidos por su escaso metro sesenta de estatura. Era menuda pero muy ágil. Y eso era de gran valor para la recogida de la patata o para plantar el centeno y el maíz. Compensaba lo menudo de su cuerpo con inmensas ganas de trabajar para conseguir el mejor jornal. De esa forma volvería con su hijo para darle una educación y más oportunidades que las que ella había tenido. Ese era su objetivo, lo tenía claro y pelearía hasta la extenuación para lograrlo y poder regresar al pazo.

Su ímpetu y su energía la traspasaron y surtieron el efecto que buscaba. Un viejo capataz se detuvo frente a ella.

—Media peseta de jornal para la recogida de la patata. Cuatro días —le dijo sin mediar formalismo alguno.

—Una peseta, señor —negoció una Emilia envalentonada que trataba de disimular un leve temblor en su voz.

El capataz la miró de arriba abajo y se echó a reír a carcajadas.

—No se arrepentirá —replicó ella—, verá que lo valgo.

Emilia recordaba el coraje de las mujeres de los libros que el conde le había consentido leer. La impronta indeleble de Jane Eyre, el carácter persuasivo de Elizabeth Bennet en *Orgullo y prejuicio*, pero también la fuerza silenciosa de mujeres como su madre, e incluso el valor inocente de su misma adolescencia, desafiando su condición de sirvienta y de mujer al acercarse desde la humildad de sus manos y la curiosidad de sus ojos a las grandes obras de los más grandes pensadores, hasta altas horas de la madrugada.

—Muchacha, no creerás que te voy a pagar a ti lo mismo que a uno de esos mozos —dijo señalando a un grupo de cuatro jóvenes con hercúleos brazos de campo.

—Le aseguro que no se va a arrepentir. Soy menuda pero muy rápida. Sé que no tengo la misma fuerza para cargar los sacos llenos, pero si se trata de cavar y recoger patatas, soy más ágil que ninguno de esos hombres —argumentó con una vehemencia asombrosa.

—Eso lo veremos —apuntó a modo de reto el viejo capataz—. Hoy media peseta y mañana Dios dirá. Si lo vales, yo no le robo el pan a nadie y tendrás tu peseta.

A Emilia no le quedó más opción que aceptar a regañadientes, pero con la cabeza bien alta. Confiaba en sus posibilidades y hasta ese momento creía que eso sería lo único que tendría que demostrar.

11

Santiago de Compostela, abril de 2011

La angosta entrada a la azabachería Francisco Figueroa e Hijos anticipaba la escasez de espacio para atender a clientes y demás turistas y curiosos, atraídos por el buen gusto de su minimalista escaparate. Todos ellos se acercaban para disfrutar de un taller de orfebres que presumía de ser el más antiguo de Santiago. Continuaba utilizando técnicas tradicionales de diseño y pulido para la creación de piezas de joyería únicas. Esa dedicación al taller, localizado en la trastienda, impedía disponer de más holgura para sus clientes.

Tras curiosear unos minutos a través del cristal que exhibía al Apóstol Santiago en distintos tamaños, junto a figas que prometían alejar el mal de ojo, veneras en plata, rosarios, cruces de peregrinos, de templarios y varias decenas de pendientes que lucían en pareja sobre el fondo blanco del escaparate, Adela vio a un anciano pidiendo limosna justo en la puerta, con una lata herrumbrosa y descolorida que no mostraba más que las míseras pretensiones de un hombre abandonado y sin suerte. Su mirada era triste, y se perdía en un horizonte infinito en el que vivía sin saber cuándo había llegado. Adela sintió lástima y recordó a su difunto abuelo. Y no lo hizo por la avanzada edad del hombre, tampoco por un parecido físico, ni tan siquiera por un rasgo o una mueca, pero su mente la arrastró a un recuerdo que le torció el gesto y le encogió el corazón en el pecho: una tarde salían de misa en aquella suerte de centro social en que se transformaba su iglesia de referencia los domingos, cuando otro pobre desdichado, creyendo que a la sombra de un campanario encontraría el atisbo de humanidad que su ánimo necesitaba, cogía en un renuncio a cada hombre y a cada mujer que sin mirarlo lo ignoraban. Aquel día, siendo solo una niña de primera comunión, le preguntó a su abuelo cuál era el motivo por el que no daba alguna moneda a un mendigo. Sin ganas de responder, pero con la educación a que obligaba la distinguida compañía, su abuelo se agachó para depositar en sus oídos infantiles una respuesta sin perder la sonrisa: «En esta vida cada uno tiene lo que se merece». Incapaz de disimular, ella abrió los ojos sorprendida y se fue corriendo en busca de una caricia de su padre.

Adela, sin pensarlo, sacó la cartera y dio una generosa ayuda a aquel anciano, acompañándola de una sonrisa y un comentario con el que le deseaba mejor suerte. El hombre no devolvió el gesto, tampoco dijo nada, se mostraba confundido, casi asustado, pero sus ojos hundidos y diminutos escondían un agradecimiento sincero porque esa mujer había visto a un hombre más allá de una lata y su necesidad de limosna.

Dentro de la joyería, un joven de sonrisa amable se acercó para recibirla y atenderla en lo que pudiese necesitar. En aquella ciudad todo el mundo mostraba una gentileza y un deseo por ayudar al visitante que, claramente, mejoraba la calidad del viaje y la experiencia de disfrutarlo.

—Hola, buenos días —dijo Adela, cordial, enseñando su blanca sonrisa—. Necesito arreglar este camafeo —añadió colocando la joya sobre el mostrador—. Como ve, se le han desprendido dos piedras pequeñas. Aquí las he traído también.

—Ningún problema, señora. Esas piedras son esmeraldas. La joya parece muy antigua y valiosa. ¿Me permite? —preguntó señalando el camafeo.

—Por supuesto —asintió ella.

—Sí, podría ser de comienzos del siglo XIX —comentó.

Para sorpresa de Adela, el azabachero abrió el camafeo sin vacilar y pudo ver la imagen. Le llamó la atención lo evidente que le había resultado a aquel hombre que pudiera abrirse.

—Perdone, señor Figueroa, ¿ha visto más joyas como esta? Por la facilidad con la que la ha abierto, diría que sí.

Él sonrió con un punto de timidez.

—Es muy probable que este camafeo se creara en el taller de mi familia.

Adela escuchaba con atención al joven, sin perder detalle de cuanto explicaba de la joya, pero también de su huidiza mirada.

—Pero yo no soy un Figueroa. El señor Figueroa está dentro. Es muy mayor y apenas sale a ver a los clientes.

—¿Y sus hijos? En el rótulo de la entrada reza «Francisco Figueroa e Hijos». —Adela era incapaz de contener sus ganas de husmear.

—Sus hijos no muestran interés en mantener un taller de artesanos. Hoy en día es difícil encontrar reemplazo generacional. No les culpo. Yo trabajo aquí por las mañanas hasta que consiga reflotar el negocio de mi familia. Por ahora no alcanza para dos salarios, así que mi hermano está al frente, aunque mi padre, jubilado, pase más tiempo allí con él que en casa.

—Es muy triste que se pierdan trabajos artesanos como este. Para mí sois irreemplazables. Verdaderos artistas —alabó Adela con sinceridad.

El joven sonrió complacido antes de contestar:

—Muchas gracias, señora.

—Soy Adela. Adela Roldán —se presentó, apoyando una mano en su pecho—. Por favor, tutéame.

El joven asintió con gesto amable, entendiendo la invitación a presentarse.

—Yo soy Juan de Ortega —contestó con una mano apuntando también a su pecho, y continuó explicándose—: Como te decía, es muy probable que haya salido de nuestro taller. El mecanismo del cierre es el que estuvimos utilizando hasta bien entrado el siglo XX.

—¿Estás seguro?

—Juraría que sí, pero, si me lo prestas un segundo, se lo voy a mostrar al maestro Figueroa para que me dé su opinión. Está en el taller, tras este cristal. —Señaló con una mano.

Dentro podía verse a un señor muy mayor, probablemente octogenario, sentado ante una mesa pequeña desde la que contemplaba el trabajo de jóvenes orfebres que se hallaban al fondo del taller.

Adela accedió a que le enseñase el camafeo y así salir de dudas. Desde donde estaba, pudo ver la reacción del anciano al ver la joya. El hombre se quitó las gafas y lo observó con detenimiento. Aseveraba con la cabeza. Al abrirlo y ver su interior, evidenció cierta incomodidad en la silla. Hizo por levantarse apoyado en su bastón. Parecía ansioso por ver el rostro de la persona a la que pertenecía la joya. Al otro lado del cristal, Adela continuaba observando todo. El anciano exhibió un gesto a medio camino entre la sorpresa y la sonrisa. Se sentó de nuevo y le devolvió el camafeo a Juan de Ortega, mientras parecía darle algún tipo de indicación.

—Disculpa la tardanza. Solo te puedo asegurar que no se ha creado en este taller. Por el cierre, la colocación de las piedras... El maestro dice que no es obra suya. De todos modos, me ha pedido que lo dejes aquí junto con tus datos, y que puedes pasar a recogerlo más tarde.

—¿Crees que llevará mucho tiempo? —preguntó sin estar convencida de dejar allí la joya.

—Bueno, la verdad es que no mucho. A no ser que prefieras llevarlo a otro taller... En ese caso me gustaría recomendarte...

Pese a los intentos de Juan de Ortega por presentarle la opción de ir a otro taller, más concretamente al de su familia, Adela solo se centraba en la inversión de tiempo y en la reticencia a abandonar aquella joya ni tan siquiera un momento.

—Descuida. Si no es mucho tiempo esperaré aquí —afirmó con mucha seguridad, que no tardó en dulcificar con una sonrisa.

Colocadas las piedras, el joven orfebre quiso examinarlo una vez más para asegurarse de que se lo entregaba en perfecto estado. El maestro le había dicho que era una joya muy especial y que le encantaría disponer de tiempo para observarla prestando atención al detalle. «Pura nostalgia del buen trabajo de los artesanos compostelanos», se justificó, creyendo que así mantenía a raya la suspicacia del aprendiz. El anciano se equivocaba. Juan de Ortega sabía más de esa joya de lo que podía imaginar.

Al abrirlo de nuevo, el joven azabachero retiró con precisión la foto para centrarla en su sitio. Del golpe se había torcido un poco. Vio entonces que bajo el daguerrotipo había otra imagen de una joven señora sentada con un bebé en brazos al lado de un niño de unos siete u ocho años. El gesto y la pose de aquella dama trascendían cierta majestuosidad.

Juan de Ortega se apresuró a retirar la segunda fotografía con las pinzas que tenía en la mano. Con mucho cuidado le dio la vuelta y comprobó que, efectivamente, en el dorso de esta sí había dos iniciales: «B. S.».

—¿Y eso? —se interesó Adela.

—Parecen dos iniciales. Imagino que se corresponden con el nombre de la dama.

Sin la imagen, el metal limpio y vacío de aquella joya ocultaba algo. Parecía no significar nada, eso pensaba ella, pero el joven colocó el camafeo abierto bajo la luz de una gran lupa para analizar las líneas inconexas que tenía grabadas.

—¿Todo bien? —preguntó Adela.

El azabachero, inmerso en la exhaustiva inspección de la pieza, no contestó.

—¿Y esas líneas discontinuas? —insistió Adela—. ¿Sabes qué significan?

Juan de Ortega negó despacio, con ojos minuciosos tras la gran lupa.

—¿Podría ser la marca de un taller de azabacheros? ¿O de un artista? Quizá un platero... —Adela indagaba incansable—. Tal vez el señor Figueroa reconozca las marcas y pueda decirme algo. —Estiró el cuello buscando al anciano, pero ya no estaba tras el cristal.

—Descuida, Adela. Yo le preguntaré. Déjame tus datos de contacto y, tan pronto como sepa algo, te lo haré saber —zanjó con una sonrisa cordial que buscaba también parecer despreocupada.

—De acuerdo. Gracias. Te dejo una tarjeta con mi teléfono y mi correo. Te anoto también el hotel en el que me hospedo por si fuera necesario —dijo al tiempo que sacaba de su bolso un bolígrafo.

—Perfecto, Adela —asintió, leyendo la tarjeta y guardándola en un cajón bajo el mostrador—. Disfruta de la estancia en Santiago. Si prestas atención a los detalles, descubrirás que tiene mucho que contar y también que esconder.

Adela sonrió con un tibio asentimiento sin entender muy bien el mensaje y cruzó el umbral de la puerta.

Absorta en sus pensamientos, caminaba por la ciudad, ahora embellecida por los rayos del sol. Los mismos que acariciaban como dedos divinos, etéreos, cálidos, las piedras todavía húmedas de las tormentas de días pasados; colándose entre los tejados, en cada rincón del casco histórico.

Aquella joya parecía querer decirle muchas cosas y ella deseaba descifrarlas. Tal vez ese fuese el único camino posible para controlar la horrible pesadilla que atormentaba todas sus noches y ponía en jaque cada una de sus mañanas. Desde que estaban en Santiago, los sueños oscuros parecían romper el mundo onírico al que pertenecían para desdibujar la realidad. Una realidad en la que su cordura era amenazada por el regusto amargo de la pesadilla y por unos instantes cada vez más prolongados de angustia, por la falta de descanso. Pero ahora, con ese camafeo y las dos fotografías que protegía del paso del tiempo, tenía al fin un punto de partida para hacer las averiguaciones que necesitaba. Por su trabajo en la revista estaba acostumbrada a investigar, a veces incluso en lugares remotos. Podía hacerlo, sabía que podía.

Se detuvo en seco en medio de uno de los soportales del casco antiguo. Fue tan repentino que provocó que la turista nórdica que caminaba a sus espaldas con la vista anclada a su pequeña guía de viaje tropezase con ella, viendo caer a cámara lenta las gafas de sol que llevaba sobre su cabeza. Después de recogerlas del suelo y disculparse en varios idiomas, aunque el más efectivo había sido el lenguaje corporal y la expresión de su rostro, Adela se dio la vuelta para desandar el trayecto que la separaba del taller del señor Figueroa. Se preguntaba cómo era posible que no se le hubiese ocurrido pedir el nombre y la dirección del taller de Ortega. Tenía más posibilidades de conseguir respuestas acerca de la joya y del grabado si se personaba ella misma con el camafeo en la mano.

Cuando llegó a la azabachería Francisco Figueroa e Hijos, cruzó la puerta y esperó. Nadie se había percatado de su entrada en la tienda. Juan de Ortega ya no estaba. Tras el cristal se encontraba el maestro de espaldas, totalmente ajeno a su presencia. Estaba hablando por teléfono. «No importa», pensó Adela, decidida a pedirle el nombre del taller de Ortega. Era imposible que no lo conociese.

Mientras esperaba a que finalizase la conversación, sacó del bolso una agenda para tomar nota de todo lo que le pudiera aportar el anciano. Un movimiento un poco torpe terminó con el cuaderno en el suelo. El ruido del impacto alertó al maestro orfebre, quien salió de la trastienda a ver qué sucedía. Adela estaba agachada tras el mostrador recogiendo los papeles sueltos que se habían caído de su agenda. Al no ver a nadie, el anciano continuó con su conversación, sintiéndose en intimidad.

—Que no, don Braulio, que la chica no sabe nada. Ha salido de aquí tan tranquila. No creo que vuelva... Juan, el joven que me ayuda en la tienda, se lo ha arreglado y ella se lo ha llevado... Poco podía hacer. No ha querido dejarlo... Lo sé, lo sé. Trataré de ofrecerle un precio que no pueda rechazar... Sí, sí, seguro que esa cantidad no la rechaza... No hace falta que me lo recuerde. Soy mayor, pero no estoy senil, señor mío... Pues claro, tengo su teléfono. Y además sé que se aloja en el hotel San Mateo...

Adela, todavía de rodillas tras el mostrador, abrió los ojos convenciéndose de cuanto había escuchado. Ese era el hotel en el que ella se hospedaba. ¿Acaso estaban hablando de ella?

El anciano volvió a la trastienda apoyado en su bastón. Adela aprovechó el momento para erguirse y abrir la puerta de la entrada para que hiciese ruido. Simuló que acababa de llegar forzando una tos que delatase su presencia.

—Buenos días, de nuevo —dijo en tono desenfadado—. He decidido volver por si usted me pudiese orientar algo más sobre esta joya antigua. —Mostró su camafeo en la mano, sin dejarlo esta vez sobre el mostrador.

—Buenos días, señora —acertó a decir el anciano queriendo disimular un pequeño temblor en la boca, acompañado por el involuntario movimiento de sus manos—. Lo único que le puedo decir es que es una joya muy bien tallada. Antigua...

—¿Tal vez la Asociación de azabacheros pueda orientarme sobre el taller donde fue creado?

—Lo dudo mucho. Es una joya bien diseñada y trabajada por manos artesanas, pero nada más. El valor que tiene es por la plata y las esmeraldas. Y como es antigua... Mire, si usted quiere, yo se la compro. Tengo un coleccionista de antigüedades interesado en este tipo de piezas.

—No tengo pensado deshacerme de ella. Solo quería saber un poco más de su historia, por curiosidad... —Ocultaba su interés, desconfiando de cada palabra del señor Figueroa.

—El coleccionista está muy interesado en los camafeos. Pagaría muy bien por este. Realmente bien. Pagaría cincuenta mil euros.

Como un resorte, Adela apretó el puño y ocultó la joya. Respiró, tragó saliva. Pálida y completamente muda. ¿Acaso aquel camafeo podía valer tanto?

12

Pazo de Altamira, junio de 1867

La niña dormía plácida al lado de su madre. Don Rodrigo las observaba con ternura desde un rincón de la habitación. Desde allí, viendo la forma en que los cuerpos de madre e hija se acoplaban buscando calor y caricias, recordó a su propia madre pocas horas después de dar a luz a Celia. La misma mirada, suave y delicada sobre el pequeño cuerpo, con una sonrisa agradecida y cansada. Pero por el gesto de su hermana, más que cansada se la veía exhausta, al límite de sus fuerzas, de sus posibilidades, y la preocupación por ella iba en aumento cada hora que pasaba. El frío y la lluvia de aquella noche, en la que había llegado al mundo su sobrina, parecían haber anidado en el pecho de la joven y hermosa Celia Gómez de Ulloa.

Volcánica y asfixiante, la tos de la madre había provocado el llanto de la niña. Don Rodrigo, atento a las necesidades del momento, se apresuró a coger en brazos a la pequeña. Con escaso vigor, Celia se afanaba en agitar una campanilla entre exhalaciones, buscando la inestimable ayuda de Rosario. Ella siempre la había atendido y protegido al faltar su madre. Se había encargado de cuidar sus desvelos, de esconderla cuando su padre la perseguía cinturón en mano, de limpiar sus lágrimas y de besar sus heridas cuando el escondite resultaba evidente y su cuerpo menudo quedaba expuesto. En más de una ocasión había preferido el ama de llaves interponerse entre la bravura de ese hombre, que habiendo tenido dos hijos no había sido padre de ninguno, y la soledad del inmerecido castigo a una niña, sin más culpa que la herencia de su madre en el rostro.

La cojera de Rosario revelaba el amor incondicional por su protegida y le recordaba la barbarie de la que era capaz aquel hombre. Pese a lo dificultoso de sus pasos, salió de la cocina diligente, vaso de agua en mano, para aliviar el sufrimiento de la doliente joven madre. Antes de alcanzar la cama en la que yacía postrada, sin poder sofocar su tos con el agua, la señorita Celia no pudo contener más la arcada y convirtió la nívea colcha de seda adamascada en un precoz lienzo carmesí que únicamente podía anticipar el trágico final.

El temporal desahogo le sirvió para organizar sus pensamientos y dirigirse a su hermano.

—Siempre te estaré muy agradecida por todo lo que has hecho por mí.

—Por favor, Celia, descansa. No hables ahora.

—Sabes que ya no me queda tiempo. Acércame a la niña. —Suspiró con una punzada que le abrasaba el centro del pecho—. Es tan pequeña... —dijo con la fatiga de la muerte en un hilo de voz—. No es justo, Dios mío... Me necesita tanto... Una madre no debería abandonar a su retoño tan pronto. —Las lágrimas empapaban la almohada, cayendo a un lado y a otro, inflamando su garganta. Así, sus palabras parecían deshacerse hasta desaparecer, cada vez más pequeñas, más dolorosas.

—No siga, señorita Celia. El Señor puede obrar milagros. Tenga fe, *miña nena* —le pidió Rosario, cautiva de unas creencias que no calaban en su carne con la misma fuerza que ese pánico con el que apretaba el pañuelo, con la humedad impotente traspasando a su mano.

Celia solo acertó a mirar a la anciana con la pesadumbre de saber que, inevitablemente, le iba a romper el corazón.

—Rodrigo, ruego le ofrezcas bautismo y le pongas por nombre Celia: el nombre de su madre.

Las lágrimas inundaban su rostro sin dejar de acariciar y besar el pequeño cuerpo de su hija, de nuevo a su lado. La niña parecía corresponderle abriendo los ojos, con aspavientos alegres, ajenos.

—Eres lo mejor que me ha pasado nunca, mi niña —susurró con voz cálida, humedecida en un amor que desconocía, con un regusto acibarado que le arañaba la garganta: el sabor de la despedida—. Siento tanto no poder estar para cuidarte, para mimarte, para verte crecer... Pero no temas, mi niña, desde donde esté, siempre cuidaré de ti. Siempre.

Su hermano se mantenía en pie junto a la cama, con fingida entereza.

—Rodrigo —pidió con voz débil—, prométeme que la cuidarás. —Levantó una mano, acaso un palmo buscando el encuentro con él—. Que sea feliz, te lo ruego. Que no pague ninguna penitencia por los pecados de su madre.

Rodrigo le cogió la mano para depositar un beso solemne, incondicional, que alejase fantasmas y dudas, para después guardarla con mimo entre las suyas, como un tesoro: una promesa.

—Tranquila, hermana, te lo prometo. Nunca le faltará nada.

Con cuidado, Celia hizo ademán de quitarse una cadena que llevaba al cuello bajo el camisón. Rosario, que era mucho más que un espectador paciente, siempre dispuesta para ella, se pasó el pañuelo por los ojos y se inclinó a prestarle ayuda con las penas estrujadas en el interior de un puño.

—Toma —dijo extendiendo el brazo hacia su hermano—, este es el camafeo que me entregó nuestra madre, ¿lo recuerdas? —Don Rodrigo miraba al suelo, derrotado, asintiendo con la cabeza—. Sabes lo importante que era para ella que protegiésemos su legado. —Hizo una pausa para coger aliento y después continuó—: Háblale del mar. Guíala, hermano. Necesito que veles por ella y por su alma. Guarda mi camafeo junto con tu reloj. Entrégaselo un día viendo el sol más allá del horizonte. Tal y como hacíamos con nuestra madre.

—Descuida, yo me encargaré de todo. Urraca seguirá al margen. Pero sé que, en lo elemental, cuidará a la niña como si fuera una hija.

—No sé, Rodrigo. Nuestra relación ha sido más bien escasa. Desde que rechacé a su hermano Braulio... —añadió controlando los espasmos de la tos—, ella parecía tan molesta conmigo... Casi tanto como padre... —Rompió a toser.

—Tranquila, Celia. No pienses en eso ahora.

—Debes saberlo, Rodrigo —imploró ella—. Padre trató de arrebatarme el camafeo. Se puso violento..., ya sabes..., las mismas formas de siempre. Como hacía con madre. Yo tenía tanto miedo... No sabía qué hacer y quise entregárselo a quien era mi amado, el hombre al que amo, al único que habré amado nunca. —Suspiró e hizo una breve pausa—. Pero él rehusó. Demasiada responsabilidad, supongo. Únicamente aceptó guardar el cuaderno de madre, ¿lo recuerdas? ¿Recuerdas aquel cuento...? «La hija del mar esmeralda». —Exhaló con dificultad y amargura—. Ojalá yo hubiese sido tan fuerte como ella... Ahora ya no importa. —Miró hacia la ventana con un parpadeo pausado, como si se despidiera de lo que había al otro lado del cristal.

Don Rodrigo cogió su mano y tragó saliva, incapaz de decir palabra, ni tan siquiera una mentira piadosa en un momento aciago como aquel.

—Después padre se enteró del embarazo y la rabia se apoderó de él. Culpó a nuestra madre de mis decisiones, de mi destino, de mi suerte. Nada que en este momento merezca la pena ser traído a mi memoria. Tampoco a la tuya, hermano.

Un silencio cargado de dolor recorrió toda la habitación, en la que solo se escuchaba el gimoteo pobremente contenido de Rosario, que sufría la pena en su rincón.

—Pero... ¿quién es entonces ese hombre, el padre de la niña? —preguntó Rodrigo.

—Juré no delatarlo. Y aunque él me haya fallado, no responderé de esa forma y me llevaré el secreto a la tumba.

Rodrigo contuvo la amargura de un suspiro y buscó el sol en la ventana, en el horizonte, quizá infinitamente más lejos.

—Se lo he contado todo, hermano. Él lo sabe todo. Pero no temas, nunca lo contará: sabe guardar secretos.

—Celia, ese hombre ha renegado de ti, y también de su hija...

—Sí, lo sé. Pero aquello por lo que ha renegado, por lo que hoy no está aquí conmigo, es garantía suficiente para que guarde el secreto. Confía en mí.

Un acceso de tos contraía su pecho encontrando un alivio momentáneo que Rodrigo aprovechó para hablar.

—Le diré a Urraca que pase para que te quedes más tranquila de los cuidados que recibirá la pequeña Celia.

Sin poder hablar por la tos, aseveró con la cabeza. Entretanto, Rosario cogió en brazos a la niña y se la llevó. La atenta mirada de su madre la seguía por la habitación en penumbra, mientras rogaba a Dios para que la protegiera por siempre.

Doña Urraca se cruzó con Rosario y la niña al entrar en la habitación. Destilaba su habitual superioridad hacia la primera y su incipiente indiferencia hacia la segunda.

Con altanería y fingida compasión, se encaminó hacia la ventana para permitir que la luz devolviese algo de normalidad a la estancia. Después, se sentó en un butacón junto a la cama, esperando a que la tos de Celia le permitiese hablar.

—Me ha dicho Rodrigo que te encuentras muy mal, Celia. Desde luego sí que te ha costado traer esta niña al mundo.

Celia miraba hacia la ventana con el halo mortecino del penitente. Buscaba quizá la salida que le permitiese volver a las promesas del pasado.

—Bueno, mujer. Ahora no te atormentes más. Se te está poniendo una mala cara... Quién diría que solo hace un año flotabas engalanada en uno de tus flamantes vestidos de gasa, incendiando miradas y derritiendo corazones. ¡Ay! Siempre has sido un poquito atrevida, ¿verdad? Incluso siendo el día de tu compromiso con un gran señor... ¡Ay, ay! Si es que no lo compras, querida, lo heredas.

—Urraca, supongo que no te falta razón, pero te ruego que no mientes a mi madre ahora.

—Disculpa, mujer. Ya veo que estás muy sensible. Siempre lo has sido. De ahí que salieras huyendo con un paria desconocido, a la mínima que tu prometido te llamó al orden para meterte en cintura un poco. Siempre tan delicada.

—Por favor, Urraca. Déjalo estar. Solo he intentado cambiar mi estrella. Ahora ya está —acertó a decir con las pocas fuerzas que le quedaban—. Necesito que cuides de mi hija. Por favor te lo pido. Como si fuera tu propia hija —añadió con la voz entrecortada buscando aliento.

—La niña tendrá un techo donde vivir, y disciplina no le va a faltar. No vaya a ser que se tuerza como..., bueno, ya sabes.

—Cuídala, por favor —susurró con la perecedera angustia de su último aliento.

La Parca la había encontrado. Nadie había atendido la súplica de más tiempo para la joven Celia Gómez de Ulloa. Ni la necesidad ni el llanto inconsolable de su hija resonando en el pasillo parecía haber sido suficiente.

Su cuñada, sin ningún respeto ni sentido del decoro, lanzó un rápido vistazo en busca de las afamadas joyas de la

Casa de Altamira y, ante lo infructuoso de tan deplorable acción sobre el cuerpo todavía caliente, salió de la habitación. Mostrando más molestia que desdicha, doña Urraca se dirigió a la cocina para indicar a la sirvienta que limpiase bien el dormitorio de la difunta para después quemar las sábanas. Fría como un témpano y afilada como una daga, ordenó a la criada, compungida y cabizbaja por la pérdida de quien ni siquiera conocía, que todos sus vestidos y, por supuesto, las joyas que allí pudiese encontrar los llevara a sus aposentos.

13

Santiago de Compostela, abril de 2011

—Don Braulio, soy yo, Francisco Figueroa. La chica, al menos por ahora, no acepta vender el camafeo... Sí, sí, creo que es el auténtico... Hago lo que está en mi mano, señor... Bueno, si no quiere que lo intente de nuevo... ¿Qué otros medios?... No cuente conmigo. Ese no es el trato. Nunca he aceptado hacer las cosas así... Imagino que sí, seguirá haciendo preguntas y encontrará respuestas, está claro. Pero aun así... Sí, sí, un momento que se lo digo ahora mismo... En el hotel San Mateo.

Acalorado por el desencuentro telefónico, el anciano orfebre colocó el aparato en su sitio y se tomó unos minutos para recobrar el aliento en su viejo butacón. No confiaba en aquel hombre que tanto dinero le había hecho ganar en el pasado.

Braulio Bramonte Artiazu, marqués de Bramonte y Grande de España, no tenía escrúpulos. Sus casi noventa años, lejos de humanizarlo, le habían conferido un estatus por encima del bien y del mal. Arrogante, altivo y con la inteligencia de un depredador, había sido capaz de urdir una trama que le permitiese llevar a cabo el saqueo y la represión impunemente, desde que tenía dieciocho años. Al amparo de la ley y al margen de ella, ejecutaba su personal venganza en una España dividida entre vencedores y vencidos. Todos perdedores. Su padre y su abuelo, sublevados contra la República, habían muerto en el campo de batalla, y él había crecido al amparo de los vencedores, en concreto de su tío el general Fernando Bramonte Soler, quien lo había criado como a un hijo al que inculcarle sus valores, entre otros, de justicia y, más importante, de venganza. No había sido el único miembro de la familia volcado en guiar su educación, pues para el hermano de su abuelo, el arzobispo de Compostela monseñor Antonio Bramonte Medina, se convirtió en lo más parecido a un nieto. Precoz heredero del marquesado a los catorce años, supo sacar rédito con su maquiavélico razonar a la herencia de su tío abuelo y al poder del general, máxima autoridad militar en la provincia de La Coruña tras la sublevación de 1936. En calidad de general de División en el bando nacional, había presidido distintos consejos de guerra contra desafectos y leales al gobierno republicano, que desembocaron no solo en fusilamientos, sino también en incautación de bienes. El joven Braulio había crecido admirando su ejecutiva labor de depuración tanto de oficiales del Ejército como de civiles al frente de instituciones públicas. De esta forma se había ido gestando su concepción del Tribunal de Responsabilidades Políticas de La Coruña como feudo personal para expurgar su causa y enriquecer sus arcas.

Francisco Figueroa recordaba perfectamente el día en que el joven marqués, envarado e inexpresivo, cruzó por primera vez la puerta del humilde taller orfebre que regentaba su padre. Altanero y suficiente, le dijo que era afortunado porque lo había elegido para ganar importantes sumas de dinero. Con la voluntad mermada, intimidado, y en riguroso silencio, su padre escuchaba atentamente las directrices que debía seguir. El poso de autoridad que le infundía el marqués de Bramonte a cada palabra, meticulosamente escogida y pronunciada, disipaba cualquier espejismo de inocencia ante su juventud. Eran años de posguerra, años donde el caos campaba glorioso y la supervivencia era la máxima a alcanzar. Pues la vida no valía nada, y así la necesidad de proteger a su familia de poderosos desaprensivos se impuso. Aceptó sin condiciones ni remilgos de moralidad ante la mirada timorata de su primogénito, convirtiéndose en el último eslabón de una cadena ideada para apropiarse de bienes y riquezas de los condenados. Culpables todos ellos de no haber facilitado el alzamiento del 18 de julio, de no adorar al mismo Dios o, sencillamente, de no asentir a las mismas ideas. A veces, la pena perseguía al carente de astucia necesaria para exhibir sintonía política en plaza pública, evitando así quedar expuestos a rencillas de vecinos o a codiciosos faltos de conciencia. En cualquier caso, el vencido debía sufrir por serlo, más allá del campo de batalla y de la guerra.

De todos los bienes usurpados en esa red de pillaje paralela, Braulio Bramonte sentía especial debilidad por las joyas. Siempre estaba buscando las piezas más extraordinarias y valiosas en los inventarios que supervisaba para la incautación. En muchas ocasiones, la belleza o el valor de alguna joya era lo que propiciaba la condena de algún infeliz, de su viuda o de sus hijos. Aunque él en realidad buscaba dos joyas, solo dos: un camafeo de azabache y un reloj de bolsillo. Dos piezas excepcionales, únicas, que perseguía incansable desde antes incluso de entender lo que significaban, lo que guardaban, qué escondían. Pero él no era el único que las quería, y aunque había heredado un pacto para compartirlas, deseaba ser el primero en tenerlas en sus manos.

Después estaban las joyas que solo tenían el valor del oro o de la plata. Estas se las entregaba al orfebre para que las vendiese, eliminando fechas, iniciales grabadas, cualquier atisbo de duda sobre su procedencia.

Fue así como el instinto de supervivencia del artesano dio paso al afán de lucro con el que vendió su alma y compró un local de solera en la zona más próspera del casco antiguo de Santiago.

El joven Francisco Figueroa había heredado la causa de su padre, pero sin entregar el rumbo de su alma. Sabía bien que tenía unos límites. Lo comprobó el día que una anciana maltrecha, a cargo de sus tres nietos huérfanos de la guerra, entró en el viejo taller y le enseñó a su padre una fotografía, mostrando entre lágrimas a una niña en su primera comunión con un rosario uniendo sus manos, en pose suplicante. Su padre pudo comprobar que la niña de la imagen era efectivamente quien la acompañaba, su nieta, pese a que su mirada se había vuelto triste y los pies descalzos exhibían sin pudor sus miserias, entre mugre y sangre seca, al igual que sus pequeños hermanos. Puso atención en el rosario de oro que mostraba, consciente de que figuraba entre las joyas de más valor expuestas tras el cristal del mostrador de la tienda. Pese a las evidencias, tuvo el valor de negárselo a aquella pobre anciana desesperada por sacar adelante a tres muertos de hambre. Haciendo oídos sordos a sus lamentos y sus quejas, la echó del taller sin miramientos, después de amenazarla con avisar a la policía. Tras el mostrador, el imberbe Francisco miraba al suelo, incapaz de soportar el peso del dolor en los ojos de aquellos niños. Su padre había aprendido del mejor. Trabajar para el marqués había congelado la sangre en sus venas. Pero el corazón del joven todavía latía con fuerza. Sin pensarlo, en un descuido, cogió el rosario y se lo devolvió a su legítima dueña, tras una intensa carrera bajo la incorpórea lluvia de Compostela.

Al volver, su padre ya se había percatado de la insensatez de sus actos y se preparaba para disciplinarlo, siguiendo la doctrina de la época. Cinturón en mano, se sentía obligado a infundir en su hijo respeto por su trabajo y por su negocio. Una visión puramente utilitarista de las personas, desde la perspectiva del afortunado. Francisco Figueroa hijo no volvió a desafiar a su padre, pero a su fallecimiento, trató de desligar su negocio de las malas artes del marqués de Bramonte. Tenía dinero suficiente para vivir de forma honrada. Don Braulio le concedió la libertad, con la excepción de conseguir las dos piezas que anhelaba, aquellas que eran su obsesión, la obsesión de su familia e incluso de la España más oscura: el reloj y el camafeo.

Adela avanzaba pensativa entre la multitud de turistas que se concentraban en la rúa do Franco, deseosos de catar las exquisiteces de la gastronomía gallega. No sabía nada de joyas ni de sus precios, pero estaba segura de que la cantidad que le había ofrecido el anciano orfebre era, a todas luces, desproporcionada. «¿Por qué alguien querría pagar tanto por esa joya?», se preguntaba entre empellones de ávidos peregrinos. «¿Quién será el coleccionista que está dispuesto a pagar ese dinero por un humilde camafeo?».

Entregada a sus interrogantes y a la necesidad de encontrar respuestas, no era consciente de que la estaban siguiendo. Un hombre no muy alto, con las hechuras de un toro de lidia, pertrechado con ropa oscura; cazadora y gorra negras, gafas de sol y zapatillas, vigilaba en la distancia cada uno de sus pasos en dirección al hotel San Mateo.

Adela se acercó al llamativo escaparate de una de las pastelerías con más encanto de la ciudad. Repleta de almibarada decoración, sobrada de formas y colores vistosos en una fachada de granito, sin más relieve que la forja de su rótulo, se detuvo para admirar su buen gusto y acudir al reclamo de alguno de sus dulces para consentir a Martín. En el reflejo del cristal pudo ver a aquel hombre, sin apariencia de turista ni mucho menos de peregrino, mirándola tras el pétreo pilar de un soportal. Sin darle mayor importancia, se decidió a entrar en la pastelería. Dubitativa, contemplaba aquellos dulces que bien podrían parecer pequeñas obras de arte o, al menos, obra de un artista, tratando de decantarse por alguno. Desde el interior del local, advirtió que el hombre hablaba por teléfono y se movía inquieto, lanzando miradas a la tienda.

De nuevo sobre el empedrado, con una muestra de pasteles envueltos con mimo dentro de una bolsa de papel, pudo comprobar que la sospechosa silueta de quien parecía perseguirla ya no estaba. Tranquila, continuó varias calles más en dirección al hotel. Acostumbrada a caminar deprisa, sin prestar atención al suelo, tropezó con un pequeño saliente del adoquinado sin poder impedir que el peso de su cuerpo cayese sobre la bolsa, desbaratando la idea de sorprender a su hijo.

Mientras recogía su decepción del suelo, el hombre pasó a su lado. Sus zapatillas rompían la uniformidad negra de su vestimenta con una suela en fluorescente amarillo; imposible pasar desapercibido, al menos desde ese ángulo. Parecía indiferente a su presencia, pero había algo en él que no le gustaba. «Tal vez sea un carterista», pensó Adela. Se le notaba a la legua que era una turista, y alguien con mala intención podría ver en ella también una oportunidad. Pronto saldría de dudas.

Bajando la calle, vio una juguetería tradicional con un tren de madera transitando entre los rincones de un escaparate, dispuesto a seducir los ojos y la imaginación de los más pequeños. Varada ante el perfecto discurrir de aquella locomotora, llamaron su atención unos pequeños coches, también tallados en madera y minuciosamente pintados, en medio de aquella colorida ciudad a la que no le faltaba detalle. Se decidió a entrar. Había una réplica de un Volkswagen rojo que haría las delicias de Martín. Acompañada de la dependienta, salió de la tienda para mostrarle el juguete que quería llevarse. Frente al escaparate, de nuevo, ese hombre. Desconfiada, pagó el cochecito y abandonó la juguetería. Sacó el teléfono móvil y activó la cámara de fotos. Cogió ángulo mientras avanzaba por la calle y se centró en la pantalla para observar si la seguía. En cuestión de segundos pudo ver primero la gorra negra y luego el cuerpo entero. Con disimulo, sacó unas instantáneas. Guardó el teléfono. Giró una calle. Y otra. Y otra. Volvió a sacar el móvil del bolso y lo usó como espejo. Claramente la estaba siguiendo. Ya no tenía dudas. Recordaba haber visto una comisaría de policía a las puertas del casco antiguo, tres o cuatro calles más abajo, en una zona que ya no era peatonal. Lo conduciría hasta allí.

Parada en el paso de peatones, esperando que el semáforo le permitiese continuar con el plan que había trazado en su cabeza, podía ver, a no más de cien metros, los coches de policía aparcados frente a la comisaría. Cuando el semáforo mostró el parpadeo ámbar, Adela aprovechó para colgarse el bolso sobre el otro hombro antes de disponerse a cruzar. Una moto negra entró en escena. De un tirón, su ocupante le arrancó el bolso sin llegar a frenar en ningún momento. La fuerza de Adela por impedirlo se volvió en su contra y cayó al suelo golpeándose fuertemente la cabeza contra un bolardo.

Un grupo de transeúntes se arremolinó a su alrededor. La sangre cubría el colorido papel de la juguetería. Los presentes, morbosamente atraídos, se escandalizaron sin dejar de murmurar. Adela permaneció inmóvil sobre el asfalto. Sus ojos, cerrados.

14

Santiago de Compostela, septiembre de 1919

Emilia comenzaba su jornada con un pedazo de pan de *broa* y un poco de aguardiente. Había aprendido a actuar como los demás trabajadores de las distintas fincas al sur de Santiago. Si de ella dependiera, con medio cuenco de leche estaría servida. Pero la leche no estaba destinada a ellos. Los patrones consideraban que con el orujo serían todos más productivos y esa idea calaba en los jornaleros.

Su madre le había enseñado a sobrevivir, y eso hacía cada día y cada noche. Trabajaba tan duro como cualquier hombre y además debía hacerse respetar ante ellos para no dar lugar a malos entendidos y demás complicaciones. Pareciese que la dureza de las labores y las penurias que pesaban sobre cada alma no fueran suficientes para apoyarse hombres y mujeres. O al menos entre mujeres. Pues muchas veces eran otras mujeres las que colgaban inmerecidos sambenitos a jóvenes descuidadas; las mismas que exculpaban, por defecto, a los hombres de sus atávicos instintos. Las más benévolas acusaban a su primitiva naturaleza por haberlos concebido débiles a la tentación de la carne.

Aun estando entregada a la faena de cada día en el campo, su belleza no pasó inadvertida para un jornalero, con tanta experiencia con la azada como en el asalto a jóvenes crédulas o muy necesitadas. A ellas vendía promesas de futuro, por lo demás incierto, o se limitaba a cobrar su ayuda, ofrecida falsamente como desinteresada, en las tareas más duras del trabajo diario.

Después del aseo semanal, tal y como prescribían los médicos de la época, el jornalero se le acercó repeinado para presentarse, besándole la mano antes de decir su nombre. El necesario baño, consistente en buenas friegas de agua fría, turbia y jabonosa, revuelta en un barreño de madera que se colocaba con maestría entre los caballos para aprovechar el calor de sus voluminosos cuerpos, le había dado el valor necesario para tratar de seducirla.

Pese a no conseguirlo en el primer intento ni en los que infatigablemente le siguieron, continuó cada mañana regalándole los oídos con cumplidos, mientras cada noche se prestaba a escuchar sus desvelos y el profundo anhelo por volver y abrazar a su hijo. Así Emilia acabó alegrándose de haber encontrado en él al amigo que aquellas circunstancias demandaban, el que su soledad y añoranza necesitaban; alguien, a fin de cuentas, con quien compartir la pena y reírse un poco al terminar la jornada.

En poco tiempo había llegado a confiar en él. Consideraba, con la ingenuidad propia de quien conoce poco más que el atrio de una iglesia en el fin del mundo, que no tenía motivos para ser áspera y distante. Ambos eran buenos trabajadores y él, aunque más terco que una mula en su cortejo, parecía respetarla. El trabajo la mantenía con la mente ocupada toda la jornada, y al ponerse el sol, aquel compañero ayudaba a mantener en la sombra a la nostalgia.

Pero los halagos y la cordialidad iniciales dieron paso, paulatinamente, a una especie de asedio que comenzaba a incomodarla. Los chistes y los comentarios ya no buscaban su risa, sino que más bien eran mero pretexto para hablar de la soledad de las noches, del frío, ofreciéndose, cómo no, a modo de broma, a curarla de cualquier mal y a darle calor con unos rápidos movimientos. Esos comentarios se repitieron un par de días, hasta que Emilia, intentando no ser grosera, prescindió de su compañía, dejando en claro no estar interesada. Pero aquel hombre no quería entender la negativa de Emilia y prefería ignorarla. Y ella empezó a resguardarse cada noche entre las hermanas Casal y los animales de los establos, reservados como improvisado abrigo para los jornaleros. Rezaba sin encontrar alivio suficiente, rogando a Dios por su hijo y por su madre. Se refugiaba en los recuerdos de aquellos a quienes más quería. Imaginaba qué estaría haciendo José María cada día; sus juegos, sus comentarios inocentes. También en los abrazos, los mimos y los cuentos que por cada noche que pasaba fuera deberían ser contados. Y así, con esa promesa, sumaba días y jornales, restaba noches con todos sus males, con una meta, un único objetivo: regresar con su familia; con su madre y su pequeño José María.

Una noche, tras haber dado de comer a los cerdos y a las cabras dentro del establo en el que compartían el sueño por igual, Emilia sintió la presencia a sus espaldas de aquel hombre, el que se había esforzado en ver como a un amigo y que porfiaba sus límites sin tregua. Mientras apoyaba todo el peso de su cuerpo contra la portezuela de madera a fin de correr el pasador, confinando a los animales más grandes de la cuadra, sintió cómo una mano callosa, ávida de poder y control, subía entre sus muslos. Asustada, dio un grito. Chilló con miedo, un miedo intenso que nublaba sus ojos color esmeralda. De inmediato su boca fue amordazada con fuerza, obligándola a engullir el espanto en su garganta. Los brazos de aquel monstruo la sitiaban. Podía sentir cómo perdía resistencia y su voluntad era sometida. Amenazó con lengua negra junto a su oreja que le cortaría el cuello si gritaba. Resignada, le creyó, como se cree a la serpiente cuando habla. Él se regocijaba convencido de saber lo que ella quería. Ella se dejaba vencer para mantener la vida. Él levantó su vestido y sus enaguas centrado en su objeto de deseo. Excitado como una bestia, contemplaba a su presa antes de devorarla. El menudo cuerpo de Emilia temblaba como una hoja de volúmenes agraciados, hasta ese momento escondidos y, para su desgracia, encontrados. Un huracán, en sus ojos era cuanto había, vientos de abismo y terrible tempestad; con el razonar de una extraña criatura, del mismo Tifeo en el infierno de Dante, el traidor desgarró la tela buscando la embestida perfecta.

El estruendo de un golpe asustó a los animales tras la portezuela. Emilia, resignada a complacer la vileza de aquel ser, sintió el calor y la humedad de la sangre en su nuca y en sus hombros. El capataz había hecho justicia. La había salvado del sometimiento al que aquel monstruo quería condenarla.

Con el corazón golpeando vigoroso en su pecho y la mirada perdida entre la oscuridad de aquel rincón, vio la luz que entraba tras el incorruptible capataz, y se giró lentamente, permitiendo que el vestido cubriese de nuevo sus formas y su desmedida vergüenza.

La rigidez en el rostro del viejo mayoral dejaba entrever una mirada compasiva. Llamó con fuerza a dos de sus fieles trabajadores en la finca. Con desprecio, le bastó un zarandeo al cuerpo, con la barra de metal ensangrentada, para ordenar que cavasen un hoyo al que enviarlo de vuelta al infierno.

—Este ya no molestará más —declaró solemne el capataz.

Emilia contemplaba en silencio la secuencia desde el rincón, con la conmoción de haber presenciado su primera muerte violenta. Temía que sus piernas no resistiesen el temblor si se levantaba. Se sentía vulnerable y esa sensación contrariaba su espíritu de lucha.

—Mañana no hace falta que vayas al campo —dijo el capataz—. Puedes quedarte en los establos, moliendo maíz o guardando las semillas para la próxima cosecha. La peseta de tu jornal está asegurada.

Le mostró su mirada humedecida en vergüenza, antes de bajar la cabeza y volver a fijarla en el suelo.

—Yo... Gracias, señor —murmuró Emilia con la voz ahogada.

—Déjalo estar, muchacha —interrumpió para ahorrarle el trance—. Ahora descansa. En cuatro días te vas de vuelta a casa.

«De vuelta a casa», esas palabras resonaban con fuerza en su cabeza. Con el gesto aliviado, imaginando el calor de los brazos de su madre y la sonrisa de cuentas de leche de su hijo, se tumbó sobre un montón de heno entre las cabras, ordenando pensamientos. Conocía sus opciones y las valoraba en silencio: podía dejarse enterrar cual víctima en su trauma o reunir el valor suficiente para vivir en paz siendo más fuerte, como había hecho la protagonista de «La hija del mar esmeralda». Finalmente, recreó en su cabeza la imagen del Atlántico, sosegado y anhelante, esperando el baño de luz sobre sus aguas y consiguió conciliar el sueño.

A la mañana siguiente, cuando el gallo anunciaba la salida del sol, la recia mirada del capataz, tan curtida por el sol como por la dureza de los años, cumplía como un vigía desde lo alto de la finca. Apoyado en un poste, con actitud de espera, el hombre estiró levemente la comisura de sus labios, complacido, constatando la fortaleza de quien luchaba por su jornal, quizá por mucho más que eso. Se deleitó largo rato viendo cómo una joven de cuerpo menudo y alma férrea se doblaba sobre el campo, hoz en mano y penas solo para dar brío a sus brazos, segando los últimos cereales del verano.

15

Con el ánimo en duelo y el sentido del deber intacto, Rosario se dispuso a amortajar el cuerpo de su protegida tal y como requería el rito de la muerte. No escatimó mimos y atenciones, incapaz de creer que realmente estuviera muerta, pues su belleza continuaba intacta. La lavó con un paño suave del color de la mantequilla, sin dejar de rezar, y la cubrió con ungüentos y aroma a flores que preservasen su recuerdo a cuantos fuesen a despedirla.

Desafiando la tradición, don Rodrigo había dado indicaciones de vestirla de blanco, como gesto de pureza reservado a niños y a jóvenes solteras. Pese a que la exigencia le costó el enfrentamiento con su mujer, se negó rotundo a vestirla de negro por el hecho de haber traído al mundo a una niña sin desposarse primero.

No había sido esa la única orden que había dado el conde antes de salir del pazo a batirse con su duelo, pues había dejado dicho, so pena de enfrentarse a él y a la miseria de la calle, que impidiesen la entrada de su padre, don Nuño

Gómez de Ulloa, de tener este la mala idea de aparecer por allí. Porque, pese a lo molesto de la sola presencia de sus hijos en su ánimo, nunca los dejaría tranquilos. Para él habían sido la rémora necesaria para echar mano de las rentas del condado y mantener la pompa y el boato en sus formas de señor. Único papel que gustaba al caballero representar en su vida de lujos y moral nocturna, incapaz como era de engendrar, siquiera adoptar, una actitud digna de mayor gloria en la época que defender el orden de la sociedad que conocía y sus vaporosas formas. Y lo hacía con la simpleza de articular ideas ajenas con palabras mediocres y pequeñas. Y así habrían crecido los hermanos bajo la sombra de su ego vanidoso e insustancial hasta que el joven Rodrigo, en su madurez, lo desprendiese de todo aquello que no fuese imprescindible. Imprescindible para la clase y la vida que él gustaba de exhibir, igual que su amante doña Lucrecia Zúñaga tan dispuesta a recibir, aficionada como era al *chantilly* y a los brocados en oro, buscando siempre el brillo que la naturaleza le había negado.

La fatiga de la despedida a su hermana, tan joven, tan bella, madre sin hacer de una niña sin recuerdo, se sumó a la negación de la pérdida para cargar sus pasos de dolor, también de ira. Quería dar patadas al aire, a la tierra y hasta a la lluvia que caía el día que Celia había llamado a su puerta, calada hasta los huesos y con un miedo a su padre que enmascaraba cualquier otro riesgo.

Pero tras ocho días de tormenta, el cielo lucía limpio y despejado. Don Rodrigo bajó en dirección a la ensenada buscando la brisa sanadora del mar y allí la encontró; erizando las plumas a un grupo de pájaros inmóviles y solitarios de porte erguido y gesto solemne.

La tarde de aquel mes de San Juan, el sol descendía glorioso sobre un lienzo de rayos infinitos que centelleaban en delicada armonía con el mar. Quiso ver en él un descenso litúrgico que absolvía los pecados de la silueta escarpada, envuelta en brumas cuando no en sombras, de la Costa da Morte. Se sentó en la arena, respiró el olor a salitre por un largo instante y se consintió cerrar los ojos. Don Rodrigo dejó que olas mansas hablasen con su aliento de vida y salitre y escuchó cuanto decían, exhalando los últimos estertores de las almas en pena que besaban sus mejillas húmedas.

La primera en asistir a su pena fue su madre. El recuerdo de ella sentada en la arena entre él y su hermana, siguiendo con mirada plácida el sendero bruñido sobre el agua como si quisiera alcanzar al astro rey. La echaba tanto de menos..., cada día, cada noche, cada segundo. Porque con ella todos los segundos eran únicos e irrepetibles, en ellos sentía el calor de su mano que alejaba el miedo a su padre y daba sentido a todo, incluso a la nada más absoluta. Momentos vacíos —le dirían—, de lecciones baldías —insistirían—, aquellos en que Bernarda Saavedra señalaba el descenso del sol en el cielo, majestuoso y pleno, hasta el mágico instante en que dibujaba un camino de luz que perseguía su reflejo en el agua. Un regalo, aquel recuerdo, que calmaría siempre sus miedos.

Tanto él como Celia entendieron en edades ya tempranas que su madre era una idealista esforzada en mostrarles un mundo de color más allá de la altura de su clase, sorprendiéndoles con cuentos llenos de magia y valores que les hacían soñar con imposibles. Ella era diferente de las otras mujeres que visitaban el pazo; bien acompañando a sus maridos a cenas y a bailes de gala, bien asistiendo con elegancia y galanura a almuerzos en el jardín. En esas ocasiones, azafates de plata aderezados con refinadas pastas francesas y vinos rescatados de la clandestinidad de la bodega pretendían elogiar a los reunidos, entre risas rara vez no impostadas. Las mujeres sabían exhibirse almidonadas ante el plantel aristocrático presente, sin perder distinción ni en el gesto ni en el peinado. Intachables en sus movimientos desde el carné de baile hasta la reverencia del minué. Exquisito lenguaje el de aquellos pequeños accesorios, de nácar y plata en su mayoría, que mostraban la disponibilidad de las mujeres casaderas, al tiempo que indicaban lo conveniente de sus dotes o sus casas. En su momento, Bernarda había recibido el carné de baile de mano de sus padres, aunque el uso que le daba no era el esperado por su círculo. En él apuntaba ideas para nuevos cuentos inspirados en damas y caballeros, reales y ficticios, a partes iguales, que luego traspasaba a sus cuadernos. Sus padres fingían no ser conscientes de lo que hacía agitando su lápiz en un rincón, mientras las demás jóvenes movían sus abanicos y hablaban con miradas estudiadas ante herederos engalanados sin complejos y con la suficiencia de sus modales en escasa conversación. Solo ellos consentían su comportamiento, pues la dejaban crecer con libertad. Creían que el hombre que la pretendiese debería aceptarla como era. Se equivocaron y ya no pudieron protegerla. Con el tiempo, Bernarda aprendió a cumplir con su papel de anfitriona y asistía a donde debía por imperativo marital. Se ceñía a sonreír precavida y a verbalizar disculpas constantes para poder ausentarse a cualquier rincón de la casa: desde la cocina hasta los dormitorios de los niños. Todos ellos inapropiados para una alta dama como era ella. Rodrigo solía hacerse el dormido viendo a su madre entrar a hurtadillas con aquellos vestidos que lucía obnubilando prejuicios sin poder evitarlo, para incomodidad de las más aparentes damas invitadas. Su belleza solo era comparable al amor por sus hijos y a su singular forma de ser. Después de darle un beso suave, cálido y escondido en la mejilla, él abría los ojos sonriente y le pedía otro beso que, con la misma ternura, rozaba su piel y lo convertía en gigante, en héroe de mil sueños sin principio ni fin. Así Rodrigo se sintió siempre afortunado de tenerla como madre. Y solo cuando ya no estaba recordaba con dolor las palabras hirientes, de gruesos vocablos cargados de intención, que su padre le decía para hacerla sufrir. Pero nunca, ni tan solo por un segundo, ni Celia ni él sentirían la vergüenza con la que su padre la amenazaba.

Rodrigo respiró profundamente el olor azul del verano y del mar. Apareció así un fantasma en su memoria para recordarle el día que había hecho una promesa.

Había sido una de aquellas tardes de puesta de sol infinitas; su hermana Celia, aún niña, parecía tener algo rondándole la cabeza. El instinto de su madre enseguida pudo detectarlo, animándola a compartir aquello que parecía contrariar su gesto. Celia titubeó un segundo, inclinando la cabeza a un lado, como si pretendiese su reposo sobre un hombro, al tiempo que se daba pequeños pellizcos en la punta de los dedos, resolviendo explicar el origen de sus cavilaciones ante su madre y su hermano. Se había interesado por una joya, descrita por ella como extraña, que un caballero de buena planta contemplaba en la palma de una mano y sobre la que parecía suspirar, conteniendo quizá alguna lágrima no permitida a un hombre de su viril porte y menos aún de su apellido. Había sido noches atrás, en una cena organizada a petición del conde, como no podía ser de otra forma, y su madre pudo reconocer la triste estampa descrita por su hija en su memoria. Fue entonces que su madre acompañó con un gesto de compasión el recuerdo de aquel joven enlutado y acarició el óvalo del rostro de su hija con ternura, escogiendo con cuidado las palabras antes de asistir a su anhelo. Y lo hizo con palabras suaves, como se lo decía todo a ellos, sin soltarle la mano. Le explicó que el joven se encontraba afectado por la pérdida de su esposa. Y era por ella que suspiraba contemplando un relicario. Celia se interesó en entender mejor aquella joya, y su madre tuvo a bien detallar la importancia de guardar un recuerdo de la persona amada para llevarla siempre con él.

La perspectiva de la niñez había devuelto incertidumbre a Celia sobre la idea de los hombres, del amor, de casarse y mucho más sobre la muerte, con sus ritos y costumbres. Bernarda advirtió el miedo en la mirada de su hija y la abrazó con fuerza. No fue la única en reparar en la preocupación de la niña; también Rodrigo, quien, pese a la incomodidad que le provocaba la idea, dio un paso al frente y prometió a su hermana que hubiese o no ser amado o caballero, él se encargaría de que ella tuviese el relicario más hermoso de todos en el que guardar su recuerdo.

Agradecida, sin entender que los turnos de la muerte los marca un azar imposible para los mortales, Celia lo abrazó con el ímpetu idílico y espontáneo que la caracterizaba. El mismo ímpetu que su madre, pese a los comentarios del conde, no se molestaba en censurar, pues claramente diferían en la concepción del mundo, del bien y del mal, de lo correcto y lo imposible. Muy a su pesar, aquel mundo al que pertenecían habría tratado, sin éxito, de envararla como a una de esas muñecas expuestas, inmóviles, sin vida, con las frías emociones de quien parece reprobar cualquier señal de humanidad.

Bajo la atenta y brillante mirada de su madre, Rodrigo había querido hacerle también a ella un cumplido. Quiso regalar sus oídos aludiendo a su elegancia en aquella cena descrita por su hermana, y lo hizo con formas distantes, propias de la pubertad, pero sin perder detalle a su reacción por el rabillo del ojo. Satisfecho por la amplia sonrisa con la que su madre había recibido el elogio, evitó mencionar que aquella había sido una terrible noche de tormenta. En noches así, de convulsa tempestad en la que vientos apocalípticos y aguas turbias bramaban salvajes, espumando sobre la costa como una bestia hambrienta, Bernarda recordaba a sus padres. Esas noches, sin más luz ni faro que una vela ante la guardiana imagen de Nuestra Señora del Mar, su madre se acercaba a una ventana convencida de su intimidad para rezar por náufragos y desafortunados en algún lugar de aquellas aguas. Y lo hacía inmóvil, ausente, abandonando por un instante la fortaleza para rendirse con ojos cerrados y suspiros a sus propios recuerdos, a sus padres tiempo atrás ahogados en una noche de tormenta.

Rodrigo, pese a su corta edad, conocía a su madre. Observaba sus gestos, incluso los que escondía en la oscuridad de una noche de tormenta; escuchaba con atención todo cuanto les decía y se dejaba abrazar siempre que ella lo necesitaba. La dureza fría con la que su padre lo moldeaba no calaba más allá de una capa de barniz que él adoptaba en aquella búsqueda de prueba y error de la pubertad. Pese a ello, atento a su madre, pudo ver una sonrisa triste que manifestaba la tribulación de un mal recuerdo. Un velo en los ojos de Bernarda que ocultaba a cámara lenta la furia y el desdén con el que la vara de avellano la había obligado a caer de rodillas, sin darle tiempo a cerrar la puerta de su alcoba. Su marido, don Nuño Gómez de Ulloa, había vuelto a golpearla aquella noche; acusando cierta provocación en su forma de ser: pues en la discreción acusaba falta de entusiasmo y en el entusiasmo falta de discreción. Motivo suficiente en la piel fina del agraviado, quien al calor de los licores redescubría sus sentimientos o la relegaba de estos, para acabar incurriendo en la sanción del incapaz.

Rodrigo había podido intuir la imagen dolorosa que su madre se esforzaba en negar, dominando una sonrisa afín a la desdicha. Porque ella controlaba la inmensidad que a veces se manifestaba en sus ojos, orientando con disimulo su rostro al Atlántico, sin ver más allá de la profundidad del agua salada.

Rodrigo abrió los ojos y pensó en todos los valientes, aquende y allende los mares, quienes forzaban sonrisas y gestos tan dulces como frágiles eran sus voces. Pensó incluso en los más fuertes, verdaderos héroes del ingenio y la supervivencia, que regalaban risas y algazaras para silenciar su tristeza. Afortunados todos ellos, pues había otros a quienes la fatalidad encontraba en lo alto de aquella costa de mal nombre, buscando refugio en el mar y entregando suspiros a las olas.

De vuelta en el pazo, los crespones negros le apretaron el pecho y solo quiso ver a su hermana. Con apacible gesto entre almohadones y el rostro ligeramente apoyado sobre una de sus manos, simulando el descanso de los vivos, yacía imperturbable la joven Celia. Meticulosamente colocados sobre su pecho, mechones acastañados bajaban en cascada como el mar que la había visto crecer. Se acercó con cuidado a la cama y, con delicadeza, cortó uno de ellos para que se guardase su recuerdo en una distinguida caja de plata, en un relicario, que días después haría grabar con una imagen de la ensenada y del mar en el que podría descansar.

Rosario acomodó su cabello de nuevo y Rodrigo dispuso una rosa con tallo corto en su otra mano, sin tratar de impedir que la gravedad la arrastrase. *Memento mori*, tan necesario en el sentir romántico de su tiempo, en el de su hermano, en el de Rosario, en el último e inalterable posado que permitiría recordar su belleza para siempre.

16

Santiago de Compostela, abril de 2011

Lentamente, aturdida, con el cuerpo pesado y la mente disuelta en aire, Adela abrió los ojos creyendo despertar de un mal sueño. De ese mal sueño que cobraba vida luchando con su cordura, con sus latidos, con sus sentidos.

Álvaro cogía su mano y dormitaba con la cabeza apoyada en su cama desde el frío sillón cedido para el acompañante. Al sentir tímidos movimientos en la sábana, se irguió dibujando cierto alivio y, casi como un acto reflejo, le besó la mano.

—No trates de levantarte todavía, por favor —susurró cariñoso—. Estás en el Hospital Clínico de Santiago.

Álvaro infundía serenidad a sus palabras, pero su preocupación por ella iba en aumento cada minuto que pasaban en aquel viaje. Necesitaba saber qué había ocurrido con el único objetivo de volver con urgencia a Madrid. Pero no era el momento de hacer preguntas, Adela no estaba en condiciones de contestarlas y no sería él quien la forzara a hacerlo, quien pusiese en riesgo su total recuperación.

—Martín... —dijo con un hilo de voz Adela, todavía confundida y mareada por el golpe y los analgésicos—. ¿Dónde está? ¿Con quién lo has dejado? —Su tono de voz aquejaba una preocupación en ascenso—. Estamos en Santiago... Hicimos un viaje... ¿Dónde está Martín? ¿Dónde está? —repitió en bucle, alterada, con ojos redondos, asustados, rastreando la cara de Álvaro, buscando respuesta en los cuatro rincones de la habitación.

—Tranquila, Adela, no es bueno que te angusties —susurró—. Martín está bien. Está con tu madre.

—¿Con mi madre?

—Sí, tuve que llamar a tus padres y contarles lo que había sucedido para que viniesen a ayudarme con el niño.

—Pero se habrán preocupado...

—Sí, claro, pero es normal, son tus padres y tienen derecho a saber lo que te pasa y a estar a tu lado.

Adela asentía en silencio, devolviendo la tranquilidad a su respiración.

—¿Y cuándo han llegado? ¿Cuánto llevo aquí?

—Desde ayer al mediodía. Un transeúnte avisó a una ambulancia y a la policía después de ver cómo te robaban el bolso mientras esperabas para cruzar la calle.

Adela, recordando lo sucedido, abrió los ojos, preocupada, y se puso nerviosa. Rápidamente se palpó con ambas manos las caderas buscando sus bolsillos. Le llevó poco más de un segundo tomar conciencia de que estaba en el hospital y vestía el inconfundible camisón de aires despreocupados que le daban a todos los pacientes ingresados.

—¿Dónde está mi ropa? ¿Y mi pantalón? Ayer llevaba un pantalón vaquero azul... ¿Dónde está?

—Espera un segundo, no te impacientes. Le preguntaré a la enfermera. Ahora vuelvo.

Adela aprovechó ese lapso para reconstruir en su cabeza lo que había sucedido el día anterior. La conversación con el orfebre, los cincuenta mil euros, el hombre que la seguía, la moto... ¿Estaría relacionado? Santiago era una ciudad tranquila...

—Aquí está todo —interrumpió sus pensamientos Álvaro, mostrándole una bolsa de plástico blanca.

Incorporada sobre la cama, no sin dificultad, pues el remanente del golpe percutía malsonante en su cabeza, alargó el brazo para coger ansiosa la bolsa. Al abrirla estaba su ropa, su reloj y sus pendientes. Sacó el pantalón y, rápidamente, hurgó en sus bolsillos. Ahí estaba. El alivio destensó sus músculos. El camafeo seguía con ella. Decidida, se lo colgó del cuello, asegurándose de no perderlo de vista hasta que tuviera el alta hospitalaria en la mano.

Álvaro la miraba en silencio. Cabizbajo y meditabundo. Creía que había llegado el momento de abandonar el juego de los detectives. No estaba acostumbrado al sobresalto, a vivir supeditado a una cordillera emocional, a contemplar las subidas y bajadas de Adela desde que estaban en Santiago. Necesitaban regresar a su hogar, a su vida, sin más excusas.

—Creo que es hora de volver a casa, Adela. Martín en dos días retoma sus clases y tú necesitas recuperarte antes de volver al trabajo.

—Pero estos dos días los puedo aprovechar para investigar un poco más sobre la casa. No te he contado que el camafeo...

Contundente, Álvaro se levantó de la silla, arrastrando sus patas de metal a medio calzar por la baldosa, permitiendo el chirrido, con un ademán que decía «basta» y que la obligó a entregar sus armas, a no continuar con sus argumentaciones.

—No quiero saber nada más de este tema. No creo que sea una buena idea. Ni siquiera sabemos cuándo te darán el alta —le interrumpió, pero manteniendo la templanza en su tono—. Esperaremos a conocer las indicaciones que te da el médico y luego decidimos. Ahora tú necesitas descansar y Martín y yo queremos volver a casa.

—Bueno, a ver entonces lo que me dice el médico —añadió con voz suave—. Me encuentro bastante bien —mintió, tratando de mostrar soltura en sus movimientos, imposible con el persistente martilleo en su cerebro.

—Adela, han tenido que coserte una brecha de dimensiones considerables en la cabeza. No sé cuántos puntos te han dado, pero el médico me dijo que habías tenido mucha suerte. Si el golpe hubiese sido unos centímetros más abajo... En fin, que has tenido mucha suerte. —Su tono de voz se endurecía a fin de demostrar la realidad a su esposa.

—No nos precipitemos. A ver lo que dice el médico...

En ese momento se abrió dubitativa la puerta de la habitación.

—¡Papá! —gritó ella.

—¡Adela, mi niña!

Se acercó con el paso firme y seguro al encuentro de los brazos de su hija, con emoción contenida por el mal trago que había pasado. Al soltarla, dio un paso atrás, pálido y ausente, contemplándola con un halo entre nostalgia y desconcierto.

—Papá, ¿estás bien? —dijo ella buscando su mirada.

—Sí, claro. Perdona, hija. —Trató de disimular los nervios—. Estábamos preocupados por ti. Abajo está tu madre con Martín.

—Dile a mamá que estoy bien, por favor. Que no ha sido nada.

—Deberás decírselo tú misma. Quiere que lleves esto siempre contigo —dijo entregándole una pequeña bolsa de plástico—. Y sabes que no aceptará un no por respuesta.

—¿Un vaporizador de pimienta?

—Adelita, no te cuesta nada llevarlo en el bolso.

En ese momento un teléfono móvil comenzó a sonar y a vibrar con insistencia.

—Discúlpame un segundo —dijo llevándose la mano al bolsillo interior de su americana gris—. Debo contestar esta llamada.

Salió de la habitación rápido, en dirección a una pequeña sala de espera en donde no había más que un surtidor de
agua y un par de máquinas de refrescos y aperitivos plastifi-
cados, para acompañantes desesperados y para enfermos
reincidentes.

Cortó la llamada entrante sin contestar, sin miramientos,
indiferente, y en su lugar marcó otro número de teléfono.

—Enrique, perdona la tardanza en contestar, sé que eres
un hombre ocupado, pero es importante... Sí, Adela está bien.
No me preguntes cómo, pero ha encontrado el camafeo...
Por favor, debes ayudarme a protegerla... Eres tú el experto
en engaño, ¿no? Ocúltaselo. No le digas nada a nadie de ahí,
por favor... Bueno, al menos por ahora. Dame tiempo para
pensar qué hacer... Por el amor de Dios, ¡eres mi hermano!
¡Algo se te ocurrirá!... Perdona, estoy muy nervioso. Temo
por ella... Por supuesto, lo sé, lo sé, nunca me has fallado...

17

Pazo de Altamira, septiembre de 1919

José María no quería comer. Ni siquiera jugar. Solo lloraba llamando a su madre. El pequeño buscaba desesperado consuelo con su abuela. Ella sufría en silencio, cuidándole con entrega y verdadera abnegación. Pese a no poder dedicarle todo el tiempo que un niño enfermo necesitaba le destinaba cada una de las horas que el trabajo en el pazo y las exigencias de doña Urraca le permitían.

Las altas fiebres del niño preocupaban profundamente a Cándida, ahondando en su ya de por sí taciturna y sacrificada forma de entregarse a quien más quería. Los ungüentos y demás medicinas improvisadas que le preparaba no surtían el menor efecto en el pequeño. Los conocimientos de la abuela para aliviarle el mal eran muy rudimentarios, los justos para sofocar un catarro o mitigar un dolor de muelas. Nada más. Y cuando la leche, la miel y las hierbas aromáticas no eran suficientes, tenía la humildad de buscar ayuda en los médicos, antes de santiguarse y entregar la causa al Santísimo.

Así, esa tarde, con la angustia carcomiéndole el corazón, buscó a doña Urraca por los jardines del pazo con el firme propósito de no darse por vencida hasta dar con ella.

La condesa charlaba animadamente en el porche trasero, aprovechando los últimos días del verano. Parecía disfrutar de la compañía de otra dama con la que compartía el placer de los chismes de la alta sociedad. Ambas mujeres, con cierta distancia, podrían incluso llegar a confundirse: sus ropas seguían el mismo patrón de moda, cabezas altivas con moños bajos discretos que exhibían pendientes relucientes en unos lóbulos descolgados como péndulos de un reloj que no parecía perdonar excesos. Acomodadas sobre sillas de mimbre, la visita ponía al corriente a la condesa de las aportaciones a la Iglesia y a la beneficencia que hacían las familias más acaudaladas de toda Galicia, que, aunque pudiese parecer mucha gente, en el fondo quienes despertaban en ellas interés no sumaban más que para un gran salón de baile. Doña Urraca se prestaba a dar pábulo a rumores de hijos díscolos tanto como a habladurías sobre los apuros económicos de alguna viuda reciente o crónica a la que acusaba de mala cabeza para la gestión.

—He oído que la casa Mendaño se ha desmarcado completamente del compromiso con la fe de la Iglesia —dijo doña Leandra en tono confidencial, con sutil punto de irrisión—. A la muerte del padre, el hijo dice abandonar la tierra para la proliferación de nuevos intereses en la ciudad.

—Las malas lenguas —respondió sibilina doña Urraca— dicen que se ha hecho masón y tiene ánimos de servir a los liberales. Sé de buena tinta que en una conversación distendida mostró interés por la Institución Libre de Enseñanza. Anarquía y desorden hasta en la educación, adónde vamos a ir a parar. —Crispó el gesto.

—Gracias a Dios que todavía quedan buenas familias como las nuestras. —Sorbió un poco de café doña Leandra.

Cándida siempre había sabido cuál era su lugar en el pazo. Y era un pequeño y silencioso espacio en el que debía hacer la vida más fácil a sus señores, sin suponer un estorbo. Y mostrarse agradecida por la oportunidad de poder hacerlo. Y ella, cumplidora con su parte, nunca había manifestado queja alguna, pese al rictus de amargura amable que los años iban congelando en su rostro. Pero ahora la desesperación la hacía temer por su nieto. Y tal vez por eso la oscuridad le nublaba el juicio lo suficiente para romper el protocolo impuesto en donde ella debía ser invisible.

—Doña Urraca, perdone usted por molestarla —dijo mientras se agarraba las manos, sabiéndose intimidada ante la mirada fría de la condesa—. Tengo al niño muy enfermo. Arde con la fiebre desde hace días. Ruego pida ayuda al médico, señora.

Sorprendida por el atrevimiento de la sirvienta, la señora miró con fijeza a Cándida, manteniendo las formas ante su visita.

—Discúlpame un momento, Leandra. Ahora mismo estoy contigo —dijo la condesa, fría y educada.

Indicando con la mano el camino a seguir, doña Urraca caminaba delante de Cándida con gesto de molestia, o más bien de desagrado. Recogidas ya en la intimidad de una estancia alejada de ojos y oídos indiscretos, la condesa, rezumando la sensibilidad de un tirano con el dolor ajeno, reprendió a la sirvienta. La ancianidad de la aristócrata no había conseguido condicionar lo execrable de sus actos.

—¿Cómo te atreves a interrumpir mi café con tus cosas?

—Perdóneme, señora. No he debido. —Bajó la vista sobre el mandil del uniforme—. Tendría que haber esperado —musitó amonestándose. Después levantó la vista, suplicante—: Pero créame que necesito que llame al médico. José María está enfermo. Con mucha fiebre.

—¿Quién es José María? —dijo la condesa, maliciosa, dejando claro la indiferencia que le provocaba la situación.

—Mi nieto, señora, el niño de Emilia. Cuenta tres años. Y está muy mal. Se lo ruego, por el Dios del Cielo —suplicó juntando sus manos como si estuviera ante la misma Virgen de Fátima.

—Vamos, mujer, que solo es una fiebre. Cómo os gusta a las criadas exagerarlo todo. Si se enferma, se hará más fuerte. ¿Crees que voy a molestar al doctor por una fiebre de tu niño? —añadió con la mirada altiva, arrastrando al fango la mísera existencia de Cándida.

—Permítame entonces, señora, que lo vea el señorito Luis. Él estudió para médico, seguro que puede ayudarnos.

—¿De verdad crees que voy a consentir que tú o tu hija os acerquéis a mi nieto? ¿No has tenido bastante ya? —La miró con fijeza, buscando avergonzarla—. No hagas que me arrepienta de mi generosidad, Cándida —arremetió sin piedad, inyectando un punto de ira a su mirada sombría—. Venga, y ahora rapidito nos traes unas pastas francesas de la cocina para acompañar el café. Tendré que disculpar esta injustificada ausencia... —sentenció dando la espalda a la sirvienta.

Cándida miró al suelo, a la punta desgastada de sus zapatos, a las tristes pretensiones de una criada. La aristócrata en ese momento se dio la vuelta y la llamó. Levantó la vista, creyendo que en la humanidad aún había esperanza.

—Déjate de usar hierbas y ungüentos de bruja. Te salva que esos liberales suprimiesen la Santa Inquisición, porque acabarías en la hoguera. —Soltó una risa sardónica que dejaba claro el poco interés que el mal del niño le ocupaba y, devorando toda esperanza en el rostro ensombrecido de Cándida, volvió al jardín. A falta de Tribunal de la Fe, por suerte aún guardaba ella la honra de aquella casa. Su aportación a doña Leandra debería estar a la altura de la gran casa, no se fuese a poner en tela de juicio su generosidad.

Cumplió con los dictados de la condesa y regresó al cuarto en el que gimoteaba en soledad su pequeño nieto. Tembloroso por la fiebre, lloriqueaba bajo aquella manta que ella misma le había tejido al nacer. Preparó más paños templados y, sin soltarle la mano ni un segundo, se preparó para aguardar el amanecer velando a su lado.

Incapaz de dormir, se levantó con sigilo de la cama y comprobó que al fin el pequeño había encontrado un poco de descanso con el canto del gallo. Cogitabunda, con un andar pausado por los pasillos silenciosos del pazo, se detuvo ante el cuadro del Pórtico de la Gloria, aquel que parecía custodiado por una gran espada cuya historia contaba haber sido forjada en Tierra Santa. Bajo el óleo había una cita de San Juan Evangelista que en su día el conde le había explicado y ella, sin saber leer ni escribir, había memorizado: «Yo soy el camino, la verdad y la vida». Sacó un pañuelo del delantal, se frotó los ojos y buscó el desahogo entre rezos. La escena presidida por Cristo, el venerado Apóstol Santiago, evangelistas, profetas, ángeles, todos ellos parecían escucharla. Y para ella era más de lo que hasta ese momento había encontrado. Lamentó no saber más para ayudar a su nieto, se culpó por analfabeta y, aunque odiaba imaginar una preocupación tan grande en los ojos de su hija, extrañó a Emilia.

Se rehízo poco a poco, se pasó el pañuelo por la cara y se dispuso a salir para lavar la ropa de los condes, de sus hijas y del señorito Luis.

No acostumbraba a entablar conversación en el lavadero del pazo. Ella se limitaba a escuchar y a asentir en aquella suerte de centro social, en donde las mujeres se ponían al día con novedades de comadres. Pero esa mañana Cándida necesitaba hablar. Necesitaba consejo, como sentida confesión necesita un católico.

—Buenos días a todas —saludó como cada día a las mujeres allí reunidas.

Todas bien arremangadas, con las manos parcheadas entre sabañones y heridas sin cicatrizar curtidas por la humedad y el frío, con el decoro imperativo de tapar sus cuerpos pese a estar caladas, a merced de pulmonías y demás reumas.

—Merceditas —dijo a la que tenía a su lado, una de las lavanderas más veteranas del lugar—, tengo al niño malo. A mi nieto. Lleva días *empapadiño* en los sudores de la fiebre y ahora se queja de la cabeza. Dice que le duele mucho y yo..., yo no sé qué más darle.

—Vaya por Dios, Cándida. —Levantó la cabeza Merceditas, mostrando interés por el niño—. Pobre *rapaciño*. —Movía la cabeza acusando la injusticia—. ¿Probaste a ponerle frío en la cabeza y a darle infusión de manzanilla?

Cándida asintió resignada.

—¿Y mueve bien la cabeza? ¿La gira bien? —dijo un torrente de voz proveniente del otro extremo del lavadero.

—Pues... —respondió Cándida buscando a la dueña de la pregunta—. No miré, la verdad, ¿debería hacerlo?

—Si no la gira bien... —La mujer negó desde su puesto en el lavadero, lejos de sofocar la angustia de Cándida—. Si está tieso como un palo, el mal le habrá subido ya a la cabeza. —Se santiguó dando por hecho el peor de los escenarios para José María—. Dios no lo quiera, Cándida. Que eso le pasó a la niña de Clotilde, la mujer del panadero, y no lo pudo contar la pobre.

El gesto de Cándida se contrajo. El miedo le impedía seguir frotando más prendas contra las ásperas piedras del lavadero. Debía volver al pazo y comprobar que esa mujer estaba equivocada. Que la alarma que condenaba a la luz de su vida, a su propio corazón, era injustificada.

18

Santiago de Compostela, abril de 2011

—Disculpe, ¿qué está haciendo? —dijo sorprendida Adela al salir del cuarto de baño.

—Buenos días, señora Roldán —acertó a decir una mujer uniformada, con toda seguridad limpiadora del hospital—. Estaba aseando la habitación, pero ya me marcho.

—Muy bien, pero no es necesario que toque mis cosas —la reprendió frunciendo el ceño.

—Solo quería ordenar un poco la mesita —dijo a modo de disculpa.

—De todas formas, prefiero que no se afane tanto y deje mis pertenencias donde están —añadió con tono más conciliador pero firme en intención—. Hoy me darán el alta y luego podrá recoger todo.

La limpiadora asintió y salió de la habitación. Adela, ya más tranquila, abandonó toda idea de pudorosa suspicacia tras haber encontrado a aquella mujer con el camafeo en la mano. Al principio se había asombrado, pero después prefirió creerse la explicación que le había dado por la desacertada forma de cumplir con su trabajo. Tal vez pecase de suspicaz o directamente malpensada en lo que concernía a esa joya. Habían transcurrido dos días del asalto y la herida todavía le robaba horas de sueño. Tal vez Álvaro estaba en lo cierto y necesitaba descansar.

Decidida, volvió a colgarse el camafeo al cuello y se tumbó sobre la cama. Álvaro estaba desayunando en la cafetería del hospital y regresaría enseguida. Precisaba buenas dosis de café para paliar los efectos del frío desvelo en aquel lugar. Incapaz de dar tregua a sus cavilaciones, recordó la cifra que el viejo orfebre le ofreció por la joya. «¿Cincuenta mil euros alegando valor sentimental? ¿Quién es ese misterioso coleccionista? Cuesta creer que alguien regale el dinero así... Seguro que hay algo que se me escapa...».

—Buenos días, Adela, ¿cómo te encuentras? —El médico entró enérgico, acompañado por dos residentes.

Tras ellos, apuraba el paso Álvaro con clara intención de estar presente en la revisión a su mujer y en las más que predecibles recomendaciones médicas.

—Buenos días a todos. Mucho mejor. Ya lista para volver a casa. —Sonrió con la sagacidad aupada, persiguiendo su objetivo.

—En ese caso, tendrás que ir a quitarte los puntos en una semana, y recuerda que hasta entonces deberás descansar más y dormir tus ocho horas.

Al escuchar esa recomendación, Adela asentía, mintiendo, pues sabía que no podría dormir ni dos horas seguidas hasta que resolviese su sueño, esa pesadilla, el significado del camafeo, el retrato de aquella dama...

—Si sigues estas indicaciones, te damos el alta ahora mismo —exclamó sonriente el doctor—. Si no, tendremos que cobrarte el alojamiento y la pensión completa —concluyó con una carcajada ya en dirección a la puerta, acompañado por sus satélites blancos.

—Casi mejor volver a casa —respondió Álvaro, tras compartir risotada con el médico y no evidenciar su falta de gracejo—. Porque puede viajar de regreso a Madrid, ¿verdad?

—Sí, claro. Mejor si vuelven en coche o en tren para evitar molestias derivadas de la presión.

—Perfecto. Gracias, doctor.

Una vez solos en la habitación, Álvaro se acercó a su mujer para ayudarla a bajar de la cama. Ella prestó su mano ante el amable gesto y lo miró a los ojos.

—Nos vamos a casa —sentenció Adela.

En el vestíbulo del hospital, Adela esperaba a que Álvaro acercase el coche desde el aparcamiento para recogerla. Desde donde se encontraba, tras las puertas de cristal, podía ver la calle y un tibio sol primaveral que se esmeraba en dar brillo a todo cuanto tocaba. El campo, fulgurante frente a ella, germinaba con las primeras margaritas y salpicado de dientes de león, reconfortados con aquel baño de luz templada.

Solo dos minutos necesitó Adela para caer embrujada ante aquella imagen, y olvidó la promesa de permanecer sentada a la espera de su marido; algo entendible, tras largas horas de encierro hospitalario. Se irguió y empezó a caminar despacio, embelesada pero decidida, hacia la puerta. Una vez fuera, cruzó la estrecha calle unidireccional, concebida únicamente para acercar y recoger a los pacientes, y se apoyó en la baranda metálica frente al hospital. Alzó su cara como un girasol necesitado y cerró los ojos. Se dejó acariciar solo unos minutos, hasta que oyó la voz de Álvaro llamándola desde el coche. Con un movimiento de la mano, ella le indicó el paso de peatones y fue a reunirse con él. Mientras cruzaba la calle, en línea con sus pasos, en un estrecho callejón entre dos módulos del complejo hospitalario unidos por una pasarela con amplios ventanales, le pareció ver a la limpiadora con la que había tenido el desencuentro esa mañana. Decidió aproximarse un poco más. Se retiró la *pashmina* del cuello, la abrió y se la colocó cubriéndose todo el pelo y parte de la cara. De su recién estrenado bolso extrajo unas gafas de sol y se las puso también. Álvaro la observaba por el espejo retrovisor, con expresión desencajada, sin entender los movimientos de su esposa en dirección opuesta al coche. Con distancia prudente, la suficiente para curiosear sin ser vista, advirtió que la mujer no estaba sola; hablaba con alguien. Imposible escuchar la conversación desde donde se encontraba. La mujer retrocedió un par de pasos, su interlocutor giró bruscamente y lanzó un puñetazo contra la pared recubierta en piedra. La limpiadora bajó la cabeza como para cubrirse la cara, con los hombros en guardia. Los gritos se hicieron audibles para Adela.

—¡Me has fallado! ¡También tú me has fallado! ¡Inútil!

La defensa de la mujer nunca llegó, guardó silencio y el hombre se dispuso a salir del callejón, por suerte en dirección contraria a donde estaba Adela. No hicieron falta más que dos pasos para que Adela se alejase rápidamente con el corazón desatado y un intenso palpitar en la herida de la cabeza. Las suelas amarillo fluorescente lo delataban. Le había costado reconocerlo sin la gorra, pero estaba segura de que era el mismo hombre que la perseguía antes del robo de su bolso.

—¡Arranca! —apremió a Álvaro—. Luego te lo explico.

19

Pazo de Altamira, septiembre de 1919

Impaciente por el reencuentro con su hijo y con su madre, aceleró el paso, sintiendo cómo el tibio sol que anunciaba el final del verano la abrazaba meloso con los aires del salitre de la costa atlántica que tanto había extrañado. Emilia siempre había amado el mar, su olor, su fuerza, su presencia. Aunque el Pazo de Altamira, único hogar que había conocido, se encontraba en un acantilado con el océano en la ventana y arena que las brisas arrastraban a sus pies, disponía de poco tiempo para dejarse seducir por la plácida playa que escondía entre vigías de piedra la ensenada.

El tiempo y la distancia jugaban a ser flexibles en el deseo de Emilia por abrazar a su familia. La travesía de vuelta se había hecho más larga y tediosa que la ida, si eso era posible. Había regresado sola; las hermanas Casal no habían soportado el ritmo de un jornal que no admitía flaquezas ni entendía de excusas.

Nada parecía haber cambiado al entrar en el confín de la parroquia. La tierra, tres meses antes lustrosa y vibrante, ahora se exhibía pudorosa y pajiza, aguardando el otoño. Sus gentes, discretas y cumplidoras, dispuestas a cruzar no más palabra que la estrictamente necesaria. Y el pazo, en lo alto, con su imponente atalaya entre la inmensa arboleda, siempre receloso de su intimidad, unas veces cauto y otras cautivo del tiempo.

Ansiaba cruzar la puerta que tenía ya frente a ella. Nadie esperaba que regresase un miércoles anodino. Tal vez el domingo de final de mes, por ser el día del Señor en el que no estaba bien visto trabajar ni en el campo ni en el mar, sería el día más apropiado para invertirlo en la vuelta. Pero Emilia había reunido ya una buena suma de dinero y no quiso esperar más. Tres meses sin noticias de su hijo ni de su madre, y sin poder dar señales de vida, suponían demasiadas noches de rezos y angustias. Necesitaba volver.

Le abrió la puerta de servicio Conchita, una joven sirvienta muy flaca y con los nervios mal hilados. Al verla, Emilia sonrió triunfante, apoyada en sus aperos de labranza. El sol había dorado su piel y, aunque más enjuta, si cabe, lucía esplendorosa con sus almendrados y expresivos ojos color esmeralda iluminando su rostro, embelesando a quien se le cruzase en el camino.

—Muy buenas tardes, Conchita. Me alegro de verte —dijo con el gozo del regreso, adentrándose en la cocina.

La joven criada enterró la cara en las manos, queriendo ocultar el acceso de llanto desconsolado que parecía haberla poseído. Emilia, impresionada por la desmedida reacción, la abrazó.

—Tranquila, no llores. No hay motivo —añadió en tono sosegado para calmar el apuro de la joven—. ¿Dónde está mi madre?

Conchita, con la mirada desolada, se alejó unos pasos de ella antes de salir corriendo. «Qué chica más sensible», pensó Emilia, sorprendida de que la pudiese haber echado tanto de menos.

Recobrando la excitación por el ansiado reencuentro, se dirigió hacia el cuarto que compartía con su madre y con José María. Abrió la puerta y encontró a Cándida sentada en una silla bajo la pequeña ventana de madera, haciendo unos arreglos de costura. Lentamente, levantó la vista maltratada, buscando el rostro de su hija.

Trató de pronunciar alguna palabra. El intento no prosperó en su garganta baldía y se puso de pie, con la emoción contenida. Acercó las puntas de los dedos al rostro de Emilia. Con ambas manos le apartó el pelo para ahondar en sus ojos, navegando en ellos en silencio, sin dejar de mirar en lo más hondo que como madre podía, y la atrajo con fuerza hacia su consumido cuerpo para después besarla.

Emilia cerró los ojos y se entregó a los brazos de su madre. Se deleitó unos minutos en el calor del reencuentro, respirando el aroma a rosas y a jabón artesano de su piel. Manteniendo el contacto de sus manos, contempló con estupor la crueldad de ese tiempo que, lejos de igualar a semejantes, mortifica, cicatriza, sana y embellece, de diferente forma, a distintos ritmos, a cada uno. Así, despiadado e implacable, el estío había acortado la esperanza del tiempo en el rostro y el cuerpo de su madre. Con halo mortecino, menguada y ojerosa, Cándida parecía temblar como una hoja.

—Madre, yo si quiere ahora le cuento todo, pero primero quiero ver a mi José María. Lo he extrañado tanto...

—Emilia... —Exhaló el aire de sus pulmones hacia su regazo, evidenciando una fatiga incorregible.

—¿Se encuentra bien? Me está asustando... —Su gesto se enturbió en un segundo.

—Hace hoy diez días el niño se enfermó. Tenía fiebres muy altas que no bajaban con nada.

—Dios santo, madre, pobrecito mío, ¡dígame que ya está bien! ¿Dónde está? ¡Quiero abrazarlo! Me habrá echado tanto de menos, más aún estando enfermo... —La angustia fluía rauda y descontrolada en la mente y los labios de Emilia.

—Las fiebres no bajaban —retomó—. Probé todo lo que pude, todo cuanto esta vieja podía hacer. Lo hice todo, bien lo sabe Dios. —Las lágrimas exhaustas de Cándida caían ordenadamente sobre su viejo mandil de tela.

—¿Qué trata de decir, madre? —sollozó Emilia, desatando sus nervios.

—Dios me tendría que haber llevado a mí primero. Pero no siempre se respetan los turnos, hija —se explicó también a sí misma, abatida.

Emilia comenzó a negar insistente, repitiendo el monosílabo renegando de aquella noticia. Rogando que fuese mentira, que el destino fuese piadoso con su suerte. Murmuraba la negativa en trance, buscando romper el maleficio, y al final gritó permitiendo que la negra sombra las sentenciara a ambas.

—Lo siento con todo el pesar de mi alma, hija mía. —Se levantó ofreciendo el consuelo que nunca le llegaría.

—¡Dios mío, no! ¡Por favor, no! —imploró al Cielo buscando piedad, con las manos cruzadas, apretándolas con la fuerza desmedida del dolor hasta provocar que algunas de las heridas de sus callosidades se abrieran rompiendo a sangrar—. Mi niño, mi pedacito de luz —gimió rindiéndose a la misericordia, dejándose caer de rodillas—. No puede ser, Dios mío...

Desorientada en el suelo, se sentía incapaz de atender más explicaciones. Su alma ensombrecía sin la pequeña luz que guiaba su vida. Ahora en su cabeza, en su cuerpo, en su sentir solo había tiniebla; tiniebla y tortura.

—Mi niño... ha muerto... solo... sin su madre... No estuve a su lado..., no le cogí la mano para que no tuviera miedo... Mi pequeño, que temblaba en la oscuridad... asustado, indefenso... —Se mortificaba.

—Se acordó de ti, Emilia. Cada minuto de cada día. No estuvo solo. Yo estuve a su lado. Has sido una buena madre. No debes dudarlo. Y te fuiste por él. La vida es dura. Y la de los pobres más todavía —dijo Cándida para consolar a su hija, aliviando parte de su dolor con los recursos que tenía.

—Necesito verlo... ¿Dónde está?

—En el camposanto tras la iglesia. El padre Eliseo me dejó darle santa sepultura sin cobrar nada. Él se hizo cargo de todo. Es un buen siervo de Dios.

Emilia salió corriendo, sin dar tiempo a su madre a alcanzarla. El dolor le abrasaba el pecho, nublando su mente, liberando el suplicio en agudos que sobrecogían a todo aquel que se cruzaba con ella en el camino. No pudo medir las distancias y tropezó con el señorito Luis. La miraba sin conocer la causa de su aflicción, sin reconocerla siquiera envuelta en tanta pena. En estado de trance, continuó corriendo en dirección a la puerta. Ya no sentía el cansancio de sus piernas tras la intensa caminata, con aquel futuro prometido a cuestas sin saber que ya no importaba, que había muerto.

Acelerada, atinó a abrir la herrumbrosa verja entre pétreas columnas de austero acabado, que añadía el necesario respeto por los que ya se han ido. Con la cabeza aturdida, movía los pies sin un rumbo claro. Leía lápidas. Nombres y apellidos. Fechas. Alzaba la vista mareada hacia los nichos más altos. Rastreaba de nuevo sobre la tierra, aquellas barrigas improvisadas donde yacían los más humildes, sin más nombre ni recuerdo que iniciales en pintura negra, medianamente legible, sobre cruces espigadas. Unas en piedra jurando perdurar en el tiempo; otras, en mohoso metal, corroídas en promesas.

Se sentía bullir. Sobrepasada. Destrozada. Rompió a llorar. Arrodillada y penitente. El dolor se ensañaba en su pecho, traspasando el muro del cementerio, impregnando cada piedra con lamentos. El padre Eliseo, sobrecogido por la intensidad de la pena, salió a su encuentro. Al verla, el corazón se le encogió. Con paternal ternura le tendió una mano, mientras posaba la otra sobre su hombro.

—Emilia, hija, levántate del suelo.

—Padre Eliseo... —dijo alzando la vista al párroco, intentando encontrar las fuerzas para levantarse—. Dios me ha castigado y se ha llevado a mi niño.

—No digas eso. Dios no castiga a nadie. Somos nosotros que vemos castigos y perdones, conscientes de nuestras debilidades. No dejes de confiar en Él, hija. Ahora lo necesitas más que nunca.

—Tal vez yo le fallé a Él y ahora Él me ha fallado a mí.

—No pienses así. Él no busca venganza. Nosotros somos muy pequeños para entender sus planes divinos. Debemos confiar en Él. Tener fe.

—¿Qué plan retorcido puede incluir robar el futuro a un niño de tres años? ¿Qué Dios es ese?

—Hija, nosotros medimos el tiempo de una forma distinta a Dios. Hay quienes cumplen noventa años totalmente vacíos, y dejan este mundo sin aprender nada y sin aportar nada a nadie. Y después hay jóvenes, incluso niños, llenos de vida, con lecciones de bondad aprendidas, y aunque parezca cruel es Dios quien les abre los brazos misericordiosos y los acoge en su seno. El Señor no es quien se ha llevado a tu hijo, Emilia. Ha sido una enfermedad horrible. Él le ha dado la vida y es la enfermedad quien se la ha quitado. Dios lo dispone todo en el mundo, pero solo intercede al final de nuestras vidas. Lo ha acogido como el ángel puro que es, para velar por ti y por tu madre. Volveréis a estar juntos. Algún día.

Los profesionales argumentos del sacerdote no reconfortaban a Emilia. Todavía no. No lo suficiente. Pero lo harían. Aunque en aquel momento creía que nunca podría perdonar a Dios la pérdida de su hijo, necesitaría refugiarse en Él, acurrucarse implorando en noches de oraciones para aliviar el dolor, para que Nuestra Señora del Mar cuidase de su niño hasta que ella pudiera hacerlo, confiando ciegamente en que ese momento, ese fin sin fin, llegaría pronto. Así y no de otra forma enfrentaría Emilia de nuevo la vida.

—Gracias por sus palabras, padre. Dígame ahora, por favor, dónde está José María.

—Por supuesto, hija. Sígueme y cuida de no pisar la tierra de los inocentes. Aquí está nuestro ángel —indicó el cura santiguándose.

En una pequeña cruz de piedra se podía leer en un blanco sin pecado: «José María Rey, 04/06/1916 - 21/09/1919». La joven madre sucumbió al ansiado reencuentro, exhalando su propia vida con piernas trémulas.

—Te dejaré sola un momento. Si necesitas cualquier cosa, hazme una señal con la mano. —Se despidió tocándole el brazo, sin la certeza de que le estuviera escuchando.

Bajo la pequeña tumba en arcillosa tierra de no más de un metro de largo yacía su pequeño.

—¡Perdóname! Perdóname, mi niño, por no haber estado a tu lado —suplicó postrada ante él.

El dolor se agudizó y la lanzó sobre la tumba de su hijo, abrazando el pequeño montículo de tierra removida. Hundió los dedos en ella, nerviosos en la humedad, enterró los brazos, alargándolos, desesperados a su encuentro; quería tocarlo, acariciarlo, abrazarlo en la eternidad, sacudirle el miedo, velar su sueño, también su cuerpo, y proteger la pureza de su corazón de la corrupción del tiempo.

Lloró amargamente recordando cada instante de la vida de José María. Desde el día que lo trajo al mundo, con su nariz chatita y sus ojos cerrados, rastreando su cuerpo en busca de alimento; hasta el día en que se despidió de él con la promesa de que pronto volvería. Rememoró su tierna sonrisa, sus abrazos espontáneos y sus interminables juegos con la vieja pelota de trapo.

Casi sin aliento y con la amargura ahogada en su garganta, la luz se apagó para ella y entendió que, de encontrar fuerza para andar, caminaría siempre entre sombras. Besó la tierra, besó a su hijo y enterró a su lado cada uno de sus latidos, los que había dado, los que nunca daría. Levantó la cara ungida en tierra y lágrimas, se persignó ante la mirada resbaladiza del párroco y comenzó a rezar.

Cándida quería seguir a su hija, pero su corazón flaqueó ante sus intentos. Sobre el suelo de madera del pasillo, se deshizo como una figura de arcilla abandonada a la lluvia largo tiempo y, pese al último segundo de consciencia en el que trató de agarrar su suerte a un banco de cordobán repujado que la tentaba, se desplomó sin remedio.

El señorito Luis aceleró sus pasos para tratar de amparar el predecible golpe en la cabeza. Llamó con fuerza pidiendo ayuda hasta que dos sirvientas salieron de la cocina para auxiliarlo. Mientras una de ellas lo asistía para dejar a Cándida con sumo cuidado sobre la cama, la otra se apresuró en alcanzar el maletín del joven médico, expuesto con devoción por su abuela sobre un aparador del salón, a la vista de cualquier invitado.

Una vez llevadas a cabo las exploraciones pertinentes, el joven doctor evidenciaba cierta preocupación ante las sirvientas.

—¿Sabéis adónde ha ido su hija? —Las jóvenes se miraron apesadumbradas en silencio—. Necesito hablar con ella. Es urgente.

20

Madrid, junio de 2011

El sonido del timbre en el cuarto derecha del número 25 de la calle Cardenal Cisneros, a las cinco de la tarde de un martes cualquiera, sorprendió a Adela con una manzana en la mano. Era la hora de la merienda de Martín y no esperaba a nadie, tal y como mostraban su moño medio deshecho, sus pantuflas desenfadadas y la camiseta de los Rolling Stones de aquel concierto al que había ido, ocho años antes, con amigas de la universidad en un viaje programado a la Ciudad Condal.

A diferencia del edificio en el que había vivido siempre con sus padres, en pleno barrio de Salamanca, no disponía de conserje que la amparase de visitas indeseables, y que avisase antes de permitir el paso a cualquiera con aspecto de sospechoso. Chamberí era un buen lugar para vivir. El dinamismo de sus calles, los negocios y sus gentes convivían con la tranquilidad de un vecindario que conservaba el ambiente sano de un barrio de clase media en la capital. Castizos edificios, bien rehabilitados, mantenían intacto su poso de historia, conjugando a la perfección tradición y belleza. Le gustaba sentirse parte de aquel lugar; hablar con pequeños comerciantes y tenderos, disfrutar de planes familiares cada fin de semana, crear momentos y compartir anécdotas en los parques infantiles que tenían alrededor.

Se dejó llevar por Martín, por su emoción con el timbre, convencido como estaba de que eran sus adorados abuelos quienes llamaban a la puerta. Así que no tomó ninguna precaución, ni siquiera se acercó a la mirilla para echar un vistazo a aquella visita inesperada. Dio las cuatro vueltas que la llave requería y Martín, con un salto precavido en el último momento, se escondió entre las piernas de su madre.

Desafiando la gravedad, se apoyaba en un bastón con empuñadura de lustrosa plata, sin desmerecer el porte ya mermado de quien era un anciano, vestido con toque rancio, pero haciendo gala de la pompa y el boato de los de su clase por razón de nacimiento. Ataviado con un traje de corte clásico azul oscuro, de doble botonadura, corbata de seda italiana a juego con un pañuelo burdeos con sutil rayado en blanco roto, el misterioso caballero extendió una temblorosa mano hacia ella, exhibiendo en el dedo meñique un sello de oro con iniciales, a modo de excelente carta de presentación.

—Buenas tardes. Busco a la señora Roldán.

Alargando su brazo al encuentro de aquella mano engalanada con noble anillo, centró su atención en el rostro del anciano. Perfectamente peinado con su exiguo e incompleto cabello cano hacia atrás, sus rasgos abruptos y escarpados le conferían fuerza a un gesto dominado por profundos ojos grises, mientras que su tez blanquecina y enfermiza evidenciaba la etapa vital en la que se encontraba, camino de los noventa años que acumulaba a sus espaldas.

—Buenas tardes. Yo soy Adela Roldán. ¿Y usted es...?

—Braulio Bramonte, señora, marqués de Bramonte. Un placer conocerla —acertó a decir con la galantería propia de un caballero—. Si me permite pasar, le contaré a qué se debe mi visita. La edad ya no me aconseja permanecer de pie mucho tiempo —dijo tratando de esbozar una sonrisa que lucía una dentadura finamente esculpida y con precisión insertada; una de las muy contadas que exhibía y con el único propósito de conseguir neutralizar la desconfianza de la persona con quien hablaba y de quien, probablemente, algo necesitaba.

Desde su escaso metro de altura, Martín observaba a aquel hombre asomando la cabeza con cautela, sin abandonar la improvisada trinchera entre las piernas de su madre. El anciano le asustaba sin proponérselo. Dio un tirón a la camiseta de su madre, mientras ella parecía sopesar el riesgo de dejar entrar a un extraño en su casa. Estando sola con su hijo, para más inri. Con la mirada, el pequeño parecía querer formar parte de la decisión que en cuestión de segundos debía tomar su madre.

—Disculpe, señor, antes de dejarle pasar necesito que me diga el motivo de su visita. En pocas palabras. Por encima. Entenderá que debo tomar precauciones —dijo haciendo gala de su considerada educación.

Ocultando tras otro amago de sonrisa la molestia que le provocaba el celo de la joven, el marqués asintió con la cabeza.

—Usted posee algo que me gustaría adquirir. Una joya. Un camafeo, concretamente. —Hizo una pausa al ver el estupor que se reflejaba en el rostro de la mujer—. ¿Acaso me equivoco?

—¿Usted cómo sabe lo que yo tengo? —dijo sorprendida.

—No se alarme, señora. Soy el coleccionista del que le habló el señor Francisco Figueroa, el orfebre de Santiago. He investigado un poco y he dado con su residencia.

—Si ha hablado con el señor Figueroa, le habrá dicho también que no estoy interesada en vender esa joya —expuso un poco incómoda.

—Por supuesto. Pero de todos modos me he tomado la molestia de venir a hablar con usted porque creo que la historia del camafeo le puede interesar y tal vez, después, valore vendérmela.

Adela estaba realmente interesada en conocer más acerca de la historia del camafeo. El anciano pudo ver en su cara cómo la curiosidad le hacía bajar la guardia.

—Si está de acuerdo, nos sentamos y continuamos la conversación. Le ayudará a entender mi interés por ella. Créame.

Haciéndose a un lado en el ajustado recibidor, permitió que el marqués se adentrase en el calor de su hogar con pasos lentos pero seguros, manteniendo la rigidez de su columna en todo momento con la ayuda de su bastón. Los consecutivos envites secos de aquel báculo contra el suelo de parqué y el apabullante olor de su loción de afeitado acompañaban su entrada al pequeño pero coqueto salón, cubierto siempre de coches y otros juguetes.

Tomó asiento en el sillón de piel color camel, situado al lado del familiar sofá de tres plazas en tono gris claro que presidía la estancia. Frente a ellos había una mesa baja rectangular de madera de haya, prácticamente precintada para salvaguardar la cabeza de Martín de desafortunados golpes, fruto de intentos por escalarla, saltarla o abalanzarse sobre ella desde el sofá como si de un trampolín se tratara.

El televisor se encontraba entre dos angostas puertas balconeras con sus exquisitas y tradicionales contraventanas en madera, desde las que se accedía a dos pequeños balcones de forja negra, en donde Adela cuidaba con mimo las cuatro plantas que habían sobrevivido; primero al calor, luego al frío y, por último, a sus torpes conocimientos y habilidades de jardinería. En las paredes, pintadas en pulcro blanco, destacaban curiosas pinturas coloristas enmarcadas en tonos tierra y un pequeño mural de fotografías familiares de distintos viajes, con tamaño variable, que presidían con risas y abrazos la extensible mesa de comedor con sus cuatro sillas. Enfrente, una librería cubría una de las paredes desde el suelo hasta el techo con un número nada despreciable de novelas de distinta temática, con un rincón que resaltaba por sus colores, reservado para cuentos infantiles, bajo el que había una pequeña mesa azul y una silla blanca. Esa era la forma con la que Adela y Álvaro querían inculcarle a su hijo el placer por la lectura.

Martín tomó asiento en el sofá, bien pegado a su madre. En la mano llevaba un vistoso coche de policía, probablemente su forma de protegerse del desconocido, al que observaba sin terminar de encontrar motivos suficientes para confiar en él.

—Bien, pues usted dirá —comenzó Adela.

—Como le he dicho al presentarme, soy el marqués de Bramonte. —Guardó silencio esperando solemne sumisión o admiración en el rostro de la joven, pero solo percibió indiferencia. Luego prosiguió tratando de mostrarse más accesible—. Bien, mi bisabuelo, don Braulio Bramonte y Zúñaga, a mediados del siglo XIX, en torno a 1867, se prometió con mi bisabuela, doña Francisca Medina Alonso. En el cortejo, entre otras joyas, la agasajó con un bonito camafeo que llevaba siglos en la familia Bramonte.

Con la vista puesta por un segundo sobre el centro de flores secas que decoraba la mesa del comedor, el anciano tomó aire antes de continuar su argumentación. Ella le escuchaba en silencio, prestando atención al viraje emocional de aquel desconocido.

—Después de dar a luz a mi abuelo en 1870, mi bisabuela enfermó de neumonía y falleció —sentenció sin miramientos, con el tono más bajo, buscándose la punta de los zapatos, pero sin perder detalle a la reacción de la joven.

—Cuánto lo siento —musitó Adela frunciendo las cejas, con respeto.

Asintiendo, con un gesto de difícil descripción, complacido, levantó la mirada.

—Desde ese momento, mi bisabuelo guardó con celo todas las joyas que habían pertenecido a la familia. Hasta que, casi entrado el siglo XX, buscó el camafeo y fue consciente de que no estaba. La joya, con un valor sentimental incalculable para él y para la casa Bramonte, había desaparecido de entre las piezas de su colección.

—¿Y no supieron qué pasó con ella? —interrumpió.

—Años más tarde descubrieron que una sirvienta se la había robado.

Suspicaz, Adela trataba de encajar aquel relato, de contrastarlo con lo poco que conocía del camafeo.

—Entonces, según me está contando, el camafeo perteneció a su familia —trató de indagar algo más.

—Cierto —aseveró el anciano sin perder el porte.

—Por tanto, conocerá la inscripción que está dentro de él —añadió suspicaz.

—Por supuesto. «*Quem videre, intelligere*».

—¿Y qué significa?

—«Quien pueda ver, entienda».

—Sí, claro, esa es la traducción. Pero ¿sabe cuál es su significado?

—Es el antiguo lema de mi familia para recordarnos que juntos somos más fuertes.

Al menos de entrada, aquella respuesta no acababa de satisfacer a Adela y su gesto la delató ante el anciano, que reaccionó dando cuerpo y argumentación a fin de sofocar cualquier duda o recelo.

—En el pasado feudal de Galicia, dos antepasados de la casa Bramonte, hermanos de padre y madre, tenían una discapacidad física, una minusvalía. El primero había nacido ciego y el segundo, de joven, perdió un brazo en una batalla. Debieron aprender a ayudarse, conscientes de que juntos sobrevivirían y continuarían ganándose el respeto de sus iguales y de su pueblo. Su madre les inculcó el valor y la enseñanza de este lema. Pues solo viendo la necesidad de un hermano conseguimos ser una casa fuerte.

Adela asentía lentamente con la cabeza, convencida o muy cerca de estarlo. La explicación parecía alejar toda sombra de desconfianza sobre el aristócrata, desvaneciéndose con una historia que no resultaría sencillo improvisar. Lo observaba silenciosa y meditabunda, hasta que en un segundo algo viró su parecer, agitó la cabeza y levantó una mano para intervenir abruptamente.

—¿Y la foto?

—¿Cómo dice?

—Sí, el camafeo tiene en su interior una foto en blanco y negro. Imagino que ya lo sabe... —dijo con un toque de escepticismo, recelando por un momento.

—Ya, entiendo. La foto —contestó parsimonioso—. La dama de la foto.

—Sí, la dama. Entenderá mi sorpresa...

—Desconozco quién es la dama. ¿Podría mostrármela? —dijo calmado y afable, queriendo despejar toda sombra de dudas en ella.

Tras vacilar unos segundos, salió en dirección a su dormitorio y volvió sin demora con el camafeo abierto en la mano.

—Esa tiene que ser la joven dama a quien la sirvienta le vendió el camafeo robado —sentenció el anciano con aplomo y mesura, convincente de nuevo.

Adela, más apaciguada ante la verosímil explicación, volvió a tomar asiento al lado de Martín.

—Disculpe mis modos. Entenderá que al verla...

—Entiendo, joven. Usted y ella se dan un aire. Sí, se parecen un poco.

—Sus ojos...

—Sí, puede que sean parecidos. Pero la foto es en blanco y negro y... bastante deteriorada por el paso del tiempo, tampoco se aprecia bien.

Decepcionada, suspiró después de dejar el camafeo sobre la mesa de cristal situada en el centro de una alfombra color caramelo. El anciano, sin dejar de vigilarlo por el rabillo del ojo, procuraba disimular su ambiciosa pretensión sobre él.

—Por tanto, entiendo que tras haberle explicado la historia de mi familia y de esta joya —expuso tratando de alcanzarla con la mano—, habrá cambiado su parecer acerca de la posibilidad de vendérmela.

Adela volvió a tensionar los músculos de su espalda para incorporarse al filo del sofá y agarrar el camafeo.

—No tan deprisa, señor Bramonte. Lo cierto es que no tengo motivos para dudar de la historia que me ha contado, pero necesito hacer algunas averiguaciones por mi cuenta antes de vendérsela.

—No comprendo qué más necesita saber, señora —farfulló tan sorprendido como molesto.

—Bueno, entiendo que tampoco le corre prisa, ¿no? —dijo ella sin renunciar a la amabilidad en sus palabras.

—Debo discrepar. El tiempo para mí sí es un factor a tener en cuenta.

—Deme un mes, un par a lo sumo, y el camafeo será suyo.

Adela lo despidió en el portal. El sol blanco brillaba templado y decidió que saldría con Martín a terminar su merienda fuera, en un parque en el que no había flores ni tampoco verde, pero, de alguna forma, en la gente y en el cielo había primavera.

El anciano, con gesto sobrio y medianamente satisfecho, se subió a un Audi A8 negro que le esperaba en la puerta. Junto a él, un chófer uniformado, corpulento, mantenía como un guerrero su posición para ayudarle a entrar y acomodarse.

Una vez arrancó el coche, Adela levantó la vista hacia el horizonte gris de la acera y divisó a sus tíos Enrique y Leonor caminando hacia donde ellos estaban. De forma casi excepcional, la anciana había conseguido arrastrar a su marido para ver a Martín, porque lo quería como a un nieto. Quizá por eso lo visitaba con tanta frecuencia, a veces, como aquella, incluso sin avisar. Así, después de besar al niño y comprar una sonrisa y un fuerte abrazo con un regalo envuelto en papel de colores, Leonor avanzó con él de la mano en dirección al pequeño parque de la calle Fuencarral.

Fue en ese momento cuando Enrique aprovechó para dirigirse a su sobrina haciendo gala de su perspicacia y su natural sagacidad, siempre lubricada con la justa sonrisa.

—Me ha parecido ver que despedías a alguien en el portal —dejó caer su tío, sin querer preguntar.

—Sí. Un aristócrata gallego. El marqués de Bramonte.

El gesto de Enrique Roldán se endureció. Apenas fue perceptible, salvo para Adela, que desde la niñez acostumbraba a fijarse en la sutil distorsión del semblante de su tío cuando hablaba con su padre, ligeramente constreñido en la mandíbula y las cejas. Así era capaz de verlo en la distancia, mientras su padre continuaba bajo una especie de familiar encantamiento. No sería ella quien lo cuestionase nunca, pues los cantos de las sirenas adormecen a los que están más cerca de ellas. En cualquier caso, el tono desenfadado de aquella conversación parecía haber llegado a su fin.

—¿Ha conseguido lo que quería? —preguntó áspero, con la mirada orientada hacia Leonor, que jaleaba cada éxito del niño en su intento por escalar una pirámide de cuerdas.

—Tío Enrique, ¿por qué crees que quiere algo? —Buscó mirarlo a los ojos, sin éxito.

—La gente como él no hace seiscientos kilómetros si no es porque persigue algo —respondió con disimulo, fingiendo una atención que hacía tiempo que no prestaba a su mujer y, sin embargo, allí estaba, estirando las comisuras de sus labios en un amago de sonrisa—. Yo no lo haría.

21

Madrid, diciembre de 1956

Molesto por las formas en que su padre lo había arrastrado de una oreja al salir de la iglesia de San Francisco de Borja tras la imperdonable misa de los domingos, y consciente de que los demás chicos y chicas de su edad lo estaban viendo sin perder detalle, Enrique se tragó su mal formado orgullo imberbe y pidió perdón entre dientes, antes de tropezar y caer sobre la manta de nieve que cubría toda la ciudad.

Pero su padre no vio vergüenza que eclipsase sus pecas cuando se acercó a la que había sido su desafortunada víctima, fruto del azar y del dudoso gusto de la señora por los abrigos de visón, y se disculpó ante ella. El monumental sopapo que le propinó, fuera del templo y con la comunión recibida, no consiguió que echase una lágrima, pero al menos así ningún miembro de la Obra, incluidos aquellos que pronto formarían parte del gobierno tecnócrata del Generalísimo, podría dudar de la disciplina y los correctivos impuestos. La próxima vez que se le pasara por la cabeza pegar un chicle en un abrigo tan caro, y para más inri en la casa del Señor, se lo pensaría dos veces. Eso se decía Francisco Roldán cuando volvía solo hasta su banco para acompañar a la puerta a su mujer y a su hijo pequeño.

Maldiciendo a su progenitor en cada pensamiento, Enrique aguantó estoicamente las miradas de los feligreses mientras abandonaban aquel imponente templo neobarroco, mimetizado con las frecuentes nevadas madrileñas. Magnificencia arquitectónica que congregaba cada domingo, sin reparos ni objeciones, a buena parte de las privilegiadas familias del barrio de Salamanca. Más allá del necesario culto redentor, la imponente fachada obligaba al visitante a mirar al cielo insistiendo en abarcarla con los ojos, para después convertirlos en pulgas o en seres diminutos. Porque desde esa altura todos parecían iguales; no se distinguían visones ni el largo de las faldas. En cambio, sí se escuchaban lamentos sin culpa y culpas sin lamento y un exceso de disciplina entre cinturones, cilicios y demás penitencias.

Enrique Roldán no se sentía culpable por haber estropeado el abrigo de aquella señora de abolengo. Tampoco de haber provocado la vergüenza de sus padres. Por supuesto que no. Le gustaba el protagonismo y el poder que sus actos transgresores le otorgaban ante los demás chavales; todos ellos avanzando como podían, con más o menos miedo, por la adolescencia.

Le molestaba profundamente que sus iguales le viesen sometido a otra persona, aunque fuera su padre. Pidiendo un perdón que no quería, con la oreja izquierda encendida y aumentada, y las rodillas en hipotérmico color azulado. Eso le había restado prestigio social y le escocía mucho más que la oreja. No los consideraba amigos, pero le gustaba imponerse a ellos. Sentir que se hacía lo que él quería. Sus fines siempre eran más importantes. A cualquier precio.

Su padre lo conocía bien. De hecho, se sentía muy orgulloso de él. No así de su hermano pequeño, quien solía servirle únicamente como instrumento en sus maquiavélicos planes, ya que Enrique mostraba dotes de mando y falta total de empatía. Retorcidamente inteligente, casi siempre se salía con la suya. Pero hoy se había equivocado. La señora de alcurnia a la que había importunado había sacado los colores a su padre dentro de la propia basílica. Eso había precipitado la merecida reprimenda.

Mujer decorosa y fiel a la tradición, su madre prefirió adelantarse con su hermano y huir de miradas indiscretas que la pusieran en evidencia. Una vez vacía la iglesia, su padre se disculpó ante el sacerdote por la imperdonable interrupción de su primogénito. Enrique, con sus huesudas rodillas desnudas pegadas a la puerta, cansado de esperar, se puso firme con una sola mirada de su padre. Solo él infundía el miedo y el respeto necesarios en su hijo, sin lugar a matices ni excepciones. Sin mediar palabra alguna, se dispusieron a caminar los apenas doscientos metros que los separaban de su casa.

Mientras acompasaban sus pasos en disciplinado silencio, de un imponente Citroën 11 Ligero negro salió un distinguido caballero en la treintena, colocando sobre su cabeza un oscuro borsalino. Lo hacía con movimientos lentos y precisos, sin alterar su gesto altivo, haciendo intuir modales refinados y poder más que suficiente.

Su padre se detuvo en seco, extendiendo un brazo ante él como una barrera para que se parase en el acto.

Con andar altanero y mirada incisiva, aquel hombre se colocó frente a Francisco Roldán, sin guardar la distancia necesaria que expresase respeto por su persona. Incómodo e invadido por aquella presencia, su padre le dio un toque en su joven pecho para que retrocediese un paso atrás. Desde allí presenció la tensa situación en la que su padre fue duramente increpado.

—Roldán, si quieres juego sucio lo vas a tener.

—No tienes derecho a abordarme así, en plena calle —reclamó Francisco Roldán—. En presencia de mi hijo... Pero ¿qué te has creído?

—Al marqués de Bramonte no se le traiciona —espetó sin dar lugar a réplica.

En ese momento, del coche se bajó el chófer, traje oscuro, porte atlético y mirada animal. Desafiante y desmedido, se acercó sin mediar palabra a Francisco Roldán, respondiendo a la orden que el marqués le había dado con un movimiento de la mano.

—¿Se puede saber de qué estás hablando? —se defendió Roldán—. Nos ha salido mal a todos. Todos estamos igual de jodidos —dijo levantando la voz.

—¿Me quieres decir que en verdad no habéis conseguido ninguna de las joyas? —increpó el marqués.

—No solo eso. —Movió la cabeza de lado a lado, molesto por lo que iba a confesar—. Hemos perdido el libro del cura.

—¿Cómo que lo habéis perdido?

—Ha sido el mindundi ese de Castro. ¡Lo estropeó todo!

En silencio, con aire a cavilación en la mirada, valorando las explicaciones, el aristócrata hizo un gesto desdeñoso con la mano a su subordinado para que diese un paso atrás.

—Pedro Castro ha resultado ser un hombre del pueblo —acuñó sarcástico Bramonte.

—El pueblo tiene la cabeza pequeña para entender el mundo en el que vive —murmuró Roldán, sintiéndose muy superior al colectivo.

El marqués de Bramonte soltó una risa sardónica y poderosa que provocó desagrado en el gesto de Francisco Roldán, y añadió con gravedad:

—Por suerte tiene el corazón grande para guardar a Dios —dijo con un punto solemne—. Y si queremos que así siga siendo, no olvides el acuerdo. El arzobispo Bramonte Medina ha muerto, pero yo heredo su causa: la causa de ambos.

Lanzó una mirada severa hacia la fachada de aquel templo que cada domingo reunía a granados miembros del Opus Dei y se dispuso a subir al coche.

—Por cierto —dijo Roldán llamando la atención del marqués y consiguiendo que este volviese la vista—, no era necesario todo esto delante de mi hijo.

El marqués estiró la comisura de los labios, con aire desdeñoso.

—Los hijos son prolongaciones nuestras. Para lo bueno y para lo malo. Heredan riqueza y culpas. Pagan los errores de los padres y se benefician de sus aciertos. Así ha sido siempre —dio por toda respuesta, arrogante y condescendiente, y se metió en el coche ante la atenta mirada del chófer, siempre dispuesto a cualquier petición de su señor.

Francisco Roldán se volvió hacia su hijo, sin más despedida, conteniendo la rabia que le provocaba aquel aristócrata narcisista. Sabía que debía encontrar a aquella joven huérfana y a su recién nombrado protector, el inútil de Castro.

El motor del coche marcha atrás lo puso en alerta. Una vez a su altura, la ventanilla se bajó y la cabeza del marqués se acercó lo imprescindible.

—Espero las joyas pronto. Por tu bien y... —lanzó una mirada al joven que lo traspasó como un rayo— por el de tus hijos. Son muy jóvenes. Enrique y Adolfo —susurró la amenaza.

Camino a casa, ni el padre ni el hijo dejaron escapar una sola palabra. Solo pensaban; las venganzas no se hablan. Tampoco se olvidan.

22

Madrid, junio de 2011

Álvaro la escuchaba con atención mientras cenaban. La mesa disponía de platos, ensaladera, una jarra de agua y pan de trigo. Entre ellos, charcos con fideos desmadejados circundaban el cuenco de Martín, mezclados con pequeños coches de juguete que parecían no encontrar su lugar en el improvisado aparcamiento del mantel. Adela esperó a que Álvaro tragase un pedazo de pan, no fuera a ahogarse, para informarle de la inesperada visita que habían tenido aquella tarde. Sabía que a él no le gustaba la idea de que un desconocido entrase en casa. Todavía retenía en su mente el mal recuerdo de unos jóvenes, hipertatuados y torpones, que lo asaltaron a punta de navaja en su etapa de estudiante tras haber caído en una burda treta fruto de la ingenuidad de los años.

Colocando de nuevo la servilleta sobre el mantel, con buen criterio plastificado, Álvaro se dispuso a dar su opinión de todo lo escuchado.

—Son buenas noticias, entonces. Por fin el misterio del camafeo está resuelto.

Adela escuchó aquellas palabras queriendo contestar que sí lo eran, que eran muy buenas noticias, pero en su mirada había muchas dudas y continuaba dándole vueltas a cuanto le había contado el marqués aquella tarde.

—¿Crees que ese hombre me ha dicho toda la verdad?

—Parece factible —respondió Álvaro, sereno—. Ahora todo encaja.

Adela, acodada en la mesa, apoyaba su cabeza en un gesto pensativo sobre la palma de una mano.

—De acuerdo, retrocedamos un momento. Aunque todo fuera cierto, no explica por qué yo tengo esos sueños. Los que me han llevado a dar con la casa de Galicia y con el camafeo. ¿Qué hacía la joya de un aristócrata en aquella casa?

—Ya... —Álvaro hizo una pausa un segundo, mientras ella esperaba una respuesta para continuar con sus deducciones—. Pero él dijo que se la había robado una criada.

—Sí. Pero también que la criada se la vendió a una dama de la alta sociedad de la época. La chica de la fotografía. La que tiene un extraño y no creo que tan casual parecido conmigo. Pero si se parece más a mí que... mi propia madre —exclamó restando crédito a la versión del marqués—. Entonces, insisto, ¿qué hacía el camafeo en aquella casa?

Álvaro también veía algo extraño en el asunto de la casa y el camafeo, pero no dijo nada. Compartieron el silencio, pensando cada uno en posibles explicaciones.

Como cada noche, Martín conciliaba el sueño después de su rutina de cuento, oraciones a Jesús y al ángel de la guarda, y una interminable sesión de besos y abrazos a sus padres. Después, no perdonaba su vaso de agua nocturno, que tomaba en dos interrupciones en las que llamaba dulce e indistintamente a su madre y a su padre, y al menos un par de visitas al baño, razón inexcusable para retrasar el momento de apagar la luz y dormir hasta la mañana siguiente. Al menos eso intentaban sus padres.

Confiados en disponer de al menos una hora, la primera del sueño de Martín y la más profunda, volvieron al salón para encontrar el silencio y la calma de dos adultos al final de un día corriente, y Adela decidió retomar la conversación donde la habían dejado en la cena.

—Podemos pasarnos la noche dándole vueltas, pero no encontraremos una explicación. La respuesta no la tenemos nosotros. Nos faltan datos. Piezas del puzle.

—¿Qué tratas de decirme? —preguntó él, preocupado, intuyendo la respuesta.

—Debo volver a Galicia —anunció sin contemplaciones—. A Santiago. Concretamente a la casa de Vilar de Fontao. Allí estaba el camafeo y allí tiene que haber más respuestas —expuso en tono decidido, aunque esperaba su aprobación.

—No creo que sea una buena idea —musitó Álvaro, dubitativo.

—Pero es la única que ahora mismo nos ofrece la posibilidad de dar carpetazo a todo este asunto —argumentó con voz quejosa—. Y eso es lo que queremos, ¿verdad?

Sin estar convencido, Álvaro accedió a que volviese a Santiago, confiando en su promesa de que sería solo un día. Un viaje de ida y vuelta para cerrar ese asunto y enviarlo al anecdotario familiar definitivamente. No podía estar más equivocado.

23

Pazo de Altamira, septiembre de 1919

—Permíteme que te acompañe hasta el pazo, hija —propuso el padre Eliseo en tono prudente y preocupado.

Emilia asintió exánime.

—Poco a poco, hija, poco a poco —musitaba el cura, melancólico—. Encontrarás la paz, verás que la encontrarás. —Acompasaba el paso al vagar apático de la joven—. Al igual que tu madre, hallaréis sosiego. La pobre trató sin éxito de encontrar un médico que viera al niño. Hizo cuanto pudo. Debes saberlo, Emilia. Ahora debéis estar unidas para afrontar la pérdida. Prometo ayudaros en todo cuanto necesitéis los años que me queden por delante —añadió apesadumbrado—. Pero estad siempre unidas.

Emilia suspiró buscando fuerza y palabras que agradeciesen al cura su atención.

—No le falta razón a mi madre al decir que es usted un buen siervo de Dios —musitó cansada, vacía—. Nunca nos ha fallado. Quiero agradecerle que se haya hecho cargo de los costes del entierro. He ganado un dinero como jornalera y se lo devolveré todo tan pronto llegue al pazo.

—Déjalo estar, Emilia —rogó, un poco escamado por la sola mención al metal y a su vileza ante el infortunio de la joven—. Os conozco a tu madre y a ti desde el mismo día en que nacisteis. Os he bautizado y dado vuestra primera comunión; y todas cuantas vinieron después. Sois buenas feligresas. Esto era lo mínimo que podía hacer por tu madre —añadió con mirada introspectiva, convertido casi en confesor necesitado de confesión—. Habiendo crecido sola. Sola y analfabeta. Pobrecita. No tenía ni donde velar al pequeño. —Apartó con el pie una piedra en el camino—. Lo hicimos en la propia iglesia. En una pequeña sala al lado de la sacristía. Vinieron algunas mujeres del pueblo y yo estuve junto a ella desde el repicar de las campanas hasta el *Gloria Patri* que despidió al angelito. No rompió su silencio en ningún momento. Siempre guardando en su pecho cada golpe, cada lágrima. —El párroco cabeceaba apenado—. Tiene el Cielo ganado. Al igual que tú, Emilia.

—¿Velaron a mi niño en la iglesia?

—En la iglesia, sí —contestó sorprendido.

—¿No lo velaron en el pazo? —insistió Emilia, con un matiz irritado en el tono de su voz.

—Creo que no saben ni que ha fallecido, hija —dijo resignado el sacerdote antes de buscar justificación a lo injustificable—: Doña Urraca..., con don Rodrigo enfermo de gripe y postrado en la cama...

—¿Ni saben que ha fallecido? —levantó ella la voz.

El rostro de Emilia había recuperado el vigor, con los ojos encendidos y una respiración que parecía anunciar un tornado.

—No merece la pena, hija, y total no es bueno para nadie. —El padre Eliseo trató de calmar los ánimos, con un punto de mansedumbre y sumisión que no hacía sino acrecentar la desazón de Emilia.

—¿Para quién no es bueno, padre? —lanzó con el orgullo herido. Luego recuperó la prudencia y el control sobre sus palabras—. Mire, usted es buena persona. Siempre generoso con mi madre y conmigo. Y con mi difunto hijo también lo ha sido. Pero debe entender que todo tiene un límite en la vida. Tal vez la suya haya sido más fácil, pero no así la mía.

—Emilia, la vida no es fácil para nadie —musitó el cura, taciturno—. Por eso Dios nos ofrece la mano para ayudarnos en las dificultades. Todos pasamos por malos momentos. Todos. Es mejor perdonar a los demás y, sobre todo, a nosotros mismos.

—No puedo seguir poniendo la otra mejilla, padre, porque ya no me quedan mejillas que poner. —Las palabras trataban de hilar sus emociones ahora desbordadas—. Creo en Dios, Nuestro Señor. Le ruego a la Virgen que cuide de mi niño hasta que yo pueda volver a abrazarlo. Seré una buena cristiana mientras siga en el mundo de los vivos. Estese tranquilo con eso, padre. Pero a partir de ahora voy a vivir mi vida. Si Dios me la ha dado, que confíe en mí para que yo pueda hacer con ella lo que quiera. Sin hacer daño a nadie. Pero sin que nadie me haga daño a mí tampoco.

El anciano asentía apesadumbrado, con la cabeza gacha y los hombros caídos. Parecía cargar los pecados del mundo entero en aquel momento.

—Debes descansar, Emilia. —Para apaciguar su ánimo, el párroco posó la mano sobre su brazo—. Te acompaño hasta la puerta. Me gustaría ver a tu madre, abrazarla y asegurarme de que está bien, antes de volver sobre mis pasos.

El padre Eliseo era una balsa de aceite. Sus errores, sus pecados y sus culpas habían quedado enterrados bajo el peso del perdón que la Biblia y la sotana le habían ofrecido. En sus casi nueve décadas de vida, había aprendido a seguir la corriente de su tiempo. Unos dictados sociales que brindaban seguridad y respeto a quien los acataba, lejos del escarnio o la repulsa de su círculo. Ese era el aprendizaje que quería dar a Emilia: evitar su sufrimiento con una vida ordenada en ancestral recato y sumisión. Le faltaba entender que esa decisión, esa vida de vasallaje, le correspondía solo a ella tomarla.

—Emilia, date prisa —le urgió la joven Conchita—. Es tu madre. Está en la habitación.

—¿Qué le pasa a mi madre? —inquirió renuente, ante el gesto turbado del párroco.

—Ay, yo no lo sé, Emilia —respondió temblorosa—. Está allí con el doctor. Quiere hablar contigo.

—¿El doctor? ¿Qué doctor?

Con la angustia galopando de nuevo en sus entrañas, Emilia expandió sus ojos como el mismo universo y salió corriendo. Tras ella, el anciano apretaba el paso, más preocupado por Cándida de lo que podía reconocer.

Al entrar en la habitación, Emilia pudo ver a su madre tendida sobre la cama. Junto a ella, en una silla de madera desencolada, con el chirriar de un ave de mal agüero, Luis la aguardaba en silencio. Al verla, se puso en pie, decidido y amable.

—¿Qué le pasa a mi madre? —demandó Emilia alzando la voz.

—Ha sufrido una angina de pecho —contestó el médico, prudente.

—Hace un par de horas estaba bien...—Recordó la inmensidad del dolor que había ocupado esa habitación antes de salir corriendo—. Bueno, estaba muy disgustada...

—Claro, eso lo explica. Su corazón está débil y los disgustos no ayudan —razonó Luis, comprensivo—. Ahora necesita descansar.

—Pero se pondrá bien, ¿verdad? —preguntó suplicante, direccionando la respuesta que le transmitiese la paz que necesitaba.

En ese momento doña Urraca entró en la habitación con su incurable desabrimiento. Las arrugas pertrechaban su mirada punzante desde la jamba de la puerta, mientras sus labios, constreñidos y casi invisibles, contribuían a doblegar el ánimo de los que se hallaban en la estancia. Su sola presencia, aviesa y retorcida como la misma esencia de su ser, se sostenía sobre un bastón de madera noble barnizada y empuñadura de plata bruñida. Con una mano como garra de un ave carroñera, hundiendo los dedos en su apoyo, la condesa se acercaba despacio al centro de la habitación, pasando revista a la escena y a los reunidos, sin ocultar la molestia y el desagrado que le provocaba encontrarse en aquel lugar con ellos.

—Lo preguntaré solo una vez —masculló queriendo controlar su iracundo temperamento—. ¿A qué viene este alboroto en mi casa?

En parte enervada al recordar la indiferencia de la Casa de Altamira hacia su hijo, en parte confundida al no saber interpretar aquella reprimenda, Emilia dio un pequeño paso al frente, cauto y prudente, tomando la iniciativa de responder a la infausta figura de la condesa.

—A mi madre le ha fallado el corazón. Ha sufrido una angina de pecho.

Manteniendo la rigidez de cada una de sus vértebras, doña Urraca lanzó una mirada de soslayo hacia el catre en el que se encontraba Cándida, abnegada criada toda una vida, y manifestó un leve gesto de desagrado en las comisuras de los labios.

—No me dais más que problemas y complicaciones —farfulló sin piedad—. ¡Y ahora también molestando a mi nieto! ¿Cómo os atrevéis a romperle la cabeza con vuestras cosas?

—Abuela, por favor, no diga eso. Cándida está muy débil.

—Ay, hijo..., tú no sabes de lo que son capaces —dijo con el tono edulcorado hacia su nieto—. A saber las intenciones que tendréis con él... —remachó frívola hacia las dos mujeres.

—Por piedad, señora condesa —interrumpió prudente el padre Eliseo—, Emilia acaba de perder a su hijo.

Aquellas palabras resonaron con crueldad dentro de la cabeza de Emilia. ¿Realmente estaban hablando de ella, de su niño?, se preguntó sin querer creerlo todavía.

Luis contuvo el aliento, entendiendo la gravedad, arrastrando la mirada hasta los pies de Emilia antes de hablar.

—Lamento profundamente la pérdida —dijo afectado—. Disculpa a mi abuela, ella desconocía tu dolor.

—Luisito —añadió provocadora la condesa—, yo siempre sé todo lo que pasa en este pazo. Siempre. Lo que me interesa y lo que me importa poco o nada.

Doña Urraca evitó las miradas de los presentes y levantó la barbilla con un tono de seguridad y de poder. El gesto, su comentario y la crudeza se iban clavando en el ánimo de Emilia como una daga en el recuerdo de su hijo.

—Pero, abuela, ¿qué está diciendo usted? ¿Acaso sabía lo del niño?

—No dramatices. —Desmayó una mano evitando mirarlo a la cara—. Estas mujeres tienen varios hijos y ya saben que unos salen adelante y otros no. Nunca voy a consentir que te molesten para atender a su prole.

Impelido por la perversa revelación que su abuela acababa de hacer, dio un paso atrás, alejándose no solo en lo físico de la condesa, y miró desconcertado a las dos mujeres junto a la cama. Mientras Cándida se mantenía en un estado de letargo provocado en parte por los analgésicos, Emilia le devolvía una mirada cargada de profundo estupor y rabia. Él, consciente, buscó sofocarla y aplacar su ánimo.

—En verdad que siento mucho todo lo sucedido —susurró hacia ella—. Si hay algo que pueda hacer para ayudaros, por favor, dadme esa oportunidad. Es lo mínimo y lo justo que puedo hacer por vosotras.

Emilia asintió despacio, dando por sinceras las palabras del joven señor. Pero continuaba sin dar crédito a la maldad de aquella mujer. Desprovista de humanidad, las detestaba y no tenía inconveniente en hacérselo saber, aun en los momentos más difíciles. Eran personas más allá de sus criadas, pensaba Emilia. Su injusta indefensión comenzó a golpearle el pecho, como una llamada de atención para que hiciera algo. Sus emociones requerían más que nunca la diligencia de su cordura. Estaba de luto. Sentía que estaban más solas que nunca. Se impuso la rabia.

—Mire, señora..., ¡hasta aquí hemos llegado! —bramó Emilia, colorada como un rubí con el corazón en la cabeza.

—¿Cómo dices, muchacha? ¡Qué lenguaraz la mosquita muerta!

—¡Usted a mí no me conoce, señora! No se confunda con la «mosquita muerta» que, por prudencia, se ha sabido mantener en silencio. Al igual que mi madre. Y aun así nos desprecia. Pero ¿qué se ha creído? ¡Somos mejores personas que usted! ¡Y lo sabe! Al menos somos fieles a nuestra familia y no hacemos daño a nadie para salirnos con la nuestra. ¿Puede usted decir lo mismo? ¿Puede? ¿Duerme tranquila, señora condesa? ¿De verdad puede dormir tranquila? —alzó la voz con el cuerpo en tensión, abriendo una afrenta que resultaba peligrosa para la aristócrata.

Intimidada por la osadía de la sirvienta, doña Urraca desató su instinto agarrando con inusitada fuerza el bastón, agitándolo con virulencia en el aire con la intención de someter a quien consideraba no más que una criada; alguien de su propiedad, indisciplinada e impertinente. Se desahogó lanzando todos los improperios y maldiciones que su título de noble le permitía y alguno más, ignorando las invitaciones a la calma que su nieto y el padre Eliseo le pedían.

—¡Tranquilícese! ¡Es suficiente! —ordenó el joven Luis colocándose delante de Emilia para protegerla.

Solo así la anciana se contuvo y volvió a acomodar su bastón apuntando al suelo.

—¿Es así como cree que no hablaré más? —continuó Emilia, zafándose del amparo del joven.

—¡Deslenguada! ¡Muerdes la mano que te da de comer! —arremetió doña Urraca.

—¡Ja! —exclamó sarcástica—. Las manos que me dan de comer son estas —replicó mostrando con gestos exagerados los dorsos y las palmas de sus manos—. No estoy aquí por piedad, señora. Nunca me han regalado nada. Se limitan a mal pagar mi trabajo. Así que ya no le debo nada.

—No entiendo qué sucede —dijo el joven Luis, sobrecogido por la escena.

—Yo, Emilia Rey, una humilde sirvienta de este «gran pazo» —se regocijó con sorna—, le voy a contar algo ocurrido hace más de cuarenta años. Un secretito de la señora condesa que, de conocerse, haría temblar hasta su título de noble de España.

Doña Urraca, congestionada, con el rostro encendido como quien vislumbra de cerca las llamas del infierno, permanecía en silencio, controlando la agitación de su cuerpo, al tiempo que evitaba el contacto con la mirada de su nieto: atónito y confundido tras escuchar esas palabras.

—Dios se ha llevado a mi hijo, y tarde o temprano volveremos a estar juntos. Pero usted... —Hizo una pausa con gesto de desagrado, apuntándola con el dedo índice—. Usted, señora, sufrirá el menosprecio de los suyos en vida, sin oportunidad de reencuentro en el otro lado.

—¡Déjalo ya, Emilia! —El padre Eliseo salió del rincón en el que se encontraba y, colocándose frente a ella, la agarró por ambos brazos—. No sigas. Esto será morir matando, hija. No ganas nada con lo que estás haciendo —susurró.

—No es asunto suyo, padre —intentó zafarse.

—Recapacita, hija, por Dios. Su poder abarca toda Galicia. Ni tú ni tu madre conseguiréis trabajo en ninguna gran casa —susurró alterado, con voz casi ahogada y un leve temblor, sintiendo en sus manos cómo el cuerpo de Emilia cejaba en su oposición y perdía fuerza ante la advertencia.

Tratando de controlar su respiración, Emilia consintió que el sacerdote excusara sus palabras ante los presentes, argumentando la tensión a la que había estado sometida ese día. Al viejo párroco no le faltaba razón y ella lo sabía. Debía contenerse. El terrible pecado de la condesa continuaría silenciado. Siendo sirvientas, un estigma así las condenaría a la miseria y a la hambruna para siempre.

Más relajada y complacida por el desenlace, doña Urraca se limitó a avanzar hacia la puerta y, con gesto despectivo, le indicó a Conchita que debía acompañarla.

Emilia, de nuevo con el rostro enlutado, cabizbajo y reflexivo, miró hacia el cielo a través de la ventana. Buscaba un rayo de sol o de esperanza. De los últimos de la tarde. Los que dejan sabor a regalo que no se espera. Uno que le recordase que estaba viva. Que había vida fuera de aquel pazo.

Acercándose a la cama, con un suspiro entregado al escrutinio del destino, Emilia agarró la mano callosa y templada de su madre. No podía sofocar su tristeza, cual río seco incapaz de irrigar prados y siembras, condenando a las cosechas sin remedio. No admitiría más condenas en aquella casa. Tenía que tomar decisiones.

—Nos vamos a ir de aquí, madre. Recogeré sus cosas y avisaré al cochero para que nos acerque a Santiago. No se preocupe, yo la cuidaré. —Sus palabras querían transmitir una fortaleza que todavía no había tenido tiempo de construir. Pero lo haría, llegaría el momento en que lo conseguiría: con dolor y orgullo.

—Pero... tu madre no se puede ir ahora a ninguna parte —dijo el joven médico, que dudaba de cuándo era más oportuno salir de la habitación—. Necesita descansar. Su corazón no resistiría un viaje. Podría sufrir un infarto. Y eso es mucho más grave.

—Hija, escucha al doctor —añadió abatido el padre Eliseo.

Cándida abrió los ojos, parecían tranquilos, ahogados, como un pueblo arrasado al paso de una tormenta. Se dirigió a su hija apretándole la mano.

—Emilia —musitó quebradiza y fatigada—, confío en ti, siempre lo he hecho. Eres fuerte y tienes toda la vida por delante. —Hizo una pausa mirándola a los ojos—. Mima la tierra y escucha al mar. Siempre te darán lo que necesites.

El cura contemplaba con profundo dolor la escena. Preocupado hasta la enfermedad por aquellas mujeres a quienes quería, y más que a nada ni a nadie sin dejar de sentirse culpable por ser un cobarde, incapaz de haber reunido el valor necesario para cambiar su destino.

24

Pazo de Altamira, julio de 1867

A Dios gracias, la suerte le dio tregua en la retaguardia y fue
el anciano arzobispo de Santiago, por deferencia con la noble
Casa de Altamira, quien expresó sus respetos, oficiando las
exequias fúnebres en la iglesia de Nuestra Señora del Mar.
En un intento por limar desencuentros, asperezas y diver-
gencias arrastradas por siglos de historia entre el condado de
Altamira y la archidiócesis compostelana, los Bramonte habían intercedido aprovechando la vulnerabilidad de don Rodrigo, demasiado afectado por la pérdida como para enfrentarse a su esposa ni a ningún otro Bramonte en aquella
ocasión. Un objetivo, seducir y someter al conde, que bien
parecía merecer el esfuerzo de un octogenario arzobispo casi
ciego y medio sordo, entregado en cuerpo a la institución
y en alma a una devoción que pocos feligreses entendían.
Junto a él, para auxiliarlo en todo momento, dos obispos le
seguían el paso sumando esfuerzos a la honra de la gran casa.
Uno de ellos, el mayor y llamado a convertirse en el próximo
arzobispo de Santiago, era don Antonio Bramonte Nájera,

tío carnal de la condesa, último eslabón de la familia en la Iglesia hasta ese momento, pues ya buscaba digno sucesor en su sobrino o en la futura descendencia de este para no renunciar al poder de la archidiócesis compostelana.

La habían velado dos días y dos noches en el pazo.

Rosario, con victoriano luto cerrado, al igual que los demás sirvientes de la casa, acompañó sin descanso el sueño de quien había sido como una hija, hasta que su condición de criada la situó lejos de su protegida, en la cola del cortejo fúnebre donde el resto del pueblo seguía, entre plañideras y silencios solemnes, todos pagados por el conde, a las importantes casas de Galicia, a la noble familia Gómez de Ulloa y ya, por último, encabezando el cortejo, al arzobispo de Santiago, los dos obispos y el párroco de San Juan de Meirande.

Un cortejo fúnebre imponente para una joven dama sin desposar, pecadora y sin título que ostentar por nacimiento. Don Rodrigo no quiso escatimar recursos en despedir a su hermana en su ascenso a los Cielos. Siempre la había querido y se había preocupado por ella. Era demasiado pequeña para soportar la pérdida de su madre. Pese a que él solo contaba doce años, se reafirmó en su papel de aliado, guía y mejor amigo. Nunca entendieron la muerte de su madre. Pero sabían que solo se tenían el uno al otro bajo los cuidados de la sacrificada Rosario, quien había renunciado a tener sus propios hijos para atenderles. Aquel día no podía ser diferente a los demás. Rosario, desde el lugar que por tradición le correspondía, rezaba el padrenuestro en latín, atropelladamente, pañuelo en mano y sin entenderlo. Don Rodrigo se había disculpado con ella, no con palabras, no eran necesarias. Rosario lo conocía como una madre. Lamentó verla al fondo de la iglesia, tan lejos de quien había sido una hija. Ella, en cambio, agradecía contar con un lugar allí dentro. Ningún otro miembro de la servidumbre había podido contemplar aquel templo, más allá de la espadaña, con sus soberbias campanas y el rosetón de su fachada. Pese a ello, intuían que era diferente de otras iglesias por sus formas. Con base de cruz y tres naves, tenía cinco absidiolos tras su altar mayor. En un rincón al fondo del deambulatorio, que a algunos les recordaba a la Catedral de Santiago, Rosario y los presentes vieron entrar un haz de luz desde el rosetón, directo hacia la Virgen y el Niño. Proyectaba distintas formas que inundaron la bóveda de estrellas de ocho puntas, lunas y un gran sol en el centro. Allí dentro no había retablo dorado hacia el que orientar la vista. Tampoco un crucifijo ante el que afligirse. Ni tan siquiera un púlpito al que someterse y escuchar como alma piadosa. Solo Nuestra Señora del Mar con el Niño en su regazo ocupaba el altar, en la altura de tres peldaños ante extraños y reunidos. La pequeña y austera talla en madera policromada no se imponía a los fieles, tampoco abrumaba con sentimientos desbordados. Únicamente se presentaba ante ellos serena, con sabiduría, templanza y la calidez de una verdadera madre que aguarda paciente a un hijo. Aquella Virgen con la piel negra, maternal y fecunda como la tierra con los primeros rayos del sol de primavera, acogía a la joven Celia. Y fue en aquella austeridad donde Rosario, como otros presentes necesitados, encontró consuelo.

La ausencia de su padre evidenciaba la realidad de aquel hombre, campeador solo en el porte, petulante en las formas, sin sentimiento, sin duelo ni recuerdo, y, por supuesto, sin pérdida. La versión oficial para los allí reunidos había sido un inoportuno viaje por el que don Nuño se encontraba fuera de Galicia. Nadie lo cuestionó. No de frente y tampoco en voz alta.

Otras ausencias justificadas por las convicciones de la época fueron las del pequeño Gerardo López de Ulloa, primogénito de don Rodrigo que tan solo contaba un año de edad, y la recién nacida hija de la finada. Ambos considerados almas demasiado puras y vulnerables como para entrar en el camposanto, por el temor a ser poseídos por espíritus en el limbo, deseosos de volver a estar entre carne y hueso. Ajenos al dolor de todo un pueblo, difícil saber si entregado a la causa por razón cristiana o por las generosas sumas del conde a las plañideras, los pequeños permanecían al cuidado del ama de cría, quien los trataba como los primos hermanos que eran. Así sería mientras el conde de Altamira estuviese al frente del pazo, de su familia y de sus facultades.

Cogitabundo, el joven párroco se compadecía en silencio de la pérdida. Consciente del pecado, consideraba cruel el movimiento que el destino le había preparado. La soledad de su yerro confinaba sus lágrimas absorbidas una a una por la oscuridad de la sotana. No tenía derecho alguno a llorar su muerte ni a reclamar lo que legítimamente la naturaleza le había dado. Solo sufrir bajo un aura lúgubre, atormentado, ante el luctuoso momento de encerrar los restos mortales de la hermosa Celia en la cripta de la iglesia.

Esperó a que todos se fueran. El sepelio había llegado a su fin. Uno a uno habían ido depositando una flor o una santiguación. Entre muestras de respeto y cariño a su persona o a su familia, se infiltraban con más o menos descaro curiosos interesados en los detalles, tan necesarios para profundizar en habladurías sin recurrir a la invención de la totalidad.

Se acercó timorato, con la fragilidad de quien no prueba bocado en varios días y arrastra un peso en el alma que le impide cerrar los ojos y encontrarse con la tristeza. Sus hondas y renegridas ojeras daban buena prueba de las noches en vela. Cauces secos sobre los que ya no era capaz de exprimir el flagelo de una tortura que lo acompañaría siempre. Recordaba sus caricias; las que ahora le quemaban las entrañas. La forma de sus expresivos ojos verdes. Su brillo bajo la temblorosa luz de un candil que atestiguaba la pureza de un sentimiento que sucumbía en carnal encuentro en la intimidad de la ensenada. Protegidos por piedras angulosas e imposibles como picas o lanzas de centinela. Sin más acomodo que arena dorada bajo sus cuerpos, abrazados y entregados, ocultos a la luz de la luna y a los susurros del mar. Gemidos tan fugaces como sinceros condenados al pecado perpetuo.

Sus sentimientos habían sido nobles, verdaderos. Había reconocido en su alma la necesidad de encontrarse con ella. Pero ya era tarde, el tiempo y la circunstancia habían planeado en su contra. La negra sotana cubría ya su cuerpo y él había traicionado su juramento. Podía pecar en la oscuridad de las noches rodeado de señoritas a cambio de diversos favores más viles, tal y como hacían conocidos y allegados de mermada conciencia, pero no amar hasta lo más profundo de su corazón a una joven aristócrata y pretender fundar una familia con ella. Tiempos sombríos de morales públicas, otras íntimas, pero todas paralelas, y él debía escoger: dar la cara y luchar, o eclipsar su sentimiento bajo la imposición de una sotana. Escogió lo segundo.

Cuando las lágrimas embargaban la mesura de su tono, rogándole que lo dejara todo y se fuera con ella a donde fuera, pues daba igual, él mantuvo el aplomo de su negativa. Ella, implorante, insistía en que cualquier lugar estando juntos sería un buen lugar. Uno en donde dar a luz al ser que crecía en su vientre. Él se acobardó. Enmudeció. Estiró con el dedo índice el alzacuello y renegó de todo: de su amor por ella, del hijo que crecería como bastardo y de una parte de su propia alma.

Supo de ella por Rosario. Ajena al pecado de su confesor, le había contado las penalidades por las que Celia estaba pasando, tan sola, tan triste y tan abandonada.

Sin consuelo, Celia había buscado el cálido brazo de su hermano el conde para sacudirse el miedo. Ese día él se encontraba en Santiago. La frialdad de su cuñada, tras haber dado a luz a su sobrino, le negó alojamiento en el Pazo de Altamira, lo que la obligó a compartir techo con su padre, ocultando el milagro que crecía en sus entrañas mientras fue posible. Una vez evidente, se escondió en casa de una amiga hasta que la desgracia y su padre quisieron encontrarla.

El relinchar de los caballos la alertaron y así había huido la joven Celia en plena noche de tempestad, desencadenando el parto y la prematura llegada de su hija a este mundo.

La luz trémula que proyectaban las velas en todas las direcciones, cortesía de la generosidad del conde, acompañaron el aciago encuentro. Frente a la enorme losa que cubría su cuerpo con solemne austeridad, el padre Eliseo apoyó una rodilla en el suelo y acarició su nombre. El agrio regusto de la culpa quemaba su garganta mientras introducía sus dedos en las hendiduras de cada letra perfectamente cincelada. Después hizo lo mismo con los números que daban cuenta de su paso por el tiempo. Hasta llegar al lema de la gran Casa de Altamira: *«Quem videre, intelligere»*.

—Perdóname —susurró con un endeble hilo de voz—. Fui un egoísta y ahora sin ti no soy nada. Siempre tan leal: ni siquiera en la soledad del abandono me delataste. No puedo estar más agradecido por todo ni tampoco dejar de sentirme menos culpable. —Hizo una pausa en su despedida, midiendo la gravedad de sus decisiones—. No puedo hacerme cargo de la niña. Si descubriesen que el cura de la parroquia, el confesor de todo el pueblo, yo, soy el culpable de tu caída en desgracia y el desgraciado padre de tu hija, sería repudiado por tu familia, por la mía y por la Iglesia. —Tomó aliento, sabiéndose cobarde y sentenciado, y gimió de nuevo—: Perdóname, mi amor.

25

Santiago de Compostela, junio de 2011

Antes de comprar el billete de avión que la llevaría a Santiago, se había asegurado de que los argentinos que vivían en la casa de Vilar de Fontao estuvieran disponibles para quedar con ella. Necesitaría un pretexto y estaba preparada. Les habló de la necesidad de profundizar en la historia de la casa y del pueblo.

El taxista que la recogió en el aeropuerto, casi sin darle tiempo a decidir si subir o no, la dejó lo más cerca que pudo de la casa, sin poner en riesgo su coche y sin que pudiera cuestionar su pericia como conductor. Con la misma insistencia, el conductor se ofreció a esperarla, ya que no había parada de taxis en aquella aldea. Adela, educadamente, declinó la oferta. Él, empecinado, reiteró su ofrecimiento una vez más, obligándola a perder parte de la dulzura de su voz cuando repitió su negativa.

El pequeño trayecto hasta la casa lo hizo andando, con su bolso de grandes proporciones al hombro y una pequeña bolsa de plástico en donde llevaba pastas de té recién compradas en el aeropuerto, destinadas a obsequiar a María Elena y Julio José, para agradecer el desinteresado gesto de someterse a sus preguntas.

Mientras sus pies avanzaban un paso tras otro, sus sentidos: el olor a hierba fresca y a eucalipto, la tibieza del sol, su brillo sobre las gotas de rocío, y el traqueteo de un pequeño tractor fatigado y convulso por la pendiente y los años, la trasladaron al lugar de su memoria en el que se encontraba su infancia. «Debe de ser agradable crecer en un lugar así», pensó. Consideraba que su niñez había sido muy feliz en Madrid, con sus engalanados paseos de domingo por el Retiro y los interminables juegos con su tata; pero era consciente de que es humano añorar lo que no se tiene o lo que se ha perdido.

Abriendo sonrisas, los argentinos la recibieron con el contrato de compra de la casa, algunas fotografías de su estado previo a la reforma y, cómo no, café recién hecho, excelente compañero para maridar las pastas que llevaba.

Tras los saludos iniciales, no faltos de cordialidad y buenas maneras, Adela comenzó preguntándoles por el vendedor de la casa. No tenía mucho tiempo y quería aprovecharlo al máximo, sin resultar invasiva. Fue así como le hablaron de Ricardo Barreiro, un artista contemporáneo que habían conocido en Buenos Aires. Fue en una exposición en la que sus obras talladas en madera les llamaron poderosamente la atención. Su buen gusto por el trabajo artístico y sus raíces gallegas los acercaron desde el primer momento, propiciando cierta amistad que desembocaría en la compra de la casa.

Hijo de gallegos, como tantos, Ricardo Barreiro había sufrido en sus carnes la miseria y la esperanza del emigrado. Su padre, Manolo, «el cojo de Fontao», como le llamaban sin que pudiera evitarlo, reduciendo su persona a la pobre descripción de lo evidente, creía que la crueldad colectiva exime o exculpa. Y haciendo referencia a la tierra que le había visto nacer, tan solo veintiún años después, en 1928, se sintió empujado a emigrar a la Argentina. Con él se había llevado a su mujer. Su primera mujer. Con sus diecisiete años recién cumplidos, se había casado, incauta, con promesas de una vida mejor, sin saber que la crisis que arrastraría 1929 la hundiría en una pobreza deprimente mayor que la que ella conocía, rodeada de desconocidos y sin entender el lugar en que vivía. Le dijeron que había enfermado de gripe, pero que la *morriña da terra* la había matado. Nunca llegó a ver esperanza en aquella tierra nueva.

Al cabo de casi veinte años, justo los que le llevaba a la joven Luisa, hija de unos vecinos de Vilar de Fontao, Manolo volvió a pasar por la vicaría. Engañada desde la instrucción por la Sección Femenina y el reaccionario pensamiento de su familia, Luisa soportó sumisa el trato que aquel acomplejado infeliz le propinaba cada día. En ese ambiente disfuncional había crecido Ricardo. Una noche, en un local de moda de Buenos Aires, cuando las copas habían perdido su sabor y le habían aligerado la lengua, Ricardo llegó a decirles que, más allá de la tristeza que sintió al quedar huérfano, halló paz al saber que su madre descansaría y que Dios se encargaría de que él no pudiera volver a lastimarla. Con solo nueve años, el accidente de ferrocarril que tuvo lugar en el barrio de Palermo en 1958 le había dejado solo en Buenos Aires. Así las circunstancias lo llevaron a Galicia, donde todavía le quedaba una tía soltera en Vilar de Fontao. Fue ella quien se hizo cargo de él, procurándole un oficio decente como carpintero. De esta forma regresó a la Argentina tal y como se había ido: solo. Nunca contó si tuvo mujer o hijos en España. Desarrolló una rápida y excepcional carrera como artista con sobrecogedoras tallas en madera. Entendibles, casi todas, al acercarse a la vida de Ricardo Barreiro.

—¿Así que nunca se casó? ¿Ni tuvo hijos? —preguntó Adela.

—Creemos que no, porque nunca habló de mujer ni de familia —contestó prudente María Elena—. Aunque tampoco dijo expresamente que no se hubiera casado nunca. Ya sabes: gallegos. —Sonrió.

Adela hizo una pausa unos segundos preparando la siguiente pregunta.

—¿Y en qué año os dijo que se había vuelto a Argentina?

—En 1983.

—¿Estás segura?

—Totalmente —respondió rotunda María Elena, y añadió—: Dijo que fue un par de semanas antes de la subida al poder de Alfonsín.

Adela miró su reloj de pulsera. Llevaba allí sentada, en la misma posición, más de cuatro horas. Ya eran más de las dos de la tarde y debía ser respetuosa con aquella pareja que tanta información le había proporcionado.

—¿Os importa que haga unas fotos con el teléfono al contrato de compra y a las fotografías que tenéis de la casa?

—Sí, claro. Aunque ya ves que hemos respetado la arquitectura y que la reforma ha sido para rehabilitarla, manteniendo su esencia.

Dio un último sorbo al café, ya frío, mientras esperaba al taxi que tan amablemente Julio José había pedido por teléfono, y se despidió con la misma elegancia y cordialidad con las que había entrado.

La casualidad, o tal vez la escasez de llamadas pidiendo un taxi por la zona, hizo que se presentara el mismo taxista que la había llevado. Con las indicaciones claras, evitó darle conversación y sacó el teléfono móvil para ver la foto del contrato de la casa. Amplió el nombre del vendedor y pudo leer con claridad: Ricardo Barreiro Couselo.

«¿Couselo?», pensó. Recordaba perfectamente dónde había oído antes ese apellido. La octogenaria que le había ofrecido ayuda la primera vez que fueron a la aldea de Vilar de Fontao: «Carmiña, de los Couselo». Así se había presentado. Tenía que dar la vuelta y encontrar a aquella mujer. Si

Ricardo se había casado o había tenido descendencia, esa señora tenía que saberlo.

—Disculpe. Necesito que dé la vuelta. Tengo que volver a Vilar de Fontao.

Con el gesto fruncido y extrañado, el taxista maniobró tan pronto encontró espacio suficiente en la calzada para cambiar de sentido.

—Usted dirá, señora.

—Vaya despacio. Desconozco el número. Le avisaré —indicó Adela sin prestarse a demasiadas explicaciones.

Pegada a la ventanilla, trataba de identificar el terreno en el que se había topado con la anciana. La casa no podía estar lejos. Básicamente la búsqueda se reducía a una de las dos viviendas que flanqueaban el terreno.

—Aquí mismo. Por favor, déjeme aquí.

—De acuerdo. La esperaré.

—No hace falta. Cóbreme —dijo extendiendo un billete.

Mientras el invasivo y pertinaz taxista se alejaba, Adela analizó el terreno para ver a cuál de las dos viviendas podía pertenecer. Se decantó por una y se acercó a la puerta.

Transcurrieron un par de minutos hasta que la puerta por fin dio señales de abrirse. Había acertado. La señora Carmiña, no sin dificultad, se acercó a ella sin dejar de observarla detenidamente, tratando de reconocerla y reconociéndola. Sus ojos parecían agradecidos por la visita, así lo decía con una sonrisa dándole la bienvenida a su casa. Adela le explicó que buscaba información sobre Ricardo Barreiro. Sin dejar de sostenerle la mirada, la afable anciana le permitió pasar a su cocina, en donde estaba comiendo un plato humeante de caldo, sin más compañía que una vieja radio. Excusó la humildad diciendo que allí estaba más cómoda, pues a ella y a sus soledades calor no les faltaba. Por eso en el salón comedor ya no entraba nunca. Dijo reservarlo para ocasiones importantes. Como esa misma en la que, sin esperar respuesta, la señora Carmiña, una abuela gallega, de esas que esconden el fantasma del hambre y de la guerra, le había servido otro cuenco de caldo, con sus grelos y más sacramentos de los que ella misma podía consentirse.

Adela se mostraba encantada por el trato que le dispensaba aquella mujer. Tranquila y confiada, accedió a contarle todo cuanto sabía.

—Entonces, Ricardo Barreiro es su sobrino.

—Así es, *miña nena*. Yo lo crie en casa al morir sus padres. Luego se casó y se fue a vivir a la casa al lado del río. La que vendió a los argentinos.

—¿Se casó?

—Sí. Bueno... Yo ya sabía que no era una buena idea. Pero en fin, el tiempo lo cura todo. Y la distancia más todavía. Así que se fue a las Américas. Sigo hablando con él una vez al mes. Me llama aquí, a casa. Es buen *rapaz*. La vida no lo trató bien y él hizo las cosas como le habían enseñado. Tampoco se le puede culpar.

—Pero entonces, señora Carmiña, ¿con quién se casó?

—Con una joven de la aldea que necesitaba un marido para escapar de su pasado y sus problemas y dio con él. Bueno, al final resultó ser buena mujer y mejor compañera. Cumplidora, muy cumplidora y limpia. Y desde que se casaron ya no dio más que hablar al pueblo. Ya me entiendes —musitó casi en confidencia, mientras que el gesto de Adela parecía estar contrariado.

—¿Y cómo se llamaba la joven con la que se casó?

—Ay, espera..., la memoria ya me falla... Yo pensé que igual ya lo sabías...

—¿Yo? ¿Saber qué?

Carmiña Couselo dudó.

—Era Castro, se llamaba Marta Castro. No era mala *rapaza*. Dios la tenga en su gloria.

—¿Está muerta?

—Más le vale estarlo. Fue una desgracia. Un día, sin más, cogió la puerta y lo que consideraba suyo y desapareció. Abandonando al marido... ¡Qué se le pasaría por la cabeza! Solo ella lo sabe... —susurró nostálgica.

La cara de Adela había palidecido. De pronto, imágenes de su sueño volvían a su mente y se presentaban sin orden ni sentido. La caída, la sangre, las niñas...

—¡Señora Carmiña! —exclamó nerviosa asustando a su interlocutora, que levantó la mirada para encontrarse con la suya—. ¿Tuvieron hijos Marta y Ricardo?

—Sí tuvieron, sí. Claro que tuvieron... Era solo una pequeña de un año de edad... —La anciana comenzó a llorar.

Invadida por la melancolía del pasado, de lo que pudo haber sido y no llegó a ser, por su soledad, la señora Carmiña sacó de su bata de trabajo oscura un pañuelo de tela y se limpió las lágrimas como pudo, con sus manos desfiguradas de irreversible artritis.

—Perdona, *filliña*. Con la vejez ya no nos tenemos que controlar ante nadie. Pero tú pregunta que yo te cuento. Veo que necesitas saber. Y yo quiero contarte.

—No quiero molestarla más —dijo con prudencia, doliéndose de la anciana.

—Tienes unos ojos preciosos. —Esbozó una cálida sonrisa y apartó el pelo de la cara de Adela.

—Gracias —dijo sorprendida, consintiendo a la anciana.

—¿Te gustaría hablar con él?

—¿Con quién?

—Con Ricardo. Él podría contarte más.

—Sí, claro —contestó fugaz, casi entusiasmada.

—Apúntame tu número de teléfono en un papel. Yo te daré también el mío para que lo tengas. En números bien grandes, *miña neniña*, para que pueda verlos —corrigió a Adela, mientras escribía apoyada en la mesa, con la ternura que parecía caracterizarla—. Hoy mismo hablo con él para que sepa de ti y así os ponéis en contacto vosotros, ¿te parece?

—Perfecto, señora Carmiña. —Dejó en sus manos el papel con los números suficientemente grandes y se levantó para marcharse.

—Espero poder veros más por aquí a los tres —se despidió la anciana.

Agradecida y sorprendida por el exceso de afecto de aquella abuela solitaria, Adela llamó a la parada de taxis solicitando que fueran a buscarla. Esta vez, un taxista diferente paró a recogerla frente a la iglesia.

A las nueve debía estar en el aeropuerto para coger el vuelo a Madrid. Confiaba en recibir antes la llamada de Carmiña Couselo y no tener que cancelarlo.

Pasó la tarde en un café del casco histórico. El reloj de su pequeño portátil marcaba las siete mientras ordenaba la información que había recopilado. Con la desaparición de Marta Castro y la existencia de una hija en el centro de sus esquemas. ¿Era Marta Castro la joven de su sueño? ¿Por qué veía entonces a dos niñas? De hecho, ¿por qué soñaba con aquella casa y esas personas? Adela quiso profundizar y sus preguntas se golpearon de nuevo contra una gran pared en blanco.

La señora Carmiña todavía no la había llamado. Así que decidió llamar ella. Nadie cogía el auricular al otro lado de la línea. Insistió. Nada. Nadie descolgaba. Introdujo los dígitos en el buscador de un listín telefónico en internet para comprobar que los había apuntado bien. Estaba correcto. Encajaba con la dirección y el nombre de María del Carmen Couselo Cabral. Decidió ir a su casa de nuevo, camino del aeropuerto.

Esta vez solicitó al joven taxista que la esperara en la puerta. Solo tardaría unos minutos en comprobar que la anciana estaba bien y que únicamente no había oído el teléfono.

Llamó a la puerta. Esperó. Volvió a llamar. Esperó más tiempo. La puerta estaba cerrada y permanecía inmóvil a sus sutiles empujones. Dio la vuelta para probar por la entrada de la huerta. Todo un acierto. La puerta estaba entreabierta. La llamó a viva voz por su nombre. La anciana no contestaba. Era extraño. Si la puerta estaba abierta, ella debería estar en casa. Todo se encontraba igual que tres horas antes, cuando estuvo comiendo allí. En la cocina, dos platos y dos vasos en el escurridor daban cuenta de esa comida juntas. Ni rastro de la señora Carmiña. Sin dejar de llamarla por su nombre, cautelosa, se dispuso a subir la escalera. Peldaño a peldaño, con el crujir de la madera a sus pies y bien agarrada a la balaustrada también de madera. El modesto dormitorio, recogido y limpio, estaba vacío. Fotografías en blanco y negro enmarcadas en plata, sobre tapetes de ganchillo con distintas formas pero todos en color albino, la observaron desde lo alto de la cómoda con el inexpresivo gesto de formalidad que exigía la primera mitad del siglo XX. Convencida de que la anciana no estaba en casa, decidió bajar la escalera y salir rápido de vuelta al taxi, antes de que alguien confundiese su preocupación con la intención de un asaltante.

Justo antes de poner un pie en la calle, se asomó al pequeño salón reservado para visitas y momentos importantes, pese a que la señora Carmiña dijera que no solía entrar allí estando sola. En una esquina, al lado de un aparador repleto de porcelana, sobre un sillón orejero de anacrónico tapizado castaño y flores burdeos, la palidez de su rostro congelaba el tiempo. La señora Carmiña Couselo, con las manos en los apoyabrazos de madera y los ojos abiertos, estaba muerta. Adela dio un par de pasos atrás y gritó. No paró hasta que el taxista entró estrepitosamente en la casa. Mientras él llamaba a la policía, ella, más recuperada de la impresión inicial, se aproximó al cuerpo de la afable anciana que tanto le había dado en un par de horas. Entonces pudo verlo. Se acercó temblorosa pero decidida. Bajo el lóbulo de la oreja izquierda tenía un pequeño cardenal. Estaba convencida de que no lo tenía mientras comían. Se acercó más. En el centro, la inequívoca marca de un pinchazo. Un pinchazo. No tenía dudas.

La policía no tardó demasiado en llegar. No así el juez que permitió hacer el levantamiento del cuerpo. Le pidieron que no tocase nada y eso hizo. Se limitó a sentarse en el pequeño escalón de la entrada de la casa, pensativa. Había perdido el vuelo a Madrid. Realmente había perdido mucho más aquel día.

Tras hablar con Álvaro, la llamada de su padre no se hizo esperar. Evitó sermonearla. En realidad, si la naturaleza o el destino habían decidido llevarse a esa señora, ella no era responsable. Nadie lo era. Pero en aquella ocasión ella desconfiaba del azar. No se lo comentó a su padre, bastante disgustado estaba ya, y nervioso, profundamente nervioso, al saber que se encontraba en Santiago. Exceso de protección de la hija única, se decía Adela mientras escuchaba sus ruegos para que volviese ya a casa. Pero ella mantenía sus reservas acerca de lo inoportuno de esa muerte y solo podía pensar en eso. Había visto el pinchazo de una aguja en el cuello. ¿Cabía la posibilidad de que alguien no estuviera interesado en que ella hablara con Ricardo Barreiro? No estaba segura de nada. Demasiado retorcido, demasiada casualidad. En cualquier caso, se quedaría hasta conocer el resultado de la autopsia.

A la mañana siguiente se presentó en el Instituto Forense de Santiago, pues buscaba ese resultado que la convenciese de que la muerte de la anciana había sido natural. Nadie se cuestionó como causa de muerte el fallo cardíaco. Y aunque Adela buscaba profundizar en el motivo que podía haber llevado al fallo de su corazón, solo encontró respuestas vagas con referencia a la edad de la difunta. Así, sin esperar las veinticuatro horas de rigor, alguien había dado su consentimiento para que la incineraran. De esa forma ya no quedaría rastro de la señora Carmiña. Por mucho que insistió para que le proporcionasen el nombre del familiar, solo obtuvo silencios incómodos y respuestas con artículos de distintas leyes para proteger los datos de quien tanta prisa tenía por enterrarla.

Mientras volaba rumbo a Madrid, consternada, abstraída, dejó caer una lágrima recordando a Carmiña Couselo y también a sus soledades.

—Ya ha subido al avión. Ha sido todo muy limpio. Nada que ver con el encargo del ochenta y tres... No. No ha llegado a hablar con Ricardo Barreiro... Lo sé. Ella nos conducirá al reloj y al camafeo. Pero si insiste en averiguar más de la cuenta tendrá un susto que no olvidará nunca. —Estiró una comisura, mostró dientes de medio lado y soltó humo, gran cantidad de humo de un cigarro.

Tras colgar, se guardó el teléfono móvil en el bolsillo interior de la chaqueta y se subió al taxi. Arrancó en silencio. Sabía perfectamente adónde debía llevarle.

26

Santiago de Compostela, octubre de 1919

—Ahora que hay más orden en mi vida solo puedo darle las gracias. Gracias de nuevo, de corazón. Es la segunda vez que me salva la vida.

El viejo capataz la escuchaba con la severidad habitual de su gesto. De pie frente a ella, sosteniendo con una mano la cuerda con la que se imponía a los caballos en aquella cuadra donde fue testigo de la inmundicia humana que ella había padecido. Con sus ásperos dedos de trabajador que conoce fatigas, se quitó el mondadientes de madera que, por mal justificada costumbre, llevaba siempre en la boca y se acercó con paso firme hacia donde estaba ella, con una mano sobre otra, comedida y prudente.

—Emilia, eres buena trabajadora —dijo con la mirada limpia y sincera, sosteniendo el palillo con la pinza que formaban sus dedos—. Y eso es lo que cuenta.

La reticencia de aquel hombre a colgarse medallas o a recibir honores por parte de Emilia solo hizo que creciera su figura frente a ella. Estaba segura de que había sido él quien había dado la cara para darle trabajo, una oportunidad, una vida lejos del pazo, en Santiago de Compostela. Y, al menos en parte, estaba en lo cierto.

Había pasado ya un mes desde el día en que ella, ojerosa, macilenta y consumida, se presentó ante el viejo capataz para pedirle trabajo. Él, impenetrable y justo, supo enseguida adónde debía conducirla. Sin necesidad de más explicaciones, en un par de horas y con pocas palabras, Emilia entró como sirvienta en la casa del rector de la Universidad de Santiago.

Aquel hombre, catedrático de Derecho, de perfil sereno y barba blanca, la había recibido con agrado mientras le cogía la mano como si de una gran dama se tratase. Emilia no pudo evitar sorprenderse ante aquel gesto, aunque no tardó en restarle importancia, pues, como se decía de los intelectuales, eran sabios en las nubes que obraban únicamente atendiendo al bien de sus propias ideas.

Don Manuel Azcárate, doña Julia Castelar y su hija Victoria, aplicada estudiante de Derecho, vivían en la rúa do Vilar, en una estrecha casa de tres plantas con unas vistas privilegiadas de la solemne e imponente Catedral de Santiago. Emilia no tardó en dar buena cuenta de ello, pues ocupó la pequeña habitación al lado de la cocina que se encontraba en la planta más alta. Desde la ventana, cada noche se asomaba y rezaba contemplando la silueta de la torre del reloj sobre el manto estrellado de Compostela. La Berenguela, ese faro que iluminaba al peregrino indicando la tumba del Apóstol Santiago, guiaba también los pensamientos y las oraciones de Emilia. En la soledad de aquel pequeño cuarto con olor a ceniza y humedad, ella se confesaba envuelta en oscuridad, ahogando el dolor del recuerdo sobre un colchón de lana, que bien podría parecer estrecho, pero ella consideraba más que suficiente, pese a no encontrar consuelo ni descanso sus entrañas. A veces cerraba los ojos queriendo ser invisible a las culpas, y aun así negándose la absolución. Otras, creía ver en el parpadeo de una estrella el saludo fugaz o el guiño cómplice de quien con tanto dolor añoraba. Se aferraba a él y conciliaba el sueño sintiéndose un poco menos sola, más cercana. Y cuando el gallo cantaba, despertaba sin querer hacerlo, recordando la soledad en una almohada inundada de abrazos fríos. Desterrada de su propia vida, se sentía acogida por aquella oscuridad que se materializaba cada noche y la aguardaba cada mañana, quemando, hurgando, mordiendo en sus heridas.

Fue así como la tercera noche en aquella casa, sin apenas conocerse, la joven hija del rector, Victoria Azcárate, la encontró, con las manos implorantes y la cara bañada en miserias, obteniendo su consuelo en el cálido reflejo de la luna llena. No había oído la campanilla llamándola una y otra vez, por lo que la joven señorita se había visto obligada a subir y prepararse ella misma el café con el que debería mantenerse despierta y con los sentidos centrados delante de los libros hasta altas horas de la madrugada.

Azorada en un primer momento y apremiada por la circunstancia después, Emilia se colocó una toquilla de lana sobre los hombros, anticipando las disculpas por la falta de atención, y salió apurada acomodándose unas zapatillas de cualquier forma para no demorar más la espera de la señorita.

Pero no parecía en absoluto molesta, y había tratado de responder a la disculpa con una sonrisa despreocupada que no encontró reflejo en la circunspecta mirada de Emilia. Victoria sintió lástima y hasta un atisbo de preocupación al ver a una joven de su misma edad con un dolor y un pesar tan grandes sobre su espalda. Se preguntaba cuál podía ser su historia después de observar cómo entregaba su alma en aquella ventana, con la penumbra a sus espaldas y la vista puesta en la luna llena; le había parecido un rehén deseoso de libertad. Le recordaba a algunos de los casos de mujeres necesitadas de auxilio de las que hablaban sus compañeras de facultad, tan escasas como necesarias en aquellos tiempos, cuando se juntaban para reivindicar derechos negados por cuestión de género, por paternalismo, incluso por un bien que solo el privilegiado con la negativa podía ver. Al amparo de la recién creada Asociación Nacional de Mujeres Españolas, perseguían formar una agrupación universitaria feminista para conseguir la progresiva incorporación de la mujer a la universidad. Jóvenes enérgicas y liberales, con familias adineradas, casi todas burguesas, escondían sus fines tras la incuestionable labor de la caridad cristiana. Así aspiraban a conseguir fondos que permitiesen ayudar a mujeres en situaciones de difícil descripción por su dureza. En sus encuentros entre panfletos, mucho menos conservadores que la Asociación Nacional de Mujeres, y múltiples textos legales debatían casos de mujeres reales con irresolubles problemáticas. Constataban la crudeza con la que las leyes ignoraban a la mitad de la población y así la sentenciaban incluso en ámbitos y circunstancias que no creían abarcar.

El ánimo reivindicativo de Victoria no era casual, ni tampoco y únicamente aprendido en las aulas. Porque en cierta medida había vivido con él, desde las primeras quejas estructuradas y razonadas en la tierna infancia hasta una juventud que apuntaba combativa, para orgullo de su padre. Y es que había sido él quien quiso hacerla fuerte, enseñándole a no conformarse, a ser crítica con todo y a no tirar la toalla por nada.

Victoria observaba los movimientos ágiles de Emilia por la cocina, admirando su enorme capacidad para el trabajo. Tan solo habían pasado un par de minutos desde que sus ojos ahogados buscaban faro en la ventana, pero enseguida se había erguido silenciosa, cargando la energía que necesitaba su cuerpo. Un único y discreto movimiento con un pañuelo de tela envejecida había absorbido su tristeza, con la misma rapidez con la que su mente se había dispuesto para cumplir con el trabajo. Sin conseguirlo, Victoria trató de iniciar una conversación con ella. Aproximarse y conocerla.

Pero Emilia estaba aprendiendo, no sin golpes, a protegerse de los demás. A entenderse con su soledad, sin dejar de cumplir con sus deberes.

Victoria se preguntaba cuál sería su historia y si podría ayudarla a reconciliarse con la vida. Le gustaba ser de ayuda y podía permitirse serlo. Días atrás había conocido a una joven con media cara vendada. Se acercó timorata a su grupo de compañeras, movida por el boca a boca de otra mujer en una situación parecida a la suya. Con un niño sin comunión de la mano, sobre piernas endebles como alfileres y pies desnudos y mugrientos, la mujer las miraba como mira al agua el sediento. En los brazos cargaba a otra criatura más chica, más rolliza, todavía en tiempo de lactar. Reticente y temblorosa, la joven encontró el valor de pedir una ayuda que difícilmente podría negarse, pero casi imposible de concretar en nada. Aquella imagen acompañaba cada una de las noches de Victoria antes de conciliar el sueño; las cuatro amigas tomando un chocolate caliente en el rincón del Café Equalité, donde el nombre no era más que una proclama de su dueño, un francés anarquista de fuertes convicciones que les consentía llevar a cabo sus caritativas acciones frente a aquellas víctimas del infortunio. Sin dar su nombre ni acceder a sentarse, por temor a manchar aquellas sillas de tapizados alegres, propósito de su visionario dueño, la joven relató sus penurias y el inapelable miedo que le calaba las entrañas. Su marido, su amo más bien, pues había sido un acuerdo entre su padre y aquel hombre un cuarto de siglo mayor que ella, quienes habían pactado el matrimonio sin tener en cuenta su palabra, la había esclavizado desde la noche de bodas. Aquella noche para el olvido en la que, cumplidos los dieciséis años, la había sometido a perder su infancia, su inocencia, con la presión de la alianza en su dedo, a cambio de la felicidad de su padre con dos ferrados de tierra y cuatro vacas. Dos hijos le había hecho y a ninguno quería más que a ella. Pues con toda seguridad, un hombre así solo quiere a su reflejo. Con su terno bien arreglado, sombrero rimbombante y perfumado cual dandi, dejaba en absoluta necesidad y sin tener nada que llevarse a la boca a su familia. Salía de casa, cada jueves y cada sábado, a las ferias y romerías que había en toda la comarca de Santiago y alrededores, sin excepción ni necesidad alguna de justificación. Necesitado de sus vinos y aguardientes, regresaba al hogar cargado de juramentos, imprecaciones y ganas de ejercitar su incuestionable hombría a golpes. Resignada, debía esperarlo sin tratar de esconderse, pues la furia solo iría en aumento. Aquel infeliz, dicharachero, fino y ocurrente ante sus amigos de copas, demudaba en monstruo ante su esposa y sus hijos. Amparando siempre cada golpe con su cuerpo, evitando que alcanzase a un niño, resistía cada envite. La mujer no aspiraba a mejorar su situación. Temía que fuese a peor. Temía que sus hijos y ella acabaran criando malvas en el profundo pozo maloliente que se escondía en la huerta de su casa. Razones no le faltaban, pues hacía solo una semana él había descubierto una pequeña pelota escondida en el hórreo donde almacenaban los cereales para el invierno y con su reacción se había desatado el infierno. Supo que ella, aprovechando los días en que él se ausentaba, separaba los granos de maíz y los molía para hacer pan y tortas con los que se alimentaban, pero apartaba una pequeña cantidad para vendérsela a una vecina. Y ese dinero, reunido en clandestinidad, lo había empleado en comprar la pelota de plástico a su hijo. Ella nunca había tenido un juguete propio y sus vástagos, hasta ese momento, tampoco. Rendida a su sonrisa incompleta, a la sensación de presentarse como un rey mago llegado de Oriente, no supo medir el peligro de su acción. El hombre, enfurecido, tan nublado por el alcohol que le quemaba las venas, sacó la navaja de plata que siempre llevaba encima y se la clavó sin piedad al inofensivo juguete, desbaratando un sueño, un recuerdo, y convirtiéndolo en horrible pesadilla. Entre improperios e injurias lanzó el pequeño cuerpo del niño contra la pared como si de un saco de escombros se tratase. Ella, sintiendo el mayor miedo de su vida, se adelantó valiente y trató de calmarlo. Los golpes no se hicieron esperar y solo recordaba despertar en el suelo, con la cara en un charco de sangre mientras sus hijos lloraban abrazados a su lado. El punzante dolor en el ojo le impidió levantarse sin ceder a los mareos. El pánico en las menudas caras de sus retoños le hizo entender que el daño era irreparable: a sus escasos veintitrés años pasaría a ser llamada «la Tuerta del Gregorio» o «Manuela la Tuerta». El llanto de los niños procuró el auxilio de la vecina. Ella se encargó de vendarla y atenderla con sus escasos conocimientos y demás ungüentos para la más elemental supervivencia. Lo atroz de su relato había encogido el corazón y los estómagos de las reunidas en el bohemio Café Equalité. Con sus chocolates intactos, la miraban con más lástima que soluciones. Sabían lo que aquella joven reclamaba legítimamente, pero todavía no era legal en la realidad de 1919: un divorcio y una orden de alejamiento; quizá cárcel para él, qué menos, seguridad para ella y para sus hijos. Necesitaba ayuda. Necesitaba que la justicia la protegiese.

Victoria confió en Emilia desde el momento en que la vio llorar implorante a la luna y, minutos después, con la misma fuerza, imponerse al trabajo. Admiraba su fortaleza. Una fortaleza de difícil acceso. Como buena sirvienta, siempre la escuchaba complaciente, con el gesto de quien siente que su mundo gira alrededor de otro sol. Pero había algo distinto en ella. Algo le decía a Victoria que en ella encontraría una buena aliada con la que luchar. No la decepcionó. Transcurrido un mes de intentos, Victoria consiguió llegar hasta Emilia con la aciaga vida de la joven tuerta.

Rascando con ímpetu el suelo de la cocina, liberándolo de resinas de leños secos que alimentaban la *lareira* de piedra donde cocinar y calentarse en aquella casa, Emilia escuchaba en silencio la historia de Manuela sin dejar de frotar y rascar. Fue la imagen de esos niños llorando, una pelota convertida en un sinsentido por la macabra acción de un malnacido, lo que acabó por turbar su mente y desatar su lengua. Lanzó juramentos y amenazas contra el culpable de tanta maldad, primero en tono bajo y comedido, y poco a poco más alterada, ante una Victoria que escrutaba su fuerza. Completamente erguida, Emilia se acercó a su joven señora y le preguntó qué se podía hacer para ayudar a esos niños y a su madre. Porque estaba segura de que mirar para otro lado no era opción. Victoria no se había equivocado con ella.

Entreabierta, la puerta de la cocina no había respetado la intimidad de la conversación y la decidida respuesta que Emilia acababa de dar. Don Manuel, sentado en una silla de enea con el periódico abierto, pero sin leerlo, escuchaba desde la pequeña sala contigua. Cerró el diario y descendió las escaleras discreto y pausado, tal y como acostumbraba. Entró en el salón de la planta baja, en el que recibían a las visitas, se limpió las manos en un pañuelo para retirar las marcas de tinta de sus huellas dactilares y agarró el aparato de teléfono.

Pasados unos minutos de espera, al fin consiguió comunicarse con el interesado.

—¿Alfonso, eres tú? —preguntó.

—Sí, soy yo.

—¿Alfonso Bernal, el notario? —quiso asegurarse.

—Sí, Alfonso Bernal y Bóveda, ¿quién pregunta por mi persona?

—Dile a don Rodrigo que la joven está en mi casa, en Santiago. Nos la ha traído un sindicalista que trabaja con nosotros. No se equivocaba con ella, tiene fuerza en la sangre.

—Dígame, por favor, con quién estoy hablando.

—Soy yo, hermano, Manuel Azcárate.

—Querido hermano —musitó con un halo de nostalgia—, haces honor a tu apellido y a la enseñanza de tu padre; un gran hombre, sin duda. —Se hizo un silencio al otro lado del aparato que intuía un recuerdo, quizá nostalgia, y después don Alfonso continuó—: En nombre de don Rodrigo y en el mío propio te agradecemos la acogida a Emilia. Aunque debes saber que todavía es pronto para avanzar con ella. Aún no lo sabe.

—Dile al conde que no tiene de qué preocuparse. Nosotros nos encargaremos.

27

Pazo de Altamira, octubre de 1919

Como cada mañana desde que Emilia se había ido, Cándida vagaba con el pesar aferrado a sus pies. Aunque sus latidos siempre estarían donde estuviera su hija, su corazón estaba condenado a silenciarse en aquella casa.

Cada día daba paso al siguiente, en donde las rutinas se repetían. Un poco de leche con pan duro y la lista de tareas dentro del pazo se sucedían sin descanso hasta la misa de la tarde. Ya no se encargaba de ir al mercado, Conchita u otra sirvienta más joven y más fuerte lo hacían ahora por ella. En su lugar, se encargaba de los cuidados del señor conde. El anciano don Rodrigo, impedido y sin poder participar en la vida de aquel lugar, era otro prisionero. La partida de Emilia le había afectado. Unos pensaban que se debía a la edad; otros, que sencillamente el noble señor tenía más de lo primero que de lo segundo en su trato con la servidumbre. Cándida nunca había dudado de la nobleza del anciano. Siempre se portó bien con ella. Antes del accidente a lomos de un caballo se sentía una más, jugando con

Gerardo en la ensenada, heredando los vestidos menos vistosos de las mellizas Gómez de Ulloa y hasta con la ilusión de recibir clases con ellas en el pazo. Desde entonces, con él postrado en cama sin encontrar las fuerzas para vivir, doña Urraca tomó las riendas de cuanto concernía a la Casa de Altamira, incluyéndola también a ella. Así los juegos se convirtieron en trabajos, los vestidos en delantales y la posibilidad de aprender algo, aunque fuese el pobre catecismo de la mano del entregado cura de San Juan, el padre Eliseo, un sueño del que desprenderse. Sin ser de más ayuda en los años que siguieron a aquella caída, don Rodrigo la trató siempre con cariño y nunca le faltó al respeto. Motivo suficiente para sentirse afortunada en aquella casa. Habladurías de lavadero estremecían a las congregadas acerca de jóvenes sirvientas de las que sus amos abusaban, empleando a veces algo más que malas palabras. Cuando, lejos de amedrentarse, se sentían con derecho sobre su carne, solo las más fuertes se defendían y trataban de imponerse a las órdenes de quien les llenaba el plato, debiendo enfrentarse a otro enemigo en forma de miseria o hambre. Ese no era su caso. Don Rodrigo siempre fue respetuoso. Incluso cuando ella se quedó en estado y se negó a decir quién era el padre de la criatura, el conde, desde el rincón de aquel salón en el que se pasaba las horas sentado, detuvo el acoso al que su esposa la sometía con horrendos vocablos que espantarían al más vulgar bucanero. La reacción no se hizo esperar, y doña Urraca pidió al capataz que trasladase el sillón y lo sacara de aquella estancia en donde la familia y el personal se movían cada día, a todas horas, y lo pasase a sus aposentos. Consideraba que eran lo suficientemente espaciosos para que estuviera a gusto, sin ser molestado o perturbado con las trivialidades de la vida diaria en el pazo. Y el conde, sin mejor opción, se limitó a consentir y a callar.

Había mañanas en que las nubes plomizas amenazaban, y cumplían a veces con ligeras descargas; atronadoras y despiadadas, otras tantas. Demasiadas para los marineros de la zona, que tenían que escoger entre renunciar a comer un día o aventurarse a no necesitarlo para siempre. Esas mañanas el señor conde, con la ayuda del capataz Antonio y los cuidados de Cándida, se conformaba con ver llover desde la ventana de una pequeña biblioteca que se hallaba en la parte más alta que podía permitirse en la torre del emblemático pazo. Desde allí podía contemplar la furia del viento y la fuerza del mar. Como vigía medieval, el anciano don Rodrigo observaba la fiereza del Atlántico con respeto casi solemne, sintiendo la espuma blanca de sus bramidos en la memoria, cual bestia del pasado, escupiendo lo que no quería o nunca había atesorado.

Los días de cielos limpios y mar en calma le gustaba salir al despertar la mañana, cuando los rayos de sol se estiraban perezosos, arrancando notas verdes y húmedas que flotaban en el aire y que él, deseoso de vida, como un regalo, abrazaba. Siempre pedía que lo acercasen al mismo recodo del jardín en el que las vistas eran innegablemente hermosas y abrumadoras. Desde allí, entre rosas, árboles frutales y plantas aromáticas, veía pasar el tiempo en cada ola; golpeando lentas y constantes las rocas que ocupaban una parte del dorado arenal de A Pedreira. Las gaviotas, exultantes, se arrimaban sin miedo a la torre del pazo, emprendiendo la caída libre hacia la playa, peinando sus cabezas; quién sabe si embriagadas por los intensos colores de aquel jardín, entre arriates simétricos y afrancesados, o por los olores del huerto aledaño. A don Rodrigo no le incomodaban. En absoluto. Le ayudaban a sentirse más vivo sin dejar de recordar a los muertos. Con los ojos cerrados disfrutaba de los impredecibles giros del viento en su rostro, arrastrando gotas saladas de mar y tristeza. Su madre le había enseñado a amar el mar, sin perderle nunca el respeto. El olor del Atlántico le recordaba a ella. Decía que en sus aguas de naufragios y fantasmas, solo el horizonte infinito tenía poder para ofrecer el necesario remedio o la triste sanación a un mal que no cesa. Para ella cualquier excusa era buena para pasear con sus hijos por la orilla.

Podía ver a su madre sentada cual señorita de su clase en una piedra, pero con el bajo del vestido irremediablemente mojado y sus pies descalzos. Les observaba con una sonrisa plena, aplaudiendo a sus hijos y sus juegos con saltos y huidas de olas, e incluso más de una caída en la arena con la gracia torpe de los años y, cómo no, la temeraria necesidad de la aventura. Su madre siempre decía que no necesitaba nada más en el mundo, ni en su vida tampoco, que aquellos instantes los tres solos.

Sin poder abrir los ojos todavía, por miedo a la soledad, don Rodrigo se refugiaba en el olor azul y verde a tiempos pasados. De poco servía el esfuerzo por permanecer en aquel lugar de la memoria, pues siempre caía en la misma zanja abierta, donde volvía a estar perdido, sin respuestas, huérfano y desvalido. Las sombras lo sabían y sin piedad seguían el olor de la pena como auténticos espías, quizá hienas, y lo encontraban roído de pesares, torturado, cavilando sin querer las mismas preguntas, con la misma falta de respuestas, en el mismo sitio siempre.

Había sido al amanecer cuando el Atlántico devolvió el cuerpo de su madre a la tierra, para que volviese al polvo con santa sepultura en la iglesia de Nuestra Señora del Mar, y fue entonces que don Rodrigo se enemistó con sus aguas, sus olas bravas, también las mansas y hasta con el mismo horizonte. La pérdida fue grande y la incomprensión inmensa. Nunca entendió cómo había buscado el abrupto final del que su padre hablaba, mostrando solo frustración, que no dolor ni tristeza. Cómo era posible que renunciase a la felicidad de verlos crecer o de abrazarlos entre risas sorteando las olas del mar. Ella que era la raíz, el tronco y las ramas, ¿dónde se ocultó la tempestad que la había arrancado al abismo? ¿Acaso las hojas se habían ido desprendiendo y nadie supo predecir el invierno? ¿Realmente había sido el temporal o el mal se escondía imparable tras su corteza y no pudo verlo? ¿Había sido un accidente o un momento robado por un débil pensamiento? Quizá la luna hubiese confundido sus pasos... Quizá. No lo supo entonces, no lo entendería nunca. Huérfano, desamparado, a merced de aquel hombre que, con hijos, nunca había querido ser padre, don Rodrigo maduró de forma precoz; protegiendo como podía la piel de su hermana y el recuerdo de su madre. Cada día, en cada golpe o palabra calumniosa, lo que entendía don Nuño como disciplina, y que para él, sin embargo, era cruel e injusto calvario.

Esa mañana soleada de aquel octubre de cambios, don Rodrigo le pidió a Cándida que se acercara, pues no quería estar solo en el jardín. Quería compartir aquel momento con ella. Conocía su soledad. Su dolor. Ella lo miró agradecida, ocultando lamentos silenciosos, los únicos que conocía, y obedeció. Se sentó en un banco de piedra a su lado y quiso sentir aquellas vistas, dejándose envolver por recuerdos de tiempos felices, disfrutando del aroma a romero y a salitre.

En la torre del pazo, en lo alto, desde una ventana, la que daba algo de luz al dormitorio de la condesa, ella observaba la escena con repulsión, sin afectación de conciencia. Lentamente se dio la vuelta y se dirigió a Antonio. Su fiel capataz, tan falto de escrúpulos en su juventud como sobrado de culpas sin perdón, la esperaba junto a la puerta.

—Rodrigo quiere ver a Alfonso Bernal, el notario —dijo la condesa con el gesto torcido y la maldad en los ojos.

—¿Y qué vas a hacer, Urraca?

—¡Te he dicho que no me llames así! —gruñó golpeando a su vez el bastón contra el suelo.

—Pero si nadie nos oye... —trató de defenderse él, mirándola con cariño y mucho respeto, sin soltar su viejo sombrero de paja de las manos, a la altura de su pecho.

—Eso da igual. —Se giró altiva—. Sigo siendo la señora condesa.

Él bajó la cabeza, con el peso de haber vendido su alma a cambio de nada.

—Rodrigo está muy débil. No le quedará mucho tiempo. Tendrás que ayudarme a impedir que venga por aquí el notario.

—A estas alturas, ¿qué puede importar? —preguntó el capataz, con la expresión de haber aprendido algo del paso de los años, quizá un poco de remordimiento.

—Por eso tú no eres más que el capataz —añadió ella con desprecio—. ¡Claro que importa! Podría querer beneficiar a su sobrina con alguna propiedad, incluso con este pazo, o peor todavía... ¡entregarle las joyas de su madre! Desde «aquella mañana», ya sabes a cuál me refiero, no has sido capaz de dar con ese maldito reloj ni tampoco con el camafeo. Sin ellos, no podremos encontrar nada.

Antonio, con la mirada cansada, deseaba dar por terminada aquella conversación y salir a expiar católicamente sus pecados. Esperó entero a que aquella mujer que un día le había regalado un gesto al que aferrarse le diera el último golpe.

—Déjalo. No sirves para gran cosa —murmuró dando la espalda al capataz y regresando a la ventana—. Hablaré con mi hermano Braulio para que me ayude a encontrarlo. No me quiero imaginar que se nos adelante el tullido de mi marido y decida entregárselo a su sobrina o a Gerardo. Sería una complicación que no nos podemos permitir.

Incapaz de reconciliarse con el mar y sin dejar de amarlo, don Rodrigo se sintió complacido con aquel momento íntimo y compartido. Puso su mano sobre la de Cándida, delatando su cercanía, y, con los ojos anegados en frágil memoria sin tiempo, no se contuvo.

—¿Recuerdas el mar?

28

Madrid, junio de 2011

Su madre había insistido en acompañarla. Jubilada y con mucho tiempo libre, Teresa Dávila se había convertido en una abuela solícita después de haber sido una madre ausente. Como tantas tardes al salir de la guardería el pequeño Martín, Adela y su madre se acercaban al parque a tomar un café o a dar un paseo. Esa tarde Adela tenía otros planes. Estaba inquieta. Después de lo que había pasado en su viaje a Santiago, valoraba subir a casa de su tío Enrique. Había crecido viendo cómo su padre recurría a su hermano mayor siempre que necesitaba ayuda o respuesta para cualquier tema o situación y, tal vez por eso, ella pensó en la capacidad de Enrique Roldán para desenmarañar aquel asunto. Necesitaba hablar con él. Sabía que tenía importantes contactos de su época en el CNI. Realmente, cuando él entró a formar parte de la inteligencia del país se llamaba CESID y la democracia estaba lejos de arribar en las costas del Estado, aunque poco a poco su noción fuese calando en la sociedad haciéndola fuerte e imparable. No sin esfuerzo, por supuesto. Y ahí entraba en parte el papel que desempeñó Enrique Roldán. Continuista convencido de la era franquista, había chocado en más de una ocasión con Adela por tener discrepancia de criterio y hacérselo saber en eventos familiares. Él y, hasta el día de su muerte, su abuelo defendían con fuerza y autoridad la misma postura, seguros ambos de cada palabra, de cada argumento: rojos, comunistas, republicanos, también masones y hasta los judíos eran la verdadera lacra del mundo, no solo del país. Se jactaban de haberlos perseguido y de los éxitos logrados por el bien de una España, grande y libre, con profundo sentir católico.

Ocurrió cuando Adela estaba estudiando en la Universidad Complutense. Un martes por la tarde, en unas jornadas sobre «El arte románico: templarios, masones y otros secretos», sintió la larga sombra de su tío. Ese día, el primero de un total de tres, el experto y coordinador presentó el programa con verdadera pasión, tras una larga vida de estudio y dedicación. El anciano profesor anunció que después de esas jornadas cambiarían su forma de leer el arte y descubrirían los secretos ocultos de los maestros constructores medievales. Con aquella presentación tan sugerente, Adela y un par de compañeras no pudieron resistirse a asistir a las charlas con verdadero entusiasmo.

Tras la apertura de las jornadas, a Adela le pareció ver a su tío sentado en la última fila del aula magna de la facultad. Perfil sobrio, con elegancia clásica, barba gris y escasa, corta y perfectamente perfilada, marcando unos pómulos altos y un contorno afilado. Piernas cruzadas, traje oscuro y camisa blanca. Sin corbata. Ya nunca se ponía corbata. Adela había escuchado a su madre decir que le restaba años y, sin embargo, le sumaba el poder de los años, sin corsés, sin reglas. Estaba acodado en el reposabrazos, con una mano en la cara, abierta como un abanico; dos dedos en la sien y otros dos sobre la boca. Adela dudó un segundo. El que tardó en buscar su mirada. Encontró dos espías acastañados bajo sus cejas arqueadas hasta el desafío, sin perder detalle de lo que decía el experto orador en la tribuna, mientras parecían apuntarle con un arma a la cabeza.

Ese día él le negó haber estado allí. Lo hizo sin despeinar su pelo plateado, con absoluta convicción, al punto de conseguir que Adela volviese a dudar. Ni siquiera se inmutó cuando ella mostró disgusto y contrariedad por la extraña forma en que se habían cancelado las jornadas después del primer día, incapaz nadie de explicar adónde se había ido el anciano profesor o el porqué de haberse esfumado de repente.

La tía Leonor abrió la puerta y casi de inmediato extendió los brazos para estrechar el pequeño cuerpo de Martín. Él, sonriente y siempre dispuesto a recibir mimos y atenciones, en una carrera se lanzó sin medir el impulso, terminando la alegría del recibimiento en un pequeño susto sin mayores consecuencias.

La amplitud del salón les permitía mantener una conversación cómodamente mientras el niño corría con sus juguetes en la mano, sin miedo a perderlo de vista.

Su tío tardó un poco más en salir a saludarles, creyendo que se trataba de la típica visita para ver al niño. Siempre ocupaba el mismo sillón de cuero negro en un espacio protagonista. Aunque Leonor le había insistido en la necesidad de deshacerse de aquella vieja poltrona, él la ignoraba y no se dejaba seducir por vanguardistas diseños de interiores, marcados por estilistas que él consideraba entre pretenciosos y chirriantes.

Después de los saludos marcados por la cordialidad y el saber estar, llegaron los comentarios más informales acerca de las nuevas habilidades y gracias del pequeño Martín. Los ojos de Teresa y de Leonor se llenaban de orgullo disfrutando con cada anécdota y cada ocurrencia del niño. Entre risas sonoras y sonrisas bienintencionadas, se deleitaban entre humeantes tazas de café recién hecho y mejor presentado, con atención al detalle, por la empleada doméstica que trabajaba a tiempo parcial en aquella casa.

Justo cuando la orgullosa abuela decidió sacar el teléfono móvil para enseñar las últimas fotografías que le permitieran presumir más de nieto, si eso fuera posible, Adela se acercó a su tío para pedirle ayuda sin resultar demasiado evidente.

—Tío Enrique, he estado en Santiago documentándome para un trabajo —mintió ella, sin saber que antes de comprar el billete de avión él ya sabía de su viaje—. Allí conocí a una señora mayor, Carmiña Couselo. Justo antes de darme un contacto de un emigrado a Argentina, esencial para preparar mi artículo, la pobre señora sufrió un infarto.

Pendiente de la reacción de su tío, hasta ese momento inalterable, con su habitual mirada incisiva centrada en los expresivos ojos verdes de su sobrina. Mientras continuaba escudriñando sus facciones para agenciarse el interés de aquel familiar al que no conseguía descifrar, Adela hizo una pausa y enfatizó.

—Pero algo me dice que no fue un infarto sin más. Tendrían que haber hecho una autopsia.

—¿Por qué habrían de hacer una autopsia? —preguntó él, empezando a sentir incomodidad en aquel viejo sillón.

—Creo que el infarto fue provocado —susurró buscando ser convincente, sin que su madre y su tía la escucharan.

Visiblemente molesto, Enrique abandonó su confortable postura para acercarse a su sobrina, en tono casi confidencial.

—¿Por qué crees eso? —preguntó arqueando las cejas y dejando salir al viejo espía.

—Tenía un pinchazo en el cuello. Estoy segura.

Su tío controlaba de reojo que las dos mujeres, a escasos dos metros, continuasen ajenas a aquella conversación.

—Pero ¿cómo conociste a esa mujer? ¿Qué es lo que te contó?

—Nada importante —continuó mintiendo.

—¿Y qué es lo que quería contarte? —insistió tratando de arrinconarla.

—La historia de una familia de emigrantes a Argentina. Es para un artículo de la revista en el que estoy trabajando. La señora Carmiña iba a ponerme en contacto con su sobrino... —Hizo una breve pausa—. Pero alguien le impidió que pudiera decirme nada. Me pregunto qué tipo de persona es ese sobrino o qué problemas pudo dejar sin resolver en Galicia.

Incómodo con las deducciones de su sobrina, Enrique agarró su taza de café de la mesa auxiliar y se la acercó a los labios, en sepulcral silencio, blindando sus pensamientos.

Observándolo con urgencia, al calor de su argumentación, Adela siguió su exposición para conseguir que se prestase a ayudarla.

—El caso es que en el Instituto Forense no solo no le hicieron la autopsia, sino que ni siquiera esperaron las veinticuatro horas de rigor para enterrarla. Para colmo, alguien dio su autorización para que la incinerasen. Desconfío de ese sobrino, ya que la autorización solo la podía dar un familiar. Y me dio la sensación de que esa señora no tenía a nadie más en el mundo. —Hizo una pausa—. Bueno, a no ser que alguien fingiese ser un familiar para agilizar la incineración y así ocultar pruebas... —musitó pensativa.

—Déjalo ya, Adela —dijo con autoridad pero sin levantar la voz—. Todo eso es demasiado rebuscado. Guíate por la navaja de Ockham: «La mayoría de las veces, la explicación más sencilla suele ser la correcta». Esa señora habrá fallecido de un infarto, y no dejaron pasar las veinticuatro horas por un error administrativo. ¡No hay más! —cerró su explicación sin dar lugar a réplica.

—Bueno..., tal vez. Pero ¿podrías hablar con alguien y enterarte de quién autorizó su incineración? Y si se trata de Ricardo Barreiro, el sobrino de Carmiña, ¿podrías conseguirme su contacto? —preguntó incansable, sin querer dar nada por sentado.

Consciente de que su sobrina no lo dejaría pasar sin más y continuaría buscando respuestas, accedió a intentar hablar con algún compañero en activo para lograr su número de teléfono o correo. Por supuesto, sin prometerle nada. Aun así, ella parecía contenta.

Terminada la conversación con su tío, Adela aprovechó para acercarse a Martín y llevarlo, no sin protestar, al cuarto de baño. Leonor se levantó y fue detrás para indicarle a qué lavabo llevar al niño, pues en el más cercano al salón estaba haciendo limpieza la empleada.

Tras dar el último sorbo al café, Teresa seguía con la vista los movimientos ágiles y divertidos de su nieto mal disimulando las ganas de ir al baño. Fue por eso por lo que no se percató de la cercanía de su cuñado. Al girar la cara y verlo a su lado, con su gesto severo y distante, se sobresaltó.

—Tenéis que dejar de consentirle este jueguecito que se trae de detectives.

—No sé a qué te refieres —murmuró ella.

—Que deje de visitar Santiago ya —ordenó Enrique.

—Pero ¿cómo vamos a lograr que nos haga caso? —acertó a decir Teresa, queriendo cumplir sus indicaciones.

—Dile a Adolfo que me llame hoy sin falta. Tenemos que hablar.

—Se lo diré. Pero no entiendo qué daño hace con esos viajes —dijo con tono inocente, apartando la cara de los ojos afilados de su cuñado.

Él apretó el gesto y preparó el golpe:

—La adopción se hizo en Santiago, Teresa. ¿Entiendes?

29

Pazo de Altamira, diciembre de 1919

El camino hasta el pazo era largo. Los caminos de ida siempre lo son. La humedad del aire se escurría entre los verdes tapices de las piedras, haciendo brillar las hojas de los árboles y calando la ropa hasta que el frío topaba con los huesos. Emilia decidió apretar el paso y así entrar en calor ahorrando tiempo. Aunque ahora podría permitirse hacer el viaje en un carruaje, gastando una buena parte de lo que le pagaban en la casa del rector Azcárate, ella prefería ahorrar esas cuatro perras, que ya eran cuatro más de las que le daban en el pazo, y aprovechar la caminata para poner en orden sus ideas. Una especie de mirada introspectiva o conversación íntima, a menos de veinticuatro horas de la ansiada cena de Navidad. Una cena que, aunque muy humilde en el pequeño cuarto de su madre, sería grandiosa para ellas por lo que significaba aquel reencuentro: supervivencia. Había tenido mucha suerte con la familia del rector de Santiago. Sin conocerla y desde el primer día, le habían prometido que podría disponer libremente de Nochebuena y Navidad para ir con su madre. Con la lejanía que mostraba el mes de septiembre, no le extrañó aquella promesa sin firmas ni ataduras. Pero llegado el momento, el orondo y afable rector había demostrado ser hombre de palabra. Emilia estaba realmente a gusto trabajando para aquella familia. Tenían unos valores más cercanos a don Rodrigo que a doña Urraca, y eso la hacía sentir más persona que criada. Aun así, era consciente de su fortuna en el pazo, porque ningún señorito de raza, con presión en sus pantalones, trató de expropiarla o de faltarle, pese a haber sido ya madre soltera. Habría sido imposible demostrar la negativa. Menos aún la inocencia.

En Santiago, la señorita Victoria le hablaba de derechos de los trabajadores, de derechos sociales y políticos, y sobre todo de igualdad de derechos entre hombres y mujeres. Esa era su meta, su batalla. «Las mujeres debemos reclamar nuestros derechos, Emilia —solía decirle—. Estamos tan capacitadas como los hombres para abrir un libro de leyes, para interpretarlas y para cambiarlas». La vehemencia de Victoria le fascinaba. Emilia se sentía más viva y combativa al escuchar sus improvisados y reivindicativos discursos de medianoche. Victoria era una de las pocas mujeres universitarias de la época y eso le daba fuerza. Sus ojos adquirían un brillo especial al hablar de Concepción Arenal, de todo cuanto representaba su figura.

Tras su apacible sonrisa y sus volúmenes mullidos, Victoria escondía, para quien quisiera escucharla, un magnetismo singular del que no se avergonzaba: hablaba de política sin temor a exponer sus ideas. En las cenas a las que invitaban a su padre «y señora», se colaba en los salones reservados a los hombres para el coñac y el puro, y así poder escuchar las conversaciones de política y actualidad. No se molestaba demasiado en disimular la animadversión que le provocaban los salones repletos de pastas y perfume francés, en donde el tema principal era una boda de alcurnia, vestidos traídos de la capital para completar algún ajuar o las mejores flores para embellecer una mesa. Su comportamiento a veces, demasiadas, se excedía de lo pactado con su padre antes de salir de casa. Escenas cargadas de convicción o entusiasmo que le habían costado la exclusión de determinados círculos o eventos que para él carecían de mayor interés. Porque él ya formaba parte de una sociedad de amigos. Una sociedad clandestina en donde hablaba con respeto y libertad. Casi tanta como la que se respiraba en aquella casa de la rúa do Vilar.

En ese momento, Emilia comparó sin querer la relación del rector con doña Julia y la de los condes. Vinieron a su cabeza las palabras y amenazas cruzadas su último día en aquel lugar. Recordó lo poco que le había faltado para gritarle a doña Urraca su secreto. El secreto que Cándida le había confiado para protegerla. Aquel que llevaría a la señora condesa a la repulsa de su clase, a la pérdida de privilegios y, de no ser por su avanzada edad, con toda probabilidad, a prisión.

La anciana Rosario, antes de terminar el final de su vida en un asilo desproveído de toda esperanza, tuvo a bien aliviar sus ánimos con una copita de orujo que una joven Cándida le procuraba a hurtadillas, so pretexto de mejorar la digestión. Con la lengua desatada, sabiéndose al final de su camino, se desahogó ante su pupila. Quería a esa pobre huérfana a la que había visto crecer como a una hija. No buscaba hacerle daño. Omitió lo accesorio. No era el momento. Su vida ya era demasiado complicada en aquel pazo. Pero necesitaba advertirle sobre doña Urraca para que nunca considerase medirse con ella.

Y así fue que le contó aquel horrible secreto que tenía al menos dos cómplices: doña Urraca y el capataz Antonio, quienes se creían seguros a ojos indiscretos. Su idilio, ventajista para ella; edulcorado con alguna posibilidad para él. Ella supo aprovechar su debilidad desde el primer día. Supo que se entregaría a él en el momento en que empezó a necesitar su ayuda. El momento en el que don Rodrigo demostró que no se dejaría dominar fácilmente. Fue entonces cuando los dos cruzaron todos los límites y entregaron de una vez por todas su alma al diablo.

30

Pazo de Altamira, septiembre de 1875

—¡Esa niña no será una analfabeta! —exclamó don Rodrigo, queriendo dar por finalizada la conversación—. Recibirá las mismas clases que las mellizas. Menuda incongruencia sería pretender acabar con el analfabetismo en otras casas y no hacerlo en la mía propia —censuró exaltado.

—Entiendo, Rodrigo, entiendo —respondió doña Urraca, parsimoniosa—. No es necesario sacar pecho de esta forma tan grotesca. Es de muy mal gusto para un caballero con clase —añadió con desdén y la cabeza muy alta mientras se dejaba caer sobre el sillón de terciopelo, reservado únicamente para el conde de Altamira—. ¿Y qué se supone que necesita aprender una mocosa?

—¿Eso consideras también para las mellizas? —increpó el conde con una pequeña subida de tono.

—Pero ¡qué necedad! —replicó con una mirada despectiva que barrió la habitación de lado a lado en segundos—. Por supuesto que no. Ellas son tus hijas, y te recuerdo que las legítimas herederas, junto con Gerardo —añadió exaltada.

—Debería darte vergüenza... —La miraba con desprecio—. Por un momento he llegado a creer que tus promesas valían algo. —Hizo una pausa tratando de adentrarse en sus ojos esquivos y añadió—: Ahora entiendo que me había equivocado.

El conde avanzó unos pasos hacia la puerta, exasperado con los silencios de su esposa.

—Mañana salgo para Madrid —informó con aplomo, sin volverse a mirarla.

—¿A Madrid?

—Me veré allí con alguien —concedió sin más explicación, esta vez sí la miró a la cara—. Estamos cerrando algo importante.

—¿Y quién se ocupará de los asuntos del pazo? —espetó la condesa con ánimo de torpedear las intenciones de don Rodrigo.

—Serán tres o cuatro días y Antonio sabrá qué hacer en ese tiempo. —Hizo una pausa desafiándola con una sonrisa pequeña, y después añadió—: Tranquilizaos, que de pasarme algo, Alfonso Bernal, el notario de San Juan, tendría todo dispuesto para complacer a vuestra merced.

Las palabras habían sido relajadas y hasta con un punto de irrisión, sabiéndose atravesado por la mirada cargada de rencor de la condesa.

—Está dicho, desde mañana la niña se sentará con nuestras hijas y recibirá las mismas clases que ellas. Cómprale lápices y cuadernos y comunícaselo a la maestra para que cuente con una alumna más.

Zanjada la cuestión, el señor conde abandonó la estancia sin mirar atrás. Dejando claro a su esposa que carecía de voz y voto en aquel asunto. Tras la imagen de indiferencia que quería proyectar, doña Urraca sentía la ira bullendo en sus venas. No soportaba ver a esa niña disfrutando de los privilegios de sus hijas. Había conseguido que durmiese en el mismo cuarto que Rosario, para que fuese entendiendo cuál era su lugar en aquella casa. Imaginársela ahora sentada con sus dos retoños, dejando en evidencia la gracia de ambas, o su ausencia, la mortificaba. Había utilizado distintas tretas para mantenerla alejada de sus hijos relegándola a la zona de los criados: indisposición de la criatura, preferencia por ayudar a Rosario, incluso la timidez llegó a servir de excusa ante la insistencia del conde. Doña Urraca no conseguía imponerse respecto a ella y eso comenzaba a suponerle un molesto problema.

Un par de golpes suaves la sacaron de su trance de bilis y venenos varios. Dio por hecho que sería una criada y se acercó a la puerta para abrirla con furia y descargar sus ánimos sobre la infeliz. Pero en lugar de una sirvienta a quien atormentar hasta recuperar su equilibrio, se encontró con una sotana negra y unos ojos todavía más oscuros.

—Monseñor —acertó a decir, sorprendida, haciéndose a un lado para cederle el paso.

—Aquí puedes llamarme tío. —Él sonrió y se acercó al sillón que parecía presidir la sala.

—Tío, no sabía que estaba usted aquí... —farfulló con torpeza—. Quiero decir, ¿cuándo ha llegado de Santiago?

Monseñor Bramonte Nájera, arzobispo de Compostela, acomodado ya sobre el sillón, levantó una mano para pedirle callar y al mismo tiempo diciéndole que iba a hablar él.

—Me ha parecido oír decir al conde que viaja a Madrid, ¿es así?

—Sí. Acaba de comunicármelo hace un momento. Parece que va a reunirse con alguien para cerrar un asunto que su infinito saber estima más conveniente que atender esta casa —añadió sarcástica.

El arzobispo la escuchaba frunciendo el ceño, acodado en la poltrona y con la barbilla apoyada en las puntas de los dedos.

—¿Ha dicho algo más? —preguntó con el gesto incómodo, agarrando los reposabrazos con fuerza en ademán de erguirse.

—No, eso es todo. A mí apenas me cuenta lo que hace en sus viajes. —Aprovechó la oportunidad para hacer constar la queja ante su tío—. Únicamente dijo que estaban cerrando algo importante —resopló restando credibilidad a las palabras de su marido.

Antonio Bramonte se movía inquieto ante ella, rumiando cuanta información iba confesando.

—Tienes que impedir que vuelva a Madrid —ordenó colocándose frente a ella.

—¿Por qué ese interés en que no vaya a la capital? —preguntó la condesa, suspicaz.

—¡Porque quiere acabar con la Iglesia! —espetó el arzobispo con el gesto crispado.

—Creo que no le comprendo, tío.

—Va a reunirse con... esos desleales... —Hizo un silencio apretando la mandíbula para después liberar la ira en un puño sobre la mesa—. ¡Masones! ¡No podemos consentirlo!

—No es más que un hombre —contestó airada sin entender la preocupación—. Aun siendo masón, cosa que desconozco, el conde de la gran Casa de Altamira —pronunció con cierto hastío— es un aristócrata, sí, pero nada más. Él no tiene tanto...

—¿Poder? —le interrumpió—. ¿Eso ibas a decir? ¿Acaso no sabes quién es? —La miraba con fijeza—. No es solo un hombre. El conde de Altamira tiene poder para hacer temblar los cimientos de la Iglesia —afirmó como si fuese una condena a sus espaldas.

Doña Urraca lo escuchaba impasible.

—Y exactamente, ¿a mí en qué me concierne eso? —preguntó irónica, fiel a su sibilina esencia.

Monseñor Bramonte la miró iracundo, con los ojos de un lobo que espera el momento de dar el salto sobre su presa.

—Mi querida sobrina —murmuró pegado a su oreja, con ojos de raposo—, o estás conmigo y contra él, o yo estaré contra los dos. —La siguió por el rabillo del ojo con una sonrisa sin atisbo de piedad.

—¿Y qué quiere que haga? Tengo mis propios motivos para no querer verlo más. ¿O acaso cree que yo no estaría mejor siendo ama y señora de este lugar, haciendo y deshaciendo a mi antojo?

—Veo que empezamos a entendernos. —Dibujó sus intenciones retorcidas en el rostro, el venerable monseñor.

Ella respondió con una mirada a sus pretensiones y preguntó:

—¿Y cómo quiere que lo haga?

Esa misma tarde doña Urraca se entregó a aquel joven capataz que trataba de disimular sus deseos, no sin antes confabular con él en contra del conde. Lo hizo partícipe necesario de su plan y al amanecer del día siguiente se cobraría su deuda.

Don Rodrigo, como era costumbre cada mañana que el tiempo lo permitía, salía a pasear a caballo entre los montes hasta llegar a la ensenada. Esa mañana adelantó su paseo por razón del viaje en ciernes. Antonio, el capataz, ya tenía preparada la montura y al caballo dispuesto. Hombre predecible, el conde se dirigió al salón en el que se tomaría un café solo. En esta ocasión fue la mismísima condesa, so pretexto de redimir culpas por haber incomodado a su esposo, quien le acercó la bandeja de plata con el escueto desayuno. Doña Urraca sabía muy bien lo que hacía. Más bien, perseguía con claridad y silenciosa artillería un objetivo. Los potentes relajantes musculares se diluyeron cual azucarillo en el café. Hicieron falta tan solo veinte minutos para que don Rodrigo comenzase a sentir los efectos de aquellas drogas servidas sin control buscando un fatal resultado. Antonio, servil sin escrúpulos, había cumplido la vil parte que le correspondía. Lo más difícil había sido convencer a un amigo, también capataz, para que le proporcionase potentes estimulantes para caballos de carreras, sin más pretexto que evasivas sobre sus fines. Se los inyectó al caballo del conde sin titubear ni atender a consecuencias imprevistas. En poco tiempo, el animal se mostraba nervioso, excitado. El tropiezo del señor conde con una vitrina atrajo la atención de Rosario que, sin pensárselo dos veces, acudió a su encuentro. Con la mirada incapaz y perdida, don Rodrigo parecía buscar palabras que no acababan de concretarse. La sirvienta, sin entender lo que estaba sucediendo, tenía claro que el patrón no podía subirse a aquel caballo. Resultaba evidente para cualquiera leal a su persona. Pero la condesa tenía otros planes ese día y no dio pábulo a la criada. Con la inestimable ayuda de Antonio, subieron al conde a lomos del animal. Contemplaron sin estupor cómo su cuerpo fornido se desplomaba sobre el percherón sin oponer resistencia. Ellos, cómplices y amantes, sonrieron confiados en una intimidad que no tenían. Rosario, sin querer dar crédito a sus ojos, observaba tras una puerta con el miedo palpitando en sus ojos.

Don Rodrigo Gómez de Ulloa no viajaría a Madrid, pero seguiría en aquella casa. Supeditado de por vida a una silla y al favor de su esposa.

31

Como cada tarde al salir de la guardería, Martín parloteaba pizpireto sin soltar la mano de su madre. Adela disfrutaba de cada una de sus explicaciones, riéndose y alentando cada una de sus fantasías.

Había llovido el día anterior, pero esa tarde el cielo lucía completamente despejado. Invitaba a pasear y a jugar en el parque, tal y como Adela había programado. Pero el pequeño parecía tener otros planes; había visto un par de charcos en la orilla de la calzada y sentía la imperiosa necesidad de cambiar sus zapatillas azules y blancas por sus botas de agua. Fue así como decidieron salirse de su ruta habitual para hacer una parada en casa, evitando con ello una más que predecible rabieta.

El viejo ascensor del edificio volvía a colgar el letrero de «Fuera de servicio», por lo que se colocó con firmeza el bolso al hombro, agarró la pequeña mano de Martín y se dispuso a subir peldaño tras peldaño hasta la cuarta planta del 25 de la calle Cardenal Cisneros.

Martín avanzaba en silencio, concentrado en sujetarse al pasamanos. Su madre miraba al suelo, pendiente en todo momento de que el pequeño no tropezase con un escalón. Llevar la vista pegada al mármol de la escalera le permitió detectar una pequeña pegatina blanca entre las cerdas de su felpudo. El mismo que, entre exclamaciones, parecía recibir animado a las visitas. La cogió entre los dedos y leyó las letras «IN» escritas en azul y mayúscula. Enseguida se dio cuenta de que se trataba del distintivo que ella había colocado en la llave de repuesto de su casa, para diferenciarla de la que abría la puerta del portal —a la que había adherido otra pequeña pegatina con la palabra «OUT»—. Era la forma que había encontrado para diferenciarlas, ya que eran prácticamente iguales.

Mostrando tranquilidad pero con el semblante serio, se acercó el dedo índice de la mano izquierda a la boca para indicar a Martín que no hiciera ruido, a lo que el niño respondió con el mismo gesto de sigilo. Entretanto, Adela se subió al peldaño más cercano a la puerta de su vivienda y estiró el brazo derecho cuanto pudo. Con la yema de los dedos palpó el saliente de madera del marco, buscando la llave. Lo intentó una vez más moviendo con agilidad los dedos a izquierda y a derecha como si tratase de interpretar una sonata de Mozart en un piano de cola. Nada. La llave no estaba donde la había dejado. Aunque pudiese considerarse una temeridad guardar una llave de repuesto en la puerta de casa, vivían en un barrio tranquilo. Al menos hasta ese momento. No disponer de conserje la obligaba a tener una segunda llave a mano para paliar los efectos de sus múltiples despistes. Muchos más de los que podía justificar desde que era madre.

Manteniendo como podía la serenidad en el rostro y especialmente en la mirada, Adela cogió en brazos a Martín sin mediar palabra y comenzó a descender de nuevo las escaleras hasta llegar al segundo piso. Llamó al timbre, rezando para que la vecina estuviese en casa. La señora Elvira la había socorrido en más de una ocasión cuidando del pequeño. Estaba viuda y vivía sola desde que el menor de sus hijos obtuvo una beca para estudiar en el extranjero; en uno de esos países nórdicos dispuestos y deseosos de invertir en ciencia e investigación. Al fin la puerta se abrió y Adela bajó apresurada a Martín de los brazos. Sin sonrisas ni explicaciones le dijo que volvería enseguida y que cerrase la puerta con llave. La señora Elvira no hizo preguntas y siguió sus indicaciones. Adela enfiló escaleras arriba saltando peldaños de dos en dos y procurando no hacer el más mínimo ruido.

De nuevo en la cuarta planta, frente a su puerta, respiró profundamente. Decidida y envalentonada sacó del bolso el aerosol de pimienta que su madre le había comprado cuando estuvo en el hospital de Santiago. Del bolsillo interior cogió el llavero. Mientras sostenía con firmeza aquel frasco con la mano derecha, dispuesta a liberar el irritante gas contra quien supusiese un peligro, con la izquierda agarró la llave y la introdujo en la cerradura. No tuvo que dar ninguna vuelta. La puerta no estaba cerrada. Con un pequeño giro de la muñeca, esta cedió inmediatamente. Sin avanzar sus pies sobre el felpudo, la empujó con cuidado y esperó unos segundos antes de entrar. Sus ojos inquietos comenzaron a rastrear el recibidor, el salón, parte de la cocina... todo aquello que le permitía su posición. Nada. Nadie.

Se dispuso a entrar. Todo parecía estar tal y como lo había dejado antes de salir por la mañana. Algunos juguetes de Martín sobre la alfombra, un vaso con agua en una mesa auxiliar, la pequeña pelota de plástico entre los cojines del sofá. No advertía ningún cambio. Sus pasos se sentían cada vez más decididos. «Falsa alarma», pensó con alivio, destensando los músculos de la mano que parecían haberse agarrotado alrededor del aerosol. Echó un vistazo desde la puerta de la habitación de Martín. Todo parecía tener el mismo «orden» de cada día. En la cocina, cada cosa estaba en su sitio. Adela empezó a sentirse un poco tonta al creer... todavía no sabía muy bien el qué. Entró en su dormitorio más relajada. El tope de la puerta se había desprendido del suelo unos días atrás. Álvaro le dijo que se encargaría de comprar otro, pero la intensidad del trabajo esa semana no se lo había permitido. La puerta dio un golpe contra la pared, sacudiendo los cuadros que estaban colgados a un par de metros de distancia. El ruido que había generado era a todas luces desproporcionado a la fuerza que había empleado Adela. Un segundo estruendo mucho mayor pareció replicar desde el cuarto de baño del dormitorio. Sin pensarlo, se abalanzó sobre la puerta y la abrió con decisión e inconsciencia. La ventana corredera estaba abierta y cristales rotos salpicaban el retrete hasta el lavabo. Adela se subió con cuidado a la taza del váter y se asomó. La altura era impensable para cualquiera. El pequeño patio de luces exponía con discreción modestas ventanas con repisas y aparatos de aire acondicionado descansando sobre ménsulas que, desde aquel ángulo, parecían frágiles y hasta escasas. Continuó rastreando a izquierda y a derecha. Allí estaba. A la altura del primero se deslizaba como un gato un hombre vestido de negro. Sobrado de ligereza, descendía con rápidos movimientos ayudándose de las ménsulas que soportaban el peso de la confortabilidad del edificio. Tan solo un salto, limpio y certero, le hizo falta para salir huyendo como alma que lleva el diablo por un estrecho callejón.

Había sido todo muy rápido. En cuestión de segundos, ese hombre había aparecido y desaparecido de su monótona rutina. «¿Habrá sido una alucinación?», llegó a pensar Adela. Dio un pequeño alarido cuando vio la sangre cruzar su brazo. Aquellos cristales eran muy reales. Alguien había entrado en su casa. Alguien que conocía sus rutinas y no contaba con ella tan pronto. Alguien preparado que sabía bien lo que hacía. Pero para qué querría entrar en su casa. Adela trataba de encontrar sentido a todo aquello. Abrió su joyero, en donde tenía un par de pulseras de oro, el anillo de compromiso y una fina gargantilla con un pequeño diamante que solo se ponía en la cena de Nochebuena y en alguna boda. Esas eran sus grandes joyas. Siempre había preferido la bisutería. Y allí estaban todas sus riquezas: intactas. No entendía nada. Se llevó una mano al pecho. Frente al espejo de la entrada abrió su camisa. Necesitaba cerciorarse y verlo. Allí lucía clandestino el camafeo. Desde el incidente en Santiago, lo llevaba siempre encima. Respiró aliviada.

El ordenador portátil y la tableta permanecían silenciosos dentro del cajón de la cómoda restaurada en una esquina del salón. Sus pertenencias más valiosas estaban en su sitio. «Pero ¿qué clase de ladrón no se lleva nada de valor? —se preguntó—. Tal vez uno que busca algo que tiene un valor distinto. Aunque la casa no está revuelta». Adela continuaba divagando mientras tocaba cada mueble y abría cada cajón. «¡Un momento! ¡Sabía lo que buscaba y sabía dónde encontrarlo!», se dijo. Apabullada y con los ánimos alborotados, comenzó a sacar una prenda tras otra de un cajón hasta dejarlo completamente vacío.

—¡No está! —gritó sabiéndose sola.

La caja que se había traído de Vilar de Fontao no estaba. «Era eso lo que quería», reflexionó de nuevo.

Había llegado el momento de avisar a Álvaro. Eso hizo. Después de tranquilizarlo obviando algún detalle que indicase imprudencia por su parte, se dispuso a explicarle la situación.

—No vamos a llamar a la policía, Álvaro. ¿Para decir qué? ¿Quieres denunciar que nos han robado una caja vieja que yo me he llevado «sin permiso» de otra casa en Galicia? ¿De verdad crees que nos tomarán en serio?

Al otro lado del teléfono se hizo el silencio. Álvaro no podía decir nada en contra de aquel argumento. Sabía que ella estaba en lo cierto, pero la pasividad o la inacción le hacían sentirse inseguro y temía por su familia. Alguien preparado había entrado en su casa, alguien que conocía sus rutinas, sus costumbres, todos sus movimientos; hasta el escondrijo de la llave sobre la puerta. Sentía que debía hacer algo para protegerlos, buscar ayuda. Ese sería su error.

32

Pazo de Altamira, diciembre de 1919

Más gris, imponente y sobrio de lo que se consentía recordar, el pazo la observaba desde lo alto del acantilado para obligarla a bajar la vista al océano. Así lo hizo. Se detuvo a escasos metros de su destino y orientó su rostro hacia la inmensidad. Inundado de paz, bajo una bóveda de colores imposibles, brillaba salpicado de la tímida serenidad del sol de invierno. Siempre había robado tiempo a sus días para disfrutar de pequeños momentos de soledad frente al mar. Cerraba los ojos y respiraba profundamente el húmedo olor a salitre, unido, casi sin buscarlo, al verde aroma que tupidos pinares entregaban al viento, serpenteando entre rías y estuarios de un litoral abrumado a los ojos del visitante. Aquella ensoñación de vida que abría sus pulmones y hacía latir con fuerza su corazón fue aplacada sin opción por el cristiano y profundo sentimiento de culpa. El delito de seguir viva en aquel lugar era imperdonable y se desmoronó recordando el veredicto que ella sola se había impuesto. Apoyada sobre las cuatro piedras que, a modo de precario mirador, velaban con mayor o menor tino para que ningún visitante embelesado ante la belleza de aquellas vistas perdiese el sentido y el equilibrio, hundió la cabeza entre los brazos y permitió al luto dominarla de nuevo.

Recompuesta, con la herida tan solo dormida en su pecho, levantó la vista. Entre ella y el Atlántico, el pueblo de Meirande se recogía silencioso. Casas de piedra entre medianerías con muros hastiales y tejados a dos aguas. Unas con barro encalado, otras con mampostería de piedra más o menos lucida. Integradas en aquel entorno que alternaba calma y tempestad, se protegían bien agrupadas en torno a una pequeña plaza donde cada día se tomaba el pulso al pueblo. La calle principal, guía al puerto, se estrechaba entre genuinos soportales, necesarios para dar cobijo a las barcas de los pescadores cuando el temporal arreciaba. Todas esas casas bien agrupadas consentían pequeños lapsos para volver la vista a la inmensidad, mientras discurrían como baluarte paralelo al mar. Fachadas encaladas y puntiagudas se alternaban con corredores y galerías sobre columnas adinteladas, pensadas para aislar del viento y de la lluvia. Casas pequeñas, casas humildes, casas de marineros. Pero en el pequeño pueblo de Meirande, el mar no siempre entregaba a los hombres cuanto necesitaban para subsistir. Nunca había supuesto un problema alternar la tierra con el mar. Cultivaban cereales que descansaban con el rumor de las olas extendidos al sol antes de satisfacer la despensa de los modestos paisanos. De esta forma, el granito tocaba el Atlántico en forma de hórreos que guarecían las provisiones para el frío y desolador invierno. Escurridizas, decenas de escaleras descendían veloces entre callejones, taciturnos e intrincados sin el sol de mediodía, buscando la libertad del mar para la faena.

En aquel entramado perfectamente construido y conectado, una pieza central en la vida y el sentir del pueblo: la iglesia de San Juan. El padre Eliseo velaba por aquel santuario como por cada uno de sus feligreses: tanto los que podían acudir cada domingo a recibir su sermón y la eucaristía como aquellos desgraciados que debían salir de casa en la madrugada para entregarse al mar, implorando protección a Nuestra Señora y rezando cuantas oraciones conocían en un ínterin de resignaciones mal persignadas.

Desde donde se encontraba, veía con claridad el campanario de la iglesia con su cruz en alto desafiando tempestades; vigía del pueblo de los vivos y guardián del campo de los ausentes. La niebla baja se espesaba en pocos minutos para arropar la tierra donde reposaba el cuerpo de su hijo. Quiso descansar sus ojos sobre ella aunque solo fuera un segundo. Una extraña paz en las brumas quiso morderla, pincharla, patearla, pero ya no había sangre que sangrar.

Transcurrido el tiempo necesario, Emilia se rehízo serena, para arrastrar su sombra en el camino de subida hacia el pazo.

La granítica entrada la recibía con un grabado en latín a modo de saludo: *«Pax intrantibus, Vitae exeuntibus»* (Paz para los que llegan, Vida para los que se van). «Ojalá así fuese», pensó. Al otro lado, otra columna de piedra mostraba el blasón de la Casa de Altamira y otra inscripción en latín: *«Quem videre, intelligere»*, el lema de la familia.

Adentrándose en los versallescos jardines que se ordenaban para gusto del señor de la casa y del abolengo de las visitas, caminaba decidida sin volver la vista tras sus pasos. Solo podía pensar en llegar y ver a su madre. Abrazarla y contarle cómo era su vida en Santiago, frente a una taza de humeante achicoria. Le hablaría de Victoria, del honesto rector y de las misas de los domingos en la imponente catedral. De cómo peregrinos de todas partes del mundo buscaban Santiago y cómo Santiago se abría al visitante sin dejarse seducir por él.

Sus pensamientos fueron asaltados sin intencionalidad alguna por parte del señorito Luis. Como la primera vez que se habían encontrado en los pasillos del pazo, ella distraída y él arrollador, tropezaron en una discreta entrada concebida solo para uso de los criados y toda persona ajena a la alcurnia y al espectáculo de la majestuosa puerta principal. La transgresora actitud del joven, que, por otro lado, tanto irritaba a su abuela, resultaba ahora más que nunca un estímulo al mundo que Victoria presentaba ante Emilia desde los libros que guardaba Compostela.

Tendida totalmente sobre el señorito, estaba ruborizada y nerviosa. Trataba de levantarse sin mediar palabra ni cruzar miradas incómodas, asiendo con fuerza su bolso y a la mayor brevedad posible, pero la torpeza de los nervios la hacían resbalar sin tregua. Sus zapatos, bien apañados aunque con las suelas demasiado gastadas, se deslizaban sobre el brillante verdín de la piedra como títeres desmañados sin voluntad.

Rendida al *impasse*, lo miró a modo de disculpa. Él, contrariamente a lo que ella creía, no parecía demasiado incómodo con la situación. Colocó las manos alrededor de su grácil silueta. Le parecía tan hermosa que no podía apartar la vista de sus ojos de fantasía. La tristeza arribada en su mirada lo conmovió. Quiso abrazarla, pero se contuvo. Emilia se sentía segura. Más pequeña y vulnerable, pero reconfortada. Necesitaba aquel abrazo que sabía no podían darse. El gesto entre divertido y afectuoso de aquel joven que sentía la vida como premio y no como castigo la estremecía por dentro, haciendo volar su cordura. Sus manos pudorosas y aterciopeladas eran las de quien ha dedicado sus años al cultivo de la mente y no de la tierra, entre arados y yugos. Ocultando sus tímidas callosidades alrededor del asa de su bolso, sintió la suavidad de su piel, acariciándole como el aleteo de una mariposa en el dorso de sus manos. Parpadeó despacio. Quería romper el embrujo sin dejar de disfrutar el momento. Su cuerpo reaccionaba erizado con cada movimiento, por liviano que fuese. Cerró los ojos. Rezumaba exquisita seducción. De su pañuelo de dandi manaban notas florales y amaderadas. Imposible la indiferencia a ese privilegio. Se dejó embriagar. Cediendo al impulso, él se acercó a su encuentro. Lentamente, el perfil de su rostro buscaba entre los mechones desordenados la sensibilidad de un susurro templado. Ella sentía aquel calor subiendo por su espalda. Se dejó envolver. Destensó sus labios. Abrió los ojos. Su boca se dispuso. La atracción entre ambos era muy fuerte. Tanto que los arrancó del tiempo y el espacio y los condujo a un limbo en donde creían estar solos.

Desde la oscuridad de la cocina, Cándida, turbada y nerviosa, buscaba el momento para intervenir. Confiaba en su hija, quien le había dado su palabra de alejarse de ese joven. Nunca le había fallado. Sus promesas habían cobrado otra dimensión tras el desengaño sufrido por aquel sinvergüenza interesado de Andrés. A partir de ese momento, entregada a su labor de madre, se había propuesto no volver a cometer un error semejante. Pero ahora volvía a ser solo una mujer: triste y solitaria, también joven y hermosa. Cándida sabía que la tristeza y la soledad cuando viven en el alma de una mujer flaquean voluntades y ablandan promesas.

Antes de que el daño fuera irreparable, se interpuso dejando a ambos con la miel en los labios.

—¡Vaya por Dios, señorito Luis, cuánto lo siento! Tendrá usted que disculpar a mi hija —exclamó Cándida acelerando sus pasos hasta agarrar de un brazo a Emilia, ayudándola a recomponer la vertical y la decencia.

Mientras, la joven sofocada mantenía la vista en el suelo y tímidamente contenía de nuevo su melena con hebillas y horquillas de distinto tamaño.

—No se preocupe. No ha sido culpa de ella —dijo todavía azorado por la irrupción, buscando la mirada de Emilia sin poder encontrarla—. En realidad, yo ni siquiera debería haber usado esta puerta —añadió con una sonrisa que le ayudase a destensar el encuentro.

—Qué gentil, señorito... Ahora si nos disculpa, debemos entrar para preparar una fecha señalada como es esta. Y además seguro que tiene asuntos más importantes que atender —dijo la sirvienta volviendo tras sus pasos agarrada al brazo de su hija.

—Entiendo, Cándida. Pasen una feliz noche. —Sonrió con su habitual actitud despreocupada—. Espero seguir viéndote por aquí, Emilia —añadió con mirada pícara, casi imperceptible, y tono contenido hacia la joven.

—No creo que eso sea posible, señorito —contestó con premura Cándida—. Mi hija solo pasará aquí esta noche y después debe regresar a su vida. Agradecemos igualmente la cortesía.

—Aproveche entonces el tiempo, Cándida —acertó a decir sin poder ocultar la decepción—. Un placer haber coincidido, Emilia —dijo con galantería acercándose a besar la mano de la joven.

Ella, sin perder la seriedad en el gesto, aceptó la despedida ante los ojos desesperados de su madre.

Permitiendo, más tiempo del necesario, que el demonio de la vergüenza devorase a su hija en su presencia, Cándida se puso a colocar trastos en la cocina sin articular palabra.

—Perdone usted, madre, por haberla abochornado de forma tan impropia.

Su madre parecía incapaz de asistirla. Ni siquiera se volvía para mirarla a los ojos.

—Me has decepcionado, Emilia. Pensé que te había quedado claro que no podías acercarte al señorito Luis.

—Lo sé, madre, lo sé. Y lo siento. De verdad que sí. Pero ahora ya no trabajo en esta casa. ¿No cree que esa promesa ya no es tan importante?

Cándida se dio la vuelta y clavó sus ojos castigados en los de Emilia.

—Entiéndelo bien, hija: esa promesa ha de ser de por vida. Necesito que me hagas ese juramento: que permanecerás entera ante don Luis. Porque realmente él siempre será don Luis Gómez de Ulloa. ¡Debes ser sensata! —levantó la voz, acalorada y presa de los nervios.

—¡No sea injusta! ¡Cómo vamos a exigir al mundo que cambie si nosotras no lo hacemos! Tan impensable le resulta que un joven como él tenga honestas intenciones con alguien como yo... —replicaba perdiendo el fuelle de su voz.

Cándida escuchaba silenciosa, sin reconocer a la hija que había criado detrás de aquellas palabras.

—¿Quién te ha metido esos pajaritos en la cabeza? —bisbiseó escrutándola con la mirada.

—No entiendo a qué viene tanta crueldad, madre —murmuró acortando el espacio entre ellas.

Las lágrimas avanzaban en procesión nazarena por los surcos que las embestidas de los años habían cavado en las facciones de su madre.

—No sufra más, madre —dijo mitigando su dolor con ambas manos—. Si tan importante es para usted, yo le juro que me alejaré.

Las dos mujeres se fundieron con fuerza en un abrazo, y Emilia pudo sentir el cuerpo consumido de su madre; sus carnes, un tiempo lozanas, parecían desentenderse, escasas, de sus huesos. No comprendía su insistencia. Mujer anclada a costumbres y al veto ajeno, siempre había mostrado más prudencia al imponer su criterio. Algo tenía claro Emilia: si era tan importante para su madre, no sería ella quien la hiciese sufrir. En el fondo sabía que no resultaría precisamente ella la elegida para regentar aquel pazo ni ningún otro.

La campanilla sonó impertinente rompiendo el clima. Doña Urraca la agitaba con vigor desde la biblioteca. Cándida dio un salto. Se le había pasado la hora de la merienda del señor conde.

—¿Podrías ayudarme con el café y las pastas, Emilia?

—Por supuesto, madre. Así podré saludar a don Rodrigo.

Al lado del conde se encontraba su esposa. La presencia de la joven fue toda una sorpresa recibida con desigual simpatía. Don Rodrigo dibujó una sonrisa incompleta en su rostro paralizado, con la emoción contenida. Al mismo tiempo, la señora condesa tragaba bilis y no se molestaba en disimular.

Emilia dejó la bandeja de plata sobre la pequeña mesa auxiliar al lado de la ventana. Los condes esperaban verla de cerca para dedicarle unas palabras. Al tiempo que la bandeja se posaba con suavidad, la blusa blanca se abrió ligeramente y dejó salir aquella joya que su madre le había legado. El camafeo oscilaba vacilante ante las atentas y turbadas miradas de los ancianos. Doña Urraca fue incapaz de decir una sola palabra. Solo contemplaba aquella joya de singular belleza. La había reconocido y en el acto se había levantado arrastrando la silla, descortés, mientras dejaba el té y el paripé con el señor conde. Indignada por verla en el cuello de la criada. Por su parte, el anciano se rindió a la emoción una vez a solas con Emilia.

—Eres tan hermosa…, tienes los ojos de tu abuela —musitó melancólico, poniendo una mano sobre el brazo de la joven, con la licencia que solo los años conceden—. Es hora de que sepas lo que esconde esa joya.

33

Madrid, junio de 2011

Abrió la puerta precipitadamente y sin resuello. Álvaro había salido del trabajo casi sin despedirse. Con pasos atropellados, se había abalanzado sobre el primer taxi que encontró en su camino y le indicó urgencia por llegar a destino.

Sobre la alfombra del salón se encontraba Adela. Por su gesto parecía absorta en una suerte de realidad paralela. El sonido del televisor de fondo lo tranquilizó. En un extremo del sofá, Martín se reía con los dibujos animados. Al verlo, agitó dos pequeños coches en el aire y se lanzó a sus brazos. En ese momento Adela advirtió su llegada.

—¿Estáis bien? ¿Los dos estáis bien? —preguntó entre inspecciones y abrazos furtivos.

—Sí, sí, tranquilo. Está todo bien.

—Estaba preocupado, Adela. ¿De verdad estás bien?

—Acércate un momento —le dijo conduciéndolo hacia la alfombra en donde ella se encontraba minutos antes—. Mira.

—¡Vaya despliegue! ¿Qué es todo esto?

—Son recortes de periódico, fotografías antiguas, viejos documentos...

—Pero ¿de dónde ha salido todo? —inquirió desconcertado.

—De aquí —respondió Adela con una sonrisa traviesa, mostrando tras de sí una caja grande envuelta en colorido papel de juguetería.

—¿Cómo? ¿Una caja de juguetes de Martín?

—Por teléfono te dije que la persona que había entrado en casa se había llevado la vieja caja que me traje de Vilar de Fontao, ¿cierto?

—Sí, cierto.

—Lo que no te dije es que cuando llegué a casa me pareció más seguro guardar su contenido en un lugar en el que nadie miraría nunca: en una caja de juguetes bajo una decena de peluches.

—¿Creías que eso era necesario? ¿Por qué?

—Por si acaso. Desde que encontré el camafeo, he podido comprobar que despierta más interés del que le corresponde a una joya así. De hecho, por eso lo llevo siempre conmigo.

—¿Qué? Pero ¡eso es muy peligroso, Adela! —trató de abroncarla—. Si alguien lo quiere hasta el punto de entrar en casa... ¡Imagina qué te haría a ti!

—Tranquilo, en adelante extremaré precauciones.

—Adela, esto no me gusta nada. Olvídate de todo... —imploró cogiéndole la mano—. Por favor.

—Ahora no puedo, Álvaro —dijo con el tono dulcificado—. Me estoy acercando.

—Prométeme que extremarás precauciones. —La miraba fijamente, buscando una promesa sincera.

Adela asintió.

—¿Qué había entonces en la caja? —preguntó él con curiosidad.

—¿Cómo dices? Pues recortes de periódico, fotografías en blanco y negro...

—No, no —interrumpió—. En la caja que se han llevado.

—Nada —contestó burlona—. Al menos nada de interés para quien se la ha llevado. Recortables de Martín y, bueno... —añadió con un halo de melancolía al recordar—, algunos dibujos que hizo a toda la familia este verano, en la casa de la playa de mis padres.

—No es irreparable, Adela. Podrá deleitarnos con más obras de arte. Estoy seguro. —Dibujó una sonrisa.

Adela volvió a sentarse sobre la alfombra. Todavía disponía de unos minutos antes de la hora de la cena. Decidió emplearlos en inspeccionar en detalle el contenido de la caja que se había traído de Vilar de Fontao. Tarea que había comenzado el día que decidió hacer el cambio de caja, pese a no haber detectado en un primer vistazo nada susceptible de ofrecer respuestas sobre su sueño o aquel extraño camafeo. Comenzó a extraer papeles, también imágenes igual de antiguas, hasta que reparó en una pequeña bolsa de plástico del tamaño de una pastilla de jabón. En ella había algo. Un objeto bien protegido del paso del tiempo. Lo desenvolvió con sumo cuidado y lo observó con minucioso detalle.

Se puso de pie. Con el objeto sobre la palma de su mano izquierda, encendió la lámpara junto a la ventana. Prestando atención a cada uno de sus lados, lo movía sin descanso. Se trataba de una pequeña caja de plata. Tenía un relieve realista con las olas del mar. Decidió abrirla. La colocó sobre la mesa auxiliar, por miedo a desbaratar el contenido. Tomando precaución para no dañarla, la agarró con una mano mientras con la otra tiraba suavemente de la argéntea pestaña de su cierre. Este cedió y le mostró sin reparos su contenido. Un relicario con un mechón de pelo castaño desafiaba con su brillo perenne el paso del tiempo. Perfectamente trenzado dentro de aquella joya en cristal y azabache, se recogía nostálgico incitando al recuerdo y a veces a la ilusión del ser añorado. En el interior de la caja de plata podía leerse: *«Quem videre, intelligere»*.

Sorprendida, Adela volvió a cerrarla con cuidado. Había leído antes aquellas palabras en latín. Concentrada, dirigió sus pasos acelerados hacia el dormitorio. Álvaro estaba dando un baño a Martín. La vio pasar ensimismada.

Bajo la lámpara colocó la caja abierta de nuevo al lado del camafeo. Ambos contenían la misma inscripción. «¿Pertenecerá también a la familia del marqués de Bramonte?», pensó Adela.

—¿Todo bien? —preguntó Álvaro apareciendo de repente tras ella.

—¡Qué susto me has dado! —exclamó con una mano en el pecho.

—Perdona, te he visto pasar frente al baño con la mirada perdida y me he preocupado.

—Verás, es que he encontrado esto —dijo mostrando en una mano la caja de plata con el relicario— entre los papeles que me traje de Vilar de Fontao.

—Parece uno de esos guardapelos que se usaban hace un siglo para recordar a personas queridas, antepasados.

—Sí, es eso, pero fíjate en la inscripción de la caja. —Indicó con una mano—. Es la misma que la del camafeo. El marqués de Bramonte me contó que se trataba del lema de su familia. También me habló de una bisabuela que había fallecido joven. Y está claro que este mechón de pelo es de una mujer en la plenitud; si no, digo yo que sería canoso —explicó con uno de esos razonamientos incontestables que tanto seducían a su marido.

—¿Celia? —interrumpió.

—¿Quién? —preguntó con extrañeza—. No. El marqués mencionó a una tal Francisca Medina. Pero... ¿de dónde has sacado ese nombre?

—Está grabado detrás del relicario. Aquí. —Se lo indicó con el dedo—. ¿Ves?

—Lo veo. Dice: «Para Celia».

34

Pazo de Altamira, julio de 1867

Con el luto cerrado arrastrándose por pasillos y salones, don Rodrigo contemplaba la hora fría del reloj que presidía la repisa de la chimenea de la biblioteca. Congelado el tiempo, frente a un espejo ataviado con manto de duelo y tupidas cortinas impidiendo al sol aliviar la pena, recordaba el tenso encuentro con su padre. Ignorante del dolor ajeno, tal y como se jactaba de ser don Nuño Gómez de Ulloa, en defensa de una errada noción de fortaleza, se había presentado en el pazo con exigencias y malas formas. Lo había hecho esgrimiendo autoridad, pero también haciendo uso del miedo; ese que sabía infundirle cuando no era más que un niño. El mismo por el que se escondía en un armario abrazado a su hermana, alertado por el chirrido agudo de la vieja puerta de un aparador de castaño, advirtiendo que la vara de avellano subiría las escaleras.

Pero ahora era un hombre. Un hombre con la extraña fortaleza que da el dolor sin esperanza de sanación o cura. Ese dolor que vive en el limbo, sin fronteras entre el bien y el mal, sin un horizonte siquiera. Un dolor que sangraba sobre heridas viejas, mal cicatrizadas, mezclando sensaciones, fundiendo recuerdos, blindando su espíritu y también su mirada.

Habían discutido por el pequeño bastardo que don Nuño creía que había dado a luz su hermana, y don Rodrigo, con ojos entornados de rencor, de vientos huracanados, tormenta y venganza, deliberadamente, no quiso sacarlo del yerro. No le dijo una palabra, rebajando así su autoridad.

Pero don Nuño Gómez de Ulloa no solo trató de exigir que se deshiciera del niño, entregándolo con poca suerte en cualquier iglesia lo más lejos posible de su apellido, o en una casa de caridad. Su osadía y falta de toda moral le llevó a preguntar también por las joyas de su madre. El nombre de su madre en aquella boca, pozo de monstruos y serpientes, le hizo erguirse como un resorte, obligando al sillón a retroceder con el gemido de sus patas de nogal tallado arrastrándose sobre el suelo.

Don Nuño ni se inmutó. Su gesto continuaba estirado, recordando que quería esas joyas, que nunca tenían que haber llegado a otras manos que no fueran las suyas. Culpó a su madre, a su forma de ser, «una mente débil» —había dicho, viperino—, castigando su recuerdo. El veneno había saltado también sobre los crespones negros de las cortinas acusando a su hermana de ser portadora de un corazón tan abierto como extralimitado más allá de sus faldas. Pecado que en última instancia pertenecía también a su madre, por obviar el recato y los límites en la educación de una dama. Don Rodrigo liberó un puño que cayó como un rayo sobre la mesa de madera noble de la biblioteca y al fin instauró el silencio. El hielo cubría sus ojos, cristalizando su reacción, controlándose, manteniendo el pulso a su padre. Se preguntó cómo era posible que los años no hubiesen arrojado una pizca de vergüenza o remordimiento en penitencia a la vileza de sus actos de juventud. Y, sin embargo, allí se había presentado, frente a él, con exigencias. Abriendo otra vez la herida de su madre, ignorando el luto por su hermana. Quizá porque la vergüenza y el remordimiento nacían en la conciencia del hombre, creciendo con él, con pasos largos, la mayoría cautos y, entre ellos, infinidad de agujeros donde perderse. Sumando errores, todas lecciones. Su padre no estaba dotado de conciencia. Don Rodrigo lo sabía bien. Porque el paso del tiempo únicamente había fortalecido su carácter, dando a sus actos, ahora recuerdos, grado de titán o leyenda, envileciendo su madurez con la autoridad de las canas.

Quiso encerrarse de nuevo en la tristeza solitaria y necesaria del duelo y corrió la pequeña gaveta superior de su escritorio. Con cuidado extrajo un pañuelo de lino con las iniciales de su madre: «BS», Bernarda Saavedra. Apartó cada una de sus cuatro puntas con cuidado, descubriendo el preciado tesoro que guardaba. Un relicario en plata bruñida protegía con mimo y belleza el recuerdo de su hermana. Lo abrió, necesitado de abrazarla, de tenerla cerca. El olor floral acarició su rostro y creyó verla sonreír en el jardín. Con el sol sobre su pelo, haciéndolo brillar. El mismo cabello que hoy rozaba con la yema de un dedo en una cajita de plata.

Levantó la vista para no desmoronarse culpando al destino por habérsela llevado tan pronto. En la pared, en un marco discreto de madera estucada, la imagen de sus padres el día de su boda. Sin sonrisas, triste estampa de la imposición, acorde a la época. En ella, su madre miraba al infinito con un velo de vida incierta. Tal vez la causa fuese posar al lado de un hombre uniformado como oficial de guerra, preludio quizá de un matrimonio sin paz, en continuo combate.

Vestía luto el día de su boda. Más allá de las ropas, su gesto era el del luto. Poco tiempo había transcurrido desde la pérdida de sus padres cuando Bernarda tuvo que desposarse con Nuño Gómez de Ulloa. Ellos se habían ido silenciosos, sin cortejo fúnebre ni grandes epístolas, buscando el amparo de Nuestra Señora del Mar. Con sus nombres grabados en la pequeña cripta reservada a la familia y sus cuerpos en algún lugar del Atlántico, fríos y engullidos. Pues no era desmerecido o infundado el nombre de Costa da Morte. Habían salido con un joven militar, que no era otro que su padre, quien insistió en el paseo con el fin de pretender la mano de su única hija. Joven obstinado, disputó la preeminencia de conocimientos sobre el mar al señor conde de Altamira, logrando que él y su esposa subiesen a la embarcación pese a las crestas saponáceas que parecían hervir desde el fondo del océano. Incómodas las olas con la presencia de aquel barco imprudente, trataron de arrojarlo lejos, una y otra vez, como si de una garrapata en el lomo de un animal se tratara, hasta finalmente conseguir abrirle los costados y engullirla de proa a popa. El joven aspirante se salvó, milagrosamente, dirían algunos inconscientes, y él aseguró contar con el beneplácito de los condes para casarse con Bernarda antes del fatal accidente. Poco importaba que fuera cierto o no, pues ni los muertos ni la huérfana podían desacreditarlo. Así, los preparativos de la boda discurrieron entre lágrimas y el gran día no lució más que luto cerrado.

Su madre extrañaría siempre a los difuntos condes. Los recordaría con dolor amargo cada día soleado de ondas azuladas en el horizonte, y también las noches de tormenta, rezando a Nuestra Señora del Mar por sus almas. Y tal vez por ser el mar casa de su familia, ella encontrase en sus aguas el refugio que en su matrimonio anhelaba.

Con un gesto de dolor, don Rodrigo se llevó el pañuelo de lino bordado a los ojos. Inhaló el abrazo de su madre y lamentó su vida con aquel hombre. Apretó el relicario, sintiendo el calor del metal, y agarró con fuerza la mano de su hermana. Juró que el día de la justicia llegaría y la sentencia a los actos viles de su padre caería sobre él para condenarlo.

Arruinado caballero, Nuño Gómez de Ulloa consiguió alzarse con el título que tanto ansiaba y con él reclamó la riqueza del condado, mantenida a lo largo de generaciones, pero Bernarda Saavedra consiguió ocultarle el legado más valioso de la Casa de Altamira. Aquel que escondería en un lugar conocido solo por ella y al que conducirían dos joyas: un reloj y un camafeo.

35

Madrid, junio de 2011

—Pero ¿quién será esa Celia? —preguntó Adela con el delicado relicario en la mano—. Si por lo menos tuviera un apellido...

—Pues sí, con el apellido podríamos rastrearla por hemerotecas y archivos de historia. Tal vez alguno de estos papeles arroje algo de luz sobre todo esto —añadió Álvaro revolviendo entre las viejas fotografías de Vilar de Fontao.

Estaba totalmente dispuesto a ayudar. Por un lado, tal vez le motivaba la intriga personal; por otro, las ganas de dar carpetazo a aquella aventura en la que se habían embarcado sin medir bien las consecuencias. Lo cierto era que Álvaro estaba deseando dar con algún hilo del que poder tirar y volver a su apacible vida. Adela lo sabía. Podía leer la preocupación en su rostro. Por eso agradecía tanto sus esfuerzos por ayudarla a encontrar respuestas y poder completar aquel puzle que empezaba a dominar sus vidas.

—¡Mira esto! —exclamó Álvaro, sosteniendo una fotografía en la mano.

Adela se acercó rápidamente. Permanecía de pie, petrificada, escudriñando aquella imagen. Con el gesto contrariado, levantó la mirada buscando una explicación que saliera de la boca de Álvaro. Él, aún más desconcertado, no podía dársela.

—¿Cómo es posible?

—La verdad... no lo sé, Adela. No lo sé —articuló él, al fin.

—Aunque la foto sea en blanco y negro, no me negarás que... ¡soy yo! —exclamó medio aturdida señalándola—. Quiero decir..., esta mujer es igual que yo. Le cambias el peinado, la ropa y le quitas todas esas joyas... —Hizo una pausa—. Precisamente pobre no parecía —murmuró con tinte irónico.

Con los hombros yuxtapuestos, alineados frente a aquella fotografía, ambos la escrutaban rastreando algún indicio que les permitiera averiguar la identidad de la mujer.

—Un momento —anunció Adela, al tiempo que colocaba entre sus manos el camafeo con la clara intención de abrirlo.

—¿Qué sucede?

—Debajo de esta fotografía —mostró a Álvaro el camafeo abierto con la joven dama del siglo XIX mirándolos—, que ya nos pareció que tenía un razonable parecido conmigo —recalcó con suspicacia en el tono—, había otra. Recuerdo que me la enseñó el orfebre de Santiago. A ver si soy capaz de no estropear ni la joya ni los retratos... —dijo sin levantar la vista de su quehacer, sugiriendo altas dosis de esmero.

Después de ayudarse de unas pinzas que guardaba en su tocador, consiguió extraer el daguerrotipo de la dama con dos niños. La imagen era pequeña, y al contar con más de un rostro complicaba la identificación de la joven. Aun así, al cotejar ambos retratos, las conjeturas de Adela se materializaron.

Se trataba de la misma mujer. Estaban convencidos.

—¡Es la misma! ¡Lo sabía! —exclamó Adela.

—¿Y por qué lo sabías?

—Bueno..., tenía un pálpito. Y te diré más: creo que la otra joven, la que sale en la primera foto del camafeo, es una pariente. Tal vez su hermana, su hija o una prima. No lo sé. Porque no me negarás que el parecido es más que evidente —dedujo con su ya habitual perspicacia.

Álvaro asentía cogitabundo, escuchando las especulaciones de su mujer. Hombre cauto y escéptico, no aceptaba deducciones basadas en pálpitos ni en creencias populares. Únicamente entendía el lenguaje de las pruebas, de lo empírico. Se aproximó embebido. Cogió ambas fotografías, cada una en una mano. Sus ojos se movían cual péndulo saltando de una a otra: buscando diferencias y apuntando semejanzas.

—Y entonces, ¿por qué te pareces tanto? —inquirió inesperadamente antes de hacer una pausa en la que Adela no consiguió articular una respuesta—. Eres como un duplicado actualizado de esta mujer. Siguiendo tus razonamientos, ¿debemos creer que eres pariente suya?

Adela se quedó observando la fotografía y pensó si habría alguna relación entre ellas... ¿Por qué si no tenía ella ese sueño? ¿Pura imaginación? ¿Casualidad?

Fue en ese ínterin cuando la tensión en el semblante de Adela se esfumó en una sonora carcajada, replegándose sobre sí misma.

Álvaro la observaba hierático con las imágenes en las manos. No sabía qué pensar de la espontánea reacción de su mujer.

—¿De verdad te hace tanta gracia? —recriminó con cierta severidad en el tono.

—Perdona, perdona —se disculpó recomponiéndose—. Es que me ha parecido casi tan disparatado como decir..., no sé..., que me desplazo en el tiempo —añadió con ironía, pero sin poder dejar de reír a la vez que amortiguaba la predecible molestia de su marido con una condescendiente caricia en su rostro.

—¿Por qué te parece tan descabellado? ¿Acaso conoces a todos tus antepasados hasta el siglo XIX?

—Pues podría decirse que sí —contestó ella con seguridad.

—¿Cómo dices? —Álvaro parecía más descolocado que con su acceso de risa descontrolada.

—No personalmente, claro, pero los conozco. Cuando cumplí quince años, mis padres me regalaron mi árbol genealógico. Se lo encargaron a un prestigioso genealogista. Venía con un libro en donde se contaba la historia de los miembros de mi familia paterna y materna desde finales del siglo XVIII. Incluso me entregaron un CD con fotografías de cada uno de ellos. Bueno, desde el XIX, desde que hay fotografías, claro.

—Y supongo que no ha habido fallos en esa investigación, ¿no?

—Pues claro que no. Mi familia no tiene nada que ver con Galicia. Mis orígenes, tanto paternos como maternos, son castellanos —explicó vehemente, casi molesta por la suposición de su marido.

—Vale, vale. Era por estar seguros.

Adela lo miró con cierto recelo. Él pudo percibirlo y se acercó a besar una de sus mejillas.

—No pretendía ofenderte ni sembrar dudas sobre tus orígenes —se disculpó—. Es que a veces me parece todo tan extraño: tu pesadilla, la casa de Vilar y ahora estas fotografías, que me pregunto si se nos escapa algo.

—Te entiendo. Lo mismo me sucede a mí. Necesito saber quiénes eran estas mujeres, porque, por algún motivo, solo así podré recuperar la paz de mi vida e incluso... mi cordura. Mientras no zanje esto, no podré descansar.

Álvaro la abrazó por toda respuesta. No necesitaba decir nada más. Así ella sabía que no estaba sola.

Con Martín acostado, Álvaro decidió irse también a descansar. Había sido un día demasiado largo y perturbador. Necesitaba cerrar los ojos y confiar en que el sueño reparase tantas emociones desordenadas.

Adela, por su parte, también sentía el peso del día en sus hombros y latiendo en sus sienes. Seguiría a su marido y se acostaría. Pero antes quiso recoger todos los documentos y fotografías de la casa de Vilar de Fontao y devolverlos a su caja. «Mañana será otro día», pensó.

Somnolienta, comenzó la que sería la última tarea del día. Con los ojos cansados y desganada, veía pasar entre sus manos documentos en perfecta cursiva, típica de los escribanos del siglo XIX. Las letras se agolpaban y dejaban márgenes asimétricos e imperfectos. Alabó para sí misma el buen hacer decimonónico, el mérito del trabajo, mientras acercaba una de esas hojas de fino papel envejecido a sus ojos. Un nombre destacaba. Resaltaba con letra más grande y mayores dosis de tinta negra. Pese al agotamiento, pudo leer con claridad sin proponérselo: «Celia Gómez de Ulloa». «¿¡Celia!?», resonó en su cabeza alejando el sueño y el hastío. Hizo el esfuerzo y continuó leyendo.

—Álvaro, despierta —dijo con un tono algo más subido que un cariñoso susurro.

—¿Qué ocurre? ¿El niño? —farfulló incorporándose en la cama.

—Martín está bien. Ya tenemos un apellido.

—¿Qué? —preguntó confundido, buscando las gafas sobre la mesita de noche con una mano.

—Sí. Celia Gómez de Ulloa.

Álvaro se levantó de la cama y siguió a su mujer fuera del dormitorio.

—¿Es la joven con los niños? —quiso saber él—. ¿A la que te pareces tanto?

—No lo sé. Podría ser ella o la que aparece sola en la primera foto del camafeo. O tal vez ninguna. Pero es la que figura en el relicario con el mechón de pelo. ¿Recuerdas?

—Sí, claro. Celia. —Hizo una pausa, pensativo—. ¿Y cómo has encontrado el apellido?

—Me he topado con un testamento de 1919 donde dice que la beneficiaria es una tal Celia Gómez de Ulloa o descendientes. No te lo vas a creer... ¡Es la heredera de un pazo en Galicia! ¿No te parece increíble?

—Sin duda —dijo absolutamente perplejo.

—La he buscado en internet y de ella no he encontrado nada. ¡Pero el pazo existe! ¡Tiene una web! Y además se organizan visitas guiadas —exclamó exaltada.

—Adela..., no.

—¿Qué?

—Te conozco. No es una buena idea.

—Es la única forma que tenemos de averiguar quién era Celia Gómez de Ulloa, de saber si era alguna de las damas de los retratos...

Álvaro cabeceaba dubitativo, incapaz de ocultar sus temores. Sabía que ella estaba en lo cierto: tal vez averiguarían la identidad de aquellas mujeres, pero era demasiado arriesgado.

—¿Por qué no me acompañas? —dijo ella buscando despejar sus miedos—. Llamaré a mis padres para que se ocupen de Martín un par de días y así podremos ir los dos a Galicia.

—De acuerdo. Iremos juntos.

El reloj marcaba que era más tarde de las diez de la noche, pero Adela conocía bien los hábitos y rutinas de sus padres. Estarían despiertos. Marcó el número de su madre. Tras el susto inicial que se llevó al ver en la pantalla el nombre de Adela, su tono la tranquilizó. Adela no quería dar demasiadas explicaciones a sus padres sobre aquel asunto, así que fue directa y le preguntó si podrían ocuparse de su nieto un par de días. Alegó asuntos de trabajo. No había problema por su parte. Nunca lo había. Por último, una pregunta de su madre que nada aportaba salvo curiosear un poco:

«¿Adónde tenéis que ir los dos?». La sincera respuesta de Adela contrajo la serenidad y la voluntad de su madre. Teresa se retractó y dijo que no podía hacerse cargo del niño. Adujo dolores articulares y molestias típicas de la edad. Y se aventuró a proponerle que cancelase el viaje o que lo hiciese otra persona en su lugar.

Desconcertada, Adela colgó y se acercó a Álvaro.

—Me temo que tendré que ir sola esta vez. Mis padres no pueden quedarse con Martín —dijo con el gesto serio, sin acabar de creerse la negativa de su madre—. Todo irá bien. No te preocupes. Visitaré el pazo con otro nombre y me vuelvo. Haré el viaje en un día.

Receloso de aquella decisión, pero sin pretender dar pábulo a sus temores, accedió. Sabía que ella no debía volver sola a Santiago, que necesitaba protección. Lo pensó unos segundos, dudó. Dudó mucho. Aprovechó el momento en que su mujer compraba el billete de avión para Santiago y se dispuso a hacer una llamada. La llamada de un marido preocupado y, sin saberlo, una llamada con terribles consecuencias para ellos.

36

Con aquellos dibujos abstractos y repletos de colores ahora colmando la papelera del despacho de su casa, se movía de un lado a otro de la estancia con el teléfono recién colgado en la mano. Pese a lo decepcionante de aquel día, había sabido mantener la calma durante aquella inesperada conversación telefónica. Le había hecho una promesa para que se confiara, tal y como hacía siempre con los miembros de la familia, aun sabiendo que no la iba a cumplir. Estaba habituado a hacerlo tanto con amigos como con enemigos. Juraba lo que hiciese falta y ante quien fuese necesario con tal de alcanzar su objetivo, casi siempre mezquino y retorcido. Y no iba a ser menos ahora. Cuando había tanto en juego. Si su vida solo tuviese una meta, podría decirse que era esa. Siempre lo había sido. Así se lo había inculcado su padre. Se convertiría en un héroe para esa causa que había sobrevivido a cuarenta años de dictadura. No solo para ellos, aunque en parte fueran los mismos, también para su círculo de la Obra, del Opus Dei, confidentes en la misa de los domingos. Solo tenía que conseguir esas joyas. Empezando por el camafeo. Tenía la habilidad necesaria, medios más que suficientes de los servicios de inteligencia del Estado. Alcanzaría su fin. Tenía que alcanzarlo.

Entornó sus ojos infernales y abrió las aletas de la nariz como si pudiese oler el mismo azufre. El odio lo consumía. Su padre le había hecho jurar que protegería el poder de la Iglesia tal y como se concebía —tal y como debía ser siempre—, y eso haría.

«¡Menudo mentecato!», pensó negando con la cabeza al tiempo que recordaba la conversación telefónica. Preocupado por el bienestar de Adela, a su marido no se le había ocurrido nada mejor que llamar a un viejo espía. Le había rogado protección para ella. A tenor de los contactos que todos sabían que mantenía, estaba en disposición de poder ayudar. La risa maliciosa de Enrique Roldán reverberó en aquella copa de whisky casi vacía que se había servido como cada noche, en la intimidad de su despacho, lejos de miradas recriminatorias o fútiles recomendaciones de su esposa.

El ánimo por todo lo que había sucedido aquella tarde todavía repercutía altas dosis de irascibilidad sobre él. Su sobrina, tan resuelta como incauta, se estaba adentrando en un terreno pantanoso por su propio pie. Sonrió.

Sin posponerlo ni un minuto más, se dispuso a coger el teléfono y marcar el número que nunca hubiese querido tener que marcar. Estaba dispuesto a hacerlo, pero no por ayudarle. Lo odiaba. Ni tan siquiera por ese acuerdo firmado en clandestinidad entre el arzobispo y su propio padre. No. Si no fuese un hombre con tanto poder e influencias, habría acabado con él la primera vez que lo vio siendo ya un adulto formado. Su padre también tenía que haber aprovechado la ocasión para pegarle un tiro. Así, ese marqués arrogante llevaría medio siglo ya criando malvas con su amante.

Todo eso ahora no importaba. Necesitaba avisar a aquel petulante de que Adela iría a Galicia de nuevo. Justo al pazo.

—Soy yo, Enrique Roldán.

—Esta sí que es una sorpresa —respondió con mordaz ironía—. No te esperaba tan pronto.

—Adela va a ir a Santiago. Ha dado con el pazo.

—¿Cómo que ha dado con el pazo? ¿Ella sola?

—Pues sí. Eso parece.

—¿Y resulta que ahora me la vas a entregar en bandeja? —preguntó sarcástico.

—No te estoy entregando nada. El acuerdo con mi padre sigue vigente. Los Bramonte y los Roldán hicimos un juramento por el bien de la nación. España siempre será una, grande y libre, y por encima de todo sierva de Dios. Así que deberás desviar su atención y conseguiremos lo que estamos buscando. Estoy seguro de que ella nos conducirá a nuestro objetivo.

—Es obstinada. ¿Y si no consigo convencerla?

—Tendré que encargarme yo. —Hizo una pausa—. Como en su momento tuvo que hacer mi padre —dio la puntilla sin esperar respuesta y colgó.

Al otro lado, Braulio Bramonte respiraba iracundo, con los labios fruncidos y el ánimo retorcido. Una escena volvió a su mente para abrir una vieja herida: una mujer, un secreto y una bala. Clamó por su venganza.

37

Santiago de Compostela, 30 de junio de 2011

En el aeropuerto, con el tiempo justo para hacer la visita guiada al Pazo de Altamira y volver a Madrid, Adela miraba el reloj impaciente. «¿Por qué habrá semejante colapso para coger un taxi?», pensó. La impaciencia había dominado la ausencia total de preparativos en aquel viaje. Creía que se trataba de un martes anodino, sin ninguna festividad a la vista en el calendario de Santiago, y no pensó en el comienzo de las vacaciones de verano.

Nerviosa, volvió a mirar la hora y la vistosa entrada. Había reservado la visita guiada para las doce del mediodía y ya eran casi las diez y veinte. Apenas tenía tiempo. Debía encontrar un vehículo disponible ya. Se subió a las puntas de sus pies para tener mejor visibilidad. Atisbando sobre las cabezas de los que se aglomeraban esperando su turno para subirse a un taxi, hizo una estimación del tiempo que le quedaba. «Imposible», pensó. Llegaría tarde.

De pronto, una mano parecía hacerle señas a lo lejos. Adela dudó. Le sorprendía ser ella la receptora de un saludo en aquel lugar que tan poco o nada conocía. Se giró a un lado y al otro buscando posibles destinatarios. Nada. Aquel hombre macilento y con aspecto desgalichado la estaba llamando a ella. Decidió acercarse. Al fin, pudo reconocerlo.

—¿Necesita que la lleve a algún sitio?

—Usted es el taxista que me atendió la otra vez que estuve aquí. Qué coincidencia —exteriorizó suspicaz.

—Sí, el mismo. Pero coincidencia la justa. Trabajo aquí, señora. —Hizo una pausa rezumando cierta indulgencia—. Tengo el taxi aparcado ahí detrás. —Señaló con una mano—. Ya sabe, por discreción. No vayan a cabrearse los que siguen esperando.

—No se ofenda, agradezco el gesto —anticipó su evasiva con una educada disculpa—, pero ¿por qué prefiere llevarme a mí? No parece que hoy le falte trabajo... —argumentó ladeando la cabeza hacia donde se apiñaban cabezas, brazos y maletas.

—¿Y por qué no? —contestó él haciendo gala del escudo interrogante propio de aquella tierra.

Viendo la desconfianza en el gesto de la joven, el taxista entendió que era necesario proporcionar una respuesta más convincente.

—Mire, la verdad es que usted me va a salir más rentable.

—¿Cómo dice? —preguntó manteniendo el temple.

—Que me he fijado. —Estiró una mano y extrajo lentamente el papel doblado en tres partes que sobresalía del bolsillo del abrigo de Adela.

—Ah, entiendo —dijo claramente violentada por aquel ademán.

—Pues eso, señora. Teniendo que ir hasta el Pazo de Altamira, en la Costa da Morte, a mí me sale más a cuenta, ¿no cree?

—Sí, claro —musitó sin estar del todo convencida.

—Suba entonces, que no llega.

Adela entró en el vehículo y se dispuso a pasar los siguientes casi noventa minutos en su compañía. Desconfiada, envió un mensaje a Álvaro con el número de licencia del taxista. Acompañó el texto de un escueto: «Por si acaso». Su marido estaba acostumbrado a aquellas precauciones. Cuando la conoció, le llamaron mucho la atención, pues no le encajaban con la imagen pizpireta, sociable y confiada que mostraba ante los demás. Desde muy pequeña sus padres le habían inculcado el hábito a tomar determinadas medidas de cautela. Y Adela trataba de no defraudarlos.

Evadiendo la intromisión de preguntas incómodas por parte del taxista, llegaron por fin a la majestuosa entrada del Pazo de Altamira. Tal y como se intuía en las imágenes que había encontrado en su página web, no decepcionaba en absoluto.

Desde donde se habían parado, Adela pudo leer la inscripción que en los últimos días acompañaba sus pensamientos: «*Quem videre, intelligere*».

—¿Decía algo, señora?

—¿Qué? No, no, nada —contestó apurada mientras buscaba la cartera en su bolso—. Por cierto, ¿podría recogerme en un par de horas?

—No. Mi trabajo hoy solo es de ida.

Adela no supo qué contestar. Mientras el taxi se alejaba, sus pies permanecían clavados en el mismo punto. Era extraño que aquel hombre tan incisivo por rascar unos cuantos euros declinase la posibilidad de volver a buscarla.

Reorientó su vista hacia el poderío que destilaba aquel lugar y se adentró entre sus muros. Estaba obnubilada. Le parecía una combinación perfecta. Las almenas le conferían una fuerza que intimidaba, los blasones y escudos en piedra permitían recordar su historia y tradición, y los jardines exhibían el buen gusto por la belleza y el orden de una familia poderosa.

El guía al cargo de la visita se mostró solícito desde el primer momento. No solo con ella, también con las otras nueve personas que integraban el grupo de turistas. Lo primero que les pidió fue que no hicieran fotografías a nada que viesen en el interior del pazo. La explicación aludía a la inseguridad a la que podría verse abocada la propiedad. Adela entendió perfectamente el mensaje cuando se asomó desde la entrada al interior de aquella magnífica arquitectura. En ella, dos escaleras de mármol impoluto y deslumbrante descendían en torno a una ostentosa lámpara de cristal de Murano, cubiertas de tapices bien lustrosos que honraban gestas de antepasados en aquella tierra y en aquel mar.

Antes de comenzar la visita, el guía les pidió una cosa más. Nuevamente, aludiendo a la seguridad y a la necesidad de conservación de muchos de los objetos únicos que había en la casa, era indispensable que dejasen sus bolsos y mochilas. Las dos mujeres de la taquilla velarían por sus pertenencias. Era una petición de lo más aceptable, consideró Adela. Así que entregó su bolso. Parecía algo sencillo. En su caso no lo era. A punto estuvo de contradecirse a sí misma y boicotear su propio plan. Debía dejar un nombre junto a sus cosas y faltó poco para que el de «Adela» resonase en los oídos de la empleada. Se paró un momento a pensar. La cara de su interlocutora mostraba inquietud ante su incomprensible silencio. Adela no recordaba el nombre con el que había hecho la reserva. Como era de esperar, no estaba acostumbrada a usar otro que no fuera el suyo.

—Lucía, Lucía Sánchez —dijo al fin, confiando en poder salir del atolladero.

Sin llamar la atención, se metió el resguardo en el bolsillo del pantalón y se preparó para comenzar la visita junto al variopinto grupo de turistas.

Que el pazo era un privilegio para los sentidos resultaba evidente. Rezumaba boato e historia a partes iguales. No distaba mucho de cualquier otra joya arquitectónica del siglo XIX. Pese a no contar con la disposición original en cada una de las estancias, la mayoría de los objetos y el mobiliario eran piezas auténticas de la vida diaria de los condes de Altamira desde el siglo XIX hasta finales del XX, a lo que cabía sumar vestigios medievales. Techos altos con artesonados que exhibían la grandeza de sus títulos, entre escudos y armas bien dispuestas y lustrosas. Frescos que acompañaban el encuentro de damas decimonónicas. Relojes ornamentales de bronce y oro a juego de candelabros resplandecían sobre chimeneas y demás mobiliario, para orgullo de sus creadores, los mejores fundidores parisinos de finales del siglo XIX. Salón para caballeros, salita para damas, impenetrable zona de servicio para los criados. Todo muy del gusto cortesano de la época.

Adela prestaba atención a cada detalle: quinqués, veladores, espejos, jarrones, lámparas. Todavía ninguna información útil relacionada con las damas del camafeo.

Un leve cosquilleo en el estómago hizo que se activara. Necesitaba saber algo acerca de las personas que habían vivido en aquella casa. El guía explicaba con dedicación los objetos, las costumbres de la época, pero de los condes de Altamira: nada.

—Perdona, ¿podrías hablarnos un poco de los condes de Altamira? ¿Siguen viniendo por aquí? —preguntó Adela con la mano alzada.

—El pazo ya no tiene uso de vivienda. El propietario se ha centrado en abrirlo al público y mostrar no solo la riqueza de los condes de Altamira en el pasado siglo, sino que también ha ampliado la colección con innumerables piezas que ha ido atesorando en los últimos casi cien años —respondió cortés el guía.

—Entiendo, gracias. Pero entonces, ¿el propietario es el actual conde de Altamira?

—Ahora hablaremos del propietario y de la familia noble que hacía su vida entre estos muros. La familia Gómez de Ulloa.

La cara de Adela estaba expectante. Se le había encogido más el estómago al escuchar esos apellidos. Sentía, al fin, que el viaje había merecido la pena. Que estaba cerca.

Entraron en un grandioso salón lleno de cuadros y también de pequeñas fotografías enmarcadas principalmente en plata. Con los ojos bien abiertos y sedientos de aquellos rostros, de respuestas, Adela recorría el salón alfombrado bien pegada al cordón que delimitaba su perímetro por seguridad. No encontraba a Celia. «¿Por qué no está?», se preguntó inquieta. Era una Gómez de Ulloa, debería estar. En su lugar, decenas de cuadros de una mujer poco agraciada que observaba a los visitantes con desagrado. Junto a ella, en muchas de las pinturas, dos jóvenes mellizas que habían heredado los aires de grandeza de su madre. Adela se sorprendió al ver aquel nombre: «Urraca Bramonte». La condesa de Altamira era una Bramonte. Debía de tratarse de una antepasada del marqués de Bramonte. ¿Tal vez el anciano que se presentó en su casa no le había mentido en todo? Ahora eso no le importaba. Quería reconocer los rostros de su camafeo en aquel salón. «Tienen que estar», se dijo.

En una pequeña placa, al lado de uno de los cuadros más espléndidos de la estancia, podía leerse «Condes de Altamira, 1865». Según mencionaba el guía, se trataba del retrato de los recién casados condes. En la representación de la época lo único que exhibía la imagen era riqueza y posición social, sin prestar atención al ánimo o a la emoción de la pareja, bajo un aspecto adusto e insondable. Más retratos imperturbables del conde se exponían en aquellas paredes no faltas de gracia. Con su terno oscuro y la cadena de su reloj de bolsillo en la pechera, siempre joven y con una presencia impecable: «Don Rodrigo Gómez de Ulloa».

Al leer aquel nombre, Adela se impacientó un poco más. Tal vez algo se le estaba escapando. Existía una posibilidad: que las representaciones de los distintos artistas de la época no fuesen tan fidedignas como se les presumía.

Volvió sobre sus pasos. Se acercó de nuevo al cuadro de las hijas de los condes. Se acercó tanto que casi se dio de bruces con el concentrado turista asiático que caminaba delante de ella. La miró con sorpresa y con las manos inquietas, agarrando una imponente cámara Nikon, frustrado por no poder captar cada segundo. Ninguna de las jóvenes se parecía lo más mínimo a las mujeres que ella buscaba con tanto anhelo. Y, lo más importante, junto al marco, podían leerse sus nombres: «María Cristina e Isabel Gómez de Ulloa y Bramonte».

Cuando abandonaron el salón, el ánimo de Adela se había desinflado. No era posible que no existiera Celia Gómez de Ulloa. Había tenido un testamento de 1919 en sus manos con ese nombre. Y el relicario decía «Para Celia». Se sentía decepcionada. La última estancia abierta a visitas era más modesta y contaba con pequeñas joyas de la época. Camafeos, prendedores y peinetas para el cabello, pequeños espejos. Todos expuestos bajo un cristal en un mueble de madera noble que ocupaba a modo de isla el centro de la habitación. En las paredes, cuadros de temática religiosa y algún crucifijo. Encima de un pequeño secreter colocado sin mucha gracia en una esquina, estaban salpicados algunos portarretratos de plata. Entre ellos, uno destacaba por encima del resto. Allí estaba. Adela abrió los ojos y ahuyentó la desidia. Se aproximó sin perder las formas ni llamar la atención demasiado. Era ella. Sin duda, era ella. Lucía tan hermosa y joven como en la imagen de su camafeo. La misma mirada nostálgica, el mismo porte ensayado. «Te encontré», se dijo eufórica. Ahora faltaba averiguar lo más importante.

—Disculpa, ¿quién es la joven de aquel retrato? —preguntó al guía señalando al secreter, mientras se cruzaban por delante dos septuagenarios manchegos.

—¿Quién? —preguntó con el ademán de acortar la distancia y resolver sus dudas.

—Esta —señaló con un dedo, estando ya junto al discreto secreter—. ¿Quién es?

—Es Bernarda Saavedra.

—¿Bernarda Saavedra? —repitió sin pensar.

—Sí, la madre de don Rodrigo Gómez de Ulloa y... Saavedra. Ese es su nombre completo.

«Bernarda Saavedra —se dijo—. BS, claro». La joven que aparecía con dos niños en el camafeo. Allí estaba. Tan discreta en aquel pazo.

—¿Era la madre del conde? —preguntó conteniendo la emoción.

—Así es. Bueno, también fue condesa durante su matrimonio con don Nuño Gómez de Ulloa. Después de él, don Rodrigo heredó el título de conde.

—¿Lo heredó don Rodrigo? —recalcó de nuevo, haciendo sentir un poco incómodo al resoluto guía.

—Sí. Lo heredó don Rodrigo —trató de zanjar.

—Pero ¿tenían más hijos? Quiero decir, don Nuño y doña Bernarda, ¿tenían más hijos? —La cascada de preguntas parecía no tener fin.

—La verdad es que sí. Tuvieron otra hija. Celia Gómez de Ulloa.

Aquel nombre resonó a gloria en sus oídos. «Por fin», se dijo, mientras ahogaba un pequeño suspiro en la garganta. La había encontrado.

—Vale, muchas gracias. —Adela sonrió reconfortada.

—No se merecen —respondió con otra relajada sonrisa el guía, volviendo al punto de la sala en el que se encontraba minutos antes.

—Espera un segundo, por favor —pidió Adela, confiando en no resultar más abusiva de lo que ya había parecido—. Solo una cosa más.

—Sí, claro. Dígame.

—¿No hay ningún retrato de la hermana del conde? ¿De Celia Gómez de Ulloa?

—Por supuesto. Sígame.

En un estrecho pasillo cubierto con fotografías antiguas firmadas por reyes y emperadores coetáneos a los condes, había un discreto retrato pintado al óleo. La joven Celia lucía un pomposo vestido. Su cabello castaño recogido ofrecía una imagen despejada de su rostro. Era muy hermosa. El artista había sabido representar el brillo de sus ojos verdes cual esmeraldas. Pese a su juventud y su belleza, un halo de melancolía la envolvía y traspasaba al anónimo espectador.

—¿Podrías decirme algo más de ella? —musitó sin apartar la vista del cuadro.

—¿Qué quiere saber?

—¿Con quién se casó? ¿Tuvo hijos? ¿Vivió siempre con su hermano en el pazo?

—Por desgracia, la joven Celia nunca llegó a casarse ni tuvo hijos.

Anticipando la información que iba a darle, sintió el duelo inexplicable por aquella joven.

—Celia Gómez de Ulloa falleció joven. No sobrevivió a una neumonía. —Mostró su respeto guardando silencio un par de segundos—. Antes era muy común morirse de ese tipo de enfermedades. Ya sabe —dijo con una expresión de lástima.

—Es cierto —asintió ella—. Malos tiempos. En el siglo pasado, los que sobrevivían a la gripe se encontraban con las guerras.

—Es verdad. Somos afortunados. Eso creo yo —acertó a decir el avezado guía—. Aunque debo hacer un apunte: doña Celia falleció en el siglo XIX. Exactamente en 1867.

—¿En 1867? —preguntó con la sombra de un galimatías planeando de nuevo en su rostro.

—Sí, señora —respondió condescendiente—. Y ahora debemos salir antes de que el grupo se me disperse.

Adela estaba confundida. La muerte de Celia no podía ser anterior al testamento. De eso estaba segura. Se sumergió una vez más entre preguntas sin respuesta. Cuando ya sentía que avanzaba a pasos de gigante en aquel asunto, otro muro de cristal se levantaba ante sus pies y no le permitía hacer nuevos progresos. Tal vez quisiera atar cabos demasiado deprisa. Tal vez faltasen piezas del puzle y estuviera cediendo a sus ansias por completarlo. Había algo que se le escapaba. Debía volver a casa. Debía revisar los viejos papeles de la caja de Vilar de Fontao.

38

Pazo de Altamira, diciembre de 1919

La hora de la merienda había sido más breve de lo que acostumbraba. Don Rodrigo se había sentido indispuesto y necesitaba recogerse en su dormitorio. Antonio, el capataz, ya estaba entrado en años y, aunque dispuesto y vigoroso como el primer día, lidiaba con ciertos achaques difícilmente reversibles. Hizo llamar a dos jóvenes sirvientes para extremar cuidados con el exangüe y dolorido cuerpo del señor conde. Pese a disponer en su haber los más deplorables pecados, el avejentado capataz cada día sumaba arrepentimientos y culpas, persiguiendo penitencias sin descanso. Con la mejor disposición guiaba los movimientos de los bisoños criados, minimizando las molestias causadas al anciano patrón. Este, por su parte, dejaba reposar sus ojos velados con resignación sobre un butacón del dormitorio y se dejaba hacer. Apenas podía sentir ya el balanceo de aquel cuerpo depauperado y contraído al que no reconocía como propio. Lejos quedaba ya su porte de caballero distinguido, a quien los hombres de su misma condición respetaban y las mujeres inaccesibles sonreían abrumadas, ante el donaire de su voz y su gracia.

Su vida había sido demasiado corta en un espacio de tiempo demasiado largo. De su madre había heredado el amor por el mar, por los libros y por la vida. La Vida con mayúscula. La vida como oportunidad para alcanzar sueños y emprender aventuras. Así y solo así la había entendido él. Vida que se había detenido con aquella fatídica caída de la que no conseguía recordar nada. Desde ese momento se convirtió en un tormento, un castigo que no sabía dominar y que le hacía soñar con la muerte como solución o, casi mejor, como disculpa. Fueron tantos sueños los que quedaron sin cumplir, tantas las ilusiones que naufragaron sin conocer puerto. «Una persona sin ilusión es como un barco anclado a tierra firme», recordaba nostálgico cada día las enseñanzas de su madre. Y él llevaba tiempo varado en la orilla. Aquella orilla que había devuelto el cuerpo de su madre. El tiempo no había sido tampoco generoso con ella y lo había privado de lecciones sobre la muerte. La anhelaba sin conocerla. La pretendía como huida de un cuerpo al que no había sido capaz de conocer. Tal vez orgullo mal entendido, herencia del condado. O puede que aquella ronda que la Vida le había ofrecido, la hubiese pagado la Muerte. Debía ser franco consigo mismo, pues ya había renunciado a viajes y a aventuras antes del accidente a lomos de un caballo inestable. Su padre se había encargado mucho antes. Don Nuño junto con aquella altiva mujer, con la que comenzó a dejarse ver en público sin haber pasado ni dos domingos desde la muerte de su madre, tenían claro con quién debía casarse y cuándo. Él no lo supo ver. Cuando se sintió anclado a tierra firme, ya era demasiado tarde. No le dieron elección. Pasó por vicaría y cumplió como un caballero. Después, un caballo y su mala fortuna dinamitaron cualquier atisbo de ilusión por un futuro que nunca llegaría.

Renunció así a aquellos viajes cruzando océanos para conocer pueblos y ciudades distintas, y evitó añorar la piel de una mujer que de verdad lo amase, repudiándose a sí mismo al requerir los cuidados más elementales echado sobre aquella cama. Era prisionero del tiempo, anquilosado en aquel pazo, sometido a la voluntad de su esposa, receptor sin buscarlo de la lástima de sus hijos, y con la expulsión fehaciente del círculo social que nunca había declinado una invitación firmada de su puño y letra.

Ahora que sabía que el tiempo estaba terminando lo que aquel accidente a caballo había empezado, necesitaba sacar fuerzas y cumplir los dictados de su alma antes de reunirse en las Alturas.

Aunque al principio Antonio se mostrase en cierta medida cruel ante aquel cuerpo incapaz para la más elemental acción, los años lo habían sensibilizado al dolor ajeno y había tratado de hacer la existencia de su patrón más llevadera. Haciéndole partícipe de las decisiones de la finca y ofreciéndole pequeñas copas de coñac, casi siempre clandestinas. De los cuidados que le habían llenado un poco el vacío de su vida se había encargado Cándida. Ella, siempre paciente y abnegada, veía cómo el dolor le había robado el sueño y la sombra de la muerte lo esperaba al pie de su cama, tomando asiento, perniciosa y en silencio. Cándida, templada, abría la ventana y dejaba que la brisa del mar lo inundase todo. Que las gaviotas le obligasen a salir de aquellas paredes y ver su vuelo. Ella no sabía qué decir, ni mucho menos cómo decirlo. Pero entendía su mal y buscaba aliviarlo. «Que le dé un poquito el aire, señor», entonaba siempre como máxima para aplacar su ánimo. Podía parecer insignificante, pero a él, realmente, le devolvía parte de la vida que sentía arrebatada. La genuina nobleza de aquella mujer que le servía, el verdadero sentimiento y la lealtad con que lo cuidaba, le hacían sentir un miserable indigno. Los mimos con los que le daba de comer cuando solo refunfuñaba con el gesto contrariado, o cuando le envolvía en varias mantas para que el frío del Atlántico no le calase hasta los huesos, le recordaban la dul-

zura de su hermana y el cariño infinito con el que su madre
lo arrullaba las noches de tormenta. «No importa lo mayor
que seas, Rodrigo, puedes tener miedo, y si lo tienes yo te
arrullaré hasta que se vaya». Su madre lo conocía bien y su
amor era incondicional. Como lo había sido el de su hermana. Y ahora, el de Cándida.

Acomodado en su dormitorio, pidió a Antonio que se
acercase y le susurró al oído. Él, entendiendo el mensaje,
aceptó el reto y fue discreto y, por primera vez, leal a su señor.
No tardó ni una hora en volver con todo dispuesto. El notario don Alfonso Bernal y Bóveda firmó aquel testamento
que hacía justicia a toda una vida marcada por una mentira.
Al principio una mentira necesaria, pero requería corregirse
y el tiempo se acababa.

Podía confiar en aquel letrado. Y no solo porque le
urgía hacerlo. Habían sido amigos en la temprana juventud,
cuando todavía no existen prejuicios y las alegrías y penas
ajenas se sienten como propias. Justificación suficiente para
entender la pasión con la que aquel joven se había involu-
crado en difícil empresa; dispuesto a jugarse todo para cumplir la promesa de un amigo a su madre muerta. En aquel
entonces, ambos compartían el sueño de surcar mares angostos, caminar sobre tierras bañadas por un sol inmenso
y desconocido y, por supuesto, de conocer los misterios del
mundo que los rodeaba, también los suyos propios. Nunca
dejarían de ser sueños de juventud. Nunca dejarían atrás la
ensenada de A Pedreira para poder ver su mundo desde un
ángulo diferente. Rodrigo se casó más pronto de lo que hubiese querido y debió posponer algunos sueños, mientras
que otros se fueron secando en un rincón sentado en su silla.
El de Alfonso había terminado incluso un poco antes. Todavía no había cumplido veinte años, cuando don Ernesto
Bernal, el notario no solo del pueblo sino del segmento
Atlántico en más de treinta kilómetros a la redonda, conocedor del inicio de sus andaduras universitarias en el campus

compostelano, y de habladurías que le habían llegado de que su hijo participaba en reuniones liberales y en círculos de iniciados y masones, le obligó a terminar sus estudios en la Facultad de Derecho de la Universidad de Salamanca. Pese a la distancia y a las sospechas del padre, habían encontrado la forma para que Alfonso continuase en aquel círculo de compañeros, de hermanos, integrado también por Rodrigo y Daniel de Ortega. El segundo no era un estudiante de Derecho más. Podría decirse que no era un alumno «de la casa», de estirpe o de raza. Era el primero de una familia de relojeros y azabacheros en llegar a la universidad. Sus padres, previsores al ver que el negocio flaqueaba ante una competencia cada vez más fuerte en Santiago, habían decidido apoyarle en su apuesta por emprender nuevos horizontes profesionales. Ortega desde el primer día se había acercado a entablar conversación con el joven Rodrigo. Parecía cómplice y compañero desde mucho antes de que diera comienzo la primera clase. Al principio más cauto, haciendo gala de un perspicaz sentido del humor, comentaba el tiempo, la ciudad o las tendencias más originales en el seno universitario. En cada movimiento de Rodrigo para conocer la velocidad a la que marchaba su día, Ortega, menos furtivo y disimulado de lo que pretendía, lanzaba miradas a su exquisito reloj de bolsillo. El joven conde consideraba que se debía al conocimiento adquirido por tantas generaciones de relojeros. Y así era, en cierta medida, hasta que un día le pidió permiso para verlo de cerca. Pasó un largo rato escrutando aquella joya, que exhibía una esfera amarilla y delicadas manecillas negras, con un sutil grabado en oro que formaba entre arcos que se cruzaban, simétricos, un anillo con doce pétalos que parecían moverse erigiendo un sol perfecto en el centro de aquella máquina del tiempo. Pese a no guiar con números como la mayoría de los relojes de la época, los doce rayos del astro tan finamente grabados orientaban al lector, complaciéndole con un segundo anillo de delicadas piedras esmeralda y azabache talladas en diminutas formas de lunas y estrellas.

Transcurrido un tiempo más que prudencial, Rodrigo sintió la incomodidad de pedirle de nuevo la joya, a fin de devolverla al interior del bolsillo de su chaleco. Fue justo en aquel momento cuando el joven Ortega, sin dejar de mirarlo a los ojos y con el gesto muy serio, lo puso en la difícil tesitura de tener que recordar. «¿De verdad no me recuerdas, Rodrigo?», le había dicho con un deje de tristeza en la voz. Fue entonces que una sensación lo arrastró hacia un pasado que todavía le dolía lo suficiente para querer mantenerse alejado. Con aquella pregunta inocente, Ortega lo había devuelto al mar, a aquella Costa da Morte con la que no acababa de reconciliarse, pues si el perdón implicaba olvido, él nunca podría borrar de su mente el rostro aterido de su madre, con sus hermosos rasgos descompuestos, regurgitada por el Atlántico y mecida por las olas compasivas que tantas veces la habían visto sonreír. Pero no era ese el único pensamiento que venía a su mente, aunque sí el primero, el más importante. Porque en ese instante Rodrigo recordaba el legado familiar que su madre les había confesado a él y a su hermana Celia, arrancando su promesa de protegerlo siempre, después de entregarles un camafeo y aquel magnífico reloj. Ese día, el último día de su madre, justo ese día en Santiago, Rodrigo vio al joven Ortega, y con él a su padre, el mejor maestro azabachero de Compostela.

Rodrigo había asumido sus recuerdos para reconciliarse con su historia y con su legado familiar, pero negándose con rotundidad a perdonar al mar; a aquel mar inmenso que guardaba el último suspiro de su madre. Pasó su juventud buscando las respuestas que ella no pudo darle, pero no lo hizo solo; junto a él siempre estuvieron sus incondicionales Alfonso Bernal y Daniel de Ortega. Verdaderos hermanos, habían sufrido la muerte temprana de Daniel, devorado por una tuberculosis. Desde ese día, dispuestos siempre el uno para el otro, Alfonso y Rodrigo se ayudaban como harían dos hermanos.

Alfonso Bernal, instruido notario, llevaba años preparado para aquel momento, el triste momento de recoger las últimas voluntades del conde. Lamentaba verlo en aquel punto del camino que, realmente, había emprendido con la inoportuna caída de un caballo. Sus ojos, ahora exhaustos, le decían que ya era tarde para él, que debía irse y necesitaba de su ayuda para irse en paz. Brasil estaba demasiado lejos y su hijo no llegaría a tiempo. Lo necesitaba a él. Él debía ser quien custodiase aquel reloj que le entregó su madre y él debía seguir al frente de aquella pequeña hermandad de la que había decidido formar parte desde la universidad. Con el duelo llamando a su puerta, don Alfonso Bernal aceptó el encargo de velar por la joya, consciente de que no volvería a ver a su querido hermano, al menos en el mundo que conocían. Así, salió del pazo de una forma distinta a las innumerables veces en que allí había estado: por la puerta de atrás, la puerta de los criados, pues resultaba del todo improbable que se topara con la señora condesa o con alguna de sus hijas, sin reparo para el ocio, casi tanto como el chisme, la crítica o el bulo, alimento para el ánimo de su insustancial rutina.

La maniobra de discreción no corrió la misma suerte con el aguerrido Braulio Bramonte, el hermano de la condesa. El destino, o quizá la mala fortuna, quiso que apareciese en el instante justo en que abandonaba el recinto del pazo, en lo que le pareció intuir un gesto de perfidia o incluso traición. Acto por el que el leal notario debería rendir cuentas. A su debido tiempo.

—Antonio, antes de salir, necesito que hagas otra cosa por mí —le dijo don Rodrigo, mientras el capataz agachaba la cabeza en gesto de sumisión.

—Dígame, patrón.

—¿Ves la cómoda frente a esta cama?

—Sí, señor.

—De los cuatro cajones, tira con cuidado del primero de ellos.

Siguiendo sus indicaciones, Antonio se acercó a aquel mueble dispuesto entre dos sillones isabelinos. Sobre él reposaba un retrato del conde de Altamira con indumentaria de gala, en el que destacaba el espadín de corte bien dispuesto. Al tirar del cajón, la madera se abrió a modo de escritorio, dejando al descubierto seis pequeñas gavetas. Sorprendido, el capataz se dio la vuelta buscando nuevas instrucciones.

—Con más cuidado todavía, abre la gaveta de la esquina inferior derecha. ¿Qué ves?

—No sé, señor —respondió timorato, sin atreverse a introducir la mano entre aquellos papeles—. Parecen dibujos de piedras, símbolos extraños, esculturas y planos de..., no sé, señor. —Se lo mostró a su patrón.

—Es la Catedral de Santiago, Antonio. Ahora necesito que retires esos dibujos y los coloques con cuidado sobre el escritorio.

Con el esmero requerido, el capataz se afanaba en colocar cada imagen de cada piedra sobre la noble madera, sin poder leerlas ni interpretarlas en modo alguno.

—Vuelve a introducir la mano dentro de la gaveta.

—Está vacía, patrón.

—Vuelve a meter la mano, Antonio —pidió con firmeza.

—Ya le dije que no hay nada más. Lo he sacado todo.

—Escúchame atento. Con la yema de los dedos, notarás en la trasera dos pequeñas clavijas. Una más hacia la derecha y otra más hacia la izquierda.

Antonio estaba acalorándose, sus manos eran demasiado grandes y torpes para una tarea que parecía tan extraña como delicada dentro de aquel reducido cajón de escritorio.

—Las he encontrado, señor —clamó triunfante.

—Ahora has de girarlas con buen tino. Sentirás cómo ceden permitiendo que la trasera de la gaveta se abra.

—¡Se ha abierto!

—Como puedes ver, se trata de un pequeño, digamos, compartimento íntimo. Tiene que haber...

—¡Una pequeña caja de plata, patrón! —exclamó excitado por lo que consideraba una proeza.

—Acércamela —musitó con un hilo de voz, conmovido por el reencuentro—. Cierra todo de nuevo. Esto queda entre nosotros, ¿entiendes? —apeló al capataz mientras este asentía con la cabeza gacha—. Ahora ve a buscarla.

En aquella intimidad, don Rodrigo navegó por un tiempo pasado frente a aquella caja. Las olas de aquel mar parecían saludarlo de nuevo. La abrió. Allí seguía. No había perdido brillo. Tampoco fragancia a flores. El mechón de pelo de su hermana seguía perfecto para evocar la memoria y la nostalgia de quienes la habían conocido y la habían amado y ahora también de quien sin conocerla, sin recordar la suavidad de sus manos, podría, al fin, sentirla. Era lo justo.

La puerta se abrió con sigilo. Temía importunar a su señor. Considerada con él y con sus necesidades, sabía que necesitaba descansar. Adelantando la cabeza, comprobó que el conde estuviera despierto antes de entrar.

—¿Me ha llamado, señor?

—Cógelo —ordenó tendiéndole un papel con la mano.

—No entiendo, señor.

—Con esto se arreglará tu vida cuando yo no esté.

—Yo no sé leer ni escribir. —Bajó la cabeza, casi avergonzada—. ¿Qué debo hacer con este papel?

—Es mi testamento. Úsalo cuando me muera. Irás a hablar con don Alfonso Bernal, el notario. Él ya sabe lo que tiene que hacer para ejecutarlo siguiendo mis instrucciones.

Ella contemplaba el papel con tristeza entendiendo el afecto que aquel anciano quería demostrarle en el final de su vida. Le conmovía su generosidad. Pero todo el asunto del notario la hacía sentir pequeña, diminuta, poca cosa y una extraña. Era un mundo que no conocía y sabía que aunque el conde quisiera tener un buen gesto con ella, nada podría hacer sin la aprobación de la condesa. No sabía de qué se trataba, qué era lo que contendría aquel papel, pero estaba segura de que no se cumpliría. Doña Urraca nunca lo consentiría. Le devolvió una mirada complaciente y le apretó la mano con fuerza para que el anciano señor entendiera el agradecimiento, de todas formas.

—Por último, guarda con mucho cariño esto. —Colocó la pequeña caja de plata en su mano y la cerró después—. Era de tu madre.

Ella lo miró contrariada, mostrando sorpresa en sus ojos tristes.

—¿Lo entiendes? Era de tu madre, Cándida.

Sus ojos se abrieron más, sus latidos emprendieron una huida hacia delante. Dio un paso atrás sin dejar de observar con estupor aquella caja.

—No entiendo, señor.

—Celia Gómez de Ulloa y Saavedra, mi hermana pequeña, era tu madre.

Aquella noticia la había cogido desprevenida y ni siquiera sabía qué sentir. Solo un profundo dolor que se clavaba en su pecho. Sus piernas se tambalearon y buscó apoyo en la pared. Don Rodrigo se asustó y trató de erguir la cabeza, llamándola, ahogándose en mil culpas y pesares. Ella consiguió alcanzar la silla más cercana y se sentó. Aturdida, incapaz de volver a mirar al viejo conde, se preguntó si podía ser cierto que fuera ella una Gómez de Ulloa. No tardó en responderse que solo era una criada. Solo una criada. El anciano patrón tal vez estaba desvariando. Cómo si no podría entenderse su vida en aquel pazo, cómo la hija de doña Celia Gómez de Ulloa iba a ser una pobre sirvienta analfabeta. Un escalofrío de irrealidad la sacudió con fuerza. Cándida miró a los ojos al señor conde y lo vio llorar.

39

Pazo de Altamira, 30 de junio de 2011

Al terminar la visita en el pazo, el guía sorprendió a los visitantes con un pequeño aperitivo en el jardín. En él podrían degustar productos del lugar; principalmente conservas del mar, maridados con un excelente albariño cosechado y producido bajo la marca del propio Pazo de Altamira. Todo cuanto ofrecieron estaba a la venta. No podría ser de otro modo en un negocio. Adela estaba desganada y no probó bocado. Mojó los labios en la copa de vino, por pura cortesía, y decidió avanzar hacia la salida.

No había dado una docena de pasos por aquel espléndido jardín de camelias cuando se fijó en la iglesia. La puerta de madera con arco de medio punto estaba cerrada y no pudo acceder al interior. Se alejó un poco para coger perspectiva de aquel templo y se quedó sorprendida. No era habitual que una iglesia románica en aquel lugar tuviese una envergadura como la que tenía. Decidió acercarse al guía de nuevo y preguntarle sobre aquel templo que había obviado en sus explicaciones.

—Entonces ¿no se puede entrar? —preguntó Adela sin ocultar su decepción.

—Es imposible, señora —añadió el guía—. Solo los dueños tienen llave de esa puerta. No forma parte del circuito trazado para las visitas.

—¿Hay otra puerta entonces? —dijo con una mezcla de confusión e ironía.

—No, claro que no —contestó torpemente antes de añadir—: Al menos que yo sepa. —Sonrió afable.

Adela permaneció unos segundos frente a él, pensativa y molesta, escrutando su gesto y confiando en obtener algo más de información.

—Bueno, pues cuénteme un poco de la iglesia —se adelantó ella, impaciente—. ¿Siguen celebrando oficio en ella? ¿La usan los condes?

—No, ya no. En 1936, al comienzo de la guerra civil, unos desaprensivos le prendieron fuego. La sinrazón de la guerra, ya sabe.

Adela asintió.

—Nunca entenderé a quienes represalian a la Historia y al Arte para la defensa de... no importa de qué causa o ideal puro —continuó el guía con expresión de contrariedad—. El anciano cura del pueblo, Dios lo tenga en su gloria, rescató una talla de madera de Nuestra Señora del Mar sedente con el Niño y se la llevó a un lugar tan seguro que la familia hace tiempo que renunció a encontrarla. Hoy tendría un valor artístico incalculable.

—Imagino que los daños fueron importantes —quiso saber Adela.

—Pues no tanto como cabría esperar —dijo para estupefacción de ella—. Una leyenda cuenta que ese día el cielo se oscureció de repente, pese a que era media tarde y en pleno julio. En ausencia del sol, las nubes parecieron concentrarse sobre el campanario y rompió a llover. Dicen que estuvo lloviendo con una fuerza desconocida, incluso en estas tierras, lo que impidió al fuego devorar ni la primera de las piedras de la iglesia.

—¿Y desde entonces está cerrada?

—Sí, sin la talla de Nuestra Señora del Mar no tenía sentido volver a abrirla. Era una espectacular Virgen Negra, con unos ojos verdes tan hermosos y tan vivos... —Hizo una pausa y la miró—. Quizá como los suyos. —Sonrió buscando un acercamiento.

Adela no le devolvió la sonrisa, fingiendo no haberle escuchado.

—Una pena, con ese rosetón tan característico del románico debía entrar la luz del sol sobre el ábside...

—Sí, ya lo creo —interrumpió recobrando la seriedad en el tono—. Le confería una espiritualidad rayana en lo celestial que apuntaba directamente a la Virgen y al Niño.

Adela y el guía levantaron la vista hacia la espléndida rueda de piedra en la que un sol centraba la vista rodeado de lunas y estrellas.

—Además —prosiguió el guía—, como curiosidad le diré que es el mismo rosetón que ocupaba la fachada de la Catedral de Santiago. La fachada románica, ¿sabe?

—¿El que pulió el Maestro Mateo en el siglo XII?

—El mismo. Veo que es conocedora de nuestro Patrimonio.

—¿Entonces esta iglesia es obra del Maestro Mateo? —preguntó obviando los comentarios más accesorios del guía. No tenía tiempo que perder.

—Se cree que de él o bien de un discípulo suyo. La iglesia tiene planta de cruz latina con un deambulatorio típico de iglesias de peregrinación, en donde se guardan reliquias para su contemplación y salvaguarda. Además de cinco capillas absidales tras el altar mayor, al más puro estilo catedralicio.

Después de despedirse del guía se encaminó a la salida de nuevo, agradecida por aquel maravilloso descubrimiento.

Pero la sensación reconfortante para una auténtica admiradora de la arquitectura medieval se extinguió enseguida. No podía dejar de pensar en Bernarda Saavedra, en la joven Celia... ¿Cómo era posible que las fechas no coincidiesen? El guía no podía estar equivocado. Pero si Celia había muerto en 1867, ¿cómo iba a ser heredera en un testamento de 1919?

Una vez fuera del recinto amurallado del pazo, se detuvo. Había salido tan ensimismada que no se había parado a pensar cómo regresaría a Santiago. Pasaba de las dos de la tarde. En cinco horas debía coger el vuelo de vuelta a Madrid. Con los pies ya en el asfalto, lanzó una mirada hacia el pueblo. La distancia era considerable. Podría abordarla, pero consumiría demasiado tiempo. Lo más sensato era volver a la taquilla del pazo y preguntar allí por las opciones posibles.

Cuando se disponía a cruzar de nuevo, con la vista puesta en aquellas magníficas almenas, el rugido del motor de un coche la asustó. Se paró en seco. Un elegante Maserati negro se detuvo a escasos centímetros de la punta de sus pies. Retrocedió instintivamente. Del interior del coche se bajó un joven en la treintena, con semblante adusto y constreñido, ataviado con un traje de dos piezas en inequívoco color negro, con una corbata sin intención de añadir nota de color alguna al atuendo. Indiferente a su presencia, se dirigió al maletero y sacó un paraguas oscuro. No llevaba más que unas horas en aquella tierra y Adela ya se había acostumbrado a aquella llovizna que sin llover, mojaba, y sin mojar, calaba. Como una espectadora en el sofá de su casa, seguía los movimientos del hombre con atención. El joven, de impecable presencia, abrió la puerta de atrás del flamante vehículo y se apresuró a cubrir la cabeza plateada que empezaba a asomar. Al mismo tiempo, un zapato oxford negro, impoluto y brillante, se posó remilgado sobre el asfalto, impulsándose con mesura para permitir la salida al resto del cuerpo. Ya en vertical, Adela observaba cómo se estiraba el Chesterfield gris, con pequeños golpes secos desde las solapas. Bien agarrado a su bastón de empuñadura metálica y con el sombrero bien centrado, se dio la vuelta, haciendo que el joven chófer tuviese que sortear sus pasos y colocarse en el lado contrario, para poder servir a su jefe sin importunarlo. Tal y como anticipaba la puesta en escena, no podía tratarse de otra persona: el marqués de Bramonte salió a su encuentro y le besó la mano en un gesto anacrónico de decorosa pedantería.

—Un verdadero placer coincidir con usted en esta espléndida tierra —dijo a modo de saludo, todavía con la mano de Adela entre el cuero negro de su guante—. ¿Puedo saber qué la ha traído hasta este lugar? —añadió inoculando falsa cortesía a su pregunta.

—Pues sí que parece una coincidencia, don Braulio —contestó con tinte suspicaz.

Adela sabía que no era una vulgar casualidad. No podía serlo. Pero ¿cómo consiguió encontrarla allí? En el pazo había dado otro nombre. Se mantuvo alerta. Aquel aristócrata, pese a los años que sumaba, no había perdido un ápice de astucia.

—Y dígame, ¿le ha gustado mi pazo?

—¿Es usted el propietario de este lugar? —enfatizó señalando las almenas de aquella fortaleza.

—¿Le extraña? —Disfrutó con el impacto de aquella información.

—No, por supuesto —respondió queriendo parecer mesurada e indiferente—. Pensaba que todavía era propiedad de algún Gómez de Ulloa. No sé... El actual conde de Altamira, por ejemplo —espetó con calma resarciéndose de su ego—. Porque usted no cuenta con ese título, ¿me equivoco? —añadió, un poco más insolente que inocente antes de darle la puntilla—. Seguro que de ser así, me lo hubiera hecho saber cuando se presentó.

Aguantando el tipo ante aquella joven deslenguada y atrevida, el marqués se limitó a sonreír enseñando una dentadura blanca y perfecta. No podría haber sido de otro modo dada la importancia que aquel caballero prestaba a las apariencias.

—Imagino que necesita un medio de transporte para volver a Santiago, ¿me equivoco? —preguntó mordaz sin perder la compostura.

Adela torció el gesto. Apenas había podido disfrutar de su momento de gloria ante aquel encopetado marqués.

—Su deducción es correcta —contestó sin más.

—Por favor, permítame que la acerque. Debo ir a Santiago a completar unos trámites.

—Pero ¿cómo sabe que tengo que ir a Santiago? —preguntó recelosa, con el ceño fruncido.

—¿Cómo dice?

—¿Por qué daba por hecho que tenía que volver a Santiago? Podría alojarme en este pueblo o quizá en otra ciudad.

—Otra deducción —vaciló con otra sonrisa.

Se quedó pensando unos segundos antes de aceptar como válida aquella explicación vacía.

—Bien —dijo al fin—. Tengo que ir a Santiago, pero no se preocupe, encontraré otra opción de viaje.

—Como quiera. Pero ha pasado más de un mes desde nuestra conversación. ¿Ha hecho ya las averiguaciones que quería? —se aventuró a preguntar sin más miramientos.

—Como puede imaginar por el lugar en el que me encuentro, estoy en ello —respondió irónica y molesta por el toque de atención.

—No le queda mucho tiempo, señora —sentenció clavando su mirada turbia en los vibrantes ojos de Adela—. Recuerde que tiene algo que es mío. Y quiero recuperarlo.

Ese hombre de apariencia frágil e intachables modales sabía cómo intimidarla.

—Recuerde usted, señor —replicó marcando cada sílaba—, que entregárselo es una decisión que he de tomar yo. Y lo haré cuando lo tenga claro.

El altivo marqués la escuchaba con las facciones cerrando filas. La joven se estaba atreviendo a desafiar su paciencia. Prefirió mantener la calma.

—Entiendo, entiendo. Tiene razón. ¿Qué es lo que no tiene claro ahora? —Hizo una pausa, disfrutando del estupor que provocaba su tono sobrio en el semblante de ella—. Seguro que estoy en condiciones de despejarle cualquier duda sobre este asunto.

Adela apartó un segundo la vista de aquel fantasmagórico aristócrata que parecía traído de otro tiempo, y tomó aliento para recriminar incongruencias en su testimonio.

—Muy bien. Explíqueme por qué me ha mentido —inquirió sibilina, sin alterarse.

El gesto del marqués trataba de controlar el rictus que constreñía su mandíbula casi como un reflejo.

—Dígame, marqués, ¿por qué se molestó en viajar hasta Madrid para contarme una mentira? —Hizo una pausa, escuchando únicamente el leve incremento en la intensidad de la respiración del extemporáneo caballero—. La joven de la foto que aparece en el camafeo es Celia Gómez de Ulloa y Saavedra. Era la hermana del conde de Altamira. Cuñada de una antepasada suya: Urraca Bramonte y Zúñaga —continuó sin esperar réplica— Pero usted eso ya lo sabe, ¿verdad?

El silencio del anciano se dilataba. Su mirada parecía querer coartar las conjeturas de la joven, pero ya no surtía el efecto esperado. Adela se había envalentonado.

—¿Qué me dice? —Adela hizo otra pausa—. Pero dígame algo —inquirió al tiempo que puso su mano sobre el brazo del marqués, a modo de llamada.

En ese momento, el chófer se movió ágil desde la segunda fila en la que se encontraba, tras su jefe, con intención de reprenderla. Ella se asustó y retiró la mano con la misma rapidez. Sin dudarlo, y como un resorte, el marqués había levantado la otra mano enguantada, sin ni siquiera mirar a su acólito, para que se replegara de nuevo.

—De acuerdo. Guarde silencio. Debo irme.

Adela se dio la vuelta y comenzó a descender por la carretera en dirección al pueblo. Era mejor no volver a entrar en el pazo. Echó la vista atrás y comprobó que el marqués continuaba observándola desde lo alto. Buscó el teléfono móvil dentro de su bolso. Marcó el número de Álvaro. Necesitaba contarle lo que estaba viviendo en Galicia, aunque sin preocuparle. Realmente estaba un poco asustada con el marqués y su chófer. Prefería caminar sintiéndose un poco menos sola.

—Yo también me alegro de escuchar tu voz, Álvaro. Tengo que contarte todos mis avances. Ya sé quién es Celia...

De pronto, un golpe la abatió y cayó con la cara contra el asfalto.

Al otro lado, Álvaro solo pudo oír el impacto del aparato, antes de perder parte de su pantalla entre las hierbas alborotadas que crecían en el arcén de la carretera.

Trató de llamarla una y otra vez, nervioso, desesperado. «Teléfono apagado», repetía una voz que él escuchaba siniestra y, sin pensarlo más, salió corriendo de su despacho.

40

Pazo de Altamira, julio de 1867

Don Rodrigo abrió los ojos como si despertara después de mucho tiempo, sobreponiéndose al letargo del duelo, y pensó en la pequeña Celia. Su madre ya no estaba, pero ella tendría que salir adelante. Había jurado protegerla hasta el fin de sus días. Sabía que era solo cuestión de tiempo, una vez más, que su despiadado padre la encontrara, como había hecho antes con su hermana.

El dolor se hizo a un lado para armar la diligencia que la situación demandaba. Salió de su recogimiento y de la habitación a un tiempo. Sus pasos firmes asaltaron el luto de Rosario en lo alto de la escalera. Buscando consuelo en un pañuelo que no podía absorber más penas, lo miró tras el larguísimo velo de crepé en negro cerrado. Todavía no había encontrado ni el momento ni las fuerzas para cambiar su atuendo por el de servir. Con él mantendría igualmente el riguroso luto que su convicción y la estética victoriana dictaban, no fuese a mancharse o a engancharse el bajo con una madera astillada. Debía devolver aquel vestido en las mismas condiciones, al igual que los demás accesorios. La señora Lourditas, la viuda de un marinero del pueblo, se lo había rentado por poco y menos haciendo así un favor a la maltrecha economía de ambas.

—¿Dónde está la niña? —preguntó guardando respeto al dolor de la mujer.

—No se preocupe, está con el ama. Supongo que haciendo lo propio. —Hizo una breve pausa—. Con lo *pequeniña* y desvalida que está la pobre, qué otra cosa podría hacer... —remató recalando en su propia pena y sus preocupaciones.

—Escúcheme bien, Rosario. Es muy importante lo que le voy a decir. A partir de este momento, la hija de mi hermana no existe —dictó mirándola fijamente a los ojos.

—Pero ¿cómo que la niña no existe? ¿Se encuentra bien, señor? —replicó con menos intensidad en la mirada que su amo—. Han sido unos días muy duros, claro está... —bisbiseó cabeceando con la mirada perdida de nuevo.

—Rosario, mi hermana dio a luz un niño. Usted intentó salvarlo en el alumbramiento, pero fue en vano. El niño murió. ¿Entiende lo que digo? —preguntó inquisitivo, agarrándola por ambos brazos—. La niña Celia no existe.

El conde se aseguró de que nadie los escuchaba y se adentró en una pequeña sala destinada a la contemplación de los jardines cuando el tiempo arreciaba. Rosario lo seguía totalmente desencajada.

—La niña no podrá salir de la habitación del ama de cría ni de día ni de noche por un tiempo —sentenció el conde.

—¡Ay, Jesús! ¿Qué me dice? —dijo desconcertada, sin obtener ninguna reacción en el señor conde—. Pero necesitará que le dé un poco el aire...

—No será mucho tiempo. Un par de meses. —Hizo una pausa pensativo, como si dudase de aquel plan—. Es necesario, créame.

—¿Y después? Después de esos dos meses, ¿qué pasará?

—Pasado ese tiempo diremos que la dejó en la puerta una joven desvalida del pueblo, al poco de nacer. Y con la pena de haber perdido al niño de mi hermana, no dudamos en darle un techo a la desdichada. —La miró fijamente a los ojos un segundo más, antes de añadir—: De encontrarla, usted sabe bien de lo que sería capaz mi padre.

—Virgen santa, Dios no lo quiera. —Hizo una pausa con el miedo invadiéndole el rostro—. Así lo haré, señor. Déjelo de mi mano.

—Confío en usted. Le ruego discreción, Rosario. Sobre todo por si aparece mi padre.

Rosario se persignó nerviosa como si con ello pudiera alejar todo mal de ella, de la casa y, sobre todo, de la niña.

Don Rodrigo continuó su camino escaleras abajo en busca de Antonio. Necesitaba que el capataz se acercase al pueblo para llamar a don Alfonso Bernal, el notario. Él sabría qué fórmula legal usar para preservar la identidad de la niña.

Una vez reunidos en la intimidad de su despacho, don Rodrigo expuso con absoluto secretismo la situación a su amigo.

—Entiendo tu preocupación, Rodrigo. Tu padre es un hombre peligroso. Con amistades poderosas. —Hizo una pausa—. Entre ellas, mi padre.

—Lo sé, lo sé. Sé que lo que te pido no es fácil para ti tampoco. —Lanzó una mirada a la puerta cerciorándose de que permanecía imperturbable—. Habrá que engañar a mi padre y también al tuyo —dictaminó tajante.

El notario movía la cabeza de un lado a otro en silencio. Con los años había aprendido a ser más sensato y cauto en sus implicaciones. Y lo sensato era lamentar la negativa a su compañero de fatigas del pasado y volver a su tediosa rutina en el centro del pueblo. Pero algo quedaba de aquel joven transgresor, cargado de sueños, dispuesto a encajar los correctivos de su progenitor con estoica entereza. Todo por un amigo, un hermano.

—Está bien. Ya sé lo que haremos. Pero antes necesito que llames al cura.

—¿Al cura?

—Sí, al padre Eliseo —enfatizó—. Le necesitamos.

Después de buscar a Antonio en los huertos, entre frutales y camelias, en las cuadras, en el pequeño taller donde reparaba los aperos de labranza, a Rosario solo le quedaba decirle al señor conde que no había podido dar con él. Fue en ese momento, tras haber decidido abandonar su búsqueda, cuando lo vio salir de la pequeña sala de las letras, asomando algo más que la cabeza hacia las escaleras y, acto seguido, volver a meterse dentro. «Un capataz no debería estar ahí nunca», pensó ella. Realmente, ningún hombre debería osar ocupar los espacios destinados únicamente a las damas de la casa. La sala de las letras, así llamada en el pazo, no por la literatura que encerraba, que era inexistente, aunque muchas de las conversaciones que tenían lugar entre aquellas paredes bien podrían transcribirse a innumerables novelas con tintes dramáticos, románticos y hasta cómicos de la época, debía su nombre a las ansias de doña Urraca por marcar todos los muebles de la estancia con sus iniciales, pese a que la legítima dueña de cada uno de ellos había sido la anterior condesa: doña Bernarda. La sala de las letras, por tanto, estaba destinada a uso exclusivo de la dama del pazo. Allí se recogía sola o con otras damas de abolengo, con las que pudiera tener una relación más estrecha, casi familiar, para poder consentirse cierta laxitud en sus estrictos modales, así como en la exigencia de sus impecables vestidos.

Rosario no pudo esquivar la curiosidad y se acercó, sigilosa y prudente, a la puerta de aquella estancia. Apoyó con cuidado parte de la cabeza y se consintió el descaro un par de minutos. No por principios, sino por temor a ser descubierta.

—¿Y dices que está abajo encerrado con el notario?

—Sí. Ya llevan largo rato hablando. Parece importante. Don Rodrigo estaba muy serio cuando me pidió que fuera a buscar a don Alfonso Bernal.

—Qué poco respeto a su esposa... —Doña Urraca suspiró conteniendo fingida aflicción—. Si no fuera por ti, Antonio, nunca sabría nada de lo que sucede en esta casa.

—Señora, aquí me tiene para lo que necesite. —Se acercó con la voz temblorosa por lo inapropiado aunque difícilmente refrenable para él.

—Estoy tan agradecida por tus leales servicios... —Exhaló ella buscando sonar misteriosa y sugerente—. Necesito que vuelvas abajo y que averigües qué se trae entre manos el señor conde —ordenó sibilina, sabiendo que en esa situación obtendría del capataz lo que quisiese.

Rosario apartó la cabeza rápidamente y se metió en otra habitación. Esperó unos segundos y, con el paso tranquilo, descendió escaleras abajo. Al pasar cerca del joven capataz, exageró el gesto para sermonearle por tener los arados de los bueyes mal asentados sobre bloques de baldosa hidráulica, los cuales esperaban pacientes y apilados para ser colocados, como distinguidos mosaicos en salones bien diferenciados, en línea con la actualidad palaciega del momento.

La anciana sirvienta permaneció un ínterin de pie con la espalda estirada, para más solemnidad de la monserga, y acto seguido volvió al despacho del señor conde. Sin dejar en evidencia la malintencionada falta de lealtad del capataz, se limitó a excusar al joven diciendo que se había embarcado en una tarea en el huerto. En su lugar, ella estaba disponible para ir a buscar con total discreción al padre Eliseo.

Siempre predispuesto a escuchar a Rosario, don Rodrigo tuvo a bien aceptar su solícito gesto.

Ella se aseguró de que Antonio estuviese tiempo suficiente ocupado, antes de salir con piernas ligeras en dirección a la iglesia.

El padre Eliseo no se hizo esperar y emprendió la subida hacia el pazo junto a la sirvienta.

—Dígame usted, señor conde, ¿en qué puedo servirle? —preguntó el sacerdote a modo de saludo.

—Siéntese, padre —respondió don Rodrigo, señalando una silla frente a su escritorio, al lado de don Alfonso.

—Bien, usted dirá —dijo con cierta perplejidad al encontrarse en la misma estancia con el notario del pueblo.

—Permítame, Rodrigo —avanzó don Alfonso, obteniendo el permiso que necesitaba en el semblante del conde—. Padre, lo que le vamos a pedir exige por su parte un compromiso de discreción absoluta.

—Por supuesto —aseveró el cura, nervioso—. Pero ¿de qué se trata?

—Mi hermana antes de morir dio a luz una niña.

El padre Eliseo, al escuchar aquellas palabras, rompió a sudar bajo la sotana, como si el alzacuello pretendiese vengarse asfixiándolo en aquella casa.

—Por eso le hemos hecho llamar —continuó el notario.

El cura sentía la boca seca, los ojos nublados y mil gotas de un temor frío corriendo por todo su cuerpo.

—¿A mí, señor? —balbució disimulando el temblor en la punta de los dedos.

—Así es —dijo el notario, tajante—. Como bien sabe, la niña ha nacido sin padre conocido.

Frotó el sudor de las manos en la sotana que cubría sus piernas, que en verdad tapaba mucho más que eso: duelo silencioso, arrepentimiento e infinidad de culpas que lo ahogaban. Preparaba la explicación, justificar lo injustificable, aceptar la sentencia, su condena, en cualquier caso él ya vivía en pena.

—Padre, ¿se encuentra usted bien? —preguntó don Rodrigo.

Arrastró la mirada, quiso levantarla, someterla a juicio frente al conde, frente al hermano de quien había amado hasta perder el respeto al hábito. Despacio. Tragó saliva.

—Padre, lo que tratamos de decirle es que debemos proteger la vida de esa niña, la hija de Celia —dijo don Alfonso Bernal.

—Y para poder hacerlo, le necesitamos —sentenció al fin don Rodrigo.

El cura exhaló lentamente el aire contenido en sus pulmones mientras se concedía un momento con los ojos cerrados.

—Estoy convencido de que podremos llegar a un acuerdo —expuso desconfiado el conde—. Seguro que tendrá a bien recibir un donativo para, por ejemplo, restaurar el retablo de la iglesia.

—No, por favor, señor. No es necesario —exclamó apurado el cura, al comprender el malentendido que su gesto había propiciado—. Solo díganme qué debo hacer y yo lo haré.

—Diremos que mi hermana tuvo un niño y que murió poco después. Sin bautismo. Por lo que si le preguntan, quien sea, dirá que está enterrado conforme a su causa.

—Entiendo, entiendo. Puedo hacerlo. ¿Qué nombre le doy a la cruz?

Rodrigo y Alfonso se miraron con la misma picardía en los ojos, como cuando la socarronería de la juventud los llevaba a vacilar a petulantes resabiados.

—Nuño Gómez de Ulloa —respondieron casi al unísono—. Nada más que eso —apuntó don Rodrigo.

—Pero… ese es el nombre de su padre, señor —advirtió temeroso el cura.

—Sí, sí, lo sé. Por eso será el nombre también de su nieto.

—Siguiendo la tradición de toda buena familia —apuntó don Alfonso, mal disimulando el regocijo entre la comisura de sus labios.

—Exacto —aclaró el conde, devolviendo la seriedad a la conversación—. Ese será el nombre que ha de figurar con los demás repudiados de la Iglesia: entre prostitutas y suicidas.

El cura bajó la mirada, avergonzado por aquella política de la institución a la que pertenecía y a la que, sin cuestionar, no había dejado de servir.

—Eso de un lado —continuó el notario recuperando la compostura—. Después, en un par de meses a lo sumo, Rosario acercará a la niña y la inscribirá en la partida de bautismo con su nombre: Celia Gómez de Ulloa.

—¿Sin apellido paterno? —preguntó el cura con el remordimiento comiéndole parte de las entrañas.

—Solo con el apellido de la madre y como hija de padre incógnito —respondió don Alfonso.

—¿Y en el registro del archivo municipal? —quiso saber don Rodrigo.

—Ahí la inscribiré con otro nombre, para dar veracidad a la historia de la niña abandonada en el pazo. —Hizo una pausa—. ¿Qué nombre le quieres poner?

—No lo he pensado —dijo el conde.

—Cándida —indicó el cura—. Si no sabe qué nombre ponerle, póngale ese.

Los dos hombres lo miraron sorprendidos por el atrevimiento.

—Bueno, lo digo por ayudar —se excusó el padre Eliseo, ocultando que en verdad aquel nombre tenía un significado conocido solo por la intimidad de dos amantes enamorados.

—De acuerdo —dijo don Rodrigo.

—La registraré como Cándida Rey. Es uno de los apellidos usados para los niños de la inclusa. Así mi padre podrá dar fe a don Nuño de la identidad de la niña —explicó don Alfonso al conde.

—¿Y cómo se vincularán las dos identidades? —preguntó don Rodrigo.

—Eso déjalo en mis manos —murmuró el notario—. Guardaré un documento notarial hasta que sea necesario y seguro sacar todo a la luz.

41

Pazo de Altamira, diciembre de 1919

Sirviéndose del silencio para ordenar pensamientos que no entendía, se mantenía de pie, con la mirada congelada, ante un anciano al que cuidaba con familiar abnegación. Un hombre que sin ser familia merecía las bondades de esa condición por méritos. Eso creía ella: hasta este momento. Ahora observaba solo a un mortal que, siendo familia, sangre de su sangre, había abusado de su necesitada situación de huérfana, cambiando sus cartas a traición y engañando así al destino. Destino que nunca había cuestionado. Cartas que siempre había aceptado. Sin rehuir su vida, sin enfrentarse a nada ni a nadie. Agradecida cada día de tener un buen techo bajo el que dormir. Un buen colchón de lana sobre el que descansar, después de largas jornadas de trabajo desde que era solo una niña. Otros, menos afortunados, compartían sueño con los animales, sobre cuatro pajas alejadas con mayor o menor suerte de excrementos y pequeños roedores. No era su caso. Era afortunada por vivir en aquel pazo; un plato caliente al día y libertad para tomar leche recién ordeñada, queso o una buena hogaza de pan.

«¿Por qué?», se preguntó sin saber si estaba preparada para escuchar la respuesta. De ser cierto, por qué aquel hombre desvalido, pero siempre justo, había decidido jugar al despiste con su destino.

—Perdóname, Cándida —acertó a suplicar el anciano conde, buscando sin suerte la mano de su sobrina.

No sabía qué contestar. Lo observaba precavida, con labios impedidos. Su vida distaba mucho de ser perfecta. Pero ella: cristiana, devota y sumisa, nunca había aspirado a otra felicidad. Aceptaba su suerte y codiciaba únicamente vivir tranquila. Implorando fuerza al Altísimo, sin abandonar su fe en el plan divino. Solo Él tenía el poder para colocar piedras en su camino, decidir si el sol saldría mañana o el momento de llamarla para la tregua eterna. Solo Él. No los hombres. Poco importaba si condes o reyes. Había aprendido a aceptar la voluntad del Todopoderoso; a admitir lo que le entregaba como bueno. Aquel hombre en el final de su vida, patrón, tío o padre, la había engañado. Había jugado con ella. Había menospreciado su existencia y se había beneficiado de una condición desigual para beneficio propio. Demasiado para una mujer pía y entregada. Demasiado.

—No soy quien ha de perdonarle, señor —dijo al fin con el gesto inmutable—. Rinda cuentas a Dios —Respiró profundamente—. Ha jugado a ser Dios entre los hombres. Al menos a serlo con mi vida en sus manos. —Hizo una pequeña pausa—. Que Dios le perdone. Si Él puede.

Consciente de la aflicción en el alma de Cándida, declinó defenderse. No podía. No debía. Dejó que las lágrimas hablasen de su ánimo, discurriendo silenciosas por decenas de surcos contrahechos en sus facciones.

Incapaz de odiarlo, Cándida lo observaba con ineluctable frialdad. El anciano conde parecía gritar con los ojos anegados. Pero sus labios inclinados se controlaron para no hacerle más daño. Así cargó con un pecado ante ella que, por omisión, le correspondía. Sin concederse la oportunidad de la explicación que, inevitablemente, ella necesitaba escuchar. Pensó que no era el momento de dársela. Demasiada información en aquella tarde de Nochebuena para una mujer con un corazón tan frágil como grande. Sabía que las preguntas no se harían esperar demasiado. Para entonces, él estaría preparado y dispuesto a ofrecer respuesta a todas ellas. Al menos, eso quiso creer, que habría tiempo.

Sujetó el testamento doblado en cuartos, conocedora del poco valor que por desgracia tendría para ella, y se lo metió en el bolsillo de su amplio mandilón negro. Dolida y profundamente decepcionada, se apiadó de don Rodrigo y apartó sus ojos, más desencantados de lo que lo habían estado nunca, del suplicio que irradiaba el proyecto noble.

—Si no me necesita más, señor, me retiro a la cocina —remató sin conceder más despedida que un último latigazo sin perdón.

Don Rodrigo cerró los ojos y los apretó con fuerza. Las lágrimas añoraron oportunidades perdidas de haber hecho las cosas de otro modo. En cada una de ellas juraba haber actuado con la mejor de las intenciones. Así, imploraba al Cielo para que intercediera en su nombre. Solo necesitaba un poco más de tiempo para explicarse, para acercarse, para congraciarse con ella.

Cándida abrió la puerta del dormitorio sin pretender darse la vuelta. Atrás dejaba la sombra del anciano patrón. En su mano izquierda estrujaba con fuerza desmedida la pequeña caja de plata que acababa de recibir, evidenciando los anhelos mal sofocados en su niñez por acariciar a su madre, por sentirla cerca, por saber que alguna vez pensó en ella. Incluso puede que la quisiera como cualquier madre. La nostalgia se propagó a gran velocidad por su mente. En su corazón la melancolía empujaba a la rabia, conscientes de que ambas no tenían lugar entre cada latido. Respiraba con dificultad con la espalda apoyada en la pared, observando la caja en su mano abierta. Llegó el momento en que el dolor que invadía sus ojos se trasladó también a su pecho. Cada latido acortaba el tiempo con el siguiente. No podía permitirse sentir nada más. Tomó asiento en un banco de madera tan noble como oscuro, oportunamente colocado en medio del pasillo que conectaba ambas alas de aquel pazo. Nada debía cambiar. De hecho, nada había cambiado para ella. Emilia la esperaba abajo para disfrutar de un buen plato de bacalao con coliflor. Era Nochebuena. La respiración agradeció el sosiego de sus pensamientos. Y al final sus latidos encontraron acomodo en su pecho. Sintió alivio: todavía no había llegado su hora. Dio gracias al Cielo, a Nuestra Señora del Mar, a esa madre que no le había faltado nunca.

Entre pasos lentos retomó el regreso a la cocina. Volvió a configurar su gesto templado y se dispuso a bajar cada uno de los peldaños agarrada a la balaustrada que tan bien ensalzaba la grandeza de aquella casa. Primero vio el perfil altivo y desdeñoso que los caracterizaba, y luego a los hermanos doña Urraca y don Braulio Bramonte ascendiendo con el rigor etéreo de frías estatuas que desafían a la historia y a las inclemencias del tiempo. Seguros de su poder, contrapuesto a la invisibilidad de quien no era más que la mujer que velaba por sus momentos y necesidades, tan miserables como los de los demás mortales. La altanera condesa no se lo esperaba. Tamaña osadía perturbó su gesto e hizo temblar hasta su apellido. Así sacudió el semblante áspero y adusto de su arrogante hermano. Realmente Cándida no midió bien los efectos. Resquicios de una rabia latente que había conseguido silenciar, pero que, en un instante, escapó de su control y se asomó al abismo de sus ojos para dar sentencia. Esa mirada cargada de visceral humanidad, desde la altura que cuatro escalones le concedían, sobrecogió el ánimo arrogante de la condesa, obligándola a recordar quién era aquella mujer de ojos esmeralda.

Solo había sido una mirada fría y prolongada. Pero una mirada. Doña Urraca sabía que su significado era otro. Uno más profundo y demasiado peligroso. Algo había cambiado en Cándida para caer en esa insolencia, nunca antes a su alcance.

Superado de soslayo el incómodo acercamiento en las escaleras, la anciana condesa se adentró en una pequeña sala de descanso con su hermano. Allí le hizo conocedor y partícipe de sus temores.

—Estoy convencida, Braulio. Siente el final de sus días y pretende dejarme sin nada —dijo dominada por sus demonios.

—Tranquila, hermana. No puede hacer nada de eso. —Hizo una pausa—. Pero si eres su esposa —musitó convencido del peso de sus argumentaciones.

—¿Recuerdas cómo lo pasó madre? —increpó sin poder controlar el temblor de su voz—. Si no fuese por la ayuda del tío, por monseñor Bramonte, no habríamos recuperado el brillo y la honra de nuestro apellido. Le debemos el favor, ¿no crees? Necesitamos encontrar esas joyas. Y yo necesito saber que no me ha dejado sin nada en el último momento. No quiero pasarlo como lo pasó madre. No quiero, no quiero.

—Eso fue distinto. —Dudó por un segundo.

—¿Distinto? —preguntó ella con la mirada encendida—. El fallo de madre fue menospreciar la astucia de padre. No cometeré el mismo error. Porque reconozcamos que no supo ser discreta en sus acciones, tan indecorosas como públicas con el anterior conde. Ese Nuño y ella... —Frunció los labios.

—Domina tus palabras, Urraca —ordenó Braulio Bramonte con el tono firme—. No te corresponde juzgar a madre.

—Cierto, cierto —respondió mirando al suelo entre temblores desatados por los nervios—. No he trabajado en este matrimonio toda mi vida para que ahora me deje sin lo que es mío, sin lo que debe pertenecer a nuestra casa, a los

Bramonte. —Tocó el brazo de su hermano—. Necesitamos esas joyas. Y estoy segura de que Rodrigo ha dicho o hecho algo a favor de la hija de Celia. ¡Has visto cómo me ha mirado!

Con los ánimos encendidos, los hermanos Bramonte se dirigieron al dormitorio del señor conde. Allí encontraron a don Rodrigo haciendo examen de conciencia a la luz de un par de quinqués, en una atmósfera íntima y austera.

A la sorpresa le siguió el miedo. Vio fuego en sus miradas y lamentó lo vulnerable de su cuerpo, tirado sin fuerza y aún con menos suerte en aquella cama.

42

Santiago de Compostela, 30 de junio de 2011

Aturdida, levantó la cabeza lentamente, rompiendo el improvisado baluarte con el que sus brazos habían protegido su indefensión. Apoyada en una mesa insulsa, de un blanco casi hospitalario, Adela abrió los ojos y fue a levantarse. Un sonido metálico parecía frustrar cada uno de sus intentos. Estaba encadenada a una silla con argollas de distinto tamaño que recorrían el tren inferior de su cuerpo, desde la cintura hasta los tobillos. Sus piernas, inmovilizadas en un ángulo de noventa grados, no conseguían desentumecerse pese a las pequeñas sacudidas que se daba con las palmas de las manos. Giró la cabeza a ambos lados, tratando de focalizar. El dolor de cabeza se agudizaba con el balanceo. La habitación en la que se encontraba contaba con esa mesa y esa silla de la que era prisionera en el centro. Pero no solo eso. También había una pequeña mesa auxiliar con ruedas. Estaba pegada a la pared. Sobre ella, un extraño artilugio de metal con distintos medidores de potencia. Parecía muy antiguo. De él sobresalían cables y una especie de electrodos. Estaba enchufada, con un piloto encendido en color verde. Probablemente era esa monstruosidad la que justificaba el extraño zumbido en la sala. Adela sentía cómo el miedo la invadía. Estaba casi segura de qué era aquella máquina; había visitado una exposición sobre instrumentos de tortura usados durante la guerra civil española y después de ella, al poco de licenciarse en Historia, y ese artefacto se parecía mucho a los que suministraban descargas eléctricas en una época en la que todo era válido para interrogar a un igual, claramente no así considerado.

Un escalofrío recorrió su cuerpo. En una penumbra envolvente, únicamente contenida por el tenue destello de una bombilla, trató de liberar sin éxito sus piernas y encontrar con la vista la salida. Allí estaba. Bajo aquella luz rojiza se marcaban los límites de una puerta, por lo demás mimetizada con las paredes aledañas. Antes de que pudiese siquiera atisbar el momento de salir corriendo de aquella habitación, una luz cegadora como un rayo apuntó a sus ojos. El torrente de incandescencia parecía salir de la pared que tenía frente a ella. La encañonaba sin piedad buscando intimidar hasta a su sombra. Obligada a protegerse de nuevo los ojos con los brazos, pues aquella luz tenía fuerza suficiente para traspasar sus párpados, Adela se agitó tratando de usar sus manos como escudos, intentando ver a alguien tras aquel foco.

—Hola, Adela —saludó una voz ronca y autoritaria, a la par que envejecida.

—¿Quién es usted? ¿Me conoce? No puedo verlo... —dijo alterada al tiempo que trataba de levantarse obviando las cadenas—. ¿Por qué estoy encadenada?

La misteriosa figura se acercó exhibiendo su aplomo en tan ventajosa circunstancia. Se colocó justo al lado de aquel haz de luz implacable, manteniéndose en absoluto anonimato.

—Dígame al menos dónde estoy. ¿Qué es este lugar?

Su interlocutor disfrutaba ofreciendo silencios para alimentar la angustia de la prisionera.

—Usted no es el marqués... Pero le envía él, ¿verdad? Sabe mi nombre. ¿Quién es usted? Pero ¡dígame algo! ¡O déjeme marchar de una vez! —Hizo una pausa que la ayudó a tranquilizarse un poco antes de continuar su infructuosa interpelación—. Está bien. Dígame qué quiere. ¿Qué quiere de mí? ¿Por qué estoy aquí?

—Aquí las preguntas las hago yo.

El tono severo del hombre devolvió el silencio a la habitación. Un clima tenso que saltó por los aires justo cuando un leve y conciso clic accionaba un proyector sobre la pared que quedaba a su derecha, obligándola a girar la cabeza. En ese lapso, el foco se apagó. Adela se dio la vuelta en busca de la figura de aquella voz que conocía su nombre, pero no vio a nadie. Sobre la pared solo se proyectaba un fondo con figuras geométricas en blanco y negro. Nada más. Adela se destensó un poco, y a continuación pensó en quién sería aquel hombre; no era el marqués, pero seguro que estaba pagado por él. Tal vez alguien que compartiese ambición y falta de escrúpulos. La primera imagen proyectada dinamitó sus cavilaciones. Una vez más, sus nervios se desataron dentro de su estómago y sintió ganas de vomitar. Se sentía temblar: piernas, manos, párpados... En la nívea pared podía ver con claridad una estampa familiar tan idílica como aterradora. En ella, Álvaro y Martín disfrutaban de una tarde en el parque del Retiro. Era la misma fotografía que coronaba su mesita de noche. Permaneció allí largos minutos atormentándola, hasta que una tras otra comenzaron a sucederse más imágenes de Martín desde que era un recién nacido hasta la actualidad. Sin pausa, sin tiempo a detenerse en los detalles, su pequeño cuerpo, sus ojos, su sonrisa, continuos e imparables la bombardeaban como una ametralladora inclemente buscando y logrando minar su resistencia mental. Lo habían conseguido. Sus lágrimas daban cuenta de ello mientras descendían sin recato ni objeción de sus ojos enrojecidos y desbordados de angustia y pánico.

—¡Por favor! ¡Basta ya! —gritó con todas sus fuerzas, incapaz de apartar la mirada de la despiadada proyección.

Su súplica parecía haber sido atendida. La proyección se detuvo y la habitación volvió a llenarse de oscuridad. Adela se cubrió la cara con ambas manos y dejó caer la cabeza sobre la mesa mientras lloraba desconsolada. Sin dar tiempo a que se repusiese, pues el prescriptor y ejecutor de aquella pulida y mil veces contrastada técnica para conseguir cualquier cosa de un ser humano era tan cruel como metódico, el foco de luz la encañonó de nuevo. Con las fuerzas mermadas, levantó la cabeza mostrando sin pudor el dolor y las lágrimas. Incapaz de abrir los ojos y buscar amparo en sus manos, se dirigió a su captor.

—¿Qué quiere? ¿Qué quiere de mí? Haré lo que me diga, pero no haga daño a mi hijo... Por favor... Por favor —rogó buscando la entereza y el valor en sus palabras, todavía anegadas.

—Ahora empezamos a entendernos, Adela.

43

Pazo de Altamira, agosto de 1867

—Señora condesa, su madre, doña Lucrecia Zúñaga, la espera en la sala de verano —informó la joven sirvienta, evitando como podía el sol del mediodía que inundaba la galería con vistas al jardín.

La aristócrata se limitó a hacer un gesto con la mano dando a entender que el mensaje había sido recibido y que podía retirarse. Continuó unos minutos inmóvil, solo por el placer de hacer esperar a su madre. Le gustaba darse ínfulas incluso ante ella, quien era tanto o más vanidosa que su persona. Ahora era la condesa de Altamira. Un título que la emparentaba legítimamente con la historia de un Estado. No como su madre, quien con sus contoneos licenciosos e impúdicos había conseguido alejar a su legítimo benefactor, por imperativo de la institución del matrimonio, al poner en tela de juicio la paternidad de sus vástagos. Lucrecia Zúñaga había crecido en el seno de lo que se consideraba una buena familia: matrimonio con buena dote, sin sentimentalismos románticos, en donde el hombre gestionaba el patrimonio y la mujer velaba por el estatus social. Todo un juego de equilibrios constante; cada decisión se estudiaba para que de ningún modo propiciase estigma en la pompa o mengua de capital. Pese al celo con el que su familia la había criado, Lucrecia Zúñaga había hecho su propia interpretación del mundo que la rodeaba. Creció como mujer veleidosa, amante del dinero y del boato, y rehuía de cualquiera que tratara de encorsetarle una orden, ya fuese como hija, como esposa o como madre. Todos ellos, roles que supo ignorar, creyéndose inmune a sus consecuencias. Consecuencias que, por supuesto, llegaron. Y dolieron. Su familia, incapaz de desheredarla para evitar la habladuría de su círculo, redujo sus bienes hasta su mínima expresión. Por otro lado, sufrió el más desolador para ella, el abandono de su marido dejándola sin nada. Fue entonces cuando recordó parte de lo aprendido en el seno de su familia y decidió ser algo más que una amante para don Nuño Gómez de Ulloa. Sería también compañera y cómplice. Nunca faltaría a fastos de su círculo social y se encargaría de asegurar el futuro de sus hijos con sendos apellidos no faltos de tradición y refulgencia.

Pese a los intentos por eliminar reminiscencias del pasado y del papel de su madre en su matrimonio, Urraca sabía que estaba en deuda con ella. Era esa la única motivación por la que mantenía un mínimo de respeto hacia su persona y atendía sus reclamos.

—Buenos días, madre. ¿Qué la trae por el pazo hoy?

—De continuar mi espera pronto serían «buenas tardes» —contestó remilgada mientras desenguantaba sus manos lentas y perezosas.

Urraca se limitó a apretar una sonrisa, al tiempo que se disponía a tomar asiento en el principal sillón de la sala. Desde su posición dejaba claro a su madre quién era la condesa, ama y señora de aquel lugar.

—¿Y bien? —Hizo una leve pausa, acomodándose con poco recato y menos respeto sobre el lino de aquella poltrona—. Usted dirá, madre.

Doña Lucrecia la desaprobó con la mirada, pero no tenía derecho a juzgarla, y mucho menos a reprenderla. Lo había perdido en todos esos años de maternidad despreocupada y fue incapaz de ganárselo cuando empezó a interesarse por su futuro, viendo en ella no más que un activo del que poder beneficiarse.

—¿Es cierto que el hijo de Celia ha muerto?

—¿Cómo dice? —preguntó con desidia, a sabiendas de que aquella noticia no podía ser cierta—. La verdad, ni lo sé ni me importa.

—Debería importarte.

—Pues ya ve que no me importa.

—Nuño ha visto una pequeña cruz en el cementerio donde está enterrado su cuerpo. Tu marido ha considerado apropiado llamarle igual que su padre: Nuño Gómez de Ulloa.

A Urraca se le escapó una carcajada malintencionada, a sabiendas del malestar de su madre.

—¿Te hace gracia?

—Ya ve que sí.

—Ya veo, sí. Rodrigo no solo impide la entrada a esta casa a su propio padre, sino que juega de esta forma con él.

—Madre, ¿acaso pretende que sienta algo de pena por su amante? ¿Con qué intención? ¿Para que yo interfiera a su favor? ¿Me dirá también que don Nuño Gómez de Ulloa sufre? Ni usted se lo cree.

Doña Lucrecia giró la cabeza con delicadeza, conteniendo el impulso de gritar a su hija.

—¿Cómo puedes referirte así a un hombre enviudado en juventud? ¿Acaso no temes a tu propia suerte? —trató Lucrecia de rebajar la moral de su hija.

Doña Urraca soltó un resoplido cargado de irrisión.

—¿En verdad se cree que han engañado a alguien con esa farsa? —escupió sin pudor—. Eran más que rumores de sirvientes, madre. Todo el mundo sabía que estaban juntos en vida de Bernarda Saavedra.

—Hablas de lo que no sabes, para no perder costumbre. Don Nuño sufrió mucho estando casado con una desequilibrada que acabó saltando una noche desde el acantilado.

—Tal vez parte de su locura se debiese a haber contraído matrimonio con un adúltero, ¿no cree?

Doña Lucrecia mordió el impulso de nuevo y respiró la rabia.

—Usted dirá, madre, estaba allí el día que esa infeliz descubrió el delito en sus propias sábanas.

Doña Lucrecia recordaba perfectamente el momento en que Bernarda abrió la puerta con el gesto congelado, ni de ira ni de sorpresa: de verdadero miedo o pavor. Sin hacer nada por impedirlo, vio al conde asaltar el cilindro de un escritorio tapando sus vergüenzas con monstruosa furia y un calzón. Hasta entonces desconocía los atávicos instintos de aquel caballero. Impresionada en primera instancia, sintió un extraño placer por ver a la condesa, tan hermosa como desdichada, en aquella tesitura. La amenazaba enajenado con un abrecartas en forma de espada napoleónica, sin pestañear, presionando el filo del metal sobre la piel de su cuello de cisne, como a una prisionera que nada valía, sin nombre, sin precio, sin posibilidad ni suerte.

Bernarda Saavedra estaba rígida, la miró a los ojos pidiendo ayuda, pero ella se la negó y la condesa se resignó cerrando los ojos, con la cabeza estirada hasta el mutismo y las manos abrazadas sobre la seda de su vestido, desvencijado en sus costuras y casi tan maltratado como su cuerpo.

Con una estridente carcajada, Nuño parecía haber devuelto a su esposa al mundo de los vivos. Lucrecia, que continuaba sin acomodar las enaguas y con el corsé encima de una silla, seguía la escena con atención.

—¿Crees que renunciaría a todo por un impulso caprichoso? —dijo él riéndose al tiempo que lanzaba el abrecartas hacia la cama, por encima de su hombro, indiferente y poderoso, propinando el golpe de gracia al precario equilibrio de un anaquel de madera. Amontonados sobre el suelo, los libros de Bernarda habían caído como aves de caza malheridas—. Sé que me ocultas algo. Hay voces que hablan del poder de la Casa de Altamira más allá de la riqueza que conozco. Dime de qué se trata.

Bernarda respiraba agitada, constreñida, con el pecho subiendo y bajando en los límites fronterizos del corsé de su vestido. No dijo nada.

—Lo descubriré, Bernarda, y juro que me haré con ello.

Perfumado, con la pechera henchida y arrogante, el conde salió de la habitación. No así Lucrecia, que con el pretexto de adecentar su atuendo —en sus circunstancias lo máximo a lo que podía aspirar la dama—, se había zafado de los ojos de Nuño con el objetivo de espiar la soledad de Bernarda. La vio llamar a una joven criada y entregarle una carta. «Azabachero Ortega. Santiago de Compostela. Urgente». Así pudo descubrir sus planes, tratar de anticipar sus movimientos y conocer la existencia de las joyas. Era cierto que ocultaba algo.

Doña Lucrecia no se tomó la molestia de dar réplica a su hija.

—¿Pudiste encargarte de recoger todas las pertenencias de Celia? —preguntó con frío interés a Urraca.

—Sí. Y me he quedado con todo lo que tenía valor —contestó tajante.

—¿Encontraste entre sus cosas un camafeo de azabache con esmeraldas?

—Creo que no —contestó con indiferencia.

—¿Crees o lo sabes? —recriminó Lucrecia.

—¡Qué importancia tiene!

—Tranquila, Urraca —dijo pausada—. No te alteres o envejecerás más rápido que las uvas de estos viñedos al sol —añadió sarcástica—. Antes de tu boda, te comenté que Rodrigo había heredado de su madre un reloj que era muy valioso, ¿recuerdas?

—Sí, lo recuerdo. Vagamente.

—Pues Celia recibió de su madre un camafeo. Ambas joyas son muy valiosas.

—¿Un camafeo de azabache? —preguntó retórica, restando credibilidad a lo que decía su madre.

—Tiene un valor que desconoces. Ambas piezas lo tienen. Sigue buscándolas —quiso ordenar.

—Bueno, tal vez eche otro vistazo —dijo con pocas ganas, irguiéndose con la diplomacia de los sables.

Doña Urraca sabía perfectamente a qué joyas se refería su madre, mas nunca le daría el gusto de reconocérselo. Continuó caminando hacia la puerta, sin ceder el paso a la más elemental cortesía, discurriendo la forma de incomodar más a su visita.

Doña Lucrecia caminaba a su espalda con la misma incomodidad que le ofrecía tenerla de frente.

—Recuerdo una pequeña caja. Puede que de bronce, o quizá de plata... Sé que era muy fina —prolongaba abstraída lo que parecía un soliloquio, con la mano sobre el pomo de la puerta.

—¿Y qué pasa con ella? —interrumpió nerviosa su madre.

—Rodrigo me vio con ella en la mano un día y nunca más he vuelto a verla —contestó relajada tras darse la vuelta.

—¿Estaba allí el reloj? ¿O el camafeo?

Doña Urraca miró a su madre por el rabillo del ojo, disfrutando de la tensión y la expectativa en su rostro que parecía incluso más blanco que la porcelana.

—Lo desconozco. Aunque puede que no fuese más que un relicario o guardapelos —respondió con el tono invadido por la indiferencia.

La intuición de la madre arrastraba defectos de forma y de fondo que le impedían discernir la credibilidad o la falta de ella que podía tener esa nueva información. No conocía a su hija como para diferenciar si le decía la verdad o únicamente buscaba desquiciarla. Así abandonó la estancia y aquella casa, en donde había cometido los peores pecados capitales. Todavía podía oír los gritos de aquella tarada. Sus ojos. Aquellos ojos.

44

Pazo de Altamira, diciembre de 1919

—¿Qué hacéis en mi dormitorio? —acertó a decir tratando de ocultar el pánico que le provocaba la presencia de ambos.

Su instinto alertaba del mal presagio de aquella visita. Se trataba solo de una pareja de septuagenarios, pero el tiempo, lejos de limar sus convicciones, las había convertido en incuestionable piedra filosofal para sus almas o en ausencia de ellas. Primero observó el rostro de quien había sido considerado un héroe de la patria. Arrogante hasta el delirio, Braulio Bramonte permanecía frente a él. Buscaba en sus ojos algún resquicio de los brandis y los puros compartidos en el pasado. Lamentó que eso fuera lo único que hubiese compartido con él. Las ideas políticas y la diferencia de caracteres nunca propiciaron encuentros más profundos que la mera trivialidad. Ni el joven Rodrigo ni ahora tampoco el anciano entendieron nunca la pasión con la que defendía la esclavitud ni cómo acusaba de deslealtad el tener cualquier idea liberal. Tal vez su madre tuviese mucho que ver en eso; al fin y al cabo, su persona se había forjado entre anécdotas y lecciones contemplando la puesta de sol sobre el mar. En ese escenario le dijo un día: «La Historia, Rodrigo, solo la tiene Dios, porque solo Él la ve y entiende a través de todos nuestros ojos. Nosotros, hijo mío, vemos únicamente la parte que queremos ver o aquella que necesitamos sin intuirlo. Sin querer, sin saberlo siquiera, la moldeamos a nuestra imagen y semejanza, la teñimos del color de nuestra bandera e incluso de un partido. Porque la Historia no tiene color, hijo, y, sin embargo, los tiene todos». Tal vez por esa lección escuchaba siempre los discursos ajenos, evitando tener uno propio. Pero ahora, desvalido en aquella cama, en verdad poco importaba.

Al lado de su hermano, valiéndose de su presencia varonil, Urraca permanecía de pie, con la espalda rígida y el cuello en constante tirantez. Su cuerpo enjuto cubierto por ropas oscuras y coronado con un cabello gris bien recogido le confería un aspecto de parca indeseable, aferrada cual carroñero a su bastón destacado con empuñadura en frío metal. Nunca hubo amor en sus ojos. Él lo sabía. La miraba, lo buscaba, sin esperanzas, sin fe. Le habían educado para ser un caballero y no supo traicionar su moral. Ella, en cambio, había sido bien aleccionada para devolver el esplendor a su casa, a su familia, a su apellido. Temía a la pobreza por encima de cualquier otra circunstancia. Ella había pensado que era legítimo intercambiar virginal juventud por un título y la riqueza indispensable para la única vida que había conocido. Fue así como la espera de su primogénito sorprendió a Rodrigo y, sin mucha ocasión para pensar en lo adecuado de la unión, pidió la mano de Urraca para regocijo de su padre y de su indiscreta compañera, que no era otra que la misma madre de la joven.

—Protejo lo que es mío —contestó con la voz fría como el hielo la condesa. Después lo ensartó con la mirada antes de lanzar una pregunta—: ¿Qué has hecho, Rodrigo?

—No sé a qué te refieres. —Hizo una pausa tratando sin éxito de erguirse un poco en la cama—. No considero adecuado que estéis en mi dormitorio. Podría dar lugar a malas interpretaciones por parte de los criados. —Confiaba que aquello persuadiese sus intenciones.

—No temas por ellos ni por nuestra reputación entre esos muertos de hambre —dijo con socarronería Braulio, mirando a su cómplice.

—Los criados están celebrando su Nochebuena —continuó ella con un extraño amago de sonrisa viperina en los labios—. La casa está casi vacía, a excepción de esa desgraciada de Cándida y su insufrible hija —dijo sin disimular el desagrado que le provocaba únicamente mentarlas.

El aire de la habitación parecía haberse comprimido, incapaz de auxiliar la angustia que empezaba a sitiarlo en su propia cama.

—Y entonces, ¿en qué os puedo ayudar yo? —quiso preguntar devolviendo la calma a su voz.

—Hoy nos vas a ayudar y mucho —sentenció doña Urraca—. Sabes que ya no te queda tiempo entre nosotros, ¿verdad? Sé que lo sabes. —Golpeaba insistente buscando minarle, no sin éxito.

—Puede que así sea, o puede que no —se escudó tratando de mantener la dignidad—. Nadie apostaba por que hubiese sobrevivido tantos años... y aquí sigo.

Aquellas palabras irritaban sus ya escocidos ánimos. No solo era la responsable del accidente y de su posterior ictus, sino que había implorado día sí y día también por su muerte maldiciendo la clemencia del tiempo.

—¿Dónde está el reloj que te dio tu madre? ¿Y el camafeo? —farfulló iracunda.

El anciano conde no daba crédito a aquella increpación. Qué sabía su esposa de las joyas de su familia. Sus ojos se agitaban nerviosos en las cuencas sin saber cómo aplacar sus ánimos sin mentiras demasiado evidentes.

—Hace muchos años, más de los que hoy puedo recordar, se lo vendí a otro gran señor en uno de mis viajes por el mundo.

—¡Mientes! —vociferó la condesa.

—No lo hago —se excusó él—. ¿Recuerdas el año en que una terrible tormenta arrasó la cosecha y tiró abajo la torre del pazo? Yo... no quería preocuparte, pero tuvimos dificultades para afrontar los gastos, así que me vi obligado a desprenderme de algunas joyas familiares. Así evitamos la ruina.

La anciana condesa se quedó unos minutos en silencio escuchando las explicaciones de su marido. Recordaba aquella tormenta que una noche la había levantado de la cama llegando a temer por su vida en aquella torre. Con el gesto sofocado, miró de reojo a su hermano y dio credibilidad a las palabras de Rodrigo.

—¿Y qué hay de tu testamento? —espetó por sorpresa el capitán Bramonte.

—¿Cómo dices, Braulio? Mi esposa conoce perfectamente mis últimas voluntades —acertó a decir buscando la complicidad en el rostro de ella.

—¿Qué es lo que le has dicho a la criada, Rodrigo? —interrumpió ella.

—¿A quién?

—Lo sabes de sobra —respondió Urraca con la bilis en los labios—. A Cándida. Sé que le has dicho algo. Lo sé.

—Enséñanos el testamento, Rodrigo —ordenó Braulio—. He visto a tu amigo el notario rondando por aquí. ¿Qué hacías con él?

Rodrigo no sabía qué decir. Estaba superado, abrumado, urgido a satisfacerles. No podía. Ya todo estaba hecho. Buscaba el subterfugio necesario y solo hallaba cansancio, demasiado cansancio.

—Cándida es mi sobrina, hija de Celia.

La furia se apoderó de la vieja condesa. Como esa niebla espesa que en pocos minutos devora barcos, puertos e incluso pueblos enteros, la cólera enajenó una mente forjada en odio y carente de moral. Alzó el bastón y comenzó a golpearlo. La vulnerabilidad manifiesta del anciano le impedía protegerse con tino. Incapacitado para controlar el pánico en la voz, no podía más que gritar para reclamar auxilio.

—¡En la cara no! —ordenó el viejo capitán agarrando con ambas manos la madera, más contundente que noble en aquella circunstancia.

Urraca trató de adueñarse de nuevo de sí misma. La niebla la había escupido de golpe, pero esta vez ya no podía ocultar el pecado en la memoria del frágil conde.

—¿Qué consecuencia debo esperar de que esa malnacida sea hija de Celia? —instigó iracunda.

—Braulio, debes llevarte a tu hermana —ordenó el conde con voz débil.

—Me la llevaré, no te quepa duda, pero ahora dime: ¿dónde está el testamento? ¿Qué sabe esa criada?

—No tengo nada que responder ante vosotros. Solo rendiré cuentas ante el Altísimo. Que Dios me perdone.

Presa de los nervios, Urraca alzó el bastón una vez más. Braulio apuró los movimientos y cogió un almohadón que hasta ese momento velaba por la comodidad del conde, se abalanzó sobre su menguado cuerpo y, sin recibir más resistencia que frágil resignación, decidió su último aliento y dio fin a su vida.

45

Madrid, 30 de junio de 2011

—Enrique, soy yo, Álvaro... ¿Estás con Adela? ¿Tienes noticias de ella?... Es que estábamos hablando por teléfono y se cortó la llamada de repente. Eso ha sido hace poco más de una hora y desde entonces no consigo contactar con ella. El teléfono está apagado... ¿Por qué estás tan seguro de que está bien? ¿Alguno de tus colegas sabe algo?... Sí, claro, espero... Entonces, ¿ha cambiado el vuelo para más tarde? ¿Hace solo diez minutos?... Imagino que sí, claro. Le habrá surgido algo... Vale, gracias... Pero ¿estás cerca de ella? ¿Enrique?

Álvaro observó la pantalla de su teléfono como si quisiera pedirle explicaciones. Enrique Roldán no regalaba segundos de su tiempo, tampoco favores. Le había dejado hablando solo sin miramientos. Así actuaba con todos los miembros de la familia. Había tejido una red de dependencia que los ligaba y ataba a ella, de esa forma conseguía saber todo cuanto pasaba a su alrededor, aunque luego actuaba únicamente en función de sus necesidades y deseos.

Se fijó en el reloj de su muñeca; eran ya casi las tres de la tarde. Martín saldría de la guardería en una hora. En parte, Enrique lo había tranquilizado. Pero solo en parte. No le había confirmado que estuviese en Galicia o que alguien velara por los movimientos de su mujer en aquel lugar. Por qué Adela iba a retrasar su vuelo sin decírselo a él. Aunque estuviera sin teléfono, era una mujer de recursos y sabía que él se preocuparía. Caviló un par de segundos y decidió que debía ir a Santiago.

Dirigió sus pasos a buen ritmo y cruzó la media docena de manzanas que le separaban de la escuela infantil. Adelantaría la salida del niño y se plantaría con él en casa de sus suegros. Una vez allí, serían incapaces de rehuir el cuidado y la atención a su nieto. Siempre se habían sentido agradecidos por las incontables visitas del pequeño, querían ser algo más que estirados abuelos de domingo. Realmente era Martín quien daba un poco de alegría y sentido al triste pasar de las horas de aquel complaciente matrimonio.

Álvaro contuvo como pudo la energía de su hijo en la puerta de la guardería. No habían pasado más que unas horas desde que lo dejó esa misma mañana, pero Martín interpretaba el paso del tiempo con parámetros guiados por el apego a sus padres. La felicidad que sentía al ver a cualquiera de los dos lo desbordaba. Imposible no corresponderle.

Los coches que siempre llevaba en ambas manos cayeron al suelo. Tras el fuerte abrazo con el que le había recibido, Álvaro se agachó a recogerlos. Entonces se fijó en un coche de color oscuro que estaba aparcado justo cruzando la calle, frente a la escuela infantil. En él había un hombre de mediana edad. Tal vez un padre o un abuelo —hoy día es difícil saberlo con seguridad— esperando para recoger a un compañero de Martín. Pero había algo diferente en aquel hombre que hundía su nariz tras la enorme pantalla de una tableta o quizá de un teléfono de gran tamaño: no llevaba silla en el coche para ningún niño: ni grande ni pequeño. Con disimulo, Álvaro lanzó otro vistazo y confirmó que tampoco se trataba de un VTC. Pensó que estaba sufriendo algún tipo de locura paranoide que le hacía retorcer la realidad y prefirió restarle importancia. Al menos por el momento.

Continuaron caminando calle abajo en dirección a la Castellana. Allí podrían coger un taxi que los llevara hasta la casa de sus suegros. Todavía no habían cruzado el primer paso de peatones cuando los coches de juguete volvieron a golpear la acera, perdiendo un poco más de pintura y ralentizando el trayecto para ambos. Álvaro no se detuvo y continuó bajando un par de metros por pura inercia. En cambio, la agilidad de Martín le permitió dar la vuelta y correr calle arriba buscando sus preciados tesoros, sin pensárselo. Uno de ellos había rebotado contra el suelo y se había adentrado entre los altos setos que limitaban la entrada de un pequeño parque entre calles. De pronto, una mano se asomó desde la vegetación de aquel cerco con el pequeño coche en la mano. Desde donde se encontraba Álvaro solo veía con claridad el cuerpo de su hijo, aunque pudo intuir que otra persona, probablemente adulta, le devolvía el ansiado juguete.

—Vamos, Martín —pidió con el tono firme para que su hijo lo tomase en serio.

El niño continuaba de pie, mirando entre los altos setos. Al fin se dio la vuelta y bajó la calle corriendo hacia donde él estaba.

—Tenemos un poco de prisa, Martín. Los abuelos están deseando verte.

—Las prisas no son buenas, papá. A veces hay accidentes.

Sin detenerse, lanzó una mirada a su hijo. Caminaba muy serio con sus coches en las manos.

—Claro, claro. Por eso debes agarrar bien tus coches para que no se vuelvan a caer. —Sonrió.

Una vez sobre el bullicioso y temperamental paseo de la Castellana, Álvaro paró un taxi con un brazo en posición de alto, mientras su hijo imitaba el movimiento desde la retaguardia.

El taxista introdujo las indicaciones en el GPS, al tiempo que Martín se acomodaba sobre las piernas de su padre para ver mejor los coches que transitaban en todas las direcciones por un Madrid en hora punta.

Parados en un semáforo, el pequeño empezó a dar saltos alterado.

—¿Qué pasa, Martín? —preguntó su padre.

—Es ese señor, papá —dijo extendiendo el brazo y apuntando con un dedo al interior del coche que se había detenido en el carril de al lado—. El que rescató mi coche.

—¡Ah! ¿El señor que te ayudó antes a recuperar tu coche? —preguntó sin prestar demasiada atención a la historia ni al hombre.

—Sí, papá. Tu amigo.

—Muy bien, Martín. —Regaló una sonrisa a su hijo—. Pero no es mi amigo.

—Sí que lo es —afirmó el pequeño, obstinado.

—No lo es, Martín. Ni siquiera lo conozco. —Apretó los labios y subió las cejas dando más credibilidad a sus palabras.

—Pues él me ha dicho que es tu amigo —contestó el niño—. Me lo dijo él. Y que también es amigo de mamá.

El semáforo cambió de rojo a ámbar intermitente. Rugido de motores, coches reunidos en desorden y conductores que comenzaban a lanzarse los primeros bocinazos, acompañados de todo tipo de aspavientos y gesticulaciones y, con toda seguridad, de algunos improperios.

—¿Un amigo? —se preguntó Álvaro tan sorprendido como inquieto—. ¡Acérquese un poco a ese coche de delante! —gritó alterado, acercándose al asiento del taxista.

—Todavía están cruzando peatones. Tenga paciencia, señor —dijo el conductor mientras cabeceaba.

—Por favor, acérquese solo un poco, necesito ver al conductor.

El semáforo parpadeaba cada vez más rápido, avisando de que el cambio a verde era inminente. Los transeúntes más atrevidos y menos prudentes se acercaban forzando el paso o directamente al trote sobre el asfalto.

—Seré muy generoso con la propina, pero ¡acérquese un poco más! —dijo con apremio.

Con el sigilo propio de un coche híbrido, el taxi se colocó en paralelo al BMW gris oscuro que con tanto interés señalaba Martín. Álvaro sentía cómo el corazón, por segunda vez en ese día, se le agitaba descontrolado. No tenía ninguna duda. Era el hombre que estaba aparcado frente a la guardería. Se quedó mirando su perfil unos segundos, justo hasta que el disco se puso verde y animó a los motores a continuar con sus infatigables carreras. Escrutó cuanto pudo a aquel hombre hasta que este se giró inesperadamente y le clavó su mirada fría y penetrante. Álvaro se estremeció. El BMW aceleró y sus neumáticos chillaron despavoridos, escapando de su alcance y de su vista.

—¡Mucho coche para tanto loco! —gritó el taxista acompañando la cátedra de un sonoro bocinazo.

Álvaro estaba convencido de que era el mismo hombre. Pero aquella mirada parecía una advertencia, una amenaza quizá. No obstante, tuvo tiempo de memorizar la matrícula y la apuntó más tarde en el bloc de notas de su teléfono: 5106 BTZ.

—Martín... —Se giró hacia su hijo—. ¿Podrías decirle a papá qué te dijo ese señor? ¿Te acuerdas?

—Sí, papá. —Asintió con la cabeza—. Ya te lo dije antes: «Las prisas no son buenas. A veces hay accidentes».

Esas palabras por sí solas no tenían por qué suponer una amenaza, pensaba él.

—¿Te dijo algo más el señor?

—Que os diera el recado a ti y a mamá.

—¿Algo más? —inquirió nervioso.

—No, papá. Después se despidió de mí.

El gesto de Álvaro se destensó un poco.

—Dijo que a lo mejor nos vemos pronto. Si vosotros no sois buenos, él jugará conmigo —añadió Martín con una sonrisa socarrona e inocente mirando a su padre.

La palidez del rostro de Álvaro contrastaba con sus ojos y su pelo oscuro. Aquellas palabras en la dulce voz de su hijo le sobrecogieron el ánimo sobremanera.

—Martín, escucha a papá. Es muy importante. Nunca te acerques a extraños, a personas que no conozcas, aunque digan ser amigos de tus papás. ¿Me has oído?

—Pero papá... —comenzó el niño haciendo un puchero.

—Es importante, Martín. No hables nunca con extraños —dijo tajante.

Una vez fuera del taxi, cogió al niño en brazos en un instinto de protección y caminó los pocos metros que les separaban del portal de sus suegros.

Pulsó el telefonillo en el número 67 de la calle Claudio Coello. Nadie contestaba. Volvió a intentarlo. Silencio de nuevo. Procurando acortar tiempos innecesarios, sacó su teléfono del bolsillo de la chaqueta.

—Voy a llamar a la abuela —dijo mirando al pequeño para darle tranquilidad.

No había señal en la línea. El teléfono estaba apagado.

Álvaro se mostraba inquieto ante la puerta del edificio. El portero había salido para ir a comer, por lo que estaba totalmente condicionado a que alguien le abriera. En ningún momento se había planteado dejar al niño de nuevo sobre la acera. Martín tenía sueño. Empezaba a acusar los estragos de haber interrumpido su siesta en la guardería. Decidió pulsar por última vez el telefonillo antes de dar media vuelta y pensar qué hacer. Como el zumbido de un gran abejorro, la puerta avisó de su desbloqueo. Sintió un gran alivio.

Una vez fuera del ascensor, dejó que Martín tocase el timbre. No una vez, ni dos, puede que tres o más. Escuchó el pasador y también la llave en la cerradura. Definitivamente había alguien en casa. Hacía solo unos minutos eso le parecía lo más probable, ahora ya no estaba tan seguro.

—Pero ¡qué sorpresa! —exclamó rebosando sonrisas Teresa.

—¡Abuela! —correspondió el niño con un fuerte abrazo a la altura de las rodillas de la mujer.

—Pero ¿qué hacéis por aquí? —preguntó dirigiéndose a Álvaro.

—Si te parece bien, Teresa, paso un momento y te explico.

—Disculpa. Pasa, por favor —dijo haciéndose a un lado.

En el salón, Teresa apuraba un café frente al televisor, mientras Adolfo salía de una pequeña sala que ejercía de biblioteca y despacho, en donde acostumbraba a pasar horas recluido.

—Muy buenas, Álvaro —saludó su suegro.

—Necesito que os quedéis con Martín. Seguramente volveré esta noche a recogerle junto con Adela.

—¿Seguramente? —preguntó Adolfo.

—Sí. Ahora mismo no os lo puedo garantizar. —Hizo una pausa al ver las caras de desconcierto de ambos—. Adela está en Santiago.

—¿Santiago? ¿Adela está en Santiago? —intentó cerciorarse con la voz temblorosa su suegra.

—Tranquila, Teresa, no hay ningún problema, está bien —acertó a tranquilizarla Álvaro—. El caso es que no tiene teléfono y prefiero ir a recogerla al aeropuerto, por si tuviese cualquier problema.

—De acuerdo. Nos quedamos con el niño —dijo Adolfo manteniendo la compostura y el temple—. Seguro que nos vemos esta noche. Si llegaseis tarde, avisad y recogedle mañana.

Álvaro se sorprendió de lo bien que había contado medias verdades o medias mentiras, según la indulgencia consigo mismo, a sus suegros. Cierto que iba a buscar a Adela al aeropuerto, pero no tenía claro que todo estuviese bien. ¿Realmente había cambiado ella el vuelo de regreso? Pronto lo sabría.

A la altura del número 64 de Claudio Coello, un hombre parecía hablar a la solapa de su abrigo mientras fingía prestar atención a un escaparate con ropa delicadamente desordenada.

—Se va al aeropuerto, señor. Tal y como usted predijo... Descuide. Le he dado el mensaje a través del niño...

46

Pazo de Altamira, diciembre de 1919

Emilia se presentó con una sonrisa desganada. Era Nochebuena y había hecho un largo viaje para pasar unas fechas tan
señaladas con la única familia que le quedaba: su madre. La
pequeña habitación, hogar desde que alcanzaban sus recuerdos para ambas, parecía temblar entre luces y sombras que
se tocaban y se escondían. Era la danza sin compás de una
llama que una vela chica ofrecía piadosa en un rincón. Nuestra Señora del Mar, con el gesto compasivo, posaba con el
Niño en su regazo. Junto a ella, ninguna fotografía. Altares
y recuerdos de pobres. Solo la vieja pelota de trapo.

—¿Se encuentra bien, madre? —preguntó acercándose
con el rostro ensombrecido.

—Estoy bien. Solo necesito sentarme un poco —dijo
al tiempo que arrastraba una silla de madera a sus pies.

Cándida se quedó un rato en silencio, en recogida intimidad. Como todos en aquella tierra, era devota de Nuestra
Señora del Mar. Aquella talla en madera, copia fiel de la ve-
nerada imagen salvaguardada en la iglesia del pazo, había sido

un regalo del padre Eliseo. Era la forma que el anciano sacerdote tenía de velar por su tristeza y sus momentos de soledad. Había estado acertado; desde el primer día, con su noche, la encontraba consuelo y las lágrimas otros ojos en los que salvarse. Qué importaba que fuesen de madera. Tenían alma. Más que muchos mortales.

Trataba de dejarse llevar por Emilia. Su hija la necesitaba. Necesitaba que la ayudase a seguir viviendo. Lo estaba consiguiendo. En sus ojos podía ver cómo un brillo germinaba de nuevo. Era algo más que supervivencia. Su vida en Santiago había sido un acierto. Ahora Emilia se sentía libre. Había roto la cadena con el pazo y decidía sobre sus pasos. Cándida nunca conocería más mundo que aquel lugar ni más vida que la servidumbre. Y ahora descubría haber crecido esclava de una mentira sin haberla pronunciado. Cada gesto del conde con ella seguramente respondía a amenazas de su conciencia. Eso debía de ser. Y ella siempre agradecida. Él había sido como un padre: le había regalado momentos de inocencia en la niñez cuando reír no estaba tan mal visto, compartiendo secretos y juegos junto al mar, siempre de la mano de Gerardo, como una más. Hasta el fatal accidente. Aquel que la había encerrado en una cocina, condenada a servir a la familia con la cabeza baja, sin posibilidad de nada más. Aun así, lo más valioso para ella había sido la forma en que la protegió cuando doña Urraca supo de su estado y amenazó con arrojar la cría a los cerdos.

Don Rodrigo nunca le haría daño sin un motivo mayor que su benevolencia. Él siempre había sido honesto, amable, paternal. No guardaba ningún mal recuerdo del anciano patrón, ahora tío, más que la evidente falsedad que había condicionado cada uno de sus días. Pero ahora ella tenía la verdad; justo en el bolsillo de su delantal, doblado en cuatro partes. Si lo que había dicho el conde era cierto, ese papel plagado de letras y símbolos que ella nunca tuvo el placer ni la capacidad de poder descifrar estaba al alcance de Emilia. Su incansable tesón y la indulgencia del aristócrata lo habían hecho posible. Era el momento de hablar con Emilia. Antes de que don Rodrigo exhalase su último aliento y fuera demasiado tarde. Necesitaba sincerarse con ella. Ella también era una Gómez de Ulloa.

—Debo hablar contigo, hija —musitó rompiendo el silencio.

—Usted dirá.

—Mejor siéntate. Aquí. —Palmeó sobre una silla de enea—. A mi lado.

Emilia seguía las indicaciones de su madre sin cuestionarlas. Tal y como había hecho toda su vida.

—El conde me ha hecho llamar para contarme algo que es importante para mí, pero también lo es para ti.

—¿Tiene que ver con el mar, madre? —interrumpió.

—¿Con el mar?

—Sí. Esta tarde, cuando fui a llevarle la merienda, me preguntó si ya me había hablado usted del mar. Fue justo después de decir que había llegado la hora de saber lo que escondía el camafeo que usted me regaló —explicó Emilia a su madre—. Lamentablemente, esos horribles dolores que sufre están empeorando y le impidieron decir nada más.

—El mar... —Cándida se quedó en silencio, absorta de nuevo.

Se adentraba en su memoria con cautela. Entre evocaciones desdibujadas de la niñez. Recuerdos que a veces no guardaban palabras, ni siquiera colores ni formas, en donde reinaban las sensaciones, las emociones, los sentimientos. Y a Cándida el mar le traía felicidad, cariño y un secreto. Un secreto que ahora cobraba importancia. Un secreto que podía cambiarlo todo.

—Madre, ¿está usted bien?

—Sí, sí —rompió el embrujo lentamente—. Es urgente que hablemos.

—¿No prefiere hacerlo después de la cena? El bacalao con coliflor lleva tiempo listo.

—Lo sé. Pero debemos hablar ahora. —Hizo una breve pausa antes de continuar—. He estado hablando con el conde y me ha dicho quién era mi madre. Yo no quiero excusarle, pero solo Dios y él saben el motivo por el que no me lo ha dicho hasta este momento.

Gritos, carreras por los pasillos del pazo y el estruendo de una bandeja al caer contra la baldosa de la cocina. Las dos mujeres se levantaron con urgencia y salieron de la habitación en dirección a la cocina. Allí se encontraba Conchita. Temblorosa y sollozando.

—¿Qué es este jaleo? —preguntó Emilia—. ¿Te encuentras bien?

La joven acostumbraba a bloquearse ante situaciones que revistiesen adversidad. Su escasez de aplomo obligó a madre e hija a salir al corredor en dirección al salón en el que la familia tomaría la cena a las nueve en punto. Allí no había nadie.

Fue al entrar al pasillo que conducía a los dormitorios cuando, sobre un banco de madera noble, se encontraron llorando como un niño al señorito Luis.

—¿Podemos ayudarle en algo? —expuso con tímido aplomo Cándida, ante la creciente aflicción de su hija al contemplar la escena.

Él, con el gesto anegado cubriendo sus delicadas facciones, imploró consuelo en los ojos de Emilia. En un movimiento rápido, sin pedir permiso, robó la mano de la joven para besarla con fuerza antes de inclinar su cabeza sobre ella. Solo así encontró alivio a su pena.

Emilia, conmovida por su dolor, se arrodilló ante él. Era incapaz de negarle el consuelo. Ver el sufrimiento de aquel joven de mirada pícara y burlona, siempre con una sonrisa en el centro de su gracioso gesto, le afectaba más de lo que estaba permitido para ella. En ese momento no le importaban las consecuencias. No así a su madre. Cándida, presa de los nervios, agarró a su hija del brazo que tenía más cerca y le dio un tirón con todas sus fuerzas. Emilia, desprevenida, a punto estuvo de acabar tumbada a sus pies, al oponer resistencia sin proponérselo.

—¿Se puede saber qué está pasando? —farfulló incómoda y alterada Cándida.

El joven señor la miró al tiempo que tragaba saliva y enderezaba un poco su compostura.

—Mi abuelo ha muerto.

—¿Don Rodrigo ha muerto? ¿El conde? —preguntó Emilia con las emociones embarulladas.

El mutismo de Cándida contrastaba con las quejas y los lamentos del señorito Luis. Sentía el galopar de su pecho sacudiendo sus vísceras. El tiempo se había acabado; ya no cabría una explicación ni tampoco una despedida.

—¿Lo ha oído, madre? —quiso cerciorarse Emilia al tiempo que se erguía sin soltar la mano del apenado joven.

—El conde... —musitó sin fuerza—. No puede ser...

Emilia agarró a su madre, con el temor a que perdiese el equilibrio, y la acercó al banco. Don Luis encontró las fuerzas y se levantó para ayudarla.

—Agradecida, señor, agradecida —susurró Cándida.

—Le traeré un vaso con agua —prescribió el joven doctor tocando con dos dedos el pulso de Cándida en la muñeca.

—Iré yo —se apresuró Emilia.

—No —dijo con fuerza su madre, para sorpresa de los presentes, al tiempo que agarraba a su hija por el brazo—. Mejor quédate conmigo —quiso bisbisear.

—Está bien. Yo iré —aclaró el apuesto doctor, tan desenvuelto y transgresor como siempre.

Cándida dio un pequeño tirón a su hija para indicarle que tomara asiento a su lado. Su corazón se desmandaba sin remedio y debía aprovechar cada instante como si del último se tratara.

—Al amanecer te irás para Santiago. Y no volverás hasta que te lleguen noticias mías de que puedes hacerlo.

—Pero ¿a qué viene eso, madre? —dijo desconcertada—. ¿Es por el señorito Luis? —preguntó con el gesto contraído.

—No, hija. Ahora no me refiero a él. Con la muerte del conde, quién sabe qué pasará con esta casa. La locura de doña Urraca es impredecible, pero está claro que aquí no podrás volver por un tiempo.

Emilia entendía la motivación que empujaba a su madre a alejarla de allí. Sin don Rodrigo, cierto era que no podría volver a entrar en el pazo, probablemente nunca más.

—Además —quiso añadir recuperando la autoridad en el tono—, ahora lo más importante es que te centres en tu trabajo en Santiago. Me dijiste lo mucho que admirabas a esa señorita ... ¿Cómo se llamaba?

—Victoria Azcárate. Es estudiante de Derecho en Santiago —añadió Emilia, orgullosa del mérito ajeno.

—Lamento no haber luchado con más brío por darte estudios —se excusó bajando la mirada y posándola en su desgastado delantal.

Emilia sintió lástima por su madre, por sus escasas aspiraciones, creyendo que no iban más allá de aquel mandil negro con el que disimulaba numerosos lamparones de aceite o de cualquier otro vestigio de su lugar en aquella gran casa. Sus manos, retorcidas, curtidas por las gélidas aguas del lavadero en el que debía sumergirlas sin importar estación o día, se posaban temerosas, imposible precisar si por la acción de Dios o de los hombres. En aquellas manos Emilia vio la lucha de su madre. Sin seguridad en lo básico, no había podido permitirse nada más, ni siquiera el derecho a soñar. Su aspiración era trabajar para subsistir. Sin su empeño, sin su ayuda, sin aquella lucha, Emilia únicamente habría heredado el mismo delantal de su madre. Así lo entendía ahora viendo sus manos. Ni tan siquiera el tiempo era justo o ecuánime con una mujer extenuada por mil trabajos y maltratada por sus circunstancias. El tiempo acariciaba a aquel que tenía medios y fortuna, como al buen vino al que la espera hace exquisito. Su paso por ellos se antojaba sutil y delicado, tornando abrupto como un ciclón para aquellos que portan bolsillos huecos. Su madre no era nadie para el tiempo, para la historia. Era una mujer sin voz que solo susurraba para confesarse y acatar la penitencia impuesta. No sumaba más que cincuenta y dos años. Pero la dureza del trabajo era implacable. Su pobre situación, la necesidad de salir adelante, acelerando, apremiando su reloj de arena, menguando su cuerpo, y también sus ánimos, y retorciendo y anudando sus manos como ramas de vid azotadas por un temporal sin tiempo. Extendió su mirada y se fijó en sus zapatos: ajados, fatigados, mal remachados. Sería difícil seguir cumpliendo con su función en aquella tierra húmeda y fría.

—Hija, ¿quieres poder tomar decisiones sobre tu vida?

—Nada desearía más... —contestó con el gesto dolorido.

—Pues trabaja mucho y estudia —aseveró sin contemplaciones—. Podrás llegar a tener voz e incluso voto. Nadie te obligará a ser invisible.

—Descuide, madre —dijo adecuando el tono a la necesidad de ser escuchada de su madre.

Con la vista cansada sobre uno de los lienzos que colgaban de la pared, Cándida parecía pedir consejo. La hermosa dama la observaba con aire de maternal ternura, enmarcada en el dorado brillo de la opulencia, sin escatimar relieves ni pátinas que embellecían un instante. La vida transcurría sin pausas. Había estado cerca de sincerarse con su hija. Muy cerca. Pero el momento había decidido por ella, y debía esperar.

47

Santiago de Compostela, 30 de junio de 2011

La puerta se cerró tras los pasos de aquella voz en la penumbra. Era el mismo hombre. Podía sentirlo. La rancia pestilencia del tabaco invadía de nuevo el aire de la habitación. La oscuridad había afinado sus sentidos. Pura supervivencia.

—¿Qué quiere de mí? —Sollozó antes de desesperarse—. ¡Lo haré!

—Sé que lo harás. Conmigo no tienes opciones, Adela —resonó su voz siniestra.

Adela se esforzaba en ver una silueta, algo que le permitiese identificar a su interlocutor. Solo la pequeña luz anaranjada que avanzaba veloz trepando por su cigarro y consumiendo su tiempo, no tan deprisa como ella necesitaba, le permitió ubicar su presencia en el espacio que compartían.

—Tienes algo que yo quiero y me lo vas a dar.

—¿El qué? —preguntó intuyendo perfectamente la respuesta.

—Un camafeo. Sé que sabes a qué me refiero.

—¿Es el marqués quien está detrás de esta maniobra... criminal? —se aventuró a decir—. Solo le pedí más tiempo.

—¡Cállate! —ordenó lanzando la colilla al suelo—. ¿Necesitas que te recuerde lo que le va a pasar a tu mocoso como no hagas lo que te digo?

El gesto de Adela se había ensombrecido. Escondió los brazos bajo la mesa y negó con la cabeza. El corazón no dejaba de latir, la sangre quemaba, abrasaba... y quería despertar, abrir los ojos y que fuese un mal sueño, otra horrible pesadilla...

—¿Prefieres que le envíe pedacitos de su mamá cada año por su cumpleaños? Hasta que tu carne esté tan putrefacta que incluso yo sienta náuseas... —Se resarcía con detalles viendo cómo Adela palidecía—. ¿O prefieres que te envíe a ti sus pedacitos? Sus huesos son tan tiernos, ¿verdad? Sería demasiado fácil.

No podía levantar la cabeza. Se sentía mareada. La crueldad de aquel ser superaba cualquier pesadilla. Debía ser fuerte. Por Martín. Por su familia. Sus prioridades estaban claras. Haría lo imposible, pero necesitaba salvarlos.

—De acuerdo —musitó recomponiendo su coraje sobre aquella mesa—, pero no lo tengo conmigo. Está en Madrid.

—¿Ves qué bien? Volvemos a entendernos. —Hizo una pausa—. Imaginaba que no lo llevarías encima. Esta noche cogerás un vuelo de vuelta. Lo entregarás en la ubicación que yo te diga mañana a las seis en punto.

—Necesitaré un poco más de tiempo —rogó.

—No juegues conmigo —respondió amenazante.

—Lo tengo en una caja de seguridad de un banco donde toman precauciones, como solicitar la apertura con un margen de cuarenta y ocho horas —explicó Adela, convincente.

—Viernes a las seis de la mañana —resolvió.

—Así lo haré —afirmó más templada—. ¿Puedo irme ya?

—No tan deprisa. ¿Qué había en la caja?

—¿Qué caja?

—No te hagas la tonta conmigo. No me gusta repetirme —aseveró subiendo el tono—. Sabes a qué me refiero. ¿Qué había dentro?

—Solo viejos papeles medio deshechos por el paso del tiempo y la humedad —respondió con voz trémula—. No pude salvar nada. ¿Quiere que mire a ver si encuentro alguno y se lo entrego? —Lanzó un órdago confiando en jugar con su primitiva inteligencia.

—¿Seguro que no había nada más? ¿Un reloj quizá?

—No, estoy segura —respondió con tibieza, despertando en ella más curiosidad.

—Solo quiero el camafeo. Entrégalo el viernes.

En un rápido movimiento, sin saber cómo ni quién, un capuchón negro le cubrió la cabeza, sumergiéndola en la absoluta oscuridad. La arrastraban con malos modos y a trompicones. Trataba de mantener la vertical, pero resultaba difícil. Esta vez habían liberado sus piernas, pero le colocaron unas bridas en las muñecas y estas a su espalda. Estaba inmovilizada y a oscuras. Unas manos grandes, con tanta fuerza que podía sentir cardenales dibujándose en sus brazos, la arrastraban y la levantaban en el aire con cada tropiezo de sus pies ciegos. No podía oír nada más que su respiración agitada y sus torpes pasos. Trataba de concentrar sus sentidos para saber dónde se encontraba. Caminaba en línea recta. Los continuos traspiés la hacían rebotar con las paredes. Debía ser un pasillo estrecho. El suelo no era liso, parecía escarpado, podía sentir cómo rascaba la suela de sus zapatillas, como si estuviera a medio construir. Su captor abrió una puerta con un golpe seco. Parecía una puerta de emergencia. Giraron a la derecha. Otro angosto pasillo. El tropiezo, debido a la velocidad a la que era arrastrada, la derribó como a un saco de arena. El hombre la levantó del suelo con sobrada solvencia. Su exceso de músculo y energía la alzó en el aire y movió el capuchón que le cubría la cabeza. Sin siquiera intuirlo aquel hombre, Adela pudo ver por un segundo que estaba en un aparcamiento. La subió a la parte trasera de un coche y arrancó. Adela volvió a aguzar sus sentidos todo cuanto pudo. Estaba concentrada en el movimiento de su cuerpo, en los giros, en la inercia. Sentía que estaban dando vueltas al mismo lugar en el que la habían tenido retenida. No podía ser. Entonces el coche se detuvo. El sonido amortiguado de un imponente motor la sobrecogió. Un avión despegaba. La bajó del coche con la misma cortesía con la que la había subido.

—Date la vuelta —farfulló entre dientes mientras impulsaba con las dos manos el cuerpo de Adela, sujetándola por los hombros.

Pequeña como una hormiga e igual de frágil ante aquel hombre, obedeció. Volvía a sentir la brusquedad y el fétido aliento de aquel ser a su espalda, sobre su cabeza. Las bridas se abrieron devolviendo la libertad a sus manos. Seguía a oscuras. Trató de quitarse el capuchón con un movimiento lento.

—Todavía no —aseveró agrio, agarrando uno de sus brazos y apuntándole con una pistola bajo la negra tela que cubría su nuca.

Adela se estremeció al sentir el frío metal en su piel. Pensó en lo fácil que le resultaría a aquel desconocido acabar con su vida. Levantó las manos, mostró sus palmas y entregó su voluntad sin levantar la cabeza en ningún momento.

—Camina. —Le dio un pequeño toque con el cañón del arma en la cabeza—. Sigue caminando y no te pares hasta que yo te lo diga.

Continuó caminando en línea recta, ya no sentía pasos a su espalda. Tampoco el fatídico metal en su cabeza. Escuchó el chirriar de unas ruedas sobre el cemento pulido. El coche se alejaba. Adela se dio la vuelta al tiempo que se quitaba el capuchón. Trataba de controlar los nervios. La habían dejado en un aparcamiento. Empujó una puerta metálica y se abrió paso hacia un transitado pasillo. Las luces blancas la cegaron un momento; leía carteles, direcciones, salidas, llegadas. Estaba en el aeropuerto de Santiago. «¿Me han retenido aquí todo el tiempo?», se preguntó.

No llevaba bolso. Tampoco teléfono. Se tocó los bolsillos de la chaqueta. Le habían metido únicamente lo necesario: su documento de identidad y un billete de vuelta a Madrid.

48

Madrid, 30 de junio de 2011

Adolfo se movía inquieto en la cocina, con uno de esos ciga-
rros que todavía se consentía para emergencias. Y aquella
circunstancia podía considerarse un verdadero contingente;
al menos le provocaba una ansiedad que no sabía cómo interpretar ni mucho menos gestionar. Temía no haber hecho las
cosas bien en el pasado, y esa era una sensación benévola
e irresponsable que escondía la impronta de sus errores. Máxi-
me si estos dejaban testigos silenciosos. Aquellos que no hacían ruido eran los que alimentaban y nutrían su angustia y su
miedo. Al igual que aquel cigarro, veneno necesario frente
a problemas que, en parte, había generado, Adolfo se consumía calcinado cuanto más buscaba la bocanada sanadora que
aliviase su inquietud. Así lo había hecho en el pasado, así
continuaba haciéndolo sin remedio en el presente: trataría de
salvarse del fuego pidiendo ayuda a su hermano. Removería
sin saberlo, o sin querer creerlo, las brasas de un infierno.

   Desde donde estaba, veía pasar a Teresa hacia el pequeño mueble bar que lucía lustroso en el salón. Decenas de li-

coreras y decantadores preservaban los aromas de tantos años de esmerada y paciente conservación. Refinadas coronas de cristal de bohemia cubrían los recipientes. Era la forma que tenía de calmar su desasosiego. No la culpaba. Para ella, como para muchos, el dulce y a la vez áspero regusto del alcohol cubría dos aspectos clave de su existencia: social, como máscara veneciana que integra y exime, y medicinal, ingerido cual brebaje que acalla demonios y adormece sentidos, a los que de otra forma sería casi imposible sobrevivir. Hacía años que ya no sentía la necesidad de buscar paz en aquella etílica prescripción. Adolfo podía recordar su mirada perdida, una copa en la mano y el falso licuado curativo asomado al abismo de cristal, derramándose con paganas bendiciones sobre carísimas alfombras persas, dando al fin su trabajo por terminado. Al menos hasta el día siguiente. Habían sido años difíciles. Años de lágrimas, de idas y venidas a hospitales. En todos ellos la misma respuesta acompañada de un pañuelo de papel y una mirada de lástima. Y después de todo, la curación de las licoreras tan finamente dispuestas sobre el barniz del mueble bar.

La angustia había vuelto a sus vidas. Tal vez porque nunca había llegado a marcharse. No del todo. Consecuencias de decisiones mal tomadas, y mucho peor ejecutadas, supeditadas a su vida en familia, a la existencia de Adela y ahora también a la de Martín.

Nunca había sido capaz de amarla. No como él sabía que era capaz. Pero tampoco le gustaba verla sufrir de aquella forma. Al final, ninguno de los dos tuvo lo que buscaba dentro del matrimonio. Si él había accedido a pedirle la mano, con todo el boato que la ocasión merecía en los círculos del barrio de Salamanca, era porque aún no sabía lo que era amar a alguien de verdad. El destino cambió todo, la secuencia necesaria en aquella época gris, como un niño travieso mueve los eslabones del tiempo solo por el placer de ver qué sucede. Adolfo era un hombre honesto y, aunque menos cobarde de lo que creía, podría haber llegado a plantearse dejarla y seguir sus instintos al grito de *carpe diem*, completamente enamorado de otra mujer y de otra vida. Una vida lejos de su familia, del apellido Roldán, de misiones y espías. Pero una vez más, el niño travieso había vuelto a lanzar los dados en contra de esa posibilidad. La aventura y todos los sentimientos despertados vivirían siempre en su recuerdo. Solo allí. La cotidianidad de sus días la dictaría aquel matrimonio. Con una abogada de intachable trayectoria con quien, por un capricho de los dados, no tendría en quién heredar.

Esta vez había sido su hermano, Enrique, quien la había arrastrado de nuevo a la ansiedad de aquellos días. Como si de una nadería pudiera tratarse, le había contado que la adopción de quien siempre sería su hija había sido en Santiago. El pérfido comentario no había medido las consecuencias. Nunca lo hacía. Para qué. Si no interfería en sus objetivos, era insignificante; si no necesitaba mediación o algo a cambio, carecía de total y absoluto interés.

Teresa había satisfecho su anhelo con la adopción. Con ella había cumplido el sueño de ser madre. Ahora temía la reacción de Adela si se enteraba. Pero no solo la de ella, también la de sus amistades. Habían engañado a todo el mundo haciendo creer que únicamente la naturaleza estaba detrás de su maternidad. Ella se ciñó a acatar las indicaciones que Enrique les fue dando. Nunca conoció los pormenores de la adopción. Quizá porque, en realidad, nunca quiso conocerlos.

Adolfo agradecía su desinterés. Eso lo hacía todo más fácil. Ya eran suficientes las mentiras y los enredos de espías en los que Enrique lo involucraba. Pero era su hermano. Y los hermanos debían cuidarse y ayudarse. Eso les decía su padre. Pero Adolfo solo conocía una forma de relacionarse con su hermano y era cediendo a sus edulcorados hostigamientos. Nunca se planteó si era correcto. Siempre parecía más ventajoso tenderle la mano que negársela. En el fondo, su estrategia no era tan nociva o autodestructiva como podría parecer sin la distancia adecuada. Adolfo asentía, actuaba y recibía la condescendiente palmadita en la espalda que, lejos de ofrecerle la impotencia y la frustración de las consultas médicas, mantenían a Enrique en su mismo bando. Solo Dios podía saber que esa era la mejor opción. Incapaz de aceptar una negativa, tener de enemigo a su hermano desataría las llamas del infierno.

49

Madrid, 30 de junio de 2011

Allí estaba, frente al arco de bienvenida a los pasajeros de la Terminal 1. Dando pequeños paseos, resoplando y tocándose la barbilla casi a modo de tic. No las tenía todas consigo. Cabía la posibilidad de que Adela no apareciese. Tal vez nunca hubiera subido a ese avión.

Distintos viajeros, con pocas cosas en común entre ellos, cruzaban el arco. Unos caminaban raudos portando un maletín en una mano, mientras con la otra sostenían un teléfono que aún no habían tenido tiempo de marcar. Otros, mochila al hombro y sonrisa ávida de disfrutar y conocer, preparaban sus cámaras para captar la primera instantánea de un viaje cargado de ilusión. Los primeros con trajes impecables, inmutables al discurrir del tiempo, a las infinitas reuniones y a las interminables comidas. Los segundos, cómodos hasta el ridículo en algunos casos, despreocupados y entregados al placer de cada segundo, de cada instante en constante cambio. Todos tenían en común una cosa, innegable, manifestada allí mismo, entre el cansancio y el hastío de unos y la sonrisa inabarcable de otros: deseaban pisar el suelo y cruzar aquel arco.

Álvaro los observaba a todos. Rastreaba sus caras y buscaba la de Adela. Miró la hora que marcaba su reloj. Se dio la vuelta para leer entre las llegadas las letras luminosas que indicaban «En tierra». «Mierda. Seguro que no ha cogido el vuelo y yo aquí perdiendo el tiempo en lugar de ir a buscarla», se dijo. Lanzó un último vistazo implorando a aquel arco que apareciese, como si de la mismísima Virgen de Fátima se tratase, y se decidió a buscar un mostrador de cualquier aerolínea para volar a Santiago. En ese momento una mano menuda se posó sobre su hombro. El sobresalto fue mayúsculo, como también la sorpresa de reconocer unos dedos finos y alargados. Se giró de inmediato y abrazó con fuerza a Adela.

—Estás aquí. —Suspiró tembloroso, aferrado a su cuerpo, como si estuviera ante un verdadero milagro.

Adela no dijo nada, se limitó a corresponder al abrazo con más fuerza de la que se presuponía a aquellos brazos. Respiró profundamente y se sintió en casa.

—¿Estás bien? —La miró preocupado.

Había cambiado. Sus ojos velados así lo atestiguaban.

—Descuida. Estoy bien —le dijo con la boca pequeña, censurada.

Él pudo verlo, pero no quería presionarla.

Caminaron despacio, abrazados, hasta llegar al aparcamiento. Satisfechos de encontrarse, de volver a verse y sentirse cerca, aunque ahora los dos cargaban pesados miedos, desvelos más allá de una horrible pesadilla, que solo estaba empezando a teñir sus vidas antes de devorarlas.

Al entrar en el coche, Adela encendió la radio y subió el volumen. Sonaba una canción de los noventa que no justificaba aquella exagerada subida al audio. Álvaro la miró extrañado y dejó que el coche rodase hacia la salida de aquel aparcamiento. Fue entonces cuando Adela salió de su ensimismamiento, colocó una mano sobre la suya y le susurró al oído:

—Confía en mí. Toma la siguiente salida. A unos doscientos metros hay una de esas hamburgueserías para ir con el coche. Pararemos allí.

Álvaro la miró sin entender, también sin cuestionarla. Su voz sonaba segura, convincente.

Aparcaron el coche tras el pequeño establecimiento. Se ocultaron en una oscuridad interrumpida únicamente por la apocalíptica luz de un sobredimensionado rótulo de tonos anaranjados y rojizos. Sumando cierta confusión a una situación ya de por sí extraña.

—Antes de nada, Adela, ¿podemos bajar el volumen de la radio? —preguntó sin entender todavía qué estaba sucediendo, al tiempo que alargaba la mano para apagar el aparato.

—¡No! —le frenó con un grito ahogado, interceptando su mano.

—No entiendo nada. Se puede saber qué estamos haciendo aquí —dijo alterado.

—Te tengo que contar lo que ha sucedido en Santiago.

Iba a hacerlo, quería hacerlo, pero sabía que debía evitar los detalles, debía ahorrárselos, por su bien lo quería demasiado para verlo sufrir más de lo estrictamente necesario.

—Pero no estoy segura de que sea una conversación totalmente privada.

—¿Cómo? ¿Crees que alguien puede estar escuchándonos?

Adela asintió.

—¿Micros en el coche? —preguntó con absoluta incredulidad.

—Es una posibilidad. Igual que lo es que puedan estar siguiéndonos.

—¿Quién? ¿Por qué? Pero ¿qué ha pasado en Santiago? —balbuceó desbordado.

—A lo primero te diré que todavía no estoy segura; puede que el marqués de Bramonte. No le hizo mucha gracia encontrarme en el Pazo de Altamira. Es de su propiedad, ¿sabes?

—Pero ¿por qué?

—A eso voy ahora. Porque las personas que me tuvieron retenida en Santiago —empezó a relatar ganando velocidad, procurando que así Álvaro no sucumbiese a tanta locura— quieren el camafeo.

—¿Retenida? —preguntó Álvaro con la cara desencajada—. ¿Te tuvieron retenida?

—Sí, me asaltaron cuando hablaba contigo por teléfono y después me desperté en una habitación encadenada a una silla.

—¿Encadenada? —interrumpió sin salir de su asombro.

—Álvaro, si sigues repitiendo cada palabra, no avanzaremos nada. Necesito tenerte a mi lado. Necesito que me ayudes. Esto se ha hecho grande. Demasiado grande.

—Pero ¿por qué no le das el camafeo a ese marqués y recuperamos nuestra vida? —imploró aturdido, confundido.

—Te prometo que recuperaremos nuestra vida —dijo sosteniendo el rostro de su marido entre sus manos, como si pretendiese liberarlo de toda carga.

Adela había cambiado. La fortaleza y el aplomo de aquel juramento sonaban contundentes, extrañamente reconfortantes, pese a lo menudo de su cuerpo, la fragilidad de sus manos y la calidez de su voz.

—Ahora lo primero es entregar el camafeo. Me han dicho día y hora y, todavía no sé de qué forma, me harán llegar una dirección.

—¿Cuándo debes hacer la entrega? —se interesó, más mesurado y resolutivo.

—El viernes a las seis de la mañana.

—Eso es en tres días. —Pareció calcular con la vista en ese horizonte—. Iré contigo.

—Debo ir sola.

—No me gusta, Adela —dijo moviendo la cabeza con desaprobación.

—Confía en mí. Todo irá bien. —Su mirada quería transmitir calma y sosiego—. Ahora debemos ir a casa —dijo abrochándose de nuevo el cinturón de seguridad, y añadió—: Hay algo que debo ver en ese camafeo.

—¿Cuándo crees que te avisarán del punto de entrega?

—No sé cuándo ni tampoco cómo, pero lo harán. Sé que lo harán. Y debo estar preparada.

50

Santiago de Compostela, marzo de 1920

Sentada, con la espalda muy recta y el papel blanco e impaciente frente a sus ojos. Así había aprendido Emilia a escribir, fijándose bien en cómo lo hacían aquellos a los que había servido desde que tenía recuerdos. Empezando por cada una de las lecciones del padre Eliseo enseñándole a delinear letras que, como pequeñas piezas de construcción, tenían el peso de cimentar sueños e ideas. También de reivindicar derechos y, por supuesto, de concederlos. Así lo había descubierto en las decenas, puede que centenas, de libros prestados a hurtadillas en la biblioteca del conde de Altamira. Recordaba nombres de grandes mujeres que ahora la inspiraban, Rosalía de Castro, Concepción Arenal, Mary Wollstonecraft, desfilando por su cabeza y haciéndolo con fuerza. Y, por supuesto, aquellos visionarios y a veces incorrectos escritos que Victoria le mostraba para llenar el dolor que sabía que ella sentía desde el día en que la vio implorando a la luna llena. Por eso la había animado a luchar con ella. Porque para Victoria, ella era mucho más que una sirvienta, y para Emilia, ella era lo más parecido a una mentora.

Esa misma mañana había aparecido en su habitación, bien temprano, cargando papel y una delicada estilográfica bañada en plata con finísimo ribete dorado que le imprimía un carácter casi poderoso. Emilia había quedado fascinada por aquella pluma. Tanto, que todavía no se había atrevido a colocarla entre sus dedos. Temía restarle grandeza y esplendor sosteniéndola entre rastros de jabón de sosa cáustica y pequeñas quemaduras de los braseros. Pero Victoria confiaba en ella; respetaba sus opiniones y la fortaleza que mostraba ante causas perdidas. Emilia, incapaz de aceptar un regalo tan espléndido, sacó apurada una pequeña caja de latón de su armario y le entregó gran parte del dinero que allí guardaba fruto de sus ahorros. Victoria rechazó coger ni una sola moneda.

—Es un regalo de mi padre —dijo—. Él también cree en ti. Confía en contribuir a ese camino que un día te mostró el conde de Altamira con sus libros y demás lecciones.

Emilia se quedó unos minutos pensativa, desconcertada, silenciosa, sin saber qué contestar. ¿Acaso el rector Azcárate sabía algo de su vida en el pazo, del difunto don Rodrigo?, se preguntó.

—Sí, Emilia, se conocían y sentían gran respeto y admiración el uno por el otro —acertó a decir Victoria, leyendo el desconcierto en sus ojos—. Juntos formaban parte de un círculo, una especie de asociación de amigos, de intelectuales, con un único fin.

—No entiendo, Victoria. Un fin... ¿qué fin?

Victoria lanzó una mirada a la mesita de noche que había junto a la cama, a sus escasas pertenencias.

—¿Conoces la historia de ese camafeo? —dijo señalándolo.

—Era de mi abuela... La madre de mi madre. Pero dime, ¿cuál es el fin de ese círculo al que pertenece tu padre, al que también pertenecía el conde?

—Todavía no, Emilia. Pronto mi padre te contará todo sobre esa joya. Ahora acepta esta pluma y escribe.

Emilia recordaba las palabras del conde diciendo que le contaría la historia del camafeo... En aquel momento creyó que se debía a defectos en la memoria y a la ancianidad de don Rodrigo y no le dio más importancia. Ahora, el quebradero de cabeza encontraba respuesta en una sonrisa despreocupada de Victoria. Con ella, de pronto le restaba importancia, animándola únicamente a escribir; a describir la situación de las mujeres que prestaban servidumbre, las que trabajaban el campo y recogían los frutos del mar. Debía hacerlo a modo de reivindicación de unos derechos negados, pero también como sentido homenaje a su madre.

Y así, deslizando aquella majestuosa y ágil pluma sobre el papel, comenzó a dejar huella en el espacio y en el tiempo: «Santiago de Compostela, miércoles 24 de marzo de 1920». Una fecha que jamás podría olvidar.

Admirando el perfecto recorrido de la tinta, trajo a su memoria las palabras de su madre durante aquella fallida Nochebuena. Su canto a favor del trabajo no había supuesto una novedad para ella, mas sí lo había sido el incentivo para que prosperase en su vida ganando dinero y disfrutando con sus libros. Al fin y al cabo, su madre era analfabeta y se sentía completamente ajena a aquellos papeles con tanto mimo cosidos, rematados y encuadernados. Entonces evocó sus dedos sarmentosos y sus viejos zapatos. Ellos tenían la respuesta. Cándida había vivido para trabajar, únicamente para eso. Aquellas manos daban buena fe de ello. No así sus zapatos ajados. Pese al esfuerzo, nunca había tenido un salario. La condesa consideraba que más allá del techo y la comida, los sirvientes eran afortunados con un plato caliente, pues no sabrían en qué gastarse ningún tipo de asignación.

Habían pasado ya tres meses desde su vuelta del Pazo de Altamira. Su viaje estuvo condicionado por las palabras de su madre y por las lecciones que se habían desprendido de sus manos. Desde entonces había estado ordenando vivencias e impresiones que incentivaban sus ganas de escribir; deseaba que personas como Victoria conociesen la situación de mujeres con menos suerte. Desde la forma en que llegaban al mundo hasta las condiciones que marcaban su paso por él: jóvenes, ancianas, esposas, viudas, madres y aquellas sin clasificar que debían vivir con algún estigma. Aquellas sin voz, sin opciones, sin oportunidades; como su madre. Como tantas madres. Mujeres que, como ella, habían trabajado con dureza y disciplina por dar mejor oportunidad a un hijo, para el que no habrían tenido ni la posibilidad de acompañar en su último aliento.

Desde el traqueteo del carruaje que debía conducirla a la ciudad de Santiago, Emilia había admirado las ocupaciones, no exentas de penalidades, que desempeñaban las mujeres, como un rosario interminable sobre prados y huertas. Ancianas, que podían no serlo tanto, afanadas con hoces y azadas, diligentes, limpiando las malas hierbas y sembrando las hortalizas resistentes al rocío del invierno. Madres jóvenes o hermanas mayores, acompañadas de los infantes de la familia que, con apremio y todo el esfuerzo del que daba cuenta el fulgor carmesí de sus mejillas, cargaban montones de hierba ensartada entre los dientes herrumbrosos de pesadas horquillas. Ante ellas los ojos tan abiertos y asustados, como aburridos, de niños armados con varas de más altura que sus cabezas, procurando intimidar a bueyes o a vacas, para que consintiesen la pesada carga que habrían de arrastrar desde sus yugos. Observó la manera en que un pequeño grupo de no más de cuatro o cinco mujeres caminaba haciendo una hilera perfecta a un lado de aquel camino de tierra. Cada una portaba un tremebundo fajo de hierba, probablemente mojada o, al menos, humedecida por aquel clima que tanto bien hacía para poner comida en la mesa y tantas molestias ocasionaba para salir a la faena. Caminaban ligeras, a tenor de las evidentes dificultades, sin mostrar sus ojos bajo la verde espesura. Mujeres sin rostro, sin quejas. De entre ellas, una, puede que la más joven, o quizá la mayor, cargaba a una niña. Por la forma en que la pequeña se acomodaba sobre la cadera y el escaso tamaño de sus pies descalzos, no disponía de la fuerza y el conocimiento para emprender la ruta por sí misma. Ignorante de sus miserias, la pequeña la saludó con inocente alegría queriendo imitar el trote de los caballos. El arrebato provocó que su madre la reprendiese, ante el temor a perder la estabilidad y el ritmo con las fatigas del camino. Emilia sintió profunda pena por aquella niña; por su miseria entre harapos, la misma que condenaba su inofensivo entusiasmo.

El camino era largo, aun permitiéndose viajar en carruaje. Varias horas y muchos campos que cruzar. En todos ellos, mujeres entregadas al trabajo. También hombres. Todos a la brega con ímpetu y sin pausa, y Emilia no desmerecía su esfuerzo. No había motivo ni razón para hacerlo. No existía gran diferencia en el trabajo de unos y de otras. El esfuerzo y la holgazanería no entendían de géneros. Desde donde ella observaba, si no prestaba atención más que a los lomos doblados sobre la tierra, no podía diferenciarlos. Pero esa no era la visión de casi ningún capataz, patrón o terrateniente. Los que mandaban, aquellos que dirigían el trabajo en el campo, eran siempre hombres. Para ellos, como para el resto de la sociedad, empezando por las instituciones de las que tanto hablaba Victoria, un hombre valía más que una mujer. Pocos eran los adelantados a su tiempo, con un pensamiento más permeable, quienes actuaban impartiendo otra suerte de justicia para con las trabajadoras. Ella lo sabía bien. Solo había encontrado a uno: aquel viejo capataz, a quien siempre le estaría agradecida.

Emilia continuó evocando recuerdos y ordenando pensamientos, preparada para tomar de nuevo entre sus dedos la pluma que descansaba sedienta sobre el tintero.

Se afanó en cuidar sus expresiones utilizando palabras certeras, medidas, calmadas, describiendo las condiciones de las mujeres; trabajadoras del campo, entre el ganado, y también en sus casas. Mujeres que solo habían nacido para trabajar. Sin voz, sin voto. Infatigables, por el bien de sus casas y de sus hijos. Resignadas a cumplir, a servir.

Así Emilia, con la humildad y la cercanía de quien no ha aprobado más exámenes que los de la vida, limitada en su formación, pero sobrada en energía, esgrimió sobre el papel todas y cada una de las quejas que tenía de aquel mundo en el que había nacido. Aquel mundo de mujeres que trabajaban dentro y fuera de casa, que demostraban cada día su fuerza para romper el estigma, pero sin conseguirlo. Recordaba a su madre, presa de su vida, de sus circunstancias. Lamentó su lucha baldía y pensó en cómo mejorar el infortunio de inocentes niñas entre harapos que solo podrían caminar con sus pies descalzos.

La aldaba de hierro fue contundente. Alguien apremiaba desde la puerta exterior para ser atendido sin demora. Emilia dejó la pluma cuidadosamente colocada sobre la mesa y se puso en pie. Estaba sola en casa, pues la señora se hallaba en misa, y el señor y su hija, en la universidad. «Quién será», se preguntó. Abrió la ventana de su dormitorio y orientó la vista hacia la calle. La algazara le impedía ser escuchada por aquel joven del que solo veía un cabello oscuro y abundante. Antes de reaccionar y cerrar aquella abertura, un soplo de aire entró insolente y despreocupado ante ella, enviando todo cuanto había estado escribiendo escaleras abajo. Apurada, salió corriendo tras las hojas de papel, escuchando cada vez más cerca la llamada con golpes secos.

Casi sin aliento, se abalanzó sobre la puerta para atender aquella insistencia rayana en lo descortés. Un joven de buen porte y más seductores rasgos permanecía de pie frente a ella. Su forma de mirar, incorruptible, acerada, le resultaba extrañamente familiar.

—Buenos días, señorita. Ruego disculpe la irrupción y las formas.

—Buenos días —respondió ella con prisa, deseosa de volver a tener la pluma entre los dedos.

—¿Es usted Emilia?

—Sí, soy yo. Y usted es... —Dejó la frase inacabada y se detuvo a prestar atención al atractivo del joven: a su piel tostada por el sol, a los mechones oscuros como el café que, revueltos y sin orden, caían sobre su mirada.

—Javier. Me llamo Javier Vidal —se presentó con voz profunda, moviendo los labios despacio, pronunciando cada palabra con gesto sobrio y riguroso—. Soy el hijo de Vidal.

Emilia continuaba frente a él, indagando en aquellos ojos, tratando de descifrarlos. «Vidal», pensó. Le costó recordar el nombre del viejo capataz que había sido su tabla de salvación desde que había dejado el pazo.

—¿Usted es Emilia Rey? —preguntó sin querer creer la respuesta.

—Sí, sí, perdona —dijo con una sonrisa, libre de prejuicios y precauciones—. Soy Emilia, y por supuesto que sé quién es tu padre. Le debo mucho como para no saber quién es.

Javier le devolvió la sonrisa, pese a desconocer la relación de ella con su padre, ni mucho menos la coyuntura que daba lugar al agradecimiento.

—Creo que ahora ya podemos tutearnos..., Javier —dijo Emilia sin borrar la sonrisa, sin saber siquiera que estaba sonriendo, al tiempo que admiraba la fuerza de aquella mirada castaña que por un segundo había visto brillar.

Javier asintió contenido, inclinando la cabeza, pero sin dejar de mirarla. Después, poco a poco, irguió el semblante con un halo de tristeza que no pasó desapercibido para Emilia.

—Pasa, por favor —pidió ella, abriendo la puerta y haciéndose a un lado—. Dime, ¿qué puedo hacer por tu padre?

—A mi padre le han llegado malas noticias de tu tierra —respondió con la mirada taciturna, lamentando tener que decirle cada palabra.

—¿De mi tierra? —interrumpió con el ceño ligeramente fruncido, extrañada.

—Sí, de Meirande. A través de Aurora Casal, una vecina de allí, que ha vuelto a trabajar en la finca con mi padre.

Emilia recogía con prudencia aquellos nombres que de sobra reconocía: su pueblo y una de las huérfanas hermanas Casal. Hasta ese momento desconocía que la joven Aurorita hubiese encontrado el temple y la fuerza para volver a trabajar en el campo.

—Sí, Aurora, claro. ¿Le ha sucedido algo?

—No, no, Aurora está bien. —Hizo una pausa que le permitiese aclarar la garganta—. Ella ha sido quien le ha pedido a mi padre que se pusiera en contacto contigo.

—Entiendo, entiendo —interrumpió ella tratando de apurar la noticia, sintiendo cómo los nervios se deshilachaban uno a uno.

—Aunque no te conozco, lo siento mucho. —Miró al suelo, apretó la mandíbula, tragó saliva y dijo sin querer tener que hacerlo—: Tu madre ha muerto.

Las fatales palabras se habían quedado suspendidas en el aire, demudando el rostro de Emilia, descomponiendo sus rasgos, apagando sus ojos. Eco que flotaba y la perseguía golpeándola por toda la habitación. Boca entreabierta, muda, ahogada, suplicando que fuera un error o cruel mentira, lágrimas secas que se resistían a asomar, negando la noticia, la realidad, el dolor.

—No es posible, no... —contestó agitando la cabeza de un lado a otro, dando pequeños pasos hacia atrás que le permitiesen alejarse de aquellas palabras que buscaban alcanzarla y acabar con ella.

Con la pesadumbre de haber sido el indeseable mensajero de la desgracia, Javier tendió la mano, después el brazo, para agarrarla con fuerza evitando la suerte o el mal tino de Emilia al tropezar con un banco de madera a sus espaldas.

—Mi más sentido pésame.

—No me des el pésame —farfulló separándose de él, presa de la negación que abría un caudal incontenible en sus ojos esmeralda—. Mi madre no ha muerto —continuó con palabras que se resquebrajaban en lo más hondo de su garganta.

—Emilia, entiendo tu dolor. —Buscó calmarla con palabras suaves y templadas que pudieran reconfortarla—. Yo también perdí a mi madre cuando era niño y sé que no hay consuelo.

Sin soltarle las manos, viendo cómo su ánimo se deshacía y sus ojos se hundían en un mar profundo y oscuro como dos náufragos sin fuerzas, Javier solo pensaba en salvarla, aliviar su dolor, acariciar la profundidad de su tristeza y volver a verla sonreír.

Deglutiendo la amargura de aquel instante, se dejó caer sobre el suelo oscuro y áspero, más pensado para los caballos que para las personas que allí vivían, consintiendo que la sangre de sus rodillas traspasase su vestido, quebrando el dolor, desorientándolo. Entonces recordó a José María, la pequeña barriga de tierra fruto de su efímero paso por el mundo. Lamentó cada abrazo que no les había dado, cada palabra que no había pronunciado. «Gracias», esa era la palabra que le debía a su madre. Nunca sabría lo mucho que agradecía a su inquebrantable espíritu por sacarla adelante, por haber sido su inspiración para emprender una lucha silenciosa con papel y una fina estilográfica. Ahora no era más que un orgullo en el limbo. Sentía la crueldad del vacío, aturdida, marcada por la impronta indeleble de la muerte.

Javier la observaba conmovido, respetando sus tiempos. Tiempos necesarios para una herida tan honda. Llegado el momento, paciente, extendió su mano y la ayudó a erguirse con el doloroso peso que debería cargar toda su vida.

El cuerpo de Emilia acusaba el daño de un espíritu maltratado. Se movía lentamente, haciendo preguntas a la suerte, también a la pena, con la única respuesta que entregaban los latidos silenciosos.

—Debo ir con mi madre —acertó a decir con el pensamiento quebrado antes de subir escalera arriba.

Javier siguió sus pasos, acompañándolos con mirada profunda, sincera, y se detuvo junto a la balaustrada de madera. No la abandonaría en tan aciaga circunstancia.

Esperó paciente en el mismo sitio. Con la mirada fruncida entre anaqueles y pequeñas cajoneras. Era un lugar de paso para las bestias, de ahí la austeridad de sus paredes y lo abrupto del suelo. Reparó entonces en una hoja de papel a los pies del último peldaño. Dudó un segundo, lanzando un último vistazo al horizonte de aquellas escarpadas escaleras, y recogió el papel con cuidado.

Letras esbeltas, delineadas y delicadas, resueltas y abrazadas transgredían los límites de lo tolerable a una joven sirvienta y ahora huérfana. Sus palabras, aún precarias, eran suaves, pero su mensaje estaba dotado de una fuerza que lo removía por dentro. Respiró profundamente y destensó la mirada. «¿Quién eres, Emilia?», se preguntó, sabiendo que todavía no era el momento de conocer la respuesta.

51

«Fuera de servicio», el ascensor volvía a colgar el mismo letrero enmarcado en celofán. Debían ser silenciosos. Todo lo que permitían los crujidos de la madera bajo sus pies, cuando era cerca de la una de la madrugada y el edificio dormía ajeno a sus desvelos. Mientras subían por las escaleras, Adela pensaba en la silueta de aquel asesino. La frialdad de sus palabras, desolladas, sangrientas. Crueles. La forma en que las mordía y saboreaba. Solo un verdadero asesino disfrutaba y se extasiaba de esa manera. Había algo que no le encajaba en aquel criminal. Era mucho más que una sombra. Más que una amenaza. Parecía controlar más armas que aquella lengua perversa. Quería el camafeo y podía conseguirlo. No parecía falto de ganas de golpearle la cabeza contra la mesa o de darle una buena descarga eléctrica, tal y como se hacía en las torturas que alguien quiso creer un día que no habían existido nunca y, sin embargo, allí estaba el entramado de electrodos que había seguido a la guerra civil española. Adela traía a su mente la imagen de aquella máquina, probablemente creada para un fin distinto, quién sabe si incluso curativo, destinada a la tortura, a infligir dolor a cambio de algo o de alguien; cosas, personas, nombres, direcciones, antojos o caprichos de un régimen sin una causa clara y con un fin todavía más oscuro. Pobres justificaciones que realmente encubrían el placer de verdugos exentos de moral. Y ese hombre, con su sombra entre la humareda, sumando veneno a su voz envejecida, era una versión de aquellos carniceros.

El interrogatorio a su memoria continuaba, al tiempo que se agarraba con cuidado al pasamanos para no tropezarse, no fuera a traicionarle la luz automática, no siempre rápida, que llevaba tiempo funcionando en los descansillos. La pregunta que se hacía tenía que ver con la conducta de aquel hombre. Tal vez el marqués le hubiese ordenado conseguir el camafeo con el único límite de no hacerle daño físico. Tal vez creyese que conseguiría su ansiada joya jugando a la más inhumana intimidación. Habían entrado en su casa y se habían llevado, para decepción del delincuente, la caja con los dibujos de su hijo. Habían fotografiado todas las imágenes familiares que ella misma había dispuesto en su salón integrando un mural, también la foto de su mesita de noche... Los pensamientos empezaban a alborotarse de tal forma que se paró un segundo en un peldaño y exhaló despacio el aire. Álvaro la miró sin decir nada y ella le respondió moviendo la mano derecha, como si de una rueda se tratara, para que reanudase la marcha.

Con la mente más tranquila, continuó subiendo cuando solo faltaba un piso por llegar. Le costaba creer y entender que el marqués rebasase así los límites de lo legítimo y de lo legal. Y todo por un camafeo de azabache con pequeñas esmeraldas. El valor sentimental era una explicación que no acababa de convencerla. Además, ¿qué iba a pasar con ella, con su familia, con su hijo, cuando entregara lo que querían? ¿Qué garantías le habían dado?

La puerta no estaba cerrada con llave y se abrió con un leve giro de muñeca. No podían estar seguros de si alguien había entrado en su casa. Eran incontables las veces que salían apurados y no se acordaban de echar la llave.

Álvaro cerró, sin soltar la mano de la manilla de la puerta. Adela se había adelantado. En el recibidor buscó su bolso para coger el aerosol de pimienta que ahora siempre la acompañaba y recordó que se había quedado en Santiago. Hizo una señal a su marido para que la esperase en ese mismo lugar, en la entrada. Se internó en la cocina y abrió el pequeño cajón en donde estaban perfectamente doblados un par de manteles de diario. Metió la mano y de debajo sacó otro aerosol. Lo agitó en el aire y comprobó que podría ser de utilidad. Antes de salir de nuevo hacia el salón, volvió tras sus pasos dentro de la cocina. Recordó las amenazas de aquella silueta. Parecían más sólidas que el humo que las envolvía. Decidida, atrajo hacia sí un bloque de madera. En él descansaban una docena de cuchillos con sus relucientes hojas de acero inoxidable, exhibiendo líneas clásicas en sus empuñaduras, cortesía de una exnovia de Álvaro que había tenido a bien regalárselo a ella en un cumpleaños, sabiendo que la cocina le interesaba lo justo para no morir de hambre. Extrajo con cuidado un cuchillo de tamaño mediano, hoja lisa y resistente, concebida para cortar filetes con precisión. Observó un segundo el fulgor del metal y se lo introdujo entre el cinturón y el pantalón. Más segura y confiada, salió hacia el salón con el dedo índice amenazante sobre el aerosol. Se giró y vio a Álvaro blandiendo un paraguas. Con ojos desconcertados, le lanzó un gesto buscando una explicación.

—¿Qué haces? —preguntó Adela en un susurro.

—Por si acaso —contestó casi inaudible.

—Por si acaso qué, ¿por si llueve? —insistió haciendo un mohín.

—Perdona —replicó él estirando un poco la espalda—. No recuerdo dónde he guardado mi sable.

Adela miró al suelo y soltó un leve bufido.

—Espera aquí un momento —bisbiseó señalando con un dedo al suelo bajo sus pies.

Sin darle tiempo a expresar su parecer, avanzó analizando con los ojos bien despiertos cada palmo del salón. Después se adentró en su dormitorio y por último en el de Martín. Todo parecía estar en orden.

—Hay algo encima de la almohada —indicó Álvaro acercándose decidido, con su paraguas en la mano.

—Te dije que esperaras.

—Ya. Y yo te dije que no. Pero ya te habías ido. —Álvaro alargó la mano y cogió el papel—. Son unas coordenadas de GPS —dijo con el tono más pausado.

—Déjame ver.

—Espera un segundo. Pero ¿qué es esto?

Adela cogió la nota y la leyó. Sí, se trataba de unas coordenadas de GPS. Todo escrito a mano. No había ningún nombre ni ninguna firma, únicamente la secuencia numérica y una advertencia al pie de la nota: «No juegues conmigo. Yo nunca pierdo».

—Adela, ¿me lo puedes explicar? Parece que no soy consciente de la magnitud de lo que te ha sucedido en Galicia.

Efectivamente, no lo era. Y tal vez debería serlo. Le hizo una señal para que la acompañara al salón. Encendió el televisor para evitar ser escuchados por oídos ajenos y le indicó que tomara asiento en un sillón. Ella iba a hacer lo mismo, no antes de dejar el cuchillo fileteador sobre la mesa. El brillo del acero terminó de desencajar el otrora gesto burlón de Álvaro.

Tras escuchar con atención todo cuanto le había relatado Adela de su viaje a Galicia, apoyó la cabeza en ambas manos, con la vista fija en la alfombra de pelo gris sobre la que se centraba la pequeña mesa redonda que ahora sostenía el frío acero del arma improvisada en la cocina.

—Debemos entregarle el camafeo y que nos dejen tranquilos.

—Eso haré. Pero debo ir sola.

Álvaro soltó un bufido y levantó la cabeza queriendo protestar.

—Adela...

—Tengo que hacerlo sola. No es mi elección.

Apartó la vista y la dejó en un punto fijo de la habitación. Tratando de aceptarlo.

—¿Y dónde lo tienes? ¿El camafeo?

Adela fue al dormitorio unos segundos y volvió con la joya colgando como un péndulo de una cadena.

—Aquí está.

Con renovada curiosidad, Álvaro lo cogió con cuidado, dispuesto a examinar cada detalle, queriendo descifrar el valor que ni él ni Adela habían sabido encontrar en una joya de azabache.

—Todo por esto —dijo él, incrédulo.

—Sí. —Adela asentía con los ojos sobre Nuestra Señora del Mar—. ¿Qué esconderá esta joya para que sean capaces de matar por ella?

Álvaro suspiró antes de dirigirse enérgico de nuevo a su mujer.

—Adela, por favor, ten mucho cuidado. Esa gente es peligrosa... Esto no me gusta. No me gusta nada.

—Lo sé, lo sé. Cálmate. Ahora ya no podemos hacer otra cosa que no sea lo que nos piden. Y después nos dejarán tranquilos.

Adela no estaba para nada segura de aquellas palabras, no era más que una hipótesis que podría estar demasiado alejada de las intenciones de quien la había retenido en Santiago. Parecía demasiado cruel, un sádico, lejos de un vulgar ladrón, o incluso de uno que no fuese vulgar. Por eso debía averiguar algo más del camafeo, debía llevar una carta en la manga, adelantarse a algún movimiento: protegerse.

—Ya, esperemos que así sea —añadió él con el camafeo abierto—. Pero todavía no me has dicho qué fue lo que descubriste en tu visita al pazo. ¿Recuerdas? Me llamaste por teléfono diciendo que habías encontrado a las mujeres del camafeo —explicó mostrando ambos retratos en sus manos.

—Cierto, no llegué a contarte nada. —Hizo una breve pausa antes de continuar—: Bernarda Saavedra, ese es el nombre de la dama que aparece con dos niños.

—«BS» —musitó él leyendo las iniciales en la imagen.

—Sí, «BS». La condesa de Altamira, madre de don Rodrigo Gómez de Ulloa, heredero del título a su muerte, y de doña Celia Gómez de Ulloa.

—¡Celia! —exclamó Álvaro.

—Sí, yo también creí lo mismo. Que esta Celia Gómez de Ulloa es la destinataria del testamento de 1919.

—¿Y no lo es?

—Pues no, porque esta Celia murió de neumonía en 1867.

—¿Sin descendencia?

—Entiendo que sí... El guía no comentó que dejase descendencia.

—Bueno, de tenerla, lo suyo era que se llamase igual que ella, ¿no?

Adela lo observaba pensativa.

—La experta en historia eres tú, deberías saberlo mejor que yo.

—Cierto, cierto. Pero es que aunque se llamase igual, el apellido no debería ser el mismo...

Los dos se quedaron un rato en silencio hasta que Álvaro se movió nervioso, como si el sillón de pronto le quemase.

—Salvo... —comenzó a decir con un dedo índice apuntando al techo.

—¿Salvo qué?

—Salvo que fuese hija de soltera.

—¿Cómo?

—Sí. ¿Recuerdas a mi tía Cipriana? Bueno, mi tía política, la que vive en Salamanca.

Adela asintió.

—Ella llevaba duplicado el apellido de su madre. De esa forma evitaba ponerse el común y deshonroso «Expósito» de la época.

—No te falta razón —dijo ensimismada mientras Álvaro hacía un gesto de autoproclamada solvencia—. En los siglos XIX y XX, los huérfanos y los hijos de soltera llevaban el apellido Expósito, entre otros. También estaba Rey, el santo de la parroquia en la que nacían... Pero había otros que se registraban bien con el apellido de la madre duplicado, como el caso de tu tía Cipriana, o bien figuraban solo con el de la madre y se hacían llamar de padre incógnito o desconocido.

Después de unos segundos en los que compartieron el silencio para pensar en todo aquello, Adela se levantó del sofá y se dirigió al mueble librería. Tiró del pequeño agarrador de una de las puertas y sacó la caja.

—Entre todos estos papeles —señaló y explicó a un tiempo— que estaban en la caja que encontré en Vilar de Fontao, en la casa de los argentinos, tenemos que dar con algún hilo del que poder tirar. Si la hermana del conde tuvo una hija, aquí tiene que haber algo.

La luz del pequeño escritorio era blanca y caía contundente sobre los papeles, cada cual más envejecido o deteriorado que el anterior. Empezaron por buscar el testamento. Constataron la fecha, 1919, y el nombre de la beneficiaria del Pazo de Altamira, Celia Gómez de Ulloa.

—Es sospechoso que solo figure un apellido al tratarse de una dama de alta cuna —acertó a decir Adela.

—Seguro que va a ser lo que te he dicho —repitió él—, va a tratarse de una hija de padre desconocido.

Adela lanzó una mirada al reloj que colgaba de la pared, hasta ese momento con prisas discretas y benévolas en su día a día. Su movimiento pendular le encogió el estómago. Pero ya no sintió ganas de vomitar. Estaba aprendiendo a controlar sus temores. El reloj no se detendría con su miedo ni con su mal digestivo, necesitaba exprimir cada segundo en beneficio propio o se convertiría en perdedora de un juego al que nadie la había invitado a jugar.

Llevaban un tiempo difícil de calcular descifrando aquellos viejos papeles cuando Álvaro se sobresaltó, propiciando que Adela tirase al suelo una gran lupa sin más función que embellecer aquel mueble. Al menos hasta ese día.

—¿Qué pasa? —preguntó ella mientras recogía el cristal del suelo.

—Creo que he encontrado algo.

—¿Y bien?

—Esto te va a sorprender, pero parece que es una especie de manifiesto feminista de 1920. Tal vez sea un libro...

—¿Cómo dices?

—Como lo oyes. No he entrado a leer nada realmente, pero me ha llamado la atención a quién está dedicado.

—Álvaro, por favor... ¿A quién?

—Mira —dijo mostrándole una libreta añeja y amarillenta para que ella misma pudiese leerlo.

—«A la memoria de todas las mujeres que, como mi madre, han luchado en el frente y en la retaguardia, midiendo sus fuerzas, para un día tener voz y voto» —leyó solemne.

—Continúa más abajo —indicó Álvaro.

—«A mi madre, que vivió como Cándida y a los Cielos subió como Celia».

Álvaro y Adela se miraron a los ojos. La respuesta a su pregunta estaba frente a ellos.

—Esto no tiene ningún sentido —dijo ella confundida.

—Lo que yo creo es que existió una tal Cándida que también se llamaba Celia. ¿No podría ser que una hija bastarda fuese conocida por dos nombres?

—Eso sí que no tiene sentido. —Adela hizo una pausa y continuó—: Espera, ¿quién firma este escrito?

—A ver... —dijo Álvaro dando un par de vueltas a las envejecidas hojas—. Aquí está: Emilia Rey.

—¿Rey? ¿Y sin segundo apellido? ¿Nada más? No creo que fuese hija de Celia Gómez de Ulloa. ¿Qué probabilidades hay de que fuese también hija de padre desconocido? —Hizo una pausa tan retórica como la pregunta—. Debemos seguir buscando. Tiene que haber algo más.

El silencio volvió a ocupar cada rincón de la casa, en donde solo se escuchaba el pasar de las finas hojas de papel que llenaban aquella caja de cartón. Conscientes de su enorme valor, las tocaban con las puntas de los dedos evitando que la tinta fuese absorbida como un garabato por la celulosa. Era un trabajo minucioso y requería mucha concentración por su parte. La noche, lejos de parecer larga, se estaba haciendo corta. Cuenta de ello daba aquel reloj con su pendular agonía.

—Haré un poco de café —dijo Álvaro—. Será una noche complicada.

Dirigió después sus pasos hacia la cocina, frotándose con fuerza los ojos y por extensión el resto de su cara, queriendo quizá ahuyentar el sueño con aquel gesto.

—¡Espera un momento! —gritó Adela apartando su cabeza del foco de luz del flexo.

Se levantó despacio con un papel en las manos y comenzó a caminar hacia donde estaba Álvaro.

—Mira esto. —Se lo mostró colocándose a su lado—. Parece un anexo al testamento. Está firmado en la misma fecha. Aquí dice que el conde le deja todo el contenido de su biblioteca a la hija de su sobrina: a Emilia Rey.

52

Pazo de Altamira, 24 de marzo de 1920

Había sido un invierno lluvioso. Los zagales y grumetes creyeron que, sin duda, el más lluvioso. Innumerables, dirían, los días en que habían salido a trabajar sobre la tierra o el mar, entre azotes y empellones, entre borrascas y tempestades. Los mayores, más cautos y con la retranca de una vida entera mirando al Atlántico, dirían que esa era buena señal; si hablaban de la lluvia es que no lloraban de hambre. Porque nunca llueve a gusto de todos.

La tierra había sabido aprovechar cada gota. Pronto sus frutos comenzarían a despuntar entre el verde, joven y turgente, de las hojas de los frutales. Emilia caminaba despacio, pero sobrada de prisa, tal y como acostumbraba. Se adentraba en la fortaleza del pazo, buscando la despedida de quien se lo había dado todo. *«Pax intrantibus, Vitae exeuntibus»* («Paz para los que llegan, Vida para los que se van»), el mismo mensaje en la piedra de la entrada. Ahora deseaba más que nunca que se cumpliera, que se tratase de una suerte de profecía que augurase paz para ella y vida más allá de este mundo para su madre. Por un momento, convencida de las promesas evangélicas del padre Eliseo, sintió alivio, quizá esperanza. Su madre se reuniría con José María. Ella cuidaría de él y probablemente él le devolvería sonrisas de leche, tan inocentes como despreocupadas. Todavía no estaba preparada para el recuerdo dulce. Cada mirada orgullosa de su madre, desde el silencio de la cocina; los almuerzos incontables en que apartaba su plato, siempre discreto, casi secreto, para no mostrar la ausencia de sacramentos en él, reservando la carne para su hija o su nieto. Emilia recordaba el día en que se opuso a pasar por alto la privación de su madre, a impedir el sacrificio. Su respuesta había sido tan sincera que nunca más había vuelto a decirle nada. «*Miña nena*, no sufras por *túa nai*, que para mí la pena sería no tener de dónde sacarlo para dároslo a vosotros». Aquel día, viendo la forma en que José María devoraba un pedazo de carne que no había tenido tiempo de trocear, suspiró profundamente, comprendiendo que el pecho de su madre pudiera dilatarse hasta tal punto que el estómago se encogiese. Rememoraba cada palabra de aquel gesto silente, evocando la calidez de sus manos, ensortijadas y nudosas, cuando trataba de acariciarlas, y ellas, tímidas y prudentes, discretas en el cariño, tan dispuestas para la entrega, siempre renuentes a recibir nada a cambio. Cada recuerdo dolía en lo más hondo de su pecho, los latidos querían apagarse, engullidos por un pasado que no podía volver. No, todavía no estaba preparada para los recuerdos dulces. Pero debía recordar. El duelo era un mal necesario para la curación de su alma. Así caminaba, con el luto cerrado desde hacía meses y con él seguiría hasta que la pena diese paso al alivio y, solo después, a las ganas de vivir. Totalmente de negro, desde los pies hasta el pañuelo que llevaba en la cabeza, anudado bajo su barbilla, tal y como se lo ponían las finas señoritas de Santiago. Bajo sus pies y a ambos lados de la vereda, líquenes y musgos alfombraban su camino, agradecidos a la lluvia del invierno, mullendo sus pasos, pesados, exangües.

Se adherían a las piedras, a las cortezas de los árboles, y formaban lienzos de belleza inconcebible e incorregible gracia. A medida que se acercaba al gran Pazo de Altamira, una explosión de color perseguía su indiferencia. Las camelias lucían espléndidas, ajenas a su dolor, a cualquier mal. Se abrían presumidas, casi descaradas, exhibiendo pétalos fragantes en tonos rosas, rojos, blancos. Abrumada, incapaz de negar la belleza, levantó tímidamente la vista, encontrándose con un sol centelleante que jugaba rebotando entre las hojas frescas, verdes y vivas, de las camelias. La insistencia del sol la abrasaba bajo el manto negro, de paño oscuro, tras el que el duelo debía seguir caminando.

Antes de alcanzar la puerta, Conchita la recibió con un abrazo que traspasaba lo cordial y se entregaba al candor de la familiaridad de quien ha compartido mesa y penurias. Contagiada, ya sin control sobre sus lágrimas, la siguió hasta la cocina, donde continuaron las interminables muestras de afecto y pésame. Desde las justificadas, de pleno derecho, hasta las más vacuas, aun así necesarias y agradecidas.

—Fue el corazón, *neniña* —dijo una voz temblorosa por la suma de los años y la aflicción.

Una anciana, así al menos la veía ahora, la señora Ofelia, que vivía casi en la clandestinidad gracias al trabajo de su hija y a la misericordia que el conde había tenido a bien concederle. Había sido ella la encargada de ayudar al capataz a desensillar al caballo el día del fatal accidente del conde. De ese día solo recordaba haber perdido el sentido al acercarse al animal. Desde entonces ayudaba en lo que podía, apoyada en dos palos que iba cambiando cuando encontraba otros de mejor hechura para acompañar sus andares dolorosos y encorvados.

—El corazón, *miña nena*, el corazón —continuó la anciana, sobrepasada por la pérdida.

Hasta ese momento, Emilia desconocía la envergadura de los sentimientos de aquellas personas hacia su madre. Por un segundo, mientras observaba el rostro descompuesto de aquella mujer a la que recordaba vagamente, pensó en la indulgencia de la muerte. Tal vez fuese por el miedo a enfrentar la propia, a imaginar nuestra partida y el dolor en los ojos de aquellos a los que queremos. Tal vez fuera eso lo que nos hace vulnerables, lo que nos obliga a entregarnos, a ser compasivos, a exculpar miserias propias casi tanto como las del muerto y lo que nos empuja solo a consolar a quien sufre la pérdida. Pérdida que, un día, todos provocaremos y para la que rogamos consuelo.

—Su corazón no pudo con más penas —sentenció la anciana sin dar opción a profundizar en más causa.

Emilia se resistía a entregar su tristeza con tanta facilidad. Agradecía los gestos, pero necesitaba encontrarse con su madre.

—¿Dónde está? —preguntó Emilia, viendo que junto a la puerta que daba paso al dormitorio de su madre había una bolsa con sus pertenencias y la pequeña talla de la Virgen, que sobresalía entre un papel de periódico colocado con la maña de los nervios.

—En esta casa no somos nadie —respondió la anciana Ofelia con la mirada perdida entre el suelo y más abajo todavía. Asumiendo su lugar en ese mundo.

Con el gesto contrariado, Emilia iba a responder con más interrogantes, pero Conchita la sorprendió con otro abrazo furtivo.

—El señorito Luis hizo todo cuanto estuvo en su mano. Trató de salvarla, ¿sabes? Pero no pudo —gimoteó Conchita agarrada a su cuello como si de un salvavidas se tratase.

—Pero ¿dónde está mi madre? —insistió zafándose de los brazos de la joven.

—Desde que te has ido, desde que no está el conde con nosotros... Las cosas han cambiado, Emilia. A peor —dijo con un halo de melancolía en su voz, sintiendo su vida también sentenciada.

Emilia no estaba dispuesta a alargar aquel momento más de lo necesario. Cogió la bolsa con las cosas de su madre en una mano, y la sintió tan pequeña, tan escasa, tan oscura sobre el suelo que ahogó un grito en su garganta y rompió a llorar desconsolada. No lo hacía por la muerte, podía aceptarla, llegaría a aceptarla, con tiempo, debería hacerlo. No. Lloraba de rabia, de impotencia, furiosa con la triste vida de su madre, y salió corriendo sin dejar que nadie la agarrara.

Hablaría con la condesa. Tendría que explicarle dónde estaba su madre. Alguien debía hacerlo.

En el pasillo se detuvo unos instantes frente al lienzo del Pórtico de la Gloria de Santiago y evocó un recuerdo de su madre. Siendo todavía una niña, mientras ambas retiraban el polvo del gran marco, le preguntó cómo un hombre podía haber hecho una obra tan increíble. Entonces su madre le habló del Maestro Mateo, del artista, de quien habría alcanzado paz y vida eterna. Lo hizo confesando un sueño, el anhelo por estar un día ante su obra, por rezar en aquella catedral de la que tanto le había hablado el conde. Emilia bajó la cabeza, cerró los ojos y respiró profunda y suavemente. Deseó con todas sus fuerzas que su madre, sin haber podido cumplir su sueño, encontrase también la paz que con su vida había ganado.

Cuando se dispuso a reanudar la búsqueda para encarar a la condesa, convirtiéndolo ya en costumbre, el señorito Luis tropezó con ella. No iba solo. Braulio Bramonte lo acompañaba. Al verla, el viejo Bramonte dibujó un gesto constreñido en el rostro que parecía retorcer un pensamiento.

—¡Emilia! —la llamó Luis al ver que ella continuaba su camino cegada por su objetivo.

Ella se dio la vuelta, mostrando un semblante apagado y contrariado.

—Mi más sentido pésame, Emilia —dijo mientras la abrazaba con un calor que ella no podía sentir, pero que agradecía igualmente.

—Gracias, señorito Luis —contestó, mirando con recato el adusto gesto de don Braulio.

—Si me lo permites, me gustaría asistir al funeral por tu madre. Sabes lo mucho que la apreciaba —dijo con más de un recuerdo apagando su mirada.

Emilia asintió mirando al suelo. Reprimiendo las lágrimas.

—Se lo agradezco —musitó, quebradiza ante las circunstancias, conmovida por el gesto—. Justo estaba buscando a la señora condesa para saber algo más del entierro.

—¿Qué necesitas saber? —preguntó Luis queriendo ayudar, como siempre intentaba con ella.

—Lo primero, dónde la están velando, porque ya veo que aquí no se encuentra —respondió recobrando la forma en su tono, lanzando una furtiva mirada a don Braulio.

—No te preocupes, Emilia, es cierto que no está en el pazo. El padre Eliseo le pidió a mi abuela que le permitiese velarla en la sacristía de la iglesia de San Juan Bautista y ella accedió de buen grado.

Emilia declinó la posibilidad de poner en duda aquel relato, apartando la ira de su mente y centrándose en el dolor. Era el momento de despedir a su madre y de nada más.

—¿A qué esperas? Vete ya, muchacha. A la iglesia del pueblo —increpó burlón y desconsiderado don Braulio.

—Tío, hágame el favor —inquirió educadamente el joven.

Evitando darle el placer de esconder la mirada ante aquel Bramonte con ínfulas de todo y poder sobre casi nada, Emilia corrió rápida al encuentro de su madre y gesticuló un «gracias» hacia Luis Gómez de Ulloa.

Pese a que había transcurrido más de día y medio desde el segundo en que el corazón de su madre se entregara al silencio, aquel regimiento de mujeres cerraba filas en torno a su cuerpo, frío y bien expuesto, sin perder un ápice de rigor victoriano. Aquellas vecinas, compañeras y comadres se habían encargado de amortajar a la fallecida con sus mejores galas. Al fin había estrenado el vestido que ella misma le compró, con su primer sueldo, en una tienda de Santiago. Le faltó tiempo al verlo, con aquellos remates tan finos, para desmontarlo pieza a pieza y sacar los patrones. Con ellos se había afanado en tomar medidas, marcar y coser otro par de vestidos con retales de saldo, más corrientes, sufridos, más de diario, como solía decir. Entretanto, el refinado vestido de ciudad esperaba su ocasión colgado en el armario. Mujer previsora, su madre sabía bien cuál sería el día señalado, el momento de lucirlo.

Siguiendo el convencionalismo marcado, aquellas entregadas mujeres abrieron un pasillo que guiase sus ojos, tan perdidos, tan dolidos, tan necesitados de verla. Porque ella era la hija. Su dolor, protagonista. Los abrazos, los pésames, los comentarios bienintencionados, aunque insustanciales, se sucedían entre lágrimas. Emilia correspondía dejando que su cuerpo avanzara, con la mente en un lugar nebuloso y distante. Un lugar que ya conocía. El día en que tuvo que aceptar que su hijo ya no estaba entre los vivos, sin dejar de abrazar la tierra húmeda del camposanto, su mente se había atrincherado en esa habitación de ventanas oscuras a la que hoy volvía de nuevo.

El padre Eliseo la esperaba como un faro entre la oscuridad de aquellas ropas negras, entre rostros velados, el bullir de rosarios y demás plegarias. Parecía necesitado de alivio, sus ojos se habían entregado por fin a un dolor sincero que abrasaba su conciencia bajo aquella sotana.

—Al fin puede descansar —musitó ella, entre lágrimas, empapando el hábito del cura.

—Emilia, hija —acertó a decir.

—Se ha ido en paz, padre —dijo a modo de deseo, con la extraña sensación de ser ella quien proporcionaba consuelo.

El sacerdote se mantuvo en silencio unos minutos más, hasta que al fin levantó una mano, indicando a unos jóvenes que cerraran el ataúd. Era el momento de devolver a la tierra lo que era suyo.

Antes de eso, Emilia pudo verla. Su gesto sereno, apacible, le evocó más recuerdos dolorosos, todos necesarios. No era un adiós, le dijo, solo un «hasta pronto, madre». Pero se equivocaba. En aquel momento de soledad y tristeza era incapaz de ver más allá.

Caminaron despacio, guiados por el padre Eliseo, hasta el lugar señalado. La tierra abierta esperaba impaciente. Emilia sintió ahogo, buscó consuelo, miró al cura y encontró al hombre. Un hombre llorando al pasado, al recuerdo, a la suerte, y entonces fue ella quien le cogió la mano.

Las exequias habían sido de una belleza inusual, casi pagana, mutando en elogios fortuitos hacia la vida de Cándida, hacia su forma de ser, de estar, de ayudar, de enfrentar la realidad. Su realidad.

La ceremonia llegaba a su fin y Emilia dio un paso al frente con la mirada seca, sin miedo al vacío, asomada al precipicio en donde los huesos de su madre reposaban en paz. Se había acercado con una camelia blanca, de aquel hermoso jardín al que tenía prohibido el paso, y permitió su descenso, envuelta en sublime fragancia, sobre el humilde ataúd de madera. Detrás de ella, la alcanzaron varias lágrimas que volaban fugaces por tocar un pétalo, al menos uno, de tan hermosa flor. Cápsulas de vida, de un instante que tenía por destino la muerte. Observó su caída, asegurándose de que allí se quedaría para siempre, y se giró sobre sus pasos.

Desde donde se encontraba pudo ver al señorito Luis. Entregado al luto, con la pena cortés de quien respeta al que se ha ido, pero aun así luce porte impecable. Junto a él, un caballero de pelo cano con la prestancia de un gran señor. Sintió el revuelo entre los velos enlutados. Las mujeres que hasta ese momento acompañaban con lágrimas más o menos

acompasadas ahora respetaban un silencio para el que todavía no tenían respuesta. Era don Gerardo. Emilia no tardó
en descubrir la justificación de tan honorable presencia.

Lentamente, don Gerardo avanzaba con su perfil distinguido, casi sublime, entre los presentes. Su gesto era de
dolor verdadero. Mantenía su espalda erguida y su mentón
apuesto, y aun así su aflicción quedaba de manifiesto. En sus
manos el ramo de rosas blancas más hermoso que ella había
visto nunca. Fijó una rodilla sobre la tierra y dejó caer las
flores. Los pétalos de algunas de ellas se exhibieron entre los
vivos haciendo piruetas de sesión única, como suaves alas de
ángeles puros, para luego desaparecer en los confines marcados por el polvo.

Emilia lo miró con agradecimiento en un principio.
Después, medio aturdida. Hasta que él se acercó y con un
susurro salió de dudas.

—Gracias —musitó ella bajando la cabeza, para luego
añadir—: ¿Por qué las rosas blancas?

—Porque eran sus favoritas —dijo él sin encorvar ni
por un segundo su espalda regia.

La sorpresa se dibujó en el rostro de Emilia. Lo miró
a los ojos y sintió su tristeza. Aquel era el hombre de quien
su madre se enamoró y por quien decidió alejarse de tentación alguna de la carne, con el corazón cerrado bajo siete
llaves. Recordaba la melancolía en su mirada cuando pensaba en los dos mejores regalos que le hizo el único hombre
a quien había amado: una hija y un ramo de rosas blancas.

Emilia miró al suelo viendo las lágrimas caer, una tras
otra, absorbidas por una tierra insaciable, e invocó la amargura en los consejos de su madre. Ahora tenían sentido. Miró
al señorito Luis, sabiendo que él no había dejado de observarla cada segundo, y quiso guardar el recuerdo de aquellos
ojos alegres. Nunca podría ser. Esta vez era más que una
promesa.

53

Madrid, 1 de julio de 2011

Una mirada hacia el reloj del salón delató que se había quedado dormida. Con la cabeza y las manos tendidas sobre aquel manifiesto a favor del derecho al voto de las mujeres, simulaba una marioneta que alguien había abandonado después de una mala función.

Álvaro, dormido sobre el sofá, continuaba con los zapatos puestos.

—Son ya las ocho, ¡despierta! —gritó Adela—. Nos hemos dormido.

Con los ojos muy abiertos, él se sobresaltó, buscando a tientas sus gafas. Una vez puestas, se levantó arrastrando el cansancio de la noche y la fatiga de sustos y demás preocupaciones de aquellos días.

—Tengo que hablar con mi padre —dijo ella—. Estará preocupado sin saber nada de nosotros. Y sin saber qué hacer con Martín.

Ya incorporado, Álvaro fue consciente de que se había quedado traspuesto sobre una pequeña carpeta del color de la arcilla, con una goma medio deshilachada velando por su contenido. Con cuidado, la colocó encima de la mesa, la abrió de nuevo y recordó que ya lo había hecho pocas horas antes. Empezó a mover recortes de periódico antiguos. En realidad se trataba de prensa obrera de los años veinte y treinta del siglo pasado: *El Obrero*, *El Pueblo*, pero sobre todo abundaban recortes de *El Socialista* y *Solidaridad Obrera*. En todos ellos el mismo mensaje: las mujeres debían reclamar sus derechos basados en la igualdad con los hombres. Para ello, era imprescindible el acceso a la educación. Álvaro lo leía desde la distancia que le daba haber nacido en democracia, en un Estado de derecho en donde las grandes batallas ya se habían librado. Al menos eso parecía y en eso creía. Él, que se había dejado llevar por automatismos conservadores, reacio a los cambios, había descubierto con Adela que era libre de defender unas ideas políticas, una ideología y no otra, gracias a que en el pasado personas sin miedo al cambio lucharon para que él tuviese esa libertad, ese derecho. Ella siempre decía que ampliar derechos nunca es negativo, porque nadie sale perjudicado. Ahora, frente a esos viejos artículos, sentía la fuerza de su autora: Emilia Rey.

Adela entró de nuevo al salón como un torbellino.

—Ya he hablado con mi padre. Llevará a Martín a la guardería —resumió, y dio un paso hacia él—: ¿Qué estás viendo?

—Artículos de la prensa obrera de los años veinte. Todos firmados por Emilia Rey. Debió de ser todo un referente feminista en la época.

Con curiosidad, Adela cogió uno de aquellos pedazos de papel, ajados por el tiempo y olvidados por quienes habían nacido con derechos que a veces declinaban ejercer, y comenzó a leerlo. Quiso pasearse entre aquellas líneas de la historia y se sintió pequeña, insignificante, como una niña que nunca deja de serlo por mucho que tenga que trabajar o más pesada sea su carga. Aquellas mujeres trabajadoras, reconocidas o no, de aquel tiempo tan oscuro como sus ropas, no fueron dueñas de sus vidas ni tampoco de sus cuerpos, y tuvieron que entregar sus mentes, o al menos fingirlo, para sobrevivir.

El teléfono la sobresaltó. Álvaro se había metido en la ducha, por lo que fue a cogerlo. Adela miró la pantalla y vio el número de casa de sus padres. No había transcurrido ni una hora desde que había hablado con su padre y le pareció extraño.

—Mi padre ha vuelto a llamar. —Abordó a Álvaro nada más salir del baño—. Estaba realmente alterado... —dijo con el teléfono todavía caliente en la mano.

—¿Qué ha pasado? —preguntó él, sintiendo la tensión de nuevo en su espalda.

—No estoy segura... —Adela recapacitó mirando hacia un lado, como si entre las cortinas se escondiera la respuesta.

—Pero ¿Martín está bien? ¿Lo ha dejado en la guardería? —se precipitó Álvaro sin dar tiempo a recibir respuestas—. ¿Se ha encontrado con algún hombre en la guardería de Martín?

—¿Qué? ¿De qué estás hablando? —Lo miró desencajada y después añadió—: Mi padre ha dicho que lo llevó a la guardería, pero el niño empezó a llorar y no quiso entrar.

—Qué raro en él...

—Sí, lo sé —continuó relatando pensativa—. Después añadió alterado que la guardería no es el mejor lugar para el niño, y que mejor está con él y con mi madre en casa hasta que yo termine con tanto viaje.

Álvaro respiró más tranquilo.

—Eso es típico de un abuelo preocupado. A ninguno le gusta dejar al nieto en la guardería.

—Eso no es todo —dijo Adela con un halo de suspense.

Álvaro adoptó un semblante serio.

—Me ha insistido en que haga lo que tenga que hacer, que entregue lo que tenga que entregar y que vuelva ya al lado de mi hijo. Que no hay nada más valioso que un hijo.

—¿Eso te ha dicho? —preguntó ligeramente sobrecogido.

Adela asintió con los ojos muy abiertos.

—Bueno, cabe la posibilidad de que se refiera a tu trabajo, ¿no? Que entregues tu artículo y vuelvas a pasar más tiempo con el niño —conjeturó él.

—Podría ser... Pero la forma en que me lo ha dicho... —Adela sopesaba posibilidades moviendo lentamente la cabeza hasta que sentenció—: Definitivamente, no. Él lo sabe.

54

Santiago de Compostela, julio de 1920

A las nueve de la mañana, la rúa de Xelmírez bullía con el ir y venir de vendedoras y «negociantas», como se conocía a las intermediarias que proveían género a los puestos de la plaza de Abastos de Santiago. Aquellas mujeres, con inmensas cestas de mimbre sobre sus cabezas, mantenían un equilibrio que parecía tan sencillo como imposible a ojos ajenos. Emilia avanzaba a buen ritmo, imbuida por la fuerza y el ánimo de aquel regimiento en fila de a uno, saludándose a viva voz y contagiándose de energía. Las admiraba tanto como a las jóvenes resueltas que esperaban, con manos dispuestas y cesta a los pies, a que los barcos descargasen el pescado del día en el muelle de San Juan de Meirande. Luego se subían de un golpe los canastos a la cabeza y atravesaban el pueblo vendiéndolo a veces a cambio de un real; otras, en cambio, de lo que se tuviera a mano: patatas, alubias, grelos o, incluso, jabón de sosa cáustica.

El sol brillaba con la fuerza del verano y le recordaba la espesura de aquellas telas negras como el carbón, asfixiando el impulso de descubrirse al menos la cabeza. Regresaba a casa del rector en la rúa do Vilar, con la compra en ambas manos. Podría decir que casi disfrutaba del trajín de la calle, observando bajo su pañuelo los saludos con la boca grande de aquellas mujeres. Incapaz por el momento de sentir el empuje necesario para devolver sonrisas sinceras o compartir una animada charla sobre cualquier tema, Emilia se limitaba a observar, a ver tras su negra veladura la vida a su alrededor.

Un hombre, de pronto, salió corriendo de alguna parte como alma que lleva el diablo y la tiró al suelo. Sin tiempo para responder o molestarse, el fugitivo salió huyendo. Apenas un par de segundos bastaron en el tropiezo para que no pasara inadvertida la mancha de sangre que llevaba en la camisa. Era demasiado temprano, o excesivamente tarde, según se viese, para ir tan desharrapado, dando empellones y desprendiendo repulsivo olor a aguardiente. Pestilencia con la que podría tumbarla igualmente, sin necesidad de llegar a tocarla.

Recompuesta, Emilia continuó bajando hasta llegar al cruce de la rúa Nova. Allí, un grupo de hombres y mujeres se arremolinaban entre gritos, aspavientos, manos a la cabeza y santiguamientos. Junto a una vieja puerta de madera, un niño descalzo y mugriento, que no contaría más de seis o siete primaveras, sostenía silencioso a una pequeña, todavía sin los primeros dientes. Acostumbrados a vivir en la sombra, ahora el sol los delataba ante una Emilia que por primera vez en mucho tiempo respondía a un impulso, arrodillándose ante aquellos niños. Les preguntó qué había pasado, temiéndose lo peor. El niño, con sus ojos de hambre en la cara, como dos grandes luceros, la miraba silencioso.

—¡Vaya por Dios! ¡*Miña* pobre! —cabeceaba una anciana que se apartaba de aquel sórdido, casi morboso, corrillo sin mala intención.

—¿Qué ha pasado? —le preguntó Emilia.

—Manuela, la Tuerta del Gregorio. Al final ese desgraciado acabó con ella. —Hizo una pausa y, con lágrimas en los ojos hacia los huérfanos, añadió—: ¿Qué va a ser ahora de estos dos muertos de hambre, Dios mío?

Emilia los miró a la cara, sin pudor, tal y como se juzga el dolor ajeno de quienes no se quejan. Era la segunda vez que esos niños, los hijos de una tuerta desesperada por vivir, le arrancaban el luto y la obligaban a luchar. Abrió su bolsa con la compra de los señores y sacó un mollete de pan de centeno. Partió dos pedazos generosos y le extendió uno a cada niño. La más pequeña lo agarraba fuerte con las manos, como si se tratase de una presa acorralada y ella fuese un tímido cachorro.

—Venid conmigo —dijo Emilia mirando al niño—. Buscaré una solución para vosotros.

El chiquillo asintió con ojos desvalidos, sin dejar de mordisquear la hogaza de pan.

Con la pequeña en los brazos, sin olvidar las bolsas con los recados cumplidos, Emilia caminaba dispuesta hacia la casa del rector, con el crío siguiéndola como un barco perdido en la niebla, sin gimotear, agradecido por el mendrugo, bendecido por la luz de aquel faro en la oscuridad.

Justo en la puerta de la casa, un hombre con la silueta y más que probable fuerza de un héroe griego o romano parecía desafiar al horizonte más allá del ala de su sombrero de paja, con una mirada profunda y penetrante. Espalda y planta de una bota apoyadas en la fachada, vestía pantalón oscuro y camiseta parda, que se abría en medio de un torso que evidenciaba la dureza y el vigor del trabajo en el campo. Mangas recogidas hasta los codos, exhibía brazos hercúleos, bien esculpidos, que provocaban miradas nerviosas en las más jóvenes, suspiros ahogados en las menos; ninguna indiferente en cuantas pasaban camino de la catedral. El joven se giró despacio, distraído, y se enderezó al verla llegar. Emilia, que caminaba al lado de Antoñito, que así se llamaba el muchacho, con la pequeña Inés en un brazo y la compra del mercado en el otro, reconoció a Javier Vidal y supo que la esperaba a ella. Él, con andar dispuesto, no dudó un segundo y salió a su encuentro.

—Buenos días, Emilia —dijo al tiempo que la liberaba del peso de las bolsas—. Justo venía para hablar contigo.

—Me coges en mal momento, Javier —dijo ella, apurada.

—¿Y estos niños? —preguntó saludando con la mano al mayor, que rápidamente se escondió detrás de las faldas de Emilia.

—Acaban de perder a su madre.

Javier acarició con lástima uno de los mofletes de la pequeña que Emilia llevaba en brazos, ajena a todo aquello que no fuese el pedazo de pan.

—Lo peor de todo es que ha sido su padre —continuó Emilia—, un borracho desalmado, el que ha acabado con ella en plena calle.

Él frunció el gesto, apretando la mandíbula con tanta fuerza que sin pretenderlo asustó a Antoñito. Parecía decir entre dientes «cabrón malnacido» e imprecaciones de mayor calado, pero no se le escapó nada.

Por su parte, Emilia pudo descifrar su mirada, y aplaudió que en el mundo la especie fuese más diversa y hasta espléndida, pues no solo había cobardes y camorristas, audaces en guerras inventadas o campeones sin moral, también había hombres fuertes, valientes y nobles, como el que reconocía en Javier.

—Están *muertiños* de hambre, los pobres. Decidí que debía traerlos. Estaban tan solos y asustados... —Hizo una pausa mirando al niño, tratando de peinar con una mano sus cuatro pelos alborotados, y después le explicó—: Hablaré con Victoria. Le preguntaré la forma de dar justicia a su madre y a estas criaturas.

Javier la observaba seducido por la compasión de Emilia, por aquella fuerza, todavía desconocida para él. Solo la había visto en aquellas palabras que leyó una vez, nunca de sus labios. Esos labios carmesí que cuando se movían deseaba que se dirigieran a él, que pronunciaran una y mil veces su nombre.

—Emilia —comenzó a explicar el motivo de su visita—, debes saber que de un tiempo a esta parte me he unido a los anarquistas, a la CNT. Mi padre me ha animado a hacerlo. Conoce mejor que nadie las condiciones de los que trabajan a jornal. Ve que yo me dejo la piel labrando tierras cada día del año y se da cuenta de que nunca seré propietario. —Hizo una pausa amarga para poder continuar—: Y aun así, si no fuese por el incansable trabajo de mis hermanas, todo el día cosiendo en el taller...

Emilia le escuchaba con atención, en parte admiración, mostrando apoyo con sus enormes ojos verdes. Había algo en Javier que le recordaba a ella misma. Era un hombre valiente, curtido por el sol y la lluvia, también con el viento de cara y, pese a todo, sin miedo. Y lo más valioso para ella: él veía más allá del mundo que otros decían les había tocado vivir y estaba dispuesto a cambiar su suerte.

—Tienen que mejorar muchas cosas por aquí —continuó explicando, ante la atenta mirada de Emilia—. Fuera de aquí los obreros se están movilizando.

—Sí, pero tengo entendido que a muchos los están represaliando —dijo ella queriendo pedir prudencia—. Si te cogen con cualquier excusa..., está la Ley de fugas, también los pistoleros. —Un halo de preocupación rascó las palabras de Emilia y declinó decir nada más.

Javier la miró y ella sintió el rubor cubriéndole las mejillas. ¿Acaso lo que le sucediese a aquel joven le afectaba tanto?

—No puedo dejar que unos pocos luchen para beneficio de todos —dijo sereno, centrando en ella sus ojos, oscuros y profundos, en los que Emilia se sentía segura. A veces, tan segura que quería salir corriendo.

—Sabes que te apoyo —dijo ella poniendo una mano sobre su brazo, y añadió—: Pero, por favor, sé cauto.

Él asintió con cierta solemnidad, agradecido, sin dejar de mirarla a los ojos.

Pese a que Javier se estaba ganando un lugar distinguido en la vida tranquila de Emilia, a base de añadir el comentario afortunado sobre cualquier tema o de soltar la broma prudente en los días más grises y hasta ofrecer la invitación a pasear esas tardes en las que el sol se dejaba ver, cumpliendo el sueño de todo un invierno, ella casi siempre declinaba, cordial, con la misma sonrisa triste de quien se niega el cambio de estación.

Emilia le sostuvo la mirada, como si pudieran encontrarse en algún punto en el que fundirse, y no dijo nada más. A modo de despedida, avanzó un par de pasos hacia la puerta, dispuesta a entrar.

—Espera, Emilia —dijo él—, ese no era el motivo por el que quería hablar contigo.

Se giró sorprendida, con la llave en la mano y recolocando a la niña sobre su cadera.

—Verás, en la CNT hay una revista, *Solidaridad Obrera*. Necesitan gente con fuerza, valientes capaces de movilizar a las mujeres del campo, del mar, y hasta de las ciudades.

—Javier, estos niños están cansados y hambrientos —le interrumpió serena, peinando de nuevo a Antoñito, que se dejaba proteger entre sus faldas con la familiaridad de quien, inocente, se sabe desvalido y en todas partes encuentra protección.

Él hizo una pausa y miró al crío. Parecía reflexionar sobre su suerte, con aquellos ojos marrones que siempre encontraban respuestas. Entonces se puso de cuclillas, para sorpresa de Emilia, y susurró algo al oído del niño, quien inmediatamente asintió con una chispa de travesura iluminando su cara. Javier sacó del bolsillo un pequeño bulto envuelto en papel de estraza y se lo puso en la mano, convirtiéndole en cómplice. Este no dudó en darse la vuelta, creyendo no ser visto, mientras devoraba una onza de chocolate. Ajeno por unos minutos a todo en el mundo, como una cápsula de felicidad, Antoñito se sumió en una suerte de éxtasis que hizo también las delicias de Emilia. Ella miró a Javier con disimulo y le concedió una sonrisa pequeña; una que no delatase el lugar a varios metros del suelo en el que ahora él parecía brillar ante ella.

—Y ahora, dime: ¿qué tengo que ver yo con *Solidaridad Obrera*?

—Sé que escribes, Emilia. —Hizo una pausa, sereno, confesándose—. Conozco algunas de tus ideas para cambiar las cosas. Tus palabras tienen el poder de llegar a los demás, de romper muros.

—¿Y tú cómo sabes que escribo nada? —preguntó un poco descolocada.

—El día que nos conocimos —dijo tratando de esquivar el recuerdo de la pérdida—, encontré parte de un escrito tuyo en el suelo, una especie de manifiesto.

Ella continuaba escrutándolo con suspicacia.

—Descuida, Emilia, fue fortuito y lo dejé encima de una mesa antes de salir.

Un recuerdo fugaz aportó luz y credibilidad a la explicación. El momento frente a la ventana, las hojas desperdigadas y, finalmente, aquel papel solitario encima de la mesa.

—Sí, lo recuerdo —musitó Emilia.

—¿Por qué no pruebas a enviar tus artículos a Juan José Villaverde? Es un buen amigo que trabaja para *Solidaridad Obrera*.

Metió una mano en el bolsillo y extrajo un papel doblado en mitades perfectas. En un movimiento rápido, impidiendo la negativa, se lo extendió a Emilia.

—Hazle llegar algún artículo esta semana. —Se despidió en dos pasos caminando de espaldas—. Los está esperando como agua de mayo.

Emilia se quedó de pie frente a la puerta, leyendo minuciosamente aquel papel con un nombre y unos apellidos, una dirección y, lo más importante, una oportunidad.

55

Madrid, 1 de julio de 2011

Frente a la guardería de Martín. Como un cuervo con traje negro, el pasado amenazaba con devorarlo. Por más que lo pensaba, Adolfo no podía creerlo. Acodado sobre la lustrosa mesa de madera noble de su escritorio, cerró los ojos y se frotó las sienes queriendo borrarlo de su mente, como si durante esa mañana nada hubiese sucedido. Pero no podía. Era su herencia, herencia de su padre que ahora perseguía a su hija y, por increíble que pareciese, también a su nieto.

Al abrir los ojos reparó en los dos periódicos colocados por la asistenta, como cada mañana. Estaba acostumbrado a leerlos con ese ojo crítico que su padre despreciaba, que nunca toleró que manifestara en voz alta y que trataba de prohibir incluso en la intimidad de sus pensamientos. Uno al lado del otro, ambos yuxtapuestos en el espacio y en el tiempo, diametralmente opuestos en el fondo y en la forma. De ese modo se obviaban los principales periódicos de tirada nacional; el más progresista y el marcadamente conservador. Servían a intereses distintos, a través de personas con ideas, en la misma medida, diferentes. En función del ángulo, todas válidas y representativas. Adolfo Roldán sabía bien que el lector de prensa busca alimentar sus argumentos. Las ideas las lleva ya consigo, bien pertrechadas y, a todas luces, sin complejos. Así había podido verlo en su padre. Hombre de una sola idea, de una causa y de las peores consecuencias por defenderla.

Adolfo daba sorbos a una taza de café que se había quedado frío en ese agujero de tiempo del que ahora parecían prisioneros sus pensamientos. Echó un vistazo a los periódicos frente a él sin intención de leerlos, sin dejar de pensar en Adela, preocupado por ella. Podía recordar anécdotas pasadas en aquella misma mesa con una pequeña Adela sentada a su lado, leyendo en el periódico palabras que no entendía y en un tono difícil de interpretar para su edad. Recordaba su curiosidad, sus preguntas. No entendía el motivo por el que él leía las mismas noticias en distintos periódicos. Receptiva, con sus ojos intensos, escuchaba la explicación de boca de su padre mientras le contaba la historia de dos reinos que siempre estaban en guerra. La niña rápidamente preguntaba: «Por qué». Él, paciente, le explicaba que cada rey tenía una versión de la causa de la guerra y sus pueblos los seguían porque solo conocían esa versión. Adolfo rememoraba el semblante reflexivo de la pequeña, su corta edad no le impedía entender las lecciones de su padre: las historias tienen tantas caras como personas hay en un conflicto, solo hay que darles voz a todas para entender sus motivaciones. El recuerdo dulce devino de nuevo en el gesto serio y poco convencido de quien conoce el negocio periodístico. Ese era el motivo que se escondía tras el aparente contraste. Era consciente de la necesidad de abrirse a conocer otras versiones, o visiones, diferentes y así poder extraer sus propias conclusiones. Deformación profesional, se justificaba. Había dedicado cuarenta años de su vida a un periódico y sabía bien que la realidad como tal no existía. Cierto que la pluma se agitaba sobre el papel si el viento anunciaba tormenta y, por el contrario, podía danzar primorosa bajo un sol complaciente. Las rotativas no tenían poder para controlar los elementos. Al menos, no hasta ese momento. Pero no era menos cierto que alguien, en un segmento de tiempo determinado y respondiendo a alguna motivación, decidía dónde colocar la pluma y con ello los ojos de los consumidores de prensa. Una persona, puede que un grupo, cada día y entre rotativas, echaba un vistazo al panorama mundial y señalaba qué tormenta colocar en la primera plana o las bondades de qué sol ensalzar. Y a la decisión primera seguía siempre la pluma.

Pese a sus críticas, al recelo profesional y a sus análisis a bisturí, detectando el mensaje y el matiz de cada palabra, sabía que en cuarenta años muchas cosas habían cambiado. La mayoría, sin duda, a mejor. Mal que pesar incluso dentro de la tumba de su padre y en el día a día de su hermano Enrique.

Por ellos esa mañana no leía los periódicos. Por ellos recordaba y cabeceaba nervioso. Un BMW Serie 1 gris oscuro había hecho saltar todas las alarmas. Aparcado a escasos metros de la escuela infantil de Martín, ese coche despertó al miedo y con él mil recuerdos que le gritaban para que saliera huyendo. Pero con ellos, no había lugar donde esconderse, ninguna posibilidad. Lo sabía bien.

Con seguridad no lo esperaban a él. Mucho peor; aguardaban a Adela cuando fuese de la mano con el niño. Querrían darle un mensaje o recordatorio a su manera. Uno de esos avisos que clavaban en la retina de sus perseguidos para siempre. Sabían muy bien cómo hacerlo.

No habían respetado ni tan siquiera la corta edad del niño y eso le generaba una desazón que lo perturbaba. Le traía malos recuerdos. Cuando quiso salvar a la mujer a quien le habría dado todo y de la que tuvo que alejarse por temor, una vez más, a su hermano. Ese hermano al que pedía ayuda en la juventud, incapaz de ver que era parte de sus problemas.

Pero, en el fondo, sabía que no solo era él el responsable de sus actos. Su padre le había presentado aquella locura que el tiempo se había encargado de alimentar. Habían sido años oscuros, años de paranoia y persecución, de bandos y de listas. Como en todas las guerras, los años que preceden son los que marcan el éxito del fusil y las convicciones de quien muere. Con los tanques en las calles, las bombas silbando como ángeles exterminadores, vengativos y sedientos, con toques de queda taciturnos y el futuro de un pueblo, encarnado en niños sin bandos ni banderas, confundidos e indefensos, con los estómagos inundados en miedo, el sentido de la vida y de la muerte se desdibujaba para dar paso a supervivientes y condenados. Pues la oscuridad de la guerra había llegado a convertir a los muertos en envidiados sin sepultura y a los vivos en desgraciadas almas en pena. Ese había sido el logro de la guerra: dar poder a la sinrazón para erradicar más razones que no fueran la suya, la primera, la última, la única.

Y durante la guerra civil que había asolado España en 1936, toda una sección dentro del Servicio de Información Militar se dedicaba a perseguir el llamado «contubernio judeomasónico». Allí, su padre, Francisco Roldán, sublevado convencido por la defensa de la Patria, se había nutrido de cuanta información resultase pertinente, desde partidos políticos, sindicatos, por supuesto, logias masónicas y hasta domicilios particulares de izquierdistas, para la eliminación de aquel enemigo misterioso acusado de atentar de obra o intención contra la grandeza del Movimiento Nacional.

Había trabajado cerca de un sacerdote, instruido en los valores de Dios, corrompido y obsesionado con señalar a cientos de hombres y mujeres, pues en cualquier época la muerte sí igualaba a todos sin diferencia, para después exterminarlos en nombre, nuevamente, de Dios, aunque sin su permiso. Francisco Roldán había aprendido a odiar a ese enemigo con más fuerza que su mentor. Decía que los masones eran los verdaderos culpables de la guerra, porque estaban llevando a España por el camino de la perdición. Motivo este por el que había colaborado en la elaboración de listas de señalados desde mucho antes del levantamiento militar, viajando de Madrid a Marruecos y de allí a Santiago de Compostela, donde llegaría al comenzar la contienda.

Una vez terminada la guerra, su buen hacer en esa causa, que construiría una España gris y menguada sobre un inmenso cementerio de lágrimas desorientadas, sería recompensado. Ascendería a general y estaría al frente del Tribunal para la Represión de la Masonería y el Comunismo. Volvería a Madrid, aunque por la frecuencia de sus viajes a Santiago de Compostela pudiera dudarse cuál era su primera residencia. Nunca dejaría de perseguir a masones, su única motivación. Incluso llegaría a ser conocido como «el mazo de la masonería», por la tenacidad con la que hostigaba a los enlistados y lo infatigable de sus interrogatorios. Técnicas aprendidas y depuradas gracias a la Gestapo, que conducían siempre a confesiones firmadas sin uñas en las manos y alguna víscera reventada o a punto de hacerlo. Por sus manos corría la sangre de cientos de masones fusilados en grupo, tal y como habían sido juzgados. A veces, ni siquiera era requisito que su nombre fuera el correcto, víctimas de la mala fortuna del lugar o del momento. Más tarde, sus méritos le llevarían a dirigir una sección alternativa dentro del Cuerpo de Investigación y Vigilancia dependiente de la Jefatura del Servicio Nacional de Seguridad. Desde allí proporcionaría la documentación necesaria al Tribunal para localizar y castigar a los traidores de la Patria.

Aquella Sección BIS Antimasónica (SBA) era un cuerpo de inteligencia, confidencial, clandestino, encubierto incluso cuando pasó a integrarse dentro del CESID, bajo el mando de Enrique Roldán, y más tarde dentro del CNI, en un organigrama opaco en la Oficina Nacional de Seguridad.

La SBA parecía inmortal dentro de las cloacas del Estado. Eran pocos los que sabían de su existencia, pues los gobiernos no duran más que unos años, ventajas de la democracia, y resulta sencillo para el espía ocultarle los pormenores de una realidad incómoda y poco rentable en términos electorales. Solo un puñado de personas estaba al corriente, y eran aquellas quienes velaban por sus presupuestos y sus tiempos con un único objetivo. Obcecados con el pasado, con tiempos de gloria y misiones inacabadas, realmente creían en el objetivo de la SBA.

Porque ahora la Sección no se centraba en elaborar listas, pero continuaba vigilando a las logias de las distintas obediencias masónicas en España. Atentos a cualquier movimiento que les permitiese continuar protegiendo a la Iglesia, a la España fuerte y católica de antaño. Objetivo del que formaba parte, para su desgracia, aquel camafeo. Un camafeo que era pieza necesaria, imprescindible, aunque no la única, para dar fin a aquella misión de años y demasiadas vidas consumidas.

Francisco Roldán, siempre orgulloso de su primogénito, le legó el título con el más transparente nepotismo. Sin retirarse nunca del todo, continuaba preguntándole a su hijo por cualquier novedad, cualquier avance por pequeño que fuese, y Enrique sabía detallárselo con la gloria que él anhelaba, con satisfacción, compartiendo el placer morboso de la persecución de pobres diablos que, con democracia o sin ella, con causas pendientes o incluso cerradas, eran víctimas de las cloacas de un régimen que, como un fantasma, no dejaría de perseguirlos y torturarlos hasta conseguir lo que buscaba, lo que ansiaba: un reloj y un camafeo, y cualquier pista para encontrarlos. Enrique disfrutaba de su posición de poder en la oscuridad con verdadero entusiasmo, casi podría decirse que con devoción. Ventajas de un esquema mental simple, herencia también de su padre, con el que había aprendido a centrar odio y esfuerzos contra un único enemigo: los masones. Francisco Roldán había engendrado el deber de una causa para bien del régimen y de la Iglesia que decía proteger y Enrique debía continuarla.

Y con los años, aquel deber de su padre se transformó en obsesión para su hermano, convertido en una sombra afilada de mirada siniestra, y en una auténtica pesadilla para él.

Porque esa mañana allí estaba, frente a la guardería de Martín, un coche de la SBA, un coche espía. Pudo ver la matrícula con claridad. La había reconocido mucho antes de que el niño señalara el coche con su dedo índice y le contara el mensaje que su ocupante días atrás le había dado, también le explicó que su padre se había enfadado. El BMW Serie 1 gris oscuro era un coche nuevo. La marca y el color eran lo de menos. Su excepcionalidad, aquello que lo convertía en una amenaza para él, se encontraba a plena luz del día, a la vista de todo el mundo, pero desapercibido para advenedizos y ajenos a la SBA. El coche era uno más, pero no el único. La Sección disponía de medios más que suficientes. La matrícula del BMW era 5106 BTZ. Era imposible que un coche nuevo en 2011 tuviese una matrícula tan antigua. Contaba con unos siete u ocho años, pero el coche no más de uno. Y salvo que fuese robada o falsa, la opción que quedaba, aquella que Adolfo había aprendido a identificar, primero por su padre y después por su hermano, era que se trataba de una matrícula reservada a un miembro de Inteligencia. En concreto, y en aquel caso, la matrícula pertenecía a las que integraban un fichero informático opaco dentro de la propia Administración. La incongruencia alfanumérica era el primer filtro que había detectado Adolfo; el segundo, el que ponía el foco en la Sección y no en vulgares ladrones o vándalos, estaba en la numeración, una evidencia únicamente para quien conociera su existencia. Los primeros dos dígitos, al igual que los dos últimos, debían sumar seis. Así habían decidido diferenciarse con su doble seis a imitación del doble ocho de los alemanes antes, durante y después de la Segunda

Guerra Mundial. Ventajas de un destierro en donde las ideas fuertes, incluso las peores ideas, sobreviven a quien un día les dio la luz, aunque solo siembren caos y oscuridad. De esa forma, el doble ocho respondía a la posición de la letra «H» en el alfabeto, con su cacareado *Heil Hitler*, mientras en la SBA se habían apropiado del mismo esquema para sentirse representados bajo el doble seis de la doble F latina de Francisco Franco. Podía ser coincidencia, pero él había sido educado para desconfiar de las coincidencias. Aquellas personas sabían cómo trabajar y nunca dejaban nada al azar. Y esa mañana, una matrícula desapercibida para los demás había aparecido como un monstruo ante la inocente y colorida entrada de la guardería de su nieto: 5106 BTZ.

El café ya se había quedado frío, y los periódicos lo observaban impasibles, en la misma posición, con sus hojas bien planchadas sobre el exquisito barniz de la madera. Abstraído en sus pensamientos, el sonido del timbre hizo que se pusiera en pie. Mientras avanzaba por el pasillo, pudo escuchar cómo el pequeño Martín gritaba llamando al tío Enrique. En una carrera todavía inestable, el niño tropezó con sus pies y cayó de rodillas tratando de alcanzar las piernas de la inesperada visita. Acortando distancias, Adolfo se acercó con pasos largos. Por primera vez en su vida no esperó a sentir la fría autoridad de su hermano mayor al llegar a la entrada. Sus miradas se encontraron en medio del corredor. Silenciosas, latentes, con el frío de dos sables. Esta vez sería diferente.

56

Santiago de Compostela, octubre de 1926

Con la luz del mediodía colándose entre las nubes, como un regalo inesperado sobre la piedra de las casas y sus tejados, Emilia bajaba la rúa Nova como cada sábado, desconociendo que aquel sería diferente a cuantos había vivido. Nunca habría pensado que su pasado en el Pazo de Altamira fuera a encontrarla en Santiago. Como tampoco que don Rodrigo estuviese detrás de todo: de su entrada en la casa del rector, de su oportunidad en *Solidaridad Obrera*, de algún otro periódico y también un semanal, e incluso que todavía continuaba guiando sus pasos, aun estando muerto y enterrado. No, de ningún modo, imposible. Casi tanto como que el anciano conde, venerable, intelectual y profundamente cristiano, hubiera sido también un verdadero masón.

Pero a esas horas, disfrutando del paseo entre calles y callejuelas, de cada rincón de Compostela en su trayecto hasta el Café Equalité, sonreía serena, quizá un poco ruborizada, recordando la conversación con Victoria la tarde anterior.

Porque Emilia, acomodada en la soledad de un pequeño piso en la plaza de Cervantes, únicamente recibía las visitas que Victoria, Javier y Aurora Casal le hacían con regularidad, llenando, aunque solo fuera por unos minutos, a veces horas, el vacío de aquella casa diminuta. Había estrechado lazos con Aurora, la mayor de las hermanas Casal, por su ayuda en la ciudad, agradecida como estaba por la oportunidad para dejar el trabajo de jornalera y dedicarse a lo que más le gustaba, a bordar en el taller de costura de las hermanas de Javier.

Él, Javier, la visitaba siempre que ella consentía. Siempre cortés, perseverante desde el humor y apasionado con sus ideales, llenaba el pequeño espacio que ella le permitía, compartiendo algún café en una mesa para dos o paseos vespertinos por los alrededores de Bonaval. Se sentía a gusto en aquellas conversaciones, compartiendo ideas, sonrisas y, solo a veces, caricias furtivas que rápidamente recuperaban posición y se escondían tras temas de profundidad ideológica, política o social, tan silenciados en la calle como sus latidos en aquella mesa. La paz que sentía con él era profunda como el mismo mar que la había visto nacer; también fuerte, vigorosa, como aquellas olas bravas que despertaban sus sentidos y la hacían respirar con el brío del primer latido: miradas intensas, labios humedecidos que parecían incontenibles y, sin embargo, contenidos, sin dejar de respirar, de latir, de soñar, a su lado.

Aquella mañana el sol parecía brillar con más fuerza y Javier y Victoria tenían mucho que ver. En su visita, Victoria había sido sincera, como son las verdaderas amigas, de esas para las que no hay secretos y los que se tienen se descubren en una mirada y dos parpadeos. Aunque Victoria nunca había amado a un hombre, y decía no sentir necesidad ni curiosidad en hacerlo —quizá porque en ese momento ni se imaginaba que los colores y sabores de una primavera que creía reservada a jóvenes e ingenuas la alcanzarían para regalarle lo mejor y más especial de su existencia y, desgraciadamente, el peor error de su toda su vida—, pudo advertir el brillo en los ojos de Emilia, notas de música en su voz, quizá la invitación a una nueva oportunidad.

Le dijo que detrás de todo eso creía ver el porte de Javier; tan valiente en sus ideas como atractivo en sus formas y tan leal a sus valores como apuesto en sus gestos con ella. Emilia lo sabía, lo sabía cuando lo miraba a los ojos y veía a alguien a quien confiar su vida y por quien enfrentarse a una condena. Así, esa noche, rememorando cada palabra de la conversación con su amiga, Emilia se preguntó en la intimidad de la almohada si era posible que estuviera profundamente enamorada, y en la misma oscura intimidad evitó responderse.

Porque aquella paz que había vuelto a ella, únicamente la envolvía y la protegía desde el amanecer hasta la puesta de sol. Después, en la oscuridad de las noches, la negra sombra continuaba reclamando culpas y negando su absolución. Acechándola con pequeños recuerdos de risas inocentes, primeras palabras y juegos sin juguetes.

Aquella sombra flotaba inerte por toda la habitación, se ocultaba bajo su cama y cubría las estrellas como un manto espeso que le recordaba que su luz era ajena, lejana, prohibida para ella. Así, la negrura se adentraba en su pecho desenterrando a los muertos. Preguntándole si acaso podía estar viva sin sentir el calor de sus pequeñas manos ni oler el perfume de su pelo.

Tan real como el mundo, la vida de Emilia avanzaba con el sol de cada día y retrocedía con la oscuridad de cada noche, con esa luna madre que no dejaba de buscar entre las estrellas.

En solo unos minutos a Emilia la esperaban en el Café Equalité aquellas mujeres que, como Victoria y su madre, doña Julia Castelar, trabajaban por mejorar la sociedad en que vivían. Doña Julia apoyaba todo cuanto decía Emilia. Tal vez porque tampoco había podido acceder a la universi dad, y por haber crecido sin padres y medio desamparada, doña Julia reivindicaba el acceso a una educación universal, reconocido para cada niño y cada niña en toda la geografía española. Tal vez por eso fue ella quien la ayudó con Antoñito y la pequeña Inés.

Emilia se había prometido seguir velando por aquellos niños huérfanos a los que no pudo abandonar a su suerte. No sería una buena cristiana, ni una buena madre, ni una buena persona si así lo hubiese hecho. Antoñito y la pequeña Inés, desamparados, cautivos de la mala suerte y de las perversas circunstancias en las que les había tocado nacer, estaban solos en el mundo. Él ahora ya era casi un hombre con sus trece años cumplidos, y ella apenas sumaba siete primaveras. No había transcurrido ni un día en que Emilia no los hubiese visitado en el hospicio. Llevándoles cuanto podía, contándoles viejos cuentos como «La hija del mar esmeralda» y abrazándoles un poco cada tarde, tratando de alimentar también sus almas. Con honestidad, ella nunca podría reconocer quién estaba más agradecido y en qué alma el vacío era más difícil de llenar. Porque aunque todo eso estuviese lejos de ser suficiente para unos huérfanos que habían vivido el horror en el seno de su hogar, era todo cuanto podía hacer siendo una mujer soltera. En la inclusa del Hospital Real de Santiago los habían acogido con ese deber, diligente y oficioso, de quien solo ve trabajo reflejado en miradas confundidas, llenas de miseria. No le habían permitido quedárselos pues la adopción ni tan siquiera se valoraba cuando quien la solicitaba era una mujer soltera. A todas luces un hospicio era considerado la mejor opción tras el cuidado de sus padres, aunque su padre fuese un mal borracho o una mala bestia. Pero esa era la única familia correcta.

Emilia se quedó tranquila al haber encontrado la forma de velar por ellos en la inclusa. Oportunos contactos de doña Julia con la persona acertada en aquella institución y oportunos donativos resultaron ser suficiente.

Y mientras Emilia sofocaba la injusticia de aquellos huérfanos, Victoria combatía en los juzgados con el Código Penal en una mano y la Biblia en la otra. Juicio en donde más que limitarse a sentenciar al asesino de la Tuerta del Gregorio, la pobre Manuela, tan desgraciada en vida como vilipendiada en muerte, se esgrimían argumentos y detalles innecesarios ante las miradas y los oídos de los niños, con el objetivo de defender el honor de la finada. Victoria había dado todo por perdido al comprobar que a la víctima se la acusaba de haber mostrado actitudes licenciosas en la juventud; pues decía alguna mala lengua que en los bailes de las fiestas de la Ascensión de la Virgen era frecuente verla del brazo de distintos mozos, con la falda a veces sostenida en volandas, mostrando impúdica sus gracias, además de ser vista en más de una ocasión sorbiendo vino de las tazas de sus acompañantes.

En aquella España de corsés morales y dualidades varias, Emilia no dejaba de escribir. A través de sus artículos en distintos periódicos de corte liberal, luchaba por la libertad y por la igualdad de hombres y mujeres. Escribía en *El Pueblo Gallego*, *A Nosa Terra*, e incluso alguna vez para el madrileño *Diario Universal*. Había conseguido hacerse un hueco en aquel mundo después de pasar casi tres años escribiendo desde las vísceras, removiendo conciencias resignadas, en *Solidaridad Obrera*. Allí había entendido que sus motivaciones iban mucho más allá del socialismo. Así lo había explicado en el que había sido su último artículo en aquella línea editorial, antes de que la dictadura de Primo de Rivera interrumpiese su publicación:

Los hombres y las mujeres necesitan educación por igual y en la misma medida que necesitan libertad. Ambos deben ser iguales en derechos, pero también en obligaciones para ejercer su libertad con responsabilidad, sin más límite que el respeto a los demás. No hay causa más justa, pues todo adjetivo desde el socialista, el anarquista, el liberal o el católico dividen su fuerza y multiplican sus fracasos.

Emilia hablaba de corregir la Historia a través de la educación. Así lo estaba defendiendo aquella mañana al lado de Victoria justo cuando el rector Azcárate y doña Julia Castelar entraron en el Café Equalité.

Todas las presentes se postulaban a favor de la educación, pero renegaban de hacer un frente común en la lucha por el derecho al voto. Y lo hacían desde postulados pretendidamente feministas en los que caían en el más elemental paternalismo, condicionando la libertad política de la mujer a su condición fácilmente manipulable para ejercerla. Argumentaban que la Iglesia era la verdadera instructora de las mujeres y de ahí que aún no hubiese llegado el momento de corregir la Historia y permitirles el voto, como si le correspondiese a alguien elegir los tiempos.

Emilia había aprendido de su madre a ser prudente, a presentar argumentos después de escuchar, tomando siempre en consideración cualquier idea. Probablemente se debiese al hecho de haber servido toda su vida a quienes le aseguraban un techo y un plato de caldo. Por eso Emilia escuchaba a todo aquel que pensase distinto a ella. Qué le aportarían y qué aportaría ella a quienes pensaban igual. Templada, con la taza de café en la mano, Emilia explicó su razonamiento:

—Quiénes somos nosotras para decidir quién tiene derecho al voto, Victoria. Si hoy se lo niegas a las mujeres, apoyas a quienes creen que somos más débiles, arcilla en manos de oradores. ¿Acaso no hay hombres que rigen su vida por los sermones de la Iglesia y mujeres que luchan desde sindicatos y tras el valor de sus plumas? —interpeló más decidida, y continuó—: Lo único que puede decir lo que beneficia a la sociedad en su conjunto es la voz de cada hombre y cada mujer que la integra.

Emilia aludía al derecho de la naturaleza, no al de los hombres, para exigir respeto a todo ser humano. Incontestable el argumento, todas las presentes rehusaron añadir nada y terminaron sus cafés con gestos que parecían asentir o, incluso, rendidas a su fuerza.

Fue al salir del Café Equalité que don Manuel y doña Julia les pidieron a ambas que los acompañaran, pues creían que ya estaban preparadas para conocer a un grupo de personas al que estaban muy unidos.

La curiosidad pudo a Emilia, que no dudó un segundo en seguirlos en dirección a la plaza de la Universidad, también llamada plaza de Mazarelos en referencia a la séptima puerta de la ciudad que debía dar entrada a los peregrinos, tal y como recogía el antiquísimo *Codex Calixtinus*.

Allí, en un bajo del número 15, el rector se adelantó para después invitarlas a pasar. Dentro, un grupo de veinte o veinticinco personas, sobre un suelo ajedrezado, las iba saludando una a una. Emilia, abrumada por el calor de aquel recibimiento, se fijó en que todos llevaban un extraño anillo con tres piedras. Tres esmeraldas dispuestas de tal forma que dibujaban un triángulo. Desbordada con la cercanía de tanto desconocido, pensó en salir de allí al menor descuido. Debía de llevar ya cerca de la veintena de abrazos, besos, intercambio de nombres y demás cuando retrocedió un paso para buscar la salida más próxima por la que habían entrado. El destino quiso, una vez más, que tropezase con unos zapatos lustrosos y que perdiese el equilibrio. Por suerte, un brazo ávido de galantería, perfumado y recio, con cierta experiencia en accidentes e infortunios de damas y faldas, la agarró con fuerza y la ayudó a recuperar la vertical. Ojos brillantes, sonrisa traviesa y la misma piel fina de siempre. Don Luis Gómez de Ulloa la saludó con un beso en la mano, exhibiendo el mismo anillo que el resto de los presentes.

—Bienvenida a nuestra logia, Emilia.

57

Madrid, 1 de julio de 2011

El tiempo jugaba en su contra, pero debían ser minuciosos. Todavía quedaban interrogantes por responder y en aquella caja podían encontrar alguna pista necesaria para seguir avanzando. Alimentados a base de café y frutos secos, examinando cada detalle, aportando cuanto podían, Álvaro y Adela formaban un buen equipo.

El timbre del teléfono los cogió desprevenidos y respondieron dando un respingo. Álvaro reconoció el sonido de su móvil y se acercó dando no más de cuatro pasos para alcanzarlo sobre la coqueta mesa auxiliar en la que vibraba encadenado al cable del cargador. En la pantalla parpadeaban las palabras «Número privado», aumentando la expectación de la llamada. En un par de segundos, la intriga y el suspense se dispararon tras escuchar la orden de una voz desconocida para él: «Pásame a Adela». Había sonado imperativo, y él le pasó el teléfono a su mujer sosteniendo un descomunal interrogante entre sus cejas levantadas y sus labios apretados.

Mientras permanecía inmóvil, con la vista pegada a Adela, ella escuchaba en silencio observando por la ventana, como si su interlocutor pudiera verla. La intranquilidad de Álvaro se manifestaba en sus manos. No dejaba de moverlas y no descansaron hasta que Adela se dio la vuelta.

—Pero yo soy una Roldán —exclamó con el auricular todavía en la oreja.

—Tengo algo para ti. Abre la puerta —ordenó la voz al otro lado del teléfono.

Álvaro se acercó a ella, justo cuando la conversación se cortaba.

—¿Qué ha pasado? —preguntó, cada vez más desconcertado.

Turbada, salió trotando hacia la puerta. La abrió deprisa. No sabía qué buscaba, pero quería sorprender al mensajero. Sobre el felpudo había un sobre. Lo recogió con agilidad y corrió por el pasillo hacia el ascensor. En la escalera pudo ver unas zapatillas que se alejaban dando zancadas. «Las mismas suelas amarillas», se dijo. Las mismas que la habían estado siguiendo en Santiago antes del robo desde la moto, las mismas que llevaba el que discutía con la enfermera a la que había pillado rebuscando entre sus cosas.

—¿Qué ha pasado? —repitió Álvaro cuando entró de nuevo en casa—. ¿Quién te ha llamado? ¿Y por qué lo ha hecho a mi teléfono?

—Era Braulio Bramonte. Me ha llamado a tu teléfono, aduciendo que el de casa no era seguro y que el mío no daba señal... Claro, como me lo quitaron en Santiago —dijo mientras parecía estar pensando en voz alta—. Lo que no entiendo es de dónde ha sacado tu número de teléfono.

—¿Y qué quería?

—Quiere que le entregue el camafeo a él. —Hizo una pausa que Álvaro aprovechó para sacudir la cabeza, y después continuó—: Me ha dicho que desconfíe de los Roldán.

—Y le contestaste que tú eras una Roldán, ¿no? —añadió él—. Qué extraño...

—Sí —acertó a decir abstraída—. Después me pidió que abriese la puerta y he encontrado este sobre. —Lo levantó disponiéndose a rasgar la solapa con las manos.

Con cuidado, Adela extrajo el contenido de aquel sobre en tono caramelo. Era una fotografía a color. En ella, una pareja con un estilo setentero caminaba abrazada y despreocupada por una calle, mirándose y compartiendo una carcajada tan real y sonora que reverberaba en el salón de su casa. Parecían tan felices. No podía dejar de mirar aquella imagen.

—Es tu padre —dijo Álvaro—. Pero ¿quién es esa mujer?

Con el gesto desencajado, Adela analizaba el rostro de la joven, incapaz de creer, de pensar, de entender.

—No es posible...

58

Santiago de Compostela, octubre de 1931

El 2 de octubre de 1931 había amanecido con una luz diferente. El sol relucía en un cielo sin nubes, ofreciendo gloria a todo un país. Acariciaba templos, mercados, escuelas y callejones con una calidez casi maternal. Familiaridad y tibieza que dulcificaba el gris de la piedra y hasta las formas más abruptas de cada ángulo.

Con aire seductor y ese aura de enigma sin resolver, Javier apoyaba la planta de su bota en la piedra de la fachada. Entregado a la lectura de un ejemplar de *El Pueblo Gallego* mientras la esperaba, escondía una sonrisa plácida que parecía disfrutar de la principal noticia de aquel día. Era casi mediodía y Emilia regresaría a casa para el almuerzo.

Era un día para recordar en los libros de historia. Un hito de luz y esperanza, una sonrisa reconfortante entre dictaduras, un impulso a la madurez de un pueblo. Así se lo había estado explicando Emilia aquella mañana a Antoñito y a Inés, que la habían escuchado con atención mientras devoraban las filloas rellenas de miel que les había llevado. Sin lugar a dudas era una ocasión para festejar. Pero los dulces no eran lo único con lo que había querido marcar la diferencia de aquel día. Cada uno tendría su propio cuaderno y sus lápices, y ambos deberían compartir los libros de la editorial de Saturnino Calleja que con tanto mimo le habían envuelto en papel de estraza en la librería que estaba frente a su casa. «Leed, leed cuanto caiga en vuestras manos, pues el conocimiento es lo único que os podréis llevar a cualquier parte, aquello que nadie podrá encerrar nunca tras los barrotes». Los niños la abrazaron, más satisfechos por su compañía que por los regalos. Salvo en el caso de las filloas, manjar al alcance de muy pocos, y de ninguno que ellos conocieran entre las paredes de la inclusa.

—¡Emilia! —gritó Javier mientras se acercaba alzando el periódico en el aire, con un gesto sereno y contundente, a modo de victoria.

Ella dibujó una sonrisa, pues de sobra conocía el motivo de aquel abordaje. Javier llegó con tanta fuerza que al abrazarla le despegó los pies del suelo. Solo durante unos segundos, Emilia consintió que sus brazos robustos envolvieran su pecho, su cuerpo menudo, con la expectación y el latido alborotado de un regalo inesperado. Después, cauta y prudente, no ajena a miradas camino de la Catedral de Santiago, le pidió que la dejara en el suelo, aunque su corazón tardase un poco más en aterrizar.

—Lo has logrado —susurró él.

Javier abrió el periódico. Sin darse tiempo a colocar las hojas como era debido, lo dobló a la mitad antes de leer con tono solemne:

—«La sesión de ayer de las Cortes Constituyentes. Se acuerda conceder el voto a la mujer desde los veintitrés años». —Subió la voz cuando unos sacerdotes que descendían hacia el Seminario Mayor le lanzaron una mirada en respuesta a su exaltación con la noticia.

—Es una gran noticia —contestó ella, más discreta y lo invitó a entrar en su casa—. Ha sido gracias a Clara Campoamor. Su discurso era incontestable. —Sonrió admirando la fuerza de Campoamor. Poco después, una sombra se deslizó por sus ojos y añadió—: Hay quien piensa que en las próximas elecciones las mujeres se dejarán llevar por la influencia de la Iglesia y darán la victoria a los conservadores, a la misma derecha que ayer les negaba sus derechos civiles y políticos.

—Puede que se equivoquen. El tiempo lo dirá.

—Tal vez no se equivoquen, pero es una cuestión de ética que la mujer tenga reconocido un derecho político que le es propio por naturaleza. Sin él, sus capacidades, las de todas nosotras... —Hizo una pausa conteniendo la indignación para luego arrancar con más fuerza—: las mías, todas, estarían en duda.

—Sabes que, en parte, razón no les falta. Desde el Edén, la figura de la mujer, bajo el prisma de la Iglesia, es el de una mala consejera para el hombre, pecadora y manipuladora. Lo malo es que esa imagen no solo ha calado en el ideario popular, sino que también ha distorsionado la propia imagen que la mujer tiene de sí misma.

—Soy católica. Creyente y practicante —se describió con rigor Emilia—. Creo en Dios y sigo cada una de sus lecciones. Y te puedo asegurar que lo hago desde el respeto, aunque manteniendo la distancia con la Iglesia. Y tal y como yo lo hago, sé que muchas mujeres lo hacen y lo harán. La clave de todo será el acceso a la educación.

En ese momento, casi como una reverencia a su confesión, tal vez como intimidación, las campanas de la torre del reloj tañeron el límpido cielo de Compostela.

—Parece que la catedral te contesta, Emilia. —Javier pretendió dar holgura a la conversación.

—Llaman a misa de doce. La misa del peregrino —dijo apoyándose en el alféizar de la ventana.

—¿Será que las campanas también quieren festejar? —preguntó él, acercándose con sutileza a ella.

Javier se aproximó lo suficiente para no incomodar a Emilia, pero permitiendo que la amplitud de su mano, sólida y robusta, encontrase un apoyo en aquel alféizar, con el roce justo para ser consentida.

Emilia sintió la piel y apartó la mano de inmediato. Javier permaneció apoyado buscando un punto en el horizonte, y creyó que desde aquella ventana nunca podría encontrarlo.

—Los días como hoy son un regalo, Emilia. La vida en sí lo es. No puede haber pecado en ejercer tu libertad. Tal y como siempre dices: sin invadir la libertad de otros, sin daño ni culpa, sé libre para vivir como mujer.

¿Acaso el mensajero no había entendido el mensaje? Emilia volvió a su lado, con la vista fija en el mismo punto, más allá de los tejados a dos aguas de Santiago. Dejó caer con suavidad la mano sobre la de él, acariciándole con la gracia de una pluma y la tibieza de la hierba temprana, y se permitió sentir la cercanía de sus labios, de su respiración. De aquellos hombros y aquel pecho con un poder casi magnético. Intuía el vigor de un guerrero que espera paciente el calor de su cuerpo, el olor de su piel. Las yemas de sus dedos se dejaron seducir por los cantos hercúleos que sus venas marcaban, mientras él ponía las manos sobre su cintura, manteniendo el arco perfecto que dibujaban sus caderas. Ella cerró los ojos y respiró profundamente, escuchando sus latidos acelerados ordenando el deshielo. Se colocó frente a él, enredando un dedo en una onda caprichosa de su pelo, con un gesto tierno, y dejó que la naturaleza, la seducción más poderosa, actuase por ella, alejando el pudor. Se mordió un labio, todavía tímida, con innata sensualidad. Le entregó una mirada profunda y cuantas armas había usado para esconder aquel deseo. Él respondió a sus ojos de fantasía y acarició su rostro, lo sostuvo entre sus manos y lo mimó con las yemas de los pulgares, constatando su presencia, aquel sueño hecho realidad. Rozó sus labios con los dedos, suplicando por su calor, por la suavidad de su tacto. Ella abrió la boca, sedienta, deseando aquel primer beso. Aquel que sería interminable, como interminables son las olas del Atlántico que buscan la ensenada, desesperada por la tormenta que se ciñe sobre ella; así la pasión de sus cuerpos cabalgaba con manos impacientes buscando el calor para sentirse completos. Silencios ensordecedores, caricias infinitas y el rugido del mar contra las rocas escarpadas.

Sosiego, olas silenciosas, miradas y reencuentros.

—Hoy es un gran día —susurró Emilia con una sonrisa entre rubores, sin necesitar más palabras.

Él sonrió, colocó sus manos sosteniendo el óvalo de su rostro, lo observó unos segundos en los que le entregó su devoción con solo una mirada y la besó.

—Emilia —bisbiseó con dulzura en su oreja.

Ella colocó un dedo en sus labios, impidiendo que continuase. Impidiendo que le confesase un amor por el que había esperado una década y por el que estaría dispuesto a esperar toda una vida y cuantas hiciera falta vivir por ella.

—Lo sé —dijo, para después responder a su beso.

Sus manos volvieron a entrelazarse, se unieron en un juramento privado, íntimo, que solo el tiempo diría si podrían cumplir.

El sol de la tarde la esperaba en la plaza de la Quintana. Había una persona más con la que celebrar aquel gran día para las mujeres. Era un logro para las que estaban, pero también para aquellas que habían luchado de una u otra forma confiando en un futuro que nunca podrían compartir. Así, Emilia había salido de casa decidida, con el camafeo en aquel pequeño bolso que se apretaba al cuerpo asegurando su presencia en cada paso que daba, preparando el encuentro con su madre en el interior de la Catedral de Santiago. Sabía que, lejos del mar, para ella no habría un lugar mejor en el que reencontrarse y hablar.

Solemne desde su entrada al Pórtico de la Gloria, Emilia tomó asiento en uno de los bancos que se orientaban desde la nave central hacia el altar mayor. Después de un padrenuestro relajado y sincero, observó el camafeo que su madre le había legado. Se confesó con ella. Le habló de la victoria de las mujeres, de que al fin tendrían voz y voto como cualquier hombre. Le habló de Antoñito y de Inés, de la forma en que el miedo se esfumaba con cada año que cumplían y de cómo se sentía madre sin haberlos engendrado. Le preguntó por José María. Aguantó el silencio y rezó despacio, deteniéndose en cada palabra. Recobró la calma y sin pretenderlo justificó sus sentimientos por Javier, creyendo que era necesario, sin entender todavía que desde donde estaba su madre todo se juzgaba diferente. Emilia sonreía recordando la mirada de aquel hombre al que ignorar sería alta traición a su alma. Pensó en su ceño fruncido ante el mundo, buscando respuestas más allá de las apariencias, de lo evidente; también en su sonrisa íntima, sus ojos de otoño clamando cambios, profundos y castaños, ante ella desnudos; la fuerza de sus brazos, el valor de sus manos. Una alegría inocente, enamorada, que demudaba espinosa en su garganta al convencerse del pecado consumado, obligándola a refugiarse en el silencio penitente del mismo templo por el que se creía juzgada.

Con la vista implorante sobre la piedra de la catedral, vio unas marcas bien trazadas, tal vez cruces inacabadas, quizá la lengua de los canteros o incluso de los profetas.

A escasos metros, protegidos por el juego de luces y sombras de la catedral, Emilia vio a dos hombres. Parecían escrutar cada piedra, tomando medidas, haciendo dibujos, cálculos y más notas... Lo hacían con disimulo entre peregrinos y estudiantes de arte, desapercibidos ante las negras sotanas que se deslizaban viendo y juzgando en todas las direcciones.

Emilia cerró los ojos y se dispuso a rezar una última oración antes de volver a casa. Sintió el crujir de la madera, tablones del banco que se acomodaban. Alguien se había sentado a su lado. Demasiado cerca, pensó, teniendo en cuenta que ella era la única persona en los últimos cuatro bancos.

Con los párpados todavía entrecerrados, miró por el rabillo del ojo. Vio entonces un rostro y dos ojos azulados mirando en dirección a sus manos. En ellas, Emilia, como si de un rosario se tratase, acariciaba el camafeo con la cadena resbalándose entre sus dedos.

—Hola, Emilia.

—Hola, Maestro.

59

Madrid, 1 de julio de 2011

No se había molestado en avisar de su visita tal y como hacía siempre. Pero tenían que estar en casa. Eso le había dicho su padre por teléfono: que estarían en casa con Martín. Al fin y al cabo, aquella no era la típica reunión de domingo, se trataba de algo muy distinto. Había llegado la hora de sincerarse con él. Debía mostrarle la foto y él tendría que ofrecer algún tipo de respuesta, una explicación. La que necesitaba para recomponer su vida, para resolver aquel puzle en el que se había ido descomponiendo todo en los últimos meses. Un rompecabezas del que ahora todos parecían saber más que ella.

Al verla entrar, a Martín le faltó tiempo para arrojarse a sus pies. De rodillas, abrazaba las piernas de su madre teatralizando una agónica separación que Adela sabía bien que no tenía lugar cuando se quedaba con sus abuelos. Observando la escena, tras ellos, Álvaro aguardaba sigiloso a recibir el abrazo del pequeño, el cual no tardó en llegar.

—No os esperaba tan pronto —dijo Teresa al tiempo que besaba a su hija y a su yerno.

—Necesito hablar con papá —explicó Adela, lanzando una mirada hacia el interior del salón.

—Pero no te vas a llevar al niño, ¿no? Tu padre me dijo que se quedaría con nosotros hasta el viernes.

Adela disimuló el estupor que le produjo escuchar aquella indicación temporal, consciente de que no se lo había mencionado a su padre. Carraspeó un poco con gesto de circunstancia y una mano en el pecho, disimulando casi al nivel de su hijo, mientras fingía un malestar en la garganta que justificase su expresión. Estaba segura de no haberle dicho a su padre que el niño se quedaría con ellos hasta el viernes.

—¿Puedo hablar con él ahora? —preguntó—. ¿Está en su despacho?

Sin dar tiempo a que su madre respondiera, avanzó por el pasillo lanzando miradas a las distintas estancias.

—Hija, tu padre no está en casa.

Adela se detuvo en medio del pasillo y se giró hacia su madre.

—¿No está? —dijo con el ceño fruncido.

—Ahora mismo no. Pero podéis esperarle aquí. Le pediré a la asistenta que prepare un poco de café y un bizcocho para Martín. —Lanzó una sonrisa cómplice a su nieto.

—¡Sí! ¡Bizcocho! —gritó el niño.

Con el gesto serio, Adela se acercó a su madre. Se detuvo a su lado y la escrutó unos segundos.

—¿Adónde ha ido? —preguntó.

Teresa se mostraba incómoda, con pequeñas señales de nerviosismo casi imperceptibles detrás de sus buenos modales, salvo para Adela, que la conocía bien.

—¿Adónde ha ido papá? —repitió rasgando con desconfianza su mirada.

—La verdad es que no lo sé. No me lo han dicho.

—¿Quiénes? —interpeló Adela—. ¿Con quién se ha ido?

—Con tu tío Enrique. Salieron hará una hora escasa —contestó desinflando el pecho y encorvando ligeramente la espalda—. Pero no sé dónde han ido —apostilló cabizbaja.

—Gracias, mamá —susurró Adela mientras posaba con cariño la mano sobre su brazo. Después se puso de cuclillas y abrió los brazos hacia Martín, que jugaba con su padre. El pequeño no tardó en correr a abrazarla y ella bisbiseó en su oído—: No nos podemos quedar a tomar el bizcocho, pero volveremos a por ti muy pronto.

—Pero entonces, ¿no os quedáis? —preguntó Teresa.

—Esta vez no, mamá. Tengo que arreglar unas cosas. Cuida de Martín, por favor.

La puerta se cerró a sus espaldas. Tras ella, Teresa no disimulaba ya, su pecho volvía a encogerse presa del miedo. El desasosiego de perder a su familia hundía su ánimo de nuevo como en aquellas frías consultas en donde no encontraba más diagnóstico que la desesperanza.

Adela y Álvaro no sabían dónde encontrar a los dos hombres, pero decidieron ir a casa de su tío Enrique. El momento de entregar el camafeo se acercaba y lo cierto es que o su padre o su tío sabían algo que ella necesitaba conocer. No había tiempo que perder.

Llamaron al telefonillo solo una vez. La puerta se abrió casi automáticamente. Ambos se lanzaron una mirada no exenta de perplejidad y subieron en el ascensor.

Al llegar, la puerta estaba entreabierta. Una vez más, el asombro de ambos se tradujo en una sola mirada. Adela tomó ventaja y la empujó tímidamente.

—Tía Leonor —llamó—. Soy yo, Adela. Entro con Álvaro.

No hubo respuesta. Silencio.

—Leonor, tía Leonor. Soy Adela —dijo elevando el tono—. ¿Dónde estás?

Álvaro la seguía lanzando miradas fugaces al interior de cada estancia.

—¡Adela, aquí! —alzó la voz su tía.

—¿Tía Leonor? ¿Estás bien? —preguntó Adela mientras avanzaban por el pasillo aligerando el paso.

—¡Estoy al fondo! —reverberó su voz en la amplitud de aquella casa con tanto mimo decorada.

Recorrieron los más de cien metros de pasillos a los que sumaron el largo del salón principal y el enjambre de puertas en la zona más íntima de la casa.

—¡Aquí! —dijo su tía haciendo señas con una mano.

A Adela le sorprendió encontrarla en el suelo, arrodillada sobre la alfombra frente a un armario con las puertas abiertas de par en par y rodeada de cajas de plástico, todas del mismo tamaño, ni demasiado grande ni excesivamente pequeño.

—¡Tía Leonor! —exclamó Adela—. ¿Qué haces en el suelo?

—Descuida, Adela. —Se levantó con ayuda de su sobrina y la saludó con dos besos—. Estoy organizando un poco algunas cosas de tu tío. —Sonrió con picardía—. Aprovecho que no está en su despacho para hacer limpieza. —Se acercó a Álvaro para cumplir con el convencional saludo.

—Pero la puerta estaba abierta —confesó con un halo de preocupación Adela.

—Sí, ya... El altavoz del telefonillo no funciona bien. Tienen que venir a arreglarlo esta semana. Y la verdad es que abrí pensando que se trataba de Herminia. Le pedí que bajara a comprar un par de cajas más para almacenar bultos pequeños. —Hizo una pausa mirando hacia los bártulos que estaban colocados con cuidado sobre la alfombra—. La cantidad de cosas que compramos creyendo que son lo más valioso y necesario para nuestras vidas para más tarde descubrir que no son más que rémoras que ocupan espacio en un armario.

Adela la escuchaba más atenta a la reflexión de su gesto y al desdén que acompañaba su mueca, con la vista fija en aquel despacho al que no debía entrar y aun así lo hacía. Su tía no aceptaba que hubiese habitaciones ni rincones prohibidos en la que era también su casa. En más de una ocasión había escuchado cómo decía a su tío que demostrase lo buen espía que era y aprendiese a ocultar sus cosas en casa. Él nunca respondía. Se limitaba a mirarla tolerando su existencia. Por eso a Adela no le resultó extraña esa enigmática cavilación de su tía; realmente se preguntaba si sería más feliz sin aquella rémora que se había enquistado dentro del armario.

—¿Dónde está el tío Enrique?

—No lo sé —respondió volviendo la vista sobre su sobrina—. A mí nunca me dice adónde va —añadió con una sonrisa amarga.

Álvaro se adentró en el despacho rastreando las cuatro paredes. Su semblante se había convertido en todo un tratado de la perplejidad o el desconcierto.

En ese momento sonó el timbre.

—Ahora sí será Herminia —dijo Leonor antes de abandonar la estancia en dirección a la puerta.

Adela se acercó a Álvaro por la espalda, con pasos certeros y mullidos.

—¿Sorprendido? —le preguntó.

—Mucho —dijo, incapaz de apartar la mirada de las decenas de banderas preconstitucionales que se alzaban en una suerte de altar, homenajeando a una de las partes más oscuras de la historia de España—. Es como estar en un museo de..., bueno, ya sabes... parece que tu tío añora otros tiempos, ¿no?

—Sí, eso he creído yo siempre.

Continuaron curioseando un par de minutos más, hasta que Adela ahogó un pequeño suspiro en el fondo de su garganta y se arrodilló en una esquina.

—¿Estás bien? —preguntó Álvaro acercándose a ella.

—Ya estoy aquí de nuevo —dijo Leonor entrando en el despacho de Enrique—. Era Herminia. ¿Qué haces ahora tú en el suelo? —Mostró su sorpresa con la vista puesta sobre su sobrina.

Adela entonces la miró con unos papeles en la mano y el gesto turbado.

—¿Los recuerdas? —preguntó su tía, despreocupada.

—¿Qué hacen aquí? —farfulló desencajada.

—Adela, ¿qué ocurre? —quiso saber Álvaro.

—Acabo de rescatarlos de la papelera. Seguramente, en un despiste, tu tío los tiró sin más. Ahora mismo iba a colocar alguno en la pared para dar un poco de alegría a este lugar —explicó mientras miraba los fríos muros de aquella habitación—. Pero no te preocupes, si los quieres, te los puedes llevar.

Álvaro cogió los papeles que sostenía Adela para tratar de entender la reacción de su esposa.

—Son los dibujos que hizo Martín en verano —acertó a decir.

—Sí —interrumpió Leonor sonriendo orgullosa—. El pequeño es todo un artista.

Álvaro miró preocupado a una Adela ensimismada.

Un recuerdo había invadido su mente y la totalidad de la habitación. Se sintió indispuesta, mareada, confundida. Adela reconocía los dibujos de Martín; los mismos que habían dado por perdidos. Los que alguien robó de su casa.

—No puede ser... —musitó casi inaudible—. No puede ser...

—Adela... —Álvaro la miró de frente—. ¿Qué está pasando?

—El marqués de Bramonte no es el peor de mis problemas.

60

Vilar de Fontao, 17 de agosto de 1982

La carta no tenía remitente ni dirección. Aun así, rastrearla no había supuesto un problema para ellos. Ventajas del cargo, de un poder que sabía adaptarse a los tiempos para sobrevivir.

    Cogió el sobre entre sus dedos alargados, con olor a nicotina y el color del azafrán. Lo hizo con desdén, despreciando todo cuanto representaba el mensaje que contenía, y después se lo entregó a su jefe para que hiciese con él lo que le viniese en gana, pues carecía de más utilidad que haberles conducido hasta aquella aldea. Evitó decir nada y se limitó a golpear una cajetilla de Bisonte contra el volante, obligando a salir a un cigarro que atrapó entre los dientes como un depredador a una presa. Enrique Roldán no ocultaba el gesto torcido ante su escudero. Sabía lo que pensaba bajo la mueca de irrisión que desdibujaba la humareda: su hermano Adolfo nunca había sabido guardar secretos para él. Tal vez porque no le pareció necesario proteger la carta que Marta Castro le había enviado días antes de su enlace con otro hombre. Un momento de debilidad para ella y de estéril gimoteo para su hermano que Enrique supo aprovechar. Cogió el sobre y lo estrujó en la palma de la mano hasta convertirlo en una bola que fue a parar a algún rincón perdido del enmoquetado suelo del coche.

Habían estado en la casa correcta. De eso no tenían ninguna duda. En su interior había fotos de Marta Castro y de sus padres: María Rey y el desleal Pedro Castro, quien había abandonado la causa y aquella guerra que no acababa, hombre débil como era, de libros y poco más, por un lío de faldas mal puestas y, en un exceso de valentía, había dado carpetazo a todo persiguiendo su propio ideal. Y con él se había llevado un libro que no le correspondía tener —según a quién se preguntase—: el que escribió un cura llamado «Padre Eliseo». Enrique había desbaratado cada estancia, cada mueble y sus rincones con el gesto constreñido, al tiempo que el fumador escupía tabaco picado entre los dientes recitando una salmodia de amenazas convincentes e imprecaciones varias por lo infructuoso de la búsqueda y por todos los inconvenientes. No habían dado con las joyas, tampoco con aquel libro necesario para dar gloria a su misión. Enrique no perdía detalle en la casa. Cogió un pequeño marco de fotos en una mano y observó, ceñudo y con distancia, la sonrisa de dientes de leche en el rostro de una niña. Tenía los ojos grandes, de color esmeralda, como su madre y su abuela. Y probablemente como muchas de las mujeres de su familia. Dio un golpe seco con el marco contra la esquina de una mesa y rompió el cristal en mil pedazos. Rescató la foto y la guardó en el bolsillo de su americana, tan oscura en sus costuras y el envés, como pulcra a la vista y bien estirada.

No podían abandonar la aldea sin más. Sin haber alcanzado ninguno de los propósitos que los había llevado a conducir toda la noche, después de años de incansable búsqueda. No. Necesitaban algo más de aquel lugar, de aquella familia. Fue el descuido de la tabernera, mujer de lengua fácil para el enredo, quien les dijo lo del entierro sin escatimar en detalles superfluos que demostraban la autenticidad de sus palabras y la identidad del muerto. La mujer dijo que el finado realmente era un fantasma, escondido siempre en su casa, sin más ganas de salir que para confesarse con el viejo párroco, Dios lo tuviese a él también en su gloria.

Sonrisa siniestra, ojos de halcón, Enrique Roldán y su sombra de humo decidieron quedarse a esperar. La sorpresa sería grande, como grande el lamento de su presa y con él la gloria de ambos. Detuvieron el coche cerca del camposanto, al lado de un estrecho camino que acortaba distancias a visitas en duelo reciente, también a las que buscando cicatriz, a veces un perdón a destiempo, se reencontraban con las lágrimas. Aparcaron bajo un castaño tan antiguo como la aldea, o eso decían quienes creen haber visto pasar tantos otoños que se despiden siempre de la primavera. Se ocultaron en la sombra de aquel árbol centenario buscando guarecerse del azote y la justicia del sol de agosto.

Entonces las vieron salir. Dos mujeres: una mayor, cercana a los cincuenta, y la otra, más o menos la mitad, con un vientre abultado que delataba su condición de nuevo. Enrique sonrió con la paradoja del pasado en la memoria. No era la primera vez que asaltaba a la misma infeliz en el mismo estado de «feliz espera». Era un hombre despiadado que no se enfrentaba a iguales, sino que avanzaba pisando hormigas, jugando a ser Dios para ser el diablo.

No estaban solas, un hombre con el porte de un buey, y un gesto que bien pudiera ser de la misma especie de rumiante, caminaba a su lado con las manos en los bolsillos del pantalón. Hablaron, él pareció insistir en su argumento y finalmente se subió a un coche viejo, de funcional pobre y maltratado por el tiempo, no sin antes dar un beso en la mejilla a cada una de las mujeres. El plan no podía ir mejor para los dos espías, expertos en asaltos y cunetas; ellas harían el camino a pie, lastrando sus pasos, solas y con la pena de haber enterrado a un padre y a un marido, y ellos las seguirían como sombras en la maleza.

El mismo sol fue cómplice, sin querer siquiera ser testigo. Los rayos de la tarde brillaban con tal fuerza que se colaban por los recovecos desprovistos de ramas y hojas de los árboles. La luz inundaba el camino estrecho por el que andaban acortando el trecho que restaba antes de alcanzar la última casa al lado del río. Las cegó unos segundos. Suficientes para que Enrique y el fumador apareciesen ante ellas como un mal sueño o un espectro infernal.

La colilla cayó a los pies de Marta que en un reflejo abrazó su vientre, al tiempo que su madre la protegía con un brazo. El lanzador dibujó una sonrisa de humo, resarcido con la escena. Enrique dio un paso hacia ellas, envarado, poderoso, un depredador con una causa pendiente.

—Entregadme el camafeo y el libro del cura, y aquí paz y después gloria —dijo sereno.

Marta y María permanecían muy juntas, con las manos agarradas la una a la otra y la espalda encorvada y triste, con un golpe de cierta incredulidad en el pecho por estar viviendo tanto miedo como dolor en un mismo día. Negaron con la cabeza, sin articular palabra y retrocediendo con el cuerpo encogido, a medida que Enrique avanzaba despacio hacia ellas. El fumador en cambio se movía nervioso como una fiera en una jaula, esperando su turno.

—Tal vez hoy no tengas tanta suerte —amenazó a Marta con la vista clavada en su embarazo—. No sé si podré contener a mi compañero. —Señaló a una maraña de tinieblas tras él—. Se entusiasma cuando se trata de... personas como vosotras —acusó, sibilino.

El coraje de María, pese a la edad y el duelo, revivió en un instante en sus ojos. Los abrió y miró a aquel hombre que amenazaba a su hija. Se negaba a consentirlo.

—Haga el favor y déjenos en paz, señor. Respete un poco —pidió María, apelando a la cordura—. No sabemos de qué habla. Si tiene que ver con asuntos de mi difunto esposo, en eso ni mi hija ni yo le podemos ayudar.

—Lamento escuchar eso, María. —Chasqueó la lengua, con las manos cruzadas a la espalda, para sorpresa de la mujer—. Eres María Rey, ¿no es cierto? —Disfrutaba viendo el gesto descolocado y mal disimulado en su rostro—. La hija de Emilia Rey, ¿no?

Ella no contestó.

—Mi padre me habló mucho de ella —dijo Enrique, con una sonrisa oculta.

María dudó un segundo y con determinación tiró del brazo de su hija.

—Haga usted el favor de dar paso a una mujer en estado —dijo con seguridad.

Enrique hizo un movimiento con la cabeza y la jaula de la bestia se abrió. En el umbral de salida, relamiéndose, el fumador pisó la enésima colilla de la tarde y liberó la fuerza de un brazo que la derribó sin mucho esfuerzo con un golpe de revés. Quizá por lo menudo de su cuerpo y por la saña del animal, María salió despedida contra unas árgomas en flor que, lejos de ayudar en la caída, arañaron la piel de la víctima. El susto fue mayor al escuchar el impacto seco de una piedra escondida sobre la que ahora se encontraba la cabeza de María en una postura de difícil naturaleza.

Marta se tiró al suelo, de rodillas al lado de su madre, cogió su mano, creyendo que estaba muerta y que en un día enterraría a sus dos padres. Lloró de rabia, desgarrando gritos de ayuda que no tardaron en ser censurados con un puño cerrado que casi de inmediato le inflamó un ojo, pero también el ánimo.

Se levantó con más soltura que la que recordaba tener antes incluso de estar encinta, y se llevó con ella un par de piedras en una mano. Les gritó a ambos, los mandó al infierno y amenazó con su marido, que no tardaría en darse cuenta de que algo no iba bien y volvería por ese camino a buscarlas.

Todo inútil. El fumador se acercó y ella le lanzó la primera piedra. Indemne, él parecía disfrutar. La agarró del pelo, tiró con fuerza de su cabeza hacia atrás para devolverla al suelo. Ella intentó levantarse, pero ya no pudo. Buscó lanzar la otra piedra, pero ese juego ya no le interesaba al atacante y este le pisó la mano como hacía a las colillas. Gritó cuanto pudo. Solo sirvió para aliviar el dolor. Entonces se acercó Enrique.

—Todavía estás a tiempo de salvarte tú y la criatura que llevas dentro —dijo proyectando su sombra sobre ella—. Dime dónde está el camafeo y el libro que tu padre nos robó.

—Habéis matado a mi madre —se desgañitó con rabia.

—Eso ya no tiene solución. —Hizo un gesto sereno, restando importancia al asunto—. Sálvate tú y salva a tu hija. —Rebuscó en un bolsillo de su chaqueta—. Se parece mucho a ti, ¿no crees? —Le mostró la fotografía de la niña que había cogido en su casa.

Marta temblaba como una hoja de papel, con los ojos inundados en miedo.

—¿Qué dices, Marta?

El fumador le dio la primera patada en los riñones para acelerar la respuesta de la joven.

—Di algo, zorra maldita —bramó con voz rasgada entre dientes.

Marta se colocó en posición fetal, con las manos sobre el vientre.

—Es tu última oportunidad —dijo Enrique—. ¿Dónde está la joya y el libro?

—Tú sí que has perdido tu oportunidad —murmuró ella.

—¿Cómo dices? —Saltaban chispas de los ojos crispados de Enrique.

—Mi madre era la única que lo sabía y ese monstruo la ha matado.

Enfurecido, frustrado, con más rabia en la sangre que lava esconden todos los volcanes de la tierra, Enrique la levantó por la pechera como a un trapo, buscando la verdad o la mentira en sus ojos. Colérico, la lanzó de nuevo contra el suelo e hizo una señal al perro del diablo, que la pateó sin piedad hasta que perdió la consciencia y luego se encendió un cigarro.

Enrique continuaba pensando qué hacer y en cómo explicaría lo sucedido a su padre. Levantó la vista y vio a un hombre que se aproximaba por la estrecha senda. Reconoció la espalda ancha y la mandíbula cuadrada. Ricardo Barreiro, el marido de Marta, la estaba buscando.

El fumador había recobrado la fuerza para seguir con su extraño ritual de tortura y castigo a quienes llamaba herejes. Enrique lo miró para que parase ya. Al bajar la vista, vio sangre entre las piernas de Marta y añadió más asco que molestia a su gesto impío.

—No nos queda más que hacer aquí. Nos vamos —dijo.

Ricardo echó a correr al intuir los bultos de dos cuerpos en las orillas del camino. No alcanzaría a los hombres, pero llegó a tiempo de salvarlas a ellas.

Pidió ayuda a un vecino y la ambulancia no tardó en llegar. Como tampoco tardó en aparecer su tía Carmiña Couselo. Y con ella la pequeña Ana, aunque no la dejasen pasar a ver a su madre ni mucho menos a su abuela en el hospital. Transcurrieron días hasta que María recobró el sentido y algunas semanas hasta que pudo regresar a casa y volver a abrazar a Marta, a su familia, y conocer a la recién llegada, su otra nieta: de nombre Clara. Había sido prematura y poquita cosa, pero sería siempre otra superviviente en aquel lugar.

De vuelta en Madrid, Enrique asumió su responsabilidad ante su padre y explicó que no había alcanzado ninguno de los objetivos que se había marcado.

—No tengo ninguna joya, tampoco el libro, ni sé dónde conseguirlos. Pero tengo la solución al asunto ese de la adopción que plantea Teresa a Adolfo. —Mostró la fotografía de la niña que había cogido en la casa de Vilar do Fontao—. Es su nieta, señor —presentó Enrique a su padre—. Dijo que no quería que un hijo del mundo llevase el apellido Roldán. Pues dos problemas resueltos.

—¿Cómo que dos?

—Mi hermano adoptará a una Roldán y ella nos acabará entregando lo que queremos. Tiempo al tiempo. —Sonrió siniestro.

61

Santiago de Compostela, 23 de junio de 1936

Las redacciones de los distintos medios para los que colaboraba trabajaban sin pausa, y con el ánimo aupado por el resultado del referéndum del Estatuto de Autonomía de Galicia.

La cautela de Emilia le impedía soñar con la tierra prometida del galleguismo, pese a haber conseguido movilizar a las mujeres del campo al grito de «Mujeres que trabajáis como hombres, como hombres votad el Estatuto». Primeros pasos para reconocer en la mujer un sujeto político, aunque todavía lejos de superarse. Emilia sabía que aquel era el mejor mensaje que le podían lanzar a las mujeres, pero también que en aquella distinción se remarcaba sin pretenderlo una desigualdad que fijaba en la figura del hombre el cénit a alcanzar por la mujer.

Había quien ponía en duda el resultado del plebiscito, pues había superado todas las previsiones. De «santo pucherazo» había llegado a calificarlo un ferviente nacionalista que discutía, ánimo en alza, con el viejo limpiabotas de la rúa do

Franco. El anciano evitaba el enfrentamiento con silencios bien medidos entre betunes y fuertes sacudidas que permitiesen sacar brillo a los zapatos de tan ilustre orador, pues desde esa altura todos lo son. Emilia avanzaba pensando en aquella expresión, que le recordaba al mismo arzobispo Gelmírez y a su «pío latrocinio». De ser cierto ese pucherazo, como el mismo robo de las reliquias de los santos en tierras portuguesas, se impondría el fin con ilegítimos medios. «¿Acaso podía Maquiavelo desplazar a la Biblia o a la Constitución con tanta facilidad?», pensó.

Pero Emilia no ponía en duda el resultado del plebiscito. Ella creía firmemente en el sentir cultural de su gente. Tal vez se debiese a los aires del Atlántico, a los murmullos de los ríos, a la fuerza de su lengua o a las brumas místicas de su historia, pero Galicia se sabía diferente, y no por ello ajena o distante. Defendía lo suyo sin quebranto. Poco importaba que se lo reconociesen, ella lo sabía. Porque en esa primavera, la última antes de la guerra civil, las preocupaciones empezaban a ser otras.

Continuó su ascenso por la rúa da Azabachería. En un escaparate, algo llamó poderosamente su atención y se acercó. Fijó la vista en una pequeña talla en azabache que tal vez hubiese estado siempre allí, en aquella calle por la que pasaba cada día desde hacía tantos años, aunque era la primera vez que reparaba en ella. Se trataba de una Virgen sedente con el Niño en brazos. Pero eso no era todo, había algo en ella, aparte del hecho de ser negra. Sus ojos, expresivos, serenos, irradiaban luz con dos pequeñas esmeraldas que contrastaban en medio del oscuro azabache. Quiso verla de cerca, resultaba tentadora, por lo que decidió empujar la puerta, bajo la cual una placa metálica indicaba con trazos delicados: «Ortega e Hijos, maestros azabacheros desde 1808». Una vez dentro, un joven aprendiz la recibió con una sonrisa furtiva, mientras continuaba grabando algunas piezas de plata bajo la supervisión de su maestro.

Emilia se aproximó a la Virgen de azabache y la observó con detenimiento durante unos minutos. Con disposición, de espaldas a los hombres, creyéndose con mayor intimidad de la que gozaba realmente en aquel escaso establecimiento, levantó los brazos con cuidado y se retiró del cuello la cadena que sostenía el camafeo. Con él en las manos, reparó en el extraordinario parecido entre ambas vírgenes.

—¿Puedo ayudarle con alguna pieza en concreto? —dijo una voz a su espalda.

—No, no, gracias —contestó Emilia con apuro al maestro azabachero.

—¿Me permitiría ver ese camafeo, señora? —preguntó él educadamente.

Sus buenos modales neutralizaron las reticencias de Emilia a permitir que otras manos que no fueran las suyas profanasen el recuerdo de su madre y se dio la vuelta.

—Emilia...

—Maestro Daniel de Ortega... —musitó reconociendo el brillo azulado de sus ojos.

—Permíteme que lo vea —extendió una mano abierta en la que Emilia posó con delicadeza su camafeo.

El anciano lo examinó minuciosamente. Su rostro manifestaba cierta melancolía y durante unos segundos observó los ojos de Emilia. El magnetismo de su mirada conservaba la misma luz que aquellas esmeraldas que portaba la Virgen de azabache.

—¿Puedo preguntar cómo ha llegado a tus manos tan magnífica joya? —preguntó el azabachero.

—Es una herencia familiar —contestó Emilia.

—¿Familiar? —repitió cogitabundo el anciano.

—Sí, familiar. Me lo entregó mi madre, y a ella se lo confió la suya.

—Entiendo... —El maestro de aquel taller pareció ensimismarse mientras Emilia esperaba impaciente recuperar su camafeo.

—Debo marcharme, ¿puede devolvérmelo, por favor? —acertó a decir, molesta por la situación.

—Es Nuestra Señora del Mar —dijo el anciano entregándole la joya.

Emilia asintió, incómoda por la forma en que la miraba, y guardó el camafeo en el interior del bolso antes de cerrarlo a conciencia. Agradeció las atenciones educada y distante y se dispuso a salir del establecimiento.

—Solo dime una cosa —dijo el maestro cuando Emilia alcanzaba ya la puerta. Ella se detuvo un instante, dubitativa, y se giró receptiva, dando pie al anciano a preguntar—: ¿Conoces su secreto?

Emilia salió a la calle sin darle respuesta. Aquella pregunta retumbaba en sus oídos con el eco de la catedral de fondo. No era la primera vez que alguien se aproximaba a ella y hacía referencia al secreto que guardaba su camafeo. Empezando por el mismo conde de Altamira, quien había muerto poco antes de decirle que había llegado la hora de contarle la historia de esa joya. ¿Qué podría saber él del recuerdo de una pobre infeliz que había abandonado a su hija a las puertas del pazo? No era más que el nexo de unión entre su madre y una abuela desconocida. ¿Qué otra historia necesitaba conocer ella? El anciano aristócrata pasaba largas horas contemplando el océano y probablemente fuese presa de alguna ensoñación. Eso pensó en un principio. Pero después fue Victoria. También ella le prometió que un día su padre le hablaría del camafeo. Su camafeo. El mismo camafeo que despertaba tanto interés en el maestro azabachero.

Extraña coincidencia y demasiada insistencia. Al final se inclinó por intentar averiguar si aquella pregunta merecía una respuesta. Y, sin duda, el camino a seguir solo podía marcarlo su madre.

Así, entró en su casa y se dirigió a su dormitorio sin siquiera quitarse el abrigo o soltar su bolso sobre el aparador del pequeño salón junto a la entrada, saltándose su propia liturgia de cada día. Tampoco se molestó en cerrar la puerta de aquel cuarto tras ella; a fin de cuentas, quién podría sorprenderla en la intimidad de un hogar diseñado para satisfacer únicamente sus necesidades. Abrió una de las puertas del armario y acercó una silla solitaria que parecía hacer guardia ininterrumpida en un rincón. Un movimiento certero con la punta de sus pies ayudó a sus zapatos a deslizarse para, finalmente, aterrizar de cualquier forma sobre la pequeña alfombra de lana que ocupaba el espacio a los pies de la cama. Se subió decidida, pero con la necesaria precaución para no trastabillarse, tal y como era relativamente frecuente en el pasado, cuando sus días se medían en decenas de tareas para satisfacer a doña Urraca en el Pazo de Altamira. Con cuidado y más esfuerzo del que en un principio supo calibrar, extrajo una maleta del color del caramelo, rígida y pesada, donde guardaba algunos recuerdos de la vida de su madre. Poco más que cuatro pertenencias, las que una anciana Ofelia había tenido tiempo de recoger antes de dar aviso en el pazo de la muerte de Cándida. El impulso de Emilia sumado a la fuerza de la gravedad propició el salto de aquel bulto del pasado que, en cuestión de segundos, aterrizó sobre la cama. Abrió los cierres que salvaguardaban con celo lo poco que de su madre había quedado en el mundo de los vivos. Pero no solo de ella. La primera en saludar la luz de aquel angosto cuarto fue la vieja pelota de trapo. Al fin, todo cuanto aquella maleta contenía se había convertido en una invitación al recuerdo dulce, a la nostalgia, al dolor que arrulla las entrañas y las envuelve, manso, pausado, dominado por el juicio de la memoria y edulcorado con sonrisas templadas. Todo había sido obra del tiempo y su infinita paciencia.

Respetuosa y con mucho mimo, apartó una a una las prendas que mullían distintos momentos que ahora su mente se prestaba a evocar. Toquillas de lana, en un tiempo de un blanco níveo, que habían servido para proteger del frío a un hijo recién nacido; otras, más grandes, más oscuras y ya raídas, después de haber auxiliado una vejez prematura del frío húmedo del Atlántico, la trasladaban a noches de invierno y a mañanas de rocío al pie de un lavadero ribeteado de musgo.

Al principio le pareció anecdótico, curioso, o simplemente uno de los muchos despistes de Conchita. Pero allí estaba, al fondo de aquella maleta, el viejo mandil de Cándida, el que usaba para estar en la cocina. Aquel que se escondía de los ojos de las visitas, sustituido por uno blanco, pomposo, limpio. Como una mala metáfora de la vida en el Pazo de Altamira, en donde al ajeno se le mostraba la ficción de la pompa y, en el interior de los fogones, el trabajo debiese ocultarse como seña humana de debilidad y sudores.

Sucumbió a la tentación de extenderlo en el aire, viendo las diminutas motas de polvo volando, suspendidas en el haz de luz que entregaba el sol de mediodía a través de su ventana y como gaya victoriosa a su pequeño dormitorio. Se colocó frente a la puerta del armario que ofrecía un gran espejo, la misma que durante todo ese tiempo había permanecido cerrada, y se acomodó aquel pedazo de tela cerca de su cintura. Con la edad que ahora tenía Emilia, su madre ya no lucía otra cosa que aquel mandil a diario. El espejo le devolvía una imagen llena de contradicciones, pero también de agradecimientos. Casi de forma inconsciente, metió la mano en el bolsillo para sacarla con la misma rapidez. Entonces bajó la mirada y frunció el ceño, confundida. Allí había algo. Algo que nunca imaginaría encontrar entre las cosas de su madre. Una hoja de papel bien conservada y doblada en cuartos.

Sin apenas darse tiempo, leyó lo que contenía incapaz de procesar su contenido. No daba crédito al hallazgo. Se trataba de un testamento. En él, una tal Celia Gómez de Ulloa era nombrada heredera del Pazo de Altamira. El documento parecía original y estaba firmado por el mismo conde. Pero ¿por qué su madre tendría en su poder ese testamento? ¿Cómo habría llegado a aquel viejo delantal?

Comprobó entonces que el documento se desdoblaba y había otra hoja de papel. La leyó con detenimiento y, sin aliento y casi sin haber concluido su lectura, arrastró sus pies de espaldas hasta la cama para dejarse caer rendida, sin entender.

¿Acaso era posible que fuera ella la misma Emilia heredera de la magnífica biblioteca del Pazo de Altamira?, pensaba con el rostro inmovilizado por la sorpresa. Pero cuando parecía esa la respuesta más factible, se abría otro nuevo interrogante: ¿su madre era Celia Gómez de Ulloa, sobrina de don Rodrigo?

¿Era posible? Tal vez tuviera ante sus ojos la explicación a los buenos modales y al cariño que el conde siempre mostró hacia ellas. Tal vez nunca fuese altruista ni casual. Tal vez la causa estuviera en aquel nombre: «Celia Gómez de Ulloa».

Sin estar plenamente convencida del paso que le correspondía dar a continuación, estaba decidida: debía ir al Pazo de Altamira con su hallazgo y hacer algunas preguntas. Y, lo más importante, exigir algunas respuestas.

62

Pazo de Altamira, 30 de junio de 1936

El tiempo parecía haberse detenido en A Pedreira. La gran piedra del acantilado se alzaba buscando la unión entre el cielo y la tierra, coronando en el intento al humilde pueblo de pescadores de San Juan de Meirande; tan discreto y modesto que parecía entregarse al destino sumiso del plebeyo. Dócil en el trato y correcto en las formas, ocultaba la realidad de sus intenciones a ojos extraños, tanto a semejantes como a conocidos. Aquella tierra y sus gentes sabían guardar secretos. Lo habían demostrado tantas veces conquistados como invencibles, con estrategias silenciosas dentro y fuera del campo de batalla. Lo decían los ancianos que se sentaban cada mañana a tomar el pulso a la plaza del pueblo. Los mismos que despedían al sol frente al muelle dando gracias por otro día. Aquellos para quienes las victorias no eran más que humo y ensoñación adolescente para blasonar entre pavos con las mismas plumas.

Frente a la entrada del Pazo de Altamira que tantas veces había cruzado entretenida en lo urgente y sin saber dónde mirar, Emilia ahora prestaba atención al blasón de la noble familia. Le preguntó por sus raíces, por su apellido y hasta por el rastro que sus pasos dejarían en el mundo. Volvió a leer la inscripción en latín: «*Quem videre, intelligere*», y esta vez sintió un leve mareo que la obligó a agarrarse con una mano a la piedra. Aquella mañana, sin ser la primera vez, se sentía indispuesta. Cerró los ojos y apoyó la cabeza, convenciéndose de que tan solo serían unos segundos.

La anciana panadera del pueblo abandonaba un día más el pazo con una gran cesta de mimbre sobre su cabeza, ejerciendo de cimbra perfecta a sus oscilantes andares.

—Si busca usted al *Santo dos croques* todavía le queda camino hasta Compostela, señorita —dijo la repartidora, acercándose con una mano dentro de su bata de trabajo, demasiado oscura para la brega entre harinas.

Emilia continuaba con la cabeza y la mano apoyadas en la piedra. Abrió los ojos y pudo ver aquel mandil cubriendo parte de las piernas de la anciana, combadas por el paso de cada año entre subidas y bajadas del pueblo a A Pedreira, en un ciclo que solo se rompería con una mala enfermedad o un paso a mejor vida.

—Señora Fina —recobró el aliento.

Sacudiendo de su perfecta doblez un pañuelo de tela recién extraído del bolsillo del mandilón, la panadera se detuvo frente a ella con los ojos muy abiertos.

—¿Emiliña, eres tú? —Se aproximó todo cuanto el cesto le permitía.

—Soy yo, señora Fina. —Sonrió demudando el gesto en aniñada gentileza.

—Dichosos los ojos, *miña nena* —exclamó bajando de un golpe el canasto—. Deja que te vea bien.

Emilia miró a la anciana directamente a los ojos para permitirle el reencuentro con el pasado. Entendió entonces la cercanía de su cuerpo y de sus manos, con la vista más orientada a su voz que a sus rasgos.

—El tiempo pasa para todos, Emilia. Yo ya he visto muchas cosas y parece que acabaré mis días viendo poco más que recuerdos. Pero que no te dé lástima —dijo resuelta—, mis recuerdos son mejores que lo que está por venir. Malos tiempos. —Sacudió la cabeza.

Mostrando entereza, la joven agarró con ambas manos el dorso y la palma de la anciana, dejando atrapado al cortés pañuelo de tela. La panadera mostró una sonrisa grande, agradecida y desdentada que le obligaba a cerrar sus ojos velados.

—Bueno, y ya ves que comiendo papillas de maíz... —continuó la anciana estirando la comisura de sus labios retraídos—. Total, qué más pueden dejar las guerras... —añadió con una pizca de sorna a su resignación.

Emilia asintió.

—¿Y continúa repartiendo el pan usted sola?

—Miedo no tengo ninguno, *filla*. Conozco estas tierras mejor que los propios condes de esta santa casa. ¿No ves que llevo toda la vida andando de un lado para otro? En cambio esta gente —señaló con disimulo el pazo a sus espaldas— no ha salido de aquí nunca.

Emilia volvió a asentir.

—Lejos quedan los tiempos en que la joven condesa, madre del difunto don Rodrigo, lo bajaba a él y a su hermana Celia a la ensenada y se mezclaban con el pueblo.

—¿Celia? —Se sorprendió—. ¿El conde tiene una hermana llamada Celia?

—Tuvo, tuvo. La pobre, al igual que su madre, también murió joven. —Sacudió la cabeza—. ¿Sabes? Parece que las mujeres de esta casa nacen con la estrella cambiada. *Miñas* pobres. Una pena —murmuró.

Recompuesta y centrada en cuanto la anciana, tal vez fruto de la edad, se abrió a contar, Emilia quiso saber más acerca de ese nombre: Celia. Era el nombre que aparecía en el testamento, aquel que un día alguien había decidido para su madre.

—¿Y tuvo hijos? —quiso saber sin rodeos.

La señora Fina movió la cabeza a derecha y a izquierda asegurándose de no ser escuchada.

—Puede hablar tranquila, que no hay nadie —dijo Emilia.

—Pues mira, sí que tuvo.

Emilia sintió cómo los músculos se le tensaban y abrió los ojos, expectante.

—Parece ser que poco antes de morir dio a luz a un niño.

La decepción pareció abofetearla.

—Está enterrado a un lado de la iglesia de San Juan, sin bautismo ni nada. *Pobriño.* —Se santiguó—. Y dicen que le pusieron de nombre como al abuelo.

—¿Y cómo se llamaba el abuelo?

—Déjame un momento que haga memoria... —Hizo una breve pausa y añadió—: Nuño, se llamaba Nuño Gómez de Ulloa. Era tan bueno como un año sin agua —dijo con retranca—. Pero, bueno, el niño, de existir, que yo no te lo puedo asegurar porque no estuve el día que llegó al mundo y ni tan siquiera vi su tumba, no tenía culpa de nada.

—¿Acaso usted duda de que haya existido?

—Mira... —Se acercó un poco más a Emilia—. De lo que te cuenten no creas nada y de lo que vean tus ojos... será cierto, como mucho, la mitad. Así me criaron a mí. Pero, bueno, también hay quien dice que en verdad lo que tuvo Celia fue una niña e incluso que sobrevivió —dijo con arrugas de escepticismo.

El gesto de Emilia se activó una vez más.

—Agradezco todo lo que me está contando, señora Fina, pero debo entrar o se me hará tarde.

—¿Y luego viniste a hablar con esta gente? —trató de curiosear, no exenta de incredulidad.

—Me ha encantado encontrarla por aquí, de verdad. Cuídese mucho —se despidió.

—Bueno. Ve con Dios y ten mucha suerte, nena —dijo antes de colocarse la cesta sobre la cabeza, y después murmuró—: Si entras en el pazo, está claro como el agua que la vas a necesitar.

Conchita, ya no tan joven ni timorata, después de afanarse en centrar y alisar su impoluto delantal, estiró la espalda cuanto pudo y le abrió la puerta. Con los ojos muy abiertos y de nuevo ligeramente encorvada, fue incapaz de disimular la sorpresa al ver que en la entrada principal, la reservada a suntuosos y engalanados apellidos, se encontraba quien había sido nada más que una criada en aquella casa.

—Necesito ver a doña Urraca, Conchita —le dijo en tono confidencial mientras la abrazaba con la complicidad de quien comparte trabajo, pero también penas y alegrías.

—No le gustará verte por aquí, Emilia —respondió con la misma complicidad.

—Lo sé, pero tengo que hablar con ella. Es importante. De no serlo, ¿crees que volvería por aquí?

Convencida, Conchita subió escalera arriba en busca de la condesa, dejando a Emilia sentada como una visita más dentro de la biblioteca.

Observó cada una de las librerías que envolvían la estancia y permitió que las yemas de sus dedos se paseasen por los lomos de infinidad de libros de ciencias y artes desde oriente a occidente. Los grandes pensadores de la historia estaban allí reunidos. Decidió sacar uno al azar. Lo hizo distraída, con la mano en un libro y la vista en otro, fruto de la curiosidad por leerlos todos. Así el mal tino hizo que parase el pesado ejemplar sobre la alfombra que estaba a sus pies. De inmediato se agachó a recogerlo, pese a sentir de nuevo ese leve mareo que desestabilizaba cada uno de sus sentidos. Con las rodillas hincadas en el mullido textil, la puerta de la biblioteca se abrió de golpe con inusitada fuerza, obligándola a levantar la vista e ignorar el malestar. Emilia trató de erguirse con el libro todavía en la mano. La habitación se había vuelto muy grande y ella muy pequeña, e incluso culpable. Allí estaban, con la decrepitud airada de quien se siente superior también a su propia muerte: doña Urraca y don Braulio Bramonte. Pudo sentir cómo los dos hermanos la observaban como depredadores a una presa para quien su vida vale menos que nada. No estaban solos. A su lado, silencioso, un muchacho de trece o catorce años, llamado Braulio Bramonte Artiazu, que algún día llegaría a ser marqués, la observaba con porte envarado, ensayado y silencioso. Tras ellos podía intuir las formas de otro hombre a quien todavía no podía descifrar el rostro.

—¿Por qué no resultará extraño encontrarte en tan indecorosa circunstancia? —preguntó retórica y sibilina la condesa.

Emilia colocó el libro en su sitio respirando despacio, buscando controlar aquella indisposición que sentía.

—¿Acaso puede el raposo dejar de robar gallinas? —respondió sarcástico don Braulio.

—No estaba robando nada —se defendió Emilia.

—De sobra conocemos a las de tu especie —dijo doña Urraca buscando la aprobación de su hermano en una mirada con altas dosis de bilis enquistada por los años.

Emilia abrió su bolso y extrajo de él un documento que se afanó en extender con las manos, antes de exhibirlo con prudente distancia.

—No sé las de «mi especie» —acertó a decir con rectitud devolviendo la ironía—, pero yo vengo a reclamar lo que es mío.

La anciana levantó el bastón como un resorte y lo agitó en el aire con una fuerza casi insólita a su edad.

Emilia la observaba con más curiosidad que miedo, y pensó que aquella iracunda actuación le había sobrevenido en demasiadas ocasiones como para continuar resultando efectiva. Quizá fuese la maldad de la dama lo que infundía vida a aquel cuerpo decrépito.

De pronto, la voz de la tercera persona se abrió paso entre ellos.

—Relájese, tía —dijo el sexagenario enarcando una ceja, quizá déspota de nacimiento como el resto de los Bramonte, y después se dirigió a Emilia—: Déjame ver eso —le ordenó.

—Aquí lo dice. —Emilia señaló en el documento con un punto de ingenuidad, tratando de disimular que se sentía intimidada por aquel militar—. Mi madre era Celia Gómez de Ulloa de nacimiento, y por tanto la heredera de este pazo, tal y como dice aquí.

—Pero ¡qué desvaríos son esos! —Blandió de nuevo su bastón la condesa—. ¡No eres más que una vulgar ladrona!

—Don Rodrigo me nombró heredera de esta misma biblioteca. ¿Quién es ahora la usurpadora? —se arriesgó a decir.

—¡Largo de aquí! —bramó fuera de sí.

—Tranquila, hermana —dijo con el tono pausado y autoritario don Braulio Bramonte—. ¿Y qué si lo era?

—Pero ¿qué dices? —gruñó doña Urraca mirándolo con asombro.

El anciano colocó su mano sobre el hombro de su hermana para calmarla y continuó increpando a Emilia.

—¿Qué pasa si lo era? —masculló lentamente.

Con el semblante pálido y aturdido por la beligerancia de la pregunta, Emilia tomó el documento por escudo como si de las mismas Tablas de la Ley se tratase.

—Entonces es verdad —acertó a decir alejando toda sombra de duda—. Mi abuela era Celia Gómez de Ulloa, la hermana de don Rodrigo. Por eso él nombró heredera a mi madre —fue bajando el tono para interiorizar cada palabra.

—¿Y qué, muchacha? —vociferó el coronel Bramonte, todavía a su lado, mientras en un impulso le arrebataba el documento y lo rompía en varios pedazos, ante la mirada atónita a la par que contenida de Emilia.

—Así es como hacéis vosotros las cosas —murmuró ella—. Debo decir que no era más que una copia —dijo con orgullo a los ancianos, pero no predijo el arrebato que gestaba el castrense Braulio Bramonte Medina—. No soy tan tonta.

Furioso, el hombre le soltó una bofetada con el dorso de la mano que le partió el labio y la tiró al suelo sin miramientos ni más posibilidad que amortiguar el impacto aferrándose a un estante repleto de libros. Asustada, en un gesto inconsciente, se llevó la mano al abdomen.

—¿Quién te crees que eres, infeliz? —bramó el militar con iracundas formas.

La condesa, con noventa años, mantenía su vieja sonrisa, con ambas manos apostadas en su bastón, como quien disfruta de un espectáculo de cristianos y leones.

—¿Dónde están las joyas? —preguntó doña Urraca para sorpresa de los presentes.

—Ya has oído a la señora condesa —bufó el coronel, zarandeándola de un brazo, mientras ella continuaba de rodillas en el suelo.

—Déjala ya —le ordenó el viejo Bramonte—. Está delante tu nieto. —Señaló al muchacho, que mantenía el porte disciplinado en un rincón.

—Debe aprender a tratar a esta gentuza —se defendió el militar—. No es más que una vulgar ladrona. Y no saldrá de aquí hasta que devuelva lo que se ha llevado. Eso explicaremos en el supuesto de que alguien preguntase por la infeliz.

Lanzó una mirada de desprecio a Emilia, incapaz de levantarse del suelo, de levantar siquiera la mirada, presa del mareo y de la circunstancia. Se lamentó de no haber extremado precauciones y continuó protegiendo su vientre.

—Es suficiente, Braulio —ordenó de nuevo el viejo, viendo cómo el puño castrense volvía a amenazar a Emilia.

Manteniendo sus hechuras envaradas y enarbolando su linaje, el anciano arrastraba ligeramente los pies con la ayuda de un bastón con empuñadura de plata fina. Mirada altiva y gesto abyecto, se colocó frente a Emilia. Percutió un par de golpes secos en el suelo con firmeza, como si la misma vara de Moisés tratase de abrir las aguas del mar Rojo, ordenando que se irguiese sin la más mínima consideración a la mano que no dejaba de defender una mínima curvatura en su abdomen.

—Pronto España no será un lugar seguro ni tranquilo para ti, Emilia Rey. En tu estado... —la miró con desprecio, para que sintiese el peso de la humillación, desmoralizándola— sería una pena terminar en la Falcona. Mal sitio una cárcel para venir al mundo y querer ser otra cosa que no sea un miserable, ¿no crees?

Emilia era incapaz de articular palabra. Naufragaba con ojos quietos, perdidos en un abismo incierto. Sobre ella sin parpadear siquiera, el gesto impasible del coronel.

—¿Enterrarás a esa pobre criatura junto a su hermano? —le dio la puntilla sin piedad.

Doña Urraca continuaba disfrutando la escena apoltronada junto a la entrada.

—Las rojas como ella tienen hijos como los animales —dijo estirada, con vileza, sin arrugar la delicada tela de su vestido.

En ese momento, Emilia la miraba desde la improvisada trinchera de aquel rincón repleto de filosofía y se preguntó a qué especie pertenecía aquella mujer desprovista de alma ni creencia alguna.

—¡Y encima roja! —bramó el coronel Bramonte—. Pues ten cuidado —le advirtió con un dedo amenazante—, para las rojas pronto habrá cárceles mucho peores que la Falcona. Sois una plaga que hay que erradicar —masculló sobre ella con mirada enfermiza.

Emilia dio la batalla por perdida. Alargó la mano para recoger su bolso antes de salir del pazo para no regresar nunca más. Poco importaba aquella fortaleza, creía saber lo que necesitaba.

—¿Adónde te crees que vas tan rápido? —preguntó el anciano Bramonte intuyendo sus movimientos.

Lentamente, Emilia se dio la vuelta por toda respuesta.

—Queremos el camafeo —reveló con autoridad.

Con el estómago de nuevo en un puño, Emilia encajaba como podía aquel golpe. Ya no tenía dudas de que la joya que su madre un día le entregó en un acto íntimo, era mucho más que la devoción tallada en azabache a Nuestra Señora del Mar, más que un legado familiar con una historia y un valor puramente sentimental.

—Sabemos que lo tienes —insistió el anciano—, y nos lo vas a devolver junto con el reloj.

El gesto de Emilia demudó en genuino interrogante.

—No sé de qué me habla —contestó apartando el pañuelo de la señora Fina de su labio.

—¡Sí lo sabes, mangante! —vociferó desde el aterciopelado sillón la condesa.

—De verdad que no lo sé —dijo Emilia, deseosa de recobrar su libertad fuera de aquella casa.

El militar levantó el puño.

—¿Prefieres entregarlos sin uñas y con una raja en el vientre? —dijo retorciendo cada palabra, rejoneándola como a un animal asustado, arrinconada entre todos ellos.

Emilia apartó la cara, cruzando sus brazos a la altura de su ombligo. Puro instinto. El impacto la llevó de nuevo al suelo. Rompió a sangrar por el labio, esta vez con más fuerza. La puerta se abrió de golpe contra la pared, acusando el estruendo y recibiendo el recuerdo de una melladura para la posteridad.

—Pero ¡qué juicio inquisitorial es este! —exclamó rotundo don Luis Gómez de Ulloa avanzando apresurado hacia Emilia.

—Luisito, hijo —musitó la condesa evidenciando su talón de Aquiles—. No es más que una vulgar ladrona. —Movió la mano con desprecio.

—Abuela, sabe bien que es Emilia —espetó.

—No has oído lo que tu abuela ha dicho —dijo el coronel, contenido—. Es una ladrona. No se irá de aquí hasta que devuelva lo que se ha llevado.

Don Luis analizó el golpe en el rostro de Emilia y le extendió un pañuelo limpio para sustituir al empapado. Le entregó una mirada tranquila, cómplice, y después se irguió con fuerza.

—Por suerte, en España las cosas ya no se hacen así —dijo don Luis—. Hasta los ladrones tienen derecho a juicio y no solo a ser ajusticiados a capricho.

El viejo Bramonte no dijo nada, respetando la mano con la que su hermana le pedía contención. No así el coronel, que se carcajeó con estentórea resonancia, probablemente ensayada para situaciones como esta.

—Tú y los tuyos pagaréis cara la traición a la patria —amenazó—. Y será más pronto que tarde.

—Es suficiente —dijo la condesa ordenando silencio.

Don Luis y el militar se midieron con una sola mirada.

—¿Crees que puedes caminar? —preguntó a Emilia el joven Gómez de Ulloa, apoyando una rodilla en la alfombra.

Emilia asintió despacio sin apartar el pañuelo del labio. Él le tendió la mano y permitió que el peso de su cuerpo recayese sobre el suyo.

—Luisito —dijo con irrisión el coronel, disfrutando con la sorpresa en la mirada del joven—, te vas a arrepentir de no estar del lado de tu familia. Ya me ha dicho mi hermano, tu tío el obispo de Santiago, que te relacionas con masones. Supongo que lo llevas en la sangre. —Miró a doña Urraca, aludiendo al difunto conde de Altamira, y ella respondió con repugnancia.

Luis escrutaba al primo de su padre con un gesto adusto, hasta ese momento desconocido para Emilia.

—Cuidado, sobrino. La Iglesia condena al infierno a los herejes. —Hizo una pausa afilando la mirada antes de sentenciar—: A los traidores en el ejército los ejecutamos.

Una vez fuera del pazo, Emilia musitó un agradecimiento con la cara hundida en el arco de su cuello. Luis no dijo nada y la besó en la frente.

—Debemos irnos —dijo él—. Las nubes amenazan tormenta. —Miró al cielo y después al pazo—. Pero volveremos, Emilia. Cuando la luz brille de nuevo en el horizonte, volveremos.

Ella lo miró con atención, en parte con admiración. Su voz era solemne. Sus palabras, una promesa.

—Te enseñaré el mar.

63

Madrid, 1 de julio de 2011

Aquel hallazgo en casa de tía Leonor les dejó confundidos y, en cierto modo, desamparados. Sin necesidad de hablarlo, los dos pensaron en Martín e inevitablemente y por primera vez temieron por su seguridad en casa de los abuelos. Decidieron volver a buscarle. Adela quería a sus padres, pero intuía que uno de ellos, o incluso los dos, la estaba engañando. Quizá ni siquiera fuese intencionado, tal vez no eran más que desafortunados cómplices de ese tío al que no acababa de conocer, pero que se había convertido en su mayor amenaza. Una amenaza fría y silenciosa que se valía del parentesco como caballo de Troya.

De nuevo frente al edificio en el que se escondían los recuerdos de su niñez, Adela respiró profundamente, digiriendo aquella turbación templada que la removía por dentro.

—¿Otra vez vosotros por aquí? —saludó Teresa, sorprendida—. ¿Habéis cambiado de opinión con lo del bizcocho? Pues llegáis tarde. —Hizo un suave mohín que parecía indultar toda sospecha de su persona.

—No, mamá, descuida —respondió estirando levemente los labios—. Supongo que Martín se lo habrá comido todo. A todo esto, ¿dónde está? —Alargó el cuello oteando cada estancia—. Y papá, ¿ha llegado ya?

—Pues mira, volvió hace un rato con tu tío, pero justo hace unos minutos han vuelto a marcharse. Me extraña que no os hayáis cruzado en el descansillo o en el ascensor.

—No, no nos hemos cruzado con nadie. Ni tan siquiera con el conserje —dijo Adela, al tiempo que corroboraba la respuesta en el gesto de Álvaro.

—Habrá sido por poco —insistió Teresa, y añadió—: Con lo emocionado que estaba Martín por ir de paseo, tendríais que haberle oído.

—¿Martín? ¿Se han llevado a Martín? —preguntó mirando fijamente a su madre.

—Sí, es un poco tarde, la verdad... —intentó disculparse Teresa—. Pensé que tu padre ya iba a quedarse en casa, pero tu tío Enrique recibió una llamada y le propuso al pequeño salir a dar un paseo.

El estómago de Adela se encogía y la estrangulaba como si la impía fuerza de una serpiente se hubiese enroscado a su cuerpo.

—Tranquila, hija. —Teresa se acercó al descifrar la palidez en su rostro—. La temperatura es buena y lo traerán pronto. Me lo han asegurado —aseveró con crédula inocencia—. Tu padre no dejará que se haga tarde. De todos modos, voy a llamarle para que se vuelvan ya —dijo colocándose las gafas para ver de cerca, mientras marcaba cada número en el aparato y acompasaba sus movimientos apurados por el pasillo.

Álvaro agarró la mano de su mujer con fuerza e inhaló el aire suficiente para templar los nervios. Adela, por su parte, luchaba como podía por recuperar la calma. Su semblante contraído evidenciaba un miedo que iba en aumento. Y es que ahí estaba de nuevo la peor de las emociones, aquella que la mayoría descubre en la niñez y bajo distintas formas le acompaña toda la vida. Adela creía haberse topado con ella en una excursión del colegio poco antes de celebrar su primera comunión. Rodeada de compañeros, disfrutaba de las lecciones en un entorno natural y diferente al oeste de Madrid. Allí, un monasterio benedictino, del que no quedaban más que ruinas, se enfrentaba sin medios al tiempo de los hombres, pertrechado entre piedras que recogían en secreto el testimonio de la Regla de San Benito y el misterio del Císter. Lejos de resultarle insignificante, a la pequeña Adela le despertaba curiosidad, de ahí que siguiese cada explicación de su maestra, la señorita Sara, en primera fila, sin perder detalle. En un momento de mayor o menor atención, dependiendo del niño, la joven maestra se subió a lo alto de unas escaleras para describir con ayuda de la imaginación la austera bóveda que un día había copado aquellas paredes. Su proximidad a la profesora y sus ojos tan abiertos como dispuestos la convirtieron en la principal testigo de la aparatosa caída que llevó a la joven maestra a continuar ejerciendo el resto de su vida desde una silla de ruedas. Ese había sido el peor resultado por la imprudencia de su juventud, pero no para la atenta mirada de Adela, quien en un descuido del destino permitió que la sangre de su mentora, brotando escandalosamente de entre su cabellera dorada y esparcida sobre la piedra, la convirtiese en rehén del miedo. Aquella imagen la entregó para que esa emoción la devorase. Ese miedo conocido le paralizaba la mente y a veces también el cuerpo, detenía el tiempo por donde pasaba e impedía ver el camino. Una sensación, tan humana como destructiva, a la que debía enfrentarse por su familia, por su hijo.

—He hablado con tu padre y están ya de vuelta —dijo resuelta Teresa—. Si queréis, sentaos y esperadle aquí —añadió con un ademán frente al sofá del salón.

—¿Están ya de camino? —preguntó desconfiada Adela.

—Sí, me ha dicho que en diez minutos, quince a lo sumo, estarán de vuelta. Tan pronto lleguen podrás hablar con él y yo le iré preparando el baño a Martín.

—No será necesario, mamá. Martín se vendrá con nosotros.

—¿Ahora? —preguntó sorprendida su madre—. Pero ¿no se iba a quedar hasta el viernes?

—¿De dónde has sacado que se quedaría hasta el viernes?

—Me lo dijo tu padre. O al menos eso me pareció entenderle. —Hizo un gesto pensativa.

—Ah, ya..., claro —masculló Adela disimulando la suspicacia, consciente de que no había sido ella quien le mencionó ese día a su padre—. Se nos había olvidado que mañana tiene una fiesta de cumpleaños de un compañero de la guardería —dijo al tiempo que buscaba la mirada cómplice de Álvaro en aquella mentira.

Justo en ese momento, la puerta de la entrada se abrió y Martín apareció corriendo incansable, con la misma energía que tenía a las cinco de la tarde.

Tras él, la mirada afilada de Enrique acompañaba una sutil mueca de escarnio dirigida a su sobrina. Adela mantuvo el pulso y ocultó el miedo con un gesto de fuerza como lenitivo, sacando pecho y con la barbilla erguida.

—Iré a buscar las cosas de Martín —dijo Teresa a su hija—. Se lo llevan ya —se dirigió a Adolfo.

Martín se entusiasmó con la idea y se lanzó a los brazos de su padre de un brinco.

—¡Bien! —gritó rodeando el cuello de Álvaro.

—Qué lástima —acertó a decir Enrique acercándose al pequeño, con la mirada clavada en su sobrina—. Todavía nos quedan muchas cosas por ver juntos, ¿verdad, Martín?

El niño asintió con gesto inocente sin dejar de abrazar a su padre.

—Cuéntale a tu madre qué has aprendido hoy —se dirigió a Martín con una sonrisa incisiva.

—Hemos ido a ver patos, mami.

—Qué bien, Martín —contestó Adela con la boca pequeña, dando una palmadita apresurada en su espalda—. Ahora recoge tus juguetes, que nos vamos a casa.

—Pero no he terminado de contártelo —protestó el pequeño—. No ha estado nada bien, ¿sabes?

—¿Y por qué no? —preguntó Álvaro.

—Porque tuvimos un accidente. —El niño bajó la mirada.

—¿Cómo que un accidente? —quiso saber una Adela descolocada orientando el interrogante hacia su padre, quien permanecía en estricto silencio desde que había entrado por la puerta.

Enrique disfrutaba viendo el modo en que el rostro de Adela perdía rigidez y autoridad. Conocía su punto débil.

—Pero explícaselo a tu mamá, Martín —saboreó con gusto Enrique.

—Íbamos en coche al lado del parque y la mamá pato y sus patitos empezaron a cruzar —relató cabizbajo—. El tío Enrique le advirtió a la mamá que no cruzara porque podía ser peligroso y ella cruzó igual. Entonces, el tío arrancó y... —Martín sostenía un puchero que amenazaba con lágrimas inminentes en los ojos—. Y entonces, el tío atropelló al patito. —Rompió a llorar desconsolado abrazando con más fuerza a su padre.

Adela y Álvaro se miraron con el gesto serio, descolocados.

—Martín ha aprendido una lección importante —aseveró Enrique—, ¿verdad, Martín?

El niño asintió mientras gimoteaba en el hombro de su padre.

—Si la mamá pato me hubiera hecho caso, su patito se habría salvado —continuó Enrique—. Pero... insistió en cruzar por un sitio oscuro y peligroso y... el pobre patito murió aplastado como un chicle en una rueda.

Adela veía salir cada palabra despacio, lamida por la lengua de una serpiente, dejando caer una sombra sobre ella. Tragó saliva como pudo, respiró sin saber cómo, ahogada, muda, ciega. Buscó la mano de su padre. Devorado por el silencio, no la encontró.

—La suerte del hijo pende del saber hacer del padre ¿No es cierto, Adolfo? —añadió Enrique con una sonrisa—. Así me lo enseñó tu abuelo, Adela.

64

Santiago de Compostela, julio de 1936

Pocos días habían transcurrido desde aquella amenaza que acabaría cobrando forma antes del amanecer del 23 de julio. La España polvorienta, de silueta trastornada, se enfrentaba aguerrida al miedo, con la sabiduría de quien tiene la vida enterrada en un pozo sin fondo.

Emilia, con la fuerza del superviviente gestándose en su vientre, sabía que era cuestión de horas que la encontraran. Así se lo había dicho Luis Gómez de Ulloa aquella noche, de madrugada, cubierto con capa y sombrero y preparado para el exilio, para reencontrarse con su padre más allá del Atlántico. Insistió en que lo acompañara, pero ella se negó. No abandonaría a Javier, menos aún cuando no sabía que iba a ser padre. No le quitaría esa oportunidad ni a él ni al hijo que esperaba. Estaba decidida y Luis pudo ver en sus ojos que poco podía hacer para cambiar su parecer.

Una docena de jóvenes, quizá más, bajaba por la rúa da Azabachería corriendo en tropel. Se escuchaban disparos al aire, gritos, voces ordenando el alto, cierres apresurados de postigos en las ventanas. Miedo.

—No hay tiempo, debo irme —dijo Luis lanzando una mirada oblicua, escondida, a través de un postigo entreabierto de la ventana, y añadió una promesa hacia ella—, pero te prometo que en el futuro lo habrá. Desde fuera de España conseguiremos sofocar la revuelta militar y pronto conocerás tu legado: el legado del Pazo de Altamira.

—Luis, espera. —Colocó la mano sobre su brazo y él se detuvo en el acto—. ¿Puedo pedirte un favor?

—Por supuesto, Emilia. Eres mi hermana —dijo queriendo dibujar una sonrisa, pero incapaz de hacerlo, quizá por el peso de aquel título y la historia familiar.

—¿Lo sabes...?

—Sí. La misma mañana en que saliste para Santiago, mi abuelo supo leer la reacción de tu madre y me pidió que olvidase toda pretensión contigo. Únicamente debía centrarme en protegerte y ayudarte... —se detuvo un instante, midiendo el caudal de información con ella—, cuando llegase el momento. Porque para eso me estaba preparando. —La miró a los ojos, llenos de sinceridad—. Para lo mismo que te estaba preparando a ti, Emilia.

—Busca a Javier, por favor —dijo con angustia, con una mano colocada en su vientre—. O pide a alguien que lo encuentre. Solo me dijo que se echaría al monte con otros anarquistas.

Luis le devolvió una mirada con la que parecía firmar su promesa, se fundieron en un abrazo y se fue. Nunca llegaría a cumplir su promesa, tampoco el encargo de su abuelo, el conde. Moriría al alba, viendo locura en los ojos de un soldado, ejecutado sin preguntar, sin perder la dignidad al grito de «¡República y Libertad!».

En el mismo momento en que los sublevados salieron a la calle, Luis Gómez de Ulloa supo que el coronel Bramonte, primo de su padre, lo señalaría para que recibiera la justicia ciega de quien capitanea un escuadrón de la muerte. Aun así prefirió asumir el riesgo y encontrar a Emilia.

Porque en las calles el tiempo y las acciones discurrían entre el esperpento y la atrocidad. La misma que había gestado, el mediodía de aquel 20 de julio, el enfrentamiento de unos militares con los maestros de una escuela de Sar. Únicamente armados con pequeños libros de esquinas encorvadas y algún que otro lapicero de uso y consumo bien medido, los jóvenes encontraron la saña y la sinrazón al toparse con una trinchera improvisada y aprovisionada de bombas y demás material de combate, creado para satisfacer los intereses píos y elevados de quien nunca tendría que detonarlas. Unos y otros ardieron sin piedad atados a un árbol de un monte sin nombre, infructuoso y baldío, al que se unirían sus anónimas cenizas con esa última lección aprendida.

Uno de esos incautos maestros, maduro desde la juventud y aferrado a la libertad de su libro, también a su letra, se había desposado apenas unos meses antes con Aurora Casal. La fatal noticia había llegado en el último tramo de su embarazo, mientras bordaba espléndidas flores en el taller de las hermanas Vidal. Perdió el conocimiento, sin tiempo siquiera para la primera lágrima, cayendo con fuerza contra el suelo de piedra de la entrada. Las palabras se unieron dentro de su mente, buscando el mensaje, el sentido; un imposible. Y su forma, intolerable también en el fondo, más allá del dolor, tiñó todo de oscuridad. La viuda no pudo resistir. Había sucumbido a aquel dolor que se hundía en su alma, deteniendo el tiempo sin preguntas, con un aliento gélido que bloqueó sus sentidos para no desfallecer de frío. Las dos hermanas la auxiliaron colocando su cuerpo sobre una cama, con amplios paños calientes que abrazaban su embarazo y mullidos almohadones. Pero la sangre continuaba bajando sin control entre sus piernas. Horas después, exangüe y descolorida como los viejos paños de lino que cubrían su vientre, un médico colocaba una sábana sobre su rostro. Junto a ella, menudo, inocente y hecho un ovillo, su hijo no nacido, con los ojos cerrados y pequeños, dormía el sueño de los resignados, de los inocentes, sin más oportunidad para él que el limbo al que sería condenado.

Habían pasado no más de dos días de aquel entierro en el que Emilia, junto a las hermanas Vidal, lloró con rabia y sin lágrimas, recibiendo y dando consuelo frente a la desgracia de una familia entera que se repetía en los cuatro puntos cardinales de una tierra convertida en campo de batalla. Javier ya no estaba con ellas. Formaba parte de ese extenso grupo de hombres a quienes no tardaron en llamar los «escapados». Aquellos que buscaban exilio y no por falta de valor, sino por la sensatez de valorar la vida por encima de todo, así lo entendía él, y del mismo modo lo apoyarían abnegadas ellas, durante más años de los que la cordura pudiese dar cuenta.

Preservando cuanto pudo su propia suerte, decidió guardar la cédula personal de la difunta, en donde recogía su identidad a efectos del censo, un estado civil sin actualizar y hasta la profesión de costurera. Se hizo cargo también del resto de sus cosas, pues todo aquel a quien la joven Casal interesaba, descansaba junto a ella, bajo la misma tierra, sin más señal que una cruz y un ramito de claveles. De ese modo, precavida ante la adversidad y la locura de la guerra, Emilia sabía que no podría cambiar su suerte y se propuso despistarla. Cambió su imagen y tiñó su cabello castaño, salpicado de hilos dorados como el sol, de un color negro como el azabache, a fin de asemejarse con la desafortunada Aurora Casal.

Aquel 23 de julio Emilia entraría en la cárcel de la Falcona fingiendo ser otra persona. A su pesar, una persona cercana, amiga o mera paisana, en todo caso susceptible de ser interrogada para dar con Emilia Rey. La buscaban por roja declarada y masona escondida, tras muchos años exponiendo sus ideas. Ideas por las que unos la tildarían de feminista, otros de socialista e incluso habría quien vería en ella también la causa nacionalista. Porque la necesidad del adjetivo, con el pretexto de conocer para separar, es ajena. Emilia solo tenía ideas, en algunas ocasiones contradictorias, como reconocería ella misma al ser preguntada por quien solo entendía esquemas y disyuntivas, ganándose nuevos atributos, desde ignorante o analfabeta hasta vulgar o labriega. De todas ellas, la causa más grave por la que la buscaban era la acusación de ladrona que había hecho un coronel de infantería. Aunque la orden de interrogarla y darle justicia en la Falcona no la firmaba el coronel Braulio Bramonte Medina, sino uno de sus hijos: el recién nombrado como máxima autoridad militar de La Coruña: el general Fernando Bramonte Soler. Eran días de muerte y, aun así, para algunos, días de gloria que pocos entendían. Y entre ellos no estaba Emilia, quien al subir a diligencias ante el mismo diablo, se enteraría de que el coronel Bramonte y otro de sus hijos con rango de capitán habían alcanzado grado de titánicos héroes de guerra, caídos y enterrados, como tantos otros, en el cementerio que crecía bajo la gran sombra que se apoderaba de España, desangrándola en aguas cálidas, también en las más frías, diciendo amarla y negándose a conocerla.

Custodiada en un pasillo atestado de incautos, desventurados y demás infelices, Emilia esperaba poder defender aquella nueva identidad que se había agenciado, solo el tiempo necesario que le permitiese hallar la forma de sobrevivir. Y no sería fácil en una España sembrada y perseguida por el miedo, como un campo de minas, en el que cualquier vecino asustado o enemigo envalentonado pudiese suponer el último rosario de un ausente a la misa de las siete. Pese a todo, con su melena oscura recogida con un prendedor de plata vieja, Emilia trataba de mostrar la tranquilidad de quien se siente inocente, confiando con más o menos fe en el momento de volver a una casa que pronto tendría que abandonar para vivir escondida.

Puso afán en mantener firmeza antes de entrar al purgatorio que perseguía condenarla a cualquier precio, pero la puerta del infierno se abrió con el aullido incómodo de sus bisagras y dejó salir al miedo. El más grande que había sentido nunca en aquella cárcel de víctimas asustadas, sacrificadas por el mismo Saturno que devoraba a su hijo sin preguntarse siquiera si era necesario.

Una joven, con las ropas desvencijadas y teñidas de extensas manchas de sangre rojiza y seca, se agarraba el vientre con ambos brazos, con su caminar torpe y desorientado, ocultando el rostro entre una maraña de pelo rubio y ensortijado que no permitía descubrir su mirada. Los ojos lastimeros de los penados se posaban sobre ella reconociendo allí su propia suerte. No así las miradas de abominación e incluso goce de aquellos que no necesitan una causa para encañonar al sentenciado. El joven de tez morena y rasgos de más allá del Estrecho la manoseó con tal brío y fuerza que la muchacha cayó a los pies de Emilia, con la sangre brotando de nuevo de su nariz y sus labios. Casi como un reflejo sacó un pañuelo blanco, de esos que Cándida le había enseñado a planchar y a doblar desde niña, y se lo acercó a las heridas. La joven levantó un poco la cabeza para tratar de ver el rostro del único gesto amable que encontró en aquella visita que al final la había declarado inocente en el mismo infierno. Emilia ahogó un suspiro en su garganta al tener frente a ella los rasgos desfigurados de aquella niña que apenas tenía veinte años. El miedo y el dolor anidaron de nuevo en su vientre mientras la muchacha, agradecida, buscaba sus facciones entre las rendijas que sus ojos tumefactos y amoratados permitían. Urgidas por las prisas del mercenario, Emilia ayudó a la joven a levantarse dándole todo el apoyo que podía. Como una muñeca de trapo rota, su cabeza cayó cansada sobre su hombro, gimió su lamento y un cálido susurro de agradecimiento.

Emilia acercó los labios a su frente y se despidió sin más palabras, sintiéndose miserable por consentir los repizcos y empellones de un soldado que no necesitaba guerras ni hambre para convertirse en bestia.

Respiró profundamente, convenciéndose de que en su situación no podía haber causa más noble que proteger la vida de su hijo, y se adentró en aquella sala.

Sin ventanas, con una mesa en el centro junto a una silla destinada a ella, aquel sórdido espacio, en el que la luz de una bombilla se desprendía descuidada desde el techo, convertía en sombras y en monstruos a aquellos tres hombres que la esperaban impacientes.

—Nombre —le espetó el que parecía de mayor rango, un tal Roldán.

—Aurora Casal.

—¿Qué hacía en el taller de costura de la rúa Nova?

—Trabajo allí, señor —contestó convincente, evitando dar lugar a dudas.

—Entonces, conocerá a Javier Vidal. —Clavó su mirada en los ojos de ella, que no tardaron en deslizarse prudentes y sumisos al regazo de su vestido.

—Así es. Alguna vez lo vi por el taller.

—¿Sabe dónde está ahora?

—Lo desconozco, señor.

La miró con desconfianza y ojos entornados, al acecho de cualquier señal que delatara una mentira.

—No importa —desafió—. Tarde o temprano sus hermanas cantarán hasta la Traviata. —Lanzó una mirada cómplice hacia los otros dos hombres que respondieron como hienas mostrando colmillos.

Emilia continuaba con la mirada baja, mostrando sumisión.

—¿Y Emilia Rey? —Ensartó su nombre de forma tan brusca que ella se sobresaltó.

—No sé nada de ella, señor —dijo asustada.

—¡Mientes! —Dio un fuerte golpe con la palma de la mano sobre la mesa.

Un hombre alto, rubio y fuerte, salió del rincón desde el que observaba la escena y se acercó con un andar rígido y envarado. Se dirigió al más joven de los tres, de espaldas anchas pero de estatura media, haciendo unos gestos con las manos que, solo unos segundos después, Emilia comprendería en su propia piel.

De una patada a la silla la tiraron al suelo. Con su acento alemán y autoritario, aquel hombre instruía los golpes sobre sus riñones y algunos puntos clave donde el dolor alcanzaba a ser insoportable.

Desde esa posición, soportando los impactos de aquellos puños en su cuerpo, vio un extraño artefacto conectado a la corriente eléctrica. De él salían retorcidos y sádicos cables con el único fin de incrementar la miseria psicológica de los interrogados.

—Deje algo para después —ordenó Roldán.

—Sí, señor —contestó disciplinado el más joven.

—Sé que conoces a Emilia. Sois vecinas del mismo pueblo de la Costa da Morte y fue ella quien te metió a trabajar con las hermanas Vidal —dijo sereno por unos segundos—. Así que empieza a hablar. —Fue subiendo el tono—. Haz memoria para decirme dónde está o conocerás lo que hace la electricidad al recorrer tu cuerpo. —Se acercó a ella por la espalda y le apartó el pelo desmarañado para descubrir su oreja—: Olerás tu propia carne quemándose y suplicarás que te dejemos morir. —Sonrió cruel—. Pero... ¿sabes qué? —Esperó un segundo viendo sus párpados temblar—. Que no lo haremos. No lo haremos hasta que delates a esa ladrona comunista.

Francisco Roldán se apartó de ella, sintiéndose complacido al ver su mirada perdida. Aun así no le parecía suficiente.

—Se me olvidaba, Casal, no te he dicho por dónde mete nuestro compañero de la Gestapo esos cables. —Hizo una pausa mientras apoyaba una mano sobre el hombro paralizado de ella—. Bueno, será una sorpresa —susurró manejando poderoso aquel interrogatorio.

El más joven de los tres la agarró con malos modos de un brazo, levantándola de la silla. Al acercarse a la puerta, su superior le gritó:

—Métela en el calabozo del fondo.

—¿Con los hombres, señor? —dudó.

—Sí. Hoy tenemos el gallinero lleno de zorras comunistas.

Golpeada y con el labio de nuevo abierto, dejaba caer la sangre sobre su vestido. Se sentó en el suelo y esperó. La desesperanza hacía mella en su mente, de la misma forma que la sangre calaba en su vestido. Su único pañuelo se lo había dado a otra joven tan desdichada como ella.

Una mano mugrienta, pero con el pulso firme se interpuso entre sus ojos y el abismo que le habían mostrado minutos antes.

—Cójalo, buena mujer.

Emilia pudo ver aquel pedazo de tela tan lleno de roña como de cortesía y lo cogió con ambas manos.

—Gracias —musitó.

Un hombre de mediana edad y afable semblante se sentó a su lado con dificultad. Arrastraba una pierna con movimientos lentos, al tiempo que constreñía el gesto y disimulaba el dolor con medias sonrisas.

—Estos cabrones me han dejado tullido —le dijo cuando al fin consiguió sentarse.

Emilia hizo un mohín lastimero y continuó en silencio.

—Estoy dispuesto a morir por defender a Galicia. —Hizo una pausa con otra media sonrisa—. Y parece que estos canallas renegados me van a dar el gusto. Por mis ideas, matarile del bueno. Sí, señor. Si es que ya no hay con quién hablar. —Suspiró con la vista puesta hacia la puerta.

Frente a los barrotes, el alboroto parecía ir en aumento por momentos.

—Lo que me faltaba por ver hoy —dijo el reo con los ojos muy abiertos.

Un falangista empujaba una silla de ruedas sobre la que iba un anciano sacerdote.

—Supongo que será una señal del Cielo —murmuró mirando hacia el oscuro techo de aquel calabozo—. Me han mandado al mismísimo Matusalén para que Dios me coja confesado.

Emilia miraba a aquel deslenguado de reojo, sin decir una palabra.

—Este ha debido de perderse buscando el desahogo que le dispensan las señoritas del Pombal. Solo ellos son juez y parte en este infierno, ¿sabe?

—¿Quién es usted? —preguntó al fin Emilia.

—Solo soy un pecador, por la gracia de Dios —dijo él, que era hombre de ocurrente palabra, al mismo tiempo que se santiguaba.

—Quiero decir, ¿por qué está aquí?

—En parte, porque, pese a las circunstancias, sigo siendo ateo practicante. ¿Y usted?

—Yo soy católica.

—Y yo respetuoso, pierda cuidado. No soy de esos malnacidos que andan por ahí cerilla en mano.

Emilia asintió, agradecida.

—Pero si es católica, acabo de ver pasar a un cura. Tal vez si le pide confesión le alivie algo..., o tal vez no. A mí eso siempre se me ha escapado. —Subió los hombros al tiempo que bajaba la comisura de sus labios, perdido.

Aunque solo fuera por dejar de escucharle un rato, Emilia se levantó con la vista puesta en los barrotes. Con ambas manos se agarró a dos de ellos, tratando de introducir su cara y acercarse a aquella sotana.

En un momento, la silla se giró y pudo ver su cara.

—¡Padre Eliseo! —gritó confiando en llegar a los oídos del cura, sin tener la seguridad de si sus ojos la engañaban.

El anciano, cercano a los noventa años ya, le devolvió una mirada con cierta indiferencia que no hacía sino ahondar en sus dudas.

—¡Cierra el pico, Casal! —le contestó el uniformado cerrando filas al lado de Francisco Roldán, mientras este parecía hablar respetuoso ahora frente al cura.

—¿Quién es esa joven? —preguntó el anciano sacerdote.

—Aurora Casal. Está aquí por no querer delatar a una amiga.

El cura, demasiado mayor para recordar cada nombre y cada cara encontrada a lo largo de su vida, hizo gesto de no conocer.

—Supongo que le llama porque es vecina de su pueblo, de San Juan de Meirande —dijo con gesto altivo e indiferente Roldán.

Emilia no podía escuchar nada de lo que hablaban, pero entonces vio cómo el padre Eliseo se fijaba de nuevo en ella.

—¿Es de San Juan de Meirande? —preguntó de nuevo.

—Así es. Tanto ella como una amiga suya. Una tal Emilia Rey a la que pronto echaremos el guante.

Alzando una mano cansada, el padre Eliseo habló con voz de cura viejo, de siervo de Dios más allá de la voluntad de los hombres, y pidió que aproximaran su silla hasta los barrotes. Ni un segundo tardó en reconocer los inconfundibles ojos de Emilia. Compungido, mostrando ser nada más que un hombre en la ancianidad, fue incapaz de decir una palabra. El falangista, dando la orden por terminada, empujó su silla de vuelta, dejando a Emilia con el gesto y la esperanza descompuestos.

—Ya le dije yo que esta gente no es de fiar —dijo con la voz constreñida el reo que trataba de levantarse del suelo buscando algún apoyo que parecía no encontrar.

Emilia se dio la vuelta y tendió una mano a aquel compañero de circunstancias.

De pronto la enorme puerta del calabozo se abrió impactando con los barrotes, provocando un estruendo metálico que replegó la cobardía de los penados.

—¡Aurora Casal! —gritó el joven uniformado.

Temerosa, Emilia dio un paso al frente.

—Hoy ha venido la mano de Dios a buscarte —dijo agarrándola de un brazo con el mismo tino que la primera vez—. Él sabrá qué hacer contigo: si pegarte un tiro o enviarte al infierno.

Conteniendo los nervios como pudo, Emilia se dejó conducir hasta donde se encontraba el padre Eliseo. Allí, un falangista explicaba cómo habían reventado las cabezas de dos rojos que habían prendido fuego a la iglesia custodiada por el anciano sacerdote. Limitándose a escuchar con la vista puesta en los barrotes de los que pronto saldría Emilia, agarraba con fuerza un libro que llevaba en su regazo.

—¿Es eso todo lo que ha podido salvar, padre? —le preguntó Roldán.

—También una talla de Nuestra Señora del Mar con el Niño. La archidiócesis me ha dicho que puedo moverla a la parroquia compostelana en la que pasaré mis últimos días.

—Entiendo —dijo al tiempo que se giraba para dirigirse a su segundo—. Llévate este libro y entrégaselo a Castro. Ese inútil solo sabe trabajar entre papeles —farfulló.

—Sí, señor —contestó el joven, exultante de energía por satisfacer a su superior, mientras echaba mano al libro.

—Deje que yo me lo lleve —pidió el padre Eliseo—. No son más que las memorias de este viejo cura. Créame que carece de interés para la causa de nuestra patria.

Francisco Roldán recapacitó unos segundos con el gesto erguido de quien se sabe poderoso. Parecía estar enfrentando su respeto a la sotana y lo implacable de su afán por recopilar cuanta documentación pudiese a fin de continuar enlistando causas y culpables.

—Hoy ya se ha salido con la suya una vez, padre. Llévese a la chica y entrégueme el libro. Conveniente y más que suficiente es para mí un rosario al día.

65

Santiago de Compostela, diciembre de 1936

En pleno invierno y con un sol testigo mudo de la barbarie que enfrentaba a hermanos e hijos de una misma tierra, venía al mundo una niña. Llegó con sus ganas de vivir como cualquier niño de cualquier época pasada o futura, pues solo al nacer y al morir el tiempo y el espacio parecen encontrar el equilibrio necesario. En su caso, la cría vio la luz en las caballerizas que Victoria le cedía como refugio los días en que los aires del vecindario soplaban advertencias varias de una caza sin horizonte claro para nadie. Así el dueño de la casa, el buen rector Azcárate, había buscado exilio y oportunidad en Francia, como tantos otros, insistiendo en morir de viejo y con sus ideas puestas.

Por eso Emilia dio a luz sola, con los esfuerzos del parto eclipsados por el relinchar del único caballo que quedaba y el mugir de dos vacas que, al menos todavía, se salvaban de convertirse en carne al alcance de pocos, por dar todavía leche. Leche que servía para pagar la deuda a quienes contribuían con la alimentación del rumiante; aportando desde piel de patata putrefacta —en caso contrario todavía podía ser un manjar— hasta hierba seca escondida a puñados en cestas vacías que aguardaban retomar algún día ferias y romerías.

Tiempo de ayuda en una España que exhibía sus miserias a tumba abierta. Tiempo también para desconfiar del enemigo declarado, de símbolos, de sombras, y del amigo más cercano. De amenazas que no eran tales, pero que alguien creía ver en actos y palabras inocentes —alguna culpable también habría, siempre las hay—, incluso en el titubeo de un imberbe, entre los versos amantes del poeta granadino o en la ausencia a la misa de las siete. Desconfianza que conducía al delirio, lidiando entre la supervivencia propia y la muerte ajena. Un campo de minas tan hondas y dispersas que acabaría dejando una tierra de lisiados.

Así fue como un escondrijo lleno de bosta de animal y heno se convirtió en el lugar en el que Emilia dio a luz a su hija. María le puso de nombre, hermoso y apropiado. Un amparo religioso, católico, apostólico y romano, que alejase sombras de sospecha sobre aquel pequeño ser que demostraba su valor al buscar el pecho de su madre, ignorando lo innecesario.

En aquella España fraguada día a día entre fusiles y trincheras, a las que pronto seguirían zanjas y cunetas, y en donde la mitra y el báculo guiarían a los penitentes, convirtiendo a unos en elegidos, y a otros, más reticentes, en señalados y profetas, Emilia había hecho su propia elección: superviviente. Era lo único que ahora le importaba. María solo la tenía a ella y debía sacarla adelante.

La primera noche la pasó sola con la niña, amamantándola y asegurándole el calor entre su cuerpo y el de los animales. Sabía cómo hacerlo. El tiempo que pasó de jornalera la había hecho fuerte y también diligente con pocos recursos y demasiadas penurias. Sin comida para ella, sin nada más que un porrón de arcilla rojiza mediado de agua no tan fresca, Emilia pasó esa noche y también la siguiente. Aunque la niña tenía todo cuanto necesitaba: comida, calor y a su madre, Emilia empezó a preocuparse. No era habitual que Victoria llevara más de una noche sin aparecer para ver si llegaba el momento del parto. Acostumbraba a velar por ella. Lo hacía siempre y, más aún, cuando una buena vecina, experta en artes de seducción y en supervivencia, gracias a los contoneos frente a los pantalones de un sargento de la policía, sobrado en mal carácter y repulsivo en todo lo demás, la alertaba con discreción, alterando el orden de los geranios de su ventana, para avisar de que los nacionales volvían a buscar a Emilia. Entonces, mientras se escondía, Victoria le llevaba un poco de sopa de ajo, a veces pan, y si había mucha suerte unos sorbitos de achicoria.

Al tercer día y ya al límite de sus fuerzas, Victoria al fin apareció.

Un bostezo de encías y boca diminuta, natural y despreocupada, pareció saludarla cuando descendía cabizbaja por la rampa de piedra diseñada con poca gracia y buen criterio para las pezuñas de los animales. Victoria respondió con una sonrisa triste, moviendo dedos en el aire que aunque la niña no alcanzaba a ver, Emilia supo agradecer, leyendo en su rostro que algo la preocupaba.

—Dime por favor qué ha pasado —rogó Emilia.

—Ahora no importa eso. Debes descansar. Lamento no haber venido antes. El control y el asedio esta vez están siendo muy intensos.

—Victoria, me conoces, te conozco: dímelo ya para que pueda estar preparada. Ahora más que nunca —miró a la niña— necesito estarlo.

—Han amenazado con llevársela.

Emilia la escuchaba con un miedo frío y ciego recorriendo su pensamiento. Reconoció aquella sensación. Recordó que el dolor podía vivir fuera de su cuerpo, permitiendo que la negra sombra del pasado devorase también su presente; dejándola sin lágrimas ni lamentos, viendo cómo su vida se pudría inmisericorde. Estaba exhausta, prisionera de una espiral que mezclaba sensaciones recientes con miedo y dolor del pasado: veía la tumba del pequeño José María y los ojos cerrados de María, amenazas de los Bramonte que no la dejarían nunca en paz y la persecución de Roldán, incansable, dispuesto a todo por un mérito en aquella guerra. Quiso abrir los ojos y no ahogarse en aquella ciénaga. Luchó por incorporarse, pero las fuerzas flaqueaban, los brazos temblaban y los codos no encontraban el apoyo que necesitaban. Un gesto doloroso y dos lágrimas.

Vio entonces cómo se acercaba un pañuelo en el aire, con la impronta de los pasos de su dueña.

—¿Quién ha amenazado con llevársela? —Reunió al fin fuerzas para preguntar.

—Hace dos noches se presentaron en mi despacho de la universidad cuatro hombres comandados por Roldán. Rebuscaron entre mis papeles, haciendo preguntas y desbaratándolo todo. Os buscaban a ti y a Javier —comenzó relatando Victoria.

Al escuchar su nombre, Emilia miró a la niña con ternura. También con lástima. ¿Conocería a su padre?, se preguntó sin querer escuchar la respuesta. Aquella voz, un lamento que arañaba su ánimo y le revolvía todo por dentro, mezcló otra vez el pasado y el presente: había crecido sin padre, sin conocer a su abuelo, abandonada por un hombre y después por su destino.

—Ese Roldán se ha propuesto dar con cada masón. Parece que ahora es lo único que le importa. Y, muy a nuestro pesar, lo está consiguiendo. A mi padre todavía le queda algún contacto y por ahora estoy fuera de su radar de búsqueda. Pregunta por el reloj, también por el camafeo. Por eso está centrado en ti —lamentó Victoria—. Dijo que acabaría encontrándote y amenazó con entregar a tu hijo a una familia decente.

Emilia arrastró una mirada húmeda por el cuerpo de la recién nacida.

—Debo salir de aquí —dijo buscando apoyo en las piedras de la pared.

—No es una buena idea —contestó Victoria—. Ahora mismo estaban unos falangistas cerrando la plaza del Obradoiro. En la calle decían que igual algún pobre diablo ha ido a esconderse en la catedral y lo están buscando... Pero dudo mucho que eso sea cierto —dijo con ojos suspicaces—. Mal lugar para esconderse. Muy mal lugar. —Negó con la cabeza—. Andan buscando algo en el Pórtico de la Gloria. Y ahora lo tendrán más fácil. Con ese arzobispo... que lo mismo hoy está en la Iglesia de Cristo que mañana en el infierno.

—¿Qué arzobispo?

Victoria miró a Emilia lamentando haberse precipitado con tantas malas noticias, y dijo en tono quedo:

—El arzobispo de Compostela es Antonio Bramonte Medina.

El rostro de Emilia se había desencajado de nuevo, como si recibiera otro golpe, aturdida.

—El pueblo no solo es rebaño sin pastor... es alimento de lobos.

Emilia estiró un brazo hacia Victoria, que no tardó en cogerle la mano y darle apoyo para recuperar al fin la vertical. Un rebaño, pensó, eso había dicho. Una oveja, eso era ella. Nada más. Poca carne para tanto lobo hambriento. Roldán y Bramonte, dos apellidos y una obsesión: dar con ella y con una joya. Demasiado poder y nulos escrúpulos. Metió una mano entre la falda y la combinación que llevaba puesta y sacó una pequeña bolsa de tela cosida a conciencia y bien disimulada entre las dos prendas. La abrió. Ahí ocultaba todo lo importante para ella: un camafeo de azabache, su cédula de identidad, la de Aurora Casal, algo de dinero y un pedazo de papel. En él, las señas del padre Eliseo en la parroquia de Santa María de Vilar de Fontao. Allí estaba la salida que necesitaba encontrar, una ventana al futuro, la solución para ella y para su hija.

66

Madrid, 1 y 2 de julio de 2011

Adela parecía mirar por la ventana del coche, ausente. No estaba allí. En verdad estaba lejos, viajando por tiempos nebulosos plagados de fantasmas. Su tío Enrique nunca había mostrado un exceso de simpatía hacia ella. De niña, tenía la sensación de que únicamente toleraba su presencia, al igual que la de su abuelo. Se consolaba pensando, sin más recurso que inocencia infantil, que tal vez no le gustasen los niños, que el cariño tenía muchas formas y más expresiones todavía y el suyo respondía con gestos fríos, palabras escuetas y miradas de espía. Defecto quizá de profesión. Tal vez también de vocación. No lo conocía tanto. Ahora la había amenazado, sutil como una pantera en la oscuridad, mostrando colmillos y apuntando a un niño pequeño, indefenso, a su hijo, a Martín. No podía creerlo y no por ello dejaba de ser cierto. ¿También él quería aquel camafeo? ¿Sabía que la habían retenido en Galicia? Estaba segura de que conocía al marqués de Bramonte. Lo supo el día que el aristócrata la visitó en Madrid. Ese día los ojos del espía se habían entornado, en una cara de desafío, de bilis y niebla. Él también había visto a un fantasma.

Una vez en casa, Martín se entusiasmó por el reencuentro con sus juguetes y se adentró en su pequeño mundo ajeno al de sus padres.

—Aquí no está a salvo —dijo Adela mientras observaba a Martín desde la puerta de la cocina.

—Mejor que con tus padres..., yo creo que sí —añadió Álvaro, reflexivo—. ¿Qué le pasa a tu tío Enrique? ¿Ahora se ha vuelto un sádico? Además, no entiendo cómo tenía esos dibujos, ¿encargó él que alguien entrara en nuestra casa a robarnos? —preguntó ante una Adela con la mirada anclada a su hijo, ausente—. No entiendo nada... ¿Es que él también quiere ese maldito camafeo? —Volcó parte de su crispación sobre la joya.

—Espera aquí. Enseguida vuelvo.

—¿Adónde vas? —preguntó descolocado.

—Tengo una idea —contestó ella con voz secreta, mirándolo a los ojos.

Adela cogió únicamente sus llaves y bajó por las escaleras a casa de su anciana vecina. Al cabo de unos pocos minutos Álvaro volvió a escuchar la llave dentro de la cerradura.

Sin explicar nada todavía, Adela se dirigió al dormitorio de Martín, de donde salió con un muñeco de gran tamaño y cara de estupefacción, con el interior de mullido algodón, idóneo para meterlo dentro de una bolsa de deportes sin ninguna complicación. En ella guardó también una cazadora vaquera y una gorra de Martín.

—¿Qué estás haciendo? —quiso saber Álvaro.

—Ahora mismo no estoy segura de nada, salvo de que no debemos arriesgar a nuestro hijo.

Álvaro asintió.

—Esperarás un cuarto de hora a que yo me haya ido y después coges el coche de la vecina del primero, la señora

Remedios. El viejo Volvo verde oscuro de la plaza que está pegada a la puerta de acceso al ascensor. ¿Sabes cuál te digo?

—Sí, sé cuál es.

—Perfecto. Te llevas a Martín a la casa que tiene tu familia en la sierra —continuó Adela—. Os quedaréis allí hasta que yo entregue el camafeo y esté todo solucionado.

—Pero ¿tú te quedarás sola? —El tono de Álvaro mostraba angustia.

—No serán más que un par de noches. Mañana pasaré el día en casa revisando la documentación que nos queda pendiente y el viernes, bien temprano, cogeré la Nacional VI para llegar al punto de entrega. —Quiso tranquilizarle poniendo sus manos con firmeza sobre sus antebrazos—. Ahora es la opción más segura para Martín. Confía en mí —añadió con su mirada firme, casi hipnótica—. Todo va a ir bien.

Pese a las reticencias iniciales, Álvaro sabía que aquella era la mejor opción para mantener al niño a salvo. Ya no podían fiarse de nadie.

Adela se subió al coche no sin antes colocar en la silla de Martín al muñeco camuflado con la cazadora y la gorra del niño. Había anochecido y al salir del garaje la oscuridad inundaba el coche dibujando figuras y dos siluetas. Se dirigió hacia el sur. Cuando llegó a su destino, la puerta del garaje del edificio en el que vivía la hermana de Álvaro, que estaba de viaje por América Central, se levantó para permitir la salida de un vehículo. Adela avanzó lentamente, rodando con el coche pendiente abajo, antes de que el portón se cerrase de nuevo.

De vuelta en casa, Adela comprobó que el plan trazado había salido conforme a lo esperado. Revisó su correo del trabajo y se encontró un mensaje en la bandeja de entrada. En él, Álvaro le informaba escueto y sin detalles de que todo había ido bien. Respiró aliviada.

Después pensó en llamar de nuevo a su padre. Lanzó una mirada al reloj que solo añadía presión desde lo alto de una esquina del salón, continuo e inclemente, suspendido en el aire, desafiando a la gravedad con un minúsculo anclaje a la pared. Era muy tarde. Sería mejor esperar a la mañana siguiente. Encendió una pequeña lámpara de lectura y se sepultó bajo documentos y fotografías antiguas. El cansancio hacía mella en su avidez y los detalles escapaban a su atención. Pese a ello, una imagen consiguió despertar su interés. Con la espalda bien recta, bajo la luz blanca de la lámpara, se detuvo a observarla. No era una fotografía. Se trataba de un dibujo hecho a carboncillo. En el fondo, la Catedral de Santiago mostraba su Puerta Santa en la plaza de la Quintana. Frente a ella, un peregrino obnubilado, puede que extasiado, delatado por una vieira dibujada con esmero para ser detectada. Pese a ser el peregrino la figura principal de la imagen, no parecía ser lo único que quería recoger el artista en su obra. Dos siluetas; dos hombres frente a frente. Ambos con el porte del poder y el semblante sereno de un acuerdo digerido a la fuerza y mal llevado. Se acercó cuanto pudo, pero era incapaz de distinguir con nitidez los rostros, la identidad de ninguno de los dos hombres más allá de sus atuendos. Sin lugar a dudas uno vestía sotana, muceta y una gran cruz en el pecho, en señal de alto rango de la Iglesia. El otro, gabardina con solapas erguidas y un sombrero. Adela la observó un poco más de cerca, con la imagen aumentada bajo una lupa. Advirtió un parecido razonable, pero lo descartó por imposible.

Exhaló todo el aire de sus pulmones creyendo perder el tiempo con un asunto baladí y, sin dar mayor relevancia a aquel dibujo tan peculiar para la época, le dio la vuelta. Una fecha en el dorso llamó su atención: «28 de agosto de 1936». Debajo de ella, dos nombres escritos a mano, desgarradoramente claros, sin equívocos, dudas ni otras posibilidades: «Arzobispo Antonio Bramonte Medina y Francisco Roldán».

¿Francisco Roldán? ¿Su abuelo Francisco? ¿Con un Bramonte? ¿En Santiago de Compostela? ¿Qué estaba pasando?

Casi poseída, devorada por una espiral con olor a traición y a mentiras girando a su alrededor, continuó inspeccionando más fotografías antiguas, más recortes de periódico, más artículos escritos por aquella mujer llamada Emilia. El tiempo pasaba, la noche se agotaba y sin saber cómo, sin querer, cayó rendida en los brazos de Morfeo.

Por suerte, los rayos tempranos de aquel mes de julio la despertaron en el mismo sillón y sobre los mismos papeles en que la luna la había velado esa noche.

Se sobresaltó, miró la hora y recordó que ya era jueves. El momento de entregar el camafeo se acercaba. Preparó café y marcó el teléfono de su padre. La señal intermitente la obligó a esperar y a ser paciente. Se sentó con su taza de café humeante frente a la mesa en donde había colocado bien alineadas las fotografías y continuó esperando. Se había propuesto conseguir hablar con él esa mañana. Necesitaba hacerlo antes de llevar el camafeo. La imagen de su padre, joven y feliz, sonriente, al lado de aquella joven de ojos vivos, resplandecientes y claramente enamorados la confundía incluso más que la de su abuelo con un arzobispo de apellido Bramonte.

—Adela, ahora no puedo hablar contigo —dijo su padre al otro lado del auricular.

—No me cuelgues, por favor —suplicó—. Sabes que hay algo que necesito entender. —Hizo un breve silencio buscando remover la conciencia de su padre.

—De verdad que no puedo, Adela —pareció rogar sin abrirse a ofrecer ninguna explicación.

—Sé que necesitas contármelo..., lo sé. —Al otro lado, el mutismo de su padre cargaba de dolor las palabras de Adela—. Te conozco, papá. Igual que tú me conoces a mí. Tu conciencia no te permite hacerme daño. Estoy segura.

El silencio a ambos lados de la línea se perpetuó largos segundos en los que Adela, de forma casi involuntaria, se había llevado una mano a la boca mientras su mirada se perdía en aquella fotografía para la que no existía más explicación que la evidencia.

—Recuerda que las historias tienen tantas versiones como distintas caras sus protagonistas. Es necesario escuchar más voz que una sola —susurró al fin Adolfo—. Enfrenta a los personajes, Adela.

La conversación llegó a su fin de una manera tan inesperada como había comenzado. El abismo que minutos antes la separaba de su padre se había reducido hasta confinarse en un tiempo concreto. Recordaba su niñez, las lecciones de su padre. Había crecido admirándolo, sintiéndose segura y amada por él. Casi podía sentir el balanceo de sus piernas en aquella gran silla frente a su escritorio, emulando cada una de sus rutinas matinales frente a los periódicos y a su taza de café. Había crecido repitiendo esa costumbre; primero con cuentos de fantasía que devoraba con el mismo gesto de solvencia y, a veces, de preocupación que su padre dibujaba ante las noticias de actualidad política y económica. Adolfo disimulaba el orgullo y la gracia que le provocaba ver cómo fruncía el ceño cuando Cenicienta perdía el zapato o escuchar un pequeño carraspeo en el momento álgido en que Blancanieves era despertada por el príncipe. Él se limitaba a mirar de reojo, zurciendo los labios para evitar ser descubierto. Así, los cuentos dieron paso a eternas horas de deberes escolares que ella zanjaba sin más dudas que las sofocadas con preguntas encadenadas hacia él, como si del auténtico oráculo de Delfos se tratara. Y, en algún momento en el que las tareas de la escuela se complicaron y las preguntas a su padre se convirtieron en meras anécdotas, Adela empezó a interesarse por el mundo de los adultos; por las noticias de cada día y por los dos periódicos que su padre extendía cada mañana sobre su escritorio. Así, la pregunta, la más evidente, no se hizo esperar: cuál era el motivo por el que leía dos rotativos distintos cada mañana si contaban las mismas noticias. La respuesta de su padre, como otros muchos aprendizajes, la había acompañado toda la vida. Pues como en los cuentos, cada historia, cada riña o cada guerra tiene tantas versiones como actores, le explicó.

Adela dudó un segundo. Cogió el teléfono de nuevo y marcó con fuerza. Ahora ya sabía qué debía hacer.

—Kilómetro 60 de la Nacional VI. Mañana a las seis en punto.

—¿Adela Roldán?

—Debe estar mañana en ese punto y a la hora que le he indicado —dijo con prisa y determinación.

—¿Por qué? —preguntó suspicaz.

—¿Sigue queriendo el camafeo? —Un silencio afirmó lo que Adela ya sabía—. Entonces debe estar ahí a las seis de la mañana. En punto —trató de zanjar ella.

—¿Acaso me lo vas a entregar? —preguntó receloso el anciano.

—Alguien se le ha adelantado, marqués. Alguien que parece conseguir siempre lo que quiere.

El aristócrata digirió aquellas palabras con una mezcla de soberbia y frustración.

—Parece que ya sabe de quién se trata. Mejor —dijo provocadora.

Manteniendo la rabia en silencio, el anciano Bramonte la escuchó sin querer hacerlo.

—¿Y por qué me lo cuentas a mí?

—Yo ya no tengo nada que ganar en todo esto. Ya me da igual. Así que quería que lo supiera. Alguien le ha ganado, marqués. Y usted perderá para siempre la oportunidad de tener el camafeo.

La estentórea carcajada del marqués le sobrecogió el pecho.

—¿Se puede saber qué le hace tanta gracia? —preguntó disimulando con un tono más grave el asombro.

—¿Crees que no tienes nada que ganar? —Hizo una pausa ante el mutismo de Adela—. Realmente eres quien más puede ganar —remarcó.

—No me interesa ni ganar ni perder —dijo confundida—. Están todos locos por culpa de una joya de ¿azabache? ¿En serio?

—¿En verdad sigues creyendo que no es más que una joya? —preguntó con cierta irrisión en el tono—. Tal vez erré en mi apreciación sobre ti —dijo frío, buscando la ofensa—. Y por supuesto que puedes perder. Ya lo perdiste todo una vez.

—¿A qué se refiere? —increpó en el cénit de su turbación con aquel hombre.

—Mañana estaré allí —concluyó el marqués recuperando el control.

67

Vilar de Fontao-Santiago de Compostela, febrero de 1939

La guerra estaba llegando a su fin, aunque para Emilia eso no significase nada. En Galicia los sublevados habían tomado las calles y las instituciones a los pocos días de salir de Marruecos las tropas, quizá y probablemente, a las pocas horas. La resistencia de las ciudades se había sofocado rápidamente dada la previsión del ejército por controlar la zona y a una purga de excepción. Necesaria, dirían, como si los verdugos no quisieran hacerlo.

Emilia, cada día al amanecer —también al anochecer—, pensaba en Javier; recordaba el enigma que escondía su sonrisa y la profundidad de sus ojos marrones. La forma en que la miraba cuando ella se afanaba en explicar cualquier trivialidad, guardando silencio, con infinita admiración; el modo en que parecía acariciar sus rasgos en un horizonte infinito, y también aquella, más íntima, cuando al caer la noche buscaba el improvisado refugio de su cuello de cisne para deleitarse con la fragancia de su pelo. Emilia recordaba, lloraba y rezaba a partes iguales, deseando tenerlo entre sus brazos.

Lamentando no poder ser de más ayuda para él. Había sido cauto por su bien, por su familia, por eso no les había dicho dónde se ocultaba, cómo sobrevivía o las pocas posibilidades que tenía de regresar. Emilia solo sabía que era un superviviente y por ahora eso era más que suficiente. Era uno más de aquellos escapados, los fugitivos, los huidos por necesidad que se ocultaban en fragas y en montes, en la orilla de ríos y en el hueco de árboles y piedras. Algunos se habían unido a los maquis, la resistencia armada, la guerrilla, pero el resto luchaba solo por ese final de la guerra que la mayoría no conocería nunca y otros esperarían casi cuarenta años para acercarse a entender. El ansiado armisticio no llegaba, ni tampoco la inexorable amnistía para quienes ya no suponían un peligro en la construcción de la nueva patria. España ejecutaba otra vez en la historia su pasado, ignorando su futuro. Prescindiendo de Jano, el dios romano de las dos caras, del pasado y del futuro, que sin dejar de mirar el ayer pone la vista en el mañana. España no debía hacer preguntas, creciendo con disciplina castrense a las órdenes de un general, donde su palabra iba a misa, pues adónde habría de ir si no.

Así, Galicia, tierra bañada por el mar y el océano, surcada por ríos, torrentes con fuerza y tímidos regatos, imparable, se desangraba.

El padre Eliseo, encamado desde el comienzo de aquel duro invierno, que intuía el último, escuchaba las noticias en su vieja radio de válvulas. Emilia le había colocado un catre cerca de la *lareira* de piedra, siendo el rincón más caliente de la casa sacerdotal en la que ella pasaba las horas, en calidad de sobrina. En aquellas noticias, la realidad de un pueblo, trastornado, dividido y sumido en miseria casi tanto como en miedo, se transformaba en vítores entusiastas por la defensa de España, en cantos a la victoria y en el triunfalismo paternalista de un ejército que se había visto obligado a tomar las riendas para reconducir a la oveja descarriada de la República.

Muy cerca de él, en el suelo, la pequeña María se entretenía desgranando maíz de una mazorca, imitando el trabajo de su madre.

—Apague ya eso, padre. No dicen más que mentiras. —Emilia se levantó del taburete en el que estaba con una cesta de mimbre entre las piernas, decidida a silenciar el transistor ella misma.

—Emilia —susurró el anciano más cercano al mundo de los muertos que al de los vivos—, este será mi último invierno.

—Padre, no diga eso —le reprendió, tal y como venía haciendo los últimos dos o incluso tres años.

—Necesito hablar contigo de algo. Es importante, hija.

Emilia se limpió las manos en el mandil y se acercó a él, condescendiente.

—Está bien —cedió—. Dígame usted qué necesita.

—Abre el cajón de la mesita que hay en la que era mi habitación. Allí encontrarás una pequeña caja de metal. Tráemela, por favor.

Sin cuestionarse las indicaciones del cura, como había hecho siempre, Emilia salió del cuarto y desapareció en el fondo del pasillo.

Encontró la caja y bajo esta una lámina a carboncillo en donde un peregrino extasiado en la plaza de la Quintana parecía sonreír. En segundo plano, suficientemente perfilados y reconocibles para ella, las figuras de dos hombres.

—Aquí tiene la caja que me ha pedido. —Extendió el brazo y se la dio al anciano—. También he encontrado esto. —Le mostró el dibujo.

—Había olvidado que lo tenía —se lamentó él, despacio, por la mala memoria de la edad.

—¿Por qué tiene un dibujo con estos dos hombres?

—Veo que los has reconocido —dijo afligido.

—Padre Eliseo, vivo escondida, fingiendo ser viuda de guerra y su sobrina, y la causa no es otra que el miedo a los

Bramonte, a los franquistas y a ese monstruo de Roldán. —Levantó la voz, por malos recuerdos—. ¿De dónde ha sacado usted este dibujo? ¿Por qué lo guarda?

El viejo cura suspiró cansado.

—Lo guardo por lo mismo que un viejo guarda todo, hija: para recordar. Lo compré al mes de encontrarte en la Falcona. Ese día yo iba buscando un libro que escribí poco después de la muerte de tu madre, queriendo cumplir una promesa y parte de una penitencia.

—¿Se refiere a sus memorias, padre? —interrumpió Emilia.

Él asintió, alargando el brazo para alcanzar un vaso de agua que tenía en un taburete de madera desbastada junto a la cama, cumpliendo rigurosamente el papel de velador. Emilia, siempre dispuesta, se adelantó y le puso el agua en los labios. Trémula como una hoja al viento que se resiste a emprender el vuelo, la mano del cura se posó agradecida sobre la de ella y la apretó con toda la fuerza que le quedaba, que ya no era demasiada.

—Mis memorias, Emilia, los recuerdos de mi vida. De quién he sido y de quién no me atreví a ser. Pero también de algo más importante. Importante para ti. Para tu hija. Para todos los cristianos. Y eso es lo que debo contarte.

Emilia lo miraba con cariño, entendiendo la afrenta de la despedida de quien no era más que un hombre con sotana, roído también de pecados y pesares.

—Tranquilo, padre, ha sido un buen hombre. Aquí estoy yo con la pequeña María para dar fe de su bondadoso hacer y de mucho más —dijo para aliviar al cura.

—No ha sido la bondad lo que me ha movido a interceder en cada uno de tus males, Emilia, a protegerte... —Bajó una mirada de agua y pareció escurrirse entre las sábanas—. Ha sido la culpa. La culpa, Emilia —susurró—, mi culpa.

—Padre, deje de torturarse, no creo que a estas alturas eso beneficie a nadie.

—Soy tu abuelo, Emilia. Era el padre de Cándida. El cobarde que abandonó a la mujer que amaba por miedo, por el qué dirán, por un egoísmo que después de tantos años solo me ha devuelto vergüenza y arrepentimiento. Arrepentimiento con cada uno de los trabajos que tu madre tuvo que pasar en aquel pazo del que debía ser dama o señora. Arrepentimiento con el trato que os dispensaban los Bramonte. Arrepentimiento cada día por no haber estado a la altura de mi vida, de las expectativas, de la única mujer que realmente me quiso.

Emilia no le soltaba la mano, sabía que ahora estaba siendo valiente y ocultó la sorpresa como pudo. También cierto regusto a decepción. Entendió su buen hacer con ella siempre. Él la había enseñado a leer y a escribir, y le regaló el único cuento de la niñez que había tenido: «La hija del mar esmeralda». Alivió el amargo dolor de enterrar a un hijo. Veló sus penas, las de su madre y como propias las de José María. La sacó de la Falcona y la mantenía en su casa sin pedirle nada a cambio. ¿Acaso las expectativas de un único hombre podrían ser más altas?

—Déjelo ya, padre. Debe descansar.

—No, no podré descansar hasta que me perdones.

—Si se queda más tranquilo, yo le perdono, padre. Aunque no soy quién para juzgar actos ajenos. Y en cambio sí estoy obligada a darle las gracias. ¿No es eso lo que ha de hacer un buen cristiano? —Sonrió asistiendo al anciano.

Él le devolvió una mueca perezosa, afín a la sonrisa, más agradecido todavía.

—Abre la caja, Emilia —le pidió con voz cansada.

Ella obedeció.

—¿Y esto padre?

—Son los ahorros de toda una vida de cura. Por tanto pobre y no gran cosa, pero te ayudarán a empezar cuando yo me haya ido.

—No puedo aceptarlo —dijo como un resorte, dejando la caja en el taburete y vertiendo un poco de agua del vaso sobre el suelo.

—Debes hacerlo. Eres mi heredera. Ilegítima, pero mi heredera. Así lo he decidido.

Emilia negaba con la cabeza, enrocada en su respuesta.

—Piensa en María. ¿Qué haréis cuando yo no esté? No podréis seguir viviendo en la casa del cura.

El gesto de Emilia demudó en preocupación con los ojos puestos en la niña, que continuaba ajena a la conversación de los adultos.

—Coge el dinero. No es mucho, pero suficiente para que te hagas con la última casa junto al río. Allí podréis empezar de nuevo.

Emilia bajó la cabeza, claudicando, sabía que lo necesitaba y musitó un gracias a la vez que apretaba la mano al viejo cura. Se puso en pie con la caja en la mano y entonces advirtió la lámina a carboncillo que continuaba sobre el catre.

—Padre Eliseo, no ha terminado de contarme la historia de este dibujo.

El anciano abrió los ojos queriendo estirar los infinitos pliegues de sus párpados para esquivar el sueño de la muerte.

—El día que te encontré en la Falcona iba buscando el libro de mis memorias —empezó a hablar—. En él está todo cuanto necesitas saber para conocer tu legado familiar. Aquel que te fue negado por mi error, por la temprana muerte de Celia Gómez de Ulloa y la caída en desgracia del conde de Altamira.

—Pero ¿qué tienen que ver sus memorias con estos dos personajes? —Señaló en la lámina las dos siluetas.

—Ese día en la Falcona me confiscaron el libro. Roldán se lo llevó. Y yo fui a hablar con el arzobispo Bramonte Medina, que había sido nombrado recientemente arzobispo de Santiago de Compostela. Lo conocía de San Juan de Meirande. Sobrino como era de la condesa doña Urraca, había crecido a la sombra del Pazo de Altamira y por tanto de su ignorante avaricia respecto a unas joyas: un reloj y un camafeo.

Tu camafeo, Emilia. Tu camafeo —dijo con la voz perdida al tiempo que recordaba—. Quise pedirle ayuda para que intercediese por mí ante los nacionales. Y sin saberlo puse en sus manos la prueba que andaba buscando. Fue un error. Un error. Un terrible error. —Movía despacio la cabeza como una calavera, con la voz roída en las entrañas.

—Tranquilo, padre —susurró Emilia acariciando los cuatro pelos desordenados que se dispersaban sobre la almohada—. Hizo lo que entendió mejor. ¿Acaso no debería ser un arzobispo un hombre de Dios?

—Hombres de Dios... No, hija, solo son hombres. Hombres que usan la fe en Dios que tiene el pueblo para hallar gloria en su propio destino. —Suspiró tan cansado que Emilia volvió a acariciarle la cabeza, y él continuó—: Tu abuela, joven y hermosa —dijo obnubilado como si viese su espíritu junto a la cama—, Celia Gómez de Ulloa, llegó a confiar en mí como no lo había hecho nunca nadie; sin reservas, profunda y honestamente. Ella me contó todo en acto de confesión. Era combativa y le gustaba desafiar los dictados y las creencias de la Iglesia tal y como yo la entendía. Así me enamoré de ella. —Hizo una pausa, sonriendo a un fantasma—. Y al final la creí.

—¿Qué fuc lo que le contó? —se interesó Emilia.

—Me habló de su madre, Bernarda Saavedra, la anterior condesa de Altamira. De cómo se las ingenió para ocultar un reloj y un camafeo para ocultarlo. Ocultárselos a su marido, a gente como los Bramonte, a la Iglesia entera... Y yo fui un imprudente al escribirlo todo en un libro... —volvió a torturarse—. Roldán lo leyó, siempre a la búsqueda de infieles, de rojos y sobre todo de masones. También Bramonte supo de él. Así los lobos se unieron con un mismo fin. No te dejarán descansar nunca —gimió abatido—. Los Bramonte, una familia entregada a la Iglesia, temían al poder de la Casa de Altamira. Juro que yo únicamente quería proteger vuestro legado, Emilia. Nunca pensé que así os pondría en peligro

—dijo con un hilo de voz tan frágil que acabó desapareciendo bajo la sábana de lino.

—Padre, ¿qué escribió en ese libro? ¿Por qué los Bramonte y la Iglesia habrían de temer a la Casa de Altamira?

Él la miró con ojos cargados de lamentos perezosos.

—Celia me mostraba con cariño y lágrimas su camafeo, ahora tuyo, Emilia, y solo una vez vi el reloj de Rodrigo. Pero fue suficiente. Aquel día todavía hacía calor, creo que las hojas empezaban a caer... Y el mar... El mar parecía en calma... ¿Lo ves, Emilia? ¿Puedes verlo?

Emilia lo escuchaba, entendiendo que su tiempo se acababa. Respiró con fuerza y le apretó la mano otra vez.

—Padre, ¿qué guardan el reloj y el camafeo?

—Recién llegado como cura a San Juan de Meirande, escuchaba que la Casa de Altamira era mucho más que una gran casa. Mucho más... En lo alto del acantilado..., desde allí el sol bendice el horizonte como un padrenuestro. «Padre nuestro que estás en los Cielos...» —murmuró una oración de vocablos cansados y Emilia mostró respeto con la cabeza baja aguardando un discernimiento que no acababa de llegar—. El camafeo y el reloj de Bernarda. El reloj y el camafeo... solo con ellos se podrá encontrar el códice.

Emilia abrió mucho los ojos y dudó por un segundo de haber escuchado lo que el anciano cura había dicho.

—¿Ha dicho el códice? ¿Es eso lo que esconden las joyas de Bernarda? ¿Es ese códice lo que quieren Roldán y Bramonte? —aceleró una cascada de preguntas.

—«*Quem videre, intelligere*»... Protege el camafeo, Emilia. Debes protegerlo. Era de tu abuela. De Celia, mi dulce Celia, tan hermosa, tan buena —murmuraba el padre Eliseo, seducido por el trance del último tramo del camino.

Desvaríos, joyas, culpas y su fe cristiana. Emilia, compungida, desistió de hacer más preguntas al ver cómo se acercaba el final de su cordura, sintiendo lástima por tantos tormentos.

—Quédese tranquilo, padre. Yo lo protegeré.

—Emilia... —La miró a los ojos—. No olvides tus orígenes y sé valiente. Yo nunca lo he sido. Pero tú sí lo eres. Lo eres, Emilia, como la protagonista de «La hija del mar esmeralda».

—Descuide —dijo ella en un susurro para reconfortarle.

Al volver junto al catre, la pequeña María, más atenta de lo que su madre creía de la vida de los mayores, sostenía la mano del padre Eliseo en sus últimos estertores. Con los ojos abiertos y el gesto roído de culpas y lamentos, había caído en un largo y profundo sueño. Emilia solo pudo abrazar a la niña, rezar un avemaría y otro padrenuestro y llorar su despedida amargamente.

Conocedora como era del riesgo que suponía quedarse para el oficio de las exequias del sacerdote, Emilia se dispuso a recoger todo cuanto tenía. No era gran cosa, más allá del cuento de «La hija del mar esmeralda» y aquel camafeo que su madre le había entregado y que había prometido proteger, pese a dudar de cuanto el anciano moribundo acababa de confesarle.

Francisco Roldán y los Bramonte la buscaban. Era lo único que había sacado en claro de la última conversación con el padre Eliseo. Aun así debía acercarse a Santiago. Hacía dos meses que no sabía nada de Victoria, desde que intentó convencerla para dejar su casa y buscar más suerte en un lugar donde fuera una desconocida, tal y como había hecho ella en Vilar do Fontao. Aquella aldea tranquila había supuesto un remanso de paz en su vida, bajo la protección del cura, su especial salvoconducto en la guerra. Las gentes del lugar evitaban enfrentarse a causas ajenas por defender ideas propias y se centraban únicamente en sobrevivir. Y lo hacían en silencio en la calle, aunque en el interior de las casas bullese la indignación y el lamento. Como en silencio trabajaban las tierras cumpliendo con el papel asignado de despensa para la causa nacional, al igual que el resto de Galicia. A Emilia no dejaba de sorprenderle el mutismo de la gente y la capacidad de trabajo.

A la mañana siguiente, antes de coger el autobús de línea que debía llevarla a Compostela, pasó por la casa de la tabernera. La joven moza tenía un crío de la edad de María y una niña recién nacida a la que llamaría Raimunda. Con gusto aceptó hacerse cargo de la pequeña y la cogió en brazos con la maña de la experiencia. Pues entre las dos madres existía ese pacto de asistirse en la crianza, haciendo más fácil lo que no lo era, a tenor de las circunstancias.

Al bajar del autobús en la plaza García Prieto, uno de los adoquines pareció revolverse con el peso de su cuerpo y la llevó a perder el equilibrio un par de segundos. Suficientes para que un joven limpiabotas que esperaba paciente su oportunidad frente a la estación la alcanzase al vuelo, evitándole la más que predecible torcedura y el innecesario bochorno. Emilia, agradecida, echó un vistazo disimulado a su salvador, quien tenía el aspecto endiablado de quien nace con poca suerte y menos fortuna. Iba escurrido en unos pantalones varias tallas más grandes, ceñidos con el mismo cordel que usaban las vendedoras del mercado de Abastos para ajustar los manojos de coles, grelos y otras verduras.

—Permítame, señora, que le limpie los zapatos. —Se apresuró a sacar un paño teñido de negro y una lata con betún mientras cedía su brazo para acompañarla a cruzar la calle, gesto que ella declinó aceptando solo caminar a su lado varias decenas de metros hasta alcanzar el puesto que tenía para sentar a los clientes, más apartado y menos concurrido, obligándolo a moverse atento a posibles clientes. Pues el hambre despertaba los sentidos del trabajador y lo convertía en hábil raposo para ganar algunos cuartos en aquella plaza, centro neurálgico de la ciudad.

—No es necesario, de verdad —contestó apocada.

—Siéntese unos minutos, señora, verá qué lustrosos le dejo los zapatos —dijo él con la sonrisa agujereada, de la miseria y el hambre triste estampa—. Además, así podrá contemplar el edificio Castromil. —Extendió un brazo en dirección a la arquitectura—. ¡Qué preciosidad! ¿No le parece?

El legendario edificio que ocupaba la estación de autobuses de Santiago, de estilo modernista, se erigía como nexo perfecto entre el casco histórico y monumental de la ciudad y su zona nueva. El entusiasmo del limpiabotas provocó en Emilia el deseo de observar el edificio por primera vez para extraer de él su magnífico acabado.

—Verás, este tipo de servicios no son para personas como yo. No tengo con qué pagarte. —Mostraba las palmas de sus manos desnudas—. Todo cuanto llevo es dinero para volver en autobús a mi casa y... —se metió la mano en la pequeña bolsa de tela que llevaba cosida al envés de su falda— este patacón para llevar un poco de chocolate a mi niña. —Miró pensativa la triste moneda y suspiró—. Pero, bueno, es de bien nacidos ser agradecidos, así que quédatela, que mi niña no conoce el chocolate, supongo que como tantas cosas, y nada podrá extrañar.

—¿Está segura, señora? —le dijo guardándose ya la moneda en el bolsillo, aleccionado en la sabiduría de los hambrientos y desharrapados, no fuera a arrepentirse la gentil señora.

Y así Emilia cruzó la plaza adentrándose en la estrechez de las calles de su casco más histórico.

A medida que se acercaba a la plaza de Cervantes, la algarabía de la gente llamó su atención. Miradas curiosas, estupor y morbo se concentraban y arremolinaban en torno a la fuente que regía el punto más visible de aquella plaza que parecía repetir su negra historia. Aunque lejos quedaban los tiempos de la Santa Inquisición, nuevamente se prestaban sus piedras a dar pábulo al ajusticiamiento público.

Discreta, mas buscando la causa de tanta expectación, Emilia se adentró en el tumulto desde donde podía ver el rostro de quien conducía el siniestro espectáculo.

Arrodilladas sobre la piedra y descalzas, dos mujeres, encogidas y asustadas. El anhelo por desaparecer o huir de todas aquellas miradas hundía sus cabezas clavando barbillas en la oquedad que la miseria formaba entre costillas. El público, enaltecido en su mayoría, aullaba, rugía y rebuznaba denigrando a las condenadas, lanzándoles todo tipo de imprecaciones, cargadas en unos casos de ansias de venganza, en otros, de pura asimilación con el más fuerte de la manada.

Hombros subidos, facciones contraídas dentro de su pañuelo negro, Emilia se acercó un poco más temiendo conocer la identidad de las dos mujeres.

Su sospecha no tardó en confirmarse justo cuando dos agentes colocados a la espalda de cada una de las jóvenes alargaron una mano casi al mismo tiempo para agarrarlas del pelo y tirar de su cabeza hacia atrás, con ímpetu y ganas, obviando que se trataba de personas y no de rudas cuerdas de cáñamo con las que anclar barcas los días de temporal en el Atlántico. Las máquinas las trasquilaban como a ovejas, persiguiendo el mayor rédito vejatorio, mientras ellas permanecían con los ojos cerrados, deseando huir como había hecho su hermano.

Emilia no pudo soportar la crudeza de aquella estampa y se escabulló entre la marabunta para desaparecer en los soportales. Caminaba con el ánimo sobrecogido y la cabeza hundida entre los hombros, pero sin echar la vista atrás, sin detenerse, hasta que las voces de Francisco Roldán la paralizaron.

—Debéis saberlo todos, hombres de fe en Dios y en España. Al fin hemos capturado a ese fugado de la justicia: a Javier Vidal.

Gritos de júbilo parecían responder a la sentencia de muerte o a la esquela de un difunto que no conocían y por el que no podían sentir agravio. El gesto de Emilia se descompuso y su mirada se clavó en el suelo. No podía gritar y pedir respeto por el hombre al que amaba, el que había estado dispuesto a luchar por una España más libre y más justa. Por el compañero, el amante, el padre y amigo.

—Ese sucio anarquista tendrá lo que se merece —clamó exultante el recién nombrado general Roldán.

Aquellas palabras la desmoronaron con la fuerza de un látigo y, sin saber cómo, cayó sentada sobre un peldaño de piedra que integraba la entrada de una casa de abolengo. Paralizada, como en aquellos días en que el Atlántico se alzaba con la fuerza de una borrasca para engullir al Pazo de Altamira, descuidó por un segundo, puede que varios, el amparo de su pañuelo que, lentamente, se deslizaba por su pelo.

Un tirón fuerte del brazo la sacó de su letargo y la puso en pie, todo a una vez.

—Tú... —dijo todavía aturdida.

—Sí, señora, soy yo —susurró el limpiabotas—. Venga conmigo. Deprisa.

Emilia se dejó guiar por el joven calle abajo.

—¿Adónde vamos?

—A la catedral. Ahí su dolor no llamará la atención.

—Pero si no me conoces... —musitó Emilia ante la puerta norte del templo.

—No necesito conocerla. Soy pobre, señora, pero tengo conciencia. La plaza, en cambio, estaba llena de gente decente.

Emilia escuchaba a aquel desharrapado imbuido en las contrariedades del ser humano, con una mirada agradecida.

—Tenemos que ayudarnos entre nosotros —añadió el limpiabotas a modo ya de despedida—. Ya sabe lo que se dice en este lugar: una mano lava a la otra y las dos rezan al Santo.

Tras un breve silencio vacilante, Emilia forzó una mueca triste de cortesía con la que se despidió, adentrándose ya en la catedral, para tomar asiento en uno de los muchos bancos desiertos que se exponían alineados y dispuestos ante el altar. Parecía que muchos de los beatos de diario habían encontrado otra ocupación para satisfacer a Dios aquella ma-

ñana. El silencio sepulcral de la piedra en ausencia de bisbi-
seos de confesión y de miradas indiscretas para la inculpación
ajena la envolvió para devolverle la paz que necesitaba. Su
pecho se expandía con el olor a incienso y el yugo en su
carne pareció aflojarse. Se persignó a conciencia, encendió
una vela y comenzó a rezar. Primero lo hizo por las hermanas de Javier, para que su calvario acabase pronto. Después,
por Javier. Pese a no ser hombre de iglesias ni sentirse un
necesitado de intercesión divina, rezó sin pausa por él, hasta
que sintió fuerza suficiente para seguir andando.

Caminaba despacio, envuelta en recuerdos de miradas
profundas y sonrisas sinceras, dibujando el rostro de Javier,
sintiendo el calor de sus manos, también de sus palabras, de
sus ideales, hasta que como un rayo de luz pensó en María,
en su hija, su vida y su suerte, sus necesidades, porque solo
la tenía a ella, porque necesitaba una madre, una madre entera y fuerte.

Alcanzó el Pórtico de la Gloria y se detuvo a enjugar en
un pañuelo el recuerdo de Javier y las lágrimas por el padre
Eliseo. Arrastrando una mirada triste, contempló la obra del
Maestro Mateo. Visita obligada, tal vez por la educación con
el conde de Altamira, quien pasaba horas leyendo escrituras
antiguas de la Catedral de Santiago y del maestro cantero.

Contempló y escuchó la escena pétrea que se movía
ante sus ojos, desde las fieras hasta los ancianos del apoca-
lipsis, tan vívidos que le provocaban un estremecimiento que
recorría su espalda en todas las direcciones. Podía haber estado allí cien veces, quizá más, pero siempre el mismo escalofrío. Conocía bien cada detalle, por eso no le costó advertir
que algunas piezas no estaban en su posición original. A los
pies del profeta Daniel había restos de diminutas piedras que
delataban que alguien había tratado de moverlo.

En cuclillas, extendió el brazo y recogió un pedazo de
piedra grande como la palma de su mano. En ella, una marca
de cantero dibujaba una extraña cruz, quizá una letra o un

dibujo. Alzó la vista hacia Daniel y le hizo la pregunta pues él había sido testigo. Pero su silencio parecía definitivo.

—¿Qué estarán buscando, verdad? —suspiró el anciano ataviado con capa negra e irreverente sombrero de tweed del mismo color, las manos entrelazadas a su espalda y la cabeza ligeramente ladeada de forma involuntaria, fruto de la edad y de la predecible enfermedad que arrastraba—. Yo también me lo pregunto.

La voz de aquel hombre le recordó al difunto padre Eliseo y, tal vez por eso, no salió corriendo. Aunque procuró no abrir la boca para preguntar o dar su opinión sobre nada, propició que el anciano continuase hablando.

—Se llevan lo que quieren. Ventajas de no tener que pedir permiso a nadie. —Trató de enderezar su cuello, sin éxito.

Emilia continuaba guardando silencio.

—Si a quien manda se le antoja, tendrá lo que quiera —continuó el anciano—. Aquí tiene secuaces y leguleyos que pueden con todo. Hasta el arzobispo es cómplice de la causa.

Con los ojos muy abiertos, lanzó una última mirada a aquel hombre mientras se despedía alzando su sombrero con un remanente de galantería que le resultó extraño. Esperó a ver cómo descendía las escaleras hacia la plaza del Obradoiro para mayor seguridad, destensó sus músculos y, finalmente, soltó un respingo. Decidió tomar la dirección contraria, hacia el interior de la catedral para salir por la puerta de las Platerías, evitando la locura que esa mañana parecía haberse apoderado de la ciudad y volver a casa con su hija. Una última parada. Se detuvo ante el parteluz en donde el Maestro Mateo parecía mostrar sus respetos con una mano en el pecho y quiso despedirse de él. Preguntó en un pensamiento cuál era el secreto de su obra y halló silencio. Indagó en sus ojos de piedra para saber qué ocultaba bajo su nombre y solo encontró misterio y mucho más silencio. Entendió que el conde de Altamira se habría hecho esa pregunta muchas veces frente a los óleos del Pórtico de la Gloria que colgaban de su biblioteca, y con pena confesó que no volvería a entrar a la Catedral de Santiago hasta que la ciudad y la nación fuesen seguras para ella. Decidió que pasaría sus días como una viuda más, criando a su hija con mil trabajos y penas silenciosas, pero imponiéndose a la miseria.

Miró a derecha y a izquierda. Se cercioró de estar sola, posó su cabeza sobre la del maestro y, por último, musitó casi como un leve suspiro a la piedra.

—Qué puede esconder ese códice para que tanto aquellos que creen en Dios o en el diablo, como quienes se imponen doblegando la voluntad de los hombres, lo busquen sin descanso.

68

Madrid, 3 de julio de 2011

Estaba oscuro. Apenas algún árbol rellenaba aquel espacio
de tierra, sin luces ni tampoco señales, en una salida apartada
y anodina de la N-VI. Un malentendido con el GPS la había
obligado a preguntar a un joven motero que esperaba al igual
que lo hacía ella, con paciencia, en un semáforo sin sentido que organizaba la inexistencia de tráfico a algún pueblo
de silueta encogida y casas vacías. Él, amable y sin prisas, la
reorientó haciendo señas con las manos a las que añadía las
palabras justas y precisas, resonando sin claridad dentro de
su casco, indicando que retrocediese tres kilómetros sobre
sus pasos. Pese a todo, Adela logró llegar la primera al punto de encuentro que le habían señalado. Estaba nerviosa. Eso
no podía evitarlo, pero podía tener mayor control sobre la
situación ganando tiempo y posiciones a los demás. Atrincherada dentro de su coche, decidió no salir todavía. Miró al
cielo e intuyó alguna estrella. Faltaba algo más de una hora
para el amanecer. La oscuridad jugaba en su contra —mala
compañera como es de quien tiene miedo y en cambio es

cómplice del escondido o del que oculta sus intenciones—. Ella necesitaba luz para salvarse. La incertidumbre al desconocer el designio de aquella noche oscura y la voluntad de quien la había citado en aquel lugar, de aquel hombre con olor a humo dispuesto a cualquier cosa por su objetivo, le comprimía el pecho hasta dejarla sin aire, ahogándola lo suficiente para que quisiese huir y lo necesario para ser una pobre marioneta. En esas circunstancias imploró al sol para que no se limitase a ser testigo silencioso del tiempo y rompiese una lanza a su favor. Necesitaba que asomase pronto a apuntar el día y a alejar sus miedos.

Su reloj de pulsera, indiferente, mostraba que faltaban algo más de diez minutos para las seis en punto. Adela, sin encender ninguna luz que pudiese delatar su presencia, lanzaba miradas al exterior a través de los cristales del coche con el leve resplandor que las estrellas cansadas dejaban caer sobre aquella tierra. Ningún movimiento todavía. Se impacientaba al considerar la posibilidad de que el marqués de Bramonte hubiese desistido de hacerse con la joya. Tal vez el aristócrata sopesase los inconvenientes de un enfrentamiento a esas alturas de su vida y se decantase por renunciar y vivir tranquilo. Eso pensaba Adela mientras sacaba del bolsillo del pantalón el camafeo.

«¿Cuál es tu secreto para ser objeto de locura de tantas personas?», preguntó Adela en voz alta mirando aquella Virgen de azabache tan oscura como la noche que la envolvía. Una vez más, tal vez la última, abrió el camafeo para encontrarse con la joven Gómez de Ulloa, para después continuar su despedida con Bernarda Saavedra, que mantenía la serenidad en el gesto mientras sostenía en el regazo a la pequeña Celia sin dejar de abrazar a Rodrigo, su primogénito. Espigado, el niño era un prepúber de unos once o doce años que intentaba emular la rectitud del título que un día demasiado cercano heredaría, pero a quien sus manos delataban inocente humanidad. Mientras la izquierda permanecía a cobijo bajo la calidez de los estilizados dedos de su madre, la derecha, orgullosa y valiente, parecía reposar sobre su pecho. Adela observó la pequeña imagen con la atención dilatada de quien se convence de que es su última oportunidad y se percató de una fina cadena que salía del bolsillo del terno del muchacho. La mano no estaba colocada sobre el pecho sino sobre esa faltriquera en la que, a tenor de su época y de la cadena, escondía un reloj de bolsillo. Era la primera vez que se fijaba en aquel detalle al que presuponía poca importancia. Contempló de nuevo las facciones de la dama. Su semblante y su postura seguían los dictados de la época, pero sus manos declaraban sin rendición lo que a sus labios no les estaba permitido decir. Con ellas acariciaba sin escatimar ternura las manos de sus hijos. La pequeña, Celia, sin duda la más expresiva de la imagen, pues no tendría más de cuatro o cinco años, estiraba con picardía las comisuras de sus labios ocultando los dientes o, tal vez, la falta de alguno de ellos. Adela forzó la vista cuanto pudo bajo la tenue luz de las estrellas hasta detenerse en aquella mueca traviesa. Inevitablemente le recordó a Martín. Ese era el gesto de su hijo cuando ocultaba sus pequeños secretos. Evocaba en concreto cada una de las veces que la vecina del primero le daba galletas cuando se la encontraban en el rellano. Ella fingía no ser consciente y al llegar a casa y preguntarle, él respondía con esa sonrisa pequeñita y apretada mientras ocultaba su botín en una mano a la espalda. Se fijó entonces en las manos de la pequeña. Sin duda también ocultaba algo en una de ellas.

Con la vista posada en aquella estampa familiar, pretendidamente mutilada en ausencia del padre y, sin embargo, completa siendo ellos tres, Adela sintió el cañón de luz que le apuntaba a la cara. Los focos de un coche la obligaron a cerrar los ojos mientras a tientas devolvía el camafeo a su bolsillo. Cegada por el resplandor, colocó una mano como cornisa improvisada sobre sus ojos y salió del coche.

—¿Lo tienes? —preguntó una voz seca y autoritaria.

—Sí —afirmó Adela esquivando la luz directa de los faros.

Aunque no podía ver quién le hablaba, reconoció aquella voz añosa y envuelta en humo gris. Su captor en Santiago había llegado a la hora señalada e iba directo a su objetivo, hacia ella.

—¡Coge esto! —Le arrojó a los pies una pequeña bolsa que a primera vista parecía de tela, pero que era mucho más robusta y mullida—. Mételo en la bolsa y acércala a mis pies.

Adela miró el camafeo con nostalgia. En parte sentía que traicionaba a aquellas mujeres a quienes nunca tendría oportunidad de conocer.

—¿A qué esperas? —abroncó la voz desde la oscuridad—. No tengo todo el día.

El amargo sabor de la despedida se unió al miedo que parecía torpedear su empeño por dar un paso tras otro en dirección a la luz de los faros del coche. Arrastraba la vista por la tierra, entre grava e inútiles intentos por crecer de una hierba pajiza y moribunda. En un lateral del automóvil, con la puerta todavía abierta a sus espaldas, pudo ver unos zapatos sobre los que se acomodaba el bajo de un pantalón oscuro. Se reorientó hacia ellos, conduciendo a sus ojos más allá del haz que proyectaba sombras en la oscuridad, y se sorprendió al ver otro par de zapatos tras la puerta del coche. Un pobre intento por levantar la vista precipitó un leve clic metálico que parecía accionar el giro del cargador de un revólver, cortando la respiración de Adela.

—Arrodíllate —le ordenó aquella voz turbia, ensombrecida con el hollín de años de excesos.

Adela dudó un segundo.

—¿Prefieres que vaya primero a por tu hijo a casa de tu cuñada? —amenazó.

Con el pecho constreñido, clavó las rodillas sobre el suelo y bajó la cabeza. No podía pensar, solo sentía el miedo apoderándose de su cuerpo. Agarraba la bolsa con las manos unidas, como si una buscase consuelo en la otra, abrazadas, necesitadas. Sintió el metal de la alianza. Quiso acariciarlo, pero las yemas de sus dedos resbalaban temblorosas y húmedas. La imagen de Álvaro y de Martín se atrincheró en su mente. No hubo lágrimas, porque no había tiempo. Aquella imagen era todo cuanto se llevaba y con ella un lamento: una hora más, mejor cien, con sus inviernos y sus primaveras junto a ellos.

El segundo par de zapatos salió de la oscuridad para llevarse su botín y arrebatarle lo único que en ese momento le importaba. Sus pasos despreocupados acortaban distancia y ella prefirió cerrar los ojos. Apoyó las manos anudadas sobre la tierra de la que pronto formaría parte y se centró en la imagen que había secuestrado en su cabeza.

El sonido de un motor acercándose a gran velocidad detuvo el reloj de arena de aquella última escena. Adela abrió los ojos, pero no pudo ver nada. Derrapando y levantando gran polvareda, apareció un coche de alta gama de color oscuro y llantas que en aquel momento la deslumbraron más que el sol que se negaba a aparecer.

Del asiento del piloto bajó un hombre fornido de cabello negro y tupido, milimétricamente cortado. En su mano, un arma que ya no pudo asustarla porque el miedo del instante previo había neutralizado esa opción. Ahora se limitaba a observar como si no fuera más que una espectadora en un estreno que no podría comentar nunca. La pistola apuntaba hacia la luz del coche, el lugar en el que se encontraba su verdugo y el viejo captor de Santiago. Sin dejar de encañonar a los hombres, el chófer abrió la puerta trasera con firmeza para que los lustrosos zapatos del marqués de Bramonte descendiesen con total impunidad sobre el barro.

—¿Se puede saber qué haces tú aquí? —rugió el fumador, embravecido por la irrupción, mientras arrojaba otro cigarro al suelo estrujándolo hasta hacerlo desaparecer.

Inmune a las formas, el marqués soltó una risa socarrona y efectista antes de responder.

—¿Desde cuándo doy explicaciones a un lacayo?

Disfrutando de la humillación, Braulio Bramonte dio dos pequeños pasos apoyado en su bastón, tan estilizado en su forma y bruñido en su empuñadura como distinguido en cada movimiento, acercándose hacia el otro hombre a quien Adela no conseguía ver más arriba de la cintura.

—Baja eso, hombre —le pidió—. ¿Así recibes a los viejos amigos?

—¿Amigos? —contestó el otro, sibilino.

—Bueno..., ¿qué es la amistad si no un acuerdo de intereses? —dijo el marqués, petulante y aleccionador, cabeza erguida y labio fruncido, tal y como acostumbraba a hablar—. Y nosotros hemos heredado un acuerdo demasiado importante como para ignorarlo, ¿no crees?

El revólver apuntaba ahora al marqués. Y egoístamente y por un segundo, Adela pensó que tal vez podría salvarse. El chófer, decidido, se acercó con un cañón diligente a la altura de su jefe. Este, aparentemente tranquilo, lanzó entonces una mirada al suelo y se topó con los ojos desconcertados de Adela.

—Ya veo —dijo el marqués—. Si tratas así a la familia, ¿qué puedo esperar yo?

Incapaz de levantarse y salir huyendo, Adela sintió el impacto de aquellas palabras disparadas sin piedad para acabar con ella o, al menos, con una parte de quien ella era.

—¡Cierra la boca, carcamal! —esgrimió con fuerza aquella voz que sí descubría familiar y por la que ahora sentía un temor renovado.

En verdad no estaba sorprendida, no en exceso, de que fuese él. Frío, distante, una sombra de autoridad, ciego a males ajenos, sordo a súplicas y atenciones, mudo sin más argumento que el de una guerra que no sentía acabada y con el tacto del veneno que cala lento en la piel del cordero hasta llegar a la entraña y doblegar el pensamiento. Aun así, pese a todo, Adela nunca hubiera imaginado que estuviese dispuesto a acabar con su vida, a dejar huérfano a Martín. ¿Un asesino? Eso eran palabras mayores. Todavía no sabía a qué se debía esa obsesión por el camafeo, pero matarla a sangre fría requería de un verdugo, uno auténtico, sin fe, razón, ni latido. ¿De verdad sería capaz de hacer algo así?

—¿Quieres acabar igual que esa zorra masona de Victoria? —le espetó Enrique Roldán con la cualidad intacta de saber siempre dónde golpear al enemigo.

Por primera vez, Adela creyó ver un atisbo de humanidad, quizá tristeza, en la mirada del anciano.

—Antes o después todos pagaremos por nuestros pecados, Enrique. —Bajó la voz, reflexivo—. Yo rendiré cuentas por los míos, por tantas vidas saqueadas. Pero tú..., tú tendrás que responder en un juicio sin preguntas, sin más defensa que tus actos. —Hizo una pausa, recobrando su voz entera—. Como habrá hecho tu padre.

—Pero ¿de qué me estás hablando, vejestorio? —vapuleó indemne.

—Victoria era inocente y tu padre la ejecutó sin piedad. Con el ánimo del deber bien hecho y la soberbia de su fe, ¿crees acaso que habrá hallado gloria en las Alturas?

La lengua del marqués parecía haberse desatado, arrastrado por una herida, incluso un sentimiento, que a Adela cuando menos le llamaba poderosamente la atención. Más fuerte que el dinero, la pompa y demás formas de su título, el aristócrata había amado a una mujer. Victoria, ese era el nombre que había pronunciado con cierto pesar. Tal vez eso explicase la relación con su abuelo Roldán, era posible que él hubiese acabado con ella, azote de herejes y masones convencido como era. Lamentó la suerte de aquella mujer a manos de la locura de un tiempo. Aun creyendo que no hay época que se salve de alguna enfermedad, lo hizo con pesadumbre, con los ojos esmeralda clavados en el polvo de una pista a ninguna parte, lo hizo sin saber por qué estaba allí, por qué estaba tan lejos de su hogar, de Martín, de Álvaro, por qué y sin saber cómo, sin dejar de lamentar la crueldad del apellido Roldán, su apellido, y la herencia de su suerte.

—¿Y todo por qué? —continuó el aristócrata—. ¿Por darme una lección a mí? Quiso demostrar que yo era un cobarde por no querer apretar el gatillo, él que intuía el sentimiento, ella que era madre de mi único hijo... Y aun así disparó a conciencia. No una ni dos, sino tres, cuatro y hasta cinco balas. No fue más que un vil asesino, sobrado de argucias y falto de honra. ¿Acaso pretendía reeducarme como hacía con esos rojos y masones?

Adela escuchaba como un cervatillo en la oscuridad de una carretera, viendo a la muerte pasar veloz sobre el asfalto, incapaz de moverse. Su tío Enrique soltó un bufido que le sobrecogió el estómago, y que acompañó de un carcajeo frío y mordaz con el único fin de insultar el alegato del marqués.

—¿Reeducarte? Claro que no. Aunque a la vista está que surtió efecto —susurró incisivo—. Parece que todavía piensas en ella —escupió más veneno, implacable.

—Búrlate —se defendió el anciano con impostada tranquilidad—. Pero entrégame el camafeo. —Hizo una pausa para estirar su cuerpo y también su título de Grande de España, y concluyó—: Ni que decir tiene que el acuerdo al que llegó mi tío abuelo, el arzobispo Bramonte Medina, con Francisco Roldán, una vez me lo entregues, llegará a su fin.

Aturdida, Adela amortiguaba en su mente todo lo que aquellos hombres decían, agarrando con fuerza la pequeña bolsa que contenía el deseado camafeo, envuelta en brumas secretas y palabras lejanas que tardaba en entender.

—No será hoy —sentenció Enrique Roldán al tiempo que descargaba un tiro en la frente del chófer, que caía a plomo sobre la tierra seca.

Adela vio la forma en que aquel hombre corpulento se desmadejaba y perdía resistencia, impactando contra el polvo que no tardaría en cubrir su traje negro, ahora de difunto, tal vez pensado en previsión de los riesgos que entrañaba su trabajo. El segundo disparo fue igual de rápido y preciso. El anciano marqués supo que sería su último suspiro y contuvo el aire dentro del pecho bien erguido. Levantó la cabeza y estiró sus párpados pálidos y marchitos con la firme intención de pronunciar su última amenaza.

—Tu padre dejó a un niño sin madre, y hoy tú dejarás a un hombre huérfano. Llegará la venganza, Roldán. Siempre llega.

Enrique Roldán no dudó. Los verdaderos asesinos no lo hacen. Braulio Bramonte encaró la bala solitaria, sin perdón ni miedo, ojos abiertos, de frente, y respiró con fuerza no fuese a perder la forma perfecta de su porte. La ejecución llegaría igualmente.

Ahora ya no temblaba, Adela se resignó a morir a manos de su tío. La mala fortuna había dispuesto que fuera de ese modo sin más opción. Cerró los ojos. No quería ver el último segundo. No podía ser aquel su último recuerdo. Se refugió en una tarde de verano, en una puesta de sol sobre la bahía de Cádiz. La sonrisa plácida de Álvaro, el juego de agua y arena de Martín, destellos dorados, caricias templadas, olor azul, mar, vida. Estaba lista y no rezó. Aquel recuerdo era toda su oración, un gracias sincero a la oportunidad, nada más.

69

Madrid, 3 de julio de 2011

La secuencia de los actos y sus percepciones comenzaron a atropellarse en su mente y en su cuerpo. Superada, abrumada, enterrada en una nube de polvo y protegida con sus manos, no reconoció el sonido de la moto y, como si fuera un saco, permitió que los brazos vigorosos de aquel joven la subieran sin esfuerzo a lo que le parecía un caballo blanco de gran cilindrada. Los disparos alcanzaron todas y cada una de las ruedas de los coches, impidiendo que pudieran seguirlos. En un gesto instintivo, ella se agarró al motero con la fuerza renovada de quien despierta del sueño resignado de entregarse al polvo en aquella salida de la N-VI. Y solo cuando llevaban algo más de una hora de carrera en dirección al norte, aunque podría ser al oeste, acompañando al sol que al fin clareaba el día, su salvador detuvo la moto frente a la entrada de una gran casa de piedra, y entonces pudo reconocerlo. Era Juan de Ortega, el joven azabachero que le había atendido en Santiago, en el taller de Francisco Figueroa e Hijos, el mismo joven al que había pedido ayuda con la dirección y el GPS hacía no más de dos horas. Lo miró a los ojos, desprovista de certezas, y él le devolvió parte de la seguridad que había perdido aquel día con una pequeña sonrisa. No hizo ninguna pregunta. No todavía. Las opciones en ese momento eran incertidumbre o muerte, y su prioridad estaba clara.

Dentro de la casa, un gran salón de techos altos apilaba cientos de libros en anaqueles dispuestos con orden, salpicados de pinturas barrocas y renacentistas que, sirviéndose de su experiencia, sin lugar a dudas parecían originales. De entre ellas destacaban algunas obras de Rembrandt, jugando con la luz y la oscuridad, que llamaron su atención. Cuando se giró para tratar de articular la pregunta que le permitiera saber dónde estaba o qué hacía allí, varios hombres y mujeres, en total puede que siete, se acercaron mostrándose ante ella como una medialuna.

Adela ni siquiera se asustó. Ese rol, el de una mujer con miedo, ya se había consumido aquel día. Necesitaba proteger a su hijo y acabar con su tío. Esas eran ahora sus prioridades. En cambio, allí estaba ante unas personas que parecían escrutarla con la curiosidad con la que un niño mira a un animal en extinción. Ella devolvía la mirada, con el mismo interrogante.

—¿Quiénes sois? —preguntó sin más, sin querer perder más tiempo del necesario.

Una mujer, probablemente la de menos edad, dio un paso al frente. Llevaba una fotografía en la mano. Extendió el brazo y se la mostró.

—¿La reconoces?

Con prudencia, Adela lanzó una ojeada a la imagen, sin mucha suerte para dar respuesta a la joven, que no tardó en dejar el pequeño retrato de una mujer en blanco y negro en sus manos para que la escudriñara a conciencia antes de aventurarse a responder con una negativa.

—Dime ahora, ¿la reconoces? —insistió con su tono apacible.

Adela asintió con la cabeza sin decir una palabra, manteniendo un velo de desconfianza prudente en sus gestos, sus manos y hasta en sus ojos.

—Todo empezó con ella. Con Bernarda Saavedra. Pero es muy anterior a su vida. Nuestros antepasados y ella formaban parte de un círculo, una sociedad secreta que, con mucho esfuerzo y muchas pérdidas por el camino, ha conseguido sobrevivir hasta hoy. Con nosotros.

Suspicaz y con una postura que marcaba distancia con lo que escuchaba y con todos los presentes, un pensamiento fugaz ocupó su mente para recordarle que su tío había querido ejecutarla sin una razón clara. Una que al menos ella entendiera como suficiente. Sentía el leve temblor de las piernas, resaca del miedo y de la indefensión, el olor de la hierba seca, pajiza y amarilla de los márgenes del camino, el polvo en su pelo y en sus ojos, levantado por el cadáver de un chófer corpulento al caer a plomo. ¿Dónde estaría ahora su tío Enrique? Tal vez buscando a Álvaro, o incluso a Martín... Un nudo en el estómago, dolía, pinchaba, quemaba demasiado, y miró a su alrededor, alejando la tortura de esa idea. Y ahora esa gente le hablaba de sociedades secretas, de más misterios. Debía ser cauta. También su tío llevaba una vida secreta, la había llevado siempre, la vida del espía era cuanto ofrecía, con la moral de un proxeneta y el valor de actuar sin preguntas, sin razón, con una sola respuesta o sin ella.

Hasta ese momento solo estaba segura de que su tío y el hombre envuelto en humo, a quien no había podido ver la cara, como un fantasma o un diablo, habían querido matarla, ejecutarla tal y como habrían hecho tantas veces a tantos incautos en el pasado. En cambio esa gente, ese puñado de extraños, la había salvado. Estaba en deuda. Los escucharía. Concedería al menos el beneficio de la duda, no exenta de precaución, antes de salir huyendo.

—¿Una sociedad secreta de qué tipo? —interrumpió educadamente.

La joven, de voz suave y delicada, cogió un libro en sus manos y se lo mostró.

—De conocimiento —respondió.

Adela observaba el libro forrado en piel con una impresión en oro en su cubierta. En él podía ver un sol o una estrella de ocho puntas con un gran ojo en el centro y, bajo este, una escuadra y un compás. «Masones», se dijo, y controló las ganas de salir corriendo. Eran tantas las historias truculentas que había escuchado desde niña sobre masones, ritos y demencia, que desconocía qué parte de verdad podrían encerrar.

—Somos una logia muy antigua en Occidente. La logia del *Ara Solis*.

Adela mantenía el gesto interrogante, pero prefería disimular que hacer más preguntas, al menos por el momento, y dejar que la joven se explicara.

—El *Ara Solis* era el altar al sol. Un altar de piedra que existió hace siglos en el acantilado de A Pedreira, en donde tiempo después se asentó el Pazo de Altamira, en el fin del mundo conocido durante un tiempo, mirando al horizonte, al mar.

Adela repetía en su cabeza las palabras clave: un altar al sol en el Pazo de Altamira...

—Entonces, ¿los condes de Altamira pertenecieron a esta logia? —se interesó—. Y la mujer del retrato, Bernarda, ¿era masona?

La joven cerró los ojos, solemne y pausada. Volvió a abrirlos y contestó:

—Bernarda Saavedra era mucho más que eso.

Aquella joven había conseguido generar cierta expectación en torno a la figura de Bernarda Saavedra, y Adela no podía hacer otra cosa que escucharla con más atención de la que en un principio estaba dispuesta a ofrecer. Su vida había caído por un precipicio que la había llevado a aterrizar de pie en una realidad extraña, en aquella habitación, rodeada de masones. Debía aceptarlo. El punto de partida había sido un sueño; el camino a andar, un camafeo; y el origen de cuanto ahora necesitaba conocer, una mujer: Bernarda Saavedra.

Con andar reposado y seguro, de quien vive reconciliado con todo cuanto le rodea, el hombre que más años parecía sumar entre los presentes se acercó a Adela. Su barba blanca como el algodón, y con un tacto probablemente semejante, respondía al movimiento de sus pasos rozando el ribeteado de una capa negra de la que asomaba una mano blanca y alargada como un cirio bautismal sobre un apoyo de madera. Su porte retenía la elegancia de un tiempo, mientras sus ojos azulados decían guardar muchos secretos.

—«Yo soy el camino, la verdad y la vida» —recitó con voz grave—. Evangelio de San Juan. Y es que era en San Juan de Meirande donde se levantaba el altar al sol, el *Ara Solis*, en lo alto del acantilado de A Pedreira y al amparo de Nuestra Señora del Mar. Porque es allí, en Finisterre, donde termina el camino de peregrinación. Camino guiado por la luz del sol del este al oeste, de oriente a poniente, tal y como se orientan las iglesias de peregrinación medievales, tal y como decidieron los grandes maestros constructores de catedrales, pues fueron ellos los primeros francmasones. —Hizo una pausa mirando a los ojos de Adela—. Bernarda, como su padre, y toda la gran Casa de Altamira eran los encargados de custodiar esa verdad hasta ahora desconocida al final del camino de peregrinación.

El hombre hizo un silencio, como si esperase con brazos abiertos una respuesta por parte de Adela, quizá entusiasmo. Ella, en cambio, continuaba con gesto de no entender.

—Discúlpeme, pero... ¿qué tiene que ver todo eso conmigo?

—Eres tú —contestó él mirándola a los ojos—. Pude reconocerte en Santiago.

Adela recordó la sensación de Álvaro el primer día en Compostela. Estaba convencido de que alguien los seguía.

La descripción extemporánea de ese anciano podía corresponderse con la que él le dio aquel día.

—¿Usted nos estuvo siguiendo?

—No pretendía asustaros, todo lo contrario. Desde que te vi, necesitaba asegurarme de que estuvieseis bien.

—Dice que me reconoció... Pero ¿cómo iba a reconocerme si para mí es un desconocido? Todos lo son —dijo al tiempo que lanzaba un fugaz barrido a los presentes.

—Discúlpame. —Puso una mano sobre el pecho a modo de anacrónica presentación o reverencia.

Adela se fijó entonces en el anillo que llevaba, el mismo que todos los demás; con tres piedras que podrían ser esmeraldas formando un triángulo.

—Soy Daniel de Ortega, maestro de esta logia.

En un acto reflejo, Adela buscó el rostro del joven azabachero de Santiago, el motero que le había salvado la vida esa mañana, y el anciano se adelantó a la previsible pregunta acerca del parentesco.

—Sí, Juan de Ortega es el menor de mis hijos. Daniel es el mayor. —Señaló a un hombre de unos cincuenta años, pelo gris y los mismos ojos azules, que la saludó con un cortés movimiento de cabeza—. Los tres hermanos Bernal. —Dos hombres de mediana edad y poco pelo inclinaron la cabeza casi a un tiempo, mientras una mujer algo más joven esbozaba una sonrisa—. Y por supuesto Sara, con quien ya has tenido el gusto de hablar —dijo al tiempo que se sentaba en un sillón y hacía un gesto que invitaba a Adela a hacer lo mismo frente a él, y eso hizo—. Los Ortega procedemos de una larga estirpe de azabacheros, relojeros, artesanos a fin de cuentas. Desde que tengo recuerdo, y tal y como me contaron mi padre y antes de él mi abuelo, la gran Casa de Altamira es la piedra angular de esta logia. Siempre lo ha sido. Mi abuelo, llamado también Daniel de Ortega, fue un hermano para Rodrigo Gómez de Ulloa, conde de Altamira, de ahí que le contara con detalle el último día de la vida de su madre, de Bernarda Saavedra. Porque ese día decidió entregarle el legado familiar de la Casa de Altamira y contárselo todo.

Fue el 23 de junio de 1846. No era una fecha elegida al azar. Era la noche de San Juan. Una noche mágica. Fiesta grande del patrón del pueblo de San Juan de Meirande y la más importante desde la antigüedad para dar fuerza al sol y alejar los malos espíritus. Bernarda Saavedra tenía todo preparado. Días antes había hecho llegar el encargo de las joyas al azabachero Ortega a través de una sirvienta de su confianza. Y el resultado no la decepcionó.

«Con una sonrisa serena y los ojos más hermosos que él habría visto nunca», así describiría años más tarde Rodrigo Gómez de Ulloa a su madre, evocando en su memoria el día que descubrió la importancia del legado de su familia. Lo hizo ante Daniel de Ortega, también de Alfonso Bernal, y los demás hermanos de su tiempo de la logia. Rodrigo recordaba ese día, la fuerza con la que agarraba la mano a su madre, igual que hacía su hermana Celia, con la emoción contenida de estar en Compostela, de vivir un día tan especial. Hablaba de lo insignificante que se había sentido frente a la Catedral de Santiago, en la gran plaza del Obradoiro, del aliento a caramelos de anís, de la tierra húmeda cubierta de rodadas de carromatos y pisadas de animales con un sentido abstracto de orden y movimiento, del ir y venir de comerciantes y paseantes en la algarabía del mediodía de una ciudad entregada al Cielo.

Anticipando una disculpa por la escena que discurría ante una dama como su madre, un sereno de mediana edad levantó la mano a la vez que ofrecía el saludo bien ejecutado de un hombre de orden con amago de galán. Junto a él, un segundo sereno arrastraba a un desharrapado imbuido de las circunstancias poco claras de la noche y la duda del pecado en cuatro harapos miserables.

—¡Solo soy un peregrino! —se defendía el infeliz tratando de zafarse de los malos modos del uniformado.

—Tranquilo, que los calabozos de Raxoi están pegados al Seminario de Confesores. Tendrás doble penitencia, amigo —se burló el más joven de los serenos sin dejar de zarandearlo.

Los semblantes de Bernarda y de sus hijos se contuvieron ante la disputa que tenía lugar justo frente a ellos.

—Disculpe, señora —dijo el sereno de más edad—. Este truhan piensa que nos va a poder engañar a nosotros. —Soltó un bufido mirando al incauto—. Como si se vieran muchos peregrinos en estas tierras... —Buscó complicidad en Bernarda, quien marcaba la distancia de un juez.

—Siempre ha habido peregrinos en Compostela, señor —intervino educadamente ante la expectación de sus hijos.

El sereno la miró con el ceño fruncido, manifestando cierta desconfianza e incomodidad ante aquella intromisión.

—Dígame una cosa, señora, ¿a qué ha venido usted a Santiago? ¿Acaso podemos ayudarla en cosa alguna? —dijo plantado frente a ella, con un mohín exageradamente cortés.

—Solo estamos de paso, señor. Hemos venido a visitar a la familia —contestó ella sin pizca de cobardía—. Pero conozco bien esta tierra y debo insistir en que siempre hubo peregrinos recorriendo Europa hasta ella.

—Bueno, igual alguno que otro. —El hombre se destensó ante el gesto adusto de la dama—. Pero en estos tiempos, ¿a qué habrían de venir desconociéndose el lugar que guarda las reliquias del Apóstol?

El resoplido despreocupado del segundo sereno hizo que todas las miradas recayesen sobre él.

—Estuvo *sembrao* —intervino el más joven mascando palo de regaliz—, el listo ese de la catedral que decidió esconder los restos del Santo y se fue al otro barrio sin decírselo a nadie.

—De verdad que no he hecho nada —gimió el apresado—. Solo quería descansar un poco mientras esperaba a mi padre, antes de continuar el Camino.

—Pero ¿cómo que continuar el Camino? —protestó el sereno escupiendo parte del desecho de regaliz—. ¿Es que no te enteraste de que ya estás en Santiago, *espabilao*?

—El final del Camino está en el fin del mundo —se defendió con la voz entrecortada y seca—, en el mar, en Finisterre.

—¿En el mar? Será para que te des unas buenas friegas en agua. ¡Qué peste! Venga, tira para adelante y sin chistar, ¿eh?, que aún lo vas a enredar más —advirtió el mayor de ellos con un dedo amenazante antes de volverse hacia Bernarda llevando la mano a la visera—. Lo dicho, señora, disculpe la escena y pase usted un buen día con su familia.

Sin volver la vista atrás, Bernarda y sus hijos continuaron su camino en dirección a la rúa da Azabachería. No podía hacer más por el desdichado peregrino. El ánimo ceremonioso de la madre equilibraba la exultante vitalidad con la que Celia subía la calle con pequeños saltos de alegría. Rodrigo, en cambio, caminaba cabizbajo, pensativo, por lo que acababan de presenciar.

—Madre, ¿por qué no creyeron a ese hombre? —preguntó con inocencia.

—Su trabajo es desconfiar de todo el mundo.

—¿También cree usted que mentía? —dijo sorprendido.

—Nunca se puede estar seguro de nada, ni en un sentido ni tampoco en el contrario.

Aquella fue una de las muchas respuestas de su madre que Rodrigo guardaría siempre, rigiendo su vida, cada paso, cada pausa, y hasta sus razones en soledad. Así sería en la madurez, ya que aquel día mostró una pizca de decepción por esa respuesta. Tan tierna e inocente era su confianza en los demás.

—Pero no, Rodrigo, yo no creo que mintiese. —Bernarda dibujó una sonrisa pequeña, cómplice—. A veces el delito es únicamente ser un pordiosero. Sin haber llegado a robar, pero con la necesidad suficiente para que alguien considere culpar la tentación de hacerlo.

—Pobre hombre... —murmuró el muchacho—. Entonces, ¿será inocente?

—Al menos en lo de ser peregrino, creo que era sincero. Solo unos pocos conocen el verdadero final del Camino.

—¿El final no es la visita al Apóstol Santiago? —preguntó sin entender.

—Es una parada muy importante. La más importante, sin duda. Pero después el Camino debe continuar siguiendo el sol y las estrellas hasta donde acaba la tierra.

—Ahí está nuestro hogar, madre —acertó a decir, contrariado—: el Pazo de Altamira.

—Sí, Rodrigo, ahí está nuestro hogar. Justo donde el sol se pone, en lo alto del acantilado, en donde cuatro piedras le hacen un altar.

Fue así que Bernarda Saavedra comenzó a explicarle a Rodrigo la importancia del *Ara Solis*. Ese altar al sol con miles de años de historia, adonde tantos peregrinos llegaban siguiendo el sol.

Poco después se detuvieron frente a un taller de azabacheros, regentado en aquel tiempo por Daniel de Ortega y Noriega. Bernarda acarició las caras de sus hijos desde la oreja hasta la barbilla y luego susurró en sus oídos para que prestasen atención a todo cuanto ese día iban a vivir. Pronto recibirían un regalo muy valioso. Rodrigo recordaba aquel momento de entusiasmo viendo su reflejo en la cara de su hermana, en su boca pequeña y traviesa, asintiendo los dos a su madre.

Con la emoción contenida, sabiendo que formaban parte de algo importante, los niños mantuvieron modales de adulto en el interior del taller artesano. Así lo recordaba también Daniel de Ortega y Noriega.

Bernarda había abierto la puerta con cuidado, cediendo el paso a sus hijos. Una mirada furtiva desde el interior de la trastienda había sido suficiente para que el artesano del azabache, gubia en mano tallando un pequeño Apóstol Santiago, dejase todo sobre su mesa de trabajo y saliese a su encuentro.

La recibió con protocolario respeto y las manos ajadas, pero sobre todo con emoción. Era la primera vez que la tenía ante él después de haber escuchado tantas historias sobre ella y sobre la Casa de Altamira. La miraba a los ojos como si fuera una aparición. En un movimiento rápido y no exento de torpeza, se recolocó las gafas sobre el puente de la nariz antes de saludarla con un total de tres besos en las mejillas, a izquierda, derecha e izquierda, como debía hacer un buen masón. Sin hacer preguntas, bien disimulados, Rodrigo y Celia no intercambiaron miradas de extrañeza.

—Mi señora... —exhaló con un punto de veneración el artesano.

—Daniel de Ortega —respondió al saludo Bernarda.

—Lamenté mucho la pérdida de sus padres. Todos lo hicimos. —Bajó la cabeza guardando respeto—. Don Mateo y doña Elena no merecían un destino tan precipitado. Nos dejaron huérfanos a todos.

—Lo sé —afirmó Bernarda con el tono apagado—. Y es por ellos que estoy hoy aquí.

Daniel de Ortega y Noriega dotaba a su gesto amable de la nostalgia del perdedor, del que se adapta y consiente y, lejos de enfrentarse a tiempos oscuros y a aquellos que manejan el péndulo de la historia apartándolo de la luz, se convierte en un superviviente, sin dejar de ser un esclavo.

—Nunca dejamos de confiar en su custodia, nunca. —Amagó con hincar una rodilla en el suelo y besarle una mano, pero ella agarró su brazo para impedírselo.

—A eso he venido: a asegurar la custodia de mi legado —contestó templada y firme—. ¿Recibiste el encargo?

—Sí, está todo dispuesto —dijo satisfecho antes de lanzar una mirada a Rodrigo con esa cercanía con la que los adultos creen conocer a todos los chavales—. Pronto serás un iniciado. —Creyó ver un gesto ajeno en el rostro del muchacho, por lo que añadió para dar confianza—: Mi hijo Daniel también estaba confundido. —Sonrió paciente y señaló a un joven de la misma edad que Rodrigo, que observaba todo desde la trastienda.

Bernarda miraba a su primogénito orgullosa, pese al pinchazo de nostalgia que le recordaba la necesaria pérdida del niño que pronto daría paso al hombre.

—Aquí está —exclamó el azabachero—. He seguido las indicaciones que me hizo llegar y el resultado ha sido..., bueno, puede comprobarlo.

Sobre el mostrador de cristal que hacía también de expositor de joyas de azabache primorosamente labradas, colocó dos joyas circulares, exactamente del mismo tamaño, aunque se trataba de piezas distintas. Bernarda levantó la vista hacia él e inclinó la cabeza en un gesto de honra o agradecimiento, ampliamente satisfecha con su trabajo.

—Como ve, he grabado la inscripción de la Casa de Altamira. —El azabachero se lo señaló.

—«Quem videre, intelligere» —pronunció ella solemne, con la vista centrada en las dos joyas.

Mientras Bernarda se despedía del azabachero, Rodrigo se detuvo frente a la puerta a esperar el momento de salir. Sorprendido y asustado, vio unos ojos curiosos y malintencionados que se afanaban por ver a través del cristal del portillo, desde el empedrado de la rúa da Azabachería. Convencido de que esa mujer era un mal augurio o una mala sombra, agarró el brazo de su madre para advertirla.

Una vez en la calle, no parecía haber nadie, pero el joven Rodrigo estaba seguro de haberla visto. Sudaba recordando los ojos de doña Lucrecia Zúñaga. Su inocencia, todavía infantil, lejos del hombre que algún día sería, le impedía ver que aquella mujer era la amante de su padre, pero le permitía vislumbrar indicios suficientes para saber que su presencia representaba un peligro para su madre.

—Estaba aquí hace un segundo. Pude verla. Y lo peor de todo es que ella nos vio a nosotros. Se lo contará a padre —sollozaba nervioso.

—Tranquilo, Rodrigo —dijo su madre para aliviar su ánimo.

—Deberíamos volver al pazo antes que ella, madre. Así tendremos oportunidad de negar esta visita.

—Todavía no, Rodrigo. No nos podemos ir de Santiago sin ver la catedral. Y después nos haremos una fotografía con la que recordaremos este día. —Hizo una pausa con el gesto sosegado infundiendo tranquilidad en los ojos de su hijo—. Estaremos de vuelta para la puesta de sol. Ten paciencia y confía en mí.

Bernarda limpió con sus manos las lágrimas de angustia de Rodrigo y le besó la frente.

—Ahora os enseñaré algo —dijo con una cálida sonrisa, de esas que entierran problemas, al menos el tiempo suficiente para encontrar fuerzas o soluciones.

Frente a la capilla de la Corticela, Bernarda se detuvo con sus hijos y les mostró las dos joyas que acababa de recoger del taller del azabachero. En medio del alboroto de miradas y sonrisas pícaras que envolvía a los niños, entregó el reloj a Rodrigo y para Celia reservó el camafeo.

Rodrigo y Celia permanecieron muy atentos al ver el gesto serio de su madre mientras les hablaba de cada uno de los presentes, de su significado. El gesto que adoptaba cuando explicaba las cosas importantes.

Tal vez fuese por el tono sereno del Maestro Daniel, por el magnetismo de los personajes o puede que por la anécdota en sí misma, la cuestión es que Adela se había trasladado en sus palabras a otra época y había conseguido relajar sus sentidos. Sus pies ya no hormigueaban, no la urgían a correr. En lugar de eso, necesitaba saber más de Bernarda, de Rodrigo, de Celia, de esas joyas. Esas joyas...

—¿Dos joyas? —preguntó con extrañeza—. ¿Su bisabuelo creó dos joyas para Bernarda Saavedra?

—Así es. Un reloj y un camafeo.

Adela rumió un instante la respuesta.

—Dígame algo —se aventuró sincera a preguntar—: ¿tan valiosas son esas joyas como para que... —se contuvo, turbada por lo que iba a decir— hasta mi tío quiera acabar conmigo?

—Roldán... —musitó con voz profunda y severa—. Personas como Enrique Roldán intentaron hacernos desaparecer durante la guerra de 1936, pero también desde entonces, sin descanso. Porque descubrieron adónde conducían las joyas de Bernarda, descubrieron lo que esconden y continúan persiguiéndolo incansables.

El semblante de Adela permanecía expectante, silencioso, esperando una respuesta más precisa que, al final, el anciano le dio.

—Las joyas son hermosas, también valiosas, pero lo realmente importante es que son las dos únicas piezas de un puzle que indica dónde guardó Bernarda Saavedra el bien más preciado de la Casa de Altamira. Un bien, un legado, que no es otro que un códice medieval, un códice del siglo XII que la Iglesia no tardó en tildar de apócrifo.

—¿Un códice apócrifo del siglo XII? —preguntó sorprendida—. Podría no ser más que otra historia de una gran casa. Argucias comunes a la época para ennoblecer apellidos y lustrar castillos. Así burlaban al pueblo llano, envolviéndose en capas de misterio y terciopelo que los mostraban inaccesibles —dijo despreocupada, olvidando por un momento dónde estaba y ante quién hablaba.

Se hizo un silencio incómodo en el que Adela se arrepintió del atrevimiento de cada palabra.

—Cierto —dijo el Maestro Daniel con el gesto relajado, para sorpresa de ella—. A la Casa de Altamira la envuelven leyendas que abarcan desde milagros de Vírgenes a tesoros rescatados de naufragios. Tal vez alguna verdad contengan. Tal vez sea todo mentira y rumores del Atlántico. —Hizo una mueca reflexiva y lenta, con sus ojos azules y serenos como un mar en calma—. Pero el códice del que yo te hablo es real, como reales fueron los maestros constructores de catedrales y real es la familia de Altamira. Tan real como tu presencia ante mí en este preciso instante.

El Maestro Daniel dio una indicación a Sara sin necesidad de palabras, con un movimiento de cabeza ceremonioso, que ella interpretó de inmediato.

—Ha sido el camafeo el que te ha traído hasta aquí —dijo alargando la mano mientras la joven le acercaba un pequeño cofre de metal bruñido—. Gracias, Sara. —Asintió con cariño.

Después colocó el cofre sobre su regazo y extrajo con cuidado un reloj de bolsillo que parecía datar del siglo XIX, al igual que el camafeo.

—Este es el reloj que Bernarda le regaló a su hijo Rodrigo. Ese mismo día, su hija Celia recibió el camafeo que tienes en tu poder.

Adela se sacó el camafeo del bolsillo del pantalón y lo observó en su mano sin saber muy bien qué más buscar en él.

—Tres generaciones de mi familia, antes que yo, hemos custodiado este reloj dentro de la logia del *Ara Solis*, confiando que llegase este día —dijo con un punto de ilusión el anciano.

Adela acariciaba los oscuros relieves de Nuestra Señora del Mar, valorando cuanto había escuchado. Tenía la sensación de que la joven de voz apacible, Sara, no se despegaba de ella desde que había puesto un pie en esa casa. Tal vez se debiera a la desconfianza del lugar o a los masones en general. Efecto quizá también de la tempestad de nervios de aquella mañana. Porque, aunque desease confiar, aunque ansiase ese primer rayo de sol que destensara su cuerpo y su mente, sabía que debía ser prudente.

—Maestro —interrumpió Sara con su voz suave—, es hora de unir las dos joyas.

Daniel de Ortega, sin levantarse del sillón, pues su edad se volvía más llevadera desde aquella poltrona, asintió mientras acariciaba su larga barba blanca.

La joven se arrodilló sin esfuerzo sobre la alfombra y apoyó sobre una pequeña mesa el reloj de bolsillo, al que le extrajo con sumo cuidado el cristal que salvaguardaba la maquinaria tras su esfera. Al hacerlo, Adela advirtió varios trazos que a primera vista parecían pequeñas estrías de un trabajo descuidado, tal y como las que había detectado en el camafeo.

—Necesito el camafeo, Adela —dijo Sara extendiendo la mano.

De pronto el sol volvió a esconderse tras una nube y Adela dudó. Tal vez solo quisiesen la joya y una vez la tuvieran en su poder acabarían con ella. Tal vez no la ejecutasen con un tiro en la frente como tenía pensado su tío Enrique, quizá la convirtieran en el plato fuerte de algún ritual macabro. Dudas, miedo y más preguntas. Pero no infundadas. Hasta ese momento todos cuantos se habían interesado por la joya no tenían ningún interés en que ella continuase con vida.

Podían haber transcurrido un par de segundos, silenciosos, dubitativos, temerosos, en cualquier caso, suficientes para que la joven se acercase a Adela con una sonrisa tan dulce como su voz alejando, al menos, parte del miedo. Solo en parte, pues aunque no acabasen de ganar su confianza, aunque el sol se negase a alejar toda nube de sospecha, poco más podía hacer en su situación. Así, entera, ocultando el miedo, dejó el camafeo con cuidado en el interior de la palma de la mano de Sara.

Al verla de nuevo de rodillas sobre la alfombra, con las dos joyas sobre la mesa de cristal, Adela sintió un cosquilleo de curiosidad por todo el cuerpo.

La precisión y el esmero con el que la joven manipulaba las piezas dejaban claro que estaba preparada para esa ocasión. Primero separó la tapa delantera del reloj y la hizo a un lado. Un suave giro del cristal permitió retirarlo y dejar expuesta una esfera trabajada y única. En ella, doce pétalos dibujados con finas líneas de oro partían del centro, al igual que las manecillas negras encargadas de marcar la hora y el minuto exacto, alcanzando los doce números romanos que la circundaban. Entre ellos, perfilados con el mismo esmero, estrellas y lunas parecían brillar en medio de aquel universo hecho a medida. A un lado de la esfera, ocupando buena parte de ella, los signos zodiacales descansaban en una eclíptica sobre la que una manecilla dorada indicaba el movimiento de un sol de oro a su paso por el firmamento. Dejó las dos partes de aquel reloj sobre el expositor permitiendo que todos los presentes viesen que en la cavidad del cristal sobresalían discretos trazos inconexos.

Cogió en sus manos el camafeo de azabache en el que Nuestra Señora del Mar aparecía tallada con el Niño en su regazo y separó cada una de las fotografías con rigor y respeto. En aquel espacio de metal, ahora vacío, desposeído de los rostros de aquellas mujeres que poco a poco habían ido cobrando cuerpo y vida en la mente de Adela, se evidenciaban también trazos inconexos que sobresalían. Cogió de nuevo el cristal separado de la esfera del reloj y lo insertó con delicadeza en el espacio reservado para la imagen familiar de Bernarda y sus hijos. Con un sutil clic, las dos piezas encajaron guardando en su interior un dibujo que, visto de frente y desde la distancia correcta, se completaba y conformaba una especie de laberinto perfectamente delineado. Debajo pudo leer la inscripción en latín: «*Quem videre, intelligere*». En pie nuevamente, la joven se acercó a Daniel de Ortega con aquel laberinto en la cuenca de las manos.

Admirando sus formas, el anciano esbozó una sonrisa perfecta y sus ojos celebraron el reencuentro, viviendo su propio sueño. Entretanto, la joven continuaba afanada en la composición del artilugio, integrando piezas, fusionando mecanismos. Desenroscó la parte trasera del reloj con la punta de los dedos. En ella destacaba un grabado del escudo de Altamira. La aflojó con giros cortos de muñeca, dejando expuesta la laboriosa mecánica que escondía el reloj. El Maestro Daniel, con el camafeo abierto como un libro, insertó el reloj en el lado opuesto al laberinto, en la que sería su primera hoja, escuchando un triple clic que indicaba el encaje de los engranajes de la mecánica en el metal y exhibía ahora un artilugio completo y bien armado.

Adela escudriñaba cada detalle desde el extremo del sillón al que confiaba su equilibrio, apenas el milímetro necesario antes de caer de bruces sobre la alfombra.

—¿Qué quiere decir ese laberinto? —preguntó.

—Este laberinto esconde el lugar exacto donde está el códice —dijo el anciano—. Bernarda dio instrucciones para que mi bisabuelo crease estas piezas con intención de proteger el códice de su marido, de los Bramonte, de la Iglesia y de todos aquellos que lo usarían para fines demasiado oscuros como para alcanzar a entenderlos. Lamentablemente tenemos las joyas, el laberinto, pero todos aquellos que conocían la forma de interpretarlo ya no están entre nosotros. —Hizo una pausa, con una sombra que le nublaba los ojos azules, rompiendo su sueño—. Nuestros antepasados de la logia fueron ejecutados durante la guerra civil y después de ella. Trataron de exterminarnos a todos y, la verdad, casi lo consiguen. Al igual que les pasó a los judíos en la Alemania nazi, querían despojarnos de todo; desde los bienes y la riqueza hasta nuestras ideas y convicciones más profundas. Franco tenía una obsesión con la masonería. Y bajo ese título metió a personas, ideas y acciones de muy distinta naturaleza. Nos culpaba a todos, sin excepción, de cuantos males hubiesen asediado el glorioso pasado de España.

Adela bajó la cabeza sintiéndose en parte culpable por los crímenes y la crueldad de su tío Enrique, de su abuelo Francisco, de su familia. La misma familia que rezaba los domingos en la iglesia de San Francisco de Borja, confiados en una altura moral que les impedía respetar o tolerar la diferencia y que desequilibraba hasta la misma naturaleza.

—Pero no solo eso, Franco y el Opus Dei sabían de la existencia del códice, igual que sabían de la supervivencia de una lengua oculta entre los maestros constructores de catedrales, los primeros francmasones. Porque fueron estos maestros canteros, imbuidos de los conocimientos más antiguos de la humanidad: de geometría sagrada, de alquimia, de astronomía, quienes ocultaron mensajes en sus obras. Mensajes encriptados en los que trabajaron sin descanso, durante más de cuarenta años, grandes expertos en artes y en ciencias al servicio del nacionalcatolicismo de Franco, sin alcanzar ningún resultado. Leyeron las piedras, interpretaron sus marcas, buscaron símbolos..., pero no sabían qué buscaban y jamás consiguieron descifrar nada.

—Entonces, ese códice... —balbució Adela.

—«*Quem videre, intelligere*». «Quien pueda ver, entienda» —leyó solemne sobre el artilugio que ahora integraban el reloj y el camafeo.

Adela lo escuchaba muy atenta y puso cara de pensar. Reconocía aquellas palabras en latín.

—El códice permite descifrar las piedras, descifrar marcas y símbolos, leer misterios y un gran secreto —afirmó el Maestro Daniel.

—¿Un secreto?

—Sí. Por él llegaron incluso a llevarse parte del Pórtico de la Gloria de la Catedral de Santiago. Por él han sido muchos los que han sufrido tortura y los que han muerto sin más pecado que ser masones, a veces peregrinos y otras iniciados. —Hizo una pausa moviendo la cabeza con desaprobación, al tiempo que buscaba calmarse acariciando su barba—. Pero tú no debes sentirte mal por lo que hayan hecho otros Roldán. Eres otra víctima, Adela.

Aquella palabra, «víctima», se encapsuló dentro de su mente, obligándola a replantearse ciertos interrogantes que todavía clamaban por una respuesta, por una solución.

—Disculpadme, ¿podría hacer una llamada?

—Por supuesto —contestó Sara con su voz apacible y una sonrisa que, como un soplo de aire fresco, la había reconfortado—. Sígueme. Te llevaré a una salita para que llames desde un teléfono desechable. Es mejor que no uses tu teléfono desde aquí.

Siguiendo las indicaciones, Adela cerró la puerta a sus espaldas y se dispuso a llamar a Álvaro. Entonces sacó su móvil y vio que tenía dos llamadas perdidas de un número desconocido. Extrañada, primero se convenció de que no debía devolver la llamada, tal vez su tío Enrique estuviese tratando de localizarla para terminar lo que había empezado aquella mañana. Pero justo antes de apagar el teléfono y quitarle la batería, dudó y al final decidió marcar ese número en el desechable que le habían proporcionado.

—¿Adela? —preguntó una voz entrecortada al otro lado del aparato.

—¿Papá, eres tú?

—Perdóname, por favor. Debí ser claro y advertirte sobre Enrique y su trabajo —dijo con la voz quebrada.

—Déjalo, papá. Ahora estoy bien.

—¿Dónde estás?

—No puedo decírtelo.

—Entiendo. —Hizo una breve pausa—. ¿Te tiene la logia?

—¿Conoces su existencia? —preguntó sorprendida—. Da igual. Ahora no puedo hablar más —se contuvo—. Solo te puedo decir que estoy bien.

—Son gente peligrosa, Adela. No son distintos a tu tío. Solo quieren el camafeo para sus fines, su gloria y sus propias locuras.

Con la sombra de la desconfianza de nuevo sobre su espalda, con el sol de nuevo escondido bajo la densidad gris de la niebla, Adela escuchó unos pasos tras la puerta y se asustó.

—Debo colgar —se despidió rápidamente.

Apurando el movimiento de sus dedos sobre el aparato, marcó otro número.

—Soy yo, Adela.

—¿Estás bien?

—Estoy bien, pero no ha ido todo como esperaba.

—¿Qué ha pasado? —preguntó Álvaro con un halo de preocupación en la voz.

—Ahora no puedo extenderme. ¿Estáis bien? ¿Martín? ¿Está bien?

—Sí, estamos bien. Adela, ¿dónde estás?

—Debes poner a salvo a Martín.

70

Madrid, 3 de julio de 2011

Cuando colgó el teléfono, Adela ya había tomado la decisión de marcharse de aquella casa inmensa sin despedida. Debía hacerlo, no estaba segura de las intenciones de la logia con ella y no se quedaría más tiempo a descubrir si su padre estaba en lo cierto o si no era más que otra burda artimaña para favorecer a su tío. No tenía nada claro, salvo que Enrique continuaba buscándola. Pertinaz y obstinado como un depredador, no estaba segura de si perseguía un códice medieval o no, pero sabía que no se detendría hasta dar con ella y con el camafeo. Y lo haría sin escatimar recursos.

En la pared de aquella sala con olor a papel y tinta de impresora, más parecida a un departamento de administración, una secretaría o la estricta recepción de una residencia universitaria, colgaban distintas llaves, cada una con su correspondiente etiqueta. Empezó a moverlas con cuidado, evitando hacer ruido, y se sintió afortunada; vio las llaves de un Renault Megane que supuso que serían del que estaba aparcado en un lateral de la casa, junto a la entrada. Decidida, las cogió y se las metió en el bolso a modo de bandolera del que no se había separado en ningún momento.

Con la invisibilidad que le proporcionaban las cortinas, se acercó a la ventana y, evitando exponerse de frente, vio que la separaban unos veinte metros del coche que pretendía utilizar para abandonar aquel lugar. Pero ella se encontraba en la planta superior de la casa y aquel no parecía un salto de fácil resolución, o tal vez ella no disponía de la solvencia suficiente para salir ilesa. Finalmente, dejó de hacer cálculos estériles entre la ventana y los parterres y decidió bajar por las escaleras.

Evitó pasar por el salón en el que todos parecían continuar en la misma posición. Sus pasos silenciosos se encaminaron por un corredor que, intuía, debía de conducirla a la puerta lateral que había visto al llegar a la casa. Repleto de cuadros con distintas alegorías en tonos suaves y envueltos en luz, aquel pasillo recogía y mostraba ideas de libertad, justicia o tiempo, con pincel disciplinado y bien dotado de estímulos que traspasaban al alumno aplicado de la misma forma que despertaban al espectador menos atento. El sonido de unos pasos diligentes en el requiebro del pasillo la devolvió al terreno de los mortales y, sin pensarlo demasiado, cruzó la primera puerta que encontró abierta. Esperó a oscuras y en escrupuloso silencio hasta que las pisadas de alguien, a quien presuponía de gran tamaño, dejaron de escucharse con el estrépito de una puerta que se cerraba. De nuevo en el pasillo, continuó buscando la salida.

Consiguió su objetivo. Dejó la puerta cerrada e inalterable tras ella y continuó con pasos livianos sobre la grava blanca que dibujaba caminos y formas en el jardín. Sigilosa, se aproximó al coche sin dejar de mirar a su espalda más allá de un segundo, el único necesario para que todo se viniese abajo.

—¿Adónde vas? —le espetó Sara, con una voz más fuerte de lo que se había acostumbrado a escucharle hablar.

Adela se dio la vuelta y se encontró paralizada como un pequeño roedor frente a su captor.

—Te he preguntado que adónde pensabas irte —repitió mascullando las palabras con algo más de dureza.

—La llamada que he hecho... —empezó diciendo—. Debo volver a casa con mi marido. Él..., él está preocupado y debo volver.

La joven la miró desafiante, escrutando sus palabras, mientras Adela procuraba un gesto amigable, sabiéndose juzgada, temiendo ser condenada.

—Ven conmigo —dijo Sara, con la voz menos áspera, aunque sin dejar de sonar a orden—. El Maestro Daniel no ha terminado de contarte la historia del último día de la vida de Bernarda.

Adela la miró con extrañeza.

—¿El último día de su vida?

—Así es. —Sara recuperó dulzura en la voz y se lo explicó mientras caminaban de vuelta hacia el interior de la casa—. El 23 de junio de 1846 Bernarda Saavedra preparaba a su hijo para hacerle conocedor del legado de la Casa de Altamira. Le contó cómo usar las dos joyas y cómo custodiar el códice que tantos siglos llevaba en su familia. El códice que permite descifrar un mensaje encriptado en las piedras.

—Un mensaje encriptado en las piedras... —repitió Adela con palabras ahogadas.

—Sí. Por eso es tan valioso. Por eso lo buscan sin descanso personas como tu tío. —Hizo una breve pausa y continuó—: Pero Bernarda no pudo contarle todo a su hijo, nada concluyó como esperaba, no tuvo tiempo. Al amanecer, el sol la encontró flotando en la orilla, lamida por el instinto maternal del mar, como un gato a su cría, ante los ojos de espanto del propio Rodrigo.

—¿Se quitó la vida?

—No —negó rotunda—. Bernarda Saavedra perdió la vida aquella noche del 23 de junio de 1846. Eso es cuanto sabemos. Quizá un rapto de su conciencia o el embrujo de la luna llena. Ni tú ni yo ni nadie podrá saberlo nunca.

Adela dejó que el silencio devolviera suavidad a la voz de la joven. No necesitaba preguntar nada más.

—Disculpe Maestro, Adela se había perdido —la excusó Sara, convincente—. Si lo estima oportuno, podría continuar contándole la historia de la Casa de Altamira, el día que Bernarda preparó a Rodrigo y le contó quién era su familia.

El anciano asintió, pensativo, rememorando la historia de aquel día, escogiendo las palabras, sin dejar de atusarse su larga barba blanca.

—Toma asiento de nuevo, Adela —le pidió antes de continuar.

Con los regalos que acababan de recibir de su madre bien guardados en pequeñas bolsas de tela colgadas al cuello bajo su ropa, a buen recaudo de miradas de intención dudosa, Rodrigo y Celia seguían a Bernarda a través de la Puerta de la Azabachería, también conocida por ser la Puerta del Paraíso, aquella por la que entraban los peregrinos que alcanzaban Compostela tras largos viajes de reflexión silenciosa y encuentros entre iguales con distintas lenguas.

Rodrigo avanzaba por el templo obnubilado y contrariado, a partes iguales, pues frente a la belleza de aquel templo le intrigaba el hecho de desconocer la motivación de su madre por estar allí, a sabiendas del riesgo que suponía que Lucrecia los hubiese visto.

Se acercaron a la salida por la puerta del oeste, aquella por la que descendía el sol cada día. En la que tiempo atrás el Maestro Mateo había colocado en su fachada un gran rosetón que invitaba al ocaso a inundar de magia el altar mayor y más allá de él. Se detuvieron frente al parteluz que avisaba al visitante de la inminencia del majestuoso Pórtico de la Gloria.

Tres estudiantes de la Universidad de Santiago, con los modos del que aprecia las virtudes de la noche y los placeres del *carpe diem* más básico, parecían trastabillarse a empellones frente al *Santo dos croques*. Jugaban y reclamaban la intercesión de un ente más poderoso que sus malos hábitos de estudio para no terminar el año pastoreando ovejas en algún rincón de sus respectivas aldeas.

Tras ellos, un peregrino solitario, con la vieira colgada de un báculo de madera sin refinar, esperaba piadoso su turno.

Bernarda hizo ademán a sus hijos para que se colocasen tras él, mientras los seguía ceremoniosa y plena. Los estudiantes no tardaron en marcharse después de no encontrar las palabras necesarias que acompañasen los golpes pertinentes sobre la cabeza del santo.

El peregrino se acercó, dejó su báculo en el suelo e insertó su mano en la columna con el árbol de Jesé, en donde cientos, miles, quizá muchas más personas, lo habían hecho antes. Cerró los ojos y, arrastrado por la energía de la piedra, quizá por un pensamiento o una promesa a medio cumplir, con gesto sentido y hondo suspirar, derramó una lágrima.

Rodrigo miró a su madre con gesto interrogante, al tiempo que el peregrino recogía sus cosas del suelo para volver a colocarse tras ellos.

—Disculpe, buen señor —le dijo Bernarda—, ¿por qué vuelve a guardar turno?

—Estoy esperando a mi hijo. Hicimos juntos el Camino y queríamos hacer este ritual también juntos. No sé qué le habrá pasado... —musitó para sí mismo.

En la mirada de su madre Rodrigo pudo ver la imagen del pobre peregrino, encarcelado sin más culpa que la de escoger mal sitio para un descanso en el Camino. Pensó entonces si la gloria que mostraba aquel Camino podría terminar en una ciudad de piedra, de rígidos alzacuellos y desconfiados serenos, en la soledad de un calabozo, rodeado de infortunio y demasiados miserables.

Rodrigo se paseó por el Pórtico de la Gloria y vio entonces un rayo de esperanza, pues la piedra sonreía, hablaba, se movía. Hablaba del Cielo, mostraba a Dios, también el infierno, entre pecados y diablos. Solo era un niño, tenía casi doce años, pero Rodrigo ese día tuvo fe. Fe en Dios, en el Camino y también en los hombres. Si un hombre había podido encontrar tanta belleza dentro de las piedras, si sus manos arrancaban sonrisas a un profeta, malicia a un demonio, espanto a un condenado y gloria a los ojos de un apóstol, debía conocer quién era ese hombre, el maestro cantero, debía acercarse y preguntarle por su fe, por la esperanza, por su nombre.

—Es el Maestro Mateo —susurró su madre.

—Mateo... —musitó el niño—, se llama como el abuelo.

Rodrigo escudriñaba minuciosamente su rostro pétreo con los ojos, como si pretendiese encontrar una señal que confirmase el parentesco.

—En el siglo XII, hace mucho mucho tiempo —explicó Bernarda—, el Maestro Mateo dedicó su vida a levantar el Pórtico de la Gloria. Aquí dejó su conocimiento e importantes rituales en los que creía para servir a todos los peregrinos.

—¿Rituales? —preguntó Rodrigo.

—Aproxímate, Rodrigo. —Hizo una señal con la mano su madre—. ¿Os habéis fijado en cómo el anciano peregrino encajó cada uno de sus dedos en el árbol de Jesé? ¿Veis cómo se dibuja la mano en la piedra?

Los niños asintieron.

—Así lo dispuso el Maestro Mateo, para que cada peregrino que alcance Compostela pueda dejar aquí la huella de su mano para la eternidad. Porque en el Camino descubren que todos son importantes y necesarios. Todos se complementan para alcanzar un objetivo. Cuando a uno le falten las fuerzas después de horas de camino, otro le prestará su hombro para descansar, un poco de agua y las palabras de ánimo necesarias que aliviarán el cansancio de sus penas. Ese es el poder del Camino: convierte a hombres y a mujeres de toda condición en hermanos, libres e iguales. Igualdad, fraternidad y libertad. Esos son los valores del Camino que un día empezó más allá de los Pirineos. —Hizo una pausa y miró a sus hijos—. Ahora acércate, Rodrigo.

El muchacho rodeó la columna para colocarse justo frente al pétreo Maestro Mateo.

—Ahora aproxima la frente a la cabeza del Maestro y da un pequeño golpe sobre ella.

El joven así lo hizo.

—Repite conmigo: *Quem*...

—*Quem*...

—Un segundo golpe, *videre*...

—*Videre*...

—Tercer y último golpe *intelligere*.

—*Intelligere*.

Rodrigo levantó la cabeza y miró a su madre.

—Es el lema de la Casa de Altamira —musitó sorprendido.

Bernarda asintió solemne.

—¿Los tres golpes del rito sobre la cabeza del Maestro Mateo responden a las tres palabras del lema de la Casa de Altamira? —preguntó excitada Adela.

—«*Quem videre, intelligere*» —asintió el Maestro Daniel—. «Quien pueda ver, entienda». Es lo que los primeros peregrinos le pedían al Maestro Mateo: ver para entender. Que los iluminara con su inteligencia para entender su obra y la gran obra del universo: la obra de Dios. Con los años el rito se ha reducido a poco más que tres golpes con los que estudiantes poco dados a los libros piden inteligencia o suerte para superar sus exámenes.

—Son rituales de iniciación masónicos... —musitó Adela—. Entonces, ese códice...

Adela asimilaba cuanto le había explicado el maestro masón. Resultaba convincente, coherente, sorprendente. Imbuida por el repaso mental a todo cuanto estaba descubriendo, no fue consciente de que Daniel de Ortega y Sara le habían pedido que los siguiese a otra sala. En un momento de lucidez se vio sola y apuró los pasos, y observó la silueta de la joven entrando en la sala en la que poco antes ella se había escondido cuando trataba de huir. Lanzó miradas a los cuadros que parecían devolverle un saludo pícaro, sin intención de delatarla, y se adentró en aquel gran salón. Se fijó en la magnífica elegancia de sus acabados, los tapices, las maderas nobles y las lámparas de bohemia, pero sobre todo se dejó eclipsar por el sol que entraba a raudales a través de cristales limpios, grandes ventanales, llenando de luz cada rincón.

En un pedestal de piedra vio una réplica del Árbol de Jesé en mármol y la escultura exacta y primorosa del Maestro Mateo, tal y como figuraba en el parteluz del Pórtico de la Gloria. Se acercó a él, sin intención de tocarlo, meditando las palabras del lema de la Casa de Altamira. Sin dejar de mirar al artífice de la obra, postrado y con una mano apoyada en el pecho. Miró atenta los detalles, algo que no había podido hacer en su visita a la catedral dadas las actuales restricciones. Admiró lo bien tallada que estaba la piedra: los rizos de su pelo, los pliegues que dibujaban sus vestiduras. Deparó en su elegancia, en la prestancia clásica de aquella capa sobre la túnica, en apariencia de clámide griega o quizá romana, con una especie de prendedor sobre el hombro derecho que conseguía afiblar el manto, confiriéndole un definitivo aire de señor, a su parecer bastante alejado del atuendo de los maestros canteros de la época. La vestimenta del Maestro Mateo encajaba más con la de un gran señor del medievo que con un maestro de obras o un humilde peregrino.

Levantó la vista hacia la pared y vio que estaba cubierta de retratos al óleo, con distintos tamaños, aunque todos de igual belleza, en marcos labrados en plata, dorados, quizá alguno en madera policromada, distinguidos sin excepción. Aquella pared, repleta de rostros tras la escultura del Maestro Mateo, parecía ser la protagonista del gran salón. Frente a ellos, más bien ellas, pues eran casi todas mujeres, el Maestro Daniel y la joven masona la estaban esperando, sin prisa, invitándola a que se tomase tiempo en los detalles. Allí estaban, todas ellas, también ellos. Uno a uno, Sara los fue nombrando hasta llegar a: Bernarda Saavedra, Rodrigo, Celia y Luis Gómez de Ulloa, Cándida, Emilia y María Rey.

—María Rey... —masculló Adela, confundida, pues realmente podría tratarse de su reflejo en un espejo.

Por último llegó a Marta, Marta Castro. Su nombre, sus facciones, el brillo de su pelo castaño, sus enormes ojos del color de la esmeralda, los mismos en todas las mujeres. No tenía dudas, pero la invadió el miedo y se hizo muy pequeña. Era ella, Marta Castro, sin duda, era la mujer de su sueño.

—¿Quiénes son todas estas mujeres? —preguntó Adela con la voz rasgada y sus ojos verdes inundados de lágrimas—. ¿Por qué están todas aquí?

El Maestro Daniel se rio, quizá conmovido, y con una mirada animó a hablar a la más joven. Sara entonces se dispuso frente a ella.

—Te presento a los descendientes del Maestro Mateo, primer conde de Altamira y autor del *Codex Magister*.

71

Pazo de Altamira, 23 de junio de 1846

De vuelta al pazo aquel día, Rodrigo recreaba en su mente cuanto habían vivido en Santiago de Compostela. Peregrinos, serenos, piedra gris que emulaba al cielo o quizá nubes grises que se mimetizaban con la realidad de aquella ciudad. También dos joyas muy valiosas que Lucrecia Zúñaga había descubierto asomada, como una vulgar polilla, a un postigo de la puerta del azabachero Ortega, cuya existencia, sin atisbo de duda, a esas alturas conocería ya su padre. Había visto el reloj y el camafeo, que unidos como dos hermanos escondían su legado familiar, el lugar exacto donde estaba el códice de un maestro constructor de la Edad Media, de un ancestro, su familia, del mismísimo Maestro Mateo, artífice del Pórtico de la Gloria de la Catedral de Santiago.

Recuerdos, cavilaciones, Rodrigo apretaba el gesto y ensombrecía la mirada. Bernarda lo había sentido en su propia carne, en sus propios ojos esmeralda, como lo sentía todo de sus hijos desde que habían nacido. Se acercó a él, despacio, para asistir a sus miedos, sofocándolos con susurros cálidos y el mensaje necesario: «No temas, Rodrigo. Siempre estaré contigo».

Bernarda entendía bien el temor de su hijo. Nuño era un hombre con el carácter de una tormenta de arena y con la misma sesera que un grano del desierto. Entrar en el pazo, que siempre había sido su casa, no suponía regresar al hogar, no con él allí dentro. Pues ya habría prestado oídos al veneno de su amante, de Lucrecia Zúñaga y su danza de serpiente, y su sangre predispuesta a las llamas los estaría esperando.

Bernarda lo sabía bien, pero creía que podría resistir la emboscada para terminar lo que aquel día había empezado. Debía ser aquella noche, la noche de San Juan, noche mágica como ninguna otra, en la que había preparado todo para explicarles dónde estaba el *Codex Magister*, el códice del Maestro Mateo, y darles las indicaciones precisas para que algún día entendiesen y custodiasen el secreto grabado en las piedras de su obra.

Vio los ojos de la sierpe reptando por su vestido y la mano firme de Nuño nada más cruzar la puerta, y en un susurro pidió a sus hijos que subiesen a sus estancias.

—Se acabaron tus juegos conmigo —masculló Nuño apretando la punta de un estilete contra la fina piel de su cuello—. Has estado con ese azabachero masón. Entrégame las joyas y dime ya qué me ocultas. —Presionó el filo contra ella—. Existe ese códice, ¿verdad? ¡Habla! —bramó como bestia en su oído—. Los Bramonte pagarían una gran suma por él. Me pertenece. ¡En calidad de esposo exijo que me lo entregues!

—Pon calma en tus actos, Nuño, y razón en tus pensamientos —musitó serena Bernarda—. Cuanto sabes son palabras movidas por el viento.

En un impulso de esa rabia que sabía cómo devorarlo, atravesó la primera capa de piel de su esposa y una gota de sangre se deslizó furtiva buscando esconderse en su vestido.

—No caigas en el mismo pecado que tu padre conmigo —susurró él, y amagó con una confesión—. No le fue bien, no te iría bien a ti tampoco, créeme. Un hombre sin amor a la patria, a un rey, sin límites religiosos, solo podía morir como lo hizo, insignificante para la historia —se regocijó—. Tu padre..., tan generoso con su pueblo, llegó a creer que lo querían, y sin haber encontrado su cuerpo en el mar ya lo habían olvidado. Tú, y tu suerte de ser una mujer diferente, ni siquiera eres respetada por el pueblo. No eres más que una tarada sentada frente al mar, una vergüenza para quien te conoce —escupió hiriente—. Te lo diré por última vez: entrégame ya esa herencia de tu padre. Me pertenece. —Hizo un silencio apretando la hoja contra su piel, dejando que otra gota de sangre siguiese el rastro de su compañera—. ¿Crees que alguien te buscaría a ti si fueses engullida por el mar? —Se rio malicioso, sintiendo cómo los nervios hervían bajo su piel, tentado por el impulso de atravesarla y acabar con ella de una vez por todas.

Bernarda mantenía las manos sobre la suave seda de su vestido. Sabía que sus hijos la buscarían, la echarían en falta siempre. Con el cuello estirado hasta el mutismo, fijó sus ojos calmados, resignados, en los de su verdugo, recordándole que en ella el miedo no era una opción en la muerte. Él lo sabía, y la rabia y la impotencia dominaron su semblante hasta marcar cada vena y abrir cada poro de su piel. Ella entonces cerró los ojos, rendida. Tomó distancia para ver con claridad su vida. Imágenes puntillistas, así eran sus recuerdos, los que guardaban las lecciones que solo se aprenden en la distancia, que solo impresionan a los sentidos con el tiempo. Pensó en sus padres, cuánto había aprendido de ellos, después en Rodrigo y en Celia, cada momento, cada beso furtivo, cada abrazo espontáneo. Necesitaba darles los mismos consejos que ella había recibido para dirigir su vida, para custodiar su legado. Para alejarse de las sombras.

Sabía que de caer el códice del Maestro Mateo en manos de personas como Nuño Gómez de Ulloa, serviría únicamente para satisfacer viles intereses de quien se posicionase como mejor postor. No tan malo, o incluso peor, sería que los Bramonte y su recua de obispos, arzobispos y monseñores, todos con grandes títulos y bajos honores, descifraran el secreto de las piedras de la catedral.

Después había nuevas logias con viejos intereses. Esas logias se alejaban de los antiguos constructores, moldeando nobles principios en oscuros fines. Fines políticos, fines religiosos, fines de unos alternando con fines de otros. La rueda del tiempo debía avanzar, el péndulo de la historia debía cambiar, y solo llegado el momento se podría mostrar el códice.

Bernarda pidió un poco más de tiempo. No parecían dispuestos a dárselo.

Un golpe proveniente del piso de abajo lo despertó. Rodrigo abrió los ojos sobresaltado, con fuertes latidos golpeando su pecho, buscando a tientas el quinqué de su mesita para prender la mecha. Pasó frente al dormitorio de su hermana, que lo miró asustada, y él respondió con una señal de la mano para que volviera a tumbarse en la cama, aunque ya no pudiera dormirse.

Bajó las escaleras y vio luz saliendo por una rendija que alguien había descuidado en la puerta de la biblioteca. Una mujer farfullaba atropelladamente, pero no conseguía identificarla o descifrar qué decía. De pronto, un sonido pareció azotar el aire de aquella habitación. Le recordó a la fusta con la que el cochero de la berlina a Compostela castigaba a sus caballos para ir más deprisa. El lamento ahogado de su madre le obligó a abrir la puerta de golpe. Allí estaban su padre y Lucrecia Zúñaga, frente a su madre. En ese momento se sintió de verdad un hombre, con más valor que muchos de la especie y el mismo miedo que todos ellos juntos.

Se acercó a la pared, ciego de rabia por la escena, y alcanzó de una panoplia de madera una espada. Enardecido, y en parte enajenado, no sabía muy bien qué hacer con ella, pero estaba dispuesto a proteger a su madre y a encarar a su padre. Cogió la empuñadura con fuerza, como si lo hubiese hecho siempre, y apuntó directamente al cuello de don Nuño Gómez de Ulloa. Con el cuerpo en tensión, el padre exageró un gesto altivo que intimidase al muchacho, pero no lo consiguió, porque la lengua de esas formas sociales y estiradas no las hablaban las emociones y el joven Rodrigo sentía solo el calor de unas llamas en su interior. El conde vio la cólera en los ojos de su hijo y dudó por un segundo de su suerte. Un segundo que llegó a alargarse tanto que perdió efectividad, también resistencia, pues el muchacho no avanzaba ni un paso hacia su padre, se ceñía a mirarlo con fuego, en una acción que no quemaba. Así don Nuño consideró extinta la amenaza, rehízo una mueca de burla y con un bufido desafiante puso fin a la seguridad de Rodrigo.

—Deja eso en el suelo y vuelve a la cama antes de que me arrepienta —ordenó el conde.

El muchacho dudó un segundo en el que buscó la mirada de su madre. Ella afirmó con la cabeza para que cumpliera. Rodrigo vio que llevaba una manga de su vestido desvencijada, y que la tela comenzaba a absorber su sangre, evidenciando el delito de su padre. Su gesto se contrajo de nuevo y volvió la vista hacia el culpable. Esta vez dio un paso más, y la punta de la espada quedó a escasos milímetros de la yugular de su padre.

—Deje ya a mi madre, señor, o lo lamentará —desafió Rodrigo, entornando ojos de odio, con la resonancia inocente de sus años en el fondo de la garganta.

—Ya has demostrado tu valentía, ahora sal de mi vista —respondió Nuño, lanzando una mirada con la que parecía sentenciar a Bernarda.

Ella, cariñosa y etérea como acostumbraba, incluso en la adversidad del último día, se acercó a su hijo para protegerlo con su cuerpo. No quería que él compartiese la misma suerte que ella tendría aquella noche.

—Deje que mi madre venga conmigo —volvió a desafiar el muchacho.

—Será un momento —añadió Bernarda.

Nuño hizo un gesto con la mano, de asco o de molestia, con el que accedió.

—Estaremos esperando —espetó con lengua viperina Lucrecia Zúñaga, quien había permanecido en silencio, pues ya había dicho todo cuanto quería decir.

Bernarda acompañó escaleras arriba a su hijo, posando la mano sobre su hombro. Se sentía orgullosa de él. Sabía que algún día sería un hombre bueno, justo y honorable.

La pequeña Celia esperaba en la puerta de su dormitorio con la luz apagada y los ojos llenos de miedo y de lágrimas. Sin prender su quinqué. Pues era más grande el temor a su padre que a los monstruos y a las sombras de la noche. Al ver a su madre, la abrazó con fuerza ahogando gemidos, que bien podían parecer de algún otro pequeño animal triste y enmadrado.

Después de meterla en la cama y darle el beso cálido que alejaba las pesadillas y demás fantasmas, Bernarda sacó de un bolsillo cosido en el interior de las enaguas el cuaderno en el que escribía cuentos, leyendas y otras historias desde que solo era una niña. Se lo puso en las manos a Celia y le pidió que lo guardara siempre, que leyese cada noche y no abandonase sus sueños.

—Es tuyo. Igual que lo es el camafeo que hoy te he dado. Algún día sabrás qué hacer con él. Hasta entonces, ruego a Nuestra Señora del Mar que te proteja como una madre, como yo misma haré siempre.

Celia dibujó una sonrisa en el limbo del sueño, agarrando el camafeo y sin soltar la mano de su madre.

Despacio, Bernarda se acercó a una caja no muy grande, a modo de baúl o cofre, dentro de una casa de muñecas y, en un gesto, mostró a su primogénito el lugar en el que pasarían años aquellos regalos.

Al llegar a la puerta de la habitación de Rodrigo, ella rehusó entrar, sabía que debía volver. Cogió la mano de su hijo entre las suyas, sosteniéndole la mirada. Cerró los ojos y colocó la huesuda, todavía menuda, mano del muchacho sobre su mejilla. Sintió el calor que todavía desprendía por el peso del acero y sonrió arrastrando tristeza en las comisuras. Tomó prestada su caricia, sabiendo que sería la última, la más suave, sincera, y ahogó el sabor a despedida.

Se dio la vuelta, derrotada y valiente, y enfiló de nuevo el descenso a los infiernos. Parecía tranquila. Parecía.

La intuición de Rodrigo apremiaba ahora al valor de un hombre, al futuro señor de la gran Casa de Altamira, para que saliese a protegerla, pero en su lugar fue el niño el que se abalanzó a sus faldas y la rodeó temblando, sin fuerzas y cubierto de lágrimas.

—No vaya usted, madre —rogó con los ojos inundados.

La mirada de su madre acarició cada una de sus facciones. Era la mirada con la que contemplaba las noches de tormenta desde la ventana. La misma mirada con la que años después él la recordaría desde lo alto del acantilado.

Se despidió con la fuerza de un capitán que contempla el horizonte y lee la suerte escrita en aguas turbulentas, entregándole a él sus últimas palabras:

—No temas, Rodrigo. Siempre estaré contigo.

Protegió el secreto hasta el final. Su final. La arrastraron malherida sin quejas ni lamentos, rogando a las estrellas, buscando a Nuestra Señora del Mar, hablándole de sus hijos, con ojos brillantes en el velo de aquella noche a sus espaldas, prisionera de la avaricia, de la ruindad humana, mientras

Nuño y Lucrecia sacaban provecho a la luna ausente, sombría y borrosa, ciega tras las nubes que anunciaban el amanecer más oscuro en el horizonte.

Rodrigo y Celia sentirían el dolor al alba, y cada uno de los días de sus vidas. Su padre en un gesto de burla les diría que Bernarda era una tarada, que había decidido irse y que tal vez hubiese saltado al mar para nadar entre olas. Incapaz de volver a dormir sin aquel beso furtivo que su madre le regalaba en las noches, Rodrigo esperaría frente al mar cada mañana. Y al amanecer de un día, no muy lejano, la encontraría lamida por olas mansas, con dificultad para reconocerla, mas sabiendo que era ella. Daría tierra a su madre, al cuerpo de Bernarda Saavedra, aferrado a su recuerdo, inmortal como el agua clara, como la misma leyenda de «La hija del mar esmeralda».

72

Madrid, 3 de julio de 2011

Sin parpadear, con un nudo en la garganta, Adela continuaba de pie en aquel salón lleno de luz, entre destellos del cristal de lámparas de araña, el resplandor de marcos de plata y el brillo del barniz de la madera noble. Olía a flores. Lirios, lilas y lavanda, todas recién cortadas y colocadas en ramos a ambos lados de aquella pared repleta de historia. También rosas blancas bajo el rostro de Cándida, bien apretadas en un jarrón más bien pequeño, de porcelana. Homenaje de vivos a las descendientes del Maestro Mateo.

—Marta Castro —repetía Adela, afectada, casi en trance, como si la respuesta la escondiese su mente y solo necesitase invocarla para que se manifestara ante ella.

Sara y el Maestro Daniel se hablaron con la mirada, guardando respeto, dándole tiempo.

—¿Quién es esta mujer? —preguntó Adela rozando el quejido o la desesperación.

Los masones ofrecieron silencio por toda respuesta. Demasiado pronto.

—No lo entendéis, necesito saber quién es..., por favor —suplicó mirando a la joven, buscando el puente necesario para la empatía, la compasión, para saber cuanto ansiaba, para descansar cada día y en la oscuridad de sus noches.

—Es la hija de María Rey, nieta de Emilia —empezó diciendo Sara con tono monocorde, quizá desconfiada—. Su padre era Pedro Castro. Trabajó en la SBA, la Sección BIS Antimasónica, bajo las órdenes de Francisco Roldán, tu abuelo. Aunque por poco tiempo; no tardó en abandonar esa causa cuando se enamoró de María. El resto de su vida la pasó oculto, como una sombra.

—¿Por desertor?

—No solo por eso. Se llevó con él un libro escrito por un cura. Un libro muy valioso. En él explicaba cómo descifrar el artilugio integrado por el reloj y el camafeo. Con ese libro como guía y estas joyas como mapa podría encontrarse el códice del Maestro Mateo.

—Marta Castro era nieta de Emilia... —musitó Adela, sintiendo que se acercaba por fin a la mujer de su sueño.

Recordó entonces todo lo que sabía de Emilia Rey: su relación con el conde de Altamira y cómo de él había heredado una biblioteca..., su lucha por las mujeres, el derecho al voto, la justicia, la libertad.

—Sí, Emilia fue una gran mujer —dijo Sara, leyendo la admiración en el semblante de Adela—. Llegó a iniciarse en la logia hasta que la guerra la obligó a desaparecer. Tuvo a María, hija de un anarquista, fusilado poco antes del fin de la contienda, y después se ocultó, como tantos otros masones. Nadie puede asegurar si Francisco Roldán le puso el ojo encima. Emilia, además, fue perseguida por los Bramonte. Unos y otros utilizaron cuantas artimañas tuvieron a su alcance para encontrarla y conseguir las joyas de Bernarda. Entre ellas, un pacto entre el arzobispo Bramonte Medina y Francisco Roldán, e incluso una orden para capturarla por ladrona, acusándola de haber robado el camafeo, cuando ella era hija de la legítima heredera del pazo.

—¿Emilia era hija de Cándida? —preguntó Adela, curiosa.

—Sí. Entiendo de dónde viene la confusión. En el primer artículo que escribió Emilia, el que le dio cierta notoriedad en el movimiento feminista de la época, incluía una dedicatoria a su madre...

—«A la memoria de todas las mujeres que, como mi madre, han luchado en el frente y en la retaguardia, midiendo sus fuerzas, para un día tener voz y voto. A mi madre, que vivió como Cándida y a los Cielos subió como Celia» —recitó Adela de memoria, con tono sentido, para sorpresa de los presentes.

Sara no pudo ocultar cierta satisfacción al comprobar la implicación de Adela con la historia de aquellas mujeres. Escondió una sonrisa pequeña en su rostro sereno y se dispuso a hablar, esta vez con su voz de terciopelo.

—Cándida era hija de Celia Gómez de Ulloa y de padre incógnito. Creció en el Pazo de Altamira creyendo ser una sirvienta más, aunque en realidad había heredado el nombre de su madre, su bondad y la profundidad de sus sentimientos. Tal vez el carácter tranquilo, la naturaleza servil, se lo debiese al padre que no había llegado a conocer —añadió con expresión de duda—. Don Rodrigo Gómez de Ulloa, conde de Altamira, creyó que no había mejor forma de proteger a su sobrina que ocultar su identidad con otro nombre y un apellido. Coyuntura que su esposa, doña Urraca Bramonte, aprovechó para ponerle un delantal. Fue un notario, don Alfonso Bernal, masón y ancestro de los hermanos que has tenido ocasión de conocer hace un momento, quien veló por su verdadera identidad, aunque de poco le sirvió en vida a Cándida. Don Rodrigo debía protegerla de su padre, Nuño Gómez de Ulloa, un pobre de espíritu con ínfulas de todo y saber en nada. Se casó con el único interés de alcanzar un título y la riqueza de la Casa de Altamira. Solo le importaba el oro, el brillo, la opulencia. Hombre de vida disipada como era, se casó con una mujer que no amaba y tuvo hijos sin querer. Si no los abandonó a la muerte de Bernarda fue porque ella había dejado un albacea que velaba por la herencia de sus hijos y él, privado también del título de conde al recaer automáticamente en la figura de su hijo Rodrigo, necesitaba las rentas del pazo para no perder ánimo ni tampoco boato en sus fiestas y demás reuniones al anochecer.

Adela, con una mueca resignada, buscó a Bernarda y la miró a los ojos, parecían tener vida más allá de la pintura, sosiego, paz. Esos ojos la acariciaban como un mar en calma.

—¿Cómo un hombre así iba a aceptar a una huérfana, hija del pecado, desgraciada de nacimiento y con un eco en el pueblo difícil de acallar? —dijo Sara con cierto resquemor en la voz—. Ni aun siendo nieta, eso no significaba nada para él. Si no llegó a querer a los hijos, podrás hacerte una idea de la medida de afecto que otorgaba a una bastarda.

Adela asintió con ojos tristes y devolvió la mirada a otro cuadro.

—Celia Gómez de Ulloa murió tan joven... —lamentó Adela, trayendo a su memoria la visita guiada que había hecho al Pazo de Altamira.

—Sí, muy joven, demasiado. Murió poco después de dar a luz a Cándida. Y se fue silenciosa, sin decir a nadie el nombre del padre de la niña. Tal vez fuese uno de esos amores tan grandes que, aun sin ser correspondidos, se alimentan de suspiros y respiran esperanza.

Conmovida por la historia de cada una de esas mujeres, Adela repasó cada rostro y cada nombre: Bernarda, Celia, Cándida, Emilia, María..., Marta.

—Sueño con ella —dijo casi en un susurro—. Veo su muerte, hay dos niñas, juraría que hay dos niñas... —confesó taciturna, necesitada—. Decidme, ¿por qué? —Miró a los ojos a Sara, y también al Maestro Daniel—. ¿Por qué sueño con Marta Castro? ¿Sigue viva? ¿Está muerta? ¿Tuvo hijas?

La joven miró al anciano y tomó la palabra.

—Ni María ni Marta llegaron a contactar con la logia nunca. Sin embargo, conocían nuestra existencia y sabían que de alguna forma podíamos velar por ellas. Con la guerra, Emilia se alejó de los masones, al igual que de la política, de cualquier reivindicación, y se centró en sobrevivir. Tiempo atrás había perdido un hijo, muy pequeño, y no estaba dispuesta a dejar a su hija huérfana por una imprudencia, ni mucho menos a ponerla en peligro. María conocía la existencia de la logia, sabía el riesgo que corría mientras vivía su madre y después de conocer la identidad de Pedro Castro. Por eso le pidió a Marta que se alejase de masones y de logias, enseñándole lo que había aprendido de su madre, de Emilia, al final de su vida: a sobrevivir. Y ella siguió su consejo. Había crecido con miedo de que encontrasen a su padre y anhelaba sentirse segura. —Hizo una pausa ensombreciendo la mirada y añadió—: Aunque después..., después todo se complicó para ella.

—¿Por qué sueño con ella, con Marta Castro? —insistió Adela perdiendo fuelle en la voz, cansada, atormentada.

El Maestro Daniel, hasta ese momento en silencio, como si no le correspondiese a él decir nada, pareció coger aire y disponerse a hablar. Una mirada de Sara le dijo que no lo hiciera, no todavía. Él entendió, era demasiado pronto.

—Los sueños a veces son llamadas de auxilio desde la oscuridad; otras, en cambio, nos arrojan la luz que necesitamos para ver —dijo el Maestro Daniel, con voz de padre, de guía.

Adela los miró a ambos sin saber qué pensar, seguía sin saber lo que necesitaba. Tal vez el Maestro Daniel buscase solo calmar su angustia, tal vez se negase a reconocer en voz alta que no tenía la respuesta.

—Las respuestas que necesitas te las dará el camafeo. Él te ha traído hasta aquí. Él te llevará de vuelta a tu casa.

Desesperanzada, confirmando que el anciano no le diría lo que ansiaba conocer, se metió la mano en el bolsillo y recordó que no tenía la joya. Ahora formaba un extraño artilugio medio reloj medio camafeo y estaba en poder de la joven masona. Sara entendió la búsqueda y le colocó la extraña composición de joyas en la mano. Adela quiso sonreír, pero no encontró el ánimo necesario para agradecer el gesto. Bajó la cabeza y vio el camafeo, lo abrió, a un lado estaba el reloj, al otro una especie de laberinto. ¿Qué significaba? No lo sabía. Lo cerró. Más desanimada, abandonada, naufragando en el azabache del camafeo, en su Virgen y en su Niño.

—Mi abuela Inés sentía devoción por Nuestra Señora del Mar. —Se acercó Sara con la voz suave, buscando socorrerla—. Decía que era milagrosa, que daba fuerza al desvalido, al náufrago, además de ser una Virgen muy hermosa. Tenía los ojos del color de la esmeralda y su piel era negra como este azabache. No creo que dejase indiferente a nadie.

Adela la escuchaba abstraída, observando la joya en su mano.

—Era una de las Vírgenes Negras que adoraban en la Edad Media —continuó diciendo Sara, esforzándose en ayudar a Adela—. Supongo que en ese sentido sería coetánea al Maestro Mateo y a su códice, pues el *Codex Magister* data del siglo XII. —Hizo una pausa—. Una desgracia que la santa no fuese inmune a la cólera y a la locura de la guerra civil... —Su voz se recrudeció—. Y que en ese punto de la historia, tan negra como su piel, se le perdiera el rastro. Algunos que se llamaban republicanos, siendo no más que vulgares ladrones, exaltados y de ánimo predispuesto al saqueo, se dedicaron a incendiar iglesias. Entre ellas, la iglesia de Nuestra Señora del Mar.

—Cierto —susurró Adela con el recuerdo de su visita al pazo.

—Se dice que tras el incendio, el cura encargado de proteger la talla de Nuestra Señora del Mar se la llevó a otra parroquia —añadió con una pizca de escepticismo.

—¿Dices que el cura se la llevó y no saben adónde? —pareció despertar Adela.

—Así es.

—Creo que sé dónde está Nuestra Señora del Mar.

Sara y el Maestro Daniel intercambiaron otra de sus miradas, esta vez con un tinte de desconcierto. ¿Acaso podía saber ella dónde estaba esa talla?

—En una aldea al lado de Santiago de Compostela llamada Vilar de Fontao —afirmó convencida.

El Maestro Daniel bajó la mirada, pensativo, meditando cada palabra.

—Claro... —se dijo en un susurro, sin dejar de acariciar su larga barba blanca—. Eso es... Claro... Vilar de Fontao...

Adela buscó respuesta al trance del anciano en Sara, y esta, a su vez, puso la mano sobre el brazo del maestro masón buscando orientar su mirada perdida en algún lugar de la memoria.

—¿Qué sucede, maestro?

—Vilar de Fontao, Sara —dijo con suspiro que sonaba a confesión—. ¿Acaso es posible que sea allí? —Desvió de nuevo la mirada—. Recuerdo una talla medieval, pero era una Virgen blanca como la nieve...

—Es negra —dijo con aplomo Adela—. Estuve en la iglesia de Vilar y explican el hallazgo en una placa a la entrada. Hará unos seis años descubrieron que se trataba de una Virgen Negra pintada de blanco durante la guerra civil.

Daniel de Ortega escuchaba con atención mientras sus pequeños ojos azulados parecían viajar en el tiempo.

—Por favor, maestro, dígame ya en qué piensa —rogó Sara.

Él suspiró.

—En Vilar de Fontao es donde están enterradas.

73

María caminaba hacia su casa por el estrecho camino que abrían unas mimosas fragantes, punteadas de amarillo con miles de flores cayendo en racimos, sabor dulce de su infancia en aquella aldea de Vilar de Fontao. A su espalda, rasgando la espesura de las ramas, el sol descendía entre robledas y otros montes que parecían proteger verdes prados ondulados, bendecidos con regatos que murmuraban incansables de septiembre a mayo, y muchas veces también en verano. El autobús de línea desde el centro de Santiago la había dejado en la pequeña plaza, al lado de la iglesia. Apuraba los pasos, no fuese a encontrar sorpresa malintencionada o la noche en el camino. Fuerza y maña, entrenadas y suficientes, encima de la cabeza cargaba un cesto de mimbre bien asentado sobre un trapito que retorcía formando una espiral. Con poco género ya de vuelta en el canasto, podía decir que había sido un buen día. Era lo que tenía la escasez de la ciudad en un mundo de posguerra; con atuendos sin olor a estiércol de animal, manos blandas y uñas sin escondrijos de tierra, pero con un hambre en el cuerpo, tanta necesidad, que hasta en los sueños de quien guardase más imaginación se encogía muchas veces el estómago y casi siempre el espíritu. Aquellos con algo de fortuna, afortunados, mediaban despensas con maíz, trigo o centeno, alguna legumbre para potajes viudos y hasta verduras. Solo aquellos sin holgura en los bolsillos, bien arrimados a la sombra de la suerte de aquellos tiempos —aunque no dejase de ser sombra en unos tiempos oscuros—, presumían de carne, así fuera gallina, como un auténtico manjar.

María ayudaba a su madre cada día y salía de casa con el pecado del estraperlo, cubierto el cesto con un paño oscuro, dispuesta a hacer negocio con queso y mantequilla, harina de maíz y trigo. A veces hasta huevos y todo cuanto eran capaces de ocultar a los camisas azules, que tenían por costumbre confiscar toda posibilidad de supervivencia, dignidad o lo que fuera más de una comida al jornal a cuanto aldeano, agricultor o ganadero cayese en sus redes.

Todo de casa, decía María al salir a vender a escondidas, de sus dos vacas y sus cuatro gallinas, de la huerta que tanto ella como su madre se afanaban en trabajar y cuidar cada día de cada mes, todo el año, cada año, con su frío y su calor, para salir al paso del tiempo que les había tocado vivir. Las dos solas a cobijo de una suerte labrada con manos fuertes. Pero no solo cultivaban su huerta y la que por dos patacones le rentaba una tal Herminia, viuda y medio impedida por varios males, el peor de ellos la tristeza. También criaban animales, con maíz, harinas y algo de hierba, y terminaban muchos días con encargos de remiendos a las ropas viejas de toda la aldea.

—Hija, ya me estaba empezando a preocupar. No me gusta que vuelvas sola tan tarde —dijo Emilia a modo de saludo. Y al decirlo, recordó a su madre, a Cándida; en algún momento se había hecho cargo de una herencia en forma de preocupación, consejos y palabras.

—Madre, no se vaya a preocupar por lo que voy a contarle, pues hoy me pararon por el chivatazo de algún estraperlista afín al régimen. Ya sabe usted a quiénes me refiero. —Hizo una mueca y añadió—: A los que ven oportunidad de fortuna en el Cielo y el infierno, que compran hambre a la dictadura para vender comida a los hambrientos.

Los ojos de Emilia escuchaban expectantes.

—Pues nada, madre, que al final no pasó nada. Me hicieron mostrar todo cuanto llevaba. Les di mi identificación, y después de muchos miramientos y con la cesta casi vacía, poco podían hacer y yo me salvé. —María sonrió con un guiño a su madre.

—Ten mucho cuidado, hija —imploró Emilia—. Recuerda que ya esquivamos esa bala en demasiadas ocasiones. —Movió la cabeza temiendo la puntería de la próxima vez.

—Lo sé, madre. —Acarició el brazo de Emilia—. Difícil olvidar a aquel camisa azul de tres al cuarto descubriendo su cesta y apuntándola con el cañón de su arma.

—Tenlo siempre presente. En esa ocasión, al menos, di con un diablo que creía ser caballero y me perdonó la vida por ser mujer. Con otro, ni esa suerte tendría y acabaría como muchas otras, aun siendo mujer, madre, viuda, anciana o niña —dijo con pesar y los ojos muy abiertos, dejando su impronta en María—. Es por eso que debemos cuidarnos mucho de lo que hacemos, cuándo, cómo y dónde. Pero también velar por nuestra reputación y hasta de nuestra sombra en esta aldea, como en el resto de Compostela. Sin dar que hablar al pueblo, ¿entiendes?

María asintió a la mirada de su madre, intuyendo la llamada de atención que aguardaba tras su gesto firme.

—Has vuelto a saltarte la misa de las siete, María. El padre Bartolomé me ha recordado con su zumbido de avispa que tienes pendiente la confesión del santo precepto. Sabes bien que de no hacerlo se nos puede complicar mucho la vida.

—Descuide, madre. Mañana temprano me acercaré y que me apunte el cura en su librito. No le vayan a pesar mis pecados —dijo con un punto de irrisión—. Si él supiera que mi fe se la lleva el mismísimo Espíritu Santo nada más lo tengo a él delante...

Emilia movió la cabeza y María se preparó para una reprimenda que no acababa de llegar. Tal vez porque la fe de su madre era demasiado fuerte como para meterse en asuntos de la Iglesia. Acataba la imposición, los preceptos fueran santos o no, pues eran malos tiempos para el diálogo, para tener opinión, para hablarlo con nadie. En el fondo, ella mantenía su fe, sus creencias, sus valores, totalmente alejados de sotanas y misas de siete. Así lo había aprendido del conde de Altamira, de sus libros y de su propia vida.

—No te negaré que con curas como él, Dios no está seguro en el pueblo. Pero no te enfrentes a quien tiene el poder hoy, hija, tu vida es demasiado valiosa, y para ellos en cambio no vale nada. Esa no es tu batalla. Al menos, este no es el tiempo de librar esa batalla.

María escuchaba a su madre con atención. Siempre lo hacía. A ella debía su fortaleza, su tesón.

—Pues sí, madre, porque no creo yo que Dios necesite un librito de pecadores para llevar la cuenta de cada blasfemia o mal pensamiento. Tal y como andan las cosas en la calle, más preocupado estará por miserables, tuberculosos y por las tripas plagadas de bichos de los niños.

Emilia la miró compartiendo la misma idea, pero evitando la imprudencia de asentir ante su hija.

—Deja temas que no puedes solucionar y sal conmigo a la huerta. A ver si hay algo que puedas llevar mañana a Santiago.

Dispuesta a seguir a su madre a través de las jambas de la puerta trasera de la casa, María pensaba en cuánto había sacrificado su madre para sacarla a ella adelante. Sabía que había llegado a escribir artículos revolucionarios en distintos periódicos, sin estudios reglados para hacerlo. Conocía sus ganas de luchar, su poder de convicción, sus posibilidades. Estaba segura de que deseaba luchar por una España libre, por la democracia, la justicia, pero no lo hacía, no todavía.

Observaba a su madre, con las manos en la tierra húmeda, arrancando las malas hierbas a las tomateras, resuelta, con brío. Tanto que incluso parecía disfrutar.

—¿Cómo lo hace, madre?

Emilia miró a su hija sin entender.

—¿Acaso no guarda rencor al destino por haberle negado más suerte?

Con el semblante sereno, sintió el pesar en la voz de su hija y Emilia, templada, buscó aliviarla:

—Yo no pido suerte, hija, solo oportunidad. El destino no siempre es justo, pero, de alguna forma, a veces oscura y retorcida, esconde alguna oportunidad. Aunque no sea la que buscamos.

Emilia dibujó una sonrisa cercana y preparó la que sería una importante lección para su hija.

—Mira estas plantas. —Señaló unas tomateras de hoja vigorosa, espléndidas—. Hoy ha brillado el sol y se estiran con fuerza agradecidas buscando los últimos rayos del día, madurando sus frutos, carnosos, jugosos. Pero ayer llovía. También anteayer. Y la semana pasada. Y esa lluvia que a veces te incordia, que te impide ver el sol, es el agua que prepara la tierra para cuando los rayos de vida la alcanzan. —Hizo una pausa y cogió la mano a su hija—. Aprende a amar tu destino, María. Disfruta de lo que tienes y sueña con lo que quieres alcanzar. Eso nadie, ni en tiempos de paz ni de guerra, nunca, te lo podrá quitar.

María escuchó a su madre. Siempre lo hacía.

Esa noche, en la mesa, con todo lo necesario dispuesto para cenar, un ruido sorprendió a las dos mujeres. Provenía de la habitación del fondo: la habitación de Emilia. María, como un resorte cargado de valor, agarró el atizador de la lumbre que descansaba colgando entre ristras de ajos y cebollas trenzadas.

Emilia la miró con un gesto que parecía preguntarle si acaso no creía que exageraba, a lo que ella respondió empuñando el hierro como una espada, desafiante, con la mirada profunda de su padre en el rostro, preparada para defenderse de cualquiera que se hubiese colado con una mala intención.

Al entrar en el dormitorio, María encontró a un hombre de buena estatura, porte enjuto y ojos de almendra. Aunque trató de esconder lo que tenía en las manos, al verse sorprendido por las mujeres, en un descuido, dejó caer el camafeo sobre la colcha blanca que cubría la cama.

Emilia se adelantó con un mutis apretado exigiendo una respuesta por parte de aquel sujeto.

—Lo siento, señora —dijo él, sin resultar muy convincente.

Emilia recogió el camafeo, le echó un vistazo para asegurarse de que no había sufrido daño alguno y sin miedo se dirigió al hombre, mientras María lo apuntaba con el atizador.

—Señor, le ruego que se explique. Si quiere algo y le podemos ayudar, así lo haremos. Pero no robe a una pobre.

—Perdóneme, se lo suplico, no quería robarle. —Esta vez sonó sincero—. Buscaba un lugar donde refugiarme. Me buscan. Pero soy inocente.

María le escuchaba con más prudencia que su madre. Emilia recordó que, en cierto sentido, también era una fugitiva. Sabía que si Roldán o sus secuaces daban con ella, su destino sería más cruel que el del pobre diablo que tenía frente a ella.

—¿Qué hacía entonces con la joya de mi madre en la mano? —increpó suspicaz María, viendo la debilidad en los ojos de Emilia.

El hombre suspiró.

—Cierto que pensé en llevármelo —dijo con la mirada en la punta de sus zapatos—. Para sacar algo de dinero y continuar huyendo. Si me cogen no dudarán en pegarme un tiro.

Pese a que María creyó que pillaría al hombre en un renuncio, sus palabras habían sonado abrumadoramente sinceras.

—¿Y de qué le acusan? —preguntó María, sin dejar de apuntarle.

—De anarquista.

—Pasará aquí la noche —resolvió tajante y conmovida Emilia. No podía evitar recordar su paso por la Falcona, el triste final de Javier y el de todos los que vivían la misma suerte. Pensó que, tal vez, si el destino hubiese puesto en su camino una ayuda, él habría podido huir y esconderse. Pensó que merecía la pena intentar que alguien se salvara—. Comerá de nuestra comida y le daremos una manta para espantar el frío. —Hizo una pausa mostrando el camafeo—. Pero le ruego, señor, que no se lleve lo único que en estos días nos queda a los huidos para saber quiénes somos o quiénes un día fuimos.

El hombre, con las intenciones eclipsadas por la sinceridad de Emilia, asintió riguroso una suerte de promesa.

Ya sentados a la mesa, se presentó en un gesto espontáneo, llevándose la mano al pecho al tiempo que pronunciaba su nombre: Pedro Castro. A lo que ellas respondieron con la misma franqueza mientras le acercaban un plato de caldo humeante y un pedazo de pan de maíz, amasado aquella misma mañana con el buen hacer de María.

Él, agradecido, se lo hizo saber a las dos mujeres justo antes de que le mostraran el doble fondo del arcón de piedra usado para salar la poca carne de cerdo que tenían.

—Deberás esconderte aquí si alguien llama a la puerta —dijo María sosteniendo la madera con la que se cerraba el arcón.

—¿No tienes miedo de que duerma en tu casa un desconocido? —preguntó Pedro Castro admirando la belleza de la joven.

—Sí, la verdad —contestó resuelta, y añadió—: Pero creo que pocos son hoy los que duermen sin miedo. —Hizo un gesto resignado a la vez que despreocupado.

Él entendió y respondió con cierto brillo en la mirada.

—Además —añadió ella al ver aquel brillo—, ya sabes que no me tiembla el pulso para convertir en arma cualquier cosa a mi alcance —amenazó con gracia, burlona, provocando en él una amplia sonrisa, casi cómplice, o al menos que parecía inofensiva.

Al amanecer, Pedro Castro ya no estaba en esa casa.

—¿Cómo que no tienes el camafeo? —bramó el general Francisco Roldán—. Después de pasar allí toda la noche..., ¿no has conseguido nada? ¿Nada? —repitió enfurecido a un palmo de su cara, obligándole a mirar al suelo.

—Lo siento, señor —dijo él sin levantar la vista—. No he visto ningún camafeo. Tal vez nos hayamos equivocado de casa o lo hayan vendido.

Su superior lo escuchaba con desprecio.

—Un año más y el jefe no tiene lo que quiere. ¿Qué le voy a decir? ¿Que tal vez nos hemos equivocado?

Pedro bajó la cabeza, evitando dar la evidente negativa.

—Castro, no sirves para nada —espetó el general—. Vuelve con los libros. Más te vale que las memorias de ese cura nos permitan adelantarnos a los masones pronto si quieres salvar la cabeza —amenazó, y después dijo—: Tendré que encargarme yo por otra vía.

Pedro Castro apretó el gesto sin dejar de mirar la punta de sus botas negras, mientras Francisco Roldán preparaba lo que le diría al marqués de Bramonte.

74

Vilar de Fontao, 3 de julio de 2011

Era un Renault azul oscuro. No era un coche llamativo, pero era desconocido y despertaba miradas a ras de cortina entre los vecinos de una aldea como Vilar de Fontao. Sara había aparcado sin mucho esmero en la pequeña plaza frente a la iglesia, tras haber conducido varias horas apurada por el desasosiego de Adela, por su vista nublada de preocupación, pensando en qué estaría haciendo su tío Enrique, dónde la buscaría, qué sería capaz de hacerle a Martín si daba con él. Su odio a los masones era frío, como fría era su voz al mencionarlos, pero en los ojos escondía dos llamas. Su tío era un hombre astuto, un espía, un cazador, un caballero en una cruzada, en una batalla por la que nunca pediría perdón.

Adela habría preferido hacer el viaje sola, pues sabía que a su lado la joven masona no estaba a salvo, pero a la necesidad de respuestas debía sumar la del transporte, ya que su coche seguía en un punto de la N-VI, hasta esa mañana desconocido para su GPS. Por eso había accedido a viajar con Sara, única forma además de llevar consigo el artilugio diseñado por Bernarda Saavedra y tener alguna posibilidad de conocer el secreto del Maestro Mateo.

Estaban de pie en el atrio del templo, haciendo todos los esfuerzos permitidos y disimulados por entrar e inspeccionarlo a hurtadillas. Se alejaron para tener perspectiva del gran portón de madera y se quedaron mirando directamente sus dos aldabas, buscando más desafío que piedad. Dando el reto por terminado, Adela se sentó en el mismo atrio a pensar y no tardó en ser imitada por Sara que, silenciosa, lo hizo a su lado. Fue entonces cuando detectó una cruz grabada en la piedra del suelo. Parecía la losa de un difunto sin nombre, en donde solo había una fecha: «12 de diciembre de 1956». Con gesto de pena, acarició la cruz con la yema de los dedos. No tardó en encontrar una segunda cruz, quizá un poco más pequeña, pero igual de anónima y sin fecha que señalar. Sintió un dolor ajeno, lejano, por aquella persona que había perdido hasta el derecho a ser recordada. Pensó en las víctimas de su tío, de su abuelo y de cuantos como ellos vieron enemigos en las diferencias y creyeron que el derecho a la vida y la muerte lo marcaba una idea, solo una, la suya. Infelices aquellos que no merecían vivir, afortunados ellos con poder para ejecutarlos. Respiró con fuerza, liberando la imagen de Martín y Enrique dentro de un pensamiento. Se puso de pie y sorteó la losa mostrando respeto a los desconocidos. Vio entonces que Sara acariciaba solemne cada una de las cruces. Entendió que tal vez para ella no fueran totalmente desconocidos aquellos muertos.

—¿Quienes están ahí enterrados? —preguntó.

—Enterradas —corrigió Sara.

—¿Es a ellas a quienes se refería el Maestro Daniel?

La joven masona asintió.

—¿Y quiénes son? —se interesó Adela.

—Dos de las descendientes del Maestro Mateo.

Adela se arrodilló frente a las losas tratando de asistir a la solemnidad de Sara.

—Sé que pronto llegará el día en que podamos colocar aquí dos pequeñas placas, sencillas pero necesarias —dijo Sara—. Con ellas, cada una tendrá su nombre y su apellido, una identidad, también su paso por el tiempo, desde el nacimiento hasta el último de sus días. De esa forma daremos justicia a su historia, a su vida, sin más pretensión que guiar sin gloria los recuerdos de los vivos.

Asintiendo respetuosa, cabeza baja y mirada sobre la losa, Adela en un reflejo colocó la mano en el hombro de Sara. Gesto que la joven masona agradeció con una tímida sonrisa. De pronto a Adela le pareció ver a alguien.

Presa de la curiosidad, Raimunda asomaba medio cuerpo desde una ventana, ataviada con su bata de trabajo cruzada y recogida en un lazo que se intuía a su espalda. En un giro impredecible para aquella suerte de espía entrenada en cotilleos y rumores de aldea, Adela se topó con su ojo avizor, bien adiestrado bajo un peinado diseñado como morrión, con alerones desplegados de dudosa moda y nulo favor a la señora.

El tropiezo de aquellos ojos asustó a la tabernera, haciéndola recular y cerrar con fuerza la ventana tras ella.

—Esa mujer oculta algo. Lo sé —dijo Adela sin apartar la vista de la ventana.

—¿Y qué cantinero no oculta algo? —contestó Sara—. Todos conocen las miserias, las alegrías y hasta los secretos de sus asiduos clientes.

Adela asintió, abstraída en el alféizar de la ventana.

—Debo hablar con ella —dijo decidida, encaminándose hacia el bar.

—No vayas, Adela. No es necesario ahora —dijo la joven a sus espaldas.

Con la decisión tomada, Adela no se detuvo hasta que entró en el bar y estuvo frente a frente con Raimunda.

—No sé si me recuerda —empezó diciendo—, soy Adela Roldán.

La tabernera lanzó una fugaz mirada procurando mostrar desinterés mientras frotaba los posos morados a unas tazas de loza blanca, en donde con seguridad servía el conocido vino de la casa.

—Estuve aquí hace unos meses con mi marido y mi hijo —continuó—. Le pregunté por una casa, la que está junto al río, en la que vive una pareja de argentinos. ¿Lo recuerda?

—Yo ya apenas recuerdo cómo atarme los zapatos, *nena*. Y eso que ando en zapatillas —dijo con un suspiro mientras agarraba una torre de tazas y la colocaba en un anaquel a su espalda.

—Trate de hacer memoria, por favor —le pidió—. Sé que en esa casa vivió un carpintero, Ricardo Barreiro, con su mujer y su hija. —Eso le había dicho la anciana Carmiña Couselo, aunque en su sueño creyese ver siempre a dos niñas—. Después de que la mujer lo abandonara y se llevara a la niña, él se fue a Buenos Aires.

Una taza de loza cayó al suelo y se rompió en media docena de pedazos que se dispersaron entre el serrín del suelo.

—¿Está usted bien? —preguntó Adela.

La mujer se dio la vuelta, sin levantar la vista del fregadero.

—Sí, sí —musitó con el tono más apagado, fruto quizá del fantasma del pasado que le rondaba la cabeza.

—Este establecimiento lleva abierto desde 1939, el mismo año en que acabó la guerra civil, al menos eso reza en la pizarra de la entrada. —Adela señaló hacia fuera—. Seguro que puede decirme algo acerca de los que vivieron en esa casa.

—Sí, lo abrió mi padre en el 39. Y desde entonces no hemos tenido un problema con nadie —se defendió, sin ser necesario.

—Entiendo —añadió Adela al intuir una herida y un mal hábito en el modo de actuar de quien desconfía de todo el que pregunta.

—Yo no sé nada —insistió Raimunda—. Y si no vas a tomar nada, te pido que mejor te marches.

Genaro bajó el par de peldaños que separaban una pequeña cocina de la barra del bar, en donde no hacía otra cosa que ver un partido de fútbol a la espera de que el autobús de las siete acercase a los feligreses a misa, sabiendo que entre ellos alguna oveja descarriada haría allí penitencia a su manera.

La tabernera se había cerrado en banda. A base de errores, de haber hablado alguna vez más de la cuenta, evitaba decir nada no fuese a errar sin solución. Ya solo atendía a chismes y a rumores del tres al cuarto. Desconfiada, hija de la posguerra, esquivaba hablar de lo que no quería con miradas solitarias y palabras escurridizas.

Adela pensó que tal vez debería acercarse con otras preguntas, otro tema más inofensivo y cómodo.

—¿Tiene hijos? —soltó de pronto.

Raimunda, que pasaba un paño húmedo sobre la barra del bar, se quedó un poco descolocada, pero atendió la pregunta.

—Tengo. O debo tener, si Dios quiere. Él me bendijo con cinco criaturas, aunque uno no saliera adelante. —Movía el trapo con menos brío y el gesto nublado—. El *pobriño* vino al mundo en los tiempos del hambre y la miseria y no pudo superar un tifus antes de la primera comunión. —Hizo una pausa, suspiró—. Parece que lo estoy viendo. —Cerró el grifo con un golpe seco y levantó la vista a la nostalgia del pasado—. Mi Alfonsito... —Volvió a suspirar—. Era bonito como un sol.

Adela sintió lástima y posó la mano sobre su brazo mojado. En un primer momento la aspereza de Raimunda hizo que se sobresaltara, pero en cuestión de segundos, con el semblante circunspecto y los hombros encogidos, esta agitó la cabeza para sacudir los demonios y alejar los nervios que parecían devorarla con demasiada frecuencia.

—Yo solo tengo un hijo —dijo Adela—, pero no me quiero ni imaginar si algo malo le pasara. Por eso me cuesta entender que Ricardo Barreiro no buscara a su hija, su única hija —enfatizó.

—No se le puede culpar. ¿Qué iba a hacer un hombre solo con una niña? Pero si la pequeña apenas tenía un año...

—Pero... —balbuceó Adela, confundida—. Si la madre se llevó a una niña, me está diciendo que otra se quedó con el padre, ¿es así? ¿Marta Castro y Ricardo Barreiro tenían dos hijas?

—Uy, uy —dijo la tabernera presa de los nervios—. Yo no quiero problemas.

—Quédese tranquila, no los tendrá.

—Mira, nena... —Se acercó a Adela con los ojos puestos en Genaro, mientras él, ajeno, se bebía varios chupitos de orujo confiando en la discreción de sus aletargados sentidos—. Como buena gallega que soy, valgo más por lo que callo que por lo que digo. —Apartó la mirada de su marido y se centró en ella—. Eso no va a cambiar hoy. Hay que saber hacerse la tonta para salir adelante. Si no, que se lo digan a esa incauta de Marta Castro... —Miró al suelo con el gesto torcido y lo acompañó de un breve lamento—. Con su nombre escrito a fuego en las listas de rojos, comunistas y demás desgraciados, poco podía hacer.

—Pero desapareció en los años ochenta... —bisbiseó Adela.

—¿Desaparecer? —añadió con flema—. Bueno, sí, desaparecer desapareció. Si algo sabían hacer en aquellos tiempos era hacer desaparecer.

—¿Y quién la hizo desaparecer, según usted?

—Uy, *nena*, quién sabe. —Dio un respingo—. Había un marqués, malo como el demonio, que vino una vez a este mismo sitio y le preguntó a mi padre por María Rey, la madre. Dios la tenga en su gloria. Cuántos *trabajiños* pasó la pobre por sacar adelante a la hija. Mucho le tuvo que dar a la aguja. —Hizo un gesto de hilvanar en el aire y bajó la voz—. Ya me entiendes.

—¿Acaso era madre soltera?

—La verdad, como si lo fuera. Estaba casada con una sombra. Nunca nadie en el pueblo supo su nombre ni conoció su rostro. —Hizo una pausa—. Sería un *escapao* de esos. Solo sé que salía de noche y se acercaba a la iglesia. Igual hacía penitencia ante la Virgen... Ve tú a saber...

—Volviendo a Marta —trató de retomar Adela—, la mujer de Ricardo Barreiro, ¿cree que el marqués la hizo desaparecer junto con una hija?

—Quién sabe... —Suspiró—. Pero no, no lo creo. A ese hombre le movía la codicia por encima de su odio a los rojos. Igual su tío, un general de La Coruña en los tiempos de la guerra, si la llega a tener delante... —Miró a los lados, aunque no había nadie más que ellas, Genaro y su botella de orujo bajo la barra—. Dicen que firmaba sentencias en falso para apropiarse de cuantos bienes se le antojaban, y si para conseguirlos tenía que liquidar a unos pobres estorbos, pues lo hacía y fuera. —Deslizó una mano contra otra a modo de sonora palmada.

Adela no sabía si estaba más sorprendida por todo cuanto estaba conociendo o por la facilidad con que Raimunda se estaba abriendo a hablar.

Pero mira, te voy a decir una cosa —continuó la tabernera—, él no era el único. En los tiempos de la guerra y en los que vinieron después —asintió añadiendo un tono que parecía recriminar lo injustificable—, los que fueron vencedores se llevaban todo lo que querían: el trigo, el centeno, el maíz, al principio con la excusa de la guerra, pero luego vinieron otros antojos... Que se lo pregunten a los artesanos de la zona vieja. —Cruzó los brazos reprobando las acciones que iba a contar—. Sobre todo los de la azabachería... —susurró a modo de confesión—. Esos cerraban los talleres al ver llegar a los gobernantes del Opus Dei. Que decían sacar a España de la pobreza y, a ver, si esa gente tan entendida dijo sacarla, la sacaría, pero en mi familia y cuantas hay por aquí alrededor, todas decentes, éramos y somos igual de pobres. Eso sí, vivimos todos más tranquilos.

—¿Los gobernantes del Opus? —dijo contrariada.

—Bueno, los que trabajaban para ellos, ya me entiendes. Mucho le debían gustar las joyas a esa gente... Nunca tenían suficiente. Y, claro, después a ver quién se atrevía a pasarles la cuenta. —Soltó un bufido—. Una ruina...

—Opus Dei, azabachería, joyas... Espere, espere un momento. Entonces no cree que el marqués tuviese que ver en la desaparición de Marta —ahondó.

—Yo no sé nada. Pero, a ver, había un coche oscuro —rememoró Raimunda con la mirada tornada—. Parece que lo estoy viendo, de esos largos con los cristales también oscuros. En aquellos tiempos no se veían muchos de esos y menos por aquí —le dijo saliéndose por la tangente—. Empezó a circular por la aldea a última hora de la tarde, al poco de morir los padres de la joven Marta. De hecho, la primera vez creo que fue el día del entierro del padre. Ve tú a saber, igual el padre vivía escondido y, con esta costumbre nuestra de dar tanta publicidad a las esquelas y a los dimes y diretes de los muertos, alguien dio con la hija.

—¿Recuerda algo de ese hombre, el que conducía el coche? Tal vez algún cliente comentó algo de él... —Adela intentó profundizar.

—No. Nada. —Hizo una breve pausa—. Bueno, espera, sí había algo que tenía muy molesto al vecino más cercano a la casa de Ricardo Barreiro. El que iba en ese coche le dejaba la entrada de la finca llena de colillas. —Hizo un mohín de repugnancia—. Eso es todo, nena. No es gran cosa, pero es lo que sé y te puedo decir.

Adela permaneció frente a la tabernera como en una especie de trance hasta que un empujón seco abrió la puerta del bar. Tras ella, Sara avanzó y se situó al lado de Adela. Raimunda la observó en silencio, con la curiosidad y la expectación que le eran propias.

—Adela —susurró la joven—, debemos buscar la forma de entrar o pronto será la hora de la misa.

—Gracias, Raimunda. —Adela volvió a tocarle el brazo—. De verdad.

El gesto de la tabernera mostraba extrañeza, pues creía no haber dicho una palabra y haber sido de poca ayuda.

—No me las des, mujer, que no he dicho nada —se convenció cuando ya se marchaban—. ¡Esperad! —gritó saliendo al trote hasta la puerta.

Las jóvenes se dieron la vuelta, sorprendidas.

—¿Necesitáis entrar en la iglesia antes de la misa?

—Así es —contestó Adela.

—Entonces seguidme —les dijo encaminándose hacia la iglesia—. Hay un túnel de los tiempos de la guerra que conecta las ruinas de un monasterio cisterciense con la iglesia de Santa María. Está sin uso desde la guerra civil, cuando algunos pobres infelices lo usaron para esconderse de una ejecución segura.

—Gracias otra vez —le dijo Adela con el tono sobrio.

Raimunda asintió con la reconfortante sensación de haber sido realmente de ayuda. Esta vez sí.

Con el ábside orientado al este, tres vanos con altura de medio punto permitían que la escasa claridad de esa hora de la tarde rompiese efímeramente la penumbra de aquella capilla semicircular. Adela enseguida estableció un parecido con Santa María de Eunate. Al igual que aquella, el altar lucía la piedra desnuda, sin retablo, con toda la atención centrada en la Virgen y el Niño. Debajo de ellos, la inscripción que había delatado el verdadero color de la imagen: *«Virgini pariturae»*.

—Nuestra Señora del Mar —susurró con cierto éxtasis la joven con su voz aterciopelada—. Gesto sobrio y templado, mirada de madre..., es tan hermosa como decía mi abuela.

—¿Tu abuela?

—Sí, bueno, al menos una de ellas —respondió enigmática.

—¿Acaso llegó a tener la talla ante sus ojos alguna vez?

—No, pero Emilia le hablaba mucho de Nuestra Señora del Mar.

Adela se sorprendió al escuchar el nombre de Emilia y la miró a los ojos haciéndole saber su extrañeza.

—Fue como una madre para ella —respondió Sara—. Creció bajo su amparo y protección. También con sus libros, sus cuentos y, por supuesto, su devoción por Nuestra Señora del Mar. Llegó a describírsela con tal lujo de detalles en los momentos más inciertos y sombríos de su vida que soñó con ella en más de una ocasión. Siempre le decía: «Sé fuerte, Inés, la niebla sigue su camino. Espera, paciencia, la luz vendrá».

Adela meditó aquellas palabras unos segundos y se adueñó de su mensaje, de su ánimo, lo necesitaba para ella misma. Supuso que a Emilia no le importaría, tampoco a Inés.

—¿Tu abuela se llamaba Inés?

—Sí. Ella y su hermano Antonio quedaron huérfanos cuando eran muy pequeños.

Uno de los artículos de Emilia reclamando justicia, con toda probabilidad el que más le había impresionado, hablaba del triste final de Manuela, la Tuerta del Gregorio. Recordó a sus dos huérfanos, pudo imaginarlos, sentirlos, y evitó añadir nada.

Adela y Sara contemplaron la talla de la Virgen unos segundos en silencio. Era muy hermosa con su piel negra como el azabache y un perfecto y delicado óvalo con dos ojos del color de la esmeralda.

—¿Sabías que son dos esmeraldas auténticas? —dijo Sara con admiración—. Tengo entendido que el maestro que la talló quiso reproducir los ojos de la mujer que amaba. Era tan grande el amor que sentía por aquella dama de alta cuna, fuera totalmente de su alcance, que solo cuando sus padres vieron los ojos de su hija en la belleza inmortal de la Virgen, aceptaron que se desposara con él.

—Bonita historia.

—Sí, muy bonita. —La joven se giró hacia Adela—. ¿No lo has visto todavía?

—¿El qué?

—Son tus ojos, Adela.

Un golpe seco y el quejido de unas bisagras las estremeció. En un gesto inconsciente de miedo, se juntaron y se cogieron las manos. El ruido provenía de la sacristía. Adela se acercó con los latidos golpeando con fuerza en su garganta muda. Sara la seguía.

—Ha debido de ser esa ventana. —Adela señaló la hoja de una vieja ventana que todavía temblaba por el soplido de un viento al que no podía hacer frente—. Supongo que estaría mal cerrada o que es tan antigua que los herrajes de la cerradura no encajan bien.

Repuestas, con los nervios más controlados, volvieron sobre sus pasos.

El altar se elevaba sobre una tarima de madera avejentada por el paso del tiempo, con tonalidades que se acercaban más al gris que a su castaño natural.

—¿Ves que la madera de la tarima está vieja y seca? —preguntó Adela.

—No es de extrañar, llevará aquí muchísimo tiempo y con los recursos justos para mantenerla.

—Sí, estoy de acuerdo. Pero fíjate en el tablón lateral. —Señaló con una mano colocándose en cuclillas.

—¿Qué le pasa?

—Fíjate bien. Esta madera es mucho más reciente. Han tratado de asimilar un poco el color a antiguo, pero se nota en las esquinas que es madera nueva.

—Tal vez la anterior estaba muy deteriorada y solo pudieron cambiar ese tablón.

—No creo. El frontal también está muy dañado. ¿Cómo es posible que hayan cambiado el lateral y no el frontal? —se preguntó en realidad a sí misma—. Ayúdame a tirar de aquí —dijo agarrando un extremo del tablón.

Sin hacer uso de una fuerza excesiva, la madera cedió de los puntales y dejó al descubierto un acceso al interior de la tarima. Adela se tumbó en el suelo boca abajo, para sorpresa de Sara, y alargó un brazo hacia aquella abertura de la que únicamente se percibía oscuridad y gruesas telas de araña.

—¡Lo sabía! —exclamó Adela—. Tenía que haber algo aquí dentro.

—¿Y qué es? —preguntó la joven con curiosidad, sin dejar de tender una mano para ayudar a que se levantase.

Sobre el mismo altar donde la Virgen parecía observarlas expectante, Adela colocó dos libros polvorientos que parecían muy antiguos. Ambos tenían un tamaño equivalente a una cuarta. Cogió uno en la mano y lo abrió. Se trataba más bien de un cuaderno manuscrito y anónimo, al estilo de los diarios de jóvenes damas del siglo XIX. En ellos las señoritas plasmaban triviales desvelos y sueños que nunca podrían revelar.

El quejido ronco de la madera sobre la piedra del suelo parecía alertar del tropiezo de alguien con un banco. Se asustaron y tomaron posiciones a ambos lados de Nuestra Señora a modo de soldados que defienden una posición, rastreando con ojos inquietos y prudentes la nave hasta la puerta. No detectaron ninguna otra señal de alarma, por lo que se sonrieron sintiéndose quizá un poco ridículas por el exceso de celo, y volvieron a colocarse frente a su hallazgo sobre el altar.

Con la curiosidad quemándole la yema de los dedos, Adela empezó a pasar hojas de aquel cuaderno sin nombre, repleto de dibujos con un punto infantil que no se molestó en descifrar. Tenía prisa, esa era la verdad, necesitaba averiguar por qué tenía ese sueño, con esa mujer, con esas niñas, y volver. Volver al lado de Álvaro, de Martín, de sus padres. Pero antes debía averiguar ese secreto del que ahora parecía depender todo lo que le importaba, lo que realmente quería, su mundo.

—«La hija del mar esmeralda» —leyó en voz alta—. Parece un cuento.

Sara cogió en las manos el cuaderno como si quisiera abrazarlo, pero conteniendo el impulso de acercarlo a su pecho. Adela pensó que tanta emoción tal vez se debiese a la devoción heredada de su abuela Inés.

—No es un cuento, es la leyenda de Nuestra Señora del Mar —corrigió Sara.

Con una tenue sonrisa dibujada, la joven leía cada página, de izquierda a derecha y de arriba abajo. Pasándolas con sumo cuidado, una tras otra, con un gesto que alternaba tensión y ternura. Parecía realmente entregada a la lectura, absorta y cautivada por ella.

—¿Y bien? —se interesó Adela—. ¿Qué dice la leyenda?

—«Una niña de un pueblo lejano a orillas de un mar fue secuestrada por unos piratas, hombres sin fe ni escrúpulos. La pequeña vio arder su pueblo totalmente desvalijado y no dejaba de llorar en la travesía a bordo del barco de sus captores. Sin comer ni beber una gota de agua, lloraba día y noche sin dejar de rezar a Nuestra Señora del Mar».

Adela la escuchaba con la atención entregada a la historia, atrapada por el relato, por la voz suave de Sara, pero no solo por ella, había otra voz con las mismas palabras. Susurraba débil dentro de su cabeza, atrapada en un recuerdo que no sabía qué parte de realidad encerraba, pero quería subir, aflorar, flotar, como una burbuja perdida que ascendía desde el fondo del mar.

—«Para sorpresa de la niña, la Virgen, piadosa y madre, se le apareció y sintió su dolor, el dolor de cada lágrima, de cada lamento. Así fue como Nuestra Señora del Mar tornó sus ojos del mismo verde intenso que llevaba la huérfana en su rostro».

—¿Cómo sigue? —se interesó Adela.

—«Fueron tantas las lágrimas de la niña, que Nuestra Señora la miró con auténtico dolor de madre y de sus ojos brotaron preciosas piedras esmeralda en forma de lágrima».

—¿Lágrimas de esmeralda? —se sorprendió Adela.

—«Después, Nuestra Señora del Mar protegió a la niña mientras la furia del Atlántico daba justicia a los captores. De ese modo, la pequeña náufraga encontró destino en la orilla, creciendo fuerte, sin miedo a las tormentas ni a los monstruos ni a los hombres» —terminó la lectura totalmente abstraída—. Fin.

—Déjame ver —pidió Adela alargando la mano hacia el cuaderno—. «La hija del mar esmeralda»... —musitó en trance, en un lugar a medio camino entre la realidad y el espejismo, el presente y el pasado.

No era la primera vez que escuchaba aquel cuento. Adela estaba convencida. Segura. Y trató de recordar.

75

Vilar de Fontao, mayo de 1983

—¿Os ha gustado el cuento? —preguntó María.

Clara hacía gorgoritos en su cuna, acostada, con los ojos en la punta de su nariz, abrazada a su peluche como a un mejor amigo de orejas largas, cara de conejo y mirada de cristal. De él no se separaba nunca y solo a él de entre sus juegos y juguetes sonreía cariñosa con cuatro dientes. Ana, tumbada en la cama, abrazaba a su abuela con fuerza, agradecida por el cuento, con el entusiasmo intacto de escucharlo por primera vez, pese a pedirlo noche tras noche un número de semanas que a María le parecía infinito, y aun así antes de ir a dormir se acercaba a su cama, le colocaba en los pies la bolsa de agua caliente, le frotaba las manos, se sentaba a su lado y lo recitaba de memoria con la mejor de las intenciones. Alguna vez se le olvidaba una parte y añadía dos o tres, dando fuerza a la historia, haciéndola más entretenida, buscando ese punto de sorpresa que despertaba la curiosidad en Ana, que abría mucho los ojos, expectante, para después sonreír con el mismo final. A sus cinco años la niña detectaba las diferencias cada día, casi se lo sabía de memoria también, pero no protestaba porque desde la pérdida de su abuelo, la memoria de su abuela parecía lejana, un eco triste y débil, una nube que flotaba envuelta en recuerdos, al contrario que sus pasos, grávidos, mortales, más pesados, vagando por pasillos en las noches en vela, sin encender la luz para no molestar a nadie, buscando la claridad de alguna estrella en la ventana, quizá también a su abuelo. Ana lo sabía, escuchaba sus pisadas en el leve crujir de la madera, intuía sus formas al pasar frente a su puerta entornada, pero no decía nada a su abuela, le gustaba su sonrisa y pese a su corta edad podía advertir la sombra que caería sobre su rostro si le preguntaba por qué no dormía. Prefería disfrutar de su compañía, de sus historias y sus cuentos, y «La hija del mar esmeralda» era su favorito.

—Me gustaría tanto ver los dibujos del cuento... —comentó Ana con palabras almibaradas y ojos de quien se sabe querido.

—Está guardado en un lugar secreto, junto con otro libro igual de valioso —teatralizó María entre susurros y sonrió—. De hecho, solo tú y el abuelo, que ahora está en el Cielo, sabéis dónde están.

La niña asintió, traviesa, haciéndose un ovillo en la cama, dejando que su abuela le acariciara la pillería que dibujaba en el rostro.

—Solo yo sé dónde están. —Sonrió.

—¿Quieres que te diga algo más de ese cuento? Algo que no te he dicho nunca antes... —continuó actuando María.

Ana abrió mucho los ojos, estirando las piernas bajo la sábana y destapándose hasta la cintura en un intento por recibir con más claridad cada palabra, por entenderlas mejor. Su abuela sabía cómo estimular su curiosidad y su imaginación, ambas innatas, sin fondo ni fin, las mejores, las auténticas, las de los niños.

—¿Te he hablado alguna vez de mi madre, tu bisabuela? La niña negó con la cabeza.

—Se llamaba Emilia y fue quien me dio el cuaderno repleto de cuentos que guardaste con el abuelo. Ella creció junto al mar, escuchando sus secretos y contándole los suyos. Lo adoraba, lo extrañaba. Siempre quiso volver y descansar en él, mecer sus ojos con las olas, leer un buen libro en lo alto de un acantilado o cuentos como «La hija del mar esmeralda» en la orilla. —Hizo una pausa y vio a su madre en la memoria, su mirada cariñosa, con el peso de mil lecciones, su destino, su fin—. Una noche de luna llena, asomada a la ventana, vio pasar siluetas de nubes flotando dispersas, misteriosas, y recordó las brumas del mar, recordó el lugar en el que había nacido y recordó a Nuestra Señora del Mar. Entonces me habló de un camafeo. Un camafeo de azabache con el rostro de Nuestra Señora del Mar y el Niño en brazos. Me contó algo increíble —dijo en un susurro exagerado, alimentando la expectación de Ana—, me dijo que esa joya era casi tan misteriosa como la piel negra y los ojos color esmeralda de Nuestra Señora del Mar.

María estiró el brazo hacia la mesita y alcanzó el joyero de su hija Marta. Lo abrió y con dos dedos como pinzas tiró suavemente de una cadena.

La niña aspiró el aire con sorpresa, inmóvil en la cama.

—¡Nuestra Señora del Mar! —exclamó Ana.

—Este es el camafeo que yo heredé de mi madre, de Emilia, como un día ella lo heredó de la suya. Hoy es de mi hija, tu madre, y sé que algún día será tuyo. Deberás protegerlo, igual que Nuestra Señora del Mar protege a cada madre y a sus hijos. Así me lo enseñó tu bisabuela, así se lo enseñó también a la tía Inés.

María evitó decirle que la devoción de Emilia a Nuestra Señora del Mar buscaba aliviar un dolor más profundo que el Atlántico, más fatigado que mil noches de tempestad, tal y como fue el duelo por su hijo José María. Por eso no tardó en ofrecer la misma devoción y salvación al ánimo de Inés, a la que quería como a una hija, tras sufrir la pérdida de un niño dentro de su vientre, sumida en la condena de no poder ser nunca madre.

—Protegeré el camafeo, abuela. —Lo guardó entre sus manos, como si de un pequeño cofre se tratase—. Y seguro que yo descubriré sus misterios —fantaseó.

—Descansa, Ana. —Dibujó una sonrisa plácida en un largo suspiro. Después, con cariño, la besó en la frente y devolvió el camafeo al joyero de Marta.

María se irguió despacio, apoyándose como podía en el cabezal de la cama y la mesita de noche; los mareos eran fuertes, el mal recuerdo de un golpe, peor. Había sido el pasado agosto, un asalto, dos espías, un entierro y la memoria del dolor.

—¿Por qué no volvió al mar, abuela? —preguntó Ana en un susurro desde la cama.

Sorprendida con la pregunta, María se giró despacio y miró a su nieta.

—¿Por qué Emilia no volvió al mar? —repitió la niña.

María no podía decirle que la vida de Emilia no había sido fácil, que aprendió a amar su destino porque no tuvo más opción que ceder, que había vivido tiempos oscuros y que le cortaron las alas para volver al mar.

—Tal vez sí haya vuelto —dijo enigmática.

Recordó las palabras de su madre, una noche de verano con el canto de los grillos, el rumor del río cercano y el calor lejano de un día tibio. A sus pies una alfombra de cebollas, secas y listas para ser guardadas, después de dos días recibiendo sol sin agua. Su madre suspiraba por la inmensidad que había conocido de niña desde un acantilado, el verde intenso de árboles de todas las edades fundiéndose con el azul profundo del Atlántico. Ese día María quiso auxiliarla diciendo que tal vez pronto pudiese ir a ver su mar. Emilia, serena, con el eco resignado que había conocido en su madre, en Cándida, le dijo en un hondo suspiro: «Dicen las olas: no hay tiempo. Dice el mar que sí lo habrá».

Los ojos de María resbalaron por el rostro inocente de la niña hasta llegar al suelo. Apagó la luz con una mano fría y la memoria tan caliente como dolorida, en tensa calma, en silenciosa espera. Esa noche dejaría la puerta cerrada.

76

Vilar de Fontao, 3 de julio de 2011

—Este es el libro —dijo Sara, y su aliento parecía rozar el éxtasis.

—¿Estás segura?

—Totalmente. La carta de presentación la firma su autor: Padre Eliseo, en febrero de 1922. A lo largo de cuatro páginas confiesa sus pecados, sus miserias como hombre. Amaba a una mujer, a... —Sara hizo una pausa y miró a Adela—: Celia Gómez de Ulloa, hermana del conde de Altamira, y con ella tuvo una hija, de quien se desentendió como padre y se ocupó solo como cura.

Las dos intercambiaron una mirada de absoluta sorpresa.

—Vaya con el cura... —murmuró Adela.

—Se desentendió como padre, pero se arrepintió toda su vida. Dice: «Ruego a Dios fe suficiente y el perdón en las Alturas, por haber sido un cobarde, un canalla, un miserable, a quien su hija llama padre, no siendo más que un cura».

Aquellas palabras penitentes arrastraban mil pesares. Conmovieron a Adela, a su facilidad para enjuiciar.

—No somos quién para juzgar —dijo Sara, como si pudiera escuchar los pensamientos de Adela—. Cada decisión es fruto de una circunstancia irrepetible. Imponderables que mutan en el tiempo, obligándonos a actuar en consecuencia. Este cura confiesa su pecado como alma atormentada que busca expiación. Si vivió con culpa y arrepentimiento, él solo se había condenado ya. Todo lo que hiciera en su vida para enmendar su pecado, ni tú ni yo lo sabemos.

Adela optó entonces por el silencio. La joven Sara la había hecho dudar de su educación, de sus valores. En su casa se juzgaba con relativa ligereza a cualquier persona, independientemente de su condición. Se ceñían a los hechos. La caridad, sin ir más lejos, era una acción que, en palabras de su abuelo Roldán, se practicaba para cumplir los dictados de la Iglesia, no para ayudar a los pobres; aquellas malas cabezas pobladas de infinidad de malas decisiones desde su nacimiento. Se preguntó entonces quién era Sara, quién era su familia y dónde estaba su casa para haberse construido como persona con aquellos valores.

—No me has dicho de dónde eres —dijo tratando de iniciar un acercamiento—. Por tu acento entiendo que eres gallega, ¿no es así?

—Sí —contestó brevemente sin abandonar su lectura.

—¿Y cuándo entraste en la logia?

—Nunca entré. Puede decirse que llevo en ella toda mi vida.

—¿Tus padres forman parte de la logia también? —intentaba profundizar.

—Tal vez de alguna forma. No lo sé. No los conocí.

Las respuestas deliberadamente escuetas y ambiguas obligaron a Adela a desistir de su interrogatorio, centrándose de nuevo en aquel libro.

—El padre Eliseo comenzó a escribir esta suerte de memorias a la muerte de su hija Cándida. —Sara hizo una pausa y compartió una reflexión—: Pobre hombre, quizá le faltó valor para afrontar la llegada al mundo de su hija, pero a su muerte la despidió desconsolado, entre la culpa, el cariño y el llanto, hasta que la tierra concedió también liberarlo.

Con un gesto compasivo, Adela compartió aquel pensamiento y la joven continuó explicando lo que acababa de leer.

—El padre Eliseo quiso plasmar en este libro todo cuanto Celia Gómez de Ulloa le contó de la Casa de Altamira, con el único fin de entregárselo algún día a su nieta Emilia.

—¿Y por qué no llegó a ella?

—Hasta donde sé, por lo que me ha contado el Maestro Daniel, este libro llegó a manos de los nacionales durante la guerra, tras el incendio en la iglesia de Nuestra Señora del Mar. Fue a parar a manos de Francisco Roldán y este le ordenó leerlo y descifrarlo a Pedro Castro. Por alguna razón que desconozco, llegó a oídos del arzobispo de Santiago de aquel entonces, Antonio Bramonte Medina, quien no tardó en sumarse a la caza sin tregua de las joyas de Bernarda y, por añadidura, de Emilia.

Adela abrió mucho los ojos y agudizó el entendimiento cuanto pudo.

—¿Arzobispo Bramonte Medina?

—La familia Bramonte se dividía en militares del más alto rango, arzobispos y demás canónigos que torpedeaban el servicio a Dios por servir a otras causas mucho menos elevadas. —Arqueó las cejas con el sobreentendido.

—He tenido ocasión de conocer al marqués de Bramonte y parecía encajar bien en la estirpe familiar —añadió Adela—. Lo que no sabía era que incluso abarcaba a arzobispos de Santiago.

—Sin ir más lejos, en el siglo pasado fueron dos los arzobispos de Santiago de esa familia: Bramonte Nájera y Bramonte Medina. Este último fue el que persiguió a Emilia. Si por él hubiera sido, la habría colgado de una torre de la catedral bajo acusación de bruja o hereje, todo por quitarle el camafeo y enterrar cuanto pudiese saber —dijo confesando rabia en la voz—. Y en la actualidad, el hijo del marqués ya ha alcanzado ese poder sobre la Catedral de Santiago. A él debemos el empeño por borrar cada ritual del peregrino, con prohibiciones y restricciones propias de una suerte de museo, monedas de plata incluidas, al más puro estilo de mercaderes y filisteos.

—El arzobispo... —susurró Adela recordando sus ojos grises en la Catedral de Santiago el día de su visita.

—Sí, Antonio Bramonte Azcárate. Hijo del marqués de Bramonte y de Victoria Azcárate. Entiendo que te sorprenda, los Azcárate eran intelectuales, liberales y también masones.

Al escuchar aquellos apellidos juntos Adela sintió una fuerte sacudida en el cuerpo, tan honda que alcanzó su memoria. Y no solo por aquella unión entre un hombre y una mujer de ideas, formas y fondos opuestos. No, no era eso. Las últimas palabras del marqués antes de morir a manos de su tío Enrique volvieron a su mente para golpearla: «Tu padre dejó a un niño sin madre, y hoy tú dejarás a un hombre huérfano». Eso le había dicho. Fue justo antes de recordarle que llegaría la venganza. ¿Habría una venganza entre los Bramonte y los Roldán? Otro escalofrío le removió las entrañas y volvió a temer por Martín. ¿Qué clase de familia tenía si su abuelo había matado a Victoria y su tío al marqués? Se preguntó si su abuelo habría ejecutado a esa mujer delante de su propio hijo, quien hoy era arzobispo... Quiso creer que no y se dijo que no, pero realmente no lo sabía.

—Debería volver... —murmuró Adela un pensamiento.

Sara levantó la vista del libro del padre Eliseo y la miró con ojos tristes, traspasada por la preocupación que veía.

—Ya estamos cerca, Adela —pidió con su voz suave.

Pero Adela negó despacio con la cabeza.

—Está aquí. —Sara movió el libro en una mano—. Compruébalo tú misma; ese cura sabía dónde estaba el laberinto de Bernarda, sabía dónde encontrar el *Codex Magister*.

Dibujado con esmero, en una hoja del libro, con la pluma delicada de un artista o escribano, Sara señalaba con el dedo el artilugio que integraban las dos joyas creadas por el azabachero Ortega. Ambas imitaban brillos del metal a la perfección, volúmenes del azabache, y descuidaban el laberinto, que aparecía difuminado, impreciso, al igual que la esfera del reloj. Casi con seguridad, el viejo cura quiso proteger lo poco o mucho que sabía de aquellas joyas y de lo que escondían, a su manera, para que solo quien las tuviera en su poder pudiese leer su secreto.

Sara abrió el camafeo como un libro, tal y como ilustraba el padre Eliseo. A la izquierda vio el reloj astronómico, la fina línea que señalaba un día exacto en el calendario, el nombre de un santo: 23 de junio, festividad de San Juan. No necesitó demasiado tiempo para entender la referencia al pueblo de San Juan de Meirande.

—El laberinto está en San Juan de Meirande —exclamó Sara buscando los ojos de Adela, y le acercó el libro para dar los últimos pasos de aquel descubrimiento junto a ella.

Adela leía al lado de la joven masona, pero a un ritmo más pausado, en un estado que rozaba la abstracción, con la preocupación por Álvaro y Martín susurrando en sus oídos, pues recordaba que debía volver con ellos, hacer algo para protegerlos.

Ante ellas, en letras inclinadas y abrazadas, con palabras precisas y delicadas, se encontraba la explicación del padre Eliseo sobre la importancia del laberinto, su significado medieval. Representaba un camino de peregrinación, en donde el peregrino en soledad debía vencer a sus demonios para encontrar la paz. Acto seguido, el viejo párroco de San Juan de Meirande indicaba dónde estaba el laberinto de Bernarda Saavedra con la misma pluma rigurosa con que describía todo en su libro, en aquella guía creada para su nieta Emilia, en donde quería preservar el legado de la Casa de Altamira, en hojas de fino papel con el amarillo de los años. Desconocía el desdichado cura a esas alturas de 1922 que, años después, a una guerra civil cruenta le seguiría el hambre, la persecución y un estado permanente de locura y desvelo.

—¡Al fin! —Sara miró al cielo con gesto de agradecer al universo—. El laberinto se encuentra en el jardín del Pazo de Altamira, en el recinto medieval que un día levantó el Maestro Mateo y tiempo después utilizó para guardar el códice Bernarda Saavedra —dijo la joven, con la ilusión de un niño la mañana de Navidad—. Igual ahora está un poco descuidado o rehecho con otras dimensiones, pero está ahí. Según dice el padre Eliseo, a principios del siglo XX, cuando escribió este libro, se disponía alrededor de unas monstruosas y bien conservadas figuras de boj, muy del gusto medieval. Se accede a él a través de un puente que cruza dos estanques.

—Recuerdo esos estanques de mi visita al pazo con el guía. El de las bondades del hombre y el de los vicios y perversiones del mundo. Sus aguas están canalizadas para el mantenimiento de todo el jardín —dijo Adela, incapaz de compartir el entusiasmo de su compañera o haciéndolo solo a medias, sin dejar de sentir que ella no tenía que estar allí, que lo único que le aceleraba el corazón y ponía en alerta su ánimo eran las intenciones de su tío.

Miró entonces a la derecha, trazos intrincados que dibujaban el laberinto y ocultaban una discreta muesca en un punto al oeste.

—Aquí dice el padre Eliseo que se encuentra una cripta —continuó explicando Sara al tiempo que le mostraba aquella marca a Adela, pues quería hacerla partícipe y sabía que no lo era, que su mente orbitaba en torno a otro pensamiento, a otra preocupación—. En esa cripta, descendiendo unas escaleras, hay un arca de piedra...

A Sara se le encogió el estómago, contuvo el aliento y liberó el entusiasmo.

—En el arca de piedra está... ¡el *Codex Magister!* —dijo con ojos de frenesí y una amplia sonrisa blanca.

Adela asentía despacio, a medio camino entre la felicidad de Sara y el miedo por Martín, como si recibiese el mensaje en diferido, en ondas lejanas y lentas que iban alcanzando una tras otra la orilla de su entendimiento.

—Un momento —dijo Sara con una sombra nublando su entusiasmo—. Por lo que dice aquí, el *Codex Magister* permite descifrar el mensaje encriptado con cientos de marcas en la Catedral de Santiago, pero... —Parecía buscar otra respuesta más satisfactoria moviendo páginas como alas de pájaro ante sus ojos—. Esto será una complicación —murmuró para sí misma.

—¿Qué pasa? —preguntó Adela—. Es justo lo que me habías dicho, ¿no? Que ese códice permitiría descifrar el mensaje oculto en las piedras de la catedral compostelana —dijo buscando entender la reacción de Sara.

—Así es. Pero eso no es todo. Según dice aquí... —señaló el libro con una mirada— el *Codex Magister* por sí solo no permite descifrar el encriptado de las piedras. Necesita otro códice. Al igual que son dos joyas las que unidas guardan el *Codex Magister*, son dos códices los que permiten desentrañar los secretos en las piedras de la Catedral de Santiago.

—Dos códices... —pensó un segundo Adela—. No será el...

—Exactamente —interrumpió Sara leyendo su pensamiento—. El *Codex Magister* es coetáneo del *Codex Calixtinus*. Los dos integraban el *Liber Sancti Iacobi*. El *Calixtino* suma cinco libros numerados del uno al cinco, y el del Maestro Mateo debería completarlo con los libros seis y siete. Pero, por algún motivo, por ese mensaje en las piedras, para que nunca fuese descifrado, la Iglesia tildó el códice de apócrifo.

—¿Cómo sabes tú eso?

—El padre Eliseo llegó a tener el códice en sus manos. Lo explica aquí. —Señaló de nuevo sobre una hoja manuscrita, concediendo a las palabras del párroco el grado de verdad absoluta—. En él pudo leer de la mano del propio *ma-*

gister, del maestro constructor, que la respuesta la esconde el conjunto: el *Liber Sancti Iacobi*. Necesitaríamos ver juntos los dos códices para leer lo que ocultan las marcas de las piedras de la catedral —dijo en un soliloquio acelerado que solo subía de velocidad, de intensidad en sus elucubraciones, en sus conjeturas—. La Catedral de Santiago está llena de símbolos y de marcas grabadas en las piedras que se atribuyen en su mayoría al Maestro Mateo, que nadie ha sido capaz de descifrar, porque todo respecto a él es un misterio, hasta para su propia descendencia lo ha sido... y continúa siéndolo —murmuró para sí misma.

—Pero... —balbució Adela un segundo—, ¿cómo habría de guardar un secreto tan grande..., un texto, unas piedras... al alcance de cualquiera?

—En ocasiones, los mayores secretos se exponen a la vista de todos. Pero solo puede verlos aquel capaz de entenderlos. Recuerda: «*Quem videre, intelligere*»; el lema de la Casa de Altamira.

Pero Adela lo único que recordaba era la cara de su tío con un revólver en la mano, un marqués muerto con ojos de espanto, los ojos verde esmeralda de Marta Castro, la mujer de su sueño, la de la fotografía, madre de dos niñas, tal vez muertas, ojalá vivas. Volvió a pensar en su hijo, sin dejar de estremecerse, viendo la sonrisa inocente de Martín, y acto seguido sus ojos de miedo ante su tío...

—Entonces... Ya está —dijo Adela con los ojos cerrados a la vez que sus manos decían «¡basta!», ordenando a su miedo que dejase de devorarla y, a la vez, con el cansancio en la voz de quien carga preocupación—. Quiero decir... Ya sabemos que las joyas de Bernarda Saavedra conducen al códice del Maestro Mateo, que este lleva siglos oculto porque alguien poderoso en la Iglesia no quería que formase parte del *Liber Sancti Iacobi* junto con el *Códice Calixtino* y que el motivo no es otro que ambos códices, integrados de una forma que todavía desconocemos, permitirían descifrar el mensaje oculto en las piedras de la Catedral de Santiago. —Guardó silencio dos segundos viendo los ojos de Sara brillar redondos y expectantes, incapaz de prevenir la contundencia con la que Adela tomaría una decisión tan necesaria como valiente—. Ahora necesito volver ya a Madrid. Necesito proteger a mi hijo. Él es mi prioridad.

El chirriar de una puerta o quizá de una ventana arañó el silencio incómodo que inundaba la iglesia.

—Otra vez viene de la sacristía —bisbiseó Adela, temerosa, con el corazón golpeando su pecho, con la imagen de Enrique en la cabeza.

Se acercó en dirección a aquel ruido, sintiendo un leve temblor de manos, sus pies con mil hormigas, la boca seca, aspirando miedo como calor del desierto. Creyó ver el bajo de una sotana, una mano con un misal. Sopesó opciones y respiró más tranquila tragando saliva. Después devolvió la mirada a la joven para advertirle:

—Tal vez sea el cura o un monaguillo preparando la misa. Será mejor que salgamos de aquí.

Adela se adelantó con pasos largos, aunque ligeros, casi etéreos, tratando que las pisadas flotasen en lugar de delatar sus ansias de trote hasta la puerta. Sara se dispuso a seguirla, apuró movimientos, quiso correr también, pero le faltó el aliento. Alcanzó la puerta sin resuello, se la veía fatigada, congestionada, con ojos desorbitados, haciendo señas desesperadas para que Adela abriese la guantera del coche. El libro del padre Eliseo acabó en el suelo, abierto en la última hoja. Adela hizo lo que le pedía. Encontró un inhalador, se lo acercó y vio cómo su respiración se acomodaba con cada pulsación.

—¿Estás bien? —preguntó Adela con cara de susto.

—Ahora ya sí —agradeció Sara dibujando una sonrisa que espantase al miedo—. Nací prematura y como consecuencia soy asmática. —Hizo una mueca resignada—. Tanta prisa por llegar al mundo y estoy obligada a conocerlo a ritmo de paseo.

Las dos jóvenes intercambiaron una sonrisa con la ocurrencia.

—¿Qué son estas cruces? —dijo Adela recogiendo el libro del suelo y sacudiéndole la arena.

Sara cogió el libro del padre Eliseo y vio que tenía dibujadas cruces, latinismos que desconocía e incluso extraños símbolos.

—Estas son algunas de las cruces de consagración de la Catedral de Santiago. —Señaló sobre el papel omitiendo el resto de símbolos que desconocía—. Fueron ungidas y bendecidas por el arzobispo Pedro Muñiz en la Edad Media.

—¿Y qué hacen aquí? ¿Qué pueden tener que ver las cruces o ese arzobispo con el Maestro Mateo?

En silencio, Sara mostraba gesto de pensar, de dudar, reconsiderar y al final se lanzó a explicar:

—El arzobispo Pedro Muñiz fue un conocido nigromántico de la época. De hecho, cuenta la leyenda que dedicó su vida a descifrar marcas de cantero e infinidad de señales y símbolos en la Catedral de Santiago. —Hizo una pausa, analizando la reacción de Adela, creyendo ver interés por aquella argumentación, y decidió continuar—: Tal vez este arzobispo conocía la existencia de los dos códices, coetáneo como era del Maestro Mateo, y por eso trató sin éxito de descifrar las marcas en las piedras de la catedral, porque sabía lo que buscaba. —Hilaba conjeturas, una tras otra, con el ritmo de sus palabras acelerado, deteniéndose únicamente para coger aire, un aire que le recordaba templar la exaltación de su ánimo por el bien de su asma—. De hecho... —dijo comedida, a punto de pronunciar una reveladora pregunta—: ¿sabes dónde está enterrado el arzobispo Pedro IV?

Adela la escuchaba con toda la atención de la que era dueña en aquella circunstancia.

—Frente al Maestro Mateo —exclamó Sara, ahogando palabras—. En el parteluz del Pórtico de la Gloria de la Catedral de Santiago. —Clavó su mirada en la de Adela—. Estarás conmigo en que no puede ser casualidad —sentenció con cejas levantadas, y se llevó una mano al pecho.

Adela recordó la lápida en bronce del arzobispo Pedro Muñiz de su visita a la Catedral de Santiago. Realmente ¿era posible?, se preguntó, e inmediatamente sintió un escalofrío.

Sara continuaba con la mano en el pecho. Volvió a toser, a sudar, amenazada por el asma. Adela, sin dar tiempo a la duda ni tampoco a que se lo pidiera, le acercó el inhalador a la boca.

—¿Te encuentras mejor?

La joven masona asintió con la cabeza.

—No deberías continuar poniendo a prueba ese inhalador —dijo Adela con voz de madre.

Sara sabía que tenía razón, pero aquel hallazgo significaba mucho para ella. Todo cuanto estaba viviendo era lo que había soñado desde niña. Todo.

El coche se encontraba aparcado a escasos veinte metros de donde estaban. Adela le prestó sus manos para que se levantara y la joven masona sonrió agradecida. Después mostró el ángulo de su brazo, por si necesitaba apoyo hasta llegar al coche. No tanto por necesidad como por cortesía o porque habían hecho buenas migas, Sara accedió y caminaron juntas.

La inercia conducía a Sara al Pazo de Altamira, allí debía encontrar el códice del Maestro Mateo. Eso era lo que había ocultado Bernarda Saavedra, y antes que ella sus padres, sus abuelos, cada generación hasta llegar a la Edad Media, al maestro constructor, al primer conde de Altamira. Ese códice era valioso, no cabía duda. Pero ¿qué podría esconder para que la Iglesia quisiera hacerlo desaparecer? Aunque no bastaba con ese códice, eran necesarios los dos. *Calixtinus* y *Magister* se complementaban, eran las dos piezas a encajar para descifrar el mensaje que guardaban las piedras.

Pero Adela tenía otra prioridad, ella debía volver a Madrid. No tenía intención de dejarse arrastrar por la dinámica de una logia masónica a la que agradecía que le hubiesen salvado la vida, pero no podía hacer más por ellos. Un códice medieval, un arzobispo nigromántico, un secreto encriptado en la catedral... Nada tenía que ver ella con todo aquello que desafiaba su cordura, la cordura de cualquiera. Adela negó con la cabeza, alejando todo aquello de su mente, reteniendo solo una pregunta que todavía necesitaba una respuesta: quién era la mujer de su sueño, por qué estaba con su padre en la foto que el marqués de Bramonte le había hecho llegar. Tenía que hablar con su padre, él era la pieza clave en su puzle. Y ese era el único puzle que necesitaría entender una vez tuviera a salvo a su hijo. Sara tendría que continuar sin ella.

Se detuvieron ante la puerta del conductor. Sara suspiró, le pidió que condujese y se alejó rodeando el coche. Lo hizo aun sabiendo que pedía un imposible, viendo que en sus ojos la preocupación por su hijo era mucho más grande que su deseo por encontrar el códice del Maestro Mateo. Adela la siguió con la mirada, sin responder todavía, sintiendo las llaves en la palma de la mano y buscando la forma de insistir en la negativa, pues no podía acompañarla, que sus caminos allí se separaban. El timbre del teléfono la sobresaltó. Dentro del bolsillo del pantalón, Adela sintió que el aparato vibraba con la urgencia de quien llamaba.

—Hay un coche aparcado frente a la casa de la sierra, en donde estamos nosotros... —dijo Álvaro, nervioso, como nunca lo había escuchado.

El aire parecía faltarle ahora a Adela. Jadeó despacio, contenida, y consiguió hablar.

—¿Estáis... los dos? ¿Estáis bien?

—Sí, Martín está bien. Pero desde hace un par de horas hay un coche negro aparcado justo en la puerta.

—¿Has podido ver a alguien dentro?

—No, los cristales traseros están tintados. Y el conductor... imposible verle la cara. Pero no necesito ver su cara, Adela, tengo la matrícula: 5106 BTZ. Es el mismo hombre que vigilaba la entrada de la guardería de Martín el otro día.

Con la palidez de la cera y el miedo entorpeciendo su lengua y su cuerpo, Adela buscaba la forma de calmar a Álvaro. Quería decirle que no se preocupara, pero, en lugar de eso, las piernas le temblaban, su garganta estaba seca y se ahogaba con un pensamiento, en la oscuridad de un agujero. Sabía lo que significaba esa matrícula, su padre le había enseñado, a modo de juego o quizá para protegerla algún día, a identificar coches de espías de lo que un día fue la Sección BIS Antimasónica y que ahora no eran más que cloacas y hedor a mal recuerdo.

Paralizada, no supo de dónde venía. Tampoco cuál era su dirección. El taxi no aminoró al entrar en la pequeña plaza de la aldea. Parecía buscarla a ella y sin esfuerzo la encontró. Adela no tuvo tiempo de esconderse, ninguna opción en aquel espacio diáfano de suelo arenoso, sin más coches que el Renault azul y un único árbol centenario al lado de una marquesina. Aceleró con pequeños derrapes y algún que otro volantazo, ajeno a las miradas de Raimunda, la tabernera, escondida tras el visillo de una ventana cerrada.

El impacto contra la chapa del coche derribó a Adela como a una muñeca de trapo. Creyó escuchar gritos, tal vez los suyos, ningún intento de auxilio, sin más testigos que el silencio de Raimunda.

Arrastrada como un bulto sobre una tapicería con olor a tabaco rancio, el impertinente taxista que la llevó a casa de Carmiña Couselo el día que la encontró muerta, el mismo que días después la dejó en el Pazo de Altamira, cerró la puerta trasera con fuerza para retomar el volante, diligente, como un autómata programado con una única función. Inmóvil, dolorida, a punto de desvanecerse, trató de ver, de entender, por una rendija entre sus párpados. Del asiento del acompañante se volvieron unos ojos: los ojos oscuros del diablo.

—Tú... —balbuceó Adela antes de desfallecer.

77

Santiago de Compostela, 4 de julio de 2011

La luz que inundaba la habitación era blanca. Como blancas
eran las paredes, las baldosas del suelo y por supuesto el techo. Un gran cubo blanco iluminado en exceso. En un lado,
lejos de romper el aura nívea, la cama en que se encontraba
enterrada y también una silla. Adela recuperó un pensamiento, el primero tras abrir los ojos y ser obligada a cerrarlos de
nuevo por la violencia de la luz. Pensó en el esperpento, en
lo innecesario de aquel chorro de luz que ni ayudaba al descanso ni mostraba nada que fuese diferente al blanco.

Su mano estaba caliente, sus pensamientos fríos, hela-
dos. Casi como una provocación, la piel se exhibía encima
de la pulcritud de la sábana. No estaba sola. Sobre la suya
había otra mano. Una más grande que parecía querer protegerla. Probablemente, como lo había hecho siempre, de alguna forma. Enfocó la vista, con el gesto todavía espeso,
y encontró una sonrisa triste que la recibía, como si todo ese
tiempo en aquella cama no hubiese sido más que un fantasma,
un espectro ausente que se escondía de aquel fondo blanco.

—Papá —musitó, tratando de incorporarse.

—Sssh —siseó Adolfo, incrementando sin querer la tristeza que contenían sus ojos al verla—. Despacio, hija, has vuelto a golpearte en la cabeza.

—Me han atropellado —dijo alterada—, lo recuerdo bien. —Lanzó una mirada en derredor y preguntó con el gesto descompuesto—: ¿Qué hago aquí?

—Te han traído aquí para que te recuperes —trató de atemperarla—. Necesitas descansar un poco.

—¿Quién me ha traído aquí? ¿Dónde estamos?

—Adela, estábamos muy preocupados por ti —respondió Adolfo, condescendiente—. Ni tu madre ni yo, ni nadie... sabíamos dónde estabas.

—Álvaro sí lo sabía —se defendió, dejando caer las piernas de la cama, bajo la sábana blanca que insistía en cubrirla, para sentarse—. Y también sabía que no estaba sola, que había otra joven ayudándome.

—Él solo sabía que estabas en Galicia, con tus indagaciones. —Encogió los hombros despacio, apesadumbrado, arrastrando un gran peso.

Adela se puso en pie de un brinco. Llevaba su ropa y hasta sus zapatillas puestas. Le dolía la espalda. En realidad le dolía todo el cuerpo. Vio sangre en la manga de su suéter. Buscó el origen en su brazo. Lo revisó a conciencia, girando la muñeca y también el codo. No encontró nada que justificase aquella mancha. Definitivamente, la sangre no era suya. Se asustó.

—¿Dónde está la otra joven? —exhaló con ánimo espinoso.

Su padre la miró contrariado, sin entender. Fue consciente de la sangre en el jersey de algodón y trató de acercarse, sin llegar a hacerlo. La mirada suspicaz de Adela se lo impidió.

—Había una joven conmigo cuando me atropellaron. Yo no estaba sola, papá. Había alguien más conmigo: una joven. —Miró con fijeza a su padre queriendo obligarle a entender—. Esta sangre —estiró la manga, ajena a la fuerza que deformaba la tela— no es mía. Probablemente sea de esa joven.

—Adelita... —Recuperó el tono condescendiente, haciendo que ella volviese a tener cinco años—. Estabas sola. No había nadie más contigo.

Adela se tapó la cara con las manos, alterada, frustrada, incapaz de hacer entender a su padre.

—Sí, papá —sollozó nerviosa—. Había una joven... —Su voz se perdió en un hilo.

—Adela, te lanzaste sobre el taxista y no pudo frenar. El pobre hombre no sabía qué hacer. Por suerte, un compañero de tu tío Enrique estaba cerca y los dos te trajeron hasta aquí.

—Enrique, claro —comenzó a recobrar la fuerza, con los ojos enardecidos—. Ha sido él..., cómo no se me habría ocurrido antes —se amonestó—. La tiene Enrique —afirmó—, estoy segura. Él la retiene.

Adolfo cabeceó pesaroso, con la vista arrastrada sobre las blancas baldosas.

—¿Cómo se llamaba esa joven? —se interesó, tratando de acercarse a su hija.

—Papá, tienes que ayudarme a encontrarla —pidió con los ojos abiertos, suplicantes.

—¿Cómo se llamaba? —repitió él.

Comenzó a mirar a izquierda y a derecha con ojos inquietos, rebuscando en su memoria, tratando de encontrar un nombre en aquellas paredes blancas.

—Ahora mismo... no me acuerdo —balbuceó con cierta preocupación—. ¡Sara!, se llamaba Sara.

—¿Sara? ¿Como tu profesora de tercero? ¿La del accidente en la excursión al monasterio del Císter?

Adolfo suspiró de nuevo.

—Sé lo que estás pensando y te equivocas —se defendió ella—. Esta vez es verdad. Estoy segura. Había una joven conmigo, ayudándome a resolver un misterio relacionado con la extraña pesadilla que tenía de niña —dijo atropelladamente—. La pesadilla, papá —llamó su atención sobre aquel hecho—, ¿la recuerdas?

Continuaba mirándola fatigado, pesaroso. Adela reparó entonces en sus ojos ausentes, secos. Su padre sufría el mal silencioso de quienes han perdido sin haber luchado. Lastraba culpas, silencios, cansancio. Lo vio lejano, pequeño, al otro lado de un gran puente colgante, con cuerdas de cáñamo deshilachadas y podridas por el tiempo, también por el temporal. Bajo sus pies, una corriente incontestable y embrutecida, tan fuerte que le impedía avanzar.

—Papá —dijo con voz queda, recortando distancia—, ¿quién era la mujer de mi sueño?

Adolfo dejó caer la cabeza hacia delante, derrotado, buscando quizá enterrar los recuerdos más allá de la blanca baldosa.

—He visto la fotografía en la que la abrazas —continuó Adela—, se os veía felices...

Adela vio caer dolorosos recuerdos sobre el suelo pulido. Sintió un pinchazo en el pecho y puso la mano sobre el hombro de su padre. Como un reflejo, él la cubrió con la suya, desesperado, como un náufrago a quien la corriente quiere engullir sintiéndolo ya derrotado. Receptiva y cercana, se fijó en la holgura de la alianza que llevaba en su dedo. «Demasiado grande», pensó. Lo abrazó con fuerza, entendiendo que hay amores tan grandes que ni el mar ni la corriente pueden terminar de ahogar, y compartió su pérdida.

Adolfo se rehízo despacio, agradecido, salvado, en parte al menos, y se dispuso a hablar palmeando sobre la cama para que Adela tomase asiento.

—Esa mujer... —susurró sintiendo la garganta todavía inflamada—. Se llamaba Marta Castro.

«Marta Castro, por supuesto», pensó Adela. Se habría dado un golpe en la cabeza, pero recordaba perfectamente ese nombre, ese rostro, esos ojos color esmeralda... o al menos eso creía, que era dueña de sus recuerdos.

—Sí, fuimos felices juntos, pero no duró mucho. —Hizo una pausa valorando profundizar en causas y culpas y continuó incapaz de ahondar—. Después, ambos rehicimos nuestras vidas con otras personas.

Adela escuchaba las palabras de su padre confiando en su sinceridad. Necesitaba saber todo de esa mujer y él sabía por qué.

—En mi sueño hay una niña y también un bebé —dijo mientras su padre parecía implorar fuerza en una esquina de la habitación, probablemente a falta de ventanas por las que imaginar la huida—. Y a esa mujer la mata un hombre, un sicario, de forma cruel.

Adolfo contuvo el aire en el pecho unos segundos antes de contestar.

—Tuvo un final trágico, lo sé —musitó—. No se merecía nada de lo que le sucedió.

—Papá, mírame un segundo —suplicó sin respuesta—. Marta Castro tenía los ojos verdes. Verde esmeralda. Mírame, por favor. —Adolfo accedió—. Ahora dime: ¿por qué tenía los ojos verde esmeralda como yo?

—Ella era tu madre, Adela —confesó.

Incapaz de prever todavía la reacción de su hija, sacó despacio de un bolsillo de la chaqueta una cartera de piel negra, la abrió y, de uno de esos compartimentos escondidos y apretados, pensados para cosas pequeñas y también para secretos, extrajo una fotografía. Se la mostró. En ella Marta posaba con una sonrisa melancólica y un bebé en brazos.

Las palabras se cruzaron con las imágenes de una joven madre y de un cuerpo caliente tendido al pie de una escalera. Un recuerdo manchado de sangre. Ojos verdes, miedo, gritos sordos, el humo de un cigarro, el rostro del diablo y el doloroso llanto de un bebé con su conejo de peluche.

—Tengo una hermana —murmuró como si despertara de un mal sueño esclarecedor—. Soy hija de Marta Castro y tengo una hermana.

—No, Adela. —Adolfo cabeceó despacio, negando, intuyendo la afrenta.

—¿Dónde está Sara? —preguntó alterada—. Ella debe saber algo de mi hermana... ¿La tiene Enrique? No me mientas, papá. Lo he visto en el taxi. El fumador me trajo aquí. Él mató a mi madre... Ese hombre... —Adela recordaba el olor del tabaco y le revolvía las entrañas, le abría arcadas, desde niña odiaba aquel olor.

—Tranquila, Adela —rogó su padre—, las cosas no son como te las imaginas...

—Si tú no me ayudas, la encontraré sola —espetó alcanzando el pomo de la puerta para salir con el paso firme.

En el fondo del pasillo, el humo de un cigarro anunciaba la presencia de aquel hombre de ojos oscuros y nariz aguileña. Sin medir las consecuencias, Adela apretó el paso hacia él. Al lado del empedernido fumador, su tío Enrique la miraba fijamente. Ambos caminaban más despacio que ella. El encuentro, frente a frente, de tío y sobrina refrenó los primitivos instintos contenidos en el cruce de miradas y abogó por la sobriedad y la templanza de verdaderos maestros de armas decimonónicos. Consciente de su vulnerabilidad en aquella escena, Adela enmascaró la ira con un gesto de sutil animadversión. Enrique fue el primero en hablar y le pidió que se tranquilizase, necesitaban hablar. Y lo hizo acompañando el tono de la voz con el movimiento de sus manos, sin dejar de mirarla a los ojos, desconfiado. La condujo a una especie de sala o despacho, indudablemente más cómoda que la habitación de la que acababa de salir. Un sofá de piel en un rincón, alguna planta dispersa sobre una gran mesa de cristal rodeada de sillas y al lado una cajonera de metal. Frente a ella, extraños artilugios cableados y recogidos en una vitrina, probable expositor de tiempos lejanos y, con seguridad, oscuros. Dio un respingo.

Enrique la invitó a tomar asiento en una de las sillas de cuero negro situadas frente a la gran mesa. Al principio pensó en rechazar el repliegue de armas, aun así no tardó demasiado en aceptar y sentarse; quería escuchar todo lo que tenía que contarle.

—Adela —dijo pretendiendo un tono cariñoso—, nada es como crees.

Ella respondió con el gesto constreñido, esperando la argumentación a aquellas palabras.

—Eres adoptada, sí, pero por tu propio padre. ¿Acaso él no te lo ha dicho? ¿No te ha contado quién era tu madre biológica? Tu padre es un hombre débil. —Pudo ver cómo Adela apretaba la mandíbula—. No le culpo —trató de suavizar—, pero sus recuerdos están sesgados por el desdichado final que tuvo esa mujer a la que un día quiso: tu madre. Tal vez por eso no te ha dicho que ella era masona, formaba parte de una secta integrada por personas muy peligrosas. Tanto que un día, probablemente como fruto de esos sádicos rituales que practicaban, la mataron. Y tú, que contabas no más de cinco años, lo presenciaste todo. De ahí esas pesadillas con las que hemos estado luchando todos en la familia para protegerte: desde el abuelo Roldán hasta yo mismo y, por supuesto, tus padres. El resto es fruto de tu imaginación —apuntilló él.

Las cejas de Adela parecieron desmayarse lentamente, afectadas por aquellas palabras. Bajó los ojos un segundo y, de inmediato, recobró la fuerza, fijando su mirada en él dispuesta a lanzar su respuesta.

—No es cierto. Yo he visto al fumador, le he reconocido. Fue él quien mató a mi madre —espetó con ira contenida.

—Vuelves a equivocarte, Adela —añadió condescendiente—. Él te salvó.

—¿Que me salvó? —bramó tragando saliva, nerviosa—. Vi cómo mataba a mi madre y hoy le he visto cuando me atropelló ese taxista psicópata. Seguro que trabaja para él y puede que también para ti.

Enrique escuchaba su réplica, sus conjeturas, sin inmutarse. Parecía preparado para afrontar aquella conversación desde hacía mucho tiempo.

—En eso tienes razón, Adela. El fumador, tal y como le llamas, trabaja para mí. Es un compañero de armas desde los tiempos del CNI, y mucho antes también. Y por suerte, gracias a que siempre he velado por ti, le encargué que vigilase la casa en la que naciste, en ese pueblo cercano a Compostela, Vilar de Fontao. —Hizo una pausa medida y suspiró para continuar—: Eras muy pequeña, Adela, solo una niña de cinco años, y los recuerdos en la niñez no se fijan bien. Pero los traumas... —alargó cabeceando— se retuercen en la memoria y la distorsionan casi siempre. Tu mente, Adela, ha creado la figura del fumador, de un cruel asesino. —Los ojos de ella parecían afectados, escuchaba—. Has mezclado el ritual masónico y pagano del fuego que practicaban quienes mataron a tu madre con el hombre que te salvó y te sacó de allí: un fumador, sí, pero no un asesino.

El cuerpo de Adela evidenciaba tensión. El rictus de su rostro parecía descender por su espalda, dejándola muy recta, dudando de aquel relato, dudando de su cabeza.

—Sé que tengo una hermana, la vi en...

—¿En tus sueños, Adela? —interrumpió Enrique sin contemplaciones—. Siempre quisiste tener una hermana, y tu mente, y su capacidad para distorsionar lo ocurrido, te la dio en esos sueños. —Hizo una pausa dudando si añadir algo más—. En tu cabeza creaste a tu hermana y hasta le pusiste nombre: Clara. Fue durante las sesiones en blancas habitaciones de centros de recuperación como este. El abuelo Roldán quería ayudarte a pensar con claridad y con un gran equipo de especialistas de la Obra, pero tu mente se aferró a la ilusión creando esa hermana.

Adela se llevó las dos manos a la cabeza y hundió los dedos en las raíces del pelo.

—No es verdad —exclamó negando con la cabeza—. Tú trataste de matarme —espetó apuntándole con un dedo—. Querías el camafeo y me pusiste una pistola en la cabeza. No lo he soñado. Lo he vivido.

—No quería matarte, Adela —dijo en voz baja, tratando de acercarse a ella—. Los especialistas en tus sesiones de recuperación, desde pequeña, nos dijeron que era importante llevarte al extremo para que tu conciencia volviese. Sufres episodios de despegue de la realidad con alucinaciones, fruto del trauma que presenciaste.

—Vi cómo acababas con la vida del marqués de Bramonte —bramó parapetada en sus convicciones.

Enrique negó con la cabeza despacio y contestó contundente a la par que sosegado.

—Solo viste a un anciano que se desplomaba ante mis pies. Nada más que eso; era mayor y su obsesión por esa joya, el viejo camafeo —desdeñó—, acabó provocando su muerte.

—¿Acaso me vas a negar que también quieres el camafeo? —dijo desesperada, confundida—. ¿No quieres el códice del Maestro Mateo?

—En eso sí estás en lo cierto. Soy yo quien debe encontrar ese códice, Adela, pero no por los motivos que te habrán dicho esos locos sectarios —dijo convincente—. De existir un códice tan valioso para la historia de la humanidad, debería estar bien protegido, ¿no crees? Lejos de masones, brujos y otras manos equivocadas.

Adela se mordió un labio, nerviosa, sentía ese frío en el estómago que la devoraba.

—Escúchame bien —advirtió severo—, esos masones son peligrosos. Debes entregarme lo que tengas de ellos y continuar con tu vida. Piénsatelo. El pequeño Martín te necesita.

Confusa, Adela le preguntó a su tío por el lavabo so pretexto de la indisposición que le había provocado aquel derroche de información. Enrique la miró, la vio pequeña, derrotada, y accedió dando su trabajo por terminado.

Caminaba despacio, mientras intentaba ganar tiempo para ordenar el maremágnum de su cabeza, rebobinando todo cuanto había escuchado. Recordaba las palabras de su padre cuando de niña le explicaba que siempre hay dos versiones de un hecho. ¿Era posible? ¿Su versión de los hechos era la más alejada de la realidad?

Miró a un lado en el largo pasillo blanco de luces enjauladas y vio la endiablada máquina de electroshock en un cuarto iluminado tan solo por una luz roja sobre el marco de la puerta. Sintió que ya había estado allí antes. O quizá no. ¿La estaría traicionando su mente?

Entró en el aseo y cerró la puerta tras ella. Se miró en el espejo. Bajo sus ojos, la necesidad de descanso y sueño oscurecía su rostro. Abrió el grifo decidida a lavarse la cara. Había dormido tan poco en los últimos días... ¿Realmente había estado sola todo ese tiempo? ¿Era posible que todo el conocimiento adjudicado a esa joven de nombre Sara lo guardara su mente desde la niñez, desde la crianza con una madre masona? Volvió a sumergir sus facciones en agua contenida en la cavidad de sus manos. Se fijó en cómo caía el chorro, descendiendo en espiral por la cerámica blanca del lavabo. Lo seguía con la vista hasta su embocadura en el desagüe, veloz como un remolino. Hierática, continuó absorta viendo el agua caer. Dudaba de sí misma, de todo lo escuchado. No tenía en su poder el libro del padre Eliseo, tampoco el artilugio de Bernarda. Ahora ni siquiera estaba segura de que existiesen esas cosas. Lo único que tenía en su poder era un lugar: un punto en un laberinto que debía conducir a una cripta. De existir, allí tendría que estar el códice del Maestro Mateo. Cogió un gran pedazo de papel, se secó la cara y lamentó la herida en su memoria.

Distante y frío, con el cuerpo relajado sobre el cuero de la misma silla en la que lo había dejado minutos antes, parecía tranquilo. Ella, en cambio, se sentía nerviosa. Él lo sabía. Enrique Roldán apretó los dientes y estiró ligeramente los labios, complacido.

Adela parecía rendida a sus argumentos, ¿por qué su tío iba a querer matarla un día y sentarla en un sillón de cuero a hablar un día después? Su mente la traicionaba. ¿La habían engañado esos masones con sus historias? Cedió y le habló del libro del padre Eliseo, de las joyas de Bernarda, del laberinto en el Pazo de Altamira, de la cripta y el arca, pero sobre todo le contó cuanto sabía del códice del Maestro Mateo. Juraría que lo vio todo con sus ojos, pero también creía no haber estado sola, sino con una joven de nombre Sara, aunque todo indicaba que no había sido así. Tal vez había encontrado ella sola el libro del cura... pero, de ser así, ¿dónde estaba? No lo sabía, ya no le importaba, estaba cansada, quería volver a casa. Continuó dando detalles hasta sentirse vacía. Adela evidenciaba inseguridad en su relato, una inseguridad que ensombrecía su gesto y la mostraba vulnerable. Enrique escuchaba severo, con las piernas cruzadas, los codos hincados en los apoyabrazos y la barbilla descansando sobre el puño abrazado de sus manos. El silencio de Adela le indicó que no tenía más que decir. No en ese momento, al menos. Él se levantó con aplomo y palmeó su espalda sin estridencias para que ella le siguiese. Parecía sonreír, concediendo cierto mérito a Adela, complacido. La despidió en la puerta. Allí la esperaba su padre, con los ojos hundidos y los párpados enrojecidos de tanto llorar. Con él volvería a Madrid, se reencontraría con Álvaro, abrazaría con fuerza a Martín y poco a poco se recuperaría de todo. Era hija de una masona, asesinada en un extraño ritual, seguía sin tener una hermana, pero al menos sabía que su tío no había querido matarla.

Salió de aquel lugar taciturna, con el sonido de aviones aterrizando y despegando sin cesar. Caminaba por un garaje que juraría conocer de antes, pero no estaba segura. Avanzaba pidiendo permiso, volviéndose tras sus pasos, observada por la atenta mirada de su tío en el umbral de la puerta y de aquella sombra envuelta en humo.

Adolfo le abrió la puerta del coche y ella subió despacio, rendida, sintiéndose incompleta, lejana, con un regusto a traición que no acababa de entender. El viaje anticipaba silencio, su padre no diría nada más. No podía, le dolía. Adela se conformaba con mirar por la ventana. El trayecto era verde, lleno de prados y praderas, de distintas tonalidades, del verde lima al verde musgo, del oliva al esmeralda. Verde, el color de la esperanza, el de sus ojos, el de unas lágrimas de cuento. Metió una mano en el bolsillo, buscaba un pañuelo en el que enjugar una gota salada y furtiva. Encontró el juego de llaves de un coche, un Renault Megane, se fijó en la figura que colgaba del llavero y sintió que se ahogaba. Quizá un recuerdo borroso o pura intuición. Dorado y bruñido, el distintivo reposaba en su mano. El pequeño conejo, con sus orejitas pegadas a la cabeza, la recibía a través de dos ojos de cristal. Ojos con una tristeza que parecía sonreír, la misma con la que ella lo contemplaba en su palma. Sin dejar de observarlo, sintió que recuperaba la cordura, como el niño perdido que encuentra el rostro de su madre entre la multitud, como el soldado que ve su hogar en el claro de un bosque, como un oasis para un sediento.

Sara era real, tal vez todo lo fuese. ¿Dónde estaba ahora? ¿La tendría su tío? ¿Habría conseguido huir? Tal vez estuviese en la cripta, buscando el arca con el códice. En ese caso, ella, sin saberlo, la había arrojado a los brazos de su tío. Tenía que encontrarla, tenía que salvarla.

—Papá, ¿te importa que paremos en una estación de servicio?

Adolfo la miró sorprendido, apenas llevaban diez minutos de conducción.

—Necesito ir al aseo —dijo ella.

—Claro. Aprovecharé para llenar el depósito.

Adela sacó papel y bolígrafo del bolso y esperó a que su padre se acercase a pagar al interior de la tienda. En ese momento, él estaba de espaldas, vio clara la oportunidad.

Apoyado en el marco de la puerta, el viejo fumador había presenciado la despedida de Adela y Adolfo con la mirada nublada. A su lado, Enrique Roldán mantenía el porte, ojos fríos, entornados, siguiendo sus pasos, asegurándose de que subieran al coche, de que volviesen a Madrid.

—¿Crees que ha sido buena idea dejarla marchar?

—Si no hubierais dejado escapar a esa masona con las joyas y el libro del cura, todo este teatro no sería necesario —contestó Enrique, autoritario.

El otro dio una profunda calada a un cigarro, en ella parecía esconder una maldición recordando a la joven cuando su secuaz arrastraba a Adela al interior del taxi.

—¿Cómo has conseguido que viniera su padre?

—Mi hermano siempre hace lo que yo le digo. —Sonrió siniestro—. Además, el infeliz cree que ha venido a salvar a su hija... Ni se imagina que he utilizado las lagunas de su memoria, su confusión de la niñez, para que me cuente todo lo que ha averiguado de esos masones. Por lo que sabemos hasta ahora, ese códice apócrifo del Maestro Mateo existe. Si dan con él antes que nosotros, sacarán a la luz ese secreto soterrado durante siglos por la Iglesia, nuestra Iglesia. No voy a consentirlo. No lo consentiré nunca.

78

Vilar de Fontao, 3 de enero de 1982

Implacable y gris como gran roca ingrávida, el cielo se había armado en bloque para impedir la salida del sol aquel día. Prolongación del granito de la iglesia de Santa María de Vilar de Fontao, las nubes formaban plomizos escuadrones dispuestos a descargar con furia al mínimo gesto de arrepentimiento de quien era triste protagonista en la misa de nupcias del mediodía.

Desde la arena, la misma que en un tiempo y lugar no tan lejanos habría sido escenario de esclavos y combatientes que se enfrentaban por sobrevivir, desafiando al tiempo, también a la imposición del lugar, Ana apretaba los puños y se impulsaba para saltar de una a otra orilla de los innumerables charcos que cubrían el atrio de la iglesia de Vilar. Así ganaba la partida a la espera, al infantil aburrimiento, también a la pena de las nubes, poniendo a prueba el temple de Carmiña Couselo. Ana no entendía por qué aquella mujer, enlutada y anciana desde la juventud, insistía en que la llamase tía o incluso abuela; porque para ella siempre sería la señora

Couselo, una vecina del pueblo, familiar únicamente de quien pronto sería su padre.

Al final, con la desaprobación de las miradas de feligreses y curiosos, probablemente tan aburridos como Ana, pero sin la agilidad para ocupar el tiempo con acrobacias sobre charcos de barro, la señora Couselo consiguió retenerla a su lado, evitando así el predecible desastre de que se manchase la ropa antes siquiera de que la misa hubiera empezado. La niña la miró con un gesto de fastidio, lamentando tener que darle a ella la mano, en lugar de estar con su abuela María o con su abuelo Pedro. Aunque sabía que él nunca salía de casa de día, así que de poco serviría añorarle entre la salida y la puesta del sol. Pensó entonces en lo que estaba a punto de vivir. Su madre le había dicho que era una niña afortunada, porque la mayoría de los niños no podían vivir la boda de sus madres y ella en cambio allí estaba; engalanada, pese al frío y la lluvia, con sus zapatos de charol y una diadema de flores diminutas, en raso y distintos colores, escogidos con gracia por ella misma y cosidas con maña por su madre tres noches antes de la boda. Noches en las que Marta se quedaba despierta con cualquier pretexto, confesando a las estrellas sus sentimientos para, finalmente, cumplir veredicto ahogándolos en la oscuridad del firmamento.

Desde el atrio, Ana aguardaba de la mano de aquella tía o abuela deseosa de ser así nombrada. Lo hacía impaciente, colocando sus pies bien juntos, divertida con el chuc chuc del charol al pegarse y despegarse. El sonido de un motor hizo que levantara la vista y oteace a izquierda y derecha, buscando el indicio del Cuatro latas blanco en el que llegaría su madre. Intuyó la cercanía del coche y liberó una risa nerviosa, ilusionada, inocente. La misma que disimulaba Carmiña Couselo, no fuera a distorsionar la imagen de mujer formal ante los vecinos presentes; también jueces en lo social, siempre de lo ajeno.

Marta sabía que debía bajar del coche, se encomendó al destino, tragó saliva y disimuló las lágrimas. Su madre, María, aliviaba su pena con sonrisas, que por tristes parecían templadas, al tiempo que acariciaba con suaves toques de un pañuelo de tela sus mejillas. Marta dobló la hoja de un periódico hasta convertirla en un cuadrado susceptible de desaparecer en la palma de la mano. En ella, una noticia, murmuraciones quizá, que acompañaba la imagen de una hermosa y elegante mujer, con gafas de sol y cabello rubio, altiva y de porte estudiado e impoluto, cogida del brazo de un hombre, dejando atrás la puerta de una clínica dedicada a la maternidad. En el texto, el germen de un rumor con el que entretener a los lectores: ¿tenía problemas para concebir la hija de quien había sido ministro en el gobierno tecnócrata de Franco? Dos nombres en el pie de la fotografía: Teresa Dávila, la desafortunada, tal vez, y Adolfo Roldán, el apuesto y entregado marido.

Las lágrimas de Marta goteaban piadosas sobre su vestido de novia. Un vestido que exhibía penitencia, no esperanza; esa esperanza que anidaba en los ojos inquietos de Ana mientras caminaba siguiendo el ritmo de los pasos de su madre por el estrecho pasillo de la iglesia. Ella lo hacía a la izquierda, cogida de su mano, mientras la abuela María le prestaba el brazo, menos fuerte de lo que un día había sido, pero con la misma soltura de siempre y la cabeza bien alta. Eso le repetía cada día. Eso le había dicho antes de entrar en la iglesia: «La cabeza bien alta. La lluvia no entiende de colores ni de telas, tampoco de pecados: nos moja a todos por igual, sin distinción». Ana no estaba segura de qué había querido decir su abuela, pero sí alivió el gesto triste de su madre cuando ella le preguntó por qué no iba de blanco como las novias de verdad.

Oscuro, morado, recatado. Sin gracia; ni humana ni divina. El vestido cumplía para tener el visto bueno de un cura de trayectoria sin mácula, más allá de la incapacidad manifiesta para ver y entender la vida y sus matices. Pues era él, el señor párroco de Santa María de Vilar de Fontao, juez en la llanura, quien se ceñía a reprobar en silencio a la mujer, soltera y madre, que caminaba manteniendo una sonrisa grande de ojos tristes al lado de una niña de cuatro años en su camino hacia el altar. Un camino que su madre se negaba a ver como de la vergüenza, pero que así sentía Marta y que así sentenciaban algunas miradas. Le habían impuesto el morado, el color de la penitencia, de la cuaresma, de quien ha de redimirse y limpiar un pecado. Contrastaba con el verde de su mirada, de vida, de primavera, quizá de una primavera incierta como la de Santiago de Compostela, con aromas y colores de flores desperdigadas, a veces inundadas en mil ríos y riachuelos, pero siempre alfombradas, mullidas, esperando al mañana, suaves y tibias, así las palabras de Marta al pactar un acuerdo de agua con aquel que vivía en el desierto.

—Es la hora, hija —susurró María en su oído recogiendo el pañuelo, imponiendo fin al lamento—. Mañana Ricardo reconocerá a la niña como hija. Estará protegida. Todos lo estaremos.

Marta tragó saliva y se arrepintió por segunda vez aquel día. Porque había sido imprudente, débil, humana. Había bastado una fotografía en la que se veían sonrientes madre e hija, Marta y Ana, para que, bolígrafo en mano, tras llorar al cielo, se desahogase en una carta y presentase el rostro de la niña a su padre. «Solo un buen padre es el que quiere lo mejor para sus hijos», había escrito, haciéndole partícipe de su decisión. Porque él no podía proteger a la niña de su familia; los Roldán la utilizarían para las locuras de un tiempo oscuro, repleto de obsesiones y odios, que solo morirían con ellos mismos. Más allá de historias medievales, sin límites morales y creyéndose al amparo de Dios: no los detendría la inocencia de una niña. Pues si el hombre más poderoso de España durante cuarenta años había dedicado su fuerza a perseguir masones, qué no harían sus secuaces más fieles, vulgares epígonos y ladrones.

Pero él le había contestado, pese a no tener dirección, pues en una aldea como aquella cualquier nombre y apellido en un sobre era reconducido por el experimentado cartero del lugar. Le había dicho que podían huir juntos lejos, al mar, a ver puestas de sol infinitas, mar en calma y libertad.

Una punzada, un látigo, un castigo en el corazón. Marta impuso la cordura y renegó la solución. Era demasiado tarde. Él ya estaba casado, no debía abandonar a la estéril infeliz sin más, no era justo para nadie. Además, Enrique los encontraría, solo su nombre producía pavor en las letras que escribía y en el pensamiento de Marta. Era un innato torturador, obcecado y peligroso hasta la extenuación. Y de no encontrarlos, encontraría a sus padres, a María y a Pedro. No podía consentirlo. Su padre ya vivía confinado, con un miedo que lo había convertido en un fantasma gris. No podía hacerle eso. No. No podía dejarlo todo. No. Ya era tarde.

Los últimos pasos hasta llegar al altar, al lado de Ricardo, frente al cura, frente a todos, Marta los dio sola. Él la recibió con un beso en la mejilla, limpio, neutro, sin más pretensiones que lo acordado sobre un papel. Hombre rudo, sin más referencia en el amor que la ausencia de él, cumpliría su parte.

Al lado de su abuela, Ana lo seguía todo con la genuina ilusión de sus cuatro primaveras. Fue por ellas que aplaudió al escuchar el «sí, quiero» de su madre; inocente, crédula, deseando llamar «papá» a quien pronto le daría una hermana, le prestaría un apellido, pero nunca más que eso. No lo recogía la alianza, el contrato ni el papel. Y eso que el papel puede casi con todo.

En Madrid, encerrado en un despacho de madera noble, alfombra persa y decenas de fotografías de encuadres milimetrados y gestos calculados, Adolfo lloraba con amargura. En una mano, la copa del mejor licor para celebrar bodas, también entierros; en la otra, la imagen de un imposible, la pieza del puzle de la familia idílica que nunca podría tener. En ella, la sonrisa de una niña, su hija; y la mirada de una mujer, la única.

79

Santiago de Compostela, 12 de diciembre de 1956

Victoria Azcárate, la hija del rector que finalmente había conseguido morir de viejo, aunque lejos de la universidad y de su tierra, en algún lugar del exilio de tantos, retomó el contacto con Emilia tras demasiados años de prudencia y silencio, para pasar varias semanas convenciéndola. Los estudiantes de la Universidad Central de Madrid empezaban a organizarse y habían dejado claro a los falangistas que era solo el comienzo de una lucha que sería ya imparable. «Necesitamos animar a los estudiantes de Santiago, por el futuro, por nuestros hijos», decía Victoria con aplomo y valentía, mientras miraba con ternura a través de la ventana de la cocina de aquella casa de Vilar de Fontao cómo su hijo, que no sumaba más de seis años, jugaba feliz con María y un perro de pequeño tamaño y gran talento para agradar.

El pequeño Antonio había sido un milagro de la naturaleza, y con esa admiración lo contemplaba su madre desde que había llegado al mundo la misma mañana en que ella cumplía cuarenta y cinco años. Un regalo concedido por el destino, con un amante que había decidido no desvelar nunca. Secreto que Emilia respetaba —faltaría más—, pues los ojos de su amiga tenían un brillo especial que no necesitaba justificar ante nadie, luciendo lozana y jovial para habladurías de lenguas ociosas y mentes de costumbre vulgar.

Esa mañana Emilia iría al campus, tal y como Victoria le había pedido. Estaba decidida a levantar los ánimos a aquellos jóvenes estudiantes, los únicos con el valor necesario y la fuerza del futuro en sus manos.

María, hija orgullosa y también fiel escudera, temía por su madre, por aquella exposición que consideraba imprudente. Así que decidió no separarse de ella. Si algo saliese mal, el joven Pedro Castro, su enamorado y pretendiente, las llevaría al puerto de La Coruña. De allí salía un barco a las seis en punto, momento de la puesta de sol, con una ruta que aún estaba por decidir.

Todo sucedió muy rápido. Apostado en lo alto de la rúa de Mazarelos, un hombre ataviado con sombrero y abrigo oscuro esperaba como un cuervo o un mal augurio envuelto en humo a que llegase. Emilia se acercaba a la plaza de la Universidad, la misma que al comienzo de la guerra había servido para ejecutar sentencias y venganzas de escaso o nulo fundamento contra los masones de la logia *Ara Solis*, aquella que llegó a conocer bien, a la que había pertenecido Luis Gómez de Ulloa, también el rector Azcárate. Emilia continuaba subiendo la calle, con el hueco repiqueteo de sus zapatos de tacón trepando por las piedras de las fachadas, resonando ya en la plaza. Quería infundir seguridad a sus pasos, fingiendo el gesto despreocupado de cualquier otra señora de Santiago; una que no hubiese sido nunca objetivo de la sección más oscura del régimen de Franco. Consciente de la mirada de aquel hombre apoyado en la esquina de la fachada de la facultad, Emilia creyó ser presa de sus propios miedos. Confiaba en que no pudieran materializarse, aunque estaban a punto de hacerlo. El hombre se interpuso en su camino. La forma en que se movía no dejaba lugar a dudas: era policía. Tal vez del Servicio de Información Militar, o incluso de la obsesiva Sección BIS Antimasónica. Victoria caminaba a su lado y se adelantó, anticipando arresto, queriendo dar tiempo a su amiga, quizá incluso buscando razonar con aquel hombre. Emilia intentó dar media vuelta. Demasiado tarde: dos hombres de atuendo y carácter acorde al cuervo del cigarro se acercaban con pasos calculados, casi al unísono. María, cargada con carpetas llenas de panfletos y eslóganes, agarraba la mano del pequeño hijo de Victoria. El niño, inocente, se soltó y corrió a abrazarse a las faldas de su madre. Los dos hombres se giraron hacia María y mostrando las armas de sus cinturones, poniendo el aviso en sus movimientos. En una argucia improvisada, la joven lanzó las carpetas abiertas al aire. Cientos de octavillas se dispersaron como una lluvia blanca de esperanza sobre el gris del cemento a sus pies y ella se movió con rapidez calle arriba.

Al tiempo que palmeaban el aire y hacían aspavientos para apartar los panfletos y seguir a la joven, un coche aceleraba hacia ellos saltándose el alto de un agente uniformado colocado en un puesto a solo cien metros, probablemente en previsión de la encerrona. Emilia gritó para llamar la atención de cuantas pistolas había presentes. Ella no podía salvarse, lo sabía. Miró a María, sin tristeza. No era eso lo que quería dejarle aquel día. Su rostro era el de una mujer fuerte, y se despidió infundiéndole valor con su mirada cariñosa, moviendo una mano en el aire que la animase a huir sin mirar atrás, al tiempo que buscaba delatarse, inculpándose de todo, sugiriendo ser apresada, sentenciada, pero sin miedo. María se subió al coche con decisión mientras los tres hombres rodeaban a su madre. Escuchando el chirriar de las ruedas, Emilia respiró hondo, dando tiempo a la huida de lo único real que había tenido siempre: su hija María.

El pequeño Antonio continuaba abrazado a su madre. Incapaces de obligarle a soltarla, el cuervo decidió que también debía acompañarlos. Aquellos días marcarían el destino del muchacho, que creció con un padre al que apenas conocía, después de que su madre pagase la frustración de haber dejado huir a María con un camafeo de azabache. En aquella causa, Emilia, muy a su pesar, ya no sería suficiente.

Llegaron justo a mediodía, pasando cerca del batallón de trabajadores que malvivía por tres pesetas, encerrados con hambre y piojos, sin más opción que el pico y la pala, levantando el que sería el mayor aeropuerto de Galicia.

Ni siquiera vieron pasar el coche en el que llevaban a Emilia en dirección al sótano de la nave principal. Ajenos a todo, por el bien de sus huesos, no fueran a encontrarse con la fusta del carcelero, nadie la vio pasar, como si la historia se preparase para despedir a un fantasma. Uno de tantos, en tiempos de guerra, en tiempos locos y extraños.

La arrastraron con los modos habituales hasta una estancia de paredes mugrientas, en donde la humedad exudada formaba ríos y afluentes verdes y amarronados que descendían por aquellos tabiques sin más fin en su diseño que infligir repugnancia y miedo a los incautos cautivos.

La sentaron en una silla y no tardaron en desprenderla del vestido. Solo con su ropa interior, le metieron los pies en una palangana de agua fría y comenzaron a conectarle cables que recorrían sus brazos atravesando su voluntad, para alcanzar su pecho.

En un rincón, la monstruosa máquina que indicaba los voltajes, el dolor, la cercanía del paro cardíaco y la muerte. Junto a ella, controlando cada detalle, cada golpe, el joven fumador que había disfrutado prendiéndola en la calle con tal saña que las bridas se habían clavado en su carne haciendo que la sangre dibujase pequeños remolinos en su vestido, ahora tirado en un rincón, un bulto ensangrentado, quizá premonitorio de su fin.

Francisco Roldán no tardó en hacer acto de presencia. Caminaba con seguridad. Demasiada para sus años. Necesaria para ascender con la velocidad de un ave rapaz sin escrúpulos en la jerarquía de la dictadura.

—¿Dónde está el camafeo? —preguntó imperativo.

—¿El camafeo? —repitió ella sin entender—. Pero si no es más que un recuerdo familiar...

—Será un recuerdo, pero no de tu familia —dijo él, severo—. Es un camafeo robado y vas a devolverlo.

—¿A quién? ¿A los Bramonte?

—Aquí las preguntas las hago yo, malnacida —exclamó antes de propinarle el primer golpe con el envés de la mano.

Emilia guardó silencio con el calor latiendo en el rostro.

—Esto puede durar mucho o poco. De ti depende. —Roldán hizo un gesto al fumador, que no tardó en dibujar una sonrisa con los ojos entornados, escondiendo la excitación y el deseo por dar comienzo a un juego perverso.

La electricidad recorría su cuerpo y lo agitaba ajeno a su voluntad. Con el ánimo de aquel diablo cercado en brumas grises, una fuerza tiraba de su cabeza hacia atrás, al tiempo que sus brazos sufrían sacudidas que los hacían batirse en duelo contra el frío metal de la silla. El dolor era tan intenso que ocupaba el vacío que habían dejado sus pensamientos y se clavaba en sus carnes, abrasando sus ojos, su lengua, su voluntad. Pero Emilia había hecho jurar a su mente que no la traicionase, que pronto podría descansar.

Otro gesto tajante de Roldán indicó al verdugo que parase.

—¿Dónde está el camafeo? —repitió.

Emilia trataba de reponerse a la descarga.

—¿Dónde está tu fe, Roldán? Sabes bien que al pecado le sigue la penitencia, como a la falta le sigue la sentencia de un juez —se aventuró a decir Emilia, convencida de que todo el mal que podían hacerle ya se lo estaban haciendo.

—No le corresponde a una sirvienta como tú valorar mi fe. Solo has de entregarme ese camafeo. Nada más. —Hizo una pausa, sibilino—. Cuanto antes nos digas dónde está, antes os soltaremos —remarcó el plural con intención.

Emilia abrió mucho los ojos, la preocupación le descompuso el gesto casi tanto como la reciente descarga eléctrica que todavía zumbaba en sus oídos.

—Libera a Victoria —pidió casi en un ruego que no encontraría aceptación en Roldán.

—Supongo que también querrás que suelte a su hijo, ¿no? —inquirió con un punto de irrisión sobre aquel gesto de valentía de una mujer en medio de la tortura.

—Os diré dónde encontrar el camafeo, pero libera a Victoria y a su hijo —trataba de negociar Emilia, reconociendo que nada podía pedir ya en su favor.

—¿La defiendes? —preguntó sarcástico Roldán, y soltó una risotada más intimidatoria que el tono severo con el que daba órdenes.

Emilia lo miró con gesto de no entender.

—Es por ella que hemos dado contigo —le espetó con ojos como punta de lanza, anticipando el golpe de gracia que iba a darle—: Victoria Azcárate es la amante de Braulio Bramonte. La muy imbécil ha frustrado sus propios intereses al dormir con su enemigo. Y con el tuyo.

La estentórea risotada del militar alejó la decepción hacia quien había sido una amiga e hizo que sintiera lástima. Victoria era una mujer traicionada. Entendió que nunca le confesara el nombre de su amante, tal vez por la vergüenza de la diferencia de edad o por las diferencias de dos apellidos que debían repelerse desde el nacimiento: Bramonte y Azcárate. Victoria no era culpable. Emilia lo sabía.

—Libéralos —dijo serena, y Roldán le clavó la mirada de nuevo—. Libera a Victoria y a su hijo. Después te diré dónde encontrar la joya.

Francisco Roldán se complació por acercarse al objetivo que su superior le marcaba. Era cuanto en aquel asunto le importaba. Así que soltó a Victoria Azcárate y a su hijo Antonio. Emilia pudo escuchar la voz de su amiga despidiéndose, dándole las gracias, jurándole que haría lo imposible por sacarla de allí. Le pidió perdón, el perdón más sincero y desgarrador, el de una mujer traicionada por el hombre al que ama, el de quien delata sin querer, porque no lo supo ver, porque el amor no interpreta alertas ni señales hasta que el daño ya es irreparable. Así Victoria había entregado a su mejor amiga. No podía verle el rostro, pero Emilia intuía sus lágrimas. Las lágrimas de quien vivirá, si mucho si poco, habiendo fallado a un ser querido. Victoria gritaba promesas estériles, desesperadas, sin querer creer las opciones de Emilia, sin querer pensar en su poca suerte.

Entonces Emilia les habló del claro de un bosque sin nombre, de una pequeña caja de madera enterrada bajo un roble, con una cruz roja como la sangre, dando muchos detalles. Todo mentira.

Volvieron al cabo de un par de horas, Roldán, el fumador y dos uniformados grises. Entraron golpeando la puerta, con el gesto endemoniado y la ineludible sentencia de Emilia.

—No hemos encontrado el camafeo —increpó Roldán—. Nos has engañado, malnacida. —La golpeó con el dorso de la mano—. ¡Dinos de una vez dónde está! —vociferó colérico.

Emilia no contestó. Solo quería ganar tiempo.

Un tercer joven de uniforme se acercó a Roldán para entregarle un papel doblado en cuartos al tiempo que susurraba algo en su oído.

—¿Desde cuándo tu hija se ve con Pedro Castro? —preguntó exaltado, con el papel desplegado en la mano, en el que creía reconocer la carta de un enamorado.

Emilia no dijo nada. No tenía nada más que añadir. Solo esperar.

Francisco Roldán se acercó a ella para intimidarla. Levantó una mano mientras la agarraba del pecho con la otra. Emilia entonces lanzó una mirada al reloj que él llevaba en la muñeca. Él liberó un puñetazo que le partió el labio y aun así no pudo impedir que mostrara una sonrisa liviana, casi etérea, aliviada.

—Pero ¿se puede saber qué te hace gracia? Al final va a tener razón mi colega... —Señaló sin precisar hacia donde estaba el empedernido fumador—: Sois todas unas brujas, los masones sois hijos del demonio.

Emilia continuaba sonriendo, con la vista nublada, creyendo volar ya entre las nubes, sintiendo el rumor del mar, con los ojos en el Cielo, alejando el miedo a la soledad, vio a su madre, su sonrisa plácida, quiso tocar sus manos, ahora suaves como porcelana, y escuchó un bote, dos y tres, su niño eterno y la vieja pelota de trapo. Pensó en la locura de aquel mundo que dejaba, donde Dios se escondía en calles miserables, en miradas perdidas y en silencios medidos. Así cada día, y al llegar la noche, el mismo Dios dormía con mendigos y desgraciados, con madres solteras y niños condenados.

El reloj marcaba las siete y media.

—Nunca encontrarás el camafeo —sentenció Emilia.

Un gesto enfurecido y airado, fruto de la impotencia de quien solo quería agradar a un jefe, de un mediocre a fin de cuentas, dio la orden al joven fumador, que esperaba impaciente el momento en que la electricidad acabase con ella y le borrase la sonrisa.

Aspiró la última bocanada de aquel cigarro Bisonte, único idilio que mantendría en su áspera existencia, y salió del rincón exhalando humo entre dientes. Del bolsillo interior de la chaqueta extrajo con cuidado un estilete, cuya hoja no tardó en calentar con la llama de su encendedor, y dibujó una cruz en el pecho de Emilia, afín a la burla, a preservar la fe de la que hacía gala. La fe de aquella España enlutada que no solo tenía muertos, también desaparecidos en un limbo de sueños rotos.

Victoria y su culpa en duelo encontraron el cuerpo de Emilia al amanecer de un nuevo día. Fue en una cuneta, donde algún día el futuro honraría a miles de huesos sin rostro. Ni siquiera se habían molestado en vestirla. Solo así podría exhibir la cruz que marcaba su pecho, según podría parecer, para salvarla del infierno o para identificarla en él. No fue más que un enemigo a batir, uno de tantos en aquel tiempo en pausa, que había recibido la justicia de un campo de batalla, en aquella guerra que decían terminada.

Los hijos de los que también fue madre ayudaron a darle sepultura bajo el atrio de la iglesia de Vilar de Fontao. Antoñito e Inés, contenido él, desbordada ella, recordaban momentos alegres, aprendizajes e infinidad de ánimo y caricias. Inés rezó a Nuestra Señora del Mar y le rogó por quien había sido como una madre, al tiempo que sentía en su cuerpo el vacío, la traición de la naturaleza, también del destino, pues habiendo crecido sin padres, nunca podría tener hijos y ahora debía enterrar a Emilia.

Así pasaba a la historia Emilia Rey, bajo una losa anónima y discreta cruz tallada, solo presente a los ojos de quien fuese a buscarla. Debía haber sido la dama y custodia de una verdad no revelada que ni siquiera llegó a conocer. Naciendo con el apellido que alguien decidió para ella y muriendo con el deseo de volver al mar, sin dejar más herencia que la que el tiempo se ocuparía de guardar, primero en María, en su descendencia algún día, hasta ser descifrado su nombre y también su legado: el legado de la Casa de Altamira.

Había pasado una semana, que para Victoria en duelo equivalía a seis, cuando fue sorprendida en su propia casa por el padre del pequeño Antonio. Con su gesto altivo y cierta ingravidez, el marqués de Bramonte parecía preocuparse por ella y por quien, con gusto o no, sería siempre su hijo. Ella se veía aletargada, sin fuerza suficiente para insistir en que se marchara, que no quería volver a verlo nunca más, acusando aquella traición como el mayor dolor de su vida. Él no iba a pedir perdón, ni tan siquiera a hacer una confesión. El marqués acostumbraba a conseguir lo que quería y jamás pensaría en suplicar, así que no lo hizo, se colocó con clase el sombrero, hinchó su pecho de galán y se dispuso a abandonarla, esta vez sin mirar atrás.

La puerta se abrió con fuerza desmedida, mellando la pared para siempre, sin tiempo de que él pudiera echar mano al negro tirador de hierro. Francisco Roldán entró con su séquito de la muerte, y apresaron a Victoria ante los ojos incrédulos del marqués y el gimoteo lastimero de su hijo.

Ella no se resistió. Con las manos a la espalda y arrodillada, el fumador la agarró por el pescuezo y Roldán se dispuso a hablar.

—Esa sabandija de Emilia me mintió. El trato era soltarte a cambio del camafeo. ¿Tú ves algún camafeo? —preguntó iracundo a Victoria, incapaz de contestar—. Lo que queremos tanto el marqués de Bramonte como yo es ese camafeo, ¿no es cierto? —Miró esta vez a Braulio Bramonte.

Victoria no dijo ni una palabra. Dejaba caer lágrimas, una tras otra, ante los ojos de su hijo, escuchando cómo la llamaba, viendo cómo lo agarraba un uniformado de poca monta con un solo brazo. Demasiado pequeño para continuar solo, lo suficiente grande para no olvidar.

Roldán sacó un revólver, se lo puso en la mano al marqués y le pidió que la matara. Ella sabía dónde estaba el camafeo y si no se lo decía, iba a morir allí mismo.

Braulio Bramonte no era un asesino, y no cambiaría su condición aquel día, con una mujer a quien de una forma extraña, estirada e incluso interesada, quería.

Con un gesto de Roldán, el fumador le tiró con fuerza del pelo obligándola a levantar la mirada así fuera solo por la brusquedad.

—¡El camafeo! —ordenó a voz en grito.

Victoria miró a su hijo por última vez.

Un disparo en la frente, una ejecución. El mequetrefe uniformado soltó al niño que, recuperando libertad y con el ímpetu de la rabia, salió disparado para caer sobre el cuerpo de su madre.

El marqués de Bramonte tragó saliva y lamentó que su fiel chófer, una suerte de guardaespaldas, lo esperase en el coche al doblar la esquina, por ser la relación con Victoria tan oscura como prohibida. Roldán lo miró con fijeza y desafío, con una imagen en la memoria, la del pasado domingo, cuando el aristócrata lo abordó en plena calle, frente a la iglesia de San Francisco de Borja, una vez terminada la misa, mientras reprendía a su hijo Enrique por el incidente de poca importancia con una señora y un chicle.

—No vuelvas a amenazarme delante de mi hijo. No quieras peor destino para ti delante del tuyo.

80

Pazo de Altamira, 4 de julio de 2011

«Debo comprobar una última cosa antes de irme. Te veré pronto en Santiago. Por favor, no hables con el tío Enrique. Confía en mí, papá. Yo confío en ti». Adela había dejado una nota a su padre, sin más despedida, en el asiento tapizado en gris oscuro del coche, antes de desaparecer en una estación de servicio al sur de Santiago. Después alquiló un coche pequeño para ir a Finisterre, para volver al Pazo de Altamira. Si Sara había logrado huir, estaría allí. Debía asegurarse de que no la encontraba antes su tío. Pero para eso primero tendría que dar con la cripta y, de algún modo, confirmar su cordura.

Rayos de un sol lejano alternaban con nubes oscuras, preñadas y revueltas, que amenazaban tormenta. Hojas, plantas y arbustos medianos guardaban el calor, esperando brumas e intermitencias del verano. Adela, inmersa en el jardín del Pazo de Altamira, apretó el paso, decidida, escuchando el murmullo del agua, dejando que la guiase al puente del que hablaba el padre Eliseo en su libro.

Cada uno de los estanques, con bruma suspendida en sus aguas, proyectaba una imagen fantasmagórica y espectral. A la derecha dejó el estanque de los vicios, el inferior, diseñado con intención en menor altura que el de las bondades del hombre. En él, la parca parecía tomar partido y guiaba una barca de piedra rodeada de cañones de guerra. La imagen difuminada en la niebla baja resultaba grotesca y la obligaba a dirigir la mirada hacia el estanque superior. Allí, unos pequeños ojos brillaban en la oscuridad que anticipaba la frondosa vegetación. Parecían acercarse. Movimientos suaves, relajados, formando ondas sobre aguas mansas. Un cisne blanco apareció tranquilo frente a ella y ladeó la cabeza. De pronto creyó ver un amago de saludo, quizá una reverencia en la elegancia de aquel animal.

El manto del océano continuaba cubriendo el jardín, engulléndola entre camelias todavía fragantes que despedían al sol de media tarde cubierto de nubes negras, y se transformaban en volúmenes informes, sin rostro, pero con cientos de ojos oscuros que parecían seguirla. Los grillos respondían a la niebla con cánticos que fluctuaban en todas las direcciones, sumando confusión a aquel rastro sinuoso. Avanzó deprisa, sin mirar atrás, seguida de la misteriosa calígine que parecía devorar sus pasos hasta alcanzar el centro del laberinto. La escena en aquel punto cobraba vida ante ella. Una serpiente de grandes dimensiones parecía reptar con la fuerza de cuatro gárgolas de ojos secos, al tiempo que bestias aladas acechaban desde lo alto de columnas de oscuras piedras. Sobre ellas, las hiedras trepaban retorcidas y tortuosas, amenazando su cordura.

En medio de aquel umbrío laberinto, la serpiente mostró la imagen de Enrique, de su padre e incluso de su abuelo Francisco Roldán. Recuerdos, miedos, olvidos y más miedos. Su padre, su debilidad, aparecía en un juego de luces y sombras, con el rostro piadoso y encadenado a la tierra. Aquel no podía ser un juicio fácil para él. Tampoco para ella.

Evocó después el frío y bruñido metal del arma que la encañonaba esa misma mañana, los ojos sin alma de Enrique, sus oscuras intenciones. Su tío ya se había condenado.

La espesura pegajosa del salitre continuaba suspendida en el aire, impregnando apariencias y apariciones, contribuyendo a turbar sus sentidos, rendidos ya a juicio. Difuminado, el boj revivía en decenas de ojos inertes envueltos en la bruma del Atlántico, expectantes e incisivos por el canto cada vez más agudo de los grillos. Adela apretó los ojos en un intento por entender lo que sucedía, por salvaguardar su lucidez, por protegerse de sus sentidos, de todos ellos.

Quería mirar y solo veía espanto, el cuerpo de su joven madre a quien le habían arrebatado la oportunidad, el sueño, sus hijas y el mañana; quería respirar y olía a humedad, a miedo, a sangre, a fuego y a tabaco rancio; quería escuchar y solo oía el llanto desgarrado de una niña, de su hermana, y la fatalidad de un golpe seco contra el suelo. Un sabor amargo quemaba su garganta, la inflamaba por primera vez; su mente herida quería sanar, reconciliarse, sabiendo quién era Adela, quién había sido Ana, y encontró el duelo. Quería tocar el rostro de su madre, las manos pequeñas de su hermana, las extrañaba, las necesitaba.

Se había creído muerta y ahora se sentía más viva que nunca. Quizá porque solo los muertos valoran con fuerza la vida. Sabía que el mal se escondía en cualquier parte, incluso en su propia familia. Y había estado a punto de morir a manos de los mismos que acabaron con su madre siendo ella una niña. No fue por unas ideas o unos ideales, fue un acto cruel como tantos, de quien decía amar a Dios y pactaba con el diablo.

Apartó la vista y preguntó al cielo, a un sol ausente, a la luna temprana: ¿quién es Adela Roldán?, ¿quién era Ana Barreiro? Ambas, la misma, ella. Hija de un amor prohibido, sin futuro alguno en una época gris de locura y enemigos.

Con una madre acusada de masona sin haber pisado nunca una logia. Con un padre que la había adoptado sabiendo que era a su hija natural a quien ponía su apellido. Descendiente del Maestro Mateo, heredera de un secreto encriptado en piedra catedralicia. Un secreto que solo dos códices, uno consentido, otro apócrifo y desconocido, permitirían leer algún día, arrojando así luz y verdad a un camino, para unos de iniciados, pero siempre de peregrinos. Un camafeo, un códice, un secreto por el que muchos habían muerto o habían vivido escondidos y que ella tendría que custodiar algún día. Pero no estaría sola, tenía una hermana. Ahora que lo sabía, la encontraría. Pero ¿qué iba a pasar esa tarde? ¿Y si la encontraba Enrique? ¿Y si era una trampa de los masones? No estaba segura de nada, pero al ocaso de ese día se despediría del miedo para siempre.

Apretó el paso. Siguiendo las indicaciones del artilugio de Bernarda Saavedra, la cripta no debía estar lejos. Escuchó los sonidos de aquella atmósfera húmeda y oscura, amenazante y umbría: crujidos de hojas secas que delataban el paso de pequeñas ardillas y roedores, también de algún gato que buscaba refugio de la niebla y del viento que anunciaba la tormenta. Sin aviso, el ulular del búho, tan inesperado como resonante, parecía prepararse para guardar la noche pidiendo calma a grillos y cigarras insomnes. Bajo todos ellos, cobrando fuerza, el murmullo del agua.

Al fin Adela encontró una trampilla que debía conducir a la cripta bajo la iglesia de Nuestra Señora del Mar. Introdujo las yemas de sus dedos en las hendiduras que la perfilaban en la tierra y tiró de una argolla con fuerza hasta que consiguió abrirla y ver que escondía unas escaleras.

La oscuridad era espesa y se mezclaba con un penetrante olor a humedad. Adela encendió la linterna del móvil y se lo colgó del cuello. Uno tras otro bajó los peldaños, extremando precauciones, todas necesarias, con manos abiertas y cóncavas apoyadas en las resbaladizas piedras. Un inoportuno traspié propició el vuelo alborotado de un murciélago que parecía buscar desesperadamente la salida de aquel lugar. Ella, en cambio, debía continuar.

Cuanto más avanzaba, sentía pequeñas ráfagas de fría humedad en la cara y en la nuca. Las paredes, ennegrecidas, estrechas y untuosas, acrecentaban su fétido hedor a descomposición, fruto de la penumbra.

Al fin llegó a un pasillo menos angosto que las escaleras, con un número simétrico de antorchas de forja a ambos lados. Podría deberse a una de esas ráfagas, ese mundo desconocido o la dificultosa adaptación de sus sentidos, pero Adela sintió que no estaba sola, que alguien la seguía. Quizá el aliento gélido del miedo, quizá su propia sombra en aquella oscuridad, difícil saberlo, solo intuirlo; podría ser su imaginación o un terrible imprevisto.

El juego de luces y formas del corredor la condujo a un espacio más amplio y mucho más húmedo. Un respingo frío recorrió su espalda y respiró profundamente. Había encontrado la cripta.

En el centro de la estancia, un pozo descendía con escaleras en espiral. Debajo de él, en su fondo o cercano a este, debía encontrarse el viejo molino de agua, quizá de mareas, que avisaba de su existencia con la profundidad de sus murmullos cuanto más se acercaba. La niebla, la bruma del mar y la condensación de humedad brotaban de la boca del pozo como lava fantasmal, desdibujando sus pies y los distintos símbolos de las piedras que cubrían el suelo.

Las tinieblas trepaban por las paredes con largos dedos espectrales que se hundían en los límites de cada piedra, petrificando la mirada de Adela, petrificando sus entrañas. Quizá al fin el miedo cobraba cuerpo de fantasma, quizá los fantasmas amenazaban con alcanzarla.

Unas formas parecían moverse en aquella calígine tenebrosa. Delatados por la incandescencia del punto rojo que un cigarro movía en el aire, caminaban con la tranquilidad de quien da por superado un objetivo, una presa, su meta.

Amedrentada por pequeños aspavientos con los que Adela perseguía una imagen nítida del lugar, la niebla reaccionaba a sus movimientos. Lentamente, como un olvido baladí o un recuerdo espurio, se disipó dejando ante ella la silueta de dos diablos.

Con mirada de cordero, sorprendida, Adela se esforzó en mostrar inocencia, fingiendo una ligera turbación por la medicación que, habiendo prometido tomar para bien de su confusa cabeza, se había dado prisa en arrojar a un sumidero en un descuido de su padre.

—Adela, ¿qué estás haciendo aquí? —preguntó Enrique, sereno.

—Tío Enrique, pensé que podría ser de ayuda para encontrar el códice —mintió.

Los dos hombres se miraron. Adela tembló, con el corazón bombeando con fuerza, y llegó a creer que le faltaba el aire, que se mareaba. Enrique no dijo nada más, no hacía falta, Adela pudo leer en su mirada la fría sentencia del plomo.

El viejo fumador se acercó y echó un vistazo al interior del pozo.

—¡Cómo no! —exclamó ronco hacia Enrique—. Aquí es donde debían hacer sus rituales brujas y masones. La garganta del infierno donde hablaban con el demonio.

Aunque Adela desconocía el significado de ese lugar y las acciones que habrían tenido lugar allí, concedía el beneficio de la duda. De hecho, lo relacionó con uno de los trabajos encargados por la revista en la que trabajaba. En él había comparado rituales de purificación de distintas religiones, a lo largo y ancho del planeta y en distintas épocas; todos necesitaban agua y la mayoría de ellos al mar. Porque el agua tenía facultades sanadoras, simbolizaba limpieza y catarsis. Pensó en la propia idea del bautismo.

—Bueno, tú dirás, Adela —dijo su tío, sibilino como una serpiente, frío como su veneno—. ¿Dónde decía el libro de ese cura que estaba el códice?

—En el fondo del pozo —respondió señalando con la mano por dónde debían bajar.

Un bufido con sorna, el carraspeo de años de tabaco y un escupitajo. El viejo maldecía aquel lugar y a los herejes que a su parecer eran responsables de aquello. En verdad, para él eran responsables de todo, desde el principio de los tiempos hasta la absoluta oscuridad del universo.

—¿Crees que te vamos a dejar sola aquí arriba, sobrina? —dijo irónico su tío, fingiendo una preocupación casi tan falsa como la indiferencia de Adela con aquel lugar—. Podría no ser seguro para ti —argumentó ocultando sus intenciones, para insulto de la inteligencia de Adela, que lo escuchaba con cejas bajas y mirada anestesiada—. Bajarás con nosotros.

—Como prefieras, tío —dijo sumisa, proyectando fragilidad en la voz y apelando al parentesco.

Enrique lanzó una mirada desconfiada a los peldaños que nacían en las piedras de aquel pozo tubular, exudando más humedad y musgo. Calibró sus posibilidades y decidió que los tres bajarían, pero delante, en previsión de cualquier peligro, iría Adela.

A medida que descendían, podían escuchar el mar, rompiendo la calma con el rugir del cielo y las nubes.

Una vez en el fondo del pozo, sin prestar atención a la cruz grabada en una losa, la misma que el arzobispo Pedro Muñiz, el nigromántico, habría colocado en las paredes de piedra de la Catedral de Santiago, el viejo fumador frotó con fuerza una superficie de líquenes con la manga de su chaqueta.

—¿Qué es eso? —preguntó Enrique acercándose, sin valorar ni por un segundo prestar ayuda en tan innoble tarea.

Sosteniendo el cigarro en extintos labios, consumidos y agrietados, el viejo hizo un par de aspavientos para espantar diminutas partículas verdes, ocres y hasta pálidas. Lo hizo con prisa, malhumorado, único ánimo que conocía ese hombre, acelerado al intuir lo que parecía un arca o un cofre de piedra. Dispuesto, deseaba abrirlo, ver qué guardaba, qué escondía en su interior. Arrojó la colilla con dos dedos experimentados en el lanzamiento y colocó las manos para apartar la losa que la cubría.

—¡Espera! —gritó Enrique.

El viejo fumador lo miró retorciendo el gesto, aun siendo dócil y diligente a sus órdenes.

—Mejor que la abra mi sobrina. —Dibujó una sonrisa que arrastraba el recuerdo de un revólver apuntando a Adela a la cabeza.

Ella se acercó al arca y apartó suavemente la losa, tal y como le había pedido su tío. Abrió los ojos, parpadeó varias veces, los cerró una vez para volver a abrirlos despacio, creyendo estar ante una alucinación. Introdujo una mano en su interior. El tacto era real, el color terrenal y el brillo celestial.

—¿Qué hay dentro? —quiso saber Enrique, sin dar un paso al frente.

Encendiendo otro cigarro, sin miedo, sin ganas, el hombre de humo avanzó hacia el arca y echó un vistazo.

—Pero... —dijo con voz ronca y añosa.

Enrique dio cuatro zancadas.

—¡Está vacía!

81

Pazo de Altamira, 4 de julio de 2011

Adela miró hacia la bóveda de piedra de la cripta. En ella, el ojo del arquitecto del universo parecía observarlo todo y a todos, sin perder detalle.

—No hay ningún códice —dijo Enrique—. Nos aseguraste que encontraríamos el códice del Maestro Mateo. ¿Dónde está?

—No lo sé —musitó perdida, sin saber realmente qué contestar, con la sombra acechando de nuevo a su cordura, a sus recuerdos.

—¡Mientes! —espetó el viejo diablo con olor a tabaco rancio al tiempo que le soltaba una bofetada que la hacía caer de rodillas.

Adela se colocó la mano en la mejilla tratando de aliviar el calor del impacto. Lo miró a sus ojos de cloaca, sintió odio, repugnancia, aquel olor la desquiciaba.

—¿Por qué habría de decirte nada a ti? —preguntó apretando la mandíbula, febril.

Él contestó con su voz ronca y rotunda, de quien ha pasado la vida infundiendo miedo en los demás, mas siendo poca cosa.

—Porque yo te puedo enviar al infierno como a las otras hijas de puta que había en tu familia —dijo sacando un estilete para después presionar con él un punto entre el corazón y los pulmones.

Adela se asustó. El corazón le latía con más fuerza y respiraba agitada. En su mente vio el cuerpo de su madre, su pecho desnudo, el fuego de una llama, el dolor de una cruz, el rastro de un estigma.

—Veo que lo recuerdas. —El viejo se carcajeó.

Adela tragó saliva, parpadeó sin que él pudiera notarlo y encontró calma, con sus recuerdos hilados, nítidos, claros.

Entendió entonces que un monstruo como aquel disfrutaba del dolor, del miedo, pero sobre todo de la ira y la frustración de sus víctimas. No le daría el gusto.

Había comenzado a llover con fuerza hacía solo unos minutos, tal vez más o incluso menos, pues entre la vida y la muerte existe un limbo en el tiempo en donde la mente no aprecia tal noción.

Profunda y oscura, la furia del océano se elevaba castigando el acantilado, quizá exigiendo justicia. Allí abajo el mar se escuchaba cercano. Las olas, enérgicas, subían y se batían rompiendo el silencio, bañando la piedra y dándole forma, lentamente, sin prisas, con el poder de quien es dueño del tiempo.

De pronto, una ola asaltó el pozo. Adela sintió salpicaduras en los tobillos. Miró hacia la piedra que tenía bajo sus pies y comprobó cómo dibujaba pequeños cercos húmedos en la superficie. Buscó con los ojos en aquella entrada del Atlántico, una salida para ella, una posibilidad de sobrevivir. Y la encontró. A un metro, quizá un poco más, faltaba una de las piedras en el suelo. Quizá a modo de respiradero de la cripta, quizá con algún otro fin ritual. No era excesivamente grande, pero sí lo suficiente como para permitir el paso de una persona adulta.

—Bueno, entiendo que poco más puedo hacer yo aquí —dijo Adela irguiéndose con el rugido del mar protegiendo sus palabras.

—No tan deprisa —dijo con palabras constreñidas en su boca de serpiente el viejo fumador mientras la agarraba de un brazo.

—No entiendo. —Sonó sincera—. ¿Qué más queréis de mí?

—Adela, Adela... —Dibujó una sonrisa de villano—. Nunca he querido nada de ti y, sin embargo —argumentaba burlón—, siempre supe que tú nos conducirías al secreto de la Casa de Altamira. ¿Crees que voy a conformarme con esto? —Señaló el arca vacía—. Te lo preguntaré por última vez —dijo al tiempo que sacaba una pistola y le quitaba el seguro para intimidarla—: ¿dónde está el códice?

Adela trató de alejarse, pero él la agarró con una zarpa de dedos amarillentos y quemados por el tabaco.

Ella barrió el pozo desesperada y vio que su única posibilidad estaba detrás de su tío, en aquella losa ausente, pero se dio cuenta de que antes de impulsarse para saltar al mar ya le habría pegado un tiro.

Pensó entonces en empujarlo a él. En lanzarlo sin piedad, aunque eso implicase matarlo. Pero se sintió incapaz de hacerlo. Fue un segundo, un instante, el de la conciencia, que la obligó a recordar que ella no era una asesina. No era como él, tampoco como su abuelo y mucho menos como el fumador.

El mismo que no tardó en obligarla a ponerse de rodillas, preparando su ejecución por segunda vez en dos días. Enrique dio un paso al frente ignorando el rugido del mar, sin temer ni ver más allá de las armas y su guerra, y apoyó el frío metal del cañón en su frente.

—¿Nada más que decir? —Hizo una pausa escrutándola los ojos, sin sentir nada al ver las lágrimas que la desbordaban.

—Tío Enrique, por favor... —suplicó.

—Entrégame el códice y serás libre —mintió.

—No lo tengo, debes creerme. Acababa de llegar a la cripta cuando me encontrasteis...

—Entonces no me dejas otra opción. ¿Qué más podría querer de ti?

De alguno de los rincones llenos de oscuridad de aquella cripta salió una silueta y se situó en lo alto del pozo.

—Suéltala, Roldán —quiso ordenar con firmeza Sara, ocultando el temblor en su voz—. Creo que hay algo que puede interesarte más. —Agarrada con las dos manos, levantó por encima de su cabeza una arqueta de cuero que conservaba intactas grandes letras grabadas con el mismo dorado de un rayo de sol, donde podía leerse: «Codex Magister», el códice apócrifo del Maestro Mateo—. Si lo quieres, deja que se vaya.

La sorpresa inicial de Enrique demudó en una sonrisa siniestra, la del jugador que va a ganar la partida.

—Primero baja aquí y entrégamelo —dijo él con su voz de sable.

—De acuerdo. Está bien, pero después la soltarás —pidió mirándolo a los ojos, pues realmente creía que firmaba un pacto de caballeros.

—¡No! —gritó Adela con la voz rasgada hacia Sara—. Vete, te matará...

—¡Cállate! —ordenó Enrique golpeándola con la culata y lanzándola cerca del hueco que daba salida al mar.

El impacto de la cabeza contra la piedra fue hueco, y el dolor la invadió con una resonancia aguda que silbaba en sus oídos y nublaba su visión. Quería levantarse y no podía. Desde un túnel lejano escuchó con claridad el rugido del mar, furioso. Por el respiradero, una lengua de agua y sal entró como una onda para lamer todo su cuerpo, así lo sintió ella, con el mimo de una madre, para limpiar sus heridas, para sanar su vida.

—¡Adela! —gritó la joven mientras corría bajando las escaleras aun a riesgo de resbalar y compartir su suerte.

La sangre de una brecha en la cabeza bajaba por la cara de Adela. Sara se arrodilló ante ella, buscando sus ojos para leer en ellos que estaba bien, que solo había sido un susto, uno más.

Adela la miró a los ojos y agarró sus manos. Sin dejar de mirarla, sonrió y encontró un tímido reflejo en su compañera. Después, con torpeza dispuesta, sacó lentamente del bolsillo el accesorio del llavero y se lo mostró en la palma de la mano.

—Orejitas... —dijo en un hilo de voz.

—¿Lo recuerdas? —dijo Sara con el entusiasmo de quien lleva toda la vida esperando un único instante.

Boca entreabierta de confusión, ojos necesitados de explicación, Adela se preparaba para despedir a la última nube que cubría su memoria.

—La abuela con quien crecí se llamaba Inés. Huérfana como era de una tuerta con la peor suerte y la vida en manos de su asesino, Inés y su hermano encontraron cariño y amparo bajo el brazo de Emilia. Pero Inés no podía ser madre y, sin embargo, fue la abuela que me regaló el destino. —Hizo una pausa con una sonrisa triste acariciando su recuerdo—. Cuando yo tenía poco más de un año, Daniel de Ortega le pidió que me cuidase. Justo después de la muerte de mi madre.

Inhaló aire, entrelazó dos pensamientos y Adela susurró un anhelo, un deseo.

—Clara... —musitó con voz ahogada mirándola a los ojos—, eres tú.

—Sí, Ana, soy yo. —Sonrió apretando sus manos, queriendo jurar que no volvería a separarse de ella nunca.

Enrique Roldán puso cara de hastío y las apuntó a las dos.

—¡Ya está bien de tonterías! —bramó—. Parece que tendré que encargarme yo de terminar el trabajo de otro —bufó dirigiéndose al viejo fumador, que recogía el eco de la queja por haberla dejado con vida tantos años atrás.

—Tío Enrique, no nos necesitáis; llevaos el códice. Yo ya tengo lo que buscaba. Me iré lejos. Ambas nos alejaremos de ti para siempre. Nadie lo sabrá —imploró.

Pero Enrique Roldán no atendía a súplicas; para qué, diría el lobo incapaz de apartar la vista de la última oveja del rebaño.

Adela y Sara, Ana y Clara, distintos nombres, idénticos cuerpos y solo en parte las mismas personas. Las dos hermanas muy juntas, sentadas sobre la piedra, se agarraban las manos. Evitaron mirar a Enrique, la última mirada sería la del reencuentro, sin algazara, tampoco llanto. Porque el miedo dominaba la escena, paralizaba las comisuras de sus labios, sus lenguas y sus palabras, secando sus bocas, sus lágrimas y hasta sus entrañas, como una llama fría, la llama que devora la vida.

La voz de una niña en su cabeza le había contado quién era Ana Barreiro antes de fundirse en un recuerdo tibio de Adela Roldán. No habría más pesadillas. En ese momento su rostro parecía sereno, en paz. Entendió que el miedo solo robaba sus últimos segundos de vida, pero no cambiaría su situación, no le daría otra oportunidad ante su tío, ante la muerte. Había encontrado a su hermana, y con ella a otras grandes mujeres con las que compartía algo más que unos ojos del color de la esmeralda, de la esperanza. Martín y Álvaro, los quería..., habían sido felices juntos, guardarían en paz su recuerdo. No había más opción, así lo había decidido su destino.

Pero el destino a veces también guarda secretos, un as en la manga, un rayo de luz, a veces solo un rayo, quizá el ojo del universo en la tormenta. Así un clic metálico resonó entre las piedras descendiendo al fondo del pozo con una amenaza.

En lo alto, una capa negra con gran capuchón apuntaba a Enrique como un ángel de la muerte. El espía, visiblemente sorprendido, buscaba sin suerte los ojos de esa sombra que lo había convertido en presa. A él, al más fuerte, al más frío, a quien había sido capaz de decidir sobre la vida y su fin, a quien seleccionaba las causas, a quien señalaba con gatillo fácil a pobres sin salvación. Ante sus ojos sin luz, sin alma, sin latido, sin perdón, allí estaba su destino.

El viejo fumador dilató las aletas de la nariz, rezumando odio y encontrando venganza, sin dejar de recitar una especie de salmodia plagada de maldiciones y demás anatemas que de poco le servirían en aquel juicio sin réplica.

Un disparo, y el diablo de humo cayó fulminado sobre un charco que se acumulaba entre piedras de irregular tamaño, como si un rayo lo hubiese alcanzado, con ojos de horror y condena. Enrique apretó la mandíbula, febril, rojo de rabia, sintiendo impotencia, desdichada y desconocida, por primera vez en su vida.

En la superficie del pozo, un espectro del pasado, sin rostro, disparó a una rodilla, después a la otra, demostrando puntería y también estar preparado. Enrique respondió con un grito desgarrador y vaciando el cargador. La sombra se movió sin sentir miedo, mucho menos riesgo, con un gesto casi provocador. Se descubrió la cabeza con una mano y mostró un alzacuello blanco. Sin sonrisa ni disfrute, diligente como un mercenario, le dijo que la venganza al fin había llegado. El arzobispo Antonio Bramonte Azcárate, hijo de un aristócrata sin nobleza y una masona liberal, el niño que lloró sobre el cuerpo de su madre, el hombre que ese mismo día había enterrado a su padre, firmaba con un tiro en la cabeza la muerte de Enrique Roldán.

Braulio Bramonte había dicho una vez: «Los pecados y las culpas las heredan los hijos también». Francisco Roldán había matado a Victoria Azcárate y Enrique había acabado con el viejo marqués.

Tanto Adela como Sara reconocieron al arzobispo de Santiago y entendieron la venganza. Pero la intención con ellas no estaba clara. Él más que nadie querría el códice del Maestro Mateo; situación que las convertía en testigos y a él en carne de presidio. Lo miraban, las miró y dudó un segundo con el cañón. Un segundo que para ellas fue suficiente. Sara tocaba con la punta de los dedos el códice, y después lo agarró con decisión.

—¡Salta! —gritó Adela cogiendo la mano de Sara, y desaparecieron las dos con el códice en el hueco de la piedra, buscando la salida al mar.

El Atlántico las recibió manso, con la calma que sucede al duelo de olas batidas con gloria en el acantilado.

Continuaron nadando, buscando la orilla, mientras el sol se ocultaba en un cielo despejado de nubes. El ocaso encontraría paz, como paz tendría Adela desde aquel momento, sin pesadillas, sin monstruos. Respiró profundamente el aroma de aguas de sal y la fragancia de aquella tierra que viajaba entre copas verdes de árboles espléndidos, para descender por las piedras, para besar la arena y guiarlas en el mar.

82

Pazo de Altamira, 4 de julio de 2011

Alcanzaron la orilla y se dejaron caer sobre la arena. Cansadas, serenas, infinitamente agradecidas por seguir vivas y estar juntas. Lo hacían con la vista en la inmensidad, recuperando el aliento para entregárselo al ocaso. Un momento especial, un lugar asombroso, de leyendas y misterios, aquel llamado «fin del mundo», bajo un acantilado donde tiempo atrás un altar al sol, quizá como grial sobre el Atlántico, conocido como *Ara Solis*, poco más que cuatro piedras, recibía al viejo sol de cada día, pleno, entero en profunda eucaristía. No sin razón aquella era meta, que no fin, a alcanzar por caminantes sin camino.

Adela y Sara contemplaron en silencio ese instante de tiempo infinito y, sin embargo, único e irrepetible. El astro rey brillaba en la línea anaranjada del horizonte. Despedía el día intuyendo la noche y, como verdadero guía del tiempo, desvelaba el universo, sus bondades y aquello que en la última mirada se empieza a añorar. Lo hacía con la mano abierta, con dedos de luz difuminándose entre nubes, mostrando tesoros sin riqueza, lo valioso de una vida entera, su legado, su herencia. Aquella que se muestra en el final del camino, en los momentos cruciales, también en el duelo, en la búsqueda de esperanza: un sendero de oro sobre el agua, destellos de luz más allá del acantilado, de una tierra que grita sorda y gira ciega entre el perdón y el pecado.

Luz y oscuridad, silencio y música en la profundidad de un instante mágico; las dos hermanas admiraron lo que el sol mostraba, esa última lección, la que sin imposición ni doctrina, en el final de la vida y del camino, tenía poder para absolver al peregrino, al errante, al atormentado y a quienes se han ido, solo quizá o tal vez, para siempre.

Adela y Sara, Ana y Clara, se cogieron las manos sintiendo paz, reconfortadas. Había sido solo cuestión de tiempo, se decían en una mirada compartida sobre aguas mansas. El mismo tiempo, el mismo sol, madurando la tierra, su vida y los recuerdos de Adela.

Ahora, como aquellos árboles que permitían al viento silbar al mar, dibujó una sonrisa al entender dónde estaban sus raíces, sabiendo que bebían de aquel agua, de olas silenciosas que susurraban secretos, sueños y sombras.

Y entonces velaron la memoria de Bernarda, el enigma de su vida y de su muerte y un viejo cuaderno con cuentos; a Celia, a la pasión de una vida demasiado corta; a Cándida, abnegada y silenciosa; a Emilia, una superviviente que soñaba con justicia y libertad; a María, a su fortaleza; y a Marta, enamorada de un amor prohibido, resignada a su destino, madre sin tiempo, en un tiempo, desgraciadamente, perdido.

Las recordaron a todas. Todas ellas eran parte de su camino, de su legado, de su destino. Su sangre corría por las venas de Sara y Adela, sus ojos verdes brillaban con guiños de aquellas olas en la arena, así había sido generación a generación. Porque, de alguna forma, el alma libre de Bernarda vivía también en Adela, la pasión de Celia vibraba en su pecho, sufría la abnegación de Cándida, siendo combativa como

Emilia, fuerte como María, vulnerable y protectora como Marta. Todas madres, todas hijas, con anhelos y desvelos, supervivientes con sueños cargados de esperanza y la esperanza inagotable de más sueños.

El último rayo de aquel sol de verano acarició tibio la sonrisa de ambas a la inmensidad sin fin del agua. Entendieron que la vida de todas esas mujeres necesitaba reconciliarse con la tierra, con el acantilado, con la suerte que las había separado. Suerte o destino que, en el gran Pazo de Altamira, había roto la cadena de un legado familiar encargado de proteger un enigma, un secreto escrito en las piedras de la catedral compostelana. Ese que un día ocultó el Maestro Mateo, cuya custodia había heredado Bernarda Saavedra, pero que no llegó a depositar en sus hijos, más allá de un reloj y un camafeo.

Adela y Sara escucharon un susurro en el silencio de las olas, tal vez almas reencontradas buscando una paz que en vida les había sido negada. Entre ellas, protegido en su arqueta, repararon en el códice del Maestro Mateo. Con determinación, Adela lo cogió con ambas manos e hizo un juramento silencioso sin apartar la vista del agua. Sara sonrió sintiéndose más unida a su hermana: asumirían su legado, el legado de la Casa de Altamira, su casa. Debían ir a Santiago, debían unir los dos códices: *Calixtinus y Magister*, para leer el mensaje de las piedras. Un mensaje valioso e importante. Un mensaje secreto y también inquietante que todas esas mujeres, descendientes del Maestro Mateo, necesitaban descifrar, entender, desvelar y, solo así, al fin, descansar eternas en aquel mar.

83

Santiago de Compostela, 5 de julio de 2011

Santiago había amanecido cubierto de una niebla densa que se prestaba a ocultar los secretos de cada rincón de la ciudad, también las oscuras intenciones de quien en las tinieblas encontrase una oportunidad.

Esa mañana, nubes bajas habían dado paso a la lluvia, y esta parecía haber llegado para quedarse el resto de la jornada. Adela buscaba un rayo de luz a través de la ventana del taxi, pero solo veía un cielo plomizo, revuelto, como una digestión amarga de nubes grises y negras, robando el sol a Compostela.

Habían pedido al conductor que las dejara lo más cerca posible de la plaza del Obradoiro. La cámara acorazada donde se guardaba el *Códice Calixtino* se encontraba en el interior del templo, en las dependencias del Archivo catedralicio. Ahí se dirigían. Necesitaban ese códice, reconocido, mil veces nombrado y, por suerte para ellas, también mal custodiado. Eso les había dicho el Maestro Daniel tras conocer el devenir de hechos y hallazgos en una llamada cargada de emoción que le hizo Sara esa misma mañana. Lágrimas y euforia que no habían hecho otra cosa que dar más fuerza al valor necesario para colarse en la cámara acorazada el tiempo suficiente para unir los dos códices y desencriptar ese mensaje que ocultaban las piedras desde hacía ocho siglos. Estaban nerviosas, excitadas por cuanto iban a descubrir, por ese secreto que tantos habían luchado por ocultar, incluso por destruir.

Solo después, en un punto de la zona vieja de Santiago, aún sin concretar, Adela se reuniría con su padre, tal y como le había dicho en la nota que le dejó con prisas sobre el salpicadero del coche. Pero no solo con él. Tras leer las dos líneas firmadas por su hija, Adolfo quiso tranquilizar a Álvaro y le llamó contándole los planes de Adela, diciéndole que no se preocupara, que pronto se acabaría todo y ella regresaría a Madrid, a su lado. Se deshizo en explicaciones, insistiendo en que la esperase en casa, pero Álvaro ya había tomado la decisión de viajar con Martín a Santiago para reunirse con Adela.

Según se aproximaban atravesando la zona vieja de Santiago, las dos jóvenes advirtieron cierto revuelo entre peregrinos, paseantes y tenderos. Se sucedían caras largas, interrogantes, gestos de enfado y frustración. Abrazada a un bolso de grandes dimensiones, protegiendo la arqueta con el códice del Maestro Mateo, Adela observaba cada rostro y expresión con una mezcla de curiosidad y desconfianza a través del cristal del taxi. Un joven con rasgos nórdicos daba una patada al aire, como si aquella lluvia invisible guardase la culpa que él necesitaba encontrar. Peregrinos a espuertas, a ambos lados del coche, caminaban cabizbajos con sus mochilas y sus báculos. Algunos incluso, incapaces de contener la emoción, rompían a llorar con la inocencia de un niño a quien Sus Majestades de Oriente no pueden visitar. Ni Adela ni Sara encontraban explicación a tantas emociones, contenidas y expresadas, entre tristeza y rabia, en cuantos veían pasar por el empedrado camino a la Catedral de Santiago.

—Pero ¿qué *carallo* está pasando? —dijo el taxista, respondiendo al alto que le ordenó un policía delante de una cinta roja y blanca que parecía brillar bajo la lluvia.

Adela miró por la ventana: decenas de personas se arremolinaban ante la cinta policial.

—Déjelo, nos quedamos aquí. —Entregó un billete al hombre con una generosa propina para aliviar el entuerto de su jornada y se bajaron del coche, cada una por una puerta, sin más despedida.

Apuraron el paso, decididas, para dar la vuelta a la catedral y acceder al Obradoiro avanzando calle abajo y bolso al hombro por la rúa da Azabachería. Tampoco desde la rúa de San Francisco consiguieron acceder a la plaza del Obradoiro. La misma cinta roja y blanca, la misma prohibición de no pasar.

Murmullos, alborotos, cuellos estirados, ojos que barrían la plaza de un lado a otro.

—Pero ¿qué está pasando? —preguntó Adela sabiendo que Sara no tenía la respuesta.

Cámaras de televisión encendidas y preparadas para entrar en informativos y en los especiales de distintas cadenas, nacionales e internacionales. Periodistas prevenidos, micrófonos en mano y paraguas abiertos.

Sonó el teléfono de Adela. También el de Sara.

—¿Quién eres? —preguntó Adela al aparato.

—Número desconocido... —musitó Sara leyendo la pantalla de su móvil.

—¡Lo que me faltaba por ver! —exclamó cerca de ellas, con un punto de incredulidad y gracia, un viejo hombre de mundo que solo conocía aquella plaza, llevando toda su casa en una mochila que a veces hacía también de almohada.

Los distintos medios de comunicación entraban en directo:

—Terrible noticia desde Santiago de Compostela...

—*News from Santiago*...

—*Bonjour France...*
—*Buon giorno...*
—*Bom dia Portugal...*

Adela y Sara miraron en todas las direcciones, cegadas por estelas luminosas de grandes focos, gestos contrariados, dejando que los teléfonos resbalasen de sus orejas con manos pesadas, aturdidas, desconcertadas...

—*Codex Calixtinus book 'disappears' from Spain cathedral* —anunció un hombre de mediana edad con el distintivo de la BBC.

—*Compostelle: mystérieuse disparition d'un précieux manuscrit* —abría las noticias TV5 Monde.

—*Spagna: trafugata da Cattedrale Santiago antica guida* —dijo el joven periodista de la RAI.

—*Spanish police search for priceless medieval manuscript stolen from cathedral* —comenzaba explicando la CNN.

—Ha desaparecido el *Codex Calixtinus* de la cámara acorazada de la Catedral de Santiago —informaba taciturno el reportero de RTVE.

Adela escuchaba ecos de cada titular, su impacto en los peregrinos, afectada, alcanzada. Un nuevo abismo rodeaba a la Catedral de Santiago de Compostela. Un abismo que arruinaba sus planes, justo cuando estaban tan cerca de unir los dos códices, a solo unos metros del Pórtico de la Gloria del Maestro Mateo. Parpadearon deprisa, sin entender, sin querer creer, queriendo romper el maleficio, luchando con cada latido por cumplir un juramento, su juramento. Adela lo intuía, en realidad lo sabía: la desaparición del *Códice Calixtino* no era casualidad. Alguien se lo había llevado. Alguien para quien aquel secreto del siglo XII era demasiado importante. Demasiado arriesgado que ellas pudieran conocerlo, que trataran de desvelarlo. Alguien que lo mantendría oculto a cualquier precio.

Agradecimientos

Nunca podré agradecer lo suficiente a todos aquellos que han hecho posible este libro. A quienes me apoyaron, me animaron y me sorprendieron compartiendo este sueño como propio, con auténtica alegría. A mi marido, Borja, por creer en mí aun cuando era un acto de fe sin título ni palabras. A mis hijos, Pablo y Aitor, por hacerme madre, un amor y un dolor sin ellos desconocido. A mi abuelo, quien combatió en la guerra y en las cien mil batallas que siguieron. A mi abuela, por las miradas perdidas a un pasado que ahora ya solo vive en mi recuerdo. Gracias. A mi madre, por historias de otros tiempos, por esa crudeza que sobrepasaría la ficción de cualquiera nacido más allá de 1980. A mi padre, a su amor por nuestra tierra. Algunos ya no estáis, pero continuáis latiendo en los trazos de cada letra. A mis hermanos, mis incondicionales. A mi hermana Mila, a su ayuda en el camino, prestando oído, regalando ideas y entregando mucho más que eso. A mi otra hermana, a Ángela, amante de los libros y de las buenas historias, por ser mi primera lectora, por su entusiasmo y su fuerza.

Gracias a mi otra familia: Echenagusia. Por el hombro, el apoyo y por las enseñanzas sin lecciones. Gracias a Juanjo

Echenagusia, a sus respuestas de maestro sobre lunas, estrellas y cometas, hablando de un cielo en el que no creía y en el que, sin lugar a dudas, brilla.

Gracias a mi tierra, a Galicia, al rumor de sus pinos y a la inmensidad del mar.

Gracias a cada autor, cada poeta, cada libro y cada novela que he tenido el lujo y el placer de leer, de los que he intentado aprender y con los que he podido crecer. Sin ellos nada sería igual.

También, y por supuesto, gracias a quienes hacen posible el milagro. En especial a Gonzalo, gran editor y mejor persona. Por saber convertir sueños en libros y libros en sueños. Gracias por su visión, por ser la mano que guía, por la oportunidad. No me puedo olvidar de Ana Lozano, de su buen criterio y de su saber hacer, porque más que editora ha sido inmejorable compañera. Porque somos un equipo. Un gran equipo del que forman parte muchas personas.

Un sueño en mi cabeza es aire;
un sueño en un papel, un libro.
Mi sueño en vuestras manos tiene alas, sonríe al destino,
engendrando en más cabezas mil sueños y otros tantos
caminos.

A todas las manos, las alas y la fuerza de Penguin Random House.